Lion Feuchtwanger

Goya

Lion Feuchtwanger

Goya

oder

Der arge Weg der Erkenntnis

Roman

Aufbau-Verlag

Mit einem Nachwort von Fritz Rudolf Fries

ISBN 3-351-02115-1

1. Auflage 1991

Einbandgestaltung Andreas Brexendorff
Graphischer Großbetrieb Pößneck GmbH
Ein Mohndruck-Betrieb
Printed in Germany

ERSTER TEIL

I

Gegen Ende des achtzehnten Jahrhunderts war fast überall in Westeuropa das Mittelalter ausgetilgt. Auf der Iberischen Halbinsel, die auf drei Seiten vom Meer, auf der vierten von Bergen abgeschlossen ist, dauerte es fort.

Um die Araber von der Halbinsel zu verdrängen, hatten vor Jahrhunderten Königtum und Kirche ein unlösliches Bündnis eingehen müssen. Der Sieg war möglich nur, wenn es den Königen und den Priestern gelang, die Völker Spaniens durch strengste Disziplin zusammenzuschweißen. Es war ihnen gelungen. Sie hatten sie vereinigt in einem inbrünstig wilden Glauben an Thron und Altar. Und diese Härte, diese Einheit war geblieben.

Zu Ende des achtzehnten Jahrhunderts war die iberische Tradition auf tragisch lächerliche Art erstarrt. Zweihundert Jahre zuvor schon hatte sich der größte Dichter des Landes aus diesem finster grotesken Willen zur Beharrung seinen Stoff geholt. Er hatte in der Geschichte von dem Ritter, der von den alten, ritterlichen, sinnlos gewordenen Bräuchen nicht lassen kann, ein für immer gültiges Gleichnis geschaffen, und sein höchst liebenswerter Held, rührend und lächerlich, war berühmt geworden über den Erdkreis.

Die Spanier hatten über Don Quichotte gelacht, aber ihren Willen zur Tradition nicht aufgegeben. Länger als sonstwo in Westeuropa hielt sich auf der Halbinsel das mittelalterliche Rittertum. Kriegerische Tugend, bis zur Tollheit heldisches Gehabe, hemmungsloser Frauendienst, herrührend aus der Verehrung der Jungfrau Maria, diese Eigenschaften blieben die Ideale Spaniens. Die ritterlichen Übungen, längst ohne Sinn, hörten nicht auf.

Verknüpft mit diesem kriegerischen Gewese war eine leise Verachtung der Gelehrsamkeit und des Verstandes. Desgleichen ein ungeheurer Stolz, berühmt und berüchtigt über die Welt, Stolz der Gesamtheit auf die Nation, Stolz des einzelnen auf seine Kaste. Das Christentum selber verlor in Spanien seine Demut und seine Heiterkeit, es nahm ein wildes, düsteres, herrisches Gepräge an. Die Kirche wurde hochfahrend, kriegerisch, männlich, grausam.

So war noch um die Wende des achtzehnten Jahrhunderts das Land das altertümlichste des Erdteils. Seine Städte, seine Trachten, die Bewegungen seiner Menschen, ja ihre Gesichter muteten den Fremden seltsam starr an, Überbleibsel der Vorzeit.

Aber jenseits der nördlichen Berge, abgetrennt von Spanien nur durch diese Berge, lag das hellste, vernünftigste Land der Welt: Frankreich. Und über die Berge drang trotz aller Absperrmaßnahmen seine Vernunft und seine Beweglichkeit. Unter der starren Oberfläche, sehr langsam, änderten sich auch die Menschen der Halbinsel.

Es herrschten damals über Spanien fremde Könige, Herrscher französischen Ursprungs, Bourbonen. Wohl konnten die Spanier sie zwingen, sich ihnen anzupassen, so wie sie früher die Habsburger gezwungen hatten, sich zu hispanisieren. Doch der spanische Adel lernte durch die französischen Könige und ihre französische Umgebung die fremden Sitten kennen, und manche lernten sie lieben.

Die Gesamtheit indes hielt, während sich der Adel langsam änderte, zäh am alten fest. Mit ernster Gier übernahm das Volk die Rechte und Pflichten, welche die großen Herren hatten fallenlassen. Der edelste Sport waren die Stierkämpfe gewesen, ein Privileg des Hochadels. Die Übung selber wie der Anblick war Adeligen vorbehalten gewesen. Jetzt, da sich die Granden nicht mehr im Stierkampf betätigten, übte um so leidenschaftlicher das Volk die wilde Sitte. Und wenn die Granden ihre Manieren lockerten, so wurde die Etikette des Volkes um so strenger. Schuhmacher legten Gewicht darauf, als kleine Adelige, als Hidalgos, angesehen zu werden, und Schneider begrüßten sich mit umständlichen Titeln. Don Quichotte hatte abgedankt, Don Quichotte hatte sich in einen eleganten Herrn von Versailles verwandelt; nun übernahm das Volk seinen Schild und sein klappriges Streitroß. Sancho Pansa wurde Don Quichotte, heroisch und lächerlich.

Drüben, jenseits der Pyrenäen, köpfte das französische Volk seinen König und jagte seine großen Herren davon. Hier in Spanien vergottete das Volk seine Monarchen, wiewohl sie französischen Ursprungs waren und höchst unköniglich. König blieb dem Volke König, Grande blieb ihm Grande; und während diese Granden, französischen Sitten mehr und mehr zugetan, sich schon damit abgefunden hatten, auch mit einem republikanischen Frankreich zu paktieren, kämpfte das spanische Volk begeistert weiter gegen die gottlosen Franzosen und ließ sich totschlagen für den König, seine Granden und seine Priester.

Spanier gab es freilich, welche
Diesen Widerspruch verspürten
In sich selber, und sie kämpften
In der eignen Brust den Streit aus
Zwischen altem Brauch und neuem,
Zwischen Fühlen und Verstehen,
Schmerzhaft oft und leidenschaftlich,
Siegreich manchmal, doch nicht immer.

2

Doña Cayetana, Dreizehnte Herzogin von Alba, gab einen Theaterabend für ihre Freunde in ihrem Madrider Palais. Eine Truppe royalistischer Pariser Schauspieler, die vor dem Terror der Republik über die Pyrenäen hatte fliehen müssen, führte ein Stück des Schriftstellers Berthelin auf, „Das Martyrium der Marie-Antoinette", ein Drama, das trotz seines zeitgenössischen Inhalts im klassischen Stil gehalten war.

Die Zuhörer – es waren ihrer nicht viele, zumeist Herren und Damen des Hochadels – verloren sich in dem weiten Saal, der nur mäßig erhellt war, auf daß die Vorgänge auf der Bühne besser beleuchtet seien. Edel und eintönig klangen von der Szene herab die sechsfüßigen Jamben, ihr erhabenes Französisch war spanischen Ohren nicht immer ganz verständlich, der Saal war warm, es überkam die Zuhörer in ihren bequemen Sesseln allmählich eine melancholische, behagliche Schläfrigkeit.

Die königliche Dulderin auf der Bühne gab jetzt ihren Kindern, der vierzehnjährigen Madame Royale und dem neunjährigen König Louis dem Siebzehnten, noble Lehren. Dann wandte sie sich an ihre Schwägerin, die Prinzessin Elisabeth, und gelobte, sie werde, was immer über sie kommen möge, mit einer Fassung tragen, die ihres gemordeten Gemahls, des Sechzehnten Louis, würdig sei.

Die Herzogin von Alba selber hatte sich noch nicht gezeigt. Wohl aber saß in der ersten Reihe ihr Mann, der Marqués de Villabranca, der, gemäß dem Gebrauch, zu seinen vielen anderen Titeln auch den ihren angenommen hatte. Der stille, elegante Herr, eher schmächtig, doch vollen Gesichtes, schaute aus schönen, dunklen Augen nachdenklich auf die hagere Schauspielerin, die da oben sentimentale, pathetische Verse deklamierte, vorgebend, sie sei die tote Marie-Antoinette. Der Herzog von Alba war empfindlich vor Kunstleistungen nicht allerhöchsten Ranges und war von vornherein skeptisch gewesen. Aber seine liebe Herzogin hatte erklärt, infolge der Trauer, welche der Hof anläßlich des schauerlichen Ablebens der Königin Marie-Antoinette angeordnet hatte, sei das Leben in Madrid tödlich langweilig geworden und irgend etwas müsse sie unternehmen. Eine solche Aufführung wie die des „Martyriums" bringe Leben ins Haus und beweise Teilnahme an der Trauer über den Untergang der Könige von Frankreich. Der Herzog konnte es verstehen, daß seine Frau, die um ihrer Capricen willen an allen Höfen Europas berühmt war, sich in der weiten Einsamkeit ihres Madrider Palais langweilte, er hatte ohne weiteres zugestimmt und ließ nun diese Vorstellung über sich ergehen, geduldig und skeptisch.

Seine Mutter, die Witwe des Zehnten Marqués de Villabranca, saß neben ihm, lässig und zuhörend. Die Habsburgerin auf der Bühne, wie war sie laut und tränenselig! Nein, so war Marie-Antoinette nicht gewesen, die Marquesa de Villabranca hatte sie gesehen und gesprochen seinerzeit, in Versailles. Sie war eine charmante Dame gewesen, Marie-Antoinette von Habsburg und Bourbon, heiter und liebenswert, ein wenig zu auffällig vielleicht und zu laut. Aber schließlich war sie eben nur eine Habsburgerin und hatte nichts von dem unaufdringlichen Adel einer Villabranca. Das Verhältnis Marie-Antoinettes zu ihrem schweigsamen, unaufdringlichen Louis, hatte es nicht Ähnlichkeit gehabt mit dem Verhältnis Cayetana de Albas zu ihrem Don José? Verstohlen schaute sie auf ihren Sohn, er war ihr Lieblingssohn mit seiner Zartheit und Schwäche, und was sie sah und lebte, bezog sie auf ihn. Er liebte seine Frau, und das verstand ein jeder, der sie einmal gesehen hatte; aber es war keine Frage, er stand in ihrem Schatten, der Welt war er der Mann der Herzogin von Alba. Ach, nur wenige kannten ihren Sohn José. Sie sahen und rühmten seine stille Vornehmheit. Allein um seine innere Musikalität, um das wunderbar ausgeglichene Schwingen seines Wesens wußten wenige, auch seine Frau wußte zu wenig darum.

Oben auf der Bühne war jetzt der Präsident des Revolutionstribunals, ein brutaler Mann, um der Königin das Urteil zu verkünden. Zunächst hielt er ihr noch einmal alle ihre Schandtaten vor, er verlas eine ebenso dumme wie scheußliche Liste maßloser Verbrechen.

In seinem weiten Sessel verloren, saß dürr und schmächtig in der strotzenden Gesandtenuniform Monsieur de Havré, der Geschäftsträger des Thronfolgers, der von Verona aus an Stelle des kleinen, von den Republikanern gefangenen Königs Frankreich regierte. Es war nicht leicht, ein Land zu regieren, von dem man keinen Quadratzoll besaß, noch weniger leicht, der Botschafter eines solchen Regenten zu sein. Monsieur de Havré war ein alter Diplomat, er hatte jahrzehntelang den Glanz von Versailles repräsentiert, er fand sich schwer in seine neue, klägliche Lage. Die Botschaften, die er im Auftrag seines Herrn, des Regenten, dem Hofe von Madrid zu bestellen hatte, sehr großspurig manchmal, nahmen sich merkwürdig aus im Munde eines Mannes, dessen Diplomatenuniform fadenscheinig wurde und der ohne die Unterstützung des spanischen Hofes sein Mittagessen nicht hätte bezahlen können. Da saß Monsieur de Havré, die schäbigsten Stellen seines Rockes mit dem Schiffhut deckend, seine schmale, bläßliche, hübsche, sechzehnjährige Tochter Geneviève neben sich. Auch sie hätte neue Kleider gut brauchen können, im Interesse Frankreichs und in ihrem eigenen. Ach, man war heruntergekommen. Man mußte froh sein, wenn die Herzogin von Alba einen einlud.

Oben auf der Bühne hatte der Mann vom Tribunal der königlichen Dulderin das Todesurteil verkündet, und sie hatte erwidert, sie sehne sich danach, mit ihrem Gatten vereint zu werden. Doch so leicht machte man ihr das Sterben nicht: vielmehr hatten sich die gottlosen Schurken eine letzte Schmach ausgedacht. Marie-Antoinette habe, erklärte, immer in Versen, der Schreckensmann auf der Bühne, Frankreich durch die langen Jahre ihrer zügellosen Wollust in den Augen der Welt erniedrigt; deshalb sei es der Wille des Volkes, daß sie, selber entwürdigt, entblößt bis zum Nabel, zum Richtplatz geführt werde.

Die Zuschauer hatten viele Berichte über das gräßliche Ereignis gelesen, aber das war neu. Sie horchten auf, schaudernd und gekitzelt, sie schüttelten die Schläfrigkeit von sich, das Schauspiel ging unter allgemeinem Interesse seinem Ende entgegen.

Jetzt schloß sich der Vorhang, man klatschte höflich. Die Gäste standen auf, froh, die Glieder zu bewegen, sie promenierten durch den Saal.

Mehr Kerzen wurden angezündet. Man konnte sehen, wer da war.

Auffiel ein Mann, der sich inmitten dieser gepflegten Herren und Damen trotz seiner sorgfältigen, ja kostbaren Kleidung ein wenig ungelenk ausnahm. Er war nicht groß, unter schweren Lidern lagen tief die Augen, die Unterlippe war voll und gewalttätig vorgeschoben, die Nase kam gerade, fleischig und flach aus der Stirn heraus, der Kopf hatte etwas Löwenhaftes. Er schlenderte durch den Saal, fast alle kannten ihn und erwiderten seinen Gruß mit Achtung. „Es ist angenehm, Sie zu sehen, Don Francisco", hörte er wieder und wieder.

Don Francisco de Goya freute sich, daß ihn die Herzogin von Alba zu diesen erlesenen Gästen eingeladen hatte, er freute sich der Achtung, deren man ihn würdigte. Es war ein langer Weg gewesen aus dem Bauerndorfe Fuendetodos hierher in das Palais Alba, es war kein leichter Weg gewesen, aber hier war er, der kleine Francho, Maler des Königs jetzt, Pintor de Cámara, und wenn er diese großen Damen und Herren porträtierte, war es unentschieden, wer wem eine Gunst erwies.

Er neigte sich tief vor der alten Marquesa de Villabranca. „Wie fanden Sie Stück und Aufführung, Don Francisco?" fragte sie. „Ich kann mir nicht denken", antwortete er, „daß die Königin Marie-

Antoinette so sollte gesprochen haben. Und wenn, würde ich ihren Tod weniger bedauern." Die Marquesa lächelte. „Immerhin ist es schade", meinte sie, „daß die Majestäten nicht da waren." Es lag aber in ihrem Ton eine kleine Spitzbüberei, sie schaute ihn an mit ihren schönen, ungenierten Augen, den breiten, schmallippigen Mund um ein Winziges verzogen. Und auch er lächelte und dachte mit, was die Marquesa nicht aussprach, daß nämlich die spanischen Bourbonen vermutlich ein unangenehmes Kitzeln verspürt hätten, wenn sie den ganzen Abend von dem hätten hören müssen, was den Hälsen ihrer französischen Verwandten zugestoßen war.

„Wann endlich werden Sie mich malen, Don Francisco?" fuhr die Marquesa fort. „Ich weiß, ich bin eine alte Frau, und Sie haben Besseres zu tun." Er bestritt das, leidenschaftlich und mit Überzeugung. Die Marquesa war mit ihren Fünfundfünfzig noch immer schön, es war um sie der Hauch eines noch nicht lange vergangenen reichen Lebens. Goya sah das vielwissende, freundlich resignierte Gesicht, er sah das einfache, kostbare, dunkle Kleid, den zarten, weißen Schal, aus dem eine Rose hervorkam. Sie war genau das, was er sich in den Träumen seiner Jugend unter einer großen Dame vorgestellt hatte. Er freute sich darauf, sie zu malen.

Der Mayordomo bat die Gesellschaft in den großen Empfangssaal, wo die Herzogin sie erwarte. Goya begleitete die Marquesa. Langsam gingen sie durch die Gemäldegalerie, welche den Theatersaal mit dem Empfangsraum verband. Da hingen ausgewählte Bilder der alten spanischen, flämischen, italienischen Meister, es war schwer, nicht stehenzubleiben vor diesem Bilde, vor jenem; so eindringlich von den Wänden in dem flackerigen Lichte der Kerzen strahlte das alte Leben.

„Ich kann mir nicht helfen.", sagte die Marquesa zu Goya, „aber ich liebe meinen Raphael. Von allem, was hier hängt, ist mir ‚Die Heilige Familie' das liebste." Goya, entgegen dem allgemeinen Urteil, war kein Anhänger des Raphael, er schickte sich an, etwas freundlich Unverbindliches zu erwidern.

Da aber waren sie an der Wendung der Galerie angelangt, und durch die Flügeltür des großen Empfangssaals sahen sie Cayetana de Alba. Sie saß, nach alter Sitte, auf einer niedrigen, mit Teppichen belegten Estrade, die durch ein kleines Gitter mit weiter Öffnung vom übrigen Saal geschieden war, und sie trug nicht wie die übrigen Damen ein modernes Kleid, sondern ein spanisches von altem Zuschnitt. Die Marquesa lächelte. So war Doña Cayetana: sie nahm von Frankreich, was von Frankreich Gutes kam, aber sie wollte nicht verleugnen, daß sie Spanierin war. Es war ihr Abend, die Einladungen waren in ihrem, nicht in ihrem und in ihres Gatten Namen ergangen, niemand durfte es ihr verdenken, wenn sie auf den ersten, französischen Teil des Abends einen zweiten, spanischen setzte. Aber sich im eigenen Haus inmitten einer Abendgesellschaft in spanischer Tracht zu zeigen, fast wie eine Maja, ein solcher Effekt war ein bißchen sehr laut. „Sie hat immer neue Einfälle, unsere Doña Cayetana", sagte die Marquesa zu dem Maler. „Elle est chatoyante", fuhr sie fort, französisch.

Goya antwortete nicht. Töricht, wortlos stand er unter der Tür und starrte unbewegt auf die Alba. Über dem silbergrauen Kleid trug sie schwarze Spitzen; bräunlichweiß leuchtete die warme Blässe des ungeschminkten ovalen Gesichtes, krauses, schwarzes Haar, gekrönt von einem hohen Kamme, umrahmte es üppig; winzig, zierlich, in ihren spitzen Schuhen, schauten die Füße aus dem weitfallenden Rock. Ein lächerlich kleiner, weißer, wolliger Hund saß auf ihrem Schoß, sie streichelte ihn mit der linken, behandschuhten Hand. Die Rechte aber, nackt, schmal, fleischig, kindlich, lag halb auf der Lehne des Sessels, und lässig, mit spitzen, leicht gespreizten Fingern, hielt sie den kostbaren Fächer, beinahe geschlossen, nach unten.

Die Marquesa, da Goya noch immer schwieg, glaubte, er habe ihr Französisch nicht verstanden, und übersetzte: „Sie schillert wie eine Katze." Don Francisco indes starrte weiter. Er hatte die Herzogin oft getroffen, er hatte ein Porträt von ihr gemalt, unbeteiligt, es war auch nichts Rechtes geworden, er hatte spielerisch das Gesicht der großen Dame, von der Madrid so viel und so gerne sprach, in den galanten, unverbindlichen Entwürfen verwandt, die er für die Gobelins der königlichen Schlösser anfertigte. Nun aber erkannte er sie nicht, er hatte sie niemals gesehen, und war das die Alba?

Die Knie zitterten ihm. Jedes Haar von ihr, jede Pore ihrer

Haut, die starken, hohen Augenbrauen, die unter den schwarzen Spitzen halbentblößten Brüste erregten ihm eine Leidenschaft ohne Maß.

Die Worte der Marquesa klangen in ihm nach, ohne daß er ihren Sinn recht erfaßt hatte; mechanisch antwortete er: „Ja, sie ist erfrischend unabhängig, Doña Cayetana, überaus spanisch." Er stand noch immer unter der Tür, die Augen auf der Frau. Nun aber hob sie den Kopf in seiner Richtung. Sah sie ihn? Schaute sie blicklos über ihn weg? Sie sprach weiter, streichelte weiter mit der Linken den kleinen Hund. Die Rechte indes hob jetzt den Fächer, entfaltete ihn ganz, so daß das Bild des Fächers sichtbar wurde – ein Sänger, der zu einem Balkon hinaufsang –, schloß ihn wieder und entfaltete ihn von neuem.

Freudiger Schreck lähmte Francisco den Atem. Es gab eine Fächersprache, in welcher die Majas, die Mädchen aus dem Volke, in der Kirche, bei öffentlichen Festen, in den Schenken, sich Unbekannten verständlich machten, und das Signal, welches da von der Estrade kam, war eine starke Ermunterung.

Vielleicht hatte die alte Marquesa inzwischen weitergesprochen, vielleicht hatte er geantwortet. Er wußte es nicht. Jetzt jedenfalls verließ er sie brüsk, unmanierlich, und ging durch den Saal der Estrade zu.

Gedämpfte Stimmen waren überall, Lachen, Klirren von Tellern und Gläsern. Durch das leise Gelärm indes kam von der Estrade her eine Stimme, etwas hart, doch keineswegs schrill, eine sehr junge Stimme, ihre Stimme. „War sie nicht ein wenig dumm, Marie-Antoinette, alles in allem?" fragte die Alba, und da sie offenbar wahrnahm, wie diese dreisten Worte befremdeten, erläuterte sie mit freundlichem Spott: „Ich meine natürlich die Antoinette in dem Stück Monsieur Berthelins."

Nun war er auf der Estrade. „Wie hat Ihnen unser Stück gefallen, Señor de Goya?" fragte sie. Er antwortete nicht. Er stand da und schaute sie an, unbekümmert. Er war nicht mehr jung, fünfundvierzig Jahre alt war er, und er war nicht schön. Das runde Gesicht mit der flachen, fleischigen Nase, den tiefliegenden Augen und der üppigen, vorspringenden Unterlippe war sonderbar bekränzt von dem vollen, modisch gepuderten Haar, sein Körper, prall in dem eleganten Rock, war dicklich. Der ganze Mann mit seinem Löwengesicht wirkte gerade durch seine Gepflegtheit ungeschlacht, ein Bauer in übermodischer Hoftracht.

Er wußte nicht, ob er schließlich doch geantwortet hatte, wußte nicht, ob andere gesprochen hatten. Aber jetzt kam die bestürzende Stimme von neuem aus dem bräunlichweißen, hochmütigen, launischen Gesicht. „Gefallen Ihnen meine Spitzen?" fragte sie. „Der Feldmarschall Alba hat sie erbeutet, vor dreihundert Jahren in Flandern oder in Portugal, ich weiß nicht mehr." Goya antwortete nicht. „Was entdecken Sie sonst an mir?" fuhr sie fort. „Sie haben mich gemalt, Sie sollten mich kennen." – „Das Porträt ist nichts geworden", brach es aus ihm heraus, seine Stimme, klingend sonst und schmiegsam, war heiser und ungebärdig laut. „Auch die Gesichter auf den Gobelins sind nichts als Spielerei. Ich möchte es nochmals versuchen, Doña Cayetana."

Sie sagte nicht ja, nicht nein. Sie schaute ihn an, das mattleuchtende Gesicht unbewegt, aber die dunkeln, metallischen Augen voll und dringlich auf ihm. Drei Augenblicke lang schaute sie ihn so an, und für die Ewigkeit dieser drei Augenblicke waren sie allein in dem menschenvollen Raum.

Unvermittelt aber brach sie die zauberische Gemeinsamkeit. Beiläufig meinte sie, für die nächste Zeit werde sie für Sitzungen leider keine Zeit haben; sie sei beschäftigt mit dem Bau und der Einrichtung eines Landhauses in Moncloa. Von diesem Projekt sprach man viel in Madrid; die Herzogin, wetteifernd mit der toten Königin von Frankreich, wollte sich ihr Trianon bauen, ein kleines Schloß, gelegentlich dort ein paar Tage allein zu verbringen, nicht mit den Freunden der Familie, sondern mit ihren eigenen.

Sogleich indes nahm sie den früheren Ton wieder auf. „Wollen Sie mir in der Zwischenzeit etwas anderes malen, Don Francisco?" fragte sie. „Einen Fächer vielleicht? Wollen Sie mir ‚El Abate y la Maja' malen?" Es war aber „El Fraile y la Maja", „Der Mönch und das Mädchen", ein Zwischenspiel von Ramón de la Cruz, eine gewagte kleine Komödie, die, für die öffentliche Aufführung verboten, in einer heimlichen Liebhabervorstellung gespielt worden war.

Die Herzogin von Alba bat den Hofmaler Francisco de Goya, ihr einen Fächer zu malen. Daran war nichts Ungewöhnliches, oft ließ sich eine Dame einen Fächer malen, Doña Isabel de Farnesio war berühmt für ihre Sammlung von mehr als tausend Fächern. Nichts Auffallendes geschah auf der Estrade. Trotzdem war denen ringsum, als wohnten sie einem vermessenen, unerlaubten Schauspiel bei.

Armer Don Francisco, dachte unten im Saal die alte Marquesa, vor ihrem innern Aug stand ein Bild des Rubens, das sie soeben in der Galerie gesehen hatte, der Herkules, den Omphale spinnen macht. Die alte Dame hielt auf Manieren, doch sie nahm es dem Maler, dem einzigen Bürgerlichen übrigens in dieser Gesellschaft von Granden, nicht übel, daß er sie so unerzogen hatte stehenlassen. Auch nahm sie es der Frau ihres Sohnes nur wenig übel, daß sie sich auf so bedenkliche, ja schamlose Art vergnügte. Sie verstand Doña Cayetana, sie hatte selber viel erlebt, sie liebte das Leben. Ihr Sohn, der schwach und zart war, brauchte starken Zustrom, das dünne Rinnsal des eigenen Lebens zu speisen, es war gut für ihn, daß er diese Frau zur Seite hatte, man mußte der Frau vieles nachsehen. Die großen Häuser Spaniens verdämmerten, die Männer wurden immer feiner und schwächer, und was noch an Kraft da war, das war in den Frauen, in dieser zum Beispiel, der Frau ihres lieben Sohnes, die da oben so frech und anmutig mit dem Maler spielte, einem der wenigen Männer des Landes.

Der Herzog von Alba selber, mit seinen großen, nachdenklichen Augen, verfolgte das Spiel, welches seine Frau mit dem Maler trieb. Da saß er, Don José Alvarez de Toledo, Dreizehnter Herzog von Berwick und Alba, Elfter Marqués de Villabranca und Inhaber vieler anderer Titel; unter den hundertneunzehn Granden des Königreichs waren nur zwei ihm gleich an Rang, er war gesegnet mit allen Glücksgütern dieser Welt. Da saß er, schmächtig, vornehm, sehr elegant, und es verlangte ihn nicht, einzugreifen in die Geschicke dieser Welt, wozu ihm seine Abkunft und der erworbene Name das Recht gegeben hätten, der große, stolze, finstere Name Alba, heute noch gefürchtet in Flandern. Vielmehr war dieser Alba müde der Hoheit und des vielen Denkens über die komplizierten Dinge des Lebens, es lüstete ihn nicht, einem andern was vorzuschreiben oder zu verbieten. Wahrhaft froh fühlte er sich nur, wenn er Musik hörte oder selber Musik machte.

Ging es um Musik, dann fühlte er Kraft in sich, und er hatte sich kühn gegen den König gestellt, als dieser sich weigerte, die Oper im Coliseo del Príncipe weiter zu subventionieren; herausfordernd hatte er damals selber den Unterhalt der Oper auf sich genommen, bis es ihm der König verbot. Nun also schaute er auf seine schöne Herzogin, wie sie den Köder nach dem Maler auswarf. Er war sich bewußt, daß seine Kraft gering war, er begriff, daß sich Cayetana angezogen fühlte von Don Francisco, der ein Künstler war und ein Mann. Sie war ihm zugetan, seine Herzogin, doch er spürte gut, daß diese Zuneigung nicht frei von Mitleid war, niemals hatte sie ihm einen Blick gegeben wie den, mit dem sie Don Francisco angeschaut hatte. Eine leise Traurigkeit war in ihm. Wenn er allein ist, wird er zu seiner Violine greifen und sich mit Haydn oder Boccherini das „Martyrium der Marie-Antoinette" und was darauf folgte von der Seele waschen. Er fühlte auf sich den zärtlich besorgten Blick seiner Mutter; mit einem fast unmerklichen Lächeln wandte er ihr den Kopf zu. Sie verstanden sich ohne Worte, sie wußte, er gönnte der Frau auf der Estrade ihr Spiel.

Goya, auf der Estrade, nahm wahr, daß sich die Frau nicht mehr mit ihm befaßte, und wußte, daß sie ihn an diesem Abend nicht mehr ansehen würde. Er ging, unziemlich früh.

Draußen empfing ihn unwirtliches Wetter, eine jener unangenehmen Madrider Januarnächte, voll von Wind und Schauern schneevermischten Regens. Sein Wagen wartete, mit livrierten Bedienten, das gehörte sich so für den Maler des Hofes, wenn er bei der Herzogin von Alba eingeladen war. Aber zur Verwunderung seiner Leute schickte er den Wagen fort. Er zog es vor, zu Fuß nach Hause zu laufen, und achtete, der sparsame Mann, nicht darauf, daß sein hoher Seidenhut und seine Schuhe Schaden leiden mochten.

Wild, verlockend, herausfordernd und furchterregend stand die nächste Zukunft vor ihm. Vor zwei Tagen erst hatte er seinem Freunde Martín Zapater nach Saragossa geschrieben, wie gut geregelt jetzt endlich seine Dinge seien, und das war die Wahrheit gewesen. Es gab keinen Zank mehr mit seiner Frau Josefa; er hatte Freude an seinen Kindern; von den vielen Kindern, die sie ihm geboren hatte, waren freilich nur drei am Leben geblieben, aber es waren nette, gesunde Kinder. Der Bruder seiner Frau, der unleidliche Bayeu, Erster Maler des Königs, redete ihm nicht mehr ein in seine Kunst und seine Lebensführung, sie hatten sich versöhnt, übrigens litt Bayeu schwer am Magen und wird es nicht mehr lange machen. Auch setzten ihm, Francisco, seine Angelegenheiten mit Frauen nicht mehr so heftig zu wie früher; Pepa Tudó, mit der er es jetzt schon seit acht Monaten hielt, war vernünftig. Den schweren Krankheitsanfall, der ihn vor einem Jahr heimgesucht, hatte er überwunden, und er war schwerhörig nur dann, wenn er's sein wollte. Auch um seine Finanzen stand es nicht schlecht. Die Majestäten zeigten ihm bei jeder Gelegenheit, wie sehr sie ihn schätzten, so tat auch Don Manuel, der Herzog von Alcudia, der Favorit der Königin, und alles, was in Madrid Namen und Geld hatte, drängte sich, von ihm porträtiert zu werden. „Komm bald, Martín meines Herzens", hatte er seinen Brief geschlossen, „und schau Dir an, wie zufrieden lebt Dein wohlbestellter ewiger Freund, Dein kleiner Francho, Francisco de Goya y Lucientes, Mitglied der Akademie und Maler des Hofes." Oben und unten aber hatte er den Brief mit einem Kreuz versehen, auf daß sein Glück daure, und in einer Nachschrift hatte er den Freund aufgefordert, der Jungfrau del Pilar zwei vielpfündige Kerzen zu stiften, daß sie ihm sein Glück erhalte.

Aber Kreuze und Kerzen halfen nicht, und was vor zwei Tagen wahr gewesen, war es heute nicht mehr. Die Frau auf der Estrade hatte alles umgeworfen. Es war Seligkeit gewesen, die großen, metallischen Augen aus dem launischen, hochmütigen Gesicht auf sich zu spüren; neues Leben hatte ihn überschwemmt. Aber er wußte: was gut ist, will bezahlt sein, so besser es ist, so höher. Er wußte, er werde um die Frau kämpfen und leiden müssen, denn man war umgeben von bösen Geistern, immerfort, und wenn man nicht achtgab und sich seinem Gewünsche und Geträume ohne Vorsicht überließ, dann fielen die Ungeheuer einen an.

Er hatte schlecht gesehen. Er hatte eine launische Puppe aus der Frau gemacht. Das war sie, unter anderm; aber das andere, das dahinter, hatte er nicht gesehen. Dabei war er damals schon kein schlechter Maler gewesen, ein besserer jedenfalls als alle andern, auch als die beiden, die ihm bei Hofe voranstanden, Bayeu und Maella. Die mochten mehr gelernt haben bei ihrem Mengs und in ihrem Winckelmann, aber er hatte das bessere Aug und zu Lehrern den Velázquez und die Natur. Und trotzdem war er ein Stümper gewesen. Er hatte nur das Klare der Menschen gesehen, das Deutliche, aber das Vielerlei, das Verworrene, das in jedem Menschen ist, das Gefährliche, das hatte er nicht gesehen. In Wahrheit zu malen angefangen hatte er erst in den letzten Jahren, eigentlich erst seit wenigen Monaten, seit seiner Krankheit. Älter als vierzig hatte er werden müssen, ehe er auch nur zu begreifen begann, was Malen heißt. Aber nun hatte er's begriffen, nun arbeitete er, jeden Tag viele Stunden. Und da mußte ihm diese Frau dazwischenkommen. Sie war eine großartige Frau, und es wird ein großartiges Erlebnis sein, und sie wird ihm viel zu schaffen machen, und sie wird ihm die Zeit und den Geist für die Arbeit wegstehlen, und er verwünschte sich und sie und das Schicksal, weil er sie so hoch wird bezahlen müssen.

Ein kleines Klingeln kam durch den Schnee, und dann sah er, wie sich ein Priester und ein Chorknabe mit dem Allerheiligsten durch das Wetter arbeiteten, offenbar auf dem Wege zu einem Sterbenden. Leise fluchend zog er sein Taschentuch heraus, breitete es in den Matsch und kniete nieder, wie es der Brauch, die Inquisition und sein Herz verlangten.

Es war ein schlechtes Vorzeichen, daß er der Monstranz auf dem Weg zu einem Sterbenden begegnete. Es wird nicht gut ausgehen mit der Frau. Lieber einem neunjährigen Stier in einer Sackgasse in den Weg laufen, murrte er in seinem Innern, als einer Frau, wenn dein Herz geil ist. Er war aus dem Volk, und sein Inneres war voll von den alten Sprüchen des Volkes.

Er schnaufte unwillig durch die Nase, während er sich durch das Wetter weiterarbeitete, die Hausmauern entlang; denn die Mitte der Straße war knöchelhoher Matsch. Nichts als Ärger hatte man. Unvermittelt dachte er an Monsieur de Havré, den französischen Gesandten. Er hatte sein Porträt gemalt, und der Franzose hatte nicht bezahlt. Nachdem er die Rechnung ein drittes Mal geschickt, hatte man ihm überdies bei Hofe bedeutet, man sähe es nicht gern, wenn der französische Herr weiter behelligt werde. Francisco hatte Aufträge, so viele er wollte, doch wenn es galt, Zahlung zu erhalten, gab es oft Schwierigkeiten. Dabei mehrten sich die Ausgaben. Der Wagen und die Pferde waren kostspielig, die Bedienten waren unverschämt und verlangten immer mehr, auch stahlen sie, aber man konnte nichts machen, ein Hofmaler konnte sich nicht lumpen lassen. Wenn sein seliger Vater wüßte, daß er, der kleine Francho, in zwei Tagen ausgibt, was die ganze Familie Goya in Fuendetodos in einem Jahr verbraucht hat, in seinem Grabe drehte er sich um. Aber war es nicht herrlich, daß er, Francisco, so viel ausgeben *konnte*? Und ein Schmunzeln ging über sein Gesicht.

Er war vor seinem Hause; der Sereno, der Blockwächter, sperrte ihm das Tor auf. Goya stieg hinauf, warf die nassen Kleider ab, legte sich zu Bett. Allein er konnte nicht schlafen. Im Schlafrock ging er in sein Atelier. Es war kalt. Auf leisen Sohlen schlich er über den Korridor. Aus dem Türspalt des Bedienten Andreo kam Licht. Goya klopfte; wenn der Bursche schon seine fünfzehn Realen bekam, sollte er wenigstens Feuer anmachen. Unwillig tat der halbangezogene Mensch, wie ihm geheißen.

Goya saß nieder und schaute ins Feuer. Schatten kletterten die Wand hinauf, hinunter, fratzenhaft, unheimlich anziehend, bedrohlich. Ein Gobelin hing an der einen Wand, darstellend eine Prozession, das züngelnde Licht riß Teile heraus, den riesigen Heiligen, der auf einem Podium getragen wurde, Gesichter der wilden, inbrünstigen Menge. Der kinnbärtige Kardinal, der, von Velázquez gemalt, aus finstern, etwas gelangweilten Augen von der andern Wand schaute, wurde gespenstisch in dem Geflacker, und selbst die uralte, bräunlichschwarze Holzfigur der Jungfrau, die eckig anmutige Virgen de Atocha, Franciscos Schutzheilige, wurde spöttisch und bedrohlich.

Goya stand auf, rekelte sich, riß sich mit kräftiger Schulterbewegung aus dem Geträume. Lief auf und ab. Nahm Streusand, schüttete ihn über den Tisch.

In den Sand zu zeichnen hub er
An. Es wurde eine nackte
Frau; sie hockte auf dem Boden,
Mit gekreuzten Beinen, lässig.
In den Sand zurück verwischte
Goya sie und machte eine
Zweite, nackt auch sie und tanzend.

In den Sand zurück auch diese
Wischte Goya, machte eine
Dritte. Aufrecht ging sie, stolzen
Ganges, auf dem Kopfe trug sie
Einen Krug. Auch diese mußte
In den Sand zurück. Er griff zum
Stifte. Zeichnete die vierte.
Einen hohen Kamm trug diese,
Und vom Kamm die schwarzen Spitzen
Der Mantilla fielen über
Ihre weiße Nacktheit. Seufzend,
Hilflos zornig, durch die Nase
Schnaubend, sah Francisco Goya
Auf die Zeichnung und zerriß sie.

3

Er arbeitete. Von der Leinwand schaute eine Dame, sehr hübsch, das längliche Gesicht leicht maskenhaft und spöttisch, die Augen weit auseinanderstehend unter hohen Brauen, den breiten Mund mit schmaler Ober- und starker Unterlippe geschlossen. Dreimal bereits war ihm die Dame gesessen. Außerdem hatte er verschiedene Skizzen von ihr gemacht. Jetzt arbeitete er an der Vollendung des Bildes. Er war seines Handwerks sicher und ein rascher Arbeiter. An diesem Porträt werkelte er schon die vierte Woche, und es wollte und wollte nicht glücken.

Dabei war alles „richtig". Dies war die Dame, die er darstellen wollte, er kannte sie genau und seit langem, er hatte sie mehrmals gemalt, sie war die Frau seines Freundes Miguel Bermúdez. Alles war da, das Verschwiegene, Spöttische, tief Verschmitzte, welches sie hinter ihrer damenhaften Maske versteckte. Aber ein Winziges fehlte, und dieses Winzige war für ihn das Entscheidende. Er hatte sie gesehen bei einer Gesellschaft Don Manuels, des Herzogs von Alcudia, des allmächtigen Günstlings, dessen vertrauter Sekretär Miguel Bermúdez war, sie hatte ein hellgelbes Kleid getragen, weißes Spitzengewebe darüber: und da auf einmal hatte er sie ganz gesehen, das Verschwebende, Verwirrende, das Abgründige, worauf es ankam. Es war ein gewisser silbriger Ton über ihrer Erscheinung gewesen, ganz genau hatte er damals beim Anblick dieser Doña Lucía Bermúdez in dem hellgelben Kleid mit dem weißen Spitzengewebe erkannt, was er machen wollte, machen mußte. Nun quälte er sich damit ab, und es war alles da, das Gesicht und das Fleisch und die Haltung und das Kleid und der helle, graue Hintergrund, der bestimmt richtig war. Und doch war nichts da: die Tönung war nicht da, auf die es ankam, und was fehlte, war ein Winziges, und was fehlte, war alles.

In seinem Heimlichsten wußte er, warum das Bild nicht geriet. Mehr als zwei Wochen waren jetzt vergangen seit dem Theaterabend im Palais Alba, und er hatte von der Frau auf der Estrade nichts gehört. Er war erbittert. Wenn die Frau nicht kam, warum nicht wenigstens rief sie ihn und verlangte den Fächer? Gewiß, sie war beschäftigt mit ihrem frechen, lächerlichen Schloß in Moncloa. Auch hätte er ja wohl ungerufen zu ihr gehen und ihr den Fächer bringen können. Allein das litt sein Stolz nicht. Die Frau mußte ihn rufen. Die Frau wird ihn rufen. Ein Vorgang wie der auf der Estrade konnte doch nicht einfach weggewischt werden wie die Figuren, die er in den Sand zu zeichnen pflegte.

Francisco war nicht allein im Atelier. Wie beinahe immer war sein Schüler und Mitarbeiter Agustín Esteve da; der Raum war groß genug, daß man einander nicht störte.

Heute malte Don Agustín an einem Reiterbild des Generals Ricardos. Das kalte, grämliche Gesicht des alten Generals hatte Goya gemalt, das Pferd und die zahllosen Einzelheiten der Uniform und der Medaillen, auf deren genaue Wiedergabe der General Gewicht legte, überließ er seinem gewissenhaften Agustín. Agustín Esteve, ein hagerer Mensch Anfang der Dreißig, hügeliger Kopf, hohe, gebuckelte Stirn unter zurückweichendem Haar, hohle Wangen, dünne Lippen, das ganze Gesicht länglich, ziemlich spitz zulaufend, war nicht redselig; Francisco indes, mitteilsam von Natur, liebte es, auch während der Arbeit zu schwatzen. Heute aber war auch er schweigsam. Gegen seine Gewohnheit hatte er von dem Abend bei der Alba nicht einmal seinen Nächsten erzählt.

Agustín, auf seine leise Art, trat hinter Goya und beschaute die silbriggraue Leinwand mit der silbriggrauen Frau. Er lebte nun sieben Jahre bei Goya, sie waren beinahe den ganzen Tag zusammen. Don Agustín Esteve war kein großer Maler und war sich dessen schmerzhaft deutlich bewußt. Aber er verstand viel vom Malen, und da war kein zweiter, der so genau gewußt hätte, was stark an Francisco war und was läppisch. Goya brauchte ihn, sein mürrisches Lob, seinen mürrischen Tadel, seine stummen Vorwürfe. Goya brauchte Kritik, er begehrte dagegen auf, er verhöhnte und beschimpfte den Kritiker, er bewarf ihn mit Schmutz, aber er brauchte ihn, seine Bestätigung und seine Verneinung. Er brauchte seinen schweigsamen, immer verdrossenen, tief verständigen, viel wissenden, kennerischen, hageren Agustín, der herumging wie die sieben mageren Kühe, er beschimpfte ihn wüst, wünschte ihn zum Teufel, liebte ihn. Er konnte ohne ihn nicht auskommen, sowenig wie Agustín ohne seinen großen, kindischen, bewunderten, unerträglichen Freund.

Agustín schaute lange auf das Bild. Auch er kannte die Dame, die da so spöttisch von der Leinwand auf ihn schaute, er kannte sie sehr gut, er liebte sie. Er hatte kein Glück bei Frauen, und er wußte, wie wenig reizvoll er war. Doña Lucía Bermúdez war bekannt als eine der wenigen Frauen von Madrid, die neben ihrem Manne keinen Cortejo hatte, keinen erklärten Liebhaber. Francisco, dem, wenn er's nur darauf anlegte, jede Frau zufiel, hätte sicher ihr Cortejo werden können. Daß er's offenbar nicht wollte, befriedigte Agustín, doch kränkte es ihn auch. Er war bei alledem Kenner genug, das Bild nur auf seinen künstlerischen Wert hin anzuschauen. Er sah, daß es gut war, und daß gerade das, was Francisco anstrebte, nicht erreicht war. Er bedauerte das und freute sich, ging zurück zu seiner großen Leinwand und arbeitete schweigend weiter am Hinterteil seines Generalspferdes.

Goya war es gewohnt, daß Agustín hinter ihm stand und auf seine Leinwand schaute. Das Porträt der Doña Lucía war nicht geglückt, immerhin war, was er da machte, neu und verwegen, und er hatte auf Agustíns Urteil gespannt gewartet. Nun dieser wiederum stumm vor seinem berittenen General saß, stieg Wut in Goya hoch. Wie frech er war, dieser verkrachte Student, der sich hatte nähren müssen von Bettelsuppen an Freitischen. Wo wäre der Jämmerling hingekommen, wenn sich er, Francisco, seiner nicht angenommen hätte? Der Kastrat, der alle Frauen anschmachtete und sich nichts traute und nichts erreichte. Und so einer wagte es, sich wortlos von seinem Bilde abzukehren. Aber er hielt an sich. Tat, als habe er nicht gemerkt, daß sich der andere das Bild angeschaut hatte. Arbeitete weiter.

Zwei Minuten hielt er's aus, dann, grimmig, gefährlich sanft, sagte er über die Achsel: „Was hast du zu äußern beliebt? Du weißt doch, daß es heute um meine Ohren wieder schlechter steht. Du hättest ruhig deine faulen Lippen ein wenig weiter aufmachen können." Don Agustín erwiderte sehr laut und sehr trokken: „Ich habe nichts gesagt." – „Wenn man von dir was hören will", schimpfte Francisco, „dann spielst du Salzsäule, und wenn du nicht gefragt bist, dann geht es wie ein Wasserfall." Agustín erwiderte nichts. Goya aber, böse, fuhr fort: „Ich habe dem General Ricardos versprochen, den Schinken noch diese Woche abzuliefern. Wann endlich wirst du mit deinem Pferd fertig?" – „Noch heute", antwortete trocken Agustín. „Aber dann werden Sie finden, daß Sie an der Seele des Generals noch eine ganze Menge zu arbeiten haben." – „Es ist deine Schuld", empörte sich Goya, „wenn ich nicht rechtzeitig abliefern kann. Ich hatte geglaubt", höhnte er, „so viel Handwerk wenigstens hättest du dir zugelegt, daß du nicht eine ganze Woche auf einen Pferdearsch verwenden mußt."

Agustín nahm dem Freunde die Grobheit nicht übel. Was Francisco sagte, zählte nicht; es zählte nur, was er malte. Ins Bild malte er seine Empfindungen und Ansichten treu und wahr bis an die Grenze der Karikatur. Und die Bilder, die Francisco von ihm, Agustín, gemalt hatte, trugen nicht nur die Inschrift: „Dem Don Agustín Esteve sein Freund Goya", sie waren in Wahrheit das Werk eines Freundes.

Goya machte sich wieder an das Porträt, und wieder arbeiteten beide eine Weile schweigend. Dann klopfte es an die Tür, und herein kam ein unangemeldeter Gast, Don Diego, der Abate.

Goya störte es nicht, wenn man ihm bei der Arbeit zuschaute; er war diszipliniert und verhöhnte jene Maler, die, wie Antonio Carnicero, der Nichtskönner, viel von Stimmung redeten. Franciscos Freunde und seine Kinder mochten jederzeit ins Atelier kommen, Fragen an ihn richten und nach Belieben schwatzen, während er malte. Versperrt war sein Atelier erst nach der sehr frühen Abendmahlzeit; dann ließ er nur zu, wen er sich selber aussuchte, einen Freund oder eine Freundin, oder er blieb auch allein.

Er war also nicht eben ungehalten, als der Abate kam, beinahe war er ihm heute willkommen. Er spürte, er werde das, was ihm vorschwebte, heute doch nicht „sehen“, es gehörte zu dem wenigen, was sich durch Arbeit nicht erzwingen ließ, worauf man zu warten hatte.

Müßig schaute er zu, wie der Abate im Atelier herumging. Der schwere Herr saß niemals still, auffallend leichten Schrittes ging er durchs Zimmer; er hatte, Don Diego, eine selbstverständliche Art, wo immer er war, alles zu untersuchen, es in die Hand zu nehmen, wieder hinzulegen, Bücher, Schriftstücke, Gegenstände jeder Art. Goya, der Menschen schnell durchschaute, kannte den Abate seit langem, aber er war sich über sein Wesen nie klargeworden, ihm war, als trüge der sehr intelligente Mann ständig eine kunstvolle Maske. Unter der hohen, schönen Stirn Don Diegos schauten kluge, listige Augen, darunter war eine flache, gerade Nase; voll, überaus breit, genießerisch streckte sich der Mund. Das ganze Gesicht saß blaß, jovial, gescheit und sehr unpassend über der schwarzen geistlichen Gewandung. Der Abate war eher ungeschlacht, doch war alles an ihm gepflegt, und er vermochte selbst die geistliche Gewandung elegant zu machen; kostbare Spitzen schauten aus der schweren, schwarzen Seide, steinbesetzt glänzten die Schnallen der Schuhe.

In dem großen Atelier umherwandernd, erzählte der Abate allerlei Klatsch, freundlich ironisch, manchmal auch scharf, niemals langweilig. Er war gut informiert, er war bei den Herren der Inquisition ebenso zu Hause wie in den Kreisen der Freigeister.

Francisco zollte ihm wenig Aufmerksamkeit. Da aber hörte er ihn sagen: „Als ich heute beim Lever Doña Cayetanas war . . .“ Er zuckte hoch in jäher Erregung. Doch was war das? Er sah den Abate die Lippen bewegen, aber er hörte kein Wort. Ungeheurer Schreck faßte ihn. War jene Krankheit zurückgekommen, die er für immer überwunden glaubte? War er taub? Er schickte einen Blick des Grauens und der Hilflosigkeit hinüber zu dem alten Holzbild der Jungfrau de Atocha. Was die Jungfrau und alle Heiligen verhüten mögen, dachte er, er dachte es mehrere Male, es war alles, was er denken konnte.

Als er wieder hörte, erzählte der Abate von dem Doktor Joaquín Peral, der offenbar auch bei dem Lever der Alba gewesen war. Doktor Peral war erst vor kurzem aus dem Ausland zurückgekehrt und über Nacht der Wunderarzt der Madrider Gesellschaft geworden; es hieß, er habe den Grafen Espaja vom Tode auferstehen machen. Überdies, erzählte der Abate, sei der Doktor beschlagen in allen Künsten und Wissenschaften und ein ausgezeichneter Gesellschafter, man reiße sich um ihn. Allein er sei verwöhnt und mache sich kostbar. Der Herzogin von Alba freilich warte er täglich auf, und sie schätze ihn außerordentlich.

Francisco bemühte sich, den Atem ruhig zu halten. Hoffentlich hatten Agustín und dieser Don Diego nichts von seinem Anfall bemerkt; sie waren luchsäugig, beide. „Mir hat noch keiner geholfen", sagte er grimmig, „von diesen Bartkratzern und Aderlassern." Es war aber noch nicht lange her, daß sich die Ärzte aus der Innung der Barbiere hatten aussondern dürfen. Der Abate lächelte. „Ich glaube, Don Francisco", sagte er, „dem Doktor Peral tun Sie unrecht. Er versteht sein Latein und seine Anatomie. Von seinem Latein kann ich es mit aller Sicherheit sagen."

Dann aber verstummte er für eine kleine Weile. Er stand im Rücken Goyas und schaute auf das Porträt, an dem dieser arbeitete. Agustín beobachtete ihn scharf. Der Abate gehörte zu dem Freundeskreis der Bermúdez, und Agustín glaubte wahrgenommen zu haben, daß die Aufmerksamkeiten, die er der schönen Lucía sagte und erwies, zuweilen mehr waren als die üblichen Galanterien eines mondänen Abate.

Jetzt also stand Don Diego vor dem Bilde Doña Lucías, und Agustín wartete gespannt auf das, was er sagen werde. Doch der sonst so beredte Herr äußerte sich nicht.

Vielmehr erzählte er weiter von Doktor Peral, dem großen Arzt. Der habe aus dem Ausland herrliche Gemälde mitgebracht, sie seien aber noch nicht ausgepackt, Doktor Peral suche ein Haus für seine Sammlung. Vorläufig habe er sich einen wunderbaren Wagen angeschafft, einen schöneren sogar, als Don Francisco ihn fahre. Die Karosserie sei in englischem Stil gehalten, vergoldet, den Bildschmuck habe Carnicero entworfen, der übrigens auch Doña Cayetanas Lever beigewohnt habe. „Auch er?" konnte sich Goya nicht enthalten auszurufen. Er befahl sich, ruhig zu bleiben, sich keine neue Welle der Wut und der Taubheit zu gestatten. Es gelang ihm, doch mit Mühe. Er sah sie alle, mit seinen Maleraugen sah er sie, den Abate, den Bartkratzer und den Carnicero, den Kleckser, den Pfuscher, der sich den Titel eines Hofmalers erschlichen hatte, wie sie herumsaßen, die drei Widerwärtigen, während man die Frau anzog und frisierte. Er sah sie schwatzen, sah ihre gespreizten Gesten, sah sie sich weiden am Anblick der Frau, und er sah die Frau ihnen zulächeln, hochmütig und trotzdem ermunternd.

Er hätte ja einfach selber hingehen können zum Lever der Frau. Für ihn hätte sie bestimmt ein tieferes, freundlicheres Lächeln als für die andern. Aber mit diesem Knochen mochte sie einen andern Hund locken. Er wäre nicht hingegangen, und wenn er die Sicherheit hätte, daß sie ihm sogleich ins Bett spränge. Nicht um ein Indien wäre er hingegangen.

Der Abate mittlerweile berichtete, sowie die Hoftrauer abgelaufen sei, in wenigen Wochen also, gedenke die Herzogin eine Gesellschaft zu geben zur Einweihung ihres Schlößchens in Moncloa, des Palais Buenavista. Freilich sei es jetzt schwer, Pläne zu machen, infolge der militärischen Nachrichten von gestern.

„Was für militärische Nachrichten?“ fragte Agustín, schneller als sonst. „In was für einer Welt leben Sie, meine lieben Freunde?“ rief der Abate. „Bringe wirklich ich Ihnen die böse Nachricht als erster?“ – „Was für eine Nachricht?“ drängte Agustín. Und der Abate erwiderte: „Sie wissen wirklich nicht, daß die Franzosen Toulon zurückerobert haben? Beim Lever Doña Cayetanas war von nichts anderm die Rede. Abgesehen natürlich“, setzte er mit freundlicher Bosheit hinzu, „von den Aussichten des Costillares beim nächsten Stiergefecht und von dem neuen Wagen des Doktor Peral.“ – „Toulon ist gefallen?“ fragte heiser Agustín. „Die Nachricht scheint schon vor einigen Tagen eingetroffen zu sein“, antwortete der Abate, „man hat sie wohl zurückgehalten. Ein ganz junger Offizier hat die Festung zurückerobert, unserer und der englischen Flotte vor der Nase weg, ein einfacher Hauptmann. Buonafede oder Buonaparte oder so ist der Name.“

Goya sagte, und es war nicht zu erkennen, ob in seiner Stimme Schmerz war oder Zynismus: „Nun ja, dann werden wir bald Frieden haben.“ Agustín schaute ihn finster an. „Wenige in Spanien“, grollte er, „werden wünschen, daß der Friede auf solcher Grundlage zustande kommt." – „Manche werden es gewiß nicht wünschen", stimmte der Abate zu.

Er sprach leichthin und zweideutig, und die andern schauten hoch. Es war viel Zwielicht um den Abate. Seit Jahren trug er den Titel „Sekretär der Inquisition", selbst der neue, sehr fanatische Großinquisitor hatte ihm den Titel belassen. Einige sagten geradezu, Don Diego spioniere für die Inquisition. Anderntteils war er eng befreundet mit fortschrittlichen Staatsmännern, es hieß, er sei der Autor gewisser Werke, die unter dem Namen dieser Staatsmänner gingen, und manche erklärten, er sei ein geheimer Anhänger der französischen Republik. Ganz klug wurde auch Goya nicht aus dem spöttisch duldsamen Herrn; soviel war gewiß: der genießerische Zynismus, den er zur Schau trug, war eine Maske.

Als der Abate gegangen war, sagte Agustín: „Nun wird sich ja Ihr Freund Don Manuel doch wohl herbeilassen müssen, die Regierung zu übernehmen, und dann sitzen Sie noch bequemer im Sattel." Es hieß nämlich, Don Manuel Godoy, Herzog von Alcudia, der Günstling, sei von Anfang an ein Gegner des Krieges gewesen und habe die offizielle Übernahme der Regierung abgelehnt.

Goya hatte Don Manuel mehrmals zu dessen höchster Zufriedenheit gemalt und sich vor Agustín gerühmt, er glaube, er gelte was bei dem mächtigsten Manne in Spanien. So hörte er aus dem Hohn Agustíns doppelte Schärfe heraus. Der nämlich beschäftigte sich voll brennenden Interesses mit den öffentlichen Dingen, sprach darüber mit Eifer und Verstand und nahm es dem Freunde bitter übel, daß dieser die Sorge darüber von sich wegschob. Was Agustín jetzt geäußert hatte, kratzte Goya sehr. Es war wirklich sein erster Gedanke gewesen, daß nun bald Friede sein und daß sein Gönner Don Manuel die Regierung übernehmen werde. Aber war es nicht natürlich, daß ihm das Freude machte? Er war nun einmal kein Politiker, die politischen Dinge waren ihm zu verworren. Krieg oder Friede, das ging den König an, seine Räte und seine Granden. Seine, Franciscos, Sache war es nicht, er war Maler.

Er antwortete nicht. Er trat vor das Bild, vor das Porträt der Doña Lucía. „Kein Wort hast du gesagt über das Bild", beklagte er sich. „Sie wissen ja von allein, wie es darum steht", antwortete Agustín und trat, auch er, vor das Bild. „Es fehlt nichts, und es fehlt alles", erklärte er mürrisch und autoritativ. „Einen angenehmeren Gesellschafter für dunkle Stunden hätte ich mir nicht aussuchen können", höhnte Goya. Und da Agustín vor dem Bilde stehenblieb, es betrachtend, fuhr er fort: „Aber da ist sie, deine Lucía, sehen kann man sie, oder nicht?" Und bedenkend, wie er den andern kränken konnte, fuhr er hämisch fort: „Schau sie dir nur an. Was anderes kannst du ja doch nicht mit ihr anfangen, du Pla-to-ni-ker." Er sprach das Wort mit Mühe, die Silben zerteilend. Agustín preßte die Lippen zusammen. Er selber redete niemals von seiner Liebe zu Doña Lucía, doch Goya verhöhnte ihn damit, sooft er schlechter Laune war. „Ich weiß, daß ich nicht anziehend bin", antwortete er, und seine Stimme klang noch scholleriger als sonst. „Aber auch wenn ich Sie wäre, mit Ihrer Begabung und mit Ihren Titeln, würde ich keinen Versuch machen, die Frau unseres Freundes Don Miguel Bermúdez zu verführen."

„Edle Lebensregeln", höhnte
Don Francisco. „Stolze Sätze.
Von den Füßen bis zum langen
Kopf ein Tugendbold. Nur schade,
Daß sie niemals deine Tugend
Auf die Probe stellt, die ange-
Schmachtete Geliebte." Keine
Antwort gab Esteve. Düster
Strich er sich das Kinn, beschaute
Schweigend die gemalte Liebste.
Goya aber zürnte: „Keinem,
Auch dem Besten nicht, kann Farbe,
Tönung, Rhythmus kommen in der
Sauern Luft, die von dir ausgeht."
Und er nahm sich Hut und Mantel,
Zornig, und verließ die Werkstatt.

4

Wenn er, wie an diesem Tage, nichts Besonderes vorhatte, liebte er's, den Abend mit seiner Familie zu verbringen; er hatte seine Frau gern und ergötzte sich an seinen Kindern. Aber er fürchtete, in seiner heutigen Stimmung werde ihm das harmlose Geschwätz des Familientisches schwer erträglich sein. Er zog es vor, zu seiner Freundin Pepa Tudó zu gehen.

Pepa war angenehm überrascht. Sie war niemals schlampig angezogen wie so viele andere Madrileninnen; auch heute trug sie einen hübschen, blauen Schlafrock, aus dem ihre weiße Haut strahlend herauskam. Zurückgelehnt auf dem Sofa saß sie, träg, üppig, mit dem Fächer spielend, und führte mit ihm ein langsames Gespräch.

Ihre Dueña kam, Conchita, und fragte, was Don Francisco zum Abendessen wünsche. Die dürre Conchita hatte Pepa seit ihrer Geburt betreut und durch alle Wechselfälle ihres jungen und bewegten Lebens bei ihr ausgehalten. Sie berieten über die Zusammenstellung des Essens; dann entfernte sich die Alte, um einzuholen, was nötig war, vor allem den etwas vulgären Manzanilla, den Francisco bevorzugte.

Er blieb schweigsam, auch als Conchita gegangen war. Es war sehr warm in Pepas hübschem Wohnzimmer, das Kohlenbecken war hoch gefüllt, beide fühlten sich faul und behaglich, wiewohl sie wußten, daß einiges zu besprechen war. Pepa hatte eine seltsam schamlose Art, einem unverwandt das Gesicht zuzukehren, ein sehr weißes Gesicht mit breiter, niedriger Stirn unter schönem, rotblondem Haar und grünen, weit auseinanderstehenden Augen.

„Wie hast du die letzten Tage verbracht?" fragte schließlich Francisco. Sie hatte gesungen, sie hatte drei hübsche Couplets gelernt, welche María Pulpillo in der neuen Zarzuela sang, dann hatte sie Karten gespielt mit der Dueña; es war merkwürdig, Conchita war goldehrlich, aber beim Spielen mogelte sie; es war keine Frage, sie hatte sie um drei Realen betrogen. Ferner war Pepa bei der Schneiderin gewesen, bei Mademoiselle Lisette an der Puerta Cerrada. Ihre Freundin Lucía hatte ihr versichert, Mademoiselle Lisette werde ihr einen Ausnahmepreis machen. Aber auch mit Ausnahmepreis wäre der Mantel, den sie benötigte, viel zu teuer gekommen. Sie mußte also weiter bei der Buceta arbeiten lassen. „Übrigens war ich auch bei Lucía", erzählte sie, „und einmal war Lucía hier."

Goya wartete darauf zu erfahren, was Lucía über das Porträt gesagt hatte. Aber Pepa ließ ihn warten, er mußte fragen. Ja, von dem Porträt hatte sie auch gesprochen, mehrmals. „Du malst sie doch in dem gelben Kleid. Das hat sie von Mademoiselle Lisette. Achthundert Realen hat sie ihr dafür abgenommen. Da siehst du ihre Preise." Goya bezähmte sich. „Und was meint Doña Lucía zu dem Porträt?" fragte er. „Sie wundert sich", erzählte Pepa, „daß es so gar nicht fertig wird. Sie findet, es sei längst soweit, und versteht nicht, daß du dich sträubst, es ihrem Mann zu zeigen. Ich wundere mich auch, offen gestanden", schwatzte Pepa weiter. „Freilich ist Don Miguel schwierig und hat an allem zu mäkeln. Aber du quälst dich doch sonst nicht so ab. Und was wird dir Don Miguel schon zahlen? Wahrscheinlich gar nichts, weil er dein Freund ist. Und sicher nicht deine dreitausend Realen."

Goya stand auf und ging hin und her. Vielleicht wäre es doch besser gewesen, er hätte mit seiner Familie gegessen.

„Sag mir, Francisco", beharrte Pepa, „warum wirklich plagst du dich so? An meinem Porträt für den Admiral hast du keine drei Tage gearbeitet, und er hat dir viertausend gezahlt. Ist Lucía soviel schwerer als ich? Oder was ist es? Willst du mit ihr schlafen? Oder hast du schon mit ihr geschlafen? Sie ist sehr hübsch, das ist wahr." Pepa sprach beiläufig, ohne Emotion.

Goyas massiges Gesicht war finster. Wollte Pepa ihn aufziehen? Wahrscheinlich nicht. Sie war häufig so unheimlich sachlich. Wenn er's ernstlich wollte, hätte er Doña Lucía sicher haben können bei all ihrer maskenhaften Damenhaftigkeit. Aber – da waren viele Aber. Pepa war manchmal schwer erträglich. Und im Grunde war sie gar nicht einmal sein Geschmack. Sie war füllig, eine Jamona, ein hübsches, anmutiges Schweinchen, mit ihrer glatten Haut.

Pepa holte ihre Gitarre und sang. Sie sang leise, mit Hingabe. Sie war schön, wenn sie so dasaß und ihre alten, volkstümlichen Romanzen trällerte, sich mit der Gitarre begleitend. Goya wußte, daß sie im Geiste den alten, poetischen Versen ihre eigenen Erlebnisse unterlegte.

Die Dreiundzwanzigjährige hatte viel erlebt. Sie war in den Kolonien groß geworden, in Amerika, als Tochter eines wohlhabenden Pflanzers. Als sie zehn Jahre alt war, hatte ihr Vater seine Schiffe und sein Vermögen verloren. Er war mit seiner Familie nach Europa zurückgekehrt, aus einem weiten, üppigen Leben war Pepa in ein enges, dürftiges versetzt worden. Ein glückliches Naturell hatte sie davor bewahrt, unter diesem Umschwung ernsthaft zu leiden. Dann war der junge Seeoffizier Felipe Tudó in ihr Leben getreten, er war hübsch und leicht lenkbar, es war eine angenehme Ehe gewesen, aber er war arm und hatte für sie Schulden machen müssen. Wahrscheinlich hätten sie auf die Dauer wenig Freude aneinander gehabt. Nun war er umgekommen auf einer Fahrt seines Geschwaders, in mexikanischen Gewässern, und sicher war er im Paradiese, er war ein guter Mensch gewesen. Als Pepa dann dem Admiral de Mazarredo ihre Bittschrift um Erhöhung der Pension überreichte, hatte sich der dicke, alternde Herr maßlos in sie verliebt. Eine Viudita, eine kleine, leckere Witwe, hatte er sie genannt und ihr die hübsche Wohnung in der Calle Mayor eingerichtet. Pepa hatte es verstanden, daß der Admiral sie nicht seinen Freunden aus dem Hochadel vorführte; es bedeutete viel, daß er sie von dem berühmten Hofmaler porträtieren ließ. Jetzt, im Krieg, kreuzte Don Federico mit seiner Armada auf fernen Meeren, und es war gut gewesen, daß sie ihren Maler getroffen hatte, der sich feurig bereit erklärte, der Einsamen Gesellschaft zu leisten.

Pepa war von ruhiger Gemütsart und erfreute sich dessen, was sie hatte; aber oft erinnerte sie sich des breiten Lebens in den Kolonien, der riesigen Landgüter, der unzähligen Sklaven. Von dem ganzen Überfluß war ihr nichts geblieben als ihre alte, treue Conchita, die goldehrlich war und nur beim Kartenspiel mogelte. Francisco, Francho, war ein wunderbarer Freund, ein richtiger Mann, an dem eine Viudita ihre Freude haben mochte, und ein großer Maler; aber er hatte viel zu tun, seine Kunst nahm ihn in Anspruch, der Hof nahm ihn in Anspruch, seine vielen Freunde und Frauen nahmen ihn in Anspruch, und selbst wenn er bei ihr war, gehörten seine Gedanken nicht immer ihr.

Von alledem träumte Pepa Tudó, wenn sie ihre Romanzen trällerte. Sie träumte wohl, sie sei selber die Heldin einer solchen Romanze, eine schöne, junge Frau zum Beispiel, von Mauren überfallen oder von ihrem Liebhaber an die Mauren verkauft. Es mußte seine Vorteile haben, die vergötterte weiße Geliebte eines tapfern braunen Fürsten zu sein. Sie träumte auch wohl davon, daß ihr hier in Madrid das Glück nochmals begegnen könnte, und sie sah sich als eine jener Damen, die drei- oder viermal im Jahr von ihren Stadtpalästen nach ihren ländlichen Schlössern reisten und wieder zurück an den Hof, immer umgeben von Haushofmeistern, Zofen und Friseuren, angetan mit den schicksten Pariser Kleidern und mit Schmuck, den vor Jahrhunderten die Feldherren der Katholischen Isabella oder Karls des Fünften erbeutet haben mochten.

Die Dueña bat Pepa, ihr beim Zurichten des Tisches zu helfen. Sie aßen. Das Mahl war gut und reichlich, sie genossen es.

Auf sie herunter schaute das Bild des Admirals Federico de Mazarredo. Der Admiral hatte sich von Goya malen lassen für seine Schwester und dann eine Kopie bestellt für Pepa. Agustín Esteve hatte die Kopie gewissenhaft ausgeführt, und nun also schaute der Admiral zu, wie Pepa und der Maler aßen.

Es war keine große Leidenschaft, die Goya zu Pepa getrieben hatte, aber die Selbstverständlichkeit und die Wärme, mit der sie sich ihm gegeben hatte, freute ihn und füllte ihn mit Genugtuung. Sein bäuerlich realistischer Sinn erwog, daß Pepa ihrer Liebe Opfer brachte. Er wußte Bescheid um ihre Vermögensumstände. Nach dem Tod ihres Seeoffiziers hatte sie bei der großen Tirana Schauspielstunden genommen, dabei war das wenige draufgegangen, das ihr geblieben. Jetzt, seit Kriegsbeginn, wurden ihr fünfzehnhundert Realen im Monat angewiesen. Es war nicht ganz klar, wieviel davon Pension der Regierung, wieviel persönliches Geschenk des Admirals war. Fünfzehnhundert Realen waren viel und waren wenig. Kleider bei Mademoiselle Lisette konnte man sich davon nicht machen lassen. Goya war nicht geizig, und er brachte seiner schönen, angenehmen Freundin häufig Geschenke, kleine, manchmal auch ansehnliche. Aber immer wieder überkam ihn die Rechenhaftigkeit des aragonesischen Bauern, und oft, wenn er den Preis eines ihr zugedachten Geschenkes erkundet hatte, kaufte er's lieber nicht.

Der Tisch war abgeräumt, es war sehr warm, Doña Pepa lehnte in ihrem Sofa, schön, bequem, träg begehrlich, sich mit der wohlgeformten Hand lässig fächelnd. Offenbar dachte sie wieder an

Doña Lucía und ihr Porträt; denn, mit dem Fächer auf das Bild des Admirals weisend, sagte sie: „Viel Mühe hast du dir mit dem auch nicht gegeben. Sooft ich ihn anschaue, muß ich denken: der rechte Arm ist viel zu kurz."

Goya war mit einemmal überschwemmt von dem Gefühl des vielfachen Mißgeschicks, das ihn in diesen letzten Tagen heimgesucht hatte: das aufreibende Warten auf die Alba, das Unvermögen vor dem Bilde der Doña Lucía, der Ärger mit der Politik und dem kritischen Agustín. Und nun kam ihm auch noch die Pepa mit albernen Frechheiten. Mußte ein Mann, den die Alba in Gegenwart der Granden Spaniens angeschaut hatte, als ob sie mit ihm im Bette läge, sich derart blödes Geschwätz anhören und von einer solchen Jamona? Er nahm seinen grauen Seidenhut und stülpte ihn ihr über den Kopf. „Jetzt siehst du von dem Bild des Admirals genausoviel wie vorher", erläuterte er grimmig.

Sie arbeitete sich aus dem Hut heraus, sie sah komisch und hübsch aus mit der zerstörten hohen Frisur. „Conchita", rief sie wütend, und als die Alte erschien: „Sperr Don Francisco die Haustür auf." Aber Francisco lachte nur. „Unsinn, Conchita", sagte er. „Geh zurück in deine Küche!" Und als sie gegangen war, entschuldigte er sich: „Ich bin heute ein bißchen schwer zu haben, ich hatte viel Ärger. Übrigens war, was du über das Bild gesagt hast, wirklich nicht sehr gescheit. Schau genau hin, dann wird dir der Arm nicht zu kurz vorkommen." Sie maulte und bestand: „Er ist doch zu kurz." – „Blind bist du, aber hübsch mit den verwirrten Haaren", sagte er gutmütig. „Und eine neue Coiffure schenk ich dir auch", tröstete er sie weiter, und er küßte sie.

Später, im Bett, sagte sie: „Weißt du, daß Don Federico in allernächster Zeit zurückkommt? Kapitän Morales hat es mir gesagt, in seinem Namen, mit Grüßen." Das stellte Francisco vor eine neue Situation. „Was wirst du tun, wenn der Admiral wirklich zurückkommt?" fragte er. „Ihm sagen, was ist", antwortete sie. „Ihm sagen: Und zwischen uns beiden / Ist alles vorbei", zitierte sie eine ihrer Romanzen. „Das wird unangenehm für ihn sein", überlegte laut Goya. „Erst verliert er Toulon, und dann dich." – „Eigentlich hat nicht er Toulon verloren", verteidigte sachlich Pepa ihren Admiral, „sondern die Engländer. Aber ihm gibt man schuld, das ist nun einmal so."

Nach einer Weile ließ Francisco einen Gedanken laut werden, der ihn die ganze Zeit beschäftigte. „Und wie wird das mit deiner Pension?“ fragte er. „Das weiß ich nicht“, erwiderte sie, nicht sehr besorgt. „Etwas wird mir wohl bleiben.“

Es war nicht Goyas Sache, eine Frau auszuhalten; ein großer Maler hatte dergleichen nicht nötig. Auch überlegte er, daß er Pepa sehr wohl aus seinem Leben wegdenken könnte. Andernteils fand er es natürlich, daß eine hübsche Frau in angenehmen Umständen leben wollte, und es hätte ihn gekränkt, wenn sie, nur weil er ihr nicht genügend Geld gab, schließlich einem andern anheim- oder gar an den Admiral zurückgefallen wäre.

„Laß es dich nicht kümmern“, sprach er.
„Denn ich werde dafür sorgen,
Daß du weiter leben kannst wie
Bisher.“ Doch er sprach es schwunglos.
„Danke“, sagte Pepa träge.
„Und den Admiral, den hängen
Wir dann von der Wand weg“, schlug er
Vor, belebt. „Warum denn?“ fragte
Pepa. „Weil der Arm zu kurz ist?
Nein, er ist gar nicht zu kurz. Ich
Hab es nur gesagt, weil du dir
Soviel Müh gibst mit Lucía.“

5

Er stand vor dem Porträt, allein, und beschaute es, schärfsten Auges nach Fehlern spähend. Das war Doña Lucía, keine Frage. So lebte sie, so leibte sie, so sah er sie. Alles war da, das Maskenhafte, das etwas Künstliche, das Hintergründige. Denn etwas Hintergründiges hatte sie, und manche glaubten, die Frau, die jetzt dreißig Jahre alt sein mochte, schon früher gesehen zu haben, ohne die damenhafte Maske.

Ob er mit dieser Frau schlafen wollte, hatte die Pepa ihn gefragt. Alberne Frage. Jeder gesunde, im Saft stehende Mann möchte mit jeder halbwegs hübschen Frau schlafen, und Doña Lucía Bermúdez war aufreizend hübsch, damenhaft hübsch, anders hübsch als andere.

Ihr Mann, Don Miguel, war sein Freund. Aber er gestand sich ehrlich zu, daß es nicht das war, was ihn abhielt, Mühe und Zeit auf die Gewinnung Lucías zu verwenden. Vielmehr war, was ihn hemmte, gerade jenes etwas Rätselhafte, Ungewisse. Das reizte den Maler in ihm, aber nicht den Mann. Was sie war und was sie nicht war, ging ineinander über, es ließ sich nicht trennen, es war gespenstisch, unheimlich. Einmal hatte er's gesehen, damals, im Ballsaal Don Manuels. Der Silberton auf dem gelben Kleid war es gewesen, das Flirrende, jenes verdammte, gesegnete Licht. Das war ihre Wahrheit, seine Wahrheit, das war das Bild, das er machen wollte.

Und mit einemmal sah er es von neuem. Mit einemmal wußte er, wie er jenes schimmernde, schillernde, silbrig verfließende Grau herstellen konnte, das er damals gesehen hatte. Nicht der Hintergrund tat es, nicht das weiße Gewebe über dem gelben Kleid. Diese Linie hier mußte aufgeweicht werden, und hier diese, die Fleischtöne mußten mitwirken, das Licht, das von der Hand ausging, vom Gesicht. Es war ein Winziges, es war alles. Er schloß die Augen und sah. Er wußte, wie er's zu machen hatte.

Arbeitete. Änderte. Nahm ein Winziges weg, tat ein Winziges zu. Es kam alles von selbst, ohne Mühe. In einer unglaublich kurzen Zeit war es da.

Er beschaute sein Werk. Es war gut. Er hatte es geschafft. Da war etwas Neues, Großes. Das war die Frau, die sie wirklich war, mit all ihrem Geflirre. Er hatte das Verfließende, Verschwebende festgehalten. Das war sein Licht, seine Luft, die Welt seines Auges.

Sein Gesicht entspannte sich, wurde fast töricht vor Genugtuung. Er hockte sich in einen Sessel, leicht erschöpft, müßig.

Agustín kam. Grüßte mürrisch. Machte ein paar Schritte. Ging an dem Porträt vorbei, blicklos. Allein es mußte ihm etwas aufgefallen sein. Er wandte sich mit einem Ruck, Schärfe kam in sein Aug.

Er schaute lange. Räusperte sich. „Das ist es, Don Francisco", sagte er schließlich, heiser. „Jetzt haben Sie es. Jetzt haben Sie die Luft und das Licht. Jetzt hast du dein richtiges Grau, Francisco."

Goya strahlte knabenhaft über das ganze Gesicht. „Ist das dein Ernst, Agustín?" fragte er und legte ihm den Arm um die Schultern. „Ich scherze selten", sagte Agustín.

Er war tief aufgerührt, mehr beinahe als Francisco. Er hatte nicht gelernt, mit Zitaten aus dem Aristoteles und dem Winckelmann um sich zu werfen wie Don Miguel Bermúdez oder der Abate. Er konnte nichts, er war ein miserabler Maler, aber er verstand mehr vom Malen als irgendwer sonst, und er wußte, daß dieser Francisco Goya, sein Francho, jetzt etwas erreicht hatte, wovon das ganze Jahrhundert noch keine Ahnung hatte; er war losgekommen von der Linie. Die andern hatten die Linie nur immer reiner herausarbeiten wollen, ihre Malerei war schließlich nichts mehr gewesen als kolorierte Zeichnung. Dieser Francisco lehrte die Welt neu sehen, vielfältiger sehen. Und bei all seiner Einbildung wußte er wahrscheinlich nicht einmal, was er da Großes und Neues gemacht hatte.

Goya jetzt, auffallend langsam, nahm seine Pinsel und wusch sie umständlich aus. Während dieser Arbeit, mit stillem Jubel, doch immer langsam, sagte er: „Ich werde dich nochmals malen, Agustín. Du mußt deinen braunen, schlampigen Rock tragen und dein mürrischstes Gesicht. Das wird großartig werden mit meinem Grau, meinst du nicht? Dein Mürrisches und mein Leuchtendes, du wirst sehen, das wird ein ganz besonderer Effekt." Er trat vor das riesige Bild des berittenen Generals, an dem Agustín noch immer arbeitete. „Recht gut, der Pferdearsch", anerkannte er. Dann, überflüssigerweise, wusch er nochmals seine Pinsel.

Agustín indes war voll von
Tiefer Freude, dieses Mannes
Freund zu sein und sein Genosse.
Ja, er hatte ihm auf seine
Ungeschickte Art geholfen
Und den rechten Weg ihn finden
Machen. Voll von Freundschaft blickte
Er auf Don Francisco, seinen
Francho, väterlich beinahe,
So wie auf ein sehr begabtes,
Liebenswertes Kind, das immer

Neue, wilde, dumme Streiche
Macht. Und er gelobte sich's, den
Unerträglichen Genossen,
Seinen lieben Freund, für stets und
Ewig zu ertragen.

6

Andern Tages, davon verständigt, daß das Porträt nun fertig sei, stellten sich Don Miguel und Doña Lucía Bermúdez in Franciscos Atelier ein.

Francisco Goya und Miguel Bermúdez waren, wiewohl einer am andern manches auszusetzen fand, nahe befreundet. Don Miguel, der Erste Sekretär des allmächtigen Don Manuel, Herzog von Alcudia, leitete aus dem Hintergrund die Geschicke Spaniens. Der fortschrittliche, im Grunde franzosenfreundliche Mann mußte viel Geschick aufwenden, um sich in diesen Zeiten gegen die Intrigen der Inquisition zu halten, und Francisco bewunderte die Bescheidenheit, mit welcher Miguel seine Macht mehr verbarg als zeigte. Als Wissenschaftler hingegen, vor allem als Kunsthistoriker, war Miguel weniger bescheiden, und das von ihm veröffentlichte große Künstlerlexikon gab sich überaus autoritär. Señor Bermúdez ließ, den Theorien eines Winckelmanns und Raphael Mengs folgend, nur die einfache, erhabene Linie gelten, die Nachahmung der Alten. Raphael Mengs und Goyas Schwager Bayeu waren ihm die größten zeitgenössischen Meister Spaniens, und er tadelte seinen Freund Francisco mit höflich pedantischem Bedauern, weil er in der letzten Zeit immer häufiger von der klassischen Theorie abwich.

Francisco freute sich mit spitzbübischer Erwartung darauf, dem Freunde gerade am Porträt seiner Frau zu zeigen, was alles man durch Verletzung der Regeln erreichen konnte; er war überzeugt, daß Miguel trotz seiner strengen Doktrin für wahre Kunst empfänglich war. Er wollte den korrekten Freund, der, bei aller gespielten Gelassenheit, sicher höchst gespannt war auf das neue Werk, seine kostbaren Prinzipien wieder einmal in langen Erörterungen von sich geben lassen, ehe er ihn mit der flirrenden Doña Lucía überraschte. Er hatte also die gemalte Dame mit all ihrer Luft und ihrem Licht und ihrer Schönheit gegen die Wand gekehrt, so daß nur der rauhe, nackte, graubraune Rücken des Bildes sichtbar war.

Es kam, wie er sich's erwartet hatte. Don Miguel saß da, ein Bein übers andere geschlagen, und wies, ein kleines Lächeln auf dem weißen, leicht gepuderten, viereckigen, klarstirnigen Gesicht, auf eine große Mappe, die er mitgebracht hatte. „Es ist mir geglückt", führte er aus, „trotz des Krieges dieser Pariser Stiche habhaft zu werden. Da werdet ihr Augen machen, meine Lieben, du, Francisco, und Sie, Don Agustín. Die Stiche sind von Morel und geben wieder das Wichtigste, was Jacques-Louis David in diesen letzten Jahren geschaffen hat." Es war aber Jacques-Louis David der bekannteste Maler Frankreichs, das Haupt jener klassischen Schule, welche Señor Bermúdez so hoch schätzte.

Die Stiche stellten neben Szenen aus dem klassischen Altertum Menschen und Vorgänge der allerneuesten Geschichte dar, auch sie gehalten in antiker Manier: die französischen Abgeordneten etwa in der Tennishalle, schwörend, sie würden keine weitere Willkür der Tyrannei dulden, Porträts ferner des Danton und des Desmoulins, und vor allem war da Marat, ermordet in der Badewanne.

Das Werk des französischen Malers war dem Wesen und dem Werk Franciscos entgegengesetzt. Doch konnte keiner besser erkennen als er, mit wieviel Kunst diese Bilder gemacht waren. Der tote Marat zum Beispiel. Schlaff nach der Seite lehnte sein Kopf, schlaff fiel der rechte Arm aus der Wanne, während die Linke noch die Bittschrift hielt, welche die listige Mörderin überbracht hatte. Mit kalter Meisterhand war das gemacht, mit überlegener Ruhe, und trotzdem: wie war es erregend. Wie schön und groß bei aller Realistik sprang das häßliche Gesicht des Toten einen an. Wie sehr mußte der Maler diesen „Freund des Volkes" geliebt haben. So stark traf das Geschehnis des Bildes in seiner scheußlichen und großartigen Wirklichkeit den schauenden Goya, daß er für eine Weile nicht mehr der Künstler war, der kritisch das Werk des andern prüft; vielmehr packte ihn Beklemmung, die Angst vor dem Schicksal, das auf einen jeden lauert, ihn aus dem Hinterhalt anzufallen, vor der Staffelei, während man arbeitet, im Bett, wenn man liebt, im Bade, wenn man sich entspannt.

„Es friert einen, wenn man seine Bilder anschaut“, sagte er schließlich. „Ein großer, verabscheuungswürdiger Mann“, und alle dachten daran, wie der Maler und Revolutionär David im Nationalkonvent für den Tod seines Gönners, des Sechzehnten Louis, gestimmt hatte. „Auch nicht auf einen Monat“, schloß Goya, „möchte ich sein Leben gegen das meine eintauschen, nicht für den Ruhm des Velázquez.“

Señor Bermúdez aber erläuterte, wie sich an den Bildern des Franzosen wieder einmal erweise, daß alle wahre Kunst auf dem Studium der Antike basiere. Auf nichts als auf die Linie kam es an. Die Farbe war ein notwendiges Übel und hatte eine einzige Funktion: die, zu gehorchen.

Francisco grinste gutmütig. Nun aber mischte Don Agustín sich ein. Er hatte Respekt, ja, Bewunderung vor der tapfern und gleichwohl geschmeidigen Politik des Señor Bermúdez. Aber alles andere an dem Mann stieß ihn ab. Vor allem verdroß ihn seine Trockenheit, seine pedantische, enthusiastische Schulmeisterei. Es war nicht zu begreifen, daß eine so delikate und lieblich krause Dame wie Doña Lucía diesen Menschen hatte heiraten können, der nichts war als eine zweibeinige Enzyklopädie und im Innersten steril. Grimmig freute er sich darauf, ihn und seine ganze albern gelehrte Theorie vor Doña Lucía durch das Werk Franciscos zuschanden zu machen.

Er tat den breiten, dünnen, mürrischen Mund auf und sagte mit seiner schollerigen Stimme ungewöhnlich höflich: „Die Bilder Davids, die Sie uns da haben sehen lassen, Don Miguel, scheinen wirklich ein Gipfel.“ – „*Der* Gipfel“, verbesserte Bermúdez. „*Der* Gipfel“, gab Agustín zu. „Trotzdem könnte ich mir vorstellen“, fuhr er mit tückischer Freundlichkeit fort, „daß man auch mit der von Ihnen so gescholtenen Farbe neue, überraschende Wirkungen erzielen könnte. Gipfel-Wirkungen.“ Und stakigen Schrittes ging er zur Wand und hob mit kräftiger Bewegung die Leinwand hoch, die dort graubraun lehnte.

„Ich kann mir schon denken“, sagte lächelnd Don Miguel, „wovon Sie sprechen, Don Agustín. Wir sind beide, Doña Lucía und ich, gespannt auf das Porträt, das so lange ...“ Er vollendete den Satz nicht. Denn jetzt schaute von der Staffelei die gemalte, flirrende Lucía.

Er stand und schwieg. Der Kunstkenner, gewohnt, Bilder an seinen wohlerwogenen Theorien zu messen, vergaß seine Prinzipien. Die Frau auf der Leinwand war die Lucía, die er kannte, und gleichzeitig eine verwirrend andere. Wiederum gegen seine Grundsätze schaute er hinüber zu der Lucía in Fleisch und Blut, seine Bestürzung nur mit Mühe verbergend.

Damals, vor Jahren, als er sie heiratete, war Lucía eine „Maja" gewesen, ein Mädchen aus dem Volk, impulsiv, unberechenbar, und sie zu heiraten, war ein Entschluß gewesen, ebenso schnell wie kühn und gefährlich. Aber Instinkt, Erfahrung und das Studium der Klassiker hatten ihn gelehrt, daß, wer nicht rasch zugreift, häufig leer ausgeht und daß die Götter einem Sterblichen die große Gelegenheit nur einmal zuwerfen. Er hatte auch seine rasche Tat nie bereut. Er liebte und begehrte seine schöne Frau heute wie am ersten Tag; sie hatte sich überdies aus dem zweideutigen Mädchen von der Straße in eine repräsentative Señora Bermúdez verwandelt, um die man ihn beneidete. Eine Dame der Gesellschaft, begehrenswert und repräsentativ, sah sie ihn auch von der Leinwand her an, aber da war um sie herum ein Ungreifbares, Silbriges, Schillerndes, und Don Miguel wußte auf einmal: die Lucía, die er doch während dieser Jahre bis in ihr Letztes ergründet zu haben glaubte, war ihm heute noch so erregend und fremd, so bedrohlich unberechenbar wie am ersten Tag, auch heute noch eine Maja.

Goya nahm mit heiterer Genugtuung die Verblüffung wahr auf dem sonst so beherrschten Antlitz des Freundes. Ja, mein lieber Miguel, die Methoden deines Monsieur David sind gut; klare Linien sind eine gute Sache, und klare Dinge lassen sich damit klar wiedergeben. Aber Welt und Menschen sind nun einmal nicht klar. Das Bösartige, das Gefährliche, das Kobold- und Hexenhafte, das Dahinter, das läßt sich mit deinen Mitteln nicht malen, das kann man den verehrten Alten nicht abschauen. Da wissen sich dein Winckelmann und dein Mengs und da weißt auch du dir keinen Rat.

Er selber, Francisco, blickte von der gemalten Frau zu der lebendigen. Die stand da, tief schweigend und schauend auch sie. Ihre schmalen, schrägen Augen unter den hohen, höflich befremdeten Augenbrauen schauten auf das flirrende Licht, welches sie auf dem Bilde umspielte, ihr launisches Gesicht hatte etwas von seiner Maskenhaftigkeit abgelegt, ihr breiter Mund hatte sich leicht geöffnet, ein Lächeln war um ihn, doch nicht fein und spöttisch wie sonst zumeist, sondern tiefer, gefährlicher, wohl auch vulgärer, lasterhafter. Und plötzlich erinnerte sich Francisco Goya einer Episode, die er vergessen und lange gesucht hatte. Einmal war er mit einer Frau im Prado spazierengegangen, es war viele Jahre her, und eine Avellanera, eine Mandelverkäuferin, halbwüchsig, sie mochte vierzehn oder fünfzehn sein, hatte sich an ihn herangemacht. Er hatte Mandeln für seine Dame kaufen wollen, das Kind hatte ihn überfordert, er hatte einen niedrigeren Preis geboten, und die junge Verkäuferin, eine richtige Maja, hatte ihn ertränkt in einem Strom von Hohn und Geschimpfe: „Zwei Realen. Ich will meinen Patron fragen. Warten Sie hier, schöner Herr, in einem halben Jahr bin ich zurück mit der Antwort!" Und sie hatte andere ihrer Rotte herbeigeschrien: „Kommt her, meine Lieben! Hier ist einer, der das Geld springen läßt. Er hat die Spendierhosen an. Er will zwei Realen für seine Dame springen lassen." Und beschämt und zornig hatte er dem frechen Balg die fünf Realen hingeworfen. Es war ihm ein Triumph, daß er etwas aus dieser abgelebten Zeit in seine Lucía hineingemalt hatte, etwas von dieser vulgär spitzbübischen Lucía und ihrer verfänglichen Lust an dreisten Antworten und derben Späßen. Und es war ihm ein Triumph, daß sein Bild sie trieb, die Maske ein wenig zu lüften.

Don Agustín seinesteils, als jetzt Lucía vor dem Porträt stand, sah, wie die Schönheit der Frau im Fleische die Schönheit des Bildes erhöhte, und die Herrlichkeit des Bildes die Herrlichkeit der Frau, und das Herz war ihm gepreßt von Begierde und von Genuß.

Noch immer schwiegen alle. Da endlich tat Doña Lucía den Mund auf. „Ich habe gar nicht gewußt", sagte sie mit ihrer etwas schleppenden Stimme zu Don Francisco, „daß ich auch lasterhaft bin." Diesmal aber verriet ihr spielerischer Ton und ihr Lächeln mehr, als es versteckte. Sie forderte Francisco heraus, des war kein Zweifel, sie schickte sich an, gerade in Gegenwart ihres Mannes, seines Freundes, ein bedenkliches Spiel mit ihm zu beginnen. Er aber begnügte sich, sehr höflich zu erwidern: „Es freut mich, daß mein Porträt Ihnen gefällt, Doña Lucía."

Diese Wechselreden rissen Agustín aus seiner Verzückung und brachten ihn zurück auf sein Geschäft, die Demütigung Don Miguels. „Ich bin neugierig", sagte er mit seiner brüchigen Stimme, „ob auch der Herr Gemahl so zufrieden ist mit dem Bilde wie Sie."

Don Miguel hatte sich nach der ersten Betroffenheit bemüht, die allzu persönlichen Gesichtspunkte zurückzudrängen, doch der Kunsttheoretiker stand vor dem Gemälde nicht weniger verwirrt als der Mann der Doña Lucía. Er konnte es nicht leugnen: dieses regelwidrige Produkt bewegte ihn, sprach ihn an, es war schön. „Das ist alles ganz falsch", sagte er schließlich, „aber ich gebe zu, es ist großartig." – „Sie sind ein Bekenner", sagte Agustín und grinste über sein knochiges, hageres Gesicht.

Der ehrliche Miguel aber rang sich noch stärkere Anerkennung ab. „Ich habe dich doch gesehen, Lucía", sagte er, „in diesem gelben Kleid, bei dem Ball Don Manuels, und du sahst wunderbar aus in dem Licht der vielen Kerzen. Aber auf dem Bild siehst du noch schöner aus. Und dabei bleibt dieser Teufelsmensch durchaus bei der Wahrheit. Wie hast du es nur angestellt, Francisco?" – „Das kann ich Ihnen sagen, Don Miguel", erklärte trocken Agustín, „es gibt eben mehr als die Wahrheit."

Doch vermochten die Anrempelungen Agustíns Don Miguel nicht zu ärgern, und auch die Beklemmungen und Bedenken, welche ihm das Porträt bereitet hatte, quälten ihn nicht länger. Er war ein fanatischer Sammler großer Kunst, und sein Herz wärmte sich an der Freude, daß ihm für wenig oder eigentlich für nichts dieses zwar regelwidrige, aber erregende und kunsthistorisch bedeutsame Gemälde zufallen sollte.

Die wichtigsten Geschäfte Don Manuels lagen in seiner Hand, seine Zeit war bemessen. Trotzdem verzog er im Atelier des Freundes. Ein Bein über das andere geschlagen, mechanisch mit den Davidschen Stichen spielend, meinte er: „Ich bin neugierig, Francisco, ob du deine neue Methode auch anwenden wirst, wenn du jetzt meinen Herzog porträtierst." Und da Goya hochsah, fuhr er fort, sehr beiläufig: „Denn selbstverständlich werden wir jetzt, nachdem Don Manuel das Ministerpräsidium übernommen hat, dich bitten müssen, mindestens zwei weitere Porträts von ihm zu malen, und wir benötigen eine ganze Reihe von Kopien für die

Ministerien und für die öffentlichen Institute." Goya freute sich. Sein Freund Miguel ließ sich nichts schenken; er bezahlte nichts für Lucías Porträt, aber er verschaffte ihm den ehrenvollen und einträglichen Auftrag. Der Fall Toulons griff wahrhaftig in sein Leben ein; er nötigte ihm die Sorge für Pepa auf, doch brachte er ihm auch den dicken Auftrag.

Don Miguel, mittlerweile, im gleichen, leichten, beiläufigen Ton, fuhr fort: „Wenn es dir recht ist, arrangiere ich also eine längere Sitzung in den allernächsten Tagen, beginnend beim Lever." – „Das ist besonders freundlich von dir", bedankte sich Francisco.

Allein Señor Bermúdez war noch nicht zu Ende. „Es wird sich manches ändern", plauderte er, „nun Don Manuel in Person die Leitung der Geschäfte übernommen hat. Das Land wird sich daran gewöhnen müssen, die französische Republik als einen Faktor anzuschauen, der sich nicht mehr aus der Welt schaffen läßt." Agustín sah hoch. „Verstehe ich Sie recht", fragte er eifrig, „wird Don Manuel die Innenpolitik des Landes wieder auf die früheren Prinzipien stellen? Beabsichtigt er, gewisse Maßnahmen gegen die Liberalen aufzuheben?" – „Eben das", erwiderte Bermúdez, und, immer mit den Stichen spielend, ohne Francisco anzuschauen, wandte er sich an diesen: „Übrigens könntest du uns helfen, Francisco. Du weißt, wie gerne dich Don Manuel um sich sieht. Vielleicht könntest du ihm bei deinen Sitzungen eine gewisse politische Maßnahme nahelegen." Und noch leichter, im Konversationston, mit dem übergeschlagenen Bein wippend, schloß er: „Ich denke, es wäre an der Zeit, Don Gaspar zurückzurufen."

Der ruhige Agustín stand auf, erregt. Goya atmete stark durch die flache Nase, Unbehagen über dem ganzen Gesicht.

Es war nämlich Don Gaspar Melchor de Jovellanos der angesehenste liberale Staatsmann und Schriftsteller des Landes, allgemein nannte man ihn den „spanischen Voltaire". Als Minister des vorigen Königs hatte er eine Menge wohltätiger Reformen durchgesetzt. Dem Vierten Carlos indes und Don Manuel war der strenge, stets fordernde Mann bald unbequem geworden, er hatte die Krone in immer neue Zwistigkeiten mit der Inquisition und dem reaktionären Hochadel gebracht, und der Ausbruch der Französischen Revolution hatte willkommenen Vorwand gegeben, den Führer der Liberalen, den Umstürzler, beiseite zu schieben; man hatte ihn in seine fernen heimatlichen Berge verbannt und ihm die Veröffentlichung weiterer Werke untersagt. Es war keine angenehme Aufgabe, Don Manuel um die Begnadigung dieses Mannes zu bitten.

Francisco schwieg. Agustín ging auf und ab, unmanierlich, erregt, stakigen Schrittes. Doña Lucía, mit ihrem Fächer spielend, schaute neugierig aus ihren schleierigen Augen auf Goyas verdrossenes Gesicht. „Wieso brauchst du für eine solche Anregung mich, Miguel?“ fragte Francisco schließlich. „Warum trittst du nicht selber für Jovellanos ein?“ – „Von der Stunde an“, erwiderte freundlich gelassen Don Miguel, „da mein Herzog die Regierung übernahm, war ich entschlossen, die Rehabilitierung meiner liberalen Lehrer und Freunde zu verlangen. Aber Don Manuel weiß natürlich wie jedermann, wie sehr ich Don Gaspar verpflichtet bin, daß ich ihm meine ganze Karriere verdanke und wohl auch meine Philosophie. Du, Francisco, bist unverdächtig, du giltst als politisch neutral und keinesfalls als Parteigänger Don Gaspars, wiewohl er, wenn ich mich recht erinnere, auch für dich einiges getan hat. Es wäre ohne Zweifel wirksam, wenn der erste Anstoß von dir käme. Ich werde dann nachdrücken, und wenn wir erst Jovellanos wieder hier haben, werde ich auch die Rehabilitierung des Grafen Cabarrús und der andern erwirken.“

Francisco strich sich verdrossen das dichte Haar weiter vors Ohr. Der Hinweis auf die Dienste, welche ihm Jovellanos erwiesen hatte, ärgerte ihn. Es war richtig, Jovellanos hatte ihm, als er unbekannt und bettelarm nach Madrid kam, einen großen Porträtauftrag gegeben und wirksame Empfehlungen. Doch im Grunde war ihm der unerbittlich strenge Mann fremd geblieben, er verspürte vor ihm die gleiche frostige Bewunderung wie vor dem Maler David, er verstand es, daß der leichtherzige Don Manuel den grimmigen Jovellanos nicht leiden mochte, der immer als ein lebendiger Vorwurf herumging. Nun also forderte der tugendhafte Miguel, daß er, Francisco, sich großherzig und dankbar zeige. „Gute Taten“, dachte er eine alte Volksweisheit, „machen sich gewöhnlich erst im Himmel bezahlt, schlechte auf Erden.“

Don Miguel redete ihm zu: „Gerade jetzt, da Don Manuel dem Frieden mit Frankreich zusteuert, ist eine solche Anregung aussichtsreich.“

Vermutlich stimmte das. Trotzdem blieb Miguels Bitte eine Zumutung, und Goyas unbeherrschtes Gesicht zeigte deutlich sein Widerstreben. Sein Aufstieg war langsam gewesen, er hatte ihn sich erkämpfen müssen durch Leistung, Zähigkeit, List und Vorsicht. Jetzt sollte er das Erreichte gefährden dadurch, daß er sich in Staatsgeschäfte mischte. „Schließlich bist du der Politiker", sagte er unmutig, „ich bin Maler." – „Begreife doch, Francisco", erklärte ihm nochmals geduldig Señor Bermúdez, „daß in diesem Fall du der bessere Fürsprech bist, eben weil du keine politischen Ambitionen hast!"

Doña Lucía schaute Francisco noch immer an, unverwandt. Den Fächer hielt sie jetzt fast geschlossen, der Brust zugekehrt, in der Sprache der Majas bedeutete das spöttische Ablehnung, und das Lächeln um ihre langen Lippen hatte sich vertieft. Auch Agustín starrte auf Goya, gespannt, geradezu höhnisch, und dieser wußte, daß auch der treue Freund sein Zögern mißbilligte. Es war niederträchtig von Miguel, daß er ihm seinen peinlichen Vorschlag in Gegenwart Doña Lucías und Don Agustíns machte.

„Gut denn", sagte er verdrossen,
Schwunglos, „gut, ich werd es machen,
Und es möge Unsre Jungfrau
Von Atocha mich bewahren,
Daß es nicht zum Bösen ausgeh."
Und er schaute nach dem Holzbild,
Sich bekreuzend.
Doch Lucía
Sagte lächelnd zu dem Gatten:
„Wußt ich's doch, dein Freund Francisco
Ist voll Hilfsbereitschaft, edel,
Tapfer, selbstlos, ein Hidalgo
Von dem Kopf bis zu den Füßen."
Grimmig schaute Don Francisco.

Als die beiden dann gegangen
Mit dem Bild Doña Lucías,
Wandte sich Francisco böse
Gegen Agustín. „Da sitzt du",

Hub er an, „und lachst und freust dich.
Du hast's leicht mit deiner Tugend,
Hungerleider. Was hast du schon
Zu verlieren?" Und er seufzte.
„‚Wo man hinkommt, nichts als Ärger'",
Murrte er das alte Sprichwort,
„‚Wo man hinkommt, stets das gleiche:
Pflichten, Schulden, Kinder, Unkraut.'"

7

Als am übernächsten Tage Goya beim Lever Don Manuels erschien, um das bestellte Porträt zu beginnen, fand er den Vorsaal dicht gefüllt. Durch die geöffnete Tür sah man in das üppige Schlafzimmer, wo der Herzog angekleidet und frisiert wurde.

Es waren da Lieferanten aller Art, Spitzenhändler, Juwelenhändler, ein Kapitän, soeben aus Amerika zurückgekehrt, der dem Herzog seltene Vögel zum Geschenk machen wollte. Da war Señor Paván, der die neugegründete, von Don Manuel subventionierte geographische Zeitschrift „Der Weltreisende" redigierte, und da war Don Roberto Ortega, der große Botaniker, um dem Herzog sein letztes Werk zu überreichen; Don Manuel ließ es sich angelegen sein, die botanische Wissenschaft zu fördern. Die meisten Besucher aber waren junge, hübsche Frauen, die dem Minister Bittschriften präsentieren wollten.

Sowie ihm Goya gemeldet wurde, kam Don Manuel ins Vorzimmer, halb angezogen, den Schlafrock flüchtig übergeworfen, gefolgt von Sekretären und Bediensteten. Die Lakaien trugen rote Strümpfe, ein Abzeichen, das dem königlichen Haushalt vorbehalten war; aber der Vierte Carlos hatte den Herzog ermächtigt, auch seine Dienerschaft die auszeichnenden Strümpfe tragen zu lassen.

Don Manuel begrüßte Goya herzlich. „Ich habe Sie erwartet", sagte er und hieß ihn in das innere Zimmer treten, während er selber im Vorraum noch eine Weile verzog. Er sprach den und jenen an, lässig, nicht unfreundlich, hatte ein paar nette Worte für den Kapitän, der die feindliche Blockade durchbrochen hatte, dankte liebenswürdig dem Botaniker, schaute sich jovial, ungeniert abschätzend die wartenden Frauen an, ließ die Bittschriften von seinen Sekretären entgegennehmen, schickte dann die ganze Versammlung fort und ging zurück in sein Ankleidezimmer, zu Goya.

Während man ihn vollends ankleidete und während ihm Señor Bermúdez, sie erläuternd, allerlei Papiere zur Unterschrift vorlegte, machte sich Francisco ans Werk. Das hübsche Gesicht des Ministers, voll, faul, mit dem kleinen, üppigen, sehr roten Mund, hatte etwas sonderbar Starres. In seinem Innern, während er arbeitete, lächelte Goya über die vielen stümperhaften Bilder dieses Gesichtes, die andere gemacht hatten. Sie waren gescheitert, weil sie sich bemüht hatten, es zu heroisieren. Es war nicht leicht, Don Manuel richtig zu sehen, es war viel Haß um ihn. Die öffentlichen Dinge standen schlecht, und die königstreuen Spanier maßen die Schuld nicht ihrem Monarchen bei, sondern eher der Königin, der Fremden, der Italienerin, und vor allem ihrem Freund, ihrem Cortejo, Don Manuel. Der kam von unten, er hatte nichts als sein unverschämtes Glück, und er hatte sich zu benehmen wie sie selber, nicht wie ein großer Herr oder König.

Goya dachte anders. Gerade sein Glück, sein märchenhafter Aufstieg machten ihm den jungen Herrn sympathisch.

Geboren in Badajoz, in der herdenreichen Estremadura, aus kleiner Familie, war Manuel jung als Gardeleutnant an den Hof gekommen und dort durch seinen strammen, wohlgebildeten Körper und seine angenehme Stimme der Frau des Thronfolgers, der Prinzessin von Asturien, aufgefallen. Die lebensgierige Dame ließ nicht mehr von ihm, als Kronprinzessin nicht und nicht als Königin. Heute, mit siebenundzwanzig Jahren, nannte sich der stattliche Jüngling Manuel de Godoy y Alvarez de Faria, Herzog von Alcudia, er war Generalkapitän der wallonischen Leibgarde, Geheimsekretär der Königin, Präsident des Kronrats, Ritter des Goldenen Vlieses, im Besitz aller Reichtümer, die er begehrte, und Vater der beiden jüngsten königlichen Kinder, der Infantin Isabella und des Infanten Francisco de Paula, sowie zahlreicher Bastarde.

Goya wußte, daß es schwer war, soviel Glück zu ertragen, ohne bösen Herzens zu werden. Don Manuel blieb gutmütig, er hatte Respekt vor Kunst und Wissenschaft, war empfänglich für Schönes und wurde gemein und grausam nur, wenn ihm jemand nicht den Willen tat. Es wird nicht einfach sein, Leben in das breite Gesicht des jungen Herzogs zu malen; denn der repräsentierte gern und legte zu diesem Zweck eine hochmütig blasierte Maske an. Francisco, infolge der Sympathie, die er für ihn spürte, wird es vermögen, die Lust zum Leben und zum Lachen sichtbar zu machen, die sich hinter der leicht gelangweilten Miene verbarg.

Don Manuel hatte die vorgelegten Akten unterzeichnet. „Und nun", sagte Señor Bermúdez, „habe ich Eurer Exzellenz einige Mitteilungen zu machen, die nicht für die Öffentlichkeit geeignet sind", und er schaute mit lächelndem Blick auf Goya. „Don Francisco ist keine Öffentlichkeit", sagte liebenswürdig der Herzog, und Don Miguel schickte sich an, Vortrag zu halten.

Der Geschäftsträger des Regenten von Frankreich, Monsieur de Havré, hatte in anmaßendem Ton verlangt, Spanien solle den Krieg gegen die gottlose französische Republik mit mehr Intensität führen. Don Manuel war eher amüsiert als ungehalten. „Unser dicker Prinz Louis kann leicht kriegerisch sein in seinem Hotelzimmer in Verona", meinte er, und er erläuterte dem Maler: „Er lebt im Gasthof ‚Zu den drei Buckligen', und wenn wir ihm nicht Geld schicken, muß er eines von seinen zwei Zimmern aufgeben. Stellt er bestimmte Forderungen?" wandte er sich wieder an Bermúdez. „Havré hat mir eröffnet", erwiderte dieser, „zehn Millionen Francs und zwanzigtausend Mann mehr seien das mindeste, was sein fürstlicher Herr von der Krone Spaniens erwarte." – „Havré hat eine hübsche Tochter", meditierte Don Manuel, „freilich mager, hundsmager. Ich habe nichts gegen Magere, aber zu dürr, das ist auch nichts. Was meinen Sie, Don Francisco?" Und ohne die Antwort abzuwarten, gab er Miguel Weisung: „Teilen Sie Monsieur de Havré mit, daß wir unser Äußerstes getan haben. Und weisen Sie ihm in Gottes Namen nochmals fünftausend Francs an. Haben Sie übrigens die Zahlung erhalten für Ihr Porträt?" wandte er sich wieder an Goya. Und da Goya verneinte, kommentierte er: „Da sieht man es. Noch vor fünf Jahren war dieser Monsieur de Havré einer der glänzendsten Herren am Hofe von Versailles, jetzt zahlt er nicht einmal seinen Maler."

„Monsieur de Havré", berichtete Bermúdez weiter, „ist leider nicht der einzige, der verlangt, daß Verstärkungen an die Front gehen. General Garcini tut es noch viel dringlicher. Die Nachrichten vom Kriegsschauplatz sind schlecht", fuhr er fort und blätterte in seinen Akten. „Figuera ist gefallen", schloß er.

Der Herzog hatte bisher seine Pose festgehalten. Jetzt sah er hoch, peinlich überrascht, und wendete sich Bermúdez zu. Doch gleich wieder drehte er den Kopf zurück in die Pose. „Entschuldigen Sie, Don Francisco", sagte er.

„Garcini fürchtet", erklärte Don Miguel, „nun unsere Alliierten geschlagen seien, würden die Franzosen Truppen von den andern Fronten abziehen und in die Pyrenäen schicken. Garcini fürchtet, wenn er keine Verstärkungen erhält, könnten die Franzosen in drei Wochen am Ebro sein."

Goya nahm an, nun werde Don Manuel ihn wegschicken. Aber der blieb in der Pose. „Ich glaube nicht", überlegte er laut, mit sanfter Stimme, „ich glaube nicht, daß ich Garcini Verstärkungen schicken werde." Und da Bermúdez erwidern wollte, fuhr er fort: „Ich weiß, die Kirche wird ungehalten sein. Aber das muß ich eben auf mich nehmen. Wir haben mehr getan als die Alliierten. Soll das Land sich ausbluten? Der Hof schränkt sich ein, mehr und mehr. Doña María Luisa hat zwei Stallmeister entlassen und zehn Lakaien. Ich kann der Königin keine weiteren Entbehrungen zumuten." Er hatte die Stimme leicht gehoben, aber der Kopf blieb in der Stellung, die Goya ihm angewiesen hatte. „Was soll ich also General Garcini mitteilen?" fragte sachlich Bermúdez. „Die Französische Republik", antwortete Don Manuel, „pflegt Generäle, die versagt haben, zu guillotinieren; wir begnügen uns, ihnen keine Verstärkungen zu schicken. Das, bitte, teilen Sie General Garcini mit, aber in höflicher Form."

„Offenbar", berichtete Don Miguel weiter, „haben unsere Alliierten alle Hoffnung aufgegeben, Frankreich niederzuwerfen. Der preußische Gesandte hat die Ansichten seiner Regierung über die Kriegslage in einem Memorandum niedergelegt, in einem langen Memorandum." – „Bitte, machen Sie es kurz", forderte Don Manuel ihn auf. „Herr von Rohde", antwortete Bermúdez, „deutet an, seine Regierung beabsichtige, Frieden zu machen, wenn sie halbwegs erträgliche Bedingungen erzielen könne. Er rät uns das gleiche." – „Was hält er für halbwegs erträgliche Bedingungen?" fragte Don Manuel. „Wenn uns", antwortete Bermúdez, „die Französische Republik die Kinder der toten Majestäten auslieferte, dann, findet Preußen, wäre das ein ehrenvoller Friede." – „Die königlichen Kinder von Frankreich", meinte Don Manuel, „sind, wenn sie kein Land mitbekommen, mit fünfzig Millionen Realen und zwölftausend toten Spaniern ein wenig hoch bezahlt. Finden Sie nicht, Don Francisco?" Goya lächelte höflich; er fühlte sich geschmeichelt, daß ihn Don Manuel in die Unterredung zog. Er malte weiter, aber er hörte gespannt zu. „Wenn der kleine König Louis und Madame Royale in unsern Schutz gerettet werden", erläuterte Bermúdez, „dann lebt die Idee der französischen Monarchie auf unserm Boden fort. Das ist kein unehrenhafter Friede." – „Ich hoffe, Don Miguel", antwortete der Herzog, „Sie werden uns für die Kinder wenigstens noch das Königreich Navarra herausschlagen." Bermúdez entgegnete liebenswürdig: „An mir soll es nicht fehlen, Exzellenz. Aber ich fürchte, da wir Garcini keine Verstärkungen schicken, werden wir uns mit den Kindern begnügen müssen." Er raffte seine Akten zusammen, verabschiedete sich, ging.

Goya hatte über dem politischen Gespräch den Zweck vergessen, zu welchem Don Miguel diese Zusammenkunft mit dem Herzog arrangiert hatte. Jetzt fiel ihm die Angelegenheit Jovellanos schwer aufs Herz.

Er fragte sich, wie er sein Ansuchen vorbringen sollte. Doch bevor er sprechen konnte, nahm Don Manuel das Wort. „Viele werden verlangen", sagte er nachdenklich, „ich solle Garcini abberufen. Viele verlangen auch, ich solle den Admiral Mazarredo abberufen, weil er den Fall Toulons nicht verhütet hat. Aber Krieg ist Glückssache, und ich bin nicht rachsüchtig. Haben Sie nicht übrigens ein paar Porträts für den Admiral gemalt?" fuhr er fort, lebhafter. „Mir ist, als hätte ich ein Bild von Ihnen in seinem Hause hängen sehen. Ja", bestätigte er sich selbst, „es war bei dem Admiral, wo ich dieses ungewöhnlich gute Damenporträt sah."

Verwundert hörte Goya zu. Wohinaus wollte Don Manuel? Die Frau, die er für den Admiral gemalt hatte, war Pepa Tudó gewesen, bei den Sitzungen für dieses Porträt hatten sie sich kennengelernt. Er war auf der Hut. „Ja", sagte er unverbindlich, „ich habe für den Admiral eine Dame seines Bekanntenkreises gemalt." – „Das Bild ist wunderbar geworden", meinte Don Manuel. „Die Dame dürfte übrigens auch in Fleisch und Blut sehr hübsch sein.

Eine Witwe, eine Viudita, hat mir, glaube ich, der Admiral mitgeteilt. Ihr Mann soll umgekommen sein, in Mexiko oder so, und der Marineminister hat ihr eine Pension ausgesetzt. Oder irre ich mich da? Eine ungewöhnlich hübsche Dame."

Jetzt hatte Goya mit seinem bäuerlich realistischen Verstand begriffen, wohinaus Don Manuel wollte, und er war verwirrt, hin und her gerissen. Er sah sich mit einem Male verstrickt in eine komplizierte Intrige. Er begriff, warum Miguel nicht selber für Jovellanos sprach, sondern ihn vorschickte; Miguel hatte keine Pepa anzubieten für den alten Liberalen. Francisco kam sich ein bißchen blöd vor. Vielleicht stak sogar Doña Lucía hinter dem ganzen Handel. Vielleicht hatte sie ihn darum so niederträchtig gespannt angestarrt mit ihrem dreisten Lächeln, als er nicht gleich ja sagte. In all seinem Ärger aber amüsierte er sich auch über die seltsamen Wege, welche da der Tugendbold Miguel Bermúdez ging, um einen noch Tugendhafteren aus der Verbannung zu holen. Wahrscheinlich hielt es Miguel für seine, Goyas, Pflicht, die Freundin aufzugeben, wenn dafür etwas so Großes wie die Rückberufung des Jovellanos erreicht werden konnte. Wahrscheinlich auch hielt Miguel das Opfer, welches er ihm zumutete, für nicht übermäßig groß, und das war richtig: er konnte sich sein Leben schließlich auch ohne Pepa vorstellen. Aber die Rolle, in die man ihn da hineindrängte, war widerwärtig, sie kränkte seinen Stolz. Ihm liegt nicht übermäßig viel an Pepa, aber abzwingen, abkaufen läßt er sie sich nicht. Er wird sie diesem eingebildeten Lümmel Manuel nicht abtreten, bloß weil den nach ihr juckt.

Andernteils war er Don Gaspar zu Dank verpflichtet, und es war nicht recht, daß der in seinen Bergen sitzenbleiben sollte, zum Müßiggang verurteilt in einer Zeit spanischen Elends, bloß weil er, Francisco, eine Frau festhielt, an der ihm nicht viel lag, eine Jamona.

Zunächst einmal wird er selber vorstoßen und mit der Angelegenheit Jovellanos kommen. Don Manuel wird ein Gesicht machen; aber wer sauren Wein anbietet, darf sich nicht wundern, wenn man ihm sauren Wein zu trinken gibt, wie es im Sprichwort heißt. Schwerlich wird, wie jetzt die Dinge liegen, Don Manuel nein sagen können, und dann wird er, Francisco, weitersehen.

Ohne sich zu dem Thema Pepa Tudó zu äußern, immer arbeitend, sagte er also nach einer Weile: „Das Land wird Ihnen dankbar sein, Don Manuel, wenn Sie den Frieden bringen. Madrid wird ausschauen wie früher, und das Herz wird einem warm werden, wenn man wieder die Gesichter zu sehen bekommt, die man so lange vermißt hat." Don Manuel, wie es Francisco erwartet hatte, war erstaunt. „Vermißt?" fragte er zurück. „Sie glauben ernstlich, Don Francisco, Madrid hat die paar allzu eifrigen Fortschrittler vermißt, die wir haben bitten müssen, Landaufenthalt zu nehmen?" – „Es fehlt einem was", antwortete Goya, „wenn gewisse Leute nicht da sind. Sehen Sie, Exzellenz, meine Bilder verlören ihr halbes Leben mit gewissen winzigen Lichtern. So fehlt was an Madrid, wenn zum Beispiel, sagen wir, Graf Cabarrús oder Señor de Jovellanos nicht da sind." Don Manuel fuhr ärgerlich hoch. Aber: „Bitte, Exzellenz, halten Sie den Kopf ruhig", befahl furchtlos Goya.

Don Manuel gehorchte. „Wenn unser Freund Miguel derlei Dinge äußerte", sagte er dann, „würde es mich nicht wundern. In Ihrem Munde klingen sie überraschend." Goya malte. „Es sind Gedanken", meinte er leichthin, „die mir kamen, als Sie mich der Ehre würdigten, Ihrem Gespräch mit Don Miguel beizuwohnen. Ich bitte um Entschuldigung, Don Manuel, wenn ich zu kühn war; ich hatte das Gefühl, ich dürfte mir vor Ihnen Offenheit erlauben."

Der Herzog mittlerweile hatte begriffen, wie der Handel ging. „Ich höre immer gern eine offene Meinung", sagte er liebenswürdig, ein wenig herablassend. „Ich werde Ihre Anregung in wohlwollende Erwägung ziehen." Und dann, ohne Übergang, sehr viel lebhafter, fuhr er fort: „Um auf jene Dame zurückzukommen, von deren geglücktem Porträt wir soeben sprachen, wissen Sie zufällig, ob sie noch hier in Madrid ist? Sind Sie ihr in der letzten Zeit begegnet?"

Es amüsierte Goya, welch ungeschickte Umwege zu machen der Herzog sich bemüßigt fühlte. Es wurde über das, was einer tat und ließ, in den Akten der Polizei so genau Buch geführt wie in den Registern der Santa Casa, der Inquisition, und Don Manuel wußte natürlich Bescheid über alles, was Pepa Tudó anging und ihre Beziehungen zu ihm, Francisco. Wahrscheinlich hatte er auch mit Miguel darüber gesprochen. Don Francisco blieb zurückhaltend. „Gewiß, Don Manuel“, antwortete er ziemlich kühl, „ich sehe die Dame zuweilen.“

Dem Herzog blieb nichts übrig als klare Sprache. Er hielt den Kopf brav in der Richtung, in welcher Goya ihn wünschte, und sagte beiläufig: „Es wäre nett von Ihnen, Don Francisco, wenn Sie mir die Bekanntschaft der Dame vermittelten. Vielleicht auch sagen Sie ihr, daß ich nicht so wahllos gierig bin, wie feindliche Gerüchte mich hinstellen, sondern ein heißes und zuverlässiges Herz habe für das wahrhaft Schöne. Das Porträt der Señora ist das einer intelligenten Frau. Ohne Zweifel kann man mit ihr reden. Die meisten Frauen können nichts als sich hinlegen, und wenn man das drittemal mit ihnen zusammen war, weiß man nichts mehr mit ihnen anzufangen. Hab ich nicht recht?“ In seinem Innern dachte Goya etwas ungeheuer Obszönes. Laut sagte er: „Ja, Exzellenz, philosophieren kann man nur mit wenigen Frauen.“ Jetzt wurde Don Manuel vollends offen. „Wie wäre es“, legte er Francisco nahe, „wenn wir einmal einen vergnügten und vernünftigen Abend zusammen verbrächten, Sie, die liebenswürdige Viudita und einige andere Freunde, mit denen zu essen, zu trinken, zu schwatzen und zu singen sich lohnt? Wenn ich nicht irre, kennt auch unsere Doña Lucía die Viudita. Aber Voraussetzung bleibt, daß Sie einer solchen Tertulia beiwohnen, mein lieber Don Francisco.“

Klarer konnte der Handel nicht sein: Don Manuel war bereit, über Jovellanos mit sich reden zu lassen, wenn Goya mit sich reden ließ über die Viudita. Im Geiste sah Francisco die Pepa, wie sie lässig, üppig und begehrlich dasaß, ihn anblickend aus den grünen, weit auseinanderstehenden Augen. Jetzt erst könnte er sie richtig malen, in ihrem schweren, grünlichen Kleid zum Beispiel mit den Spitzen darüber, das wäre das Richtige für sein neues silbriges Grau. Schlecht war auch jenes andere Bild nicht gewesen, das er für den Admiral Mazarredo gemalt hatte, er war damals recht verliebt gewesen in die Pepa, das hatte er in das Bild hineingemalt. Es war eigentlich spaßhaft, daß er selber Don Manuels Appetit geweckt hatte mit seinem guten Bild. Ganz deutlich jetzt sah er die Pepa, wie sie war und wie er sie hätte malen müssen und wie er sie vielleicht malen wird. Und wiewohl er vorhatte, noch ein paarmal mit ihr zu schlafen, nahm Francisco Goya in diesem Augenblick Abschied von seiner Freundin Pepa Tudó. „Es wird", sagte er formell, „Señora Josefa Tudó sicherlich eine Ehre und eine Freude sein, Eure Exzellenz zu sehen."

Bald darauf erschien einer der rotbestrumpften Diener und meldete: „Die Dame wartet bereits zehn Minuten, Exzellenz." Das unbewegte, diskret respektvolle Gesicht des Mannes zeigte, wer die Dame war: die Königin. „Schade", seufzte Don Manuel, „da müssen wir wohl aufhören."

Zwiespältigen Gefühles ging Goya nach Hause. Er hatte Frauen schlecht behandelt, hatte Frauen aufgegeben um seiner Karriere willen. Aber niemals hatte jemand gewagt, an ihn ein Ansinnen zu richten wie dieses, und er konnte sich nicht vorstellen, daß er ein solches Ansinnen hingenommen hätte, ginge es nicht um Jovellanos.

In seinem Atelier fand er Agustín. Der mit seinem sauren, immer fordernden Gesicht hatte auch sein Teil dazu beigetragen, ihn in diesen unbehaglichen Handel hineinzuhetzen. Francisco nahm die Skizzen vor, die er von Don Manuel hatte. Er zeichnete weiter; aus dem fleischigen Gesicht des Herzogs schwand die Gutmütigkeit, schwand der Geist, er wurde immer faunischer, schweinischer. Goya zerriß die Skizze, streute Sand über den Tisch, zeichnete in den Sand. Eine begehrliche, tief verspielte Lucía mit dem Gesicht einer bösen Katze, einen schlauen, eckigen Miguel mit dem Gesicht eines Fuchses. Unmutig seufzend wischte er die Gesichter weg.

Schlecht gelaunt verbrachte Goya
Diese Nacht und schlecht gelaunt die
Nächste. Doch am dritten Tage
Kam ihm Botschaft aus dem Hause
Alba. Ein livrierter Diener
Überbrachte eine Karte,
Darin wurde Don Francisco
Eingeladen zu dem Fest, mit
Dem die Herzogin von Alba
Ihr Palais Buenavista
Einzuweihn gedachte, ihre
Neue Wohnstatt. Ferner hieß es

Auf der Karte: „Und wann krieg ich
Meinen Fächer, Don Francisco?"
Lächelnd sah, tief atmend, Goya
Auf die krause, kleine Handschrift.
Dieses war Bestätigung, dies
War der Lohn des Himmels, weil er
Sich und seine Hoffart hatte
Überwunden für die Sache
Spaniens, für Jovellanos.

8

Der preußische Gesandte, Herr von Rohde, berichtete nach Potsdam über Don Manuel Godoy, Herzog von Alcudia:

„Er steht früh auf und gibt seinen Stallmeistern und andern Angestellten ausführliche Weisung für den Tag und die nächste Zeit. Um acht Uhr geht er dann in die Reitbahn seines Landhauses; jeden Morgen, gegen neun, besucht ihn dort die Königin, um ihm beim Reiten Gesellschaft zu leisten. Er ist ein ausgezeichneter Reiter. Das geht so bis elf. Wenn der König von der Jagd zurückkommt, reitet er mit. Auf den Herzog warten mittlerweile schon zahllose Leute, die mit ihm Geschäfte aller Art bereden wollen. Sie werden binnen einer Viertelstunde abgefertigt. Dann findet sein offizielles Lever statt, gewöhnlich sind ein halbes Dutzend Damen von Rang anwesend, und die besten Musiker konzertieren. Um ein Uhr begibt sich Don Manuel in das königliche Palais. Dort hat er sein eigenes großes Appartement, Wohnzimmer, Arbeitszimmer, Schlafzimmer. In seiner Eigenschaft als Kammerherr nimmt er an dem offiziellen Diner des Königs teil. Nach dem Diner begibt er sich in seine Privaträume, diese befinden sich unmittelbar unter dem Appartement der Königin. Dort nimmt dann Don Manuel seine wirkliche Mahlzeit ein, in Gegenwart der Königin, die über eine versteckte Treppe zu ihm herunterkommt, während der König bereits wieder auf der Jagd ist. Bei diesen Zusammenkünften pflegen sich Doña María Luisa und Don Manuel über die Maßnahmen zu einigen, die sie dem König vorschlagen.

Gegen sieben Uhr begibt sich Don Manuel zum König, um ihm Vortrag zu halten. Um acht Uhr geht er wieder in seine Privatwohnung, wo sich gewöhnlich dreißig bis vierzig Frauen aller Stände und Klassen mit ihren Bittgesuchen eingefunden haben. Die Erledigung dieser Bittgesuche nimmt ihn länger als zwei Stunden in Anspruch. Für zehn Uhr nachts pflegt er seine Herren zu bestellen, mit ihnen geht er dann an die eigentliche Arbeit. Im allgemeinen hat er dafür nur diese zwei Nachtstunden. Doch hält er darauf, daß die laufenden Geschäfte rasch und pünktlich erledigt werden. Briefe, die keine längere Bedenkzeit erfordern, beantwortet er fast immer am gleichen Tag. Seine Auffassung ist schnell und richtig, und wenn er die Geschäfte bald satt zu haben pflegt, so gleicht er durch die Sicherheit des Urteils die Schäden aus, die aus der Kürze seiner Arbeit entstehen könnten.

Alles in allem versieht er trotz seiner Jugend sein schwieriges Amt nicht schlecht, und es stünde gut um Europa, wenn alle Staaten an der verantwortlichsten Stelle solche Beamte hätten."

9

Die Gesellschaft für Don Manuel und die Viudita Josefa Tudó fand bei Doña Lucía Bermúdez statt.

Das Haus des Señor Bermúdez war groß und weit; und es war vollgestopft mit Kunstgegenständen. Die Wände hinauf und hinunter, dicht aneinander, hingen Gemälde, alte und neue, große und kleine, in verwirrender Fülle, gleich einem Teppich.

Hier also empfing Doña Lucía ihre Gäste, auf ihrer Estrade sitzend, unter einem hohen Baldachin, nach altspanischer Art. Sie war ganz in Schwarz, und gleich dem Kopf einer Eidechse, zierlich und maskenhaft, äugte ihr Gesicht unter dem hohen Kamm hervor. So also saß sie, schmal und gehalten, doch spitzbübisch erregt, sich freuend der Dinge, die da kommen sollten.

Don Manuel erschien früh. Er war sorglich angezogen, elegant und nicht übertrieben. Er war ohne Perücke, er hatte das rotblonde Haar nicht einmal gepudert. Von seinen vielen Orden trug er nur das Goldene Vlies. Auf seinem weiten Gesicht lag nichts von der gewohnten Blasiertheit. Er bemühte sich, mit der Hausfrau galante Konversation zu machen, aber er war nicht recht bei der Sache, er wartete.

Der Abate stand vor Goyas Porträt der Doña Lucía. Zuerst hatte Miguel dem Bilde einen gesonderten Platz geben wollen, aber dann fand er, daß seine Eigenart noch mehr herausstach, wenn es von andern Kostbarkeiten umringt war. Da hing es also unter den vielen andern Gemälden des Raumes. Don Diego merkte, daß er nicht länger stumm davor verharren könne. Vielwortig, seine Rede mit lateinischen und französischen Zitaten schmückend, rühmte er die Neuartigkeit und Vorzüglichkeit des Werkes, und es klang wie eine Liebeserklärung an Doña Lucía. Mit geteilter Freude hörte Don Miguel die Lobpreisung der lebendigen und der gemalten Lucía; dabei mußte er zugeben, daß Don Diego das Werk und seine neue Tönung vielleicht noch kennerhafter rühmte, als er selber es hätte tun können.

Pepa kam. Sie trug ein grünes Kleid mit hellem Spitzenüberwurf und als einzigen Schmuck ein edelsteinbesetztes Kreuz, ein Geschenk des Admirals. So hatte Goya sie gesehen, als ihm Don Manuel seinen unverschämten Vorschlag machte, so hatte er sie malen wollen mit seiner neuen Kunst. Sie entschuldigte sich gelassen, daß sie so spät komme; ihre Dueña habe Mühe gehabt, eine Sänfte zu finden. Goya bewunderte ihre dreiste Gelassenheit. Es war zwischen ihnen nur in leisen Andeutungen die Rede gewesen von dem, was heute abend vor sich gehen sollte. Er hatte erwartet, er hatte gehofft, sie werde ihn mit Klagen und Verwünschungen überschütten. Nichts dergleichen war erfolgt, nur leise, spöttische, vieldeutige Sätze. Wie sie sich jetzt hatte, das war natürlich einstudiert und voll Absicht. Sie kam mit Absicht zu spät, sie zeigte mit Absicht die Dürftigkeit ihrer Verhältnisse. Sie wollte ihn beschämen vor dem Herzog, daß er sie kärglich halte. Dabei hätte sie nur den Mund auftun müssen, dann hätte er ihr mehr Bedienung gestellt, freilich grollend. Es war niederträchtig.

Don Manuel hatte wohl kaum gehört, was sie sagte. Er hatte sie angestarrt, unziemlich, doch voll einer Verehrung, deren ihn die andern nie für fähig gehalten hätten. Als Doña Lucía ihn endlich vorstellte, neigte er sich tiefer, als er sich je vor der Königin oder den Infantinnen geneigt hatte. Ungehemmt sprach er ihr davon, wie sehr Goyas Bild ihn vom ersten Augenblick an begeistert habe und wie weit in diesem besonderen Fall das Porträt auch eines so großen Meisters hinter der Wirklichkeit zurückbleibe. Sein Blick war Hingabe und Dienstbereitschaft.

Pepa war übertriebene Huldigungen gewöhnt: darin waren sich alle Spanier gleich, madrilenische Majos, Hidalgos aus den Provinzen, Granden des Hofes. Aber sie hatte Sinn für Nuancen, sie erkannte rasch, daß dieser große Herr ihr tiefer verfallen war als der Admiral Mazarredo, dessen Rückkehr bevorstand, und vielleicht sogar tiefer als ihr in Gott und der See ruhender Mann, der Marineleutnant Tudó. Wenn Francisco sie verriet und verkaufte, dann sollte er sehen, daß er etwas Kostbares aufgab, und sie beschloß, sich sehr teuer zu machen. Ihr breiter Mund mit den großen, strahlend weißen Zähnen lächelte freundlich und unverbindlich, ihr Fächer lehnte zwar nicht ab, doch lud er nicht ein, und sie sah vergnügt, daß Francisco herüberschaute, die Bewerbungen Don Manuels mit widerwilligem Interesse verfolgend.

Der Page meldete, der Tisch sei bereit. Man ging ins Speisezimmer. Auch hier waren die Wände hinauf und hinunter bedeckt mit Gemälden, mit Stilleben und Küchenstücken flämischer, französischer, spanischer Meister. Da waren Männer, geschäftig um einen Herd, gemalt von Velázquez, da war eine Hochzeit von Kana des Van Dyck, da war Geflügel, Wild, Fische und Früchte, so saftig gemalt, daß dem Beschauer das Wasser im Munde zusammenlief. Die Tafel selber war erlesen, doch nicht zu üppig bestellt; es gab Salate, Fische, Kuchen und Süßigkeiten, Malaga und Jerez, Punsch und gesüßtes Eiswasser. Keine Bedienten waren anwesend, nur der Page; die Männer bedienten die Frauen.

Don Manuel war eifrig bemüht um Pepa. Sie sei voll von jener heitern Ruhe, versicherte er ihr, welche Franciscos Porträt ausstrahle. Nicht aber habe er geahnt, wieviel Erregendes in ihrer Ruhe verborgen sei. Wie sei sie in all ihrer Gelassenheit aufrührend, émouvante, bouleversante. Ob sie französisch spreche? „Un peu“, antwortete sie mit schwerem Akzent. Das habe er erwartet, daß sie gebildeter sei als die andern madrilenischen Frauen. Den andern, den Damen des Hofes und all den Petimetras und Majas, könne man nur leere Galanterien sagen, mit ihr könne man über die Dinge des Lebens und des Geistes reden. Sie aß und trank und hörte zu; durch die Spitzen des Handschuhs schimmerte zart und weiß das Fleisch ihres Armes.

Später, durch ihren Fächer, ließ sie ihn wissen, daß er ihr nicht unwillkommen sei. Stürmisch daraufhin erklärte Don Manuel, Goya müsse ein weiteres Bild von ihr malen; so wie sie dasitze, müsse er sie malen, alle seine Kraft müsse er zusammennehmen; für ihn, für Manuel, müsse er sie malen.

Ihn, Goya, hatte Doña Lucía in ein Gespräch gezogen. Sie saß da, still, überlegen, und schaute hinüber zu Don Manuel, der sich um Pepa abmühte. Aus der Art, wie er sie anschaute, wie er sich über sie neigte, mußte jetzt ein jeder erkennen, in welche Leidenschaft er sich verstrickt hatte, und Doña Lucía genoß den Anblick.

Sehr beiläufig, an ihrem Eisgetränk nippend, sagte sie: „Ich freue mich, daß sich unsere Pepa unterhält. Das arme Kind. Eine so junge Witwe, und obendrein ohne Eltern. Sie hat die Auf- und Abschwünge ihres Schicksals mit bewundernswerter Ruhe ertragen, finden Sie nicht?" Und, immer hinüberblickend zu Don Manuel, fuhr sie fort: „Wie merkwürdig, Don Francisco, daß es im Grunde Ihr Bild war, welches Don Manuels Anteilnahme an unserer armen Pepa erregte. Sie machen Schicksale, Don Francisco. Mit Ihren Bildern, meine ich."

Goya hatte geglaubt, er wisse mehr um Frauen als alle andern Männer, die er kannte. Aber da saß nun diese Lucía, lieblich, dünn, lang, maskenhaft, damenhaft und verrucht, und trieb ihr freches Gespött mit ihm. Im Ohr klangen ihm die unverschämten, schreienden Sätze, mit denen damals die Mandelverkäuferin des Prado, diese Avellanera, dieses Lausemädchen, die andern ihres Gelichters auf ihn gehetzt hatte, und er kam sich dumm vor. Er wußte nicht einmal, wieweit Pepa mit dem Hintergrund der ganzen Angelegenheit vertraut war, ob sich nicht Lucía und sie gemeinsam über ihn lustig machten. Ein tiefer Groll packte ihn, doch er bezwang sich, antwortete einsilbig, gab sich blöde und erwiderte stumpfen Auges die Blicke ihrer schleierigen, weit auseinanderstehenden Augen. „Sie sind heute noch stacheliger als sonst, Don Francisco", sagte sie freundlich. „Freuen Sie sich denn gar nicht über Pepas Glück?"

Er war froh, als der Abate zu ihnen trat, so daß er Gelegenheit hatte, aus dem unerquicklichen Gespräch zu kommen.

Kaum aber hatte er Lucía verlassen, als Pepa ihn rief. Sie forderte ihn auf, ihr ein Glas Punsch zu bringen. Don Manuel merkte, daß sie mit Goya allein sein wollte; er verstand das und wollte sie nicht verstimmen. Er ging zu den andern.

„Wie sehe ich aus?" fragte Pepa, sie saß träg und zärtlich in ihrem Sessel. Francisco war unsicher. Er war immer bereit gewesen, offen mit ihr zu sprechen; es war ihre Schuld, wenn sie nun ohne Aussprache auseinandergingen und nicht so freundlich, wie es hätte sein können. Wenn einer Ursache hatte zu zürnen, so war es er.

„Ich möchte nicht lange bleiben", fuhr sie fort. „Soll ich zu dir kommen, oder kommst du zu mir?" Sein Gesicht wurde töricht vor Verblüffung. Was wollte sie? So dumm war sie doch nicht, daß sie, als sie zu diesem Abend eingeladen wurde, nicht verstanden hätte, worum es ging. Oder hatte Lucía sie doch nicht aufgeklärt? Vielleicht war doch er es gewesen, der alles falsch gemacht hatte.

In Wahrheit wußte Pepa seit Tagen, worum es ging, aber die Entscheidung fiel nicht so leicht, wie er sich's vorstellte. Tagelang hatte sie sich gefragt, warum er nicht spreche und ob nicht sie die Auseinandersetzung herbeiführen solle. Bei aller Gelassenheit ihres Gemütes war sie erbittert, daß er sie so leicht preisgab, sei es um seiner Karriere willen, sei es, weil er sie los sein und ihrem Fortkommen nicht im Wege stehen wollte. Inmitten all dieser Erwägungen erkannte sie, wie sehr sie an ihm hing.

Sie war trotz ihrer vielen Erlebnisse in ihrem Empfinden einfach geblieben. Sie hatte mit Männern geäugelt und geliebelt, aber ihr Felipe Tudó war der erste gewesen, mit dem sie geschlafen hatte. Als sich später, vor allem während ihrer Schauspielstudien, Männer handgreiflicher um die Viudita bewarben, hatte sie das mehr abgestoßen als angezogen. Dann war mit vielen Masten der Admiral in ihr Leben gesegelt, und das hatte ihr Selbstgefühl sehr erhöht. Aber was Lust ist, tiefe, wirkliche Lust, das hatte sie erst Francisco Goya spüren machen. Es war schade, daß er sie nicht mehr liebte, als er's tat.

Als Lucía ihr davon sprach, daß dem allmächtigen Minister viel daran liege, sie kennenzulernen, hatte sie natürlich begriffen, daß sich da ein breiter, sehr besonnter Weg vor ihr auftat; der Traum ihrer Romanzen von prächtigen Schlössern und demütiger Dienerschaft konnte sich verwirklichen. Sie hatte sich in Phantasien verloren, wie das sein werde, wenn jetzt der Herzog von Alcudia, der Cortejo der Königin, ihr Cortejo werden würde, und sie hatte sich beim Kartenspiel von der Dueña noch mehr betrügen lassen als sonst.

Bei alledem war sie entschlossen gewesen, Franciscos Freundin zu bleiben, wenn der nur wollte, und dazu entschlossen war sie noch.

Nun also hatte sie ihm eine klare Frage gestellt: „Soll ich zu dir kommen heute nacht, oder kommst du zu mir?" Und da saß er, so dummen Gesichtes, wie nur er es machen konnte.

Da er schwieg, fragte sie weiter, liebenswürdig: „Hast du eine andere gefunden, Francho?" Und da er immer noch schwieg: „War ich dir lästig? Warum wirfst du mich dem Herzog hin?" Sie sprach freundlich, nicht laut, die andern mußten glauben, sie mache belanglose Konversation.

Sie saß da, schön, begehrenswert, seinem Mannes- und seinem Malerauge wohlgefällig, und ärgerlicherweise hatte sie recht: er hatte eine andere gefunden, nicht gefunden, sie war einfach in sein Leben getreten, diese andere, und hatte ihn gepackt mit Haut und Haaren, und darum gab er sie, Pepa, dem Herzog preis. Aber sie hatte nur zum Teil recht. Von den Zusammenhängen, von dem Opfer, das er für den Jovellanos und Spanien brachte, ahnte sie nichts. Unvermittelt stieg eine wilde Wut in ihm hoch. Immer wird man verkannt. Am liebsten hätte er sie geschlagen.

Agustín Esteve schaute von Pepa zu Lucía und von Lucía zu Pepa. Er ahnte die Zusammenhänge. Francisco war in Not. Francisco brauchte ihn, sonst hätte er ihn heute abend nicht hierher mitgenommen, und das zeigte ihm, wie fest sie zusammenhingen. Trotzdem hatte Agustín wenig Freude an diesem Abend. Er stand verloren herum, beneidete Francisco um seine Nöte.

Lucía hatte Champagner bringen lassen. Agustín, gegen seine Gewohnheit, begann zu trinken. Abwechselnd trank er von dem Malaga, der ihm nicht schmeckte, und von dem Champagner, der ihm nicht schmeckte, und er war traurig.

Don Manuel fand, er habe jetzt dem Anstand Genüge getan und dürfe sich wieder der Viudita widmen. Diese sah das nicht ungern. Sie hatte sich Francisco angeboten, klar und deutlich, sie hatte sich erniedrigt, und wenn Francisco sie verschmähte, gut, so wird sie den Weg gehen, den er sie wies. Aber dann soll es auch werden wie in ihren Romanzen. Dann will sie dastehen, geschmäht vielleicht, aber bewundert und erhöht über die andern. Es ist nicht so, daß ein großer Herr wie dieser Herzog einfach hergehen kann und sie auflesen. Vielmehr wird sie von diesem Manuel ihren Preis verlangen, einen guten Preis, einen überaus hohen Preis, da er bereit scheint, ihn zu zahlen.

Pepa Tudó war mit Lucía Bermúdez befreundet, sie erschien häufig in deren Tertulias, aber nicht wohnte sie den repräsentativen Abenden bei, welche Señor und Señora Bermúdez zuweilen gaben. Sie war vernünftig und verstand es, daß die große Gesellschaft die Witwe eines kleinen Seeoffiziers nicht in ihren Kreis aufnahm. Aber das sollte jetzt anders werden. Wenn sie eine Bindung mit Don Manuel einging, dann wollte sie nicht eine seiner kleinen, versteckten Freundinnen sein, sondern seine offizielle Mätresse, die Rivalin der Königin.

Don Manuel hatte getrunken, er war heiß, erregt von seinem Champagner und von der Nähe der Viudita. Er wollte sich ihr vorführen. Ob sie reite, fragte er sie. Das war eine ungewöhnlich törichte Frage: auf Pferden ritten nur die Damen der Granden und der Allerreichsten. Gelassen erwiderte sie, auf den Pflanzungen ihres Vaters habe sie zuweilen auf einem Pferde gesessen, aber hier in Spanien nur auf Eseln und Maultieren. Da sei vieles nachzuholen, antwortete er. Sie müsse reiten, sie werde göttlich aussehen zu Pferde. Er selber sei kein schlechter Reiter.

Pepa sah ihre Gelegenheit. „Ganz Spanien weiß", erwiderte sie, „was für ein guter Reiter Sie sind, Don Manuel." Und: „Kann ich Sie nicht einmal reiten sehen?" fügte sie hinzu. Es war aber diese unschuldige Frage überaus kühn, ein Ansinnen, eine richtige Zumutung, selbst im Munde der schönsten Viudita des Landes; denn den Reitübungen Don Manuels pflegte die Königin beizuwohnen und häufig auch der König. Mußte, was in Madrid Stadtgespräch war, nicht auch Señora Tudó wissen? Einen Augenblick stutzte der Herzog; mehr als das, er wurde nüchtern, er sah einen großen Käfig sich auftun, in den ein schöner Mund ihn einzutreten bat. Aber dann sah er diesen schönen, breiten, verlockenden Mund, er sah die grünen Augen Pepas auf sich, ruhig, wartend, und er wußte: wenn er jetzt nein sagte, wenn er jetzt zurückwich, dann hatte er die Frau verloren, diese herrliche Frau, deren rotes Haar, deren weiße Haut, deren Geruch ihn so angenehm betäubte. Gewiß, er wird mit ihr schlafen können, auch wenn er nein sagte; aber er wollte mehr, er wollte sie immer um sich haben, wann immer er sie begehrte, und immer war immer, er wollte sie ganz für sich haben. Er schluckte, trank, schluckte wieder, sagte: „Gewiß, Señora. Natürlich, Doña Josefa. Es wird mir eine Ehre sein, Ihnen vorzureiten. Der Hof geht in den nächsten Tagen nach dem Escorial. Aber es wird ein Morgen sein, da wird Ihr ergebener Diener Manuel Godoy nach Madrid zurückkehren in sein Landhaus, und er wird für einige Stunden die Sorgen und Geschäfte des Staates von sich abschütteln, und er wird vor Ihnen reiten, für Sie reiten, Doña Pepa." Es war das erstemal, daß er die Koseform ihres Namens gebrauchte.

Pepa Tudó, in ihrem Innern, triumphierte aus ganzer Brust. Sie dachte an ihre Romanzen: was Don Manuel da gesagt hatte, klang poetisch wie ihre Romanzen. Vieles in ihrem Leben wird nun anders werden, manches wohl auch im Leben Don Manuels. Und einiges auch im Leben Franciscos. Sie wird in der Lage sein, ihm Dienste zu erweisen oder zu verweigern. Sie wird sie natürlich nicht verweigern. Aber – und ein rachsüchtiger Glanz kam in ihre grünen Augen – sie wird ihn spüren lassen, daß sie es ist, die seine Karriere fördert.

Señor Bermúdez sah, wie sich Don Manuel um Pepa abarbeitete, und Sorge beschlich ihn. Stürmisch gab sich sein Herzog oft, aber niemals war er so ins Zeug gegangen wie jetzt. Man mußte acht darauf haben, daß er keine Dummheiten beging. Manchmal war er der Königin zu sicher. Doña María Luisa hatte nichts dagegen, daß er zuweilen über die Stränge schlug, aber sie war nicht die Frau, eine ernsthafte Bindung Don Manuels zu dulden, und die Sache mit der Witwe Tudó sah nicht so aus, als ob sie nur über den Sonntag dauern sollte. Wenn sich Doña María Luisa in Wut hineinsteigerte, kannte sie keine Grenzen; dann war sie imstande, Don Manuels Politik, seiner, Miguels, Politik entgegenzuwirken.

Er wollte sich keine verfrühte Angst machen, er wandte sich ab von Manuel und Pepa, schaute hinüber zu Doña Lucía. Wie schön war sie, wie damenhaft. Seitdem freilich Franciscos Porträt unter seinen Bildern hing, schien ihm ihre damenhafte Schönheit nicht mehr so eindeutig wie früher. Da hatte er in vielen Jahren endlosen Studiums feste Regeln herausgefunden; er hatte seinen Shaftesbury gelesen und war sich klar darüber, was schön war und was nicht. Jetzt aber begannen ihm die Grenzen zu verfließen, und von beiden Lucíen, der gemalten und der lebendigen, ging ein Flirren aus, das ihn mit Unruhe füllte.

Pepa, seitdem Einverständnis darüber erzielt war, daß sie Don Manuel in der Reitbahn besuchen durfte, gab sich vertraulicher. Sie erzählte ihm von ihrer Kindheit, von den Zuckerplantagen und von den Sklaven, auch von ihrer guten Bekanntschaft, ja Freundschaft mit der Tirana, der großen Schauspielerin, und wie sie bei ihr Stunden genommen habe.

Sie müsse wunderbar auf der Bühne sein, erklärte sogleich feurig Don Manuel: ihre spärlichen und gleichwohl sprechenden Gesten, ihr ausdrucksvolles Gesicht, ihre ins Blut gehende Stimme hätten ihn vom ersten Augenblick daran denken lassen, daß sie eigentlich für die Bühne bestimmt sei. „Sicherlich singen Sie auch", erklärte er. „Ein wenig", erwiderte sie. „Darf ich Sie einmal singen hören?" bat er. „Ich singe nur für mich selber", sagte sie, und da er ein enttäuschtes Gesicht machte, fügte sie mit ihrer vollen, trägen Stimme hinzu: „Wenn ich für jemand singe, dann ist mir, als ließe ich ihn mir sehr nahekommen", und sie schaute ihn voll an. „Wann singen Sie für mich, Doña Pepa?" verlangte er, leise, begehrlich. Sie aber antwortete nicht, sondern schloß, versagend, den Fächer. „Haben Sie für Don Francisco gesungen?" fragte er eifersüchtig. Nun sperrte sie auch ihre Miene zu. Er indes, in stürmischer Reue, bat: „Verzeihen Sie mir, Doña Pepa. Ich wollte Sie nicht kränken, das wissen Sie doch. Aber ich liebe die Musik. Ich könnte keine Frau lieben, die nicht Musik in sich hat. Ich selber singe ein wenig. Erlauben Sie, daß ich für Sie singe", bat er.

Man erzählte sich in Madrid, Doña María Luisas, der Königin, höchste Freude sei es, ihren Liebling singen zu hören, doch lasse sich Don Manuel lange bitten, bevor er ihr willfahre, und dreimal unter vieren verweigere er es. Pepa war also in ihrem Innern sehr stolz, daß sie sich den Herzog bei ihrem ersten Zusammentreffen so ganz unterwürfig gemacht hatte, aber sie zeigte nur gelassene

Liebenswürdigkeit. „Denke dir, Lucía", rief sie, „der Herzog will für uns singen." Alle waren überrascht.

Der Page brachte die Gitarre. Don Manuel schlug ein Bein über das andere, stimmte die Gitarre und sang. Zunächst, sich selber begleitend, sang er die alte, sentimentale Romanze von dem Burschen, der, zum Militärdienst ausgelost, in den Krieg ziehen muß. „Fort, fort zieht die Armada, / Und meine Rosita bleibt, / O meine Rosita!" sang er. Er sang gut und mit Gefühl, seine Stimme war geübt. „Mehr, mehr!" baten die geschmeichelten Damen, und Don Manuel sang ein Couplet, eine Seguidilla Bolera, die sentimental ironische Weise von dem Stierkämpfer, der sich im Zirkus blamiert hat, so daß er sich nicht mehr vor den Leuten sehen lassen kann, geschweige denn vor den Stieren. Zweihundert schöne und elegante Madrileninnen, Majas, Petimetras, sogar zwei Herzoginnen, haben sich vorher seinethalben die Augen ausgekratzt, jetzt muß er froh sein, wenn ein Mädchen in seinem Heimatdorf ihn noch auf ihr Stroh läßt. Man applaudierte stark, und Don Manuel freute sich. Er legte die Gitarre beiseite.

Aber: „Mehr, mehr!" baten die Damen. Der Minister, zögernd und gelockt, erklärte sich bereit, eine richtige Tonadilla vorzutragen, doch bedürfe er dazu eines zweiten Sängers, und er schaute auf Francisco. Goya, der Gesang liebte, und wohl auch angeregt durch den Wein, war für eine Tonadilla zu haben. Der Herzog und er berieten flüsternd, probierten, waren sich einig. Sie sangen, spielten, tanzten die Tonadilla von dem Maultiertreiber. Der Treiber beschimpft seinen Reisenden, doch dieser wird nur immer anspruchsvoller. Er hetzt Tier und Treiber, er will nicht absteigen, wenn es aufwärts geht, schließlich ist er noch knickerig und will dem vereinbarten Preis keinen Cuarto zulegen. In das Gestreite und das Geschimpfe der beiden hinein tönt das Geschrei des Maultiers, bald von Manuel, bald von Francisco naturähnlich wiedergegeben.

Sie sangen und tanzten mit Hingabe, der Erste Minister und der Hofmaler der Katholischen Majestäten. Die beiden elegant gekleideten großen Herren spielten nicht nur den schimpfenden Treiber und den geizigen Reisenden: sie waren es. Waren es weit mehr, als sie der Ministerpräsident und der Hofmaler waren.

Die Damen schauten zu, der Abate aber und Señor Bermúdez

unterhielten sich flüsternd. Als sich indes Don Manuel und Goya immer heftiger ins Zeug legten, verstummten auch sie, verwundert bei aller Weltklugheit, und sie verspürten für die beiden eine leise, lächelnde Verachtung, herrührend aus dem Bewußtsein ihrer Geistigkeit und ihrer Bildung. Wie sie sich abmühten, die Barbaren, um den Frauen zu gefallen, wie sie sich erniedrigten, und sie merkten es nicht.

Dann, endlich, hatten Manuel und Francisco genug gesungen und gesprungen, und sie veratmeten, erschöpft, glücklich.

Da aber, überraschend, produzierte sich ein anderer, Don Agustín Esteve.

Trunkenheit galt den Spaniern als etwas Verächtliches, sie nahm dem Menschen seine Würde. Don Agustín erinnerte sich nicht, jemals durch Wein die Klarheit seines Hirnes verloren zu haben. Heute indes hatte er mehr getrunken, als er hätte sollen, und er war sich dessen bewußt. Er war gereizt gegen sich selber, doch mehr noch gegen die andern Gäste. Da waren diese beiden Männer, Manuel Godoy, der sich Herzog von Alcudia nannte und sich goldenes Geglitzer vor den Magen hängte, und Francisco Goya, der sich und seine Kunst verschüttete, als wäre es Spülwasser. Das Glück hatte die beiden aus ihrer Niedrigkeit zur höchsten Höhe erhoben und ihnen zugeworfen, was sie sich nur träumen konnten, Reichtum, Macht, Ansehen, begehrenswerte Frauen. Und statt dem Himmel und dem Schicksal demütig Dank zu wissen, machten sie sich lächerlich und brüllten und tanzten herum wie angestochene Schweine, im Angesicht der wunderbarsten Frau der Welt. Und er, Agustín, mußte dabeistehen und zuschauen und von dem Champagner trinken, den er satt hatte bis in seinen Hals. Wenigstens war er jetzt in dem rechten Mut, dem Abate gründlich seine Meinung zu sagen und dem Don Miguel, dem gelehrten, pergamentenen Esel, der nicht begriff, was er an Doña Lucía besaß.

Mit seiner schollerigen Stimme begann sich Agustín zu verbreiten über die hohle Gelehrsamkeit gewisser Herren. Da schwatzten sie ein langes und ein breites, ein Griechisches und ein Deutsches über ihren Aristoteles und ihren Winckelmann. Das war nicht schwer, wenn man Geld genug gehabt hatte fürs Studium und Zeit genug, und wenn man zu den „Colegiales“ gehört hatte mit

Stutzerkragen und Schnallenschuhen und wenn man sich nicht wie ein gewisser Agustín Esteve als „Manteista" hatte abschinden müssen, um sich seine dünne Suppe für den Abend zu verdienen oder zu erbetteln. Ja, gewisse Herrn hatten die nötigen zwanzigtausend Realen gehabt für ihr Festbankett und ihr Stiergefecht und ihr Doktordiplom. „Und unsereiner, der keinen Doktor hat, aber im kleinen Finger mehr von Kunst versteht als die vier Universitäten und die ganze Akademie mit ihren diversen Doktoren, der sitzt da und muß Champagner trinken, bis er nicht mehr kann, und Pferde malen unter die Ärsche besiegter Generale." Agustíns Weinglas war umgefallen, nun sackte er selber zusammen über dem Tisch, schwer atmend. Der Abate aber sagte freundlich: „So, nun hat auch unser Don Agustín seine Tonadilla gesungen."

Don Manuel hatte Verständnis für den hageren Gehilfen seines Leibmalers. „Besoffen wie ein Schweizer", meinte er wohlwollend; es waren aber die Soldaten der Schweizer Garde bekannt dafür, daß sie an Urlaubsabenden in langen Reihen Arm in Arm die Straßen durchzogen, betrunken, grölend, die Passanten belästigend. Don Manuel nahm befriedigt den Unterschied wahr zwischen der schweren, bösartig reizbaren Betrunkenheit Agustíns und seiner eigenen leichten, gutherzigen, angenehm warmen. Er setzte sich zu Goya, um, weiter trinkend, dem Maler, dem klugen, älteren, mitfühlenden Freunde, sein Herz auszuschütten.

Don Miguel befaßte sich mit Pepa. Da sie offenbar für einige Zeit Einfluß auf seinen Herzog haben wird, hielt er es im Interesse Spaniens und des Fortschritts für angebracht, sich ihrer Freundschaft zu versichern.

Don Diego hatte sich zu Doña Lucía gesetzt, er glaubte, die Menschen, er glaubte, Doña Lucía zu kennen. Sie hatte viel erlebt, sie mußte blasiert sein, sie war am Ziel: eine Frau wie sie zu gewinnen war schwierig. Aber er war Wissenschaftler, Philosoph, Theoretiker, und er hatte sich sein System, seine Strategie zurechtgelegt. Wenn manchmal Doña Lucía leisen, schwer deutbaren Hohn zeigte, wo man Befriedigung hätte erwarten sollen, dann wohl, weil sie sich ihres Ursprungs bewußt und stolz auf diesen Ursprung war. Sie gehörte zur untern Volksschicht, zu den Majas, das vergaß sie nicht, darin lag ihre Stärke. Sie gaben keinem was nach, die Majos und die Majas von Madrid, sie fühlten sich als ebenso reine Spanier wie die Granden, vielleicht als reinere. Der Abate hielt diese große Dame Lucía Bermúdez für eine heimliche Revolutionärin, die in Paris ihre Rolle gespielt hätte, und darauf baute er seinen Plan.

Er wußte nicht, ob Don Miguel Staatsgeschäfte mit ihr beredete, nicht einmal, ob sie daran interessiert sei. Doch er tat, als wäre es sie, die von ihrer Estrade, von ihrem Salon aus die Geschicke Spaniens leitete. Die ersten, tastenden Schritte auf dem Wege zum Frieden hatten wenig Erfolg gehabt; Paris war mißtrauisch. War es nicht denkbar, daß ein Geistlicher, der bei den Herren der Inquisition wohlgelitten war, und eine elegante Dame, die einen der ersten Salons Europas hatte, die Geschäfte Spaniens bei den Parisern unverbindlicher und gerade darum wirksamer sollten treiben können als die Staatsmänner des Hofes? Don Diego deutete an, daß er gewissen Einfluß in Paris habe, Zutritt zu Männern, die den andern kaum zugänglich seien. Auf vorsichtige Art, viele Galanterien einstreuend, bat er um ihren Rat, forderte er sie auf, ein Bündnis mit ihm zu schließen. Die kluge Lucía merkte wohl, daß seine Zwecke jenseits des Politischen lagen. Trotzdem schmeichelte der verwöhnten Dame das Vertrauen des gebildeten, hintergründigen Herrn und die schwierige, subtile Rolle, die er ihr anbot. Zum erstenmal beschauten ihn ihre schrägen, vieldeutigen Augen mit ernsthaftem Interesse.

Dann aber zeigte sie Spuren von Müdigkeit, es war spät, und sie hielt auf reichlichen Schlaf. Sie zog sich zurück und nahm Pepa mit, die sich zurechtmachen wollte.

Don Manuel und Goya blieben. Sie merkten nichts von dem, was um sie vorging, sie tranken und waren mit sich beschäftigt. „Ich bin dein Freund, Francho“, versicherte der Herzog dem Maler, „dein Freund und dein Beschützer. Wir spanischen Granden waren immer Beschützer der Künste, und ich habe Sinn für Kunst. Du hast gehört, was für ein Sänger ich bin. Wir gehören zusammen, du und ich, der Maler und der Staatsmann. Du kommst von Bauern, nicht wahr, aus Aragón, man hört es an deiner Sprache. Ich habe eine adelige Mutter, aber, unter uns, ich komme auch von Bauern. Ich habe etwas Großes aus mir gemacht, und ich werde auch aus dir was Großes machen, darauf kannst du dich verlassen, mein Francho. Wir sind Männer, du und ich. Es gibt nicht mehr viele Männer hierzulande; ‚Spanien erzeugt große Männer, aber es verbraucht sie rasch', so heißt es im Sprichwort, und so ist es. Das kommt von den vielen Kriegen, da bleiben nur mehr wenige übrig. Du und ich, wir sind übriggeblieben. Darum streiten sich auch die Frauen um uns. Granden gibt es bei Hofe hundertneunzehn; Männer gibt es nur zwei. Mein Vater hat mich immer gerufen: ‚Manuel, mein Stierlein.' Stierlein hat er mich genannt, und recht hat er gehabt. Aber der Toreador für diesen Stier ist noch nicht gekommen, der muß erst geboren werden. Ich sag dir was, Don Francisco, mein Francho: Glück muß man haben. Haben muß man es, es kommt nicht zu einem. Glück ist eine Eigenschaft, wie die Nase, wie das Bein, wie der Arsch und alles andere; man hat es oder man hat es nicht. Du bist mir sympathisch, Francho. Ich bin ein dankbarer Mensch, und dir bin ich zu Dank verpflichtet. Ich hab kein schlechtes Aug von Natur, aber richtig sehen gelehrt hast erst du mich. Wer weiß, ob mir ohne dein Bild die Viudita über den Weg gelaufen wäre? Und wer weiß, ob ich ohne dein Bild die Göttin in dieser Frau erkannt hätte? Wo ist sie denn? Es scheint, sie ist nicht da. Das macht nichts, sie kommt wieder. Von mir geht das Glück nicht fort. Ich sage dir, die ist richtig, diese Señora Josefa Tudó. Sie ist die Richtige für mich. Aber du weißt es ja, ich brauche es dir nicht erst zu sagen. Klug ist sie, intelligent, sie spricht französisch. Und nicht nur das, sie ist auch eine Künstlerin, befreundet mit der Tirana. Und sie streicht es einem nicht aufs Brot, sie ist zurückhaltend, eine der ganz wenigen Damen. Wieviel Musik sie in sich hat, das darf nur der erkennen, der ihr wirklich nahekommt. Aber es wird ein Tag sein, oder vielmehr eine Nacht, da werde ich es erkennen dürfen. Sie ist schon da, diese Nacht, oder meinst du nicht?"

Goya hörte zu, zwiespältigen Gefühles, nicht ohne Verachtung, doch auch nicht ohne Freundschaft für den betrunkenen Mann. Was der von sich gab, war seine innerste Wahrheit. Und inmitten all seiner Trunkenheit fühlte sich Manuel sicher vor ihm, hielt ihn für seinen Freund, war sein Freund. Merkwürdig, wie sich die Dinge verknüpften. Da hatte er den Jovellanos zurückrufen wollen und sich überwunden und die Pepa dafür preisgegeben, und nun war Don Manuel sein Freund geworden, der mächtigste Mann in Spanien. Und nun brauchte er den pedantischen, hochmütigen Bayeu nicht mehr, den Bruder seiner Frau, vielmehr war er jetzt, durch seine Verknüpfung mit dem Herzog, sicher, gegen jeden Widerstand Erster Maler des Königs zu werden. Freilich darf man das Schicksal nicht berufen, und was da Don Manuel gesagt hatte, Glück sei eine Eigenschaft, das war vermessen. Er, Francisco, war nicht vermessen. Er war sich der dunklen Mächte bewußt, die immer um einen sind. Er bekreuzte sich in seinem Innern und dachte das alte Sprichwort: „Das Glück hat schnelle Beine, das Unglück hat Flügel.“ Es konnte sich noch viel ereignen, bevor er Erster Maler des Königs wurde. Darin aber hatte Don Manuel sicher recht: sie gehörten zusammen, sie beide, sie waren Männer. Und darum war er den finstern Mächten zum Trotz seiner Sache sicher. Denn heute gab es nur *ein* Glück für ihn, es war nicht ein Diplom mit einem königlichen Siegel, vielmehr hatte es ein bräunlichweißes, ovales Gesicht und schmale, kindliche, fleischige Hände, und es war chatoyant, es schillerte wie eine Katze. Und wenn sie ihn auch verzweifelt lange hatte warten lassen, zuletzt hatte sie ihn doch eingeladen nach Moncloa, in das Palais Buenavista, schreibend mit eigener Hand.

Don Manuel hatte weiter geschwatzt. Nun aber unterbrach er sich. Pepa war auf einmal wieder da, neu geschminkt.

Die Kerzen waren heruntergebrannt, der Geruch schalen Weines war im Raum, der Page saß halb schlafend, todmüde auf seinem Stuhl. Agustín hockte vor dem Tisch, über die Platte geworfen, den großen hügeligen Kopf auf den Armen, die Augen geschlossen, schnarchend. Auch Don Miguel schien müde. Sie aber, Pepa, saß da, lässig wie immer, doch frisch und prangend im Fleische.

Señor Bermúdez machte sich daran, neue Kerzen anzuzünden. Aber Don Manuel, auffallend nüchtern jetzt, hielt ihn ab. „Nicht doch, Don Miguel“, rief er, „bemühen Sie sich nicht. Auch das schönste Fest muß ein Ende haben.“

Er schritt auf Pepa zu, erstaunlich behende, und neigte sich tief. „Gönnen Sie mir die Ehre, Doña Josefa“, sagte er mit schmeichelnder Stimme, „Sie nach Hause zu bringen.“ Pepa schaute ihn aus ihren grünen Augen freundlich gelassen an und spielte mit dem Fächer. „Vielen Dank, Don Manuel“, sagte sie und neigte den Kopf.

Und vorbei an Don Francisco
Schritten Manuel und Pepa.
Draußen eingeschlafen hockte
Die Dueña. Lächelnd weckte
Pepa sie, und der Sereno
Sprang. Getrappel war von Pferden,
Und Don Manuels stolzer Wagen
Fuhr vors Tor. Der rotbestrumpfte
Diener riß den Schlag auf. Dröhnend
Fuhren Manuel und Pepa
Durch das nächtige Madrid nach
Hause.

10

Wenige Tage später, als Goya, übrigens ohne Schwung, an dem Bilde Don Manuels arbeitete, stellte sich ein unerwarteter Besucher ein: Don Gaspar Jovellanos. Der Minister hatte sein Versprechen ohne Zögern eingelöst.

Agustíns hageres Gesicht wölkte sich vor Verlegenheit, Freude und Verehrung, als er den bewunderten Staatsmann ins Atelier treten sah. Goya selber war verwirrt, stolz und beschämt, daß der große Mann gleich nach seiner Ankunft zu ihm kam, ihm zu danken.

„Ich darf sagen", erklärte Don Gaspar, „ich habe während der ganzen Zeit meiner Verbannung niemals daran gezweifelt, daß meine Gegner mich am Ende würden zurückrufen müssen. Der Fortschritt ist stärker als der tyrannische Wille verderbter einzelner. Aber ohne Ihr Eingreifen, Don Francisco, hätte es wohl eine gute Weile länger gedauert. Es ist Bestätigung und Trost, wenn Freunde ein tapferes Wort wagen für die Sache des Vaterlandes. Es ist doppelt wohltuend, wenn solche Worte gesprochen werden von einem Mann, von dem man das, offen gestanden, nicht erwartet hatte. Nehmen Sie meinen Dank, Don Francisco." Er sprach mit Würde, sein strenges, hartfaltiges, knochiges Gesicht blieb finster. Als er zu Ende war, verneigte er sich.

Goya wußte, daß in den Kreisen der Liberalen große Worte üblich waren; ihm selber aber lag das Pathetische nicht, die umständlichen Sätze seines Besuchers machten ihn verlegen, er erwiderte vag. Dann, lebhafter, meinte er, Don Gaspar sehe erfreulich gesund und kräftig aus. „Ja", antwortete grimmig Jovellanos, „wenn einige Leute geglaubt haben, ich würde mich in meinem Exil in Trübsal und Kummer verzehren, dann haben sie sich getäuscht. Ich liebe meine Berge. Ich bin herumgeklettert, ich habe gejagt, ich habe in Ruhe studiert, und es ist mir, wie Sie richtig sagen, nicht schlecht bekommen."

„Es heißt", sagte respektvoll Agustín, „Sie hätten in dieser Zeit der Ruhe mehrere bedeutende Bücher geschaffen." – „Ich hatte Muße", antwortete Jovellanos, „und ich habe einige meiner Ideen zu Papier gebracht. Es sind Essays über philosophische und staatswirtschaftliche Gegenstände. Nahe Freunde hielten meine Manuskripte für wichtig genug, sie nach Holland zu schmuggeln. Aber nach Madrid ist wohl nur wenig gelangt oder gar nichts." – „Ich glaube, Sie irren, Don Gaspar", sagte lächelnd, heiser und enthusiastisch Agustín. „Es gibt da zum Beispiel ein Manuskript, nicht umfangreich, aber gewichtig, ‚Brot und Stierzirkus' ist der Titel. Als Verfasser zeichnet zwar ein gewisser Don Cándido Nocedal, aber wer einmal ein Werk von Jovellanos gelesen hat, der weiß, wer dieser Nocedal ist. So schreibt nur einer in Spanien." Das hagere, gefurchte Gesicht des Jovellanos hatte sich überrötet. Agustuin aber, begeistert, fuhr fort: „Die Inquisition hat nach dem Werk gejagt, und wer sich bei der Lektüre ertappen ließ, dem ging es nicht gut. Aber unsere Madrilenen haben sich nicht abschrekken lassen, sie haben das Manuskript wieder und wieder abgeschrieben, viele können es auswendig." Und er begann zu zitieren: „Madrid hat mehr Kirchen und Kapellen als Wohnhäuser, mehr Priester und Mönche als Laien. An jeder Straßenecke werden einem gefälschte Reliquien angeboten und Berichte über erlogene Wunder. Die Religion besteht aus absurden Äußerlichkeiten, vor lauter Bruderschaften ist die Brüderlichkeit ausgestorben. In jedem Winkel des morschen, verfallenen, unwissenden, abergläubischen Spanien hängt ein verschmutztes Madonnenbild. Zur Beichte gehen wir jeden Monat, aber in unserer Lasterhaftigkeit verharren wir alle unsere Tage bis zu unserem Tod. Kein Heide ist so barbarisch und verbrecherisch wie wir spanischen Christen. Was wir fürchten, sind die Kerker der Inquisition, aber nicht fürchten wir das Jüngste Gericht." – „Don Cándido Nocedal hat recht", sagte schmunzelnd Jovellanos.

Francisco indes hörte die klingenden Sätze mit Unmut und Furcht, und er zürnte Agustín, der sie unter seinem Dache sprach. Goya liebte nicht die Kirche und ihre Behörden; aber dergleichen dreiste und lästerliche Reden waren gefährlich, sie konnten einem die Inquisition auf den Hals hetzen. Auch forderten sie das Schicksal heraus. Er schaute auf die Jungfrau de Atocha und bekreuzte sich.

Aber der Maler in ihm konnte nicht umhin, die Veränderung wahrzunehmen, die mit Jovellanos vorgegangen war. Dessen hartes Gesicht war sanfter geworden; er genoß den Humor der Situation, daß ihm da einer die guten Sätze zitierte, die er unter fremdem Namen aus seiner Verbannung nach Madrid geschmuggelt hatte. Goya sah, was unter den verkrusteten Zügen des Jovellanos vorging, und er wußte jetzt, wie er ihn malen würde, einen großen Mann trotz der schrullenhaften Härte seiner Tugend.

Geradezu behaglich jetzt erging sich Jovellanos in Erinnerungen aus seiner politischen Vergangenheit. Erzählte, wieviel schlaue Umwege er hatte machen müssen, um fortschrittliche Maßnahmen durchzusetzen. Da hatte er etwa eine Verfügung erreicht, es dürfe nicht mehr aller Unrat Madrids einfach auf die Straße geschüttet werden. Daraufhin hatten die Gegner ärztliche Gutachten beigebracht, die dünne Luft Madrids verursache gefährliche Krankheiten, wenn sie nicht durch die Ausdünstungen des Unrats verdickt werde. Er aber, Jovellanos, hatte sie durch andere ärztliche Gutachten geschlagen: Madrids Luft sei zwar zu dünn, doch werde sie zur Genüge verdickt durch den Rauch und Ruß der industriellen Unternehmungen, die er nach Madrid gebracht habe.

Bald aber verlor sich die freundliche Laune Don Gaspars, und er steigerte sich hinein in immer wildere Anklagen gegen das heutige Regime. „Wir seinerzeit", ereiferte er sich, „haben durch Verminderung der Steuern die Lebenshaltung der untern Klasse verbessert. Wir haben bewirkt, daß wenigstens jedes achte Kind in die Schule gehen konnte, und wenn unsere Goldschiffe aus Amerika kamen, dann haben wir sogar kleine Rücklagen gemacht. Das gegenwärtige Regime hat alles wieder verpraßt. Sie haben nicht begriffen, diese Herren und Damen, daß die Verschwendung Marie-Antoinettes eine der Hauptursachen der Revolution war. Sie verschwenden wilder. Sie halten sich Günstlinge und englische und arabische Pferde, statt die Armeen zu verstärken. Wir förderten Bildung und Wohlstand, diese säen Unwissenheit und Elend, und nun ernten sie Verwüstung und Niederlage. Unter uns waren die spanischen Farben Gelb und Rot, unter diesen sind sie Gold und Blut."

Francisco erschienen die Reden des Jovellanos verzerrt und übertrieben. Er mochte recht haben in Einzelheiten, doch verfälschte ihm der Haß das Gesamtbild, und wenn ihn Goya jetzt hätte malen sollen, dann hätte er einen finsteren, engstirnigen Eiferer gemacht und nichts sonst. Dabei war ohne Zweifel dieser Gaspar Jovellanos einer der klügsten und tugendhaftesten Männer des Landes. Wer sich auf Politik einließ, der mußte eben übertreiben, nach der einen Seite oder nach der andern. Goya war froh, daß er selber nichts mit Politik zu tun hatte.

Die ganze Zeit über hatte Jovellanos das Bild Don Manuels mit finstern Blicken gemustert. Jetzt hob er den Finger und deutete anklägerisch auf den Herzog, der ihn, halbfertig und hochmütig, von der Leinwand anschaute. „Wenn dieser Herr und seine Dame", wütete er, „nicht so wilde Verschwender wären, dann wäre mehr Geld für Schulen da. Aber gerade das will man nicht. Man fördert die Unwissenheit, damit das Volk nicht erkenne, wo die Ursache seiner Leiden liegt. Wie kommt es, daß das arme Frankreich siegreich ist gegen die ganze Welt? Ich will es euch sagen, meine Herren. Es ist, weil das französische Volk der Vernunft anhängt, der Tugend, weil es Gesinnung hat. Was aber haben wir? Einen König ohne Hirn, eine Königin, die nichts gelten läßt als die Gelüste ihres Unterleibes, und einen Ersten Minister, der einen einzigen Befähigungsnachweis mitbringt: stramme Schenkel."

Francisco war empört. Der Vierte Carlos war nicht übermäßig klug, zugegeben, und Doña María Luisa war launisch und geil; aber der König war wohlmeinend und auf seine Art würdig und die Königin höllisch gescheit, und sie hatte dem Lande eine ganze Reihe lebendige Infanten und Infantinnen geschenkt. Was gar Don Manuel anging, so ließ sich sehr gut mit ihm auskommen, wenn man ihn nicht reizte. Er jedenfalls, Francisco, war froh, daß diese Persönlichkeiten ihn ihrer Freundschaft würdigten. Er war überzeugt, daß die Macht den Königen von der Gnade Gottes verliehen sei, und wenn Jovellanos wirklich glaubte, was er daherredete, dann war er kein Spanier und sollte sich nach Frankreich scheren, in das Land der Gottlosen und Meuterer.

Aber Goya zähmte sich und sagte nur: „Sind Sie nicht ein wenig ungerecht gegen den Herzog, Don Gaspar?" – „Ein wenig?" fragte Jovellanos zurück. „Sehr, hoffe ich, sehr. Ich will nicht gerecht sein gegen diesen Lumpen. Daß er gegen mich ungerecht war, das ist unter seinen vielen Übeltaten diejenige, die ich ihm am wenigsten verdenke. Man kann nicht Politik machen mit Gerechtigkeit. Tugend ist nicht identisch mit Gerechtigkeit. Tugend verlangt, daß man zuweilen ungerecht sei."

Immer noch sanft, ja das Ironisch-Zwiespältige seiner Situation ganz auskostend, meinte Francisco: „Aber am Ende ist Don Manuel doch bemüht gutzumachen, was er Ihnen angetan hat. Warum sonst hätte er Sie zurückgerufen?" Jovellanos, mit zornigem Blick auf das halbfertige Porträt, antwortete: „Es raubt mir den Schlaf meiner Nächte, daß ich diesem Menschen zu Dank verpflichtet sein soll."

Mit einem jener plötzlichen Umschwünge indes, welche viele für immer vergessen machten, was an ihm Hartes, Kantiges, Abstoßendes war, fuhr er fort: „Aber sprechen wir nicht davon, sprechen wir von Kunst, von Ihrer Kunst. Ich bin Ihnen zu Dank verpflichtet, Don Francisco, und wenn ich an Ihre Kunst denke, bin ich es gerne. Man erzählt mir, Sie gehören jetzt zu den größten Porträtmalern des Landes." Das Gesicht Don Gaspars, wenn er dergleichen sprach, war strahlend, hinreißend liebenswürdig, und Goya freute sich von Herzen seiner Worte.

Nicht lange. Denn sogleich wurde Don Gaspar wieder unerträglich und kommentierte: „Einiges von Ihnen, sagt man mir, reiche geradezu an Bayeu und Maella heran." Selbst Agustín zuckte zusammen.

Jovellanos ging im Atelier herum und beschaute Goyas Bilder und Studien, ernsthaft, gewissenhaft, lange, schweigend. „Ich schulde Ihnen Dank, Don Francisco", sagte er schließlich, „gerade deshalb schulde ich Ihnen Offenheit. Sie können viel, vielleicht wirklich soviel wie Bayeu und Maella, vielleicht sogar mehr. Aber

Sie experimentieren zuviel mit den großen, überkommenen Wahrheiten. Sie spielen mit der Farbe, Sie lösen die Linie auf. Damit verderben Sie Ihr Talent. Nehmen Sie sich Jacques-Louis David zum Vorbild. Wir könnten hier in Madrid einen solchen Maler brauchen. Ein Jacques-Louis David würde angefeuert werden vom Zorn über den Hof und über seine Verrottung. Er würde keine eleganten Damen malen, sondern den gewitternden Zeus." Alter Narr, dachte Francisco, und sprichwörtlich: „Flöten geht des Menschen Witz, nimmt der Zorn von ihm Besitz." Laut und seinen Hohn nicht verbergend, antwortete er: „Soll ich ein Porträt von Ihnen malen, Don Gaspar?"

Einen Augenblick schien es, als werde Jovellanos furchtbar ausbrechen. Aber er hielt sich zurück und antwortete nur, beinahe liebenswürdig: „Es ist schade, daß Sie meine Einwände nicht ernst nehmen, Don Francisco; denn ich nehme Sie ernst. Nächst der Politik steht nichts meinem Herzen näher als die Kunst. Künstlerische Begabung, mit politischer Leidenschaft vereint, könnte das Höchste erzielen, was der Mensch zu erreichen vermag. Ein Jacques-Louis David wäre diesem Lande von nicht geringerem Nutzen als ein Mirabeau."

Zuerst, nachdem Jovellanos gegangen war, zuckte Francisco die Achseln; dann aber stieg Unmut in ihm hoch. Da mußte er sich stumm den schulmeisterlichen Unsinn dieses Tugendboldes anhören. „Man hätte ihn sitzenlassen sollen in seinen wohlverdienten Bergen", stürmte er los, und er wandte sich an Agustín. „Du bist schuld daran. Du hast mich angeschaut mit deinen dummen, fanatischen, vorwurfsvollen Augen, und da war ich Narr genug, ja zu sagen. Und jetzt muß ich auf wer weiß wie lange diesen ledernen Pedanten um mich haben. Die Palette trocknet einem ein, wenn er darauf schaut."

Dieses Mal schwieg Agustín nicht. „Reden Sie nicht so daher", erwiderte er, mürrisch und herausfordernd. „Natürlich ist es schief, was Don Gaspar über Sie und David sagt. Aber daß er die Kunst politisch machen will, jetzt, heute, in Spanien, damit hat er recht. Und das sollten Sie sich aufschreiben." Er erwartete, Goya werde schreien. Der tat es nicht. Die Stimme gemäßigt, doch voll giftigsten Hohnes, antwortete er: „Und das predigt mir einer, der, wenn er eine gute Stunde hat, einen Pferdearsch zustande bringt.

Haben deine Pferdeärsche Politik? Der David Spaniens. Was für ein hanebüchener Blödsinn. Der David Spaniens, der kannst du werden, Don Agustín Esteve. Dazu reicht dein Talent."

Agustín indes, den hageren, großen Schädel vorgestoßen, sagte finster und hartnäckig: „Ich sag Ihnen was, Don Francisco, ich sag dir was, Francho, ich sag dir was, Herr Hofmaler und Mitglied der Akademie. Er hat tausendmal recht, Don Gaspar, und wenn du dich noch so sehr krümmst und noch soviel Gift von dir gibst. Deine Bilder sind Schinken, Don Francisco Goya, bei all deiner Begabung, und in meinen Pferdeärschen ist mehr Sinn und Politik als in dem geilen Gefriß deiner großen Damen. Und solange du so feig neutral bleibst und solange du keine Meinung hast und keine zeigst, solange bleibt deine ganze Malerei Dreck und Gelump." Er wies auf das Bild Don Manuels. „Traust du dir hinzuschauen? Eine Schande, es ist eine Schande. Qué vergüenza. Da schmierst du herum seit einer Woche, und es wird nichts, und du weißt es. Da machst du in wunderbaren Farben eine wunderbare Uniform und wunderbare Orden, und das Gesicht ist leer, und das Ganze ist leer. Geschissen, nicht gemalt. Und warum? Weil du deinem Don Manuel schöntun willst. Dein Manuel, der ist nämlich aus dem gleichen Holz wie du, hochmütig und eitel und kläglich besorgt um sein bißchen Reputation. Darum traust du dir nicht, ihn zu malen, wie er ist. Angst hast du vor der Wahrheit, vor seiner Wahrheit und vor deiner Wahrheit. Ein Schisser bist du."

Jetzt aber war es genug. Den runden, bäuerlichen, löwenhaften Kopf vorgestoßen, ging Goya auf ihn los; die kräftigen Hände geballt, stand er vor ihm, ganz nahe. „Halt's Maul, du trauriger Hanswurst!" befahl er gefährlich leise.

„Ich denke nicht daran", antwortete Agustín. „Da kleckst und schmierst du deine zehn Stunden am Tag und bist stolz auf deinen Fleiß und deine vielen hundert Bilder. Ich sage dir, du bist faul, leichtsinnig, lasterhaft, schlampig. Du weichst aus, du bist feig, du verdienst deine Begabung nicht. Da hast du diese Doña Lucía gemacht und dein neues Licht gefunden und deine neue Luft. Und was fängst du damit an? Statt dich zu konzentrieren, statt dich mit dem Neuen herumzuschlagen, bis du es für immer hast, verläßt du dich auf deine Hand und schmierst drauflos, brutal, mit dem alten Schlendrian."

„Wirst du jetzt das Maul halten, du Hund!" sagte Goya so bedrohlich, daß ein jeder zurückgewichen wäre. Nicht so Agustín. Er sah Goya schwer atmen, er wußte, daß der Freundfeind in seiner Wut sogleich in Taubheit fallen werde, und er hob die Stimme. „Dein Manuel", schrie er, „wird vielleicht zufrieden sein mit deinem Dreck. Aber es ist Dreck, effektvoller Dreck und also doppelter Dreck. Und du weißt es. Und warum versagst du so jämmerlich? Weil du stinkend faul bist. Weil du dich nicht konzentrieren willst. Weil du zu geil bist, um dich zu konzentrieren. Eine Schande. Qué vergüenza! Weil du auf eine Frau wartest, die dir nicht gleich ja sagt und die es wahrscheinlich nicht wert ist, daß du wartest."

Das letzte, was Goya gehört hatte, war „Qué vergüenza". Dann hatte ihn eine dunkelrote Wolke von Wut eingehüllt und war ihm in die Ohren geschlagen und ins Hirn, daß er nicht mehr hörte. „Hinaus!" brüllte er. „Geh zu deinem Jovellanos. Mal ihn. Mal ihn, wie dein David den Marat gemalt hat, im Bad, totgeschlagen! Hinaus, sag ich! Hinaus! Und für immer!"

Was Agustín erwiderte, hörte Francisco nicht, er sah ihn nur die Lippen bewegen. Er wollte sich auf ihn stürzen. Aber da ging Agustín wirklich. Eilig, ungelenk, stakigen Schrittes ging er hinaus.

Töricht stand Francisco Goya
Und allein mit dem halbfert'gen
Manuel. „Qué vergüenza", sprach er
Vor sich hin und noch und nochmals:
„Qué vergüenza, qué vergüenza."
Lief dann fort, geschäftig, lief dem
Andern nach, laut rufend, schreiend;
Denn er konnte seiner Stimme
Schall nicht schätzen, ihm versagte
Noch das Ohr. „So bleib doch", rief er,
„Bleib, du Esel, laß mich doch zu
Ende reden. Ja, so bist du.
Die gemeinsten Dinge sagst du
Mir, und wenn ich was erwidre,
Dann bist du gekränkt wie eine
Ältliche Infantin-Tante."

II

Francisco Goya hatte von den hundertneunzehn Granden Spaniens beinahe die Hälfte porträtiert. Er kannte ihre Schwächen, ihre kleinen Menschlichkeiten, er bewegte sich unter ihnen wie unter seinesgleichen. Trotzdem war er jetzt, auf der Fahrt nach Moncloa zu der Herzogin von Alba, voll einer Scheu, wie er sie ähnlich nur verspürt hatte, als er, ein kleiner Junge, zum erstenmal vor dem Grafen von Fuendetodos erscheinen sollte, dem allmächtigen Pachtherrn seines Vaters.

Er machte sich über sich selber lustig. Was fürchtete er denn, und was hoffte er? Er fuhr zu einer Frau, die ihm deutliche Avancen gemacht hatte; das konnte keine Lüge gewesen sein. Aber warum dann hatte sie so lange geschwiegen?

Sie war sehr beschäftigt gewesen in diesen Wochen, das war richtig. Er hatte viel über sie gehört, die ganze Stadt sprach von dem, was die Alba tat und ließ. Wo immer er war, hatte er erwarten müssen, daß ihr Name falle, und er hatte sich davor gefürchtet und sich danach gesehnt.

Er wußte, dieser Name tat die gleiche Wirkung in den Kneipen der Majos und Majas wie in den Salons der Granden. Man schimpfte lästerlich, erzählte die wüstesten Dinge von ihr und war gleichzeitig entzückt, daß die Urenkelin des blutigsten Mannes in Spanien, des Marschalls Alba, so strahlend schön war, so kindlich, so hochmütig, so launisch verspielt. Einmal ließ sie sich mit Straßenjungen in Gespräche ein über den nächsten Stierkampf, dann wieder übersah sie hochmütig alle Grüße. Einmal zeigte sie herausfordernd ihre Neigung für französisches Wesen, dann wieder gab sie sich höchst spanisch wie eine richtige Maja. Und immerzu suchte sie Zwist mit der Königin, der Italienerin, der Fremden.

Alles in allem lebte Cayetana de Alba nicht weniger stolz und extravagant als die Königin, sie hatte ebenso kostspielige Launen, und viel tugendhafter war sie auch kaum. Aber wenn der Toreador Costillares der Königin seinen Stier widmete, dann blieb es still, und widmete er ihn der Alba, dann jubelte die ganze Arena.

Es war eine Dreistigkeit, daß sie sich jetzt, während sich das Land wegen des Krieges die höchsten Entbehrungen auferlegte, das neue Schloß bauen ließ. War nicht die Verschwendung, mit welcher Marie-Antoinette ihr Trianon gebaut hatte, einer der Gründe gewesen, welche sie unter die Guillotine gebracht hatten? Doch lächelnd und vermessen, in ihrem unbändigen Albaschen Stolz, setzte Doña Cayetana die Spielereien Marie-Antoinettes da fort, wo jene sie hatte beenden müssen. Und nicht viele, auch Francisco nicht, hätten sagen können, ob sie sie darum bewunderten oder haßten. Immer ging es den Leuten von Madrid so mit der Alba. Sie ärgerten sich über sie. Machten sich lustig über sie. Liebten sie.

Das Palais war klein; nur die nächsten Freunde Cayetanas waren geladen und die erhöhtesten unter den Granden. Daß sie ihn dazu zählte, machte Francisco stolz und froh. Aber sie war unberechenbar wie das Wetter des nächsten Jahres; vielleicht begriff sie schon nicht mehr, daß sie ihn eingeladen hatte. Wie wird sie ihn empfangen? Wird sie einen Fächer tragen? Was wird sie ihm durch den Fächer zu verstehen geben? Und wird sie ihn Goya nennen oder Don Francisco oder einfach Francisco?

Der Wagen hatte das Gittertor von Buenavista erreicht und fuhr die Rampe hinauf. Reserviert, in dem Estilo desornamentado des Herrera, alles Nicht-Zugehörige ausschließend, unendlich hochmütig hob sich die Fassade. Das Flügeltor öffnete sich, in edler Schwingung stieg die Innentreppe hinan, und von oben, von der Mündung der Treppe, schaute groß, stolz über die Besucher hinweg, das Porträt eines frühen Ahnen der Herzogin. Goya konnte nicht verhindern, daß ihn Beklemmung erfaßte vor dem Namen Alba, dem ersten Namen in Spanien, älter, berühmter, erhabener als der der Bourbonen. So erstieg er, die Tracht höfisch, das Innere bäurisch, die große Treppe, vom Haushofmeister geleitet, zwischen zwei Reihen von Dienern. Ihm voraus, leise und wichtig, geflüstert von einem Munde zum andern, flog sein Name: „Señor de Goya, Maler des Königs“, bis oben der Türsteher laut meldete: „Señor de Goya, Maler des Königs.“

Dieser die Treppe ersteigende Señor de Goya nahm in all seiner Scheu und Würde überrascht wahr, daß das Innere des kleinen Schlosses in dreistem, spöttischem Gegensatz stand zu seiner klassisch strengen Bauart. Hier war alles heiterster Luxus von der Art, wie ihn der französische Hof vor einem Menschenalter geschaffen hatte, der Hof des Fünfzehnten Louis und der Dubarry. Wollte die Besitzerin dieses Palais zeigen, daß sie beides war, die Trägerin des stolzesten und finstersten Namens in Spanien und eine Anhängerin der galanten Lebensweisheit der gestürzten französischen Aristokratie?

An die Wände ihres Palais aber hatte die Alba sehr andere Gemälde gehängt als diejenigen, welche ähnliche Schlösser französischer Adeliger schmückten: keine Bilder des Boucher oder des Watteau und nichts, was Goyas oder seines Schwagers Bayeu Gobelins entsprochen hätte. Vielmehr hingen da nur Gemälde der alten, großen, spanischen Meister, ein dunkles, grausames Granden-Porträt von der Hand des Velázquez, ein finsterer Heiliger des Ribera, ein fanatisch düsterer Mönch des Zurbarán.

Unter diesen Gemälden saßen die nicht zahlreichen Gäste. Da waren von den zwölf ganz großen Herren, die das Privileg hatten, in Gegenwart des Königs den Hut aufzubehalten, fünf, mit ihren Damen. Da war auch Goyas ewiger Schuldner, Monsieur de Havré, der Botschafter des königlichen Knaben von Frankreich und seines Regenten; repräsentativ, etwas schäbig und herausfordernd saß er da, seine hübsche, dünne, sechzehnjährige Tochter Geneviève neben sich. Aber da war auch der Abate, Don Diego. Und da war ferner ein blonder, stattlicher Herr mit einem starkzügigen, doch ruhigen Gesicht, und noch ehe er ihm vorgestellt war, wußte Goya: das war Doktor Peral, der Verhaßte, der Arzt, der Bartkratzer.

Wer aber zeigte sich da doch, würdig, finster, tugendhaft, eine lebendige Verneinung all des zierlich tändelnden Krimskrams, mit welchem das Palais angefüllt war? Ja, er war es, Don Gaspar Jovellanos, der Opponent der Kirche und des Thrones, der ungern Zurückgerufene, dem der König noch nicht verstattet hatte, ihm zum Dank für die neue Huld die Hand zu küssen. Es war eine Dreistigkeit sondergleichen, daß Doña Cayetana ihn eingeladen hatte, heute, da die Katholischen Majestäten erwartet wurden. Die versammelten Herren und Damen wußten denn auch nicht recht, wie sie sich zu Don Gaspar stellen sollten. Sie begrüßten ihn höflich und kühl und vermieden Gespräche mit ihm. Ihm schien das recht. Es war ein Sieg seiner Sache, daß die Erste Edeldame des Reiches ihn bei einem solchen Anlaß zu sich bat; im übrigen lag ihm nicht daran, sich mit dem adeligen Gelichter gemein zu machen. Einsam und trotzig saß er auf seinem goldenen Stühlchen, und Goya hatte das Gefühl, das kleine Möbel müßte unter soviel Würde zusammenbrechen.

Der Herzog von Alba und seine Mutter, die Marquesa von Villabranca, begrüßten die Gäste. Der Herzog war lebhafter als sonst. „Sie werden eine kleine Überraschung erleben, mein Lieber", erzählte er Goya. Der Abate klärte Goya darüber auf, daß die Herzogin den Theatersaal von Buenavista mit Kammermusik einzuweihen gedenke und daß der Herzog selber spielen werde. Goya war nicht sehr interessiert. Er war nervös, er vermißte die Gastgeberin, es war seltsam, daß sie nicht da war, ihre Gäste zu empfangen. Auch dafür hatte der Abate die Erklärung. Man mußte mit der Besichtigung des Hauses wohl oder übel warten, bis die Majestäten eintrafen. Doña Cayetana aber wollte nicht warten, auch nicht auf das Königspaar. So hatte sie einen guten Meldedienst eingerichtet und wird den Saal erst unmittelbar vor den Majestäten, gleichzeitig mit den Majestäten betreten.

Da war sie. Viele Male hatte sich Francisco befohlen, ruhig zu bleiben bei ihrem Anblick, aber es geschah ihm wie damals, da er sie auf der Estrade erschaut hatte. Alles andere, die Gäste, das goldene Um und Um, die Bilder, die Spiegel, die Kronleuchter, alles versank, und da war sie allein. Sie war von äußerster, herausfordernder Einfachheit. Ihr Kleid war weiß und unverziert, so wie es wohl jetzt die Damen der Republik in Paris tragen mochten: von der schmalen, mit einer breiten Schärpe umspannten Taille fiel es weit mit blassem, goldenem Saum zu Boden. Um das Handgelenk trug sie einen Reif glatten Goldes, sonst war sie ohne Schmuck. Das Haar fiel in dichten Massen schwarz, in ungebärdigen Lokken, über die nackten Schultern.

Goya starrte. Ohne Rücksicht auf die andern, die vor ihm das Recht hatten, sie zu begrüßen, wollte er zu ihr vordringen. Aber da, genau wie es geplant gewesen, kam vom Treppenhaus, sich verstärkend, der Ruf: „Ihre Katholischen Majestäten!" Die Anwesenden bildeten Spalier, und Cayetana ging den Kömmlingen entgegen.

Der Haushofmeister, seinen Stock aufstoßend, verkündete ein letztes Mal: „Ihre Katholischen Majestäten und Seine Hoheit der Herzog von Alcudia." Und da kamen sie. Der König, der Vierte

Carlos, stattlich, bauchig, raumfüllend, trug, der sechsundvierzigjährige Herr, einen roten, silbergestickten Frack, darüber ein mächtiges Ordensband und den Orden des Goldenen Vlieses; unterm Arm hatte er den dreieckigen Hut, in der linken Hand einen Stock, und sein rotes, freundlich behäbiges Gesicht mit der großen, fleischigen Nase, dem üppigen Mund und der etwas fliehenden, in eine kleine Glatze auslaufenden Stirn war bemüht, imponierend auszuschauen. Neben ihm, einen halben Schritt hinter ihm, die ganze Flügeltür mit dem weiten Reifrock ausfüllend, juwelenübersät wie die Statue einer Heiligen, den mächtigen Fächer in der Hand, erschien Doña María Luisa von Parma, die Königin; riesig, die hohe Türwölbung beinahe streifend, wippten die Federn ihres Hutes. Hinter ihnen aber wurde Don Manuel sichtbar, auf dem schönen, etwas schweren Antlitz das gewohnte, leicht blasierte Lächeln.

Höfisch knicksend küßte Cayetana die Hand erst des Königs, dann Doña María Luisens. Diese musterte, ihre Verblüffung mühsam verbergend, mit ihren kleinen, scharfen, schwarzen Augen das herausfordernd einfache Kleid, in welchem die hochmütige Alba die Katholischen Majestäten zu empfangen sich erdreistete.

Sie hielten Cercle ab. Da stand, als gehöre er hierher, Gaspar Jovellanos, der Rebell. Der König, der langsam im Geiste war, erkannte ihn nicht sogleich. Dann meinte er, sich räuspernd: „Wir haben uns lange nicht gesehen. Wie geht es denn immer? Sie sehen vorzüglich aus." Doña María Luisa hingegen konnte für einen Augenblick ihre peinliche Überraschung nicht verhehlen; dann aber sagte sie sich, nachdem man den Mann einmal zurückgerufen habe, sollte man sich wenigstens seiner Finanzkünste bedienen. So ließ sie sich denn den Handkuß des Rebellen gnädig gefallen. „In dieser schweren Zeit, Señor", sagte sie, „bedarf unser armes Land der Dienste eines jeden, er sei wer immer. So haben wir, der König und ich, beschlossen, auch Ihnen Gelegenheit zu geben, sich zu bewähren." Sie sprach laut mit ihrer nicht unangenehmen Stimme, so daß alle die zweideutige Liebenswürdigkeit bewundern konnten, mit der sie sich aus der schwierigen Situation zog. „Ich danke Ihnen, Majestät", erwiderte Jovellanos, und auch er wandte seine geübte Rednerstimme an, so daß er überall im Saale vernehmlich war. „Ich hoffe nur, daß meine Fähigkeiten während der langen Zeit, die ich zu feiern gezwungen war, keinen Rost angesetzt haben." Das alles sollst du mir bezahlen, dachte María Luisa, und sie meinte die Alba.

Man besichtigte das Haus. „Sehr hübsch, sehr gemütlich", lobte Don Carlos. Die Königin aber betrachtete neidisch und mit Kennermiene die kostbaren Details der zierlich heitern Einrichtung. Sie wies auf die Meisterschöpfungen der alten spanischen Maler, die seltsam kalt und großartig auf die liebenswürdige Nichtigkeit ringsum herunterschauten. „Sonderbare Sachen haben Sie sich da an die Wand gehängt, meine Liebe", meinte sie. „Mich würde frösteln unter diesen Bildern."

Im Theatersaal ergingen sich selbst die kühlen, verschlossenen Granden in Ausrufen des Entzückens. Prunkvoll und trotzdem diskret schimmerte der blau und goldene Raum im Lichte der zahllosen Kerzen. Logen und Gestühl, gefertigt aus edelstem Material, lockten zärtlich und zeremoniös. Die Pfeiler aber, die den Balkon trugen, liefen aus in altertümliche Wappentiere, andeutend, daß man zu Gaste war bei einer Dame, welche die Titel von sieben Granden Spaniens vereinigte.

Und nun kam die Minute, auf welche sich der Herzog von Alba seit Wochen gefreut hatte. Der Haushofmeister bat die Damen und Herren, sich zu setzen. Auf der Bühne aber erschienen der Herzog, seine Schwägerin Doña María Tomasa und die kleine Geneviève, die Tochter Monsieur de Havrés. Des Herzogs Schwägerin, eine schwarzhaarige, wohlgebaute Dame, wirkte robust neben Geneviève und dem Herzog; aber sie spielte von den drei Instrumenten auf der Bühne das kleinste, die Viola. Geneviève hingegen saß dünn, lieblich, ein wenig dürftig von Körper und von Tracht, vor ihrem großen Violoncell. Der Herzog selber spielte ein Instrument, das man jetzt seltener und seltener hörte und sah, ein Baryton, eine Viola di bordone, eine Art Kniegeige mit vielen Saiten, nicht allzu groß, von aufrührend hart und weichem, tiefem Klang.

Die drei probierten auf ihren Instrumenten, nickten einander zu, dann begannen sie ein Divertimento von Haydn. Doña María Tomasa spielte ihre Viola mit Ruhe und Sicherheit, Geneviève arbeitete an ihrem gewaltigen Cello, großäugig, eifrig und schüchtern. Der Herzog aber, sonst kühl und abwesend, belebte sich, während er spielte; die Finger, welche die Saiten drückten und rissen, wurden zu Wesen, die für sich selber lebten, die schönen, melancholischen Augen strahlten, der ganze, sonst so beherrschte Körper ließ sich gehen, schwang vor und zurück, während er dem Instrument sein verborgenes Wesen entriß. Gerührt und entzückt schaute die alte Marquesa de Villabranca auf ihren lieben Sohn, und: „Ist er nicht ein Künstler, mein José?" fragte sie Goya, der neben ihr saß. Er aber sah nur mit halbem Aug und hörte nur mit halbem Ohr. Er hatte noch kein Wort mit Cayetana gesprochen, er wußte nicht einmal, ob sie ihn bemerkt hatte.

Den Gästen gefiel die Musik, und das Lob, mit dem sie den lächelnden und erschöpften Herzog von Alba bedachten, war ehrlich. Auch König Carlos vergaß, daß Don José rebellischerweise mehrere Male unter durchsichtigen Vorwänden abgelehnt hatte, als er, der König, ihn aufgefordert, mit ihm in seinem Quartett zu spielen, und er schickte sich an, ihm etwas Gnädiges zu sagen. Füllig und ungeschlacht stand der Monarch vor seinem schmächtigen Ersten Granden. „Sie sind ein richtiger Künstler, Don José", erklärte er. „Das schickt sich eigentlich nicht für einen Herrn in Ihrer Stellung. Aber, was wahr ist, muß man sagen; gegen Ihr Baryton kann ich nicht aufkommen mit meiner bescheidenen Violine."

Die Alba erklärte, ihre Bühne gehöre den Dilettanten, und ob sich einer ihrer Gäste betätigen wolle. Die Königin, beiläufig, doch so, daß jeder es hören konnte, fragte: „Wie ist das, Don Manuel? Wollen nicht Sie eine Ihrer Romanzen oder eine Seguidilla Bolera zum besten geben?" Don Manuel zögerte eine winzige Weile. Dann, unterwürfig, erwiderte er, er fürchte, in einem so verfeinerten Milieu und nach einer so kostbaren Darbietung sei seine arme Kunst fehl am Ort. Nun aber bestand Doña María Luisa. „Zieren Sie sich nicht, Don Manuel", redete sie ihm zu, und es war nicht mehr die Königin, die bat, es war eine Frau, welche ihren Bekannten die mannigfachen Talente ihres Liebhabers vorführen wollte. Don Manuel aber – vielleicht dachte er an Pepa – war nicht in der Laune, sich vorführen zu lassen. „Bitte, glauben Sie mir, Madame", erwiderte er, „ich bin nicht bei Stimme, und ich werde nicht singen."

Das war brüsk. So durfte ein Grande seiner Königin nicht antworten und nicht ein Cortejo seiner Dame, zumindest nicht in Gegenwart anderer. Ein kleines, betretenes Schweigen war. Aber die Herzogin von Alba besaß den Takt, die Niederlage der Königin nur für wenige Sekunden auszukosten. Dann, liebenswürdig, bat sie zur Tafel.

Goya saß am Tische des niederen Adels, mit Jovellanos und dem Abate. Das war anders schwer möglich. Trotzdem war er verdrossen, redete wenig und aß viel. Noch immer nicht hatte er mit der Herzogin gesprochen. Nach Tische – der Herzog hatte sich sogleich zurückgezogen – hockte Francisco allein in einer Ecke. Er war nicht mehr zornig, eine schlaffe Enttäuschung hatte ihn überkommen.

„Sie vermeiden mich geradezu, Don Francisco", hörte er eine etwas harte Stimme sagen; doch ihn rührte sie tiefer an, als es die Musik des österreichischen Meisters getan hatte. „Erst lassen Sie sich wochenlang nicht sehen", fuhr die Herzogin fort, „dann gehen Sie mir einfach aus dem Wege." Er starrte sie an, wie damals, hemmungslos, sie schaute freundschaftlich, keineswegs wie damals. Sie spielte mit dem Fächer, es war nicht sein Fächer, aber wenigstens sagte der Fächer Angenehmes.

„Setzen Sie sich zu mir", befahl sie. „Ich habe wenig Zeit gehabt in diesen letzten Wochen", erzählte sie ihm, „der Bau dieses Landhauses hat mich in Anspruch genommen. Auch in der nächsten Zukunft werde ich nicht viel Zeit haben, ich muß mit dem Hof nach dem Escorial. Aber sowie ich zurück bin, müssen Sie endlich ein Porträt von mir machen, auf Ihre neue Art. Alle Welt schwärmt von Ihren neuen Porträts." Goya hörte zu, verneigte sich, schwieg.

„Kein Wort haben Sie mir gesagt über mein Haus", fuhr die Alba fort. „Sie sind nicht höflich. Und was halten Sie von meinem Theaterchen? Natürlich nichts. Ihnen gefällt eine Bühne für derbe, männliche Sachen, für Weiber mit viel Busen und großen Stimmen. Mir gefällt dergleichen auch, zuweilen. Aber auf meiner Bühne möchte ich anderes spielen lassen; es sollte auch sehr frech sein, gewiß, doch gleichzeitig zart, elegant. Was halten Sie zum Beispiel von Calderóns ‚Weh dem, der mit der Liebe spaßt'? Oder fänden Sie ‚Das Mädchen des Gómez Arias' besser?"

Franciscos Gehör versagte, ihm flirrte vor den Augen. „Das

Mädchen des Gómez Arias“, das war die bunte, süße und wilde Komödie von dem Manne, der sich maßlos in ein Mädchen verliebt, sie entführt, sie sogleich satt hat und sie an die Mauren verkauft. Franciscos Herz setzte aus. Die Alba wußte Bescheid um seine Sache mit Don Manuel und der Pepa. Sie verhöhnte ihn. Er stammelte was, erhob sich, verneigte sich ungelenk, ging von ihr weg.

Wütete. Wiederholte sich, was sie gesagt hatte. Überdachte es. Wog es. Gómez war ein Schuft, gewiß, aber ein Schuft von Format, ein Schuft, dem alle Weiber zuflogen. Was ihm die Alba gesagt hatte, bestätigte nur, daß er bei ihr alle Aussichten hatte. Aber er ließ sich nicht so behandeln, er war kein kleiner Junge, mit dem man spielte.

Don Manuel setzte sich zu ihm, redete auf ihn ein, begann ein vertrauliches Gespräch, ein Männergespräch. Verbreitete sich über den Spaß, den er sich mit der Königin geleistet hatte, noch dazu im Hause der Alba. „Ich lasse mir nicht einreden“, erläuterte er, „von niemand. Ich singe, wann *ich* will. Ich singe für Leute, die für mich Verständnis haben, nicht für diese Granden. Ich bin selber einer, aber was ist das für eine Gesellschaft! Wir sind beide leicht entzündlich, Francisco, Sie und ich: aber möchten Sie von den Frauen hier viele im Bett haben? Ich keine fünfe. Diese kleine Geneviève ist ja ganz niedlich, aber ein Kind, und ich bin noch nicht alt genug, daß mir Kinder Spaß machten. Übrigens, ich kann es auch ohne unsere liebenswürdige Wirtin aushalten. Sie ist mir zu kompliziert, zu kapriziös, zu prätentiös. Sie verlangt, daß man sich Wochen und Monate um sie bewirbt. Das ist nichts für Don Manuel. Ich mag keine langen Ouvertüren, ich hab es gern, wenn der Vorhang gleich aufgeht.“

Goya hörte zu mit dumpfer, bitterer Zustimmung. Don Manuel hatte recht, die Frau war nichts als eine verspielte, hochmütige Puppe. Er hatte genug von ihr, er wird sie ausreißen aus seinem Innern. Solange die Majestäten noch da waren, mußte er wohl bleiben. Aber unmittelbar nach ihrem Abgang wird auch er gehen, und die Alba und ihr Schloß Buenavista, das verrückt war wie sie selber, werden für immer hinter ihm versinken.

Vorläufig gesellte er sich zu einer Gruppe um die beiden Damen, die in dem Trio mitgewirkt hatten. Man sprach über Musik, und Doktor Peral, der Arzt, mit seiner ruhigen, nicht lauten, doch weithin vernehmbaren Stimme ließ sich sachverständig aus über das Baryton, dieses Instrument, das leider mehr und mehr aus der Mode kam, und über Señor José Haydn, den österreichischen Komponisten, der sehr viel für dieses Instrument geschrieben hatte. „Hören Sie, Doktor“, erklang die Stimme Doña Cayetanas, „gibt es eigentlich irgend etwas, worüber Sie nicht Bescheid wissen?“

Die etwas harte Stimme der Alba war leicht spöttisch, doch hörte Goya eine Zärtlichkeit heraus, eine Verbundenheit mit dem Arzt, die ihn rasend machte. Unvermittelt, mit mühsamer Ruhe, erzählte er eine Anekdote, wie sich ein junger Herr seiner Bekanntschaft in allen Salons durch ein einfaches Rezept den Ruhm höchster Gelehrsamkeit verschafft habe. Dieser junge Herr wisse alles in allem drei gelehrte Fakten, aber er verstehe, sie überall anzubringen. Er zitiere einen Satz aus einem Werk des heiligen Hieronymus. Dann erzähle er gelegentlich, daß Virgil seinen Helden Äneas tränenselig und abergläubisch gemacht habe, nur um dem Kaiser Augustus zu schmeicheln, der die gleichen Eigenschaften gehabt habe. Dann spreche er von der besonderen Blutzusammensetzung des Dromedars. Durch kluge Verwertung dieser drei Daten habe sich der bewußte junge Herr den Ruf höchster Gelehrsamkeit erworben.

Ein kleines, erstauntes Schweigen war. Doktor Peral mit seiner gelassenen Stimme fragte halblaut den Abate: „Wer ist der dicke Herr?“ Dann, mit einem kleinen, amüsierten Seufzer, meinte er: „Der Herr Hofmaler hat recht: Menschenwissen ist Stückwerk. In meinem Fach zum Beispiel weiß auch der Gelehrteste nur wenig mit Sicherheit. Es gibt da kaum vier- oder fünfhundert Tatsachen, die über allen Zweifeln feststehen. Was aber ein ernsthafter Mediziner alles nicht weiß und vorläufig auch nicht wissen kann, damit könnte man ganze Bibliotheken füllen.“ Der Arzt hatte ohne Prätention gesprochen, mit der freundlichen Überlegenheit des Sachverständigen, der einen groben Ignoranten mühelos abführt.

Die Heftigkeit, mit welcher der Maler ihre Freunde anfiel, amüsierte die Alba. Sie wollte ihm zeigen, welche Macht über Männer sie hatte. Ohne Übergang, liebenswürdig, wandte sie sich an den

Herzog von Alcudia. „Ich konnte es verstehen, Don Manuel", sagte sie, „daß Sie es vorhin, in meinem Theaterchen, ablehnten zu singen. Aber hier ist keine anspruchsvolle Bühne, hier sind wir zwanglos zusammen. Singen Sie uns jetzt ein Lied, Don Manuel, machen Sie uns die Freude. Wir alle haben soviel von Ihrer Stimme gehört." Don Carlos, während die andern gespannt und leicht geniert auf Don Manuel schauten, meinte: „Eine ausgezeichnete Idee. Jetzt wird's gemütlich." Don Manuel zögerte einen Augenblick lang: es war unklug, die Königin weiter zu reizen. Aber stellte er sich nicht, wenn er zurückwich, vor allen diesen Damen und Herren bloß? Er war kein Pantoffelheld. Er lächelte gnädig und geschmeichelt, verneigte sich vor der Alba, stellte sich in Positur. Räusperte sich. Sang.

Doña María Luisens kleine, schwarze Augen schauten böse, doch ertrug sie diese zweite Demütigung im Hause ihrer Rivalin mit Würde. Sie saß da in ihrem weiten, juwelenübersäten Rock, in guter Haltung, das scharfe Kinn hoch, den riesigen Fächer langsam bewegend. Ihre Lippen lächelten freundlich.

Goya, der María Luisa oft gemalt hatte, kannte sie genau, jedes Fältlein ihres von Lebensgier, Genuß und unbefriedigtem Verlangen zerstörten Gesichtes. Schön war sie nie gewesen, aber es hatte, solange sie jung war, so viel wildes, wüstes Leben von ihr ausgestrahlt, daß sie Männer wohl hatte anziehen können. Auch war sie wohlgebaut; jetzt freilich war durch viele Geburten ihr Leib schlotterig geworden, und übriggeblieben waren nur schöne Arme. Mit bitterem Amüsement und kleiner Rührung sah Goya, wie kläglich in all ihrem Stolz die mit jedem Prunk geschmückte Königin dasaß vor der blühenden Alba und ihrer kostbaren Einfachheit. Die alternde María Luisa hatte den schärferen Verstand und unbegrenzte Macht, aber die andere war herzbeklemmend schön. Böse waren sie beide, hexenhaft, und es war die Frage, welche der beiden Hexen die gefährlichere war, die schöne oder die häßliche. Wie überflüssig, wie dumm und grausam war es gewesen, daß die Alba ihre Rivalin ein zweites Mal gedemütigt hatte. Es war nicht gut für ihn, diese Frau länger anzuschauen. Finster entschlossen, zum zehnten Male, befahl er sich, zu gehen, sowie der König gehen werde.

Aber er wußte: er wird bleiben. Er wußte, diese schöne, böse

Frau war die äußerste Versuchung und die tiefste Gefahr seines Lebens, ein Einmaliges, wie es ihm nie mehr begegnen wird, die Quelle hoher Lust und hohen Leids. Er aber schrieb sich Francisco Goya, und er wird diesem Einmaligen nicht aus dem Wege gehen.

Don Manuel sang dieses Mal nur drei Lieder. Kaum war er mit dem dritten zu Ende, so sagte die Königin: „Sie wollten morgen mit dem frühesten zur Jagd, Carlos. Ich denke, wir sollten aufbrechen."

Aber der König knöpfte seine prunkvolle Weste auf, darunter wurde eine andere, einfache, sichtbar mit mehreren Uhrketten. Er zog zwei Uhren heraus, beschaute sie, behorchte sie, verglich sie; er liebte Uhren und Genauigkeit. „Es ist erst zehn Uhr zwölf", konstatierte er. Er steckte die Uhren wieder fort, knöpfte sich zu, saß da, seinen Stuhl ausfüllend, lässig, massiv, verdauend, behaglich. „Eine kleine halbe Stunde", meinte er, „können wir noch bleiben. Es ist ein so gemütlicher Abend."

Des Königs Äußerung war Don Diego, dem Abate, ein willkommenes Stichwort. Von ganzem Herzen ein Gegner des Krieges, wußte er, daß Don Manuel und die Königin Frieden machen wollten, bisher aber vorsichtig davor zurückscheuten, solche Stimmungen laut werden zu lassen. Jetzt rechnete der kluge Abate damit, die temperamentvolle Doña María Luisa, gereizt durch ihre Niederlage als Frau, werde froh sein um eine Gelegenheit, Staatsmannschaft zu zeigen und zu glänzen auf einem Gebiet, auf welches ihr die Rivalin nicht folgen konnte. Er ergriff die Gelegenheit und sprach: „Eure Majestät haben geruht, die heitere Stimmung zu rühmen, die über dem heutigen Tage liegt, die ‚Gemütlichkeit', wie Eure Majestät sich auszudrücken beliebten. Sie werden, Sire, überall, wo heute Spanier zusammenkommen, mögen sie hohen Standes sein oder niedrigen, ein solches Aufatmen wahrnehmen; denn alle spüren, daß dank der Weisheit Ihrer Regierung dieser harte Krieg seinem Ende entgegengeht."

Don Carlos schaute verwundert auf den schweren, ungeschlachten Herrn, der seine schwarze, geistliche Gewandung so elegant trug. Was war das für ein sonderbarer Vogel, ein Höfling oder ein Priester? Und schon gar nicht wußte der König, was er aus den seltsamen Sätzen machen sollte, die aus seinem Munde kamen.

Wohl aber schnappte, genau wie es der Abate beabsichtigt hatte, Doña María Luisa nach dem Köder und nutzte die Gelegenheit, wenn nicht als Frau, so doch als Königin zu glänzen. Sie zeigte sich als die gütige Landesmutter, die einen gemäßigten Frieden der ehrenvollen, aber an Blut und Gold überaus kostspieligen Fortsetzung des Krieges vorzieht. „Was Sie da sagen, Herr Abate", erklärte sie mit ihrer klangvollen Stimme, „erfüllt uns mit Genugtuung. Wir haben, der König und ich, länger und feuriger als alle andern das heilige Prinzip der Monarchie gegen die aufrührerischen Franzosen verteidigt. Wir haben unsere Alliierten angefleht und bedroht, um sie festzuhalten bei ihrer Pflicht, Frankreich unter die Herrschaft seines gottgewollten Herrn zurückzugewinnen. Aber leider sind die uns verbündeten Fürsten und Völker nicht so opferwillig wie wir und unsere Spanier. Sie sind bereit, die französische Republik anzuerkennen, ob mit oder ohne uns. Halten wir aber allein aus, dann müssen wir gewärtigen, daß eine gewisse andere gierige Nation, neidisch auf unsere Seemacht, über uns herfällt, während wir an unsern Landesgrenzen verwickelt sind in einen Kampf auf Leben und Tod. Wir sind also, der König und ich, zu dem Schluß gekommen, daß wir unserer und unserer Nation Ehre genuggetan haben und daß wir vor Gott und der Welt berechtigt sind, unsern Völkern den Frieden zurückzugeben. Es wird ein Frieden in Ehren sein."

So sprach María Luisa von Parma und Bourbon. Sie war nicht aufgestanden, sie thronte mit ihrem weiten Rock, ihren Juwelen und Federn, gleich einem Götzenbild. Sie hatte den Porträts ihrer Ahnen die königliche Haltung abgeschaut, sie hatte eine gute, geübte Stimme, und der leise, italienische Akzent, mit dem sie sprach, erhöhte den feierlichen Abstand zwischen ihr und ihren Hörern.

Verzweiflung überkam bei ihren Worten den armen Monsieur de Havré, Botschafter des königlichen Knaben von Frankreich und seines Regenten. Er hatte sich gefreut auf diesen Abend. Es war ihm eine Genugtuung gewesen, daß die Herzogin von Alba ihn eingeladen hatte und daß sein armes, schönes und so begabtes Kind in dem Divertimento hatte mitspielen dürfen. Allein das kurze Erscheinen Genevièves auf der Bühne war das einzige Licht gewesen in der Schwärze dieses Abends. Erst hatte er das Gesicht des schlauen Abate wahrnehmen müssen, dieser dicken Schlange, die ihr Gift gegen seinen königlichen Herrn verspritzte, dann gar noch das verhaßte Antlitz des Jovellanos, des Erzrebellen, dessen Kopf nicht die Herzogin von Alba, sondern der Henker den Katholischen Majestäten präsentieren sollte. Ganz zu schweigen von dem Anblick des frechen Malers, der ihn pöbelhafterweise wieder und wieder um Geld anging, statt der Ehre froh zu sein, den Botschafter der kleinen, rührenden Majestät von Frankreich auf der Leinwand festzuhalten. Und jetzt hatte der furchtbarste Schlag ihn getroffen. Mit eigenen Ohren hatte er hören müssen, wie die Königin dieses Landes in Gegenwart ihrer Granden in nackten, schamlosen Worten das Prinzip der Monarchie verriet, dessen erste Vertreterin sie war. Und er mußte dasitzen, gelassen, in Haltung, er durfte nicht den Kopf über die Arme werfen und losheulen. Oh, wäre er in dem meuterischen Paris geblieben und mit seinem König unter der Schärfe der Guillotine gestorben!

So größer war die Freude des Abate und des Jovellanos. Der Abate war stolz darauf, mit seelenkennerischem Geschick den rechten Augenblick wahrgenommen zu haben. Im Grunde war er der einzige Staatsmann auf dieser Seite der Pyrenäen. Es beeinträchtigte sein Siegesgefühl nur wenig, daß vermutlich die Geschichte sein Verdienst um den Fortschritt niemals verzeichnen wird. Jovellanos seinesteils wußte natürlich, daß es nicht die Rücksicht auf die Wohlfahrt des Landes war, welche diese María Luisa, diese Messalina, die gekrönte Hure, bewog, ihre Friedensabsicht zu verkünden, sondern nur die Sorge, daß sie und ihr Beischläfer bei den steigenden Kriegskosten nicht genug Gold haben würden, ihrer maßlosen Verschwendungssucht zu frönen. Aber welches immer die Gründe sein mochten, sie hatte, allen vernehmlich, ihre Bereitschaft erklärt, den Krieg zu beenden. Friede wird kommen und die Zeit, da ein Mann, erfüllt von Eifer für das Gute, wohltätige Reformen für sein Volk wird durchsetzen können.

Den meisten der Gäste kam die Ankündigung Doña María Luisens nicht ganz unerwartet, aber doch als Überraschung. Sie fanden den Entschluß der Krone nicht rühmlich, aber vernünftig. Sie waren es zufrieden, wenn der Krieg beendet wurde; seine Fortführung bedeutete für jeden einzelnen wirtschaftliche Einschränkungen. Auch mußte man der Königin zugestehen, daß sie ihre wenig glorreiche Entscheidung klug und würdig einkleidete.

Doña María Luisa gefiel also ihren Granden. Doch nicht gefiel sie Doña Cayetana de Alba. Sie wollte es nicht leiden, daß diese Frau, ihre Rivalin, ein großes, stolzes letztes Wort haben sollte, noch dazu in ihrem neuen Hause. Sie antwortete, sie widersprach. „Sicherlich", sagte sie, „werden sehr viele Spanier die Weisheit des königlichen Entschlusses bewundern. Aber ich persönlich und mit mir vermutlich mancher andere Spanier wird gleichzeitig tief betrübt sein, daß man an Friedensschluß denkt, während noch feindliche Truppen auf unserm Boden stehen. Ich erinnere mich, wie die Ärmsten ihr Letztes beisteuerten für die Rüstung; ich erinnere mich, wie das Volk in den Krieg zog, singend, tanzend, stampfend, begeistert. Ich bin sicherlich eine sehr törichte junge Frau, aber ich kann mir nicht helfen, mir kommt nach all dem Enthusiasmus dieses Ende ein wenig, wie nenn ich es, ein wenig nüchtern vor."

Sie war aufgestanden. Weiß und schmal, in hoher Simplizität, stand sie vor dem weitausladenden Prunk der Königin.

Dem armen französischen Botschafter, Monsieur de Havré, ging das Herz auf. Noch erklangen in Spanien Stimmen für das Edle und Heilige, noch gab es in diesem Lande Menschen, die das Königtum verteidigten gegen Aufruhr und Gottlosigkeit. Mit Rührung schaute er auf diese iberische Jungfrau von Orléans und streichelte zärtlich die Hand seiner Geneviève.

Auch die andern entzogen sich nicht der Wirkung Cayetanas. Natürlich hatte die Königin recht, und was die Alba von sich gab, war Romantik, hellichter, heldischer Unsinn. Aber wie war sie schön, und wie war sie kühn! Gab es einen zweiten in Spanien, Mann oder Frau, der es gewagt hätte, vor der Katholischen Königin den Mund aufzutun, wie sie es getan hatte? Die Herzen der ganzen Versammlung gehörten der Alba.

Niemand sprach, als sie zu Ende war. Nur Don Carlos schüttelte den großen Kopf und sagte begütigend: „Na, na, na. Aber meine Liebe."

Schmerzhaft deutlich spürte Doña María Luisa, wie sich ihr auch dieser Sieg in eine Niederlage kehrte. Sie hätte die freche Widersacherin züchtigen können, sie hatte die Gewalt, aber sie durfte sich nicht gehenlassen, die Worte der andern durften sie nicht getroffen haben, sie durfte nicht heftig werden. „Ihr neues Haus, meine liebe junge Freundin", sagte sie gelassen, „hat zwar eine Fassade besten alten spanischen Stiles: aber innen haben Sie es eingerichtet, wie die neue Zeit es will. Vielleicht sollten Sie es auch für Ihre Person so halten." Schwerlich konnte man eine bessere Erwiderung finden, die Königin hatte ihre Erste Edeldame auf würdige Art zurechtgewiesen. Aber Doña María Luisa war sich klar, es nützte nichts, sie selber blieb für alle die häßliche Alte, und die andere wird recht haben, wenn sie noch so unrecht hatte.

Das wußte offenbar auch die Alba. Sie knickste vor der Königin und sagte mit dreister Demut: „Ich bedaure tief, das Mißfallen Eurer Majestät erregt zu haben. Ich bin jung verwaist und nachlässig erzogen. So kommt es, daß ich zuweilen unwillentlich verstoße gegen das strenge und weise Zeremoniell des spanischen Hofes." Sie schaute aber, während sie so sprach, mit kleinem, schrägem Blick hinauf zu dem Porträt ihres Ahnen, des blutigen Herzogs von Alba, des Feldmarschalls, der, als ihm der König Rechnungslage abverlangte, die Aufstellung geschickt hatte: „Für die Krone Spaniens erobert: 4 Königreiche, erfochten: 9 entscheidende Siege, erfolgreich durchgeführt: 217 Belagerungen, gedient: 60 Jahre."

Geteilten Herzens hatte Goya das Streitgespräch der beiden großen Damen mit angehört. Er glaubte an die göttliche Herkunft des Königtums, die Gehorsamspflicht des Untertanen war ihm heilig wie die Verehrung der Jungfrau, und die Worte der Alba schienen ihm frevelhaft vermessen; er hatte sich innerlich bekreuzt, als er sie hörte, soviel Hochmut mußte Unheil herabrufen auf das Haupt der Sprecherin. Trotzdem preßte sich ihm das Herz beinahe schmerzhaft zusammen vor Entzücken über den Stolz und die Schönheit der Alba.

Die Majestäten entfernten sich bald, pompös, nicht sehr gnädig. Goya blieb. Auch die meisten andern blieben.

Und jetzt hielt es Don Gaspar Jovellanos für geboten, die Herzogin zu belehren. Er hatte es sogleich nach ihrer Rede tun wollen: allein die stolze und schöne Dame war ihm in ihrer glühenden Vaterlandsliebe sowohl wie in ihrer Torheit als Allegorie seiner Heimat erschienen, und er hatte es nicht übers Herz gebracht, ihr seine Meinung in Gegenwart der Rivalin zu sagen. Nun aber tat er bedeutend den Mund auf. „Señora", sagte er, „Doña Cayetana, ich begreife Ihren Schmerz über die Nachricht, daß der Krieg beendet werden soll, ohne gewonnen zu sein. Glauben Sie mir, mein Herz schlägt nicht weniger spanisch als das Ihre. Doch mein Hirn denkt nach den Regeln der Logik. Für dieses Mal haben die Berater der Krone recht. Es könnte nur Schaden bringen, den Krieg weiterzuführen, und es gibt kein furchtbareres Verbrechen als einen unnötigen Krieg. Es fällt mir schwer, eine Dame zu bitten, sich die Schrecknisse des Krieges vorzustellen. Aber lassen Sie mich einige Sätze zitieren aus einem Schriftsteller, dem größten dieses Jahrhunderts." Und er zitierte: „‚Candide kroch über einen Haufen von Sterbenden und Toten und erreichte ein Dorf, das in Schutt und Asche fiel: die Feinde brannten es nach allen Regeln des Völkerrechts nieder. Männer, unter Hieben gekrümmt, schauten mit an, wie ihre Frauen erdrosselt starben, ihre Kinder an die blutenden Brüste pressend. Mädchen, mit aufgeschlitzten Bäuchen, verendeten, nachdem sie die natürlichen Bedürfnisse einiger Helden befriedigt hatten; andere, halb verbrannt, flehten um den Gnadenstoß. Die Erde war voll von verspritztem Gehirn und abgehackten Armen und Beinen.' Entschuldigen Sie, meine Damen und Herren, die unbehagliche Schilderung. Doch kann ich Ihnen aus eigener Erfahrung sagen: der Mann hat recht. Und ich darf Ihnen weiter sagen, Dinge, wie er sie schildert, geschehen jetzt, eben jetzt, in dieser Nacht, in unsern nördlichen Provinzen."

Es war taktlos, aber es entbehrte nicht der Pikanterie, daß Señor de Jovellanos ohne Furcht vor der Inquisition den verbotensten Schriftsteller der Welt zitierte, Monsieur de Voltaire, und das im Palais der Herzogin von Alba. Es war ein angeregter Abend, und man blieb länger zusammen.

Goya indes empfand die Worte des Jovellanos als eine Warnung vor der Alba. Was diese Frau tat, was sie sprach, war unheilvoll. Er wollte nichts mehr mit ihr zu tun haben. Er schickte sich an zu gehen, endgültig.

Da wandte sich Cayetana an ihn. Leicht mit der Hand rührte sie ihm den Ärmel, die andere spielte mit dem Fächer, einladend.

Und sie sagte: „Hören Sie, ich
Hab was falsch gemacht. Ich bat Sie,
Mich zu malen, wenn ich aus dem
Escorial zurück sein würde."
Staunend schaute er, verwirrt, sie
An, gefaßt auf eine neue
Teufelei. Doch sie, vertraulich,
Dringlich, nah an ihm, sprach weiter:
„Das war falsch, das war ein Irrtum;
Ich bereu ihn, und ich bitte
Sie, mir zu verzeihn. Ich kann so
Lang nicht warten, Don Francisco.
Hören Sie, entweder schaff ich
Eine Einladung für Sie zu
Hofe, oder ich komm selber
Bald hierher zurück. Sie müssen,
Und sogleich, mich malen, hören
Sie, Francisco, und wir müssen
Was zustande bringen, daß die
Freunde stehen offnen Mundes."

12

Wenn Goya, wie an den meisten Tagen, die Hauptmahlzeit im Kreise der Seinen einnahm, dann war er von Kopf bis zu Fuß Familienvater und freute sich seiner Frau Josefa, seiner Kinder, des Essens und des Trinkens und des Tischgespräches. Heute indes verlief die Mahlzeit trübselig, und die Tafelrunde, Goya, Josefa, die drei Kinder und der dürre Agustín, blieb einsilbig. Meldung war gekommen, Francisco Bayeu, Josefas Bruder, seit langem leidend, habe höchstens noch zwei oder drei Tage zu leben.

Goya beschaute seine Frau von der Seite. Sie saß aufrecht, wie stets, das lange Gesicht zeigte nichts von ihren Empfindungen. Die hellen, lebendigen Augen schauten geradeaus, der schmallippige Mund unter der großen Nase war streng geschlossen, ein wenig saugte sie an der Oberlippe, und das Kinn war vielleicht noch spitzer als sonst. Das goldenrote Haar hatte sie in schweren Zöpfen über der hohen Stirn geknotet, gleich einer altertümlichen Priestermütze lief es schräg nach rückwärts. In Saragossa, als ihre Ehe noch jung gewesen war, hatte er sie einmal als Heilige Jungfrau gemalt, in Anmut strahlend, mit zweien ihrer Kinder als den Jesusknaben und den kleinen Johannes. Seither hatte er zwanzig Jahre mit ihr gelebt, durch Hoffnungen und Enttäuschungen, durch schlechte Zeiten und durch gute, und sie hatte ihm Kinder geboren, lebendige und tote. Aber wie er sie damals gesehen hatte, so, manchmal, sah er sie noch jetzt; trotz der vielen Schwangerschaften war um die Dreiundvierzigjährige ein mädchenhaft Zartes, Kindliches, eine strenge Lieblichkeit.

Er wußte genau, was heute in Josefa vorging, und spürte Mitleid. Sie verlor viel mit ihrem Bruder. Wenn sie sich in ihn, Goya, verliebt hatte, dann nur in den Mann, in seine Kraft, seinen Trotz, die Fülle seines Wesens: von dem *Maler* Goya aber hatte sie nie viel gehalten. Um so tiefer glaubte sie an das Genie ihres Bruders; er, Francisco Bayeu, Erster Maler des Königs, Präsident der Akademie, der berühmteste Künstler des Landes, blieb für sie das Haupt der Familie; von ihm kam alles Ansehen auch des Hauses Goya, und daß sich Goya gegen ihn und seine Theorien auflehnte, war Josefa stetes Herzeleid.

Sie hatte unverkennbare Ähnlichkeit mit ihrem Bruder. Doch was Goya an diesem unleidlich war, gefiel ihm an Josefa. So aufreizend eingebildet und starrsinnig er den Schwager fand: daß sie stolz war auf ihre geachtete Familie, daß sie hartnäckig und zugesperrt war, erhöhte ihren Reiz. Er liebte sie, weil sie war, wie sie war, weil sie eine Bayeu aus Saragossa war. Oft hatte er unwillkommene Aufträge angenommen, nur weil er ihr hatte zeigen wollen, daß er die Mittel herbeischaffen konnte für das breite Leben, das einer Bayeu anstand.

Niemals hielt ihm Josefa seine künstlerische Unzulänglichkeit vor, niemals seine vielen Beziehungen zu Weibern. Ihm war ihre strenge Ergebenheit selbstverständlich. Eine Frau, die einen Francisco Goya heiratete, mußte sich klar darüber sein, daß er kein Pflichtmensch war, sondern ein Mann.

Dafür hatte sich um so häufiger Bayeu in Goyas Leben einzumischen versucht. Doch dieser hatte dem Schwager, dem Herrn Ersten Maler des Königs, dem Herrn Schulmeister und Pflichtmenschen, kräftig heimgeleuchtet. Was wollte der Schwager? Schlief er, Goya, nicht mit seiner Frau, sooft diese wünschte, ja noch häufiger? Machte er ihr nicht alle Jahre ein Kind? Teilte er nicht den Tisch mit ihr? Hielt er sie nicht besser als standesgemäß? Sie war sparsam, man konnte schon sagen, geizig; kein Wunder bei der Schwester des Herrn Pflichtmenschen. Hatte er sie nicht geradezu zwingen müssen, im Bett zu frühstücken? Schokolade, auf aristokratische Art? Beste Schokolade, Moho-Schokolade aus Bolivia, von dem Händler im Hause vor Josefas Augen pulverisiert? Bayeu hatte hochmütig erwidert, er hatte auf die dörfliche Abstammung Goyas angespielt, hatte eine Dame, mit welcher Goya zu tun hatte, mit einem verächtlichen Wort bezeichnet, und Goya hatte sich genötigt gesehen, den Schwager am Halse zu packen und zu schütteln; dabei hatte dessen silberbestickter Frack Risse bekommen.

Nun war Doña Josefa im Begriff, den Bruder zu verlieren, und damit schwand ein großer Glanz aus ihrem Leben. Sie aber saß unbewegten Gesichtes, in guter Haltung, und Goya liebte und bewunderte sie darum.

Allmählich bedrückte ihn die Schweigsamkeit und Trübsal der Tafelrunde. Unvermittelt erklärte er, man solle die Mahlzeit ohne ihn beenden, er wolle zu Bayeu. Doña Josefa schaute hoch. Dann glaubte sie zu verstehen. War befriedigt; offenbar wollte Francisco den Sterbenden in einem Gespräch ohne Zeugen um Verzeihung bitten für alles, was er ihm angetan hatte.

Goya fand den Schwager gebettet auf niedrigem Lager, gestützt durch viele Kissen. Das magere, gelblichgraue Gesicht war noch verfurchter als sonst, verdrossen, streng, leidend.

Goya nahm wahr, daß das vertraute Bild an der Wand, darstellend den heiligen Franziskus, mit dem Kopf nach unten hing; ein alter Volksglaube besagte, nur solche Gewaltmaßnahmen könnten den Heiligen zu tätiger Hilfe anspornen. Schwerlich versprach sich der gebildete, dürr verständige Schwager Hilfe von dergleichen, er hatte denn auch die besten Ärzte konsultiert, doch scheute er sichtlich selbst vor dem abwegigsten Mittel nicht zurück, um sein Leben der Familie, dem Lande und der Kunst zu erhalten.

Goya befahl sich, den Sterbenden zu bedauern; er war der Bruder seiner Frau, er hatte es gut mit ihm gemeint und ihm manchmal wirksam geholfen. Aber er konnte sich kein Mitleid abzwingen. Dieser Kranke hatte ihm das Leben nach Kräften vergällt. Wie einen dummen, aufsässigen Schüler hatte dieser Bayeu ihn zurechtgewiesen, wieder und wieder, vor dem ganzen Domkapitel, damals, als sie die Fresken der Kathedrale von Saragossa malten. Noch jetzt brannte ihn die „sarna", die Schande, die Krätze, der kratzende Grind jenes Erlebnisses. Und dann hatte dieser Sterbende ihm obendrein die Frau entfremden wollen, Josefa, hatte ihr zeigen wollen, wie verachtet ihr Mann war und wie hochgeehrt ihr Bruder. Hatte bewirkt, daß das Domkapitel ihm, Goya, seinen Lohn vor die Füße warf und ihn mit Schanden forjagte: seiner Frau indes schenkten die gleichen geistlichen Herren eine goldene Medaille „als der Schwester unseres großen Meisters Bayeu". Grimmig sagte sich, auf den Leidenden, Sterbenden hinunterschauend, Goya das alte, gute Sprichwort vor: „‚Ein Schwager und ein Pflug taugen nur, wenn sie in der Erde sind.'"

Sehr lüstete es ihn, ein Porträt Bayeus zu malen. Er hätte nichts unterschlagen von seiner Würde, seiner zielstrebigen Arbeitsamkeit, seiner Intelligenz, aber er hätte seine Starrheit hineingemalt, seine wassernüchterne Beschränktheit.

Bayeu mittlerweile begann zu reden, mühsam, doch in wohlgerundeten Sätzen wie immer. „Ich sterbe", sagte er, „ich mache dir den Weg frei. Du wirst Präsident der Akademie; ich habe das mit dem Minister abgesprochen, auch mit Maella und mit Ramón. Maella hätte das Präsidium vor dir verdient, auch mein Bruder Ramón, ich schulde dir diese Offenheit. Zwar bist du begabter, aber du hast keine Zucht und zuviel freches Selbstbewußtsein. Anderntheils glaube ich es vor Gott verantworten zu können, daß ich meiner Schwester zuliebe den schlechtern Mann bevorzugt habe." Er machte eine Pause, das Sprechen fiel ihm schwer, er keuchte. Der Narr, dachte Goya. Ich hätte die Akademie auch ohne ihn bekommen, Don Manuel hätte sie mir verschafft.

„Ich kenne dein ungebärdiges Herz, Francisco Goya", sprach Bayeu weiter, „und vielleicht ist es gut für dich, daß kein Porträt von dir in der Welt ist von meiner Hand. Aber es werden Zeiten kommen, da du bedauern wirst, meinen lästigen Rat nicht befolgt zu haben. Ich mahne dich ein letztes Mal: Halte dich an die klassische Tradition. Lies jeden Tag ein paar Seiten in der Theorie des Mengs. Ich hinterlasse dir mein Exemplar mit seiner Widmung und vielen Anmerkungen von mir. Du siehst, was er und ich erreicht haben. Bezähme dich. Vielleicht kannst du Gleiches erreichen."

Goya spürte höhnisches Mitleid. Da spannte dieser arme Mensch noch sein letztes bißchen Kraft an, sich und den andern vorzumachen, er sei ein großer Maler. Unablässig hatte er der „wahren Kunst" nachgestrebt und immer wieder in den Büchern nachgelesen, ob er's auch recht mache. Er hatte ein gutes Aug und eine geschickte Hand, aber seine Theorie hatte ihm alles verdorben. Du und dein Mengs, dachte Goya, ihr habt mich um Jahre zurückgeworfen. Ein schräger Blick, ein schiefes Maul meines Agustín ist mir wertvoller als eure ganzen Regeln und Prinzipien. Du hast es dir schwer gemacht, du armer Erster Maler, dir und den andern, die Erde wird uns leichter sein, wenn du darunter bist.

Es war, als hätte Bayeu nur darauf gewartet, dem Schwager eine letzte Vorlesung zu halten. Gleich darauf setzte der Todeskampf ein.

Mit schweren Mienen standen Bayeus nächste Freunde und Verwandte, Josefa, Ramón, der Maler Maella, um das niedrige Lager. Francisco Goya betrachtete unguten Auges den Röchelnden. Diese Nase hatte keine Witterung, diese zum Mund hinunterlaufenden Falten sprachen von einer Anstrengung, die nicht gesegnet war, diese Lippen konnten nur schulmeisterlich strenge Worte von sich geben. Auch die Berührung des Todes machte dieses hagere Gesicht nicht bedeutender.

König Carlos hatte seinen Ersten Maler sehr geschätzt; er gab Weisung, ihn zu bestatten wie einen Granden des Reichs. Der tote Francisco Bayeu wurde beerdigt in der Krypta der Kirche San Juan Bautista, an der Seite des größten Malers, den die Halbinsel hervorgebracht hatte, des Don Diego Velázquez.

Die Verwandten des Toten und seine wenigen Freunde hielten Umschau in seinem Atelier, um zu beraten, was mit seinen hinterlassenen Werken geschehen sollte. Es gab da eine große Anzahl vollendeter und nicht vollendeter Bilder. Was die Beschauer am meisten anzog, war ein Gemälde, in dem sich Bayeu selber dargestellt hatte, vor der Staffelei. Wiewohl manche Details, die Palette, der Pinsel, die Weste, mit besonderer Sorgfalt ausgeführt waren, so war das Bild offenbar nicht vollendet; der gewissenhafte Mann war mit seinem Gesicht nicht fertig geworden. Halbfertig, aus toten Augen, wie schon vor der Geburt verwest, starrte der Kopf auf die Beschauer. „Welch ein Jammer“, sagte nach einer Weile Ramón, „daß es unserm Bruder nicht vergönnt war, dieses Bild fertigzumachen.“ – „Ich werde es fertigmachen“, sagte Goya. Die andern schauten hoch, überrascht, nicht ohne Bedenken. Doch schon hatte sich Goya der Leinwand bemächtigt.

Lange malte er an dem Bild Bayeus, unter den Augen Agustíns. Er wahrte Pietät, er änderte nicht viel an dem Vorhandenen. Nur um ein winziges finsterer wurden die Brauen, um ein winziges tiefer und müder die Furchen von der Nase zum Mund, um ein winziges eigensinniger das Kinn, um ein winziges mürrischer senkten sich die Mundwinkel. Wohl arbeiteten Haß und Liebe an dem Werk, aber sie trübten nicht das kalte, kühne, unbestechliche Aug des Malers. Was schließlich entstand, war das Porträt eines grämlichen, kränklichen, ältlichen Herrn, der sich sein ganzes Leben hindurch abgeplagt hatte und der nun müde war der Würde und der ewigen Mühe, aber doch zu pflichtbewußt, um auszuruhen.

Agustín Esteve stand neben Goya und besah das vollendete Werk. Von der Leinwand schaute repräsentativ ein Mann, der von der Welt mehr verlangte, als ihm zukam, von sich selber mehr, als er geben konnte. Alles aber war getränkt in eine silbrige Heiterkeit, herrührend von Franciscos neuentdecktem, lichtem, schwebendem Grau, und hämisch nahm Agustín wahr, wie diese souveräne, silbrige Leichtigkeit die Härte des Gesichtes unterstrich und die lehrhafte Nüchternheit der den Pinsel haltenden Hand. So wenig anziehend der Mann war, den das Porträt wiedergab, so anziehend war das Bild. „Das hast du großartig gemacht, Francho“, brach Agustín aus, bewundernd, vergnügt.

Lange stand und stumm Josefa
Vor dem Bild des Bruders. Goya
Fragte: „Habe ich dem Toten
Genug getan?“ Josefa saugte

An der Oberlippe. „Was soll
Mit dem Bild geschehen?" fragte
Sie. „Es ist dein eigen", gab er
Antwort, und Josefa sagte:
„Danke."
Sie bedachte, wo das
Bild wohl hängen solle. Lange
Fand sie keinen rechten Platz, und
Schließlich schickte sie es ihrem
Bruder Manuel Bayeu nach
Saragossa.

13

Goya wartete peinvoll auf eine Nachricht aus dem Escorial, doch Cayetana schwieg, und die Langeweile der Trauerwochen verschärfte seine Nervosität.

Da stellte sich unverhofft ein Besucher aus der Heimat ein, Martín Zapater.

Als Goya seines Herzens-Martín ansichtig wurde, umarmte er ihn stürmisch, rief alle Heiligen zu Zeugen seiner Freude an, küßte ihn, drückte ihn in einen Sessel, riß ihn wieder hoch, schleifte ihn untergefaßt durch das Atelier.

Goya war bei allem Stolz mitteilsamer Natur. Oft und gerne sprach er sich aus vor Josefa, vor Agustín, vor Miguel. Doch sein Letztes, seine heimlichste Eitelkeit und sein heimlichstes Ungenügen, konnte er nur mit seinem Freund und aber Freund bereden, mit Martín. Hundert Fragen stellte er dem stattlichen, behäbigen, gutmütigen, würdigen Mann, und er selber erzählte wild durcheinander, während Agustín neidisch und eifersüchtig zuhörte.

Seitdem der sechsjährige Francisco aus seinem Dorfe Fuendetodos nach Saragossa gekommen war, waren er und Martín Zapater befreundet. Sie hatten zusammen in der Schule des Fray Joaquín lesen und schreiben gelernt, aber sie hatten zwei feindlichen Banden angehört, Goya der Bande Unserer Jungfrau del Pilar, Zapater der des heiligen Luis. Nachdem der kleine Goya einmal den kleinen Zapater furchtbar verhauen hatte, war dieser voll Bewunderung zu seiner Bande übergegangen, seither waren sie engste

Freunde. Francisco gab Martín die erregende Nähe seiner starken, unberechenbaren Persönlichkeit, der vernünftige Martín gab praktischen Rat und leistete sachliche Dienste. Francisco war aus armer Familie, Martín aus wohlhabendem, angesehenem Bürgerhaus. Von frühester Jugend an glaubte Martín an die künstlerische Berufung Goyas; auf den Zuspruch Vater Zapaters hatte Graf Pignatelli, der Mäzen von Saragossa, dem kleinen Francisco Zeichen- und Malunterricht geben lassen.

„Ganz unverändert bist du, Kleiner", sagte jetzt Goya zu Zapater, der ihn um Haupteslänge überragte. „Nur die Riesennase, el narigón, ist noch riesiger geworden. Stattlich schaust du drein, würdig, man sieht alle die großen Familien Saragossas hinter dir, die Salvadores und die Grasas und die Aznárez." – „Ich hoffe", gelang es Martín einzuwerfen, „auch das Castel und die Lonja und den Puente." – „Alles", antwortete herzlich Francisco, und in Wahrheit sah er im Geiste deutlich die Stadt seiner Jugend, Saragossa, mit ihrer müden Großartigkeit, ihrem Schmutz und Staub, mit ihren maurischen Kirchtürmen, mit der uralten Brücke über dem trägen, grüngrauen Ebro-Fluß, mit der staubigen, mattfarbenen Ebene und den fernen Bergen dahinter.

Beide, nun sie zusammen waren, wurden zu Knaben. Wieder lag das Leben abenteuerlich reizvoll vor ihnen, und hinter jeder Ecke lauerte etwas Neues, das man ausfinden, mit dem man sich herumraufen, das man erobern mußte. Beide spürten sie, wie sehr sie einander brauchten. Francisco brauchte die erdnahe Vernunft des Freundes, seine immer bereite Dienstwilligkeit; für Martín gewann die trübe Welt Farbe, wenn ihn Goya in die Offenbarungen seines Auges und seiner Brust hineinsehen ließ.

In den Tagen, die folgten, malte Goya den Freund, es waren gesegnete Tage. Es war Spaß und große Lust, Martín auf der Leinwand entstehen zu lassen, so wie er war, klug, würdig, liebenswert, ein bißchen spießig, warmherzig. Gescheit, mit gemächlicher Heiterkeit, blickten schlaue Augen über fleischigen Backen und der mächtigen Nase. „Das also bin ich", sagte Martín und schnalzte mit der Zunge.

Francisco wußte nicht, was schöner war, das Malen oder die langen Pausen, die er mit dem Freund verschwatzte. Gerne dann, unter einem Vorwand, schickte er Agustín weg und legte so recht los. Die alten Erinnerungen rief er herauf, in wahllosem Durcheinander, Mädchen, Geldnöte, Händel mit der Polizei, abenteuerliche Flucht vor der Inquisition, wüste Herausforderungen, gefährliches Geraufe mit Messern und Säbeln, die Zwistigkeiten mit der hochmütigen Familie der Bayeu. In naiver Prahlerei ließ er sich aus über den Unterschied seiner dürftigen Jugend und seiner jetzigen Blüte. Da saß er in seinem soliden madrilenischen Haus mit den teuren Möbeln und den Kunstgegenständen und mit den livrierten Bediensteten, vornehme Freunde kamen, die er nicht einmal immer vorließ, und er hatte den großartigen Wagen, die vergoldete Berlina englischen Stiles, nur dreie gab es in Madrid. Ja, dieser Wagen, diese Carroza, war Goyas Stolz; der Unterhalt des Wagens, besonders der Pferde, war teuer in Madrid, doch scheute Goya die Opfer nicht, es lohnte sich. Und wiewohl sich das in der Trauerzeit nicht schickte, fuhr er den Freund im Prado spazieren.

Zuweilen sangen und musizierten Francisco und Martín, spielten Seguidillas, Tiranas, Boleros, beide liebten sie leidenschaftlich die volkhafte Musik. Sie stritten wohl häufig über den Wert der einzelnen Musikstücke, gewöhnlich überzeugte Francisco den Martín und verhöhnte ihn dann wegen seines langsamen Geschmackes. Auch hänselte er ihn, weil Martín dem Stierkämpfer Costillares anhing; er, Goya, schwor auf Ramiro. Er streute Sand auf den Tisch und zeichnete die beiden Stierkämpfer, einen kleinen, kräftigen Ramiro mit dem eigenen Löwengesicht und einen großen, behäbigen Costillares mit einer ungeheuren Nase, und beide lachten schallend.

Plötzlich aber, mitten im Lachen, hielt Francisco inne, und sein Gesicht wölkte sich grimmig. „Da lach ich", sagte er, „und protze vor dir, wie weit ich es gebracht habe. Herrlich weit. Pintor de Cámara bin ich, und in wenigen Tagen Präsident der Akademie, das beste Aug in Spanien hab ich, die meisterlichste Hand, alle beneiden mich, und ich sage dir, Martín: das ist alles Fassade, und dahinter ist Scheiße."

Martín kannte die jähen Umschwünge und maßlosen Ausbrüche des Freundes. „Francho, Francho", versuchte er ihn zu beruhigen, „rede nicht so wild und sündhaft daher!" Francisco blickte schnell hinüber zu Unserer Jungfrau von Atocha, sich bekreuzigend, doch dann fuhr er fort: „Aber es ist wahr, Chico. Alle meine Glücksgüter haben ihre böse Seite, hinter allen stecken die feindlichen Geister und grinsen mich an. Da hab ich das Glück, daß mein Schwager, dieser sauertöpfische Schulmeister, endlich aus der Welt ist: aber die Josefa sitzt mir blaß herum und grämt sich Tag und Nacht. Da hab ich das Glück, daß sich Don Manuel eng mit mir angefreundet hat, und er ist der Mächtigste in Spanien und ein großartiger junger Mann: aber ein Lump ist er auch und ziemlich gefährlich. Und außerdem kratzt mich die Art und Weise, wie er mit mir verfreundet wurde. Ich komme nicht weg über das, was man mir zugemutet hat wegen des Don Gaspar, und dabei kann ich den Tugendbold nicht ausstehen. Und niemand dankt es mir. Die Pepa schaut mich nur höhnisch an aus ihren grünen Augen und tut großartig, als wäre sie von allein hinaufgelangt. Alle wollen was von mir, kein einziger bemüht sich, mich zu begreifen." Und in heftigen Worten ließ er sich aus über die Unverschämtheit, wie Miguel und Agustín jede zweite Woche kamen und in ihn drängten, er solle sich in die Geschäfte des Königs und des Staates einmengen. Er war Hofmaler, er gehörte zum Hof, und das war gut so, er wollte es so, er war stolz darauf. Mit seiner Malerei leistete er dem Lande größere Dienste als alle die Wichtigmacher und politischen Reformer mit ihrem Maulaufreißen. „Ein Maler hat zu malen", sagte er böse und entschieden, Finsternis über dem ganzen, massigen Gesicht, „ein Maler hat zu malen, Schluß, basta."

„Und über meine Geldangelegenheiten muß ich auch einmal mit jemand reden, der was davon versteht", fuhr er fort. Das war ein erstaunlicher und erheiternder Übergang. Doch Martín hatte erwartet, daß Francisco von ihm Rat werde haben wollen; er hatte seine Bank in Saragossa, und Francisco hielt ihn für einen Sachverständigen. „Ich freue mich, wenn ich dir raten kann", sagte er herzlich, und bedächtig fügte er hinzu: „Soweit ich es übersehen kann, sind deine Finanzen keineswegs beunruhigend."

Das aber wollte Goya nicht wahrhaben. „Ich bin kein Hypochonder", erwiderte er, „und ich jammere nicht gern. Mir liegt nichts am Geld; nur haben muß ich es. Hier in Madrid ist es wirklich so, wie das Sprichwort sagt: ‚Wer kein Geld hat, dem stehen nur drei Plätze offen: das Gefängnis, das Spital und der Kirchhof.'

Ich muß ein sündhaftes Geld hinausschmeißen für meine Kleider und für die betrügerischen Bedienten. Ich muß repräsentieren. Wenn ich es nicht tue, gleich drücken mir meine Granden die Preise. Außerdem: ich arbeite wie ein Maulpferd, da will ich auch was davon haben. Und es gibt in diesem Leben nun einmal keinen Spaß ohne Geld. Nicht als ob die Frauen Geld von mir verlangten; aber zuweilen schlafe ich mit großen Damen, und die haben Anspruch darauf, daß ihr Liebhaber auftritt wie ein großer Herr."

Don Martín wußte, daß Francisco das Herz danach stand, Pracht um sich zu haben und mit Geld um sich zu werfen, daß er aber dann wieder von Gewissensbissen und Anfällen bäuerlichen Geizes heimgesucht wurde. Er brauchte Zuspruch, sein Freund Francisco, und Martín sprach ihm zu. Der Hofmaler Francisco Goya verdiene in einer einzigen Stunde soviel wie ein aragonesischer Schafhirt in einem ganzen Jahr. Kriege er nicht für ein Porträt, das er in zwei Tagen hinhauen könne, viertausend Realen? Ein solcher Goldscheißer brauche keine Bange zu haben für seine Zukunft. „Dein Atelier", versicherte er Goya, „ist ein besseres finanzielles Fundament als meine Bank in Saragossa."

Goya wollte mehr dergleichen Tröstliches hören. „Alles schön und gut, Großnase", sagte er, „aber vergiß nicht die maßlosen Ansprüche, die man in Saragossa an mich stellt, du weißt es ja, vor allem meine Brüder. ‚Am fetten Käse freuen sich die Maden'", zitierte er bitter das alte Sprichwort. „Meiner Mutter soll natürlich nichts abgehen; erstens liebe ich sie, und zweitens muß die Mutter eines Pintor de Cámara in Wohlstand leben. Aber mein Bruder Tomás ist frech wie eine Ratte. Habe ich ihm nicht die Vergolderwerkstatt in der Calle de Morería eingerichtet? Ihm Aufträge verschafft? Ihm bei seiner Heirat tausend Realen geschenkt und dreihundert bei der Geburt jedes Kindes? Und mit Camilo ist es noch schlimmer. Ich beiße mir die Lippen ab, ehe ich für mich um was bitte, und für ihn habe ich mich gedemütigt und ihm die Pfarrstelle in Chinchón erbeten. Aber er ist nie zufrieden. Heute will er was für die Kirche, morgen für das Pfarrhaus. Wenn ich mit ihm jagen gehe, dann kostet mich ein Hase soviel wie ein Pferd."

Das alles hatte Martín mehrmals gehört. „Red keinen Unsinn, Francho", sagte er gutmütig. „Hast du nicht Einkünfte wie ein Erzbischof? Gehen wir doch einmal über dein Konto", schlug er vor. „Du wirst sehen", prophezeite Goya, „ich habe keine dreißigtausend Realen." Martín schmunzelte; sein Freund hatte die Gewohnheit, je nach Stimmung die Ziffern hochschwellen oder einschrumpfen zu lassen.

Es ergab sich, daß Goya, abgesehen von Haus und Hausrat, an die achtzigtausend Realen besaß. „Auch das ist jämmerlich", fand er. „Immerhin", tröstete Martín, „kann man damit manchen hohlen Zahn füllen." Er dachte eine Weile nach. „Vielleicht läßt dir die Bank von Spanien Vorzugsaktien ab. Wenn Graf Cabarrús die Bank wieder übernehmen konnte, dann nur durch Vermittlung des Señor Jovellanos, an dessen Rückberufung", schloß er lächelnd, „du ja nicht ganz unbeteiligt bist." Goya wollte Einwände erheben, aber: „Verlaß dich darauf, Francho", versicherte Martín, „ich mache das würdig und delikat."

Es wurde Francisco frei und wohl, da Martín so gut zuhörte und so verständigen Rat gab. Er schickte sich an, ihm auch das Letzte anzuvertrauen, das Heimlichste, seine Träume um Cayetana. Aber es ging nicht, er fand die Worte nicht. So wie er nicht gewußt hatte, was Farbe ist, bevor er sein Grau entdeckt hatte, so hatte er nicht gewußt, was Leidenschaft ist, ehe er die Alba gesichtet hatte auf ihrer Estrade. Leidenschaft war ein blödes Wort, es drückte nichts aus von dem, dessen er voll war. Es ließ sich eben nicht in Worten sagen, und da war niemand, auch nicht sein Martín, der sein Gestammel würde begreifen können.

Zur Freude Goyas geschah, noch während Martín in Madrid war, seine Ernennung zum Präsidenten der Akademie. Es erschienen in seinem Hause der Hofmaler Don Pedro Maella und zwei andere Mitglieder der Akademie, um ihm das Dokument zu überreichen. So oft hatten diese Männer ihn über die Achsel angesehen, weil er ihnen nicht klassisch genug nach der Regel malte, und jetzt standen sie da und lasen ihm aus ihrem stolzgesiegelten Pergament feierliche Sätze der Verehrung und des Ruhmes. Er hörte sie mit Lust.

Zunächst indes ließ, als sich die Deputation entfernt hatte, Francisco seine Frau Josefa und seine Freunde Agustín und Martín nichts von seinen Gefühlen merken, sondern sagte nur verächtlich: „Fünfundzwanzig Dublonen im Jahr trägt die Geschichte. Das bekomme ich für ein einziges Bild. Und dafür soll ich jetzt mindestens einmal die Woche Hoftracht anlegen, mit faden Nichtskönnern langweilige Stunden versitzen, feierlichen Unsinn anhören und selber feierlichen Unsinn von mir geben. ,Viel Ehr, wenig Vorteil'", zitierte er das alte Sprichwort.

Dann aber war er mit Martín allein, und: „Glück und Segen", sagte herzlich Martín, „Glück und Segen, Señor Don Francisco de Goya y Lucientes, Maler des Königs und Präsident der Akademie von San Fernando. Und möge Unsere Jungfrau del Pilar dich in ihren Schutz nehmen." – „Und Unsere Jungfrau von Atocha", setzte Goya eilig hinzu und schaute hinüber zu seiner Jungfrau und bekreuzigte sich. Dann aber fingen sie beide zu lachen an und machten großen, freudigen Lärm und schlugen einer dem andern den Rücken. Und dann sangen sie die Seguidilla von dem Bauern, der eine unerwartete Erbschaft gemacht hat, die Seguidilla mit dem Refrain: „Und jetzt tanzen, tanzen, tanzen, / Den Fandango tanzen wir jetzt. / Ja, wer Geld hat, der darf tanzen, / Tanzen darf er den Fandango, / Ob er's kann, und ob er's nicht kann." Und sie tanzten ihren Fandango.

Als sie zu Ende waren und erschöpft dahockten, hatte Goya eine Bitte an den Freund. Er habe, meinte er, viele Gegner, Abates und Witzbolde, die sich beim Lever großer Damen über seinen dunklen Ursprung lustig machten. Unlängst habe ihm sogar sein frecher Diener Andrés mit hämischer Beiläufigkeit Dokumente vorgelegt, bezeugend, daß er, Andrés, ein Hidalgo sei, ein Hijo de algo, ein Sohn von Jemand, ein Edelmann. Nun wisse Martín ja, daß die Reinheit des Blutes und die altchristliche Abstammung der Familie Goya über allen Zweifel erhaben sei und daß Franciscos Mutter, Doña Ingracia de Lucientes, einer Familie entstamme, die sich bis in die dämmerigen Zeiten der Gotenherrschaft zurückverfolgen lasse. Es wäre aber gut, wenn er ein Dokument im Hause hätte, das diese seine reine Abstammung bestätige. Martín möge ihm die Liebe tun und dem Fray Jerónimo zureden, der solle ihm an Hand der Kirchenbücher von Fuendetodos und Saragossa einen Stammbaum seiner Mutter aufzeichnen, auf daß er in Zukunft jedem, der ihn anzweifle, diesen Stammbaum um die Ohren hauen könne.

Die nächsten Tage brachten viele Gratulanten.

Es kamen auch, begleitet von dem Abate Don Diego, die Damen Lucía Bermúdez und Pepa Tudó. Goya war überrascht, fühlte sich unbehaglich, redete gegen seine Gewohnheit, wenig. Zapater schwatzte respektvoll und vergnügt. Agustín, aufgerührt von zwiespältigen Gefühlen, starrte finster auf die schönen Frauen.

Pepa fand Gelegenheit, mit Francisco allein zu sprechen. Mit ihrer trägen Stimme, ein wenig ironisch, erzählte sie. Sie lebte jetzt in dem kleinen Palais an der Calle de Antorcha, an der Fakkelstraße; Don Manuel hatte es für sie aus dem Nachlaß der verstorbenen Condesa Bondad Real erworben. Don Manuel war mehrmals aus dem Escorial nach Madrid gekommen, sie zu besuchen; auch in die Reitbahn seiner Villa hatte er sie eingeladen, um ihr seine Reitkunst vorzuführen. Goya hatte von dem Aufstieg der Señora Tudó bereits gehört, er hatte darüber weghören wollen, jetzt aber mußte er die Geschehnisse wohl zur Kenntnis nehmen.

Übrigens, berichtete Pepa weiter, habe Don Manuel ihr mitgeteilt, man werde Goya demnächst in den Escorial einladen. „Ich habe das sehr befürwortet", sagte sie beiläufig und sah mit Freuden, welche Mühe es Goya kostete, nicht mit Fäusten über sie herzufallen.

„Ich", erklärte sie mit freundlich
Läss'ger Stimme, „ich bin selber
Schon im Escorial gewesen."
Da er, blaß und wütend, stumm blieb,
Fuhr sie fort: „Wir machen beide
Karriere, Don Francisco."

„Hombre!" sagte, als die Damen
Weggegangen, Don Martín. Er
Schnalzte mit der Zunge, und er
Wiederholte: „Hombre!"
Tages
Drauf erschien ein rotbestrumpfter
Läufer. Seine Botschaft lud den
Präsidenten Don Francisco
Goya in den Escorial, zu
Hofe.

14

Dreißig Meilen nordwestlich von Madrid hebt sich weithin sichtbar vor dem dunkeln Hintergrund der Sierra Guadarrama das Schloß El Escorial. Eine ungeheure, imponierende Steinmasse, steht es da, kaltprächtig, finster, abweisend.

Nächst dem Vatikan und dem Schloß von Versailles war der Escorial das berühmteste Bauwerk Europas; den Spaniern galt es als das achte Wunder der Welt.

Gebaut hatte das Schloß in der letzten Hälfte des sechzehnten Jahrhunderts der Zweite Philipp, jener finstere, fanatische, wollüstige, mißtrauische, kunstsinnige, bürokratische Herrscher. Zu dreifachem Zwecke. Als seine Soldaten bei Saint-Quentin die französische Armee schlugen, hatten sie unwillentlich ein Kloster des heiligen Laurentius zerschossen; nun war Laurentius Spanier von Geburt gewesen, die grausame Art seines Martyriums – er war lebendigen Leibes geröstet worden – machte ihn den Spaniern besonders teuer, und König Philipp wollte ihm zur Versöhnung eine Weihestätte errichten, wie die Erde keine zweite kannte. Des fernern wollte er einen Befehl seines Vaters erfüllen, des Kaisers Karl, der in seinem Testament angeordnet hatte, es solle für seine und seiner Kaiserin Gebeine ein würdiges Grabmal erbaut werden. Endlich aber wollte Philipp seine letzten Jahre einsam verbringen, nur in seiner eigenen und seines Gottes Gesellschaft, umgeben von Mönchen und Gebeten.

Nichts war ihm kostbar genug, diese Einsamkeit seiner, des Weltherrschers, würdig zu machen. Aus seinen westindischen Inseln verschrieb er sich die edelsten Hölzer, aus seinen Wäldern von Cuenca die besten Bäume. In den Bergen von Granada und Aracena ließ er braunen, grünen, rotgesprenkelten Marmor schlagen, weißen in den Bergen von Filabrés, Jaspis in den Brüchen von Burgo de Osma. Nicht nur in Spanien arbeiteten die besten Maler und Bildhauer für ihn, auch in Flandern, Florenz, Mailand. Über ferne Landstraßen rollten, über die sieben Meere schwammen Transporte heran für sein Schloß. Mit Hand und Auge prüfte der König jedes Detail; war er im Felde, so mußte ihm täglicher Bericht gesandt werden. Die Einkünfte ganzer überseeischer Provinzen verbaute er.

Der Grundplan des Escorials war so, daß das Schloß als Ganzes das Instrument versinnbildlichen sollte, dessen sich Gott für das Martyrium des heiligen Laurentius bedient hatte, das Rösteisen, auf dem er verbrannt worden war. Das gewaltige, viereckige Bauwerk selber mit seinen vielen Höfen sollte eine umgekehrte Darstellung dieses Rösteisens sein, die vier Ecktürme sollten die vier Füße, der vorragende Palacio de Infantes den Griff darstellen.

Da hob sich nun das Gebäu, in strengem, gottseligem Prunk, trotzig, gedacht und gemacht für fernste Zukunft, gleich den Pyramiden, doch aus festerem Material, aus dem weißlichgrauen Granit von Peralejos. 16 Patios hatte der Escorial, 2673 Fenster, 1940 Türen, 1860 Räume, 86 Treppen, 89 Springbrunnen, 51 Glocken.

Der Escorial besaß eine herrliche Bibliothek, 130000 Bände und über 4000 Manuskripte. Die besonders kostbaren arabischen Manuskripte waren gefunden worden auf erbeuteten Schiffen, welche die Schätze Zidians, des Sultans von Marokko, über See trugen. Der Maurenkönig bot zwei Millionen Realen für die Rückgabe der Manuskripte; aber die Spanier verlangten dazu die Freilassung aller seiner christlichen Gefangenen. Da der Sultan darein nicht willigte, befanden sich jetzt die Manuskripte im Escorial.

204 Statuen waren im Schloß und 1563 Gemälde, darunter Meisterwerke des Leonardo, des Veronese und des Raphael, des Rubens und des Van Dyck, des Greco und des Velázquez.

Mehr aber als auf alle diese Kunstwerke waren die Spanier stolz auf die Schätze, die in dem „relicario" des Escorials gehortet wurden, auf die Reliquien. 1515 Behälter waren da aus Gold, Silber, vergoldeter Bronze und edelstem Holz, viele von ihnen dickbesetzt mit Edelsteinen. Darin verwahrt wurden zehn vollkommen erhaltene Skelette von Heiligen und Märtyrern, 144 Schädel, 366 Arm- und Beinknochen, 1427 einzelne Finger und Zehen. Da gab es einen Arm des heiligen Antonius, ein Bein der heiligen Teresa, das Skelettlein eines der von Herodes gemordeten Säuglinge. Da waren ferner ein Teil des Strickes, mit dem Jesus Christus gebunden gewesen, zwei Dornen seiner Krone, ein Teil des essiggetränkten Schwammes, den ihm der Soldat gereicht hatte, und ein Holzteilchen des Kreuzes, an dem er gelitten hatte. Auch waren da das tönerne Gefäß, dessen Wasser Jesus in Wein verwandelt hatte, des weiteren das Tintenfaß des heiligen Agustín und schließlich ein Stein aus der Blase des Heiligen Vaters Pius des Fünften. Ein böses Gerücht wollte wissen, daß einmal ein Mönch, dessen Sinne der Teufel verwirrt hatte, viele der prunkenden Geräte ihres Inhalts entleert und auf einen heillosen Haufen zusammengeworfen habe, dergestalt, daß man nicht mehr habe unterscheiden können, welches der Arm des Isidro war, welches der der Verónica.

In einer besonderen Kapelle verwahrt wurde die stolzeste Reliquie des Escorials, die „Santa Forma“, eine Hostie, eine Oblate, in welcher sich die Gottheit auf bestürzende und erhebende Art manifestiert hatte. Ketzer, „zuinglianos“, hatten sich dieser Hostie bemächtigt, sie auf den Boden geworfen, sie mit Füßen getreten. Die Hostie aber hatte zu bluten begonnen, deutlich waren Blutstreifen sichtbar geworden, die Gottheit hatte erwiesen, daß sie in der Oblate lebte. Das war in Holland geschehen; von einem dortigen Kloster war die Hostie nach Wien, später nach Prag gebracht worden zu Kaiser Rudolf dem Zweiten. Von diesem hatte sie der Weltherrscher Philipp erworben, er hatte einen hohen Preis dafür gezahlt, drei Städte in seinen Niederlanden und wichtige Handelskonzessionen. Jetzt also ruhte die „Santa Forma“ im Escorial, und keines Ketzers Auge durfte sie schauen.

Das Zeremoniell des Hofes, ebenso streng und prächtig wie der Escorial, schrieb den Herrschern Spaniens vor, daß sie und welche genau festgelegte Zeitspanne in jedem ihrer Schlösser zu verbringen hatten. Im Escorial hatten sich der König und sein Hof 63 Tage aufzuhalten, die Daten waren festgelegt. Der Dritte Carlos, der Vater des jetzt regierenden Königs, war an dieser Regelung gestorben; gegen die Warnung seiner Ärzte war er trotz einer beginnenden Lungenentzündung zur vorgeschriebenen Zeit in den Escorial übersiedelt.

Den behaglichen Vierten Carlos bedrückte die finstere Großartigkeit des Schlosses. So richtete er sich für die neun Wochen, die er dort verbringen mußte, seine Appartements nach seinem eigenen freundlichen Geschmack ein, und während unten die Zimmer, in welchen der Zweite Philipp sein letztes Jahrzehnt verlebt hatte, streng und mönchisch kahl hersahen, wohnte oben der Vierte Carlos in komfortablen Räumen, zwischen fröhlichen Wandteppichen und Bildern, die spielende Kinder darstellten, schäkernde Schäferinnen, üppige, schwatzende Waschweiber.

Jede Woche einmal aber, wie der Brauch es befahl, ging auch dieser Monarch in die Kirche des Escorials, um seine toten Vorfahren zu besuchen. Durch den Patio de los Reyes ging er, wo granitenen die Könige von Juda standen: David mit Harfe und Schwert, Salomo mit Büchern, Hesekias mit einem Mauerbrecher, Manasse mit Meßgerät, Josaphat mit einer Axt. Das waren die Werkzeuge, mit denen diese Könige den Tempel von Jerusalem gebaut hatten, und nun führte der Escorial die Tradition fort und war der christlichen Welt, was dem Volk des Alten Bundes der Tempel Salomonis gewesen war.

Vorbei an diesen Königen ging der Vierte Carlos. Vor ihm auf tat sich das Haupttor der Kirche, das nur geöffnet wurde für Personen königlichen Ranges, lebendige und tote. Unbehaglich, das Gesicht würdig und finster, schritt der massige König durch die stolze und kühne Harmonie des edlen Baues, und so stattlich er war, er wirkte zwerghaft in dem gewaltigen Raum unter der gigantischen Kuppel.

Zwischen Wänden und Bögen ausgesuchten Marmors stieg er hinab, zunächst in das Panteón de los Infantes, die Grabstätte der Prinzen, Prinzessinnen und jener königlichen Frauen, deren Kinder nicht auf den Thron gelangt waren. Dann, weiter hinunter, immer auf granitenen Stufen, ins Panteón de los Reyes. Da stand er in dem achteckigen Raum, dem stolzesten, prunkvollsten Mausoleum Europas, zwischen Wänden, überdeckt mit Jaspis und schwarzem Marmor. Errichtet aber war die Grabstätte unter dem Hochaltar der Capilla mayor, so daß der Priester, der die Hostie hob, genau über den toten Königen stand und diese teilhaben konnten an der Gnade.

Hier also, zwischen den Bronzesärgen, in denen die Reste seiner Vorgänger ruhten, stand der Vierte Carlos.

Auf die schlicht und edeln Lettern
Schaute er, die ihre Namen
Nannten, und auf jene beiden
Särge, die noch ohne Inhalt
Warteten; des einen Aufschrift

War: „Don Carlos, Vierter seines
Namens", die des andern aber:
„Königin María Luisa".
Fünf Minuten blieb er; also
Wollte es der Brauch. Er zählte
Bis dreihundert. Dann verließ er
Das Gewölbe, stieg die Stufen
Aufwärts, schnell und immer schneller.
Hallend durch die Kirche ging er,
Durch den Hof, vorüber an den
Königen von Juda, eilig,
Blicklos. Stieg hinauf in seine
Hellen, heitern Räume. Hier dann,
Zwischen angenehmen Bildern,
Schlüpfte er aus seiner schweren
Düstern Tracht und zog sich um, zu
Jagen.

15

Goya wurde nicht im Escorial selber untergebracht, sondern in der Posada von San Lorenzo. Er hatte das erwarten müssen; der Escorial reichte trotz seiner Größe nicht aus, alle Gäste des Hofes aufzunehmen. Gleichwohl war er verstimmt.

Don Miguel kam. Goya fragte nach Doña Lucía. Ja, sie war hier, es ging ihr gut; Miguel war etwas zurückhaltend. Lebhafter wurde er, als man auf Politik zu sprechen kam. Die Friedensverhandlungen, erzählte er, die man in Basel mit den Franzosen führe, gingen nicht recht voran. Frankreich weigere sich, den kleinen Sohn und die Tochter des toten Louis des Sechzehnten herauszugeben. Spanien habe nun aber einmal seinen Stolz darein gesetzt, die königlichen Kinder zu befreien, und Don Manuel wolle in diesem Punkte nicht nachgeben.

Später traf Goya den Abate Don Diego und Doña Lucía. Der Abate berichtete Weiteres über die politische Situation. Militärisch sei der Krieg verloren. Aber nur die Königin sei vernünftig und willens, auf die Kinder Frankreichs zu verzichten, damit endlich Friede werde. Carlos zögere, aufgehetzt von Don Manuel.

Der nämlich spiele mit der Idee, die kleine französische Prinzessin zu heiraten, um so den Titel eines souveränen Fürsten zu erlangen. „Und unsere Pepa bestärkt ihn in seinen Plänen", erzählte Lucía, ihre schleierigen, weit auseinanderstehenden Augen schienen Goya doppelt spöttisch und verschmitzt. „Ist Pepa noch immer hier?" fragte er, unangenehm überrascht. Der Abate erläuterte: „Seit der Entlassung des Admirals Mazarredo hat Señora Tudó Schwierigkeiten wegen ihrer Pension. Sie ist hier, um bei Hofe zu petitionieren." – „Die Königin wundert sich", ergänzte Lucía, „daß Señora Tudó die Entscheidung nicht in Madrid abwartet. Aber Sie kennen unsere Pepa. Sie ist nun einmal hier und will nicht zurück. Sie hat sich's in den Kopf gesetzt, ihr Manuel müsse die Tochter des Königs von Frankreich heiraten. Sie singt ihm jeden zweiten Tag die Ballade vor von dem Jüngling Ramiro, der heldisch die Infantin entführt." – „Soviel ist gewiß", meinte der Abate, „die Anwesenheit Señora Tudós im Escorial macht die Aufgabe unserer Friedensdelegation nicht leichter."

Es mißfiel Goya, daß seine frühere Pepa in die Geschäfte der Fürsten eingriff. Das ziemte sich nicht, das verstieß gegen die gottgewollte Ordnung. „Sie sollten sie besuchen, Don Francisco", meinte freundlich und hinterhältig Lucía. „Sie wohnt in der unteren Posada." Francisco beschloß, Pepa aus dem Weg zu gehen.

Den Morgen darauf begab er sich in den Escorial, um, wie es die Sitte vorschrieb, dem Lever der Königin beizuwohnen. Er wußte nicht, ob Doña Cayetana Dienst haben werde und ob er wünschte, sie zu sehen, oder ob er sich davor fürchtete.

Das Vorzimmer war voll von geputzten Herren und Damen. Da war der Abate, da war der Botschafter des königlichen Frankreichs, Monsieur de Havré, da war auch – Franciscos Laune wölkte sich – Carnicero, sein Berufsbruder, der Pfuscher, der sich auf nichts verstand als auf Effekte und gesalzene Preise.

Die Flügeltür des Schlafraumes öffnete sich. An ihrem Putztisch saß die Königin von Spanien. Zeremoniös, mit genau vorgeschriebenen Bewegungen, verrichteten die Damen des Hochadels ihren Dienst; diese Herzogin überreichte den Rock, diese Gräfin die Jacke, diese Marquesa die Bänder. Die Gesten gezirkelt, die Gesichter maskenhaft geschminkt, gingen sie ab und zu, glänzende Puppen, melancholisch mit ihrem gefrorenen Lächeln, und

Goya schaute und wußte nicht: war dieses jahrhundertealte, farbig feierliche Gehabe lächerlich oder großartig?

Da war die Alba, und ihm schlug das Herz. Wie die andern rührte sie die Glieder, war sie puppenhaft zurechtgemacht. Aber wenn die andern hier im Escorial über der Gruft der toten Weltherrscher die überkommenen Bräuche übten, spielten sie Komödie und waren lächerlich: sie, Doña Cayetana, gehörte hierher; ihr war, was sie tat, angeerbt, angestammt.

Don Manuel beschied ihn zu sich. Sagte ihm, er habe sich darauf gefreut, ihm für ein weiteres Porträt zu sitzen. Leider aber fehle es ihm vorläufig an der Zeit. Die Friedensverhandlungen, ohnedies schwierig, komplizierten sich durch private Probleme. „Unsere gemeinsame Freundin, Señora Tudó", erläuterte er, „möchte mich heroisch haben. Das ist liebenswert und patriotisch. Aber ich kann schließlich das Land nicht verbluten lassen, nur um vor mir und unserer Freundin Pepa den Helden zu machen. Ich bin Staatsmann. Ich muß der Vernunft gehorchen, den politischen Notwendigkeiten, nicht dem Gefühl."

Unbehaglich hörte Goya zu. Bestimmt war da wieder ein Ansinnen auf dem Wege, eine Zumutung, etwas Entwürdigendes.

„Überdies", fuhr der Minister fort, „ist die Königin nervös, bedrückt von der Schwere der Entscheidungen, die sie zu treffen hat, und nimmt Anstoß an unschuldigen Kleinigkeiten, an der Anwesenheit unserer Freundin Tudó zum Beispiel. Die Señora fügt sich natürlich dem Wunsch der Krone, doch fühlt sie sich mit Recht gekränkt. Ich möchte ihr nun, bevor sie nach Madrid zurückkehrt, eine kleine Freude machen. Wie wäre es, wenn man jenen ungezwungenen Abend wiederholte, der, dank Ihrer Hilfe, meine erfreuliche Bekanntschaft mit der Señora einleitete?"

„Ist das Pepas Idee?" fragte, seine Unlust mühsam verbergend, Goya. „Halb die ihre, halb die meine", gab Don Manuel zu. „Pepa stellt es sich so vor, daß wir den Abend hier veranstalten, in meinem Appartement im Escorial. Sie verspricht sich davon besonderen Spaß."

Nun war Goya höchlich verstimmt. Was war Pepa in den Kopf gestiegen? Warum veranstaltete sie ihre zweideutige Tertulia im erhabensten Hause Spaniens? „Das Huhn gehört nicht in die Kathedrale", dachte er finster die alte Redensart. Und warum mußte sie ihn dabei haben? Wollte sie ihm vorführen, wie weit sie es gebracht hatte? Allein er sah keine Möglichkeit, die Einladung des Ministers abzulehnen.

Am nächsten Abend also, über die feierliche Treppe, durch die langen, ernsten Korridore, ging er von neuem zu Don Manuel.

Im Vorraum hockte Pepas Dueña, die dürre Conchita. Sie begrüßte Francisco unterwürfig, doch war auf ihrem hagern Gesicht ein freches, vertraulich gemeines Lächeln.

Die Gesellschaft Don Manuels war die gleiche wie damals bei Doña Lucía: nur fehlten Agustín und der vorsichtige Don Miguel. Pepa, in schlichtem, grünem Kleid, war sehr schön, halb widerwillig gestand ihr's Francisco zu. Er begriff genau, was in ihr vorging, ihre Gekränktheit und ihren Triumph. Sie brauchte bloß von ihm wegzugehen, und alles fiel ihr zu, was eine Frau begehren konnte. Da stand sie, Pepa Tudó, frech, stolz, im stolzesten Palaste des Reichs, über der Gruft der toten Könige, und gab ihre Tertulia, und ihn hatte sie herbefohlen, und er konnte sich nicht weigern. „Trágalo, perro – Friß es, du Hund!"

Pepa begrüßte ihn unbefangen, freundlich fremd: „Schön, daß ich Sie endlich zu Gesicht bekomme, Don Francisco. Ich höre, Sie sind hier, um die Majestät zu porträtieren. Es tut mir leid, daß man Sie warten läßt. Auch ich bin hier in Geschäften. Ich habe, was ich wollte, schon so gut wie erreicht und kann morgen zurück nach Madrid."

Goya hätte sie gerne bei den Schultern gepackt, sie durchgeschüttelt, ihr einige kräftige, unflätige Worte in ihr freches Gesicht gesagt; doch in Gegenwart Don Manuels mußte er an sich halten.

Der tat, als wäre es das natürlichste von der Welt, daß er Pepa Tudó seine feierliche Wohnung im Escorial für ihre Tertulia zur Verfügung stellte, er war lustig, gesprächig, lärmend. Seine Unbefangenheit war nicht echt. Zwar hatte ihm Doña María Luisa vieles nachgesehen, aber war er diesmal nicht sehr weit gegangen?

Reine Freude an dem Abend hatte der Abate. Er genoß die Gegenwart Lucías. Langsam, auf vielen klugen Umwegen, war er ihr nähergekommen, nun sah sie die politischen Dinge mit seinen Augen, hatte, wie er, ihr spitzbübisches Vergnügen an dem ironischen Sakrileg dieser Tertulia. Das hätte sich der Zweite Philipp, der große Errechner der Zukunft, nicht träumen lassen, daß sich über seinem Grabe der Erste Minister des Reiches mit seiner Freundin verlustieren werde.

An diesem Abend sang Pepa eine ihrer Romanzen, eine zweite, eine dritte. Sie sang die Romanze von dem König Don Alfonso, der sich in Toledo in eine Jüdin verliebt, Raquel la fermosa, in „die schöne Rahel“, und sieben Jahre mit ihr verlebt, seine Königin, die englische Leonora, allein lassend. Dann aber empören sich die Granden und schlagen die Jüdin tot. Der König trauert maßlos. „Seine Jüdin“, sang Pepa, „seine Jüdin ihm entrissen, / Stand Alfonso trüb und klagte. / Sehnsucht ihm und Gram um Rahel / Mörderisch am Herzen nagte.“ Dann aber kommt ein Engel und hält ihm seine Schuld vor. Er bereut und schlägt zur Buße tausend Mauren tot.

So sang Pepa. Die andern hörten nachdenklich zu. „Unsere Pepa“, sagte scheinbar zusammenhanglos Don Manuel, „will mich durchaus zu einem altspanischen Helden machen.“ Und Pepa, ebenso zusammenhanglos, antwortete: „Ich habe keinen Tropfen jüdischen oder maurischen Blutes in mir. Ich bin von altkastilischer Reinheit“, und sie bekreuzte sich. „Ich weiß“, beeilte sich Don Manuel zu erwidern, „wir alle wissen es.“

„Du singst noch besser als früher, Pepa“, sagte Goya, als er Gelegenheit hatte, mit ihr allein zu reden. Sie schaute ihm aus ihren grünen Augen voll ins Gesicht, auf ihre schamlose Art. „Meine Romanzen sind schöner als die Wirklichkeit“, sagte sie. Er sagte: „Du interessierst dich jetzt für Politik, höre ich?“ Sie antwortete freundlich: „Ich interessiere mich nicht für Politik, Don Francisco, ich interessiere mich für Spanien. Und für Don Manuel. Als mein seliger Felipe noch lebte, und auch während meiner Zeit mit dem Admiral, interessierte ich mich für die Marine. Als Sie und ich befreundet waren, für Malerei. Erinnern Sie sich, wie ich Sie darauf aufmerksam machte, daß der Arm Señor Mazarredos auf Ihrem Porträt zu kurz geraten war? Jetzt interessiere ich mich für Don Manuel. Er ist der größte Staatsmann Spaniens, warum soll er nicht der größte der Welt werden? Aber glauben Sie nicht, daß ich meine alten Freunde vergesse. Don Manuel hat auf meine Anregung dem König nahegelegt, er möge die Stelle des Ersten Malers neu besetzen. Leider ist vorläufig Don Carlos eigensinnig und will gerade dieses Gehalt sparen.“

Goya blieb ruhig. „Ich an deiner Stelle, Pepa“, sagte er, „würde es dem König von Spanien und dem Konvent der französischen Republik überlassen, was aus den Kindern des Sechzehnten Louis werden soll.“ Nach wie vor wandte sie keinen Blick von ihm. „Sie sind klug, Don Francisco“, antwortete sie. „Sie sind nicht wie die Männer meiner Romanzen. Sie haben immer gut verstanden, Ihr Werk nützlich zur Geltung zu bringen. Wahrscheinlich ist auch der Rat gut, den Sie mir geben. Übrigens habe ich ihn befolgt, schon bevor Sie ihn mir gaben.“

Goya dachte: Hilf einer Frau aus dem Wasser, und sie wird behaupten, du seiest hineingefallen. Gleichzeitig, wiewohl er es kaum in Worten hätte ausdrücken können, wußte er mit seinem guten, bäuerischen, männlichen Instinkt, was sie spürte. Gerade daß sie sich mühte, ihn zu kränken, bewies, wie sehr sie an ihm hing. Er brauchte ihr nur zu winken, und bei all ihrem Phlegma spränge sie ihm ins Bett. Mochte sie ihn verhöhnen, mochte sie sich überlegen glauben, er fühlte Mitleid.

Er wartete darauf, wie Manuel und Pepa den Abend beschließen würden. Werden sie es wagen, die Nacht durch zusammenzubleiben im Escorial, unter einem Dach mit der Königin, über der Gruft Karls des Fünften und des Zweiten Philipp?

Lucía und der Abate verabschiedeten sich. Pepa machte keine Anstalten zu gehen. Auch Goya mußte wohl nach Hause. „Gute Nacht, Don Francisco“, sagte Pepa mit ihrer trägen, angenehmen Stimme. „Gute Nacht, Francho“, sagte sie und schaute ihm voll ins Gesicht.

Durch den Vorraum schritt Francisco.
Schläfrig kauerte die Alte,
Die Dueña; grinsend nickte
Sie, stand auf und neigte tief sich.
Er bekreuzte sich. Ihm schien die
Dürre Gegenwart der Alten
Unterm Dach des Escorials noch
Lästerlicher als die Nacht Don
Manuels und seiner Pepa.

16

Es wurde in der Posada für den Hofmaler Don Francisco de Goya y Lucientes ein Brief aus dem Escorial abgegeben. Er lautete: „Ich habe morgen keinen Dienst bei der Königin. Warum sehe ich Sie niemals bei meinem Lever? Ihre Freundin Cayetana de Alba."

Er hatte auf diese Botschaft gewartet, das Herz voll Bitterkeit. Jetzt waren alle üblen Gefühle weggewischt. „Ihre Freundin Cayetana de Alba." Elle est chatoyante, dachte er, eher zärtlich.

Des nächsten Tages, er war kaum angelangt, winkte sie ihn zu sich. „Wie gut, daß Sie endlich kommen, Don Francisco", begrüßte sie ihn, „wir haben viel zu besprechen. Bleiben Sie doch, wenn die andern gegangen sind." Ihre kleine, etwas harte Stimme war unbekümmert laut, so daß auch die andern ihre Worte hörten, und voll unverstellter Herzlichkeit.

Es waren leider viele andere und manche, die Goya ungern hier traf. Da war natürlich der blonde, hochgewachsene Doktor Peral, da war der Berufsbruder, der Pfuscher Carnicero, da war der hübsche, geckenhafte Marqués de San Adrián, in dessen liebenswürdigem Gehabe Goya stets eine Spur Herablassung witterte, da war der Stierkämpfer Costillares, dem weiß Gott der Escorial hätte verschlossen bleiben müssen.

Und die Frau hatte für jedermann liebenswürdige Blicke. Franciscos Freude, während er wartete, verdampfte. Er fertigte diejenigen, die ihn ansprachen, einsilbig ab.

Kehrte der Gesellschaft den Rücken, beschaute die bunten Gobelins, die an den Wänden hingen.

Die Albas hatten eines der wenigen Appartements inne, welche der König in dem heitern Geschmack des letzten Jahrzehntes hatte einrichten lassen. Unter den Gobelins war einer nach einem Entwurf, den er selber, Francisco, gemacht hatte, zu der Zeit, als er unbekümmert fröhlich darauflosmalte. Es war eine lustige Volksszene. Vier Mädchen ergötzten sich, einen „pelele", einen Hampelmann, auf einem Tuche hochspringen zu machen, ihn zu prellen. Die Gruppierung war nicht schlecht, die Bewegungen natürlich. Trotzdem mißfiel ihm sein Werk von damals. Diese Majas, diese Mädchen aus dem Volke, welche die Puppe springen machten, waren unecht. Es waren keine Majas, es waren Hofdamen, welche Majas spielten, und ihre Fröhlichkeit war jene geschminkte, gefrorene, die er beim Lever der Königin beobachtet hatte. Die lächerlichen, schmerzhaften Bewegungen des Hampelmannes waren wahrhaftiger als die der Mädchen.

Ihm selber hatte die fröhliche Mummerei sehr gefallen seinerzeit, und er hatte eifrig mitgetan. Alle hatten mitgetan. Seine Kollegen in Paris hatten die Herren und Damen Versailles als Schäfer und Schäferinnen gemalt, so steif und künstlich wie er seine Majos und Majas. Einigen dieser galanten Schäfer und hübschen Schäferinnen waren mittlerweile die eleganten Puppenköpfe abgeschlagen worden. Auch er, wie wohl es ihm jetzt eher besser ging als damals, hatte zugelernt, und die Heiterkeit seiner Volksszene erschien ihm jetzt dumm, krampfig, ärgerlich.

Die fröhlich leeren Gesichter des Gobelins waren nicht eben Porträts, und waren dennoch Porträts. Er konnte es mit Gründen bestreiten, daß die dritte der puppengesichtigen Damen die Alba sei, aber sie war es. In dieser Technik war er allen voran, ein Gesicht anzudeuten und es dennoch anonym zu lassen. Sie prellte ihren Pelele mit Lust, die Alba.

„Meine Herren und Damen, ich wäre fertig", erklärte unerwartet bald die Alba, und liebenswürdig, doch bestimmt verabschiedete sie ihre Besucher. „Sie bleiben, Don Francisco", wiederholte sie.

„Wir werden spazierengehen, Eufemia", bedeutete sie ihrer Dueña, nachdem die andern weg waren, und sie stellte vor: „Das ist Doña Luisa María Beata Eufemia de Ferrer y Estala." Francisco verneigte sich tief und sagte: „Es ist eine Ehre und Freude, Ihre Bekanntschaft zu machen, Doña Eufemia." In einem Liebeshandel mit einer großen Dame war die Dueña eine wichtige Person, die nach Belieben Sonne und Schatten machte.

Zofen rollten auf einem Toilettentisch neue Salbentöpfchen und Toilettenflaschen heran; der geplante Spaziergang erforderte Schutzmaßnahmen gegen die Sonne. Goya sah, wie sich das bräunlichblasse, ovale Gesicht Cayetanas sehr weiß färbte; auch so, mit den bestürzend hohen Augenbrauen, blieb es das einmalige Gesicht der Alba. Wo hatte er seine Augen gehabt, als er das dritte Mädchen malte für den Pelele-Gobelin?

„Und welches Kleid befiehlt mein Lämmchen für den Spaziergang?" wandte sich die Dueña an Cayetana. „Das grüne Pariser oder das andalusische oder das weiße Musselinkleid aus Madrid?" – „Das weiße natürlich", befahl die Alba. „Und die rote Schärpe."

Zu ihm sprach sie jetzt nicht mehr, sich anziehen zu lassen, erforderte ihre ungeteilte Aufmerksamkeit. Die Damen Madrids waren gewohnt, Männer um sich zu haben, wenn sie Toilette machten, und zeigten freigebig Arme, Schultern, Rücken, Brüste; nur hielten sie nach alter Sitte darauf, daß ihre Beine unsichtbar blieben. Doña Cayetana verbarg auch die Beine nicht. „Sagt des Mädchens Fuß nicht nein, / Ist auch bald das Ganze dein", ging Goya der Refrain einer alten Tonadilla durch den Kopf.

Mit geübtem Blick, sachlich bei aller Leidenschaft und Begier, nahm er die ganze, umständliche Zeremonie des Ankleidens in sich auf. Geleitet wurde sie umsichtig von der Dueña. Doña Eufemia war dürr und lang, ein breiter Kopf mit schräger Stirn, platter Nase und wulstigem Mund saß auf einem Spindelhals. Die Alba behandelte die schwarzgekleidete würdige Alte bald herrisch wie eine Sklavin, dann wieder mit spaßhafter, beinahe lasterhafter Vertraulichkeit.

Das weiße Musselinkleid war kürzer, als eigentlich erlaubt war, es schleifte nicht nach, es war das rechte Kleid für einen Spaziergang. Nun war auch die rote Schärpe befestigt und das üppige, schwarze Haar in einem dünnen Netz verwahrt.

Die Begleiter fanden sich ein, welche Doña Cayetana mitzunehmen pflegte, der Page Julio, ein käsegesichtiger, spitznasiger Junge mit frechen Augen, der zehn Jahre sein mochte, und das kleine, vielleicht fünfjährige Negermädchen María Luz. Die Dueña nahm den Sonnenschirm, der Page den Behälter mit Puder und Parfüms, das Negerkind hob den winzigen, weißwolligen Hund Don Juanito auf den Arm.

Die kleine Prozession, Cayetana und Goya voran, schritt über die feierlichen Korridore, die großen Treppen hinunter, hinaus in den Garten. Über gewundene, gekieste Wege ging man, zwischen Blumenbeeten und Hecken von Buchs und Taxus, dahinter war der massige Ernst des Schlosses. Dann verließ Doña Cayetana den Bereich der Gärten und schlug einen Pfad ein, der sich schnell verengte und hinaufführte zu der Silla del Rey, dem Sitze des Königs, jenem Felsvorsprung, welcher die berühmte Sicht des Escorials bot.

Die Luft war fröhlich frisch, in einem hellen Himmel stand eine blasse Sonne, leichter Wind ging. Die Alba schritt auf zierlichen Schuhen, fest und mit Vergnügen, die Füße, wie es die Mode vorschrieb, nach außen gestellt; den Fächer trug sie geschlossen in der Linken, ihn leicht schwenkend. So, klein, anmutig und entschieden, ging sie den schmalen, steinübersäten Pfad, der durch die graubraune Wüste langsam aufwärts führte, hinein in die Vorberge der Guadarrama.

Schräg hinter ihr ging Goya. Es war Vorschrift für jeden, der als Gast den Escorial betrat, in Hoftracht zu kommen; er ging steif in der etwas zu knappen Kleidung, Hut, Degen und Perücke beengten ihn. Vor sich sah er den kleinen Leib der Alba, prall umschloß die rote Schärpe die zärtlich gewölbten Hüften. So ging sie vor ihm her, winzig, gestreckt und schmal, sie schritt nicht, wandelte nicht, tänzelte nicht, es war schwer, für die Art, wie sie sich bewegte, das rechte Wort zu finden.

Der Weg, ansteigend durch die besonnte, graubraune, weißliche Steinwüste, schien Goya lang. Die schwarzgekleidete Dueña rührte würdig und klaglos die alten Glieder, der Page Julio trug gelangweilt die Parfüms und Puderflaschen, María Luz, die kleine Negerin, lief bald vor, bald zurück, das Hündlein kläffte übellaunig, befehlshaberisch und wollte jeden Augenblick niedergesetzt werden, um zu pissen. Goya war sich der Lächerlichkeit der kleinen Prozession bewußt, die da farbig, modisch, geckenhaft durch die uralte Ödnis hinzog.

Über die Schulter sprach die Alba zu ihm. „Wohnt Señora Tudó in der gleichen Posada wie Sie?" erkundigte sie sich. „Señora Tudó ist abgereist, soviel ich höre", antwortete er, bemüht unbeteiligt. „Ich höre", fuhr sie fort, „Sie haben für Señora Tudó ein hübsches Fest gegeben. Oder war es Don Manuel? Erzählen Sie ein bißchen. Seien Sie nicht so pedantisch diskret. Don Manuel ist beharrlich, aber auch die Italienerin ist nicht nachgiebig. Wer, glauben Sie, wird seinen Stier umbringen?" – „Ich bin zuwenig eingeweiht, Frau Herzogin", antwortete er trocken. „Sagen Sie wenigstens nicht Frau Herzogin zu mir", verlangte sie.

Da war der Felsvorsprung, die Silla del Rey, König Philipps

Lieblingsplatz, von dem aus er sein Schloß hatte wachsen sehen, Stein um Stein. Die Alba setzte sich, der Fächer lag ihr geschlossen im Schoß, die Dueña und die beiden Kinder ließen sich hinter ihr nieder. Goya blieb stehen. „Setzen Sie sich doch auch“, befahl sie über die Schulter. Er hockte sich auf den Boden, ungelenk, behindert durch den Degen, behindert durch spitze Steinchen. „Cubríos – Bedecken Sie sich“, befahl sie weiter, und er wußte nicht, ob sie mit oder ohne Absicht, im Ernst oder ironisch die gebräuchliche Formel brauchte, mit welcher der König seine zwölf Ersten Granden auszeichnete.

Da saß sie, ein launisches, zartes Figürchen, auf dem Steinsitz, und schaute über die flirrende Wüste auf das Schloß. So mochte ihr Ahnherr gesessen sein, den der fanatische König Philipp manches Mal hierherbefohlen hatte; hier mochte er, dieser frühe Alba, die Weisungen überdacht haben, die ihm der König in seiner leisen, höflichen Art erteilt hatte, Befehle, ein unfügsames Reich zu überfallen, eine ketzerische Provinz zu vernichten.

Die Alba saß vollkommen still, auch die andern hielten sich reglos. Das Flimmern der großen Ödnis, aus welcher das Schloß herauswuchs, starr und tot wie die Ödnis selber, lähmte sie.

Goya starrte über die steinerne Wüste wie die andern. Plötzlich sah er aus der Ödnis, über die Ödnis, etwas sich bewegen, ein Geschöpf, wesenlos und doch sehr deutlich, weißlich graubraun wie die Wüste, eine riesige Kröte, oder war es eine Schildkröte?, ein Etwas mit einem Menschenkopf, aus dem gewaltige Augen herausquollen. Langsam, doch unausweichlich kroch das Wesen näher; breit, freundlich, höllisch grinsend, seiner selbst und seiner Beute sicher, kam es auf einen zu. Man sollte gehen, warum blieben sie alle sitzen? Es gab Geister, die nur des Nachts arbeiteten, und solche, die bei Tag Macht hatten. Die waren selten, doch gefährlicher. Goya kannte das Gespenst, welches da im hellen Tag herankroch, er hatte schon als kleines Kind von ihm gehört, es trug harmlose, ja angenehme Namen, es hieß „El Yantar“, das Mittagessen, oder, noch freundlicher, „La Siesta“. Aber es war ein tückischer Geist mit seinem Grinsen und seinem Flirren und seiner Freundlichkeit, er zeigte sich nur in der Sonne, und man sollte Kraft haben und aufstehen und gehen.

Da hob die Alba zu sprechen an, und sogleich verschwand der Krötengeist, die Wüste wurde leer. „Wissen Sie", sagte die Alba, „daß mir diesmal während meines Aufenthalts im Escorial etwas Außerordentliches zustoßen wird?" – „Wie kommen Sie darauf?" fragte Goya. „Meine Eufemia hat es mir gesagt", antwortete Cayetana, „und auf sie kann man sich verlassen. Sie weiß viel von der Zukunft. Sie hält es mit Hexen. Einmal, wenn sie mich ärgert, werde ich sie der Inquisition anzeigen." – „Reden Sie doch nicht so lästerlich daher, Lämmchen meiner Seele", bat die Dueña. „Der Herr Hofmaler ist ein kluger Mann und versteht einen Scherz. Aber wenn Sie sich gehenlassen, reden Sie einmal auch so vor andern." – „Erzähl uns was, Eufemia", befahl die Alba. „Erzähl von denen, die lebendig begraben sind in den Grundmauern des Escorials." – „Das sind alte Geschichten", antwortete die Dueña, „und wahrscheinlich kennt sie Don Francisco." Aber: „Zier dich nicht", befahl Cayetana, und da erzählte Eufemia.

Ein junger Mensch in dem Dorfe San Lorenzo, ein gewisser Mateo, schimpfte auf die hohen Abgaben, welche die Klosterbrüder von den Bauern verlangten, und war überhaupt ein Ketzer. Die Klosterbrüder zeigten ihn an. Da verwandelte sich Mateo in einen schwarzen Hund und heulte die Nächte durch, um die Dorfleute gegen die Klosterbrüder aufzuhetzen. Schließlich hängten die Brüder den Hund auf den First des Klosters. Da verwandelte sich der Hund von neuem, erschien im Dorfe in Gestalt eines stattlichen, jungen Kriegsmannes, behauptete, er habe hundertsiebenundzwanzig Mohren erschlagen, und hetzte, auch er, gegen die Klosterleute. Doch ein gelehrter Mönch entdeckte, daß der Kriegsmann, der Hund und der frühere Mateo *eines* waren, und zeigte ihn der Inquisition an. Als die Häscher kamen, wurde der Kriegsmann wieder zum Hunde. Da fingen die Klosterbrüder den Hund und begruben ihn lebendig im Fundament des Erweiterungsbaues; denn es war um die Zeit, da das Kloster in den Escorial umgewandelt wurde. „Noch jetzt", schloß die Alte, „hört man den Hund manchmal heulen, wenn Vollmond ist." – „Eine interessante Geschichte", sagte Francisco.

„Übrigens", wandte sich die Alba über die Schulter an Francisco, „habe ich auch eine andere, die mir weissagt, eine Zofe meiner Großmutter. Diese Zofe, Brígida hieß sie, wurde seinerzeit als

Hexe verbrannt. Viele sagten, sie sei unschuldig gewesen, aber als der Henker sie um den Kuß der Verzeihung bat, hat sie ihn nicht geküßt, ein sicheres Zeichen, daß sie eine Hexe war. Sie kommt manchmal zu mir und verkündet mir, was geschehen wird. Sie ist sehr gut im Weissagen." – „Was hat sie Ihnen denn geweissagt?" fragte er. Sie erwiderte sachlich: „Daß ich nicht alt werde und daß ich meine Zeit nützen muß, wenn ich was vom Leben haben will."

Das Gesicht dann drehte sie ihm
Zu, aus den metallischen, großen
Augen schaute sie ihn an, und:
„Glauben Sie an Hexen?" fragte
Sie. „Natürlich glaube ich an
Hexen", sagte unwirsch Goya,
Und er sprach jetzt in dem groben,
Heimischen Dialekte, den er
Manchmal brauchte. „Selbstverständlich",
Sagt' er nochmals, „glaube ich an
Hexen."

17

Tage vergingen, Francisco sah und hörte nichts von ihr. In seinem Zimmer in der Posada saß er, wartete. Zeichnete das Mittagsgespenst, zeichnete es ein zweites, ein drittes Mal. Elle est chatoyante, dachte er.

Unvermutet wurde er aufgefordert, ins Schloß zu übersiedeln. In heißem, freudigem Schreck nahm er an, sie habe ihm die Gunst erwirkt. Aber nicht sie, der König selber wünschte ihn im Schloß. Die peinliche politische Spannung war vorbei, der Zwist zwischen Doña María Luisa und Manuel beendet, der König hatte Zeit und Lust, sich von Goya porträtieren zu lassen.

Carlos schätzte seinen Goya. Der König, bei all seinem behäbigen Phlegma, hatte Sinn für Repräsentation. Auch empfand er die traditionelle Aufgabe der spanischen Herrscher, die Kunst und besonders die Malerei zu fördern, nicht als Bürde. Es war ihm eine angenehme Vorstellung, in den Bildern guter Maler weiterzuleben.

Beflissen überlegte er mit Goya, wie er sich diesmal solle porträtieren lassen. Er wünschte drei sehr repräsentative Gemälde, dazu angetan, jedem Untertan sogleich die Unterschrift des Königs ins Gedächtnis zu rufen: „Yo el Rey – Ich, der König."

Goya hatte von jeher bewundert, wie Velázquez auf seinen Philipp-Bildern die Majestät des Königsmantels auf das Gesicht des Trägers zurückstrahlen ließ. Er hatte von Velázquez gelernt, aus Menschen und Kleidern Einheiten zu machen. Er hatte Carlos in rotem, blauem und braunem Rock gemalt, goldbestickt und silberbestickt, mit Bändern und Sternen, in Purpur und Hermelin, auch in der Uniform der Garde du Corps, zu Fuß und zu Pferde. Mehrmals war ihm geglückt, aus dem gutmütigen, etwas rohen, angestrengt würdigen Gesicht seines Königs Carlos und den hoheitsvollen Kleidern, aus dem gegen die Brust gedrückten Doppelkinn, dem fülligen Bauch und den strahlenden Ordenssternen etwas Neues, Organisches zu bilden, was dem Beschauer den Begriff Königtum gab, ohne doch die gemächliche Leiblichkeit Carlos' zu verfälschen. Er freute sich darauf, neue, wirksame Varianten des vertrauten Themas zu finden.

Carlos war sich der Aufgabe bewußt, seinem Maler zu helfen, und er hielt aus in den manchmal ermüdenden Posen. Er regte Unterbrechungen nicht an, doch war er dafür dankbar. In solchen Fällen schwatzte er freundschaftlich mit Goya, ein Spanier mit dem andern. Zog wohl auch den schweren Königsrock aus, setzte sich massig in einen breiten Sessel oder stapfte in Wams und Hosen herum. Da wurden dann die Ketten von Uhren sichtbar, und oft auch redete der König von seinen Uhren. In einem, meinte er, halb im Scherz, halb ernsthaft, sei er seinem großen Vorgänger, dem Kaiser Karl, überlegen: er habe es dahin gebracht, daß seine Uhren auf die Sekunde die gleiche Zeit anzeigten. Und stolz zog er seine Uhren heraus, verglich sie, behorchte sie, zeigte sie Goya, ließ auch ihn horchen. Das Wesentliche sei, setzte er ihm auseinander, daß Uhren immerzu getragen würden. Um ihre ganze Leistungsfähigkeit zu erreichen, bedürfe dic Uhr der unmittelbaren Nähe des menschlichen Körpers, die Uhr sei etwas Menschliches. Er halte darauf, daß seine Lieblingsuhren ständig getragen würden; diejenigen, die er nicht selber trage, lasse er von seinem Kammerdiener tragen.

Goya hätte für die bestellten Porträts nur drei oder vier Sitzungen benötigt; mit Hilfe der entstandenen Skizzen und mit Hilfe von Röcken und Uniformen, die man ihm in sein Atelier schicken mochte, hätte er wahrscheinlich rascher und besser gearbeitet. Allein Carlos langweilte sich im Escorial, die Sitzungen machten ihm Freude, er saß seinem Maler fünf Tage lang, acht Tage lang, Morgen um Morgen, zwei bis drei Stunden. Auch die Unterhaltung mit Francisco machte ihm offenbar Spaß. Er fragte ihn aus über seine Kinder und erzählte ihm von seinen eigenen. Oder er sprach von der Jagd. Oder er erörterte seine Lieblingsgerichte, wobei er niemals vergaß, die großartige Qualität der Schinken zu rühmen, die aus Estremadura kamen, der Heimat seines lieben Manuel.

Schließlich erklärte die Königin, Carlos habe Goya lange genug für sich arbeiten lassen, jetzt wolle sie ihn haben.

Doña María Luisa war guter Laune. Sie hatte die Nachricht von der „Orgie" Pepas im Escorial nicht so entrüstet aufgenommen, wie man erwartet hatte. Ihr war das wichtigste, daß jetzt die Frauensperson fort war, so daß sie sich wieder, ohne sich was zu vergeben, der Nähe Manuels erfreuen konnte. Der seinesteils fühlte sich erleichtert, als ihm María Luisa nicht die gefürchtete Szene machte, und es war ihm willkommen, daß er eine Zeitlang die Aufforderungen Pepas zum Heldentum nicht hören mußte. Überdies bezeigte ihm die kluge María Luisa höchste Großmut. Sie tat, als habe er schon seit langem auf Versöhnung mit der französischen Republik hingearbeitet, sie rühmte ihn vor den Granden und Ministern als den Mann, der Spanien den Frieden bringen werde. Die Freundschaft zwischen der Königin und ihrem Ersten Minister war enger als je.

Goya fand also eine heitere und sehr gnädige María Luisa. Er hatte sie schon vor beinahe einem Jahrzehnt gemalt, als sie noch Kronprinzessin war. Damals hatte sie trotz ihrer Schärfe und Häßlichkeit einen Mann reizen können. Nun war sie älter und häßlicher, doch noch immer bestrebt, nicht nur auf dem Throne, sondern auch als Frau zu gelten. Sie verschrieb sich aus allen Hauptstädten Europas Kleider, Wäsche, die kostbarsten Salben, Öle, Parfüms, sie trug die Nacht über Masken aus Teig und seltsamen Fetten, sie trainierte mit dem Tanzmeister und ging, Kettchen an den Fußgelenken, vor dem Spiegel auf und ab, um ihren Gang zu verbessern. Mit souveräner Schamlosigkeit sprach sie mit Goya über die Mühen, die es sie kostete, sich als Frau zu behaupten. Ihm imponierte ihre wilde Energie, und er wollte sie malen, wie sie war: häßlich und interessant.

Er vermißte die Behelfe seiner Werkstatt und mehr noch Agustín, seinen Rat, seinen mürrischen Tadel, seine vielen Dienste. Bei dem beschränkten Raum des Escorials konnte er aber schwerlich verlangen, daß man ihn kommen lasse.

Nun hatte Don Manuel der Königin als eines der Zeichen der Versöhnung den Hengst Marcial zum Geschenk gemacht, den Stolz seiner Ställe, und auf diesem Pferde wollte sie sich für ihn malen lassen. Dergleichen umfangreiche Bilder ohne Gehilfen zu bewältigen, noch dazu in der kurzen gegebenen Frist, war so gut wie unmöglich. Goya konnte also mit gutem Grunde verlangen, seinen Freund und Schüler Don Agustín Esteve zuziehen zu dürfen.

Agustín kam. Breit grinsend begrüßte er den Freund, er hatte ihn bitter entbehrt, es war ihm Genugtuung, daß Francisco seine Einladung in den Escorial erwirkt hatte.

Bald indes mußte er wahrnehmen, wie Goya inmitten aller Arbeit plötzlich abglitt, wie qualvoll er auf etwas wartete, das nicht kam. Bald auch, aus Worten Lucías, Miguels, des Abate, erriet er die Zusammenhänge, erkannte, wie heillos tief sich Francisco dieses Mal verstrickt hatte.

Er begann, an der Arbeit des Freundes zu mäkeln. Die Porträts des Königs seien bei weitem nicht geworden, was sie hätten werden können. Wohl habe Goya viel Handfleiß darauf verwandt, aber wenig innere Sammlung. Es seien rein repräsentative Bilder, das sei zuwenig für den Goya von heute. „Ich weiß auch, warum Sie versagen“, erklärte er. „Sie sind mit Nebendingen beschäftigt. Ihr Herz ist nicht bei Ihrem Werk.“ – „Du Klugschwätzer, du Neidling, du verkrachter Student“, gab Goya zurück, doch verhältnismäßig ruhig. „Du weißt genau, daß diese Bilder genauso gut sind wie alle andern, die ich von Don Carlos gemacht habe.“ – „Richtig“, antwortete Agustín, „und somit sind sie schlecht. Sie können jetzt mehr als früher. Ich wiederhole Ihnen: Sie sind zu faul.“ Er dachte an Lucía und steigerte sich in Wut. „Sie sind zu alt für kleine Weiberaffären", sagte er feindselig. „Sie haben noch eine Menge zuzulernen, und Ihre Zeit wird kurz. Wenn Sie es weiter so treiben, dann wird alles, was Sie gemacht haben, Stückwerk sein, und Sie selber nichts als ein abgebauter Schacht." – „Nur so fort", antwortete Goya leis und böse. „Heute höre ich gut, heute kann ich einmal deine Meinung ganz hören." – „Du hast ein unwahrscheinliches, unverdientes Glück", erwiderte, nicht faul, Don Agustín. „Der König sitzt dir und sitzt dir nochmals und zeigt sich dir in seinem Wams und läßt seine Uhren für dich ticken. Und was fängst du an mit dieser einmaligen Möglichkeit, ganz in den Mann hineinzuschauen? Hast du in das Gesicht deines Carlos hineingemalt, was wir Patrioten darin sehen? Blind infolge leerer Sinnlichkeit, siehst du nicht einmal, was jeder Laie sieht. Qué vergüenza. Weil Carlos freundlich mit dir gesprochen hat über die Schinken von Estremadura, hältst du ihn für einen großen König und malst zu seinem Staatsfrack und seinem Goldenen Vlies ein würdiges Gesicht." – „So", sagte Goya, immer noch auffallend ruhig. „Jetzt hast du deines gesagt. Und jetzt schicke ich dich nach Hause, und auf dem ältesten Maultier, das in San Lorenzo aufzutreiben ist."

Er erwartete eine wüste Antwort. Er erwartete, Agustín werde fortlaufen, die Tür hinter sich zuknallend, daß der ganze Escorial dröhnte. Nichts dergleichen geschah. Agustín hatte ein Blatt zur Hand genommen, welches Francisco, als er Skizzen zu den Königsbildern aus der Schublade holte, achtlos darunter gemischt hatte; es war jene Zeichnung „El Yantar", das Mittagsgespenst. Da stand nun Agustín und schaute und starrte.

Goya aber, und gegen seine Gewohnheit beinahe verlegen, sagte: „Das ist nichts. Das ist so hingeschmiert. Eine Laune. Ein Capricho."

Von da an sprach Agustín nicht mehr über Franciscos neue Weiberaffäre und über die Vernachlässigung seiner Kunst. Vielmehr wählte er, selbst wenn es nur um das Technische ihrer Arbeit ging, seine Worte zart und vorsichtig. Francisco wußte nicht, ob es ihm lieb war oder unlieb, daß Agustín so tief in seine Verstrickung hineinschaute.

Die Königin María Luisa paradierte vor Goya auf dem Hengste Marcial, als Inhaberin des Regimentes Garde du Corps. Auf Männerart saß sie zu Pferde, sie war eine sehr gute Reiterin, hoch und kühn hob sich der Kopf über der kriegerischen Uniform.

Es hätte genügt, wenn sie bei weiteren Sitzungen auf dem Holzbock posiert hätte. Goya aber bereitete es scharfe Lust, sie ein zweites und drittes Mal ihre Reitkunst vorführen zu lassen, und zwar in Gegenwart Agustíns. Er kommandierte der Königin, das Pferd so zu drehen und anders, den Kopf auf diese Art zu halten und auf jene. Und er schob Agustín in den Vorgrund, betonte dessen Anteil an dem zu schaffenden Werk, fragte: „Was meinst du, Agustín, sollen wir es so lassen? Oder findest du es besser so?"

Als zum erstenmal er einen
Großen Herrn gemalt, vor vielen
Jahren, hatte er sich selber
In den Hintergrund gepinselt,
Winzig, schattenhaft, dem Granden
Das bestellte Werk hinhaltend.
Heute, wenn er seinem Freunde,
Seinem Schüler und Gehilfen,
Ein Vergnügen machen wollte,
Ließ er ihm die Königin von
Spanien ihre Kunst vorreiten,
Ehe er geruhte, sie zu
Malen. Schade, daß sein Vater,
Daß der alte Goya das nicht
Mehr erlebte. Oh, wie hätte
Der die Augen aufgerissen.

18

Er ging den Korridor entlang, der von den Gemächern Doña María Luisas zu seinem Zimmer führte. Er kam von der Königin, ein rotbestrumpfter Lakai trug sein Malgerät. Ihm entgegen kam klein, zierlich, festen Schrittes die Alba, begleitet von Doña Eufemia.

Die Knie zitterten ihm, der Boden unter ihm wankte. Sie hielt an. „Gut, daß ich Sie treffe, Don Francisco", sagte sie. Und in langsamem, deutlichem Französisch fuhr sie fort: „Ich halte es hier im Escorial nicht mehr aus, ich gehe auf ein oder zwei Tage nach Madrid. Ich fahre Mittwoch. Werden Sie auch dort sein?"

Ein ungeheurer, glückhafter Schreck packte Goya. Da war sie, die Erfüllung. Versprochen für die genaue Zeit, für Mittwoch, für Mittwoch nacht. Sofort aber, im gleichen Moment, sagte ihm sein bäuerlich rechenhafter Verstand, daß gerade diese Zeit ihm nicht gehörte. Die Königin erwartete ihn zur Sitzung, Donnerstag, am frühen Morgen. Wenn er nicht kam, brach seine Zukunft zusammen. Niemals mehr wird er ein Mitglied des Hofes malen dürfen, niemals Erster Maler des Königs werden. Zurück ins Nichts fiel er. Wenn er aber nicht der Frau hier, solange noch ihr letztes Wort in der Luft ist, ein beglücktes Ja in ihr hochmütiges, spöttisches, wunderbares Gesicht hineinsagt, dann wird sie den Korridor weitergehen und ihm für immer entschwebt sein.

Schon machte sie eine winzige, kaum wahrnehmbare Bewegung weiterzugehen, und um ein kleines auch hatte sich der Spott ihres spöttischen Mundes vertieft. Er wußte, diese unheimliche Frau hatte genau erkannt, was in ihm vorging. Angst packte ihn, er habe verspielt. Schnell, heiser, stockend, auf spanisch, sagte er: „Habe ich recht verstanden? Ich darf Ihnen Mittwoch abend meine Aufwartung machen, in Madrid?" Sie, immer noch französisch, antwortete: „Sie haben verstanden, mein Herr."

Er wußte nicht, wie er in sein Zimmer gekommen war. Schwer, gedankenlos, saß er, eine lange Weile. Alles, was er spürte, war: Es hat sich entschieden, es ist entschieden.

Dann aber begann er, bäuerlich schlau zu kalkulieren. Er hielt es für angemessen, daß das Schicksal einen hohen Preis von ihm verlangte für seine Nacht mit der Alba; aber mußte es gleich seine ganze Karriere sein? Es mußte sich doch ein schlagender, triftiger Grund finden lassen, die Sitzung bei der Königin abzusagen. Wenn zum Beispiel jemand krank wurde, sterbenskrank, jemand aus seiner nächsten Familie. Eine Depesche solchen Inhaltes mußte er dem Ersten Kammerherrn der Königin vorlegen.

„Wann gehst du endlich nach Madrid, zu Ezquerra?" fragte er eine Stunde später mit etwas angestrengter Barschheit Agustín. „Wie lange willst du mich noch auf die Farben warten lassen?"

Agustín schaute ihn verwundert an. „Wir kommen noch mindestens drei oder vier Tage mit den Farben aus“, sagte er. „Außerdem kann der tägliche Bote sie besorgen. Wenn ich ihm klare Instruktionen mitgebe, weiß Ezquerra Bescheid.“ Aber Goya, finster, bestand: „Du gehst nach Madrid! Noch heute!“ – „Bist du verrückt?“ antwortete Agustín. „Du hast fest versprochen, das Bild zum Namenstag Don Manuels fertigzumachen. Du selber hast von der Königin die vier Sitzungen verlangt. Und da willst du mich wegschicken?“ – „Du gehst nach Madrid!“ befahl Goya. Und heiser, noch mürrischer und entschiedener, setzte er hinzu: „Du wirst dort erfahren, daß meine kleine Elena ernstlich erkrankt ist und daß Josefa auf meine sofortige Rückkehr drängt.“ Agustín, tiefer erstaunt, sagte: „Ich verstehe kein Wort.“ – „Du brauchst nicht zu verstehen“, erwiderte ungeduldig Goya. „Die Botschaft sollst du mir bringen, daß meine Elenita erkrankt ist. Das ist alles.“

Agustín stakte auf und ab, bestürzt, angestrengt nachdenkend. „Du willst also der Königin absagen“, fand er schließlich folgerichtig, „du willst nach Madrid.“ Goya, gequält, fast flehend, sagte: „Ich *muß* nach Madrid. Mein Leben hängt daran.“ – „Und du findest keinen andern Vorwand?“ fragte zögernd Agustín. Goya selber wurde jetzt unheimlich, daß er sich diesen Vorwand ausgedacht hatte, aber er fand keinen andern. „Laß mich jetzt nicht im Stich“, bat er dringlich. „Du weißt, wie ich arbeite, wenn wir einen Termin haben. Das Bild wird fertig, und es wird gut. Laß mich jetzt nicht im Stich.“

Seitdem Agustín die Zeichnung des Mittagsgespenstes gesehen hatte, wußte er, daß Francisco im Begriff war, eine seiner ganz großen Tollheiten zu machen, und daß niemand und nichts ihn zurückhalten konnte. „Ich geh nach Madrid“, sagte er unglücklich, „du bekommst deinen Brief.“ – „Danke“, sagte Goya. Und: „Versuche zu begreifen“, bat er.

Goya, als Agustín fort war, bemühte sich zu arbeiten. Er war diszipliniert, doch er konnte seine Gedanken nicht zusammenhalten, sie kreisten um die Nacht in Madrid, und wie sie verlaufen werde. Schwärmerisch Verliebtes klang in ihm auf; dann wieder sagte er sich und stellte sich vor das Unflätigste, was er in den Vorstadtkneipen gehört und gesehen hatte.

Er war zusammen mit Lucía und dem Abate. Er fühlte auf sich den wissenden, leicht spöttischen Blick Lucías. Wohl hatte er sich die Technik erworben, mit Frauen umzugehen, mit Herzoginnen und mit Huren, aber in der Nacht des Mittwochs, besorgte er, werde er sich läppisch anstellen. Er beneidete den Abate um seine Gewandtheit, um seine oft von ihm gehöhnte Eleganz. Er hatte Furcht vor dem Lachen der Alba und mehr noch vor ihrem Lächeln.

Lange nach Mitternacht, Goya lag in unruhigem Schlaf, kam Agustín. Bestaubt, in Reisekleidung, stand er in der Tür, ein Diener mit einer Fackel hinter ihm. „Hier haben Sie Ihren Brief", sagte er, der Brief schien schwer in seiner Hand. Francisco hatte sich halb aufgerichtet. Er nahm den Brief, hielt ihn, ohne ihn zu öffnen, auch er, als wiege er schweres Gewicht. „Der Brief ist so, wie Sie ihn brauchen", sagte Agustín. „Danke, Agustín", sagte Goya.

Andern Morgens erklärte Goya dem Ersten Kämmerer der Königin, dem Marqués de Vega Inclán, er müsse zu seinem schmerzlichsten Bedauern auf die ihm gnädigst bewilligten Sitzungen Doña María Luisas verzichten, er setzte den Grund auseinander und überreichte seinen Brief. Der Marqués nahm den Brief, legte ihn ungelesen auf den Tisch und sagte: „Ihre Majestät hätte die Sitzungen sowieso absagen müssen. Der Infant Francisco de Paula ist ernstlich erkrankt."

Goya starrte den Marqués an,
Blaß. Er sagte ein paar Worte,
Stammelnd, und verließ das Zimmer.
Schwankend, ungebührlich schnell. Der
Kammerherr, leicht angewidert,
Sah ihm nach. Was für Manieren
Diese Künstler haben, dachte
Er. Und so was muß ich dulden
Im Escorial. Gesindel,
Dacht er, Chusma, Pöbel.

19

„Wir gehen ins Theater, ins Cruz", erklärte die Alba, als er sich bei ihr einfand. „Man gibt ‚Die feindlichen Brüder', das ist ein dummes Stück, soviel ich hörte, aber Coronado spielt den Narren und die Gizmana die Soubrette, und die Tonadillas sind sicher gut." Goya ärgerte sich über den beiläufigen Ton, in dem sie ihm das mitteilte. War das die Einleitung einer Liebesnacht?

Eine Menge Burschen warteten am Eingang des Theaters, um die Frauen aus den Wagen und den Sänften steigen zu sehen; das war die einzige Gelegenheit, bei welcher Frauenbeine sichtbar wurden. Die Alba stieg aus der Sänfte. „Was für leckere Beinchen", rief man ihr zu, „zart, rund, zum Anbeißen." Goya stand daneben, finster. Er hätte gern zugeschlagen, aber er fürchtete den Skandal.

Um ins Innere zu kommen, mußte man einen langen, dunklen Korridor passieren. Lärm und Gedränge war, Hausierer boten Wasser an, Süßigkeiten, Texte der Gesänge, es stank und war schmutzig. Man wurde gestoßen und konnte Schuhe und Kleider nur mit Mühe frei von Kot halten. Die wenigen Logen – Frauen in Männerbegleitung waren nur in den Logen zugelassen – waren vergeben, und es kostete Goya lange Verhandlungen und ein unverschämtes Aufgeld, ehe er eine Loge erhielt.

Kaum hatten sie Platz genommen, da kam Lärm vom Patio, vom Parterre. Die Leute dort, die „Mosqueteros", hatten sogleich die Alba erkannt. Sie riefen ihr zu, klatschten. Noch brennender interessiert, wiewohl weniger lärmend, waren die Frauen; sie saßen in dem ihnen reservierten Teil des Theaters, im „gallinero", dem Hühnerstall, alle gleich in den dort vorgeschriebenen schwarzen Kleidern und weißen Kopftüchern, und alle jetzt der Loge zugewandt, gackernd, lachend.

Goya hielt das massige, umwölkte Gesicht krampfhaft unbewegt. Cayetana tat, als gälte der Lärm einer andern, und schwatzte mit ihm, freundlich, gleichmütig.

Das Stück „Die feindlichen Brüder" war wirklich dumm, der schwache Aufguß eines Schauspiels von Lope. Der schurkische jüngere Sohn verdrängte den edlen älteren aus der Liebe des Vaters und aus dem Herzen seines Mädchens. Schon im ersten Akt fand ein Duell auf einem Friedhof statt, verschiedene Gespenster erschienen, der böse Bruder trieb den braven in die Wälder und sperrte den Vater in einen Hungerturm. Die Bauern empörten sich gegen den schlimmen neuen Herrn, das Publikum auch, und als der Darsteller des Polizeihauptmanns, des Alguacil, aus dem Zuschauerraum auftrat, um dem bösen Bruder beizustehen, spuckten die Zuschauer ihn an und wollten ihn verprügeln; er mußte beteuern, er sei doch nur der Schauspieler Garro.

„Sind Sie eigentlich ein ‚Chorizo' oder ein ‚Polaco'?" fragte die Alba den Maler. Das Publikum Madrids, leidenschaftlich an seinem Theater interessiert, war seit einem halben Jahrhundert in zwei Parteien gespalten: die einen nannten sich nach einem längst verstorbenen Komiker Würstchen, „Chorizos", die andern „Polacos", nach dem Namen eines Abate, der eine Streitschrift für die rivalisierende Truppe veröffentlicht hatte. Goya gestand, daß er ein Chorizo war. „Das hab ich mir gedacht", sagte böse die Alba. „Wir Albas sind Polacos, schon mein Großvater war es."

Die Tonadilla, die nach dem ersten Akte gesungen wurde, war lustig und vereinigte beide Parteien in lärmender Freude. Dann begann der zweite Akt, im Turm, mit Kettengerassel und knisterndem Stroh. Ein männlicher Engel, zeitgenössisch in Kniehosen, doch an den Schultern beflügelt, tröstet den eingekerkerten Greis. Das Mädchen, den Verleumdungen des bösen Bruders mißtrauend, trifft den Grafen im rauhen Walde, das Publikum, gespannt, gerührt, war still geworden. Die Alba meinte, jetzt könne man ohne Aufsehen gehen.

Sie atmeten die frische, abendliche Luft. „Wir gehen in eine Ihrer Tavernen", befahl die Alba. Goya, absichtlich mißverstehend, schlug ein elegantes Restaurant vor. „Zu Ceferino?" fragte er. „In eine *Ihrer* Tavernen", sagte die Alba. „In Abendkleidern können wir nicht in die Manolería", meinte Goya unbehaglich; die Manolería war jener vorstädtische Bezirk, in dem die Majos und Majas wohnten. „Das brauchen Sie mir nicht zu erklären", sagte mit ihrer kleinen, geschwinden Stimme die Alba. „Ich lasse mich nach Hause bringen, ziehe mich um und erwarte Sie."

Er ging nach Hause, mißmutig. Hatte er dafür so viele Qual auf sich genommen, sich den gefährlichen Brief über die kleine Elena ausgedacht, seine Karriere aufs Spiel gesetzt? Qué vergüenza, dachte es in ihm in der schollerigen Stimme Agustíns.

Bevor er sich umkleidete, ging er, auf Zehenspitzen, ins Kinderzimmer und schaute sich nach der kleinen Elena um. Sie schlief friedlich.

Er legte seine alte Majo-Tracht an. Sein Unmut schwand, glückliche Erwartung stieg in ihm hoch. Wohl waren die einzelnen Kleidungsstücke abgebraucht, und die Hose, die stark grüne Weste, der kurze, rote Rock saßen ihm knapp. Aber er hatte viel erlebt in dieser Tracht, und es waren gute Erlebnisse gewesen. Als er gar die breite Schärpe umband und die Navaja, das Messer, hineinsteckte, fühlte er sich ein anderer Mensch, jung, abenteuerlustig. „Zieh die Kutte an, und du kannst Latein", dachte er das alte Sprichwort. Dann hüllte er sich in den riesigen Mantel, der eigentlich verboten war, in die Capa, und setzte den breitkrempigen, das Gesicht tief überschattenden Hut auf, den Chambergo.

So, bis zur Unkenntlichkeit verhüllt, machte er sich auf den Weg. Er schmunzelte, als ihn der Türsteher der Alba nicht einlassen wollte. Er zeigte ihm sein Gesicht, und der Mann grinste. Auch die Alba lächelte bei seinem Anblick, wie ihm schien, anerkennend. Sie selber trug einen reichen, bunten Rock und ein farbig besticktes, ausgeschnittenes Mieder. Das Haar trug sie im Netz. Das Ganze kleidete sie gut, und man mochte sie als eine Maja hinnehmen.

„Wohin gehen wir?" fragte sie. „In den Weinschank der Rosalía im Barquillo", antwortete Goya. „Aber Sie werden Ärger mit der Mantilla haben", mahnte er; denn Eufemia legte ihr die Mantilla um, und „Tapadas", Verschleierte, wurden in der Manolería nicht gerne gesehen. Cayetana, ohne zu antworten, zog die Mantilla tiefer übers Gesicht. „Lassen Sie mich mitkommen, mein Lämmchen", bat die Dueña. „Ich werde sterben vor Angst, solange ich Sie in der Manolería weiß." – „Unsinn, Eufemia", sagte streng Cayetana. „Don Francisco ist Manns genug, mich zu beschützen."

Die Weinschenke war voll. Man saß, trank und rauchte, einsilbig, bemüht um kastilische Gravität. Die meisten Burschen hatten ihre breitkrempigen Hüte auf. Die Frauen waren derb, viele hübsch, alle unverschleiert. Dicker Rauch lag überm Raum. Jemand spielte auf der Gitarre.

Man betrachtete die neuen Gäste mit gehaltener Neugier, nicht eben freundlich. Einer bot Goya geschmuggelten Tabak an. „Wieviel soll er kosten?“ fragte Goya. „22 Realen“, verlangte der Mann. „Hältst du mich für einen Gabacho?“ fragte Goya; mit diesem verächtlichen Wort bezeichnete man den Fremden, im besondern den Franzosen. „16 Realen zahle ich, wie jeder.“

Eines der Mädchen mischte sich ein. „Kaufen Sie nicht wenigstens Ihrer Dame eine Zigarre, mein Herr?“ fragte sie. „Ich rauche nicht“, sagte unter ihrem Schleier die Alba. „Das sollten Sie aber“, sagte das Mädchen. Und der Bursche neben ihr erklärte: „Rauchen reinigt das Gehirn, reizt den Appetit und hält die Zähne gesund.“ – „Freilich müßte die Dame ihre Mantilla herunterlassen“, stichelte das Mädchen. „Sei ruhig, Zanca, Storchenbein“, sagte der Bursche, „und mach keinen Stunk.“ Aber die Zanca bestand: „Sagen Sie doch Ihrer Dame, Señor, sie soll die Mantilla abnehmen. In den Anlagen wird man verschleiert nicht zugelassen, hier gehört sich's noch weniger.“ Und ein Bursche an einem andern Tisch vermutete: „Vielleicht ist die Dame eine Gabacha.“

Francisco hatte Cayetana vorhergesagt, ihre Mantilla werde böses Blut machen. Er kannte seine Majos, er gehörte zu ihnen. Sie steckten keinen zudringlichen Blick ein, sie hielten sich für die besten Spanier, die spanischsten, und waren nicht gewillt, die herablassende Neugier Fremder zu dulden. Wer zu ihnen kam, in ihre Schenken, mußte sich ihren Bräuchen fügen und sein Gesicht zeigen.

Der mit der Gitarre hatte aufgehört zu spielen. Alle schauten auf Goya. Er durfte jetzt unter keinen Umständen nachgeben. „Wer hat das von der Gabacha gesagt?“ fragte er. Er hob nicht den Ton, er sprach gleichmütig, zwischen zwei Zügen an seiner Zigarre. Ein kleines Schweigen war. Die Wirtin, die dralle Rosalía, sagte zu dem mit der Gitarre: „Sei nicht faul, spiel einen Fandango.“ Aber Francisco wiederholte: „Wer hat das von der Gabacha gesagt?“ – „*Ich* habe es gesagt“, sagte der Majo. „Wirst du die Señora um Entschuldigung bitten?“ fragte Goya. „Das braucht er nicht“, sagte ein anderer, „da sie die Mantilla nicht heruntergelassen hat.“ Das war richtig, aber Goya durfte es nicht zugeben. „Wer hat dich um deine Meinung gefragt?“ sagte er vielmehr, und: „Sei du ganz still“, fuhr er fort, „oder ich zeige dir, daß ich meinen Fandango auf der Leiche eines jeden tanzen kann.“ Das war so recht eine Wendung, wie sie in die Manolería paßte, sie erfreute das Herz der Anwesenden. Aber der Bursche, der die Alba eine Gabacha genannt hatte, sagte: „Ich zähle jetzt bis zehn. Und wenn du dann die Deinige nicht dazu gebracht hast, daß sie den hochmütigen Schleier heruntertut, dann, du Menschenfreund, der du mich bisher verschont hast, kriegst du einen Tritt, daß du bis nach Aranjuez fliegst."

Goya sah, daß jetzt eine Tat von ihm erwartet wurde. Er stand auf, die Capa, der lange Mantel, glitt vollends herunter, er fühlte nach seiner Navaja, nach dem Messer.

Da aber erhob sich ein großer, überraschter Ruf. Die Alba hatte die Mantilla abgenommen. „Die Alba", rief man, „unsere Alba." Und der Bursche sagte: „Entschuldigen Sie, Señora. Sie sind weiß Gott keine Gabacha, Señora. Sie gehören zu uns."

Goya war die Huldigung und Anbiederung noch mehr zuwider als das Gezänk vorher. Denn leider stimmte das nicht, was der Bursche sagte: die Alba gehörte *nicht* hierher. Sie war bestenfalls eine Dame vom Hof, die eine Maja spielte. Er schämte sich vor den echten Majas, daß er sie hierhergebracht hatte. Gleichzeitig dachte er daran, daß er selber, Francisco Goya, für die Volksszenen seiner Gobelins keine Majas gemalt hatte, sondern kostümierte Herzoginnen und Gräfinnen, und er ärgerte sich noch tiefer.

Sie schwatzte mit den andern, auf deren Art. Die Worte flogen ihr vom Mund, unbefangen, liebenswürdig, und außer ihm schien niemand zu spüren, daß ihr Gehabe nicht echt war, daß Herablassung dahinter stak, Leutseligkeit.

„Gehen wir", sagte er plötzlich, es kam herrischer, als er's gewollt hatte.

Für einen Augenblick schaute die Alba überrascht hoch. Sogleich aber, freundlich überlegen, mit winzigem Spott, erklärte sie den andern: „Ja, Señores, wir müssen leider aufbrechen. Der Herr Hofmaler erwartet einen großen Herrn, der sich porträtieren lassen will." Man lachte. Die Absurdität dieser Entschuldigung amüsierte alle. Er war voll hilfloser Wut.

Man holte eine Sänfte. „Kommen Sie bald wieder", rief man ihr nach, herzlich, voll Anerkennung.

„Wohin gehen wir?" fragte er, bitter. „In Ihr Atelier natürlich", erwiderte sie, „wo Sie Ihr Modell erwarten."

Ihre Versprechung nahm ihm den Atem. Aber sie war so wankelmütig; vielleicht änderte sie noch unterwegs ihren Sinn.

Erregt, voll ohnmächtiger Wut über das Vorhergegangene, ihre Launen und seine Hilflosigkeit, hin und her geworfen von Ärger, Erwartung, Leidenschaft, ging er neben ihrer Sänfte durch die Nacht. Nun ließ sich gar noch ein Klingeln hören, ein Priester kam mit dem Viaticum. Die Träger stellten die Sänfte ab, die Alba stieg aus, er breitete sein Taschentuch hin für sie, und alle knieten nieder, bis der Priester und der Knabe vorbei waren.

Endlich waren sie an seinem Hause angelangt. Der Sereno, der Blockwart, öffnete. Sie stiegen hinauf ins Atelier. Goya, nicht sehr geschickt, zündete Kerzen an. Die Alba saß in einem Sessel, lässig. „Es ist dunkel hier", stellte sie fest, „und kalt." Er weckte den Bedienten Andrés. Der brachte zwei silberne Leuchter mit vielen Kerzen und machte Feuer, umständlich, mürrisch. Die Alba, unverschleiert, schaute ihm zu. Sie und Goya schwiegen, solange Andrés im Zimmer war.

Endlich ging der Bursche. Der Raum lag nun in warmem, nicht sehr hellem Licht. Der Gobelin mit der Prozession des riesigen Heiligen und der erregten Menge blieb undeutlich, und undeutlich der kinnbärtige, finstere Kardinal des Velázquez. Die Alba trat näher an das Bild heran. „Wer hatte doch diesen Velázquez vor Ihnen?" fragte sie sich und ihn. „Es ist eine Gabe der Herzogin von Osuna", antwortete er. „Ja", sagte sie, „ich erinnere mich, ihn in der Alameda gesehen zu haben. Haben Sie mit ihr geschlafen?" fragte sie unvermittelt mit ihrer etwas harten Kinderstimme, freundlich.

Goya antwortete nicht. Sie stand noch immer vor dem Bild. „Ich habe viel von Velázquez gelernt", sagte er nach einer Weile, „mehr als von irgendwem sonst." Sie sagte: „Ich habe einen Velázquez in meinem Landhaus in Montefrio, ein kleines, merkwürdiges Bild, so gut wie unbekannt. Wenn Sie einmal in Andalusien sind, Don Francisco, dann schauen Sie es sich an, bitte. Ich glaube, es würde gut hier hereinpassen."

Sie betrachtete Skizzen, die auf dem Tisch lagen, Entwürfe zum Porträt der Königin. „Es scheint", sagte sie, „Sie beabsichtigen, die Italienerin beinahe so häßlich zu malen, wie sie ist. Erlaubt sie das?" – „Da Doña María Luisa gescheit ist", antwortete Goya,

„wünscht sie ihre Bilder ähnlich." – „Ja", meinte die Alba, „wenn eine Frau so ausschaut, muß sie wenigstens gescheit sein."

Sie setzte sich auf den Diwan. Bequem zurückgelehnt saß sie, klein, mattbräunlichen Gesichtes, nur sehr leicht gepudert. „Ich glaube, ich werde Sie als Maja malen", sagte er. „Oder doch nicht. Ich möchte nicht wieder Gefahr laufen, Sie maskiert zu malen. Ich muß darauf kommen, welches die wirkliche Cayetana ist." – „Sie werden nie darauf kommen", verhieß die Alba. „Übrigens weiß ich es selber nicht. Ich glaube ernstlich, am ehesten noch bin ich eine Maja. Ich kümmere mich nicht um das, was die andern denken, und ist das nicht die Art der Majas?"

„Stört es Sie, wenn ich Sie so anschaue?" fragte er. Sie sagte: „Ich nehme es Ihnen nicht übel, da Sie Maler sind. Sind Sie übrigens nur Maler? Immer nur Maler? Ein bißchen redseliger könnten Sie sein." Er schwieg weiter. Sie kam zurück auf ihre früheren Worte: „Ich bin erzogen zur Maja. Mein Großvater ließ mich nach den Prinzipien Rousseaus erziehen. Wissen Sie, wer Rousseau war, Don Francisco?" Goya war mehr amüsiert als gekränkt. „Meine Freunde", antwortete er, „lassen mich zuweilen in der Encyclopédie lesen." Sie sah flüchtig auf. Die Encyclopédie war der Inquisition besonders verhaßt; das Werk zu besitzen, darin zu lesen, war schwierig und gefährlich. Aber sie ging nicht auf seine Worte ein, sondern erzählte weiter: „Mein Vater starb sehr früh, und mein Großvater ließ mir jede Freiheit. Außerdem besucht mich ja zuweilen die tote Zofe meiner Großmutter und sagt mir, was ich tun soll und was nicht. Ernstlich, Don Francisco, Sie sollten mich als Maja malen."

Goya stocherte im Feuer des Kamins. „Ich glaube Ihnen kein Wort", sagte er. „Weder halten Sie sich für eine Maja, noch führen Sie nächtliche Gespräche mit der toten Zofe." Er wandte sich und schaute herausfordernd in ihr Gesicht. „Ich sage, was ich denke, wenn es mir Spaß macht. *Ich* bin ein Majo, obwohl ich zuweilen in der Encyclopédie lese." – „Ist es wahr", fragte freundlich gleichmütig die Alba, „daß Sie vier oder fünf Menschen umgebracht haben, bei Stechereien oder aus Eifersucht? Und mußten Sie nach Italien fliehen, weil die Polizei Sie suchte? Und haben Sie wirklich die Nonne in Rom entführt, so daß nur unser Gesandter Ihnen heraushelfen konnte? Oder haben Sie das alles nur in Umlauf gebracht, um sich interessant zu machen und mehr Aufträge zu bekommen?"

Goya sagte sich, die Frau sei schwerlich um diese Stunde in sein Atelier gekommen, nur um ihn zu kränken. Sie wollte ihn klein machen, damit sie selber sich später, nachher, nicht klein vorkomme. Er bezwang sich und antwortete ruhig, freundlich, spaßhaft: „Ein Majo liebt große Worte und Prahlereien. Das muß Ihnen doch bekannt sein, Frau Herzogin." – „Wenn Sie mich noch einmal Frau Herzogin nennen, gehe ich!" antwortete die Alba. „Ich glaube nicht, daß Sie gehen werden, Frau Herzogin", sagte Goya. „Ich glaube, Sie sind darauf aus, mich" – er suchte nach einem Wort –, „mich kaputtzumachen." – „Warum sollte ich dich denn kaputtmachen wollen, Francho?" fragte sanft die Alba. „Das weiß ich nicht", sagte Goya. „Woher soll ich wissen, was Sie wollen macht?" – „Das klingt nach Philosophie und Ketzerei, Francho. Ich fürchte, du glaubst mehr an den Teufel als an Gott." – „Wenn mit einem von uns", antwortete Goya, „dann müßte sich die Inquisition mit Ihnen befassen." – „Die Inquisition befaßt sich nicht mit der Herzogin von Alba", antwortete sie so selbstverständlich, daß es nicht einmal hochmütig klang. „Übrigens", fuhr sie fort, „darfst du es nicht zu ernst nehmen, wenn ich dir manchmal böse Dinge sage. Mehrmals habe ich zur Virgen del Pilar gebetet, sie möge alles Freundliche auf dich herunterschicken, Francho, weil der Teufel dich so bitter zu quälen scheint. Aber" – und sie schaute hinüber zu dem Holzbild der Señora de Atocha – „du vertraust ja nicht mehr auf die Virgen del Pilar. Dabei hast du es früher bestimmt mehr als andere getan, da du von Saragossa bist. Treulos bist du also auch."

Sie war inzwischen aufgestanden und vor die uralte, bräunlichschwarze Holzfigur getreten, sie auf und ab schauend. „Aber ich will nicht unehrerbietig von der Virgen de Atocha reden", sagte sie, „und schon gar nicht von dieser, die Ihre Schutzheilige ist. Sicher hat auch sie viel Macht, und keinesfalls darf man sie kränken."

Und sie hüllte sorgsam, zärtlich,
Ihren schwarzen, großen Schleier,
Die Mantilla, um das schwarze
Holzbild Unserer Señora

De Atocha, auf daß diese
Nicht vor Augen habe, was sich
Nun begab. Aus ihren schwarzen
Haaren nämlich zog sie jetzt den
Hohen Kamm und schlüpfte aus den
Hohen Schuhen. Kleiner war sie
Nunmehr. Überflackert von dem
Feuer des Kamines zog sie
Dann den schweren Rock aus, ernsthaft,
Sachlich, schamlos, und das bunte
Mieder.

ZWEITER TEIL

I

Im Jahre 1478 hatten die katholischen Herrscher Ferdinand und Isabella ein Sondertribunal eingesetzt zur Verfolgung aller Verbrechen gegen die Religion. Das war geschehen nach der Niederkämpfung der Araber, als es galt, die mühsam hergestellte Einheit des Reiches durch die Einheit des Glaubens zu wahren. „*Eine* Herde, *ein* Hirt, *ein* Glaube, *ein* König, *ein* Schwert", hatte damals der Dichter Hernando Acuña gesungen.

Dieses geistliche Gericht, die Inquisition, das Heilige Offizium, hatte seine Pflicht getan. Ausgespäht, ausgetrieben, ausgetilgt waren die Araber und Juden, desgleichen alle jene, die ihre subversive Gesinnung hinter der Maske des katholischen Glaubens zu verbergen gesucht hatten: die heimlichen Mauren und Juden, die Moriscos, die Judaisantes, die Marranen.

Aber als die Inquisition diese ihre Aufgabe erfüllt hatte, war sie zu einer selbständigen Macht innerhalb des Staates geworden. Zwar beschränkte sich dem Namen nach ihre Tätigkeit auf die Ausfindung und Bestrafung der Ketzerei. Aber was alles war nicht Ketzerei? Ketzerei war zunächst jede Ansicht, die gegen ein Dogma der katholischen Kirche verstieß, und somit fiel der Inquisition die Aufgabe zu, alles Geschriebene, Gedruckte, Gesprochene, Gesungene und Getanzte zu zensieren. Ketzerei war weiterhin jede für die Allgemeinheit wichtige Tätigkeit, wenn sie von dem Abkömmling eines Ketzers ausgeübt wurde. Somit hatte das Heilige Offizium die Pflicht, die Reinblütigkeit aller derer nachzuprüfen, die um ein Amt nachsuchten. Jeglicher Anwärter mußte seine „limpieza" erweisen, seine Abstammung von altchristlichen Eltern und Ureltern; es durfte unter seinen Ahnen kein Maure oder Jude gewesen sein. Solche Gutachten ausstellen konnte nur die Inquisition. Sie konnte die Untersuchung nach Belieben hinausziehen, sie konnte dafür beliebig hohe Gebühren berechnen, die letzte Entscheidung, ob ein Spanier im Staatsdienst beschäftigt werden konnte, war in ihre Hand gegeben. Ketzerei war aber auch Fluchen, die Darstellung des Nackten, Bigamie, unnatürliche Unzucht. Ketzerei war Wucher, da er in der Bibel verboten war. Sogar der Pferdehandel mit Nichtspaniern war Ketzerei, weil solcher Handel den Ungläubigen jenseits der Pyrenäen Vorteile bringen konnte.

Durch solche Interpretierung ihres Amtsbereiches riß die Inquisition immer mehr Rechte der Krone an sich und untergrub die Autorität des Staates.

Alljährlich schrieb das Heilige Offizium einen Feiertag aus, um an ihm das sogenannte Glaubensedikt zu verkünden. In diesem Erlaß wurden diejenigen, die sich ketzerischer Neigungen schuldig fühlten, ermahnt, sich selber innerhalb einer Gnadenfrist von dreißig Tagen bei dem Heiligen Tribunal zu bezichtigen. Weiterhin wurden alle Gläubigen aufgefordert, jegliche Ketzerei anzuzeigen, von der sie erfahren hätten. Es wurde eine lange Liste verdächtiger Handlungen aufgezählt. Auf heimliche Ketzerei wiesen hin alle jüdischen Bräuche, das Anzünden von Kerzen am Freitagabend, das Wechseln der Wäsche zum Sabbat, das Nichtessen von Schweinefleisch, das Händewaschen vor jeder Mahlzeit. Auf ketzerische Neigungen hin wies die Lektüre fremdsprachlicher Bücher wie überhaupt häufiges Lesen profaner Werke. Kinder hatten ihre Eltern, Ehemann oder Ehefrau den Partner anzuzeigen, sowie sie Verdächtiges bemerkten, sonst verfielen sie der Exkommunikation.

Beklemmend war die Heimlichkeit, mit der das Tribunal vorging. Die Bezichtigung hatte heimlich zu erfolgen; schwerer Strafe schuldig machte sich, wer den Beschuldigten von der Anklage verständigte. Geringe Indizien genügten dem Gericht, um Verhaftung zu verfügen, und keiner wagte, nach denen zu fragen, die in den Kerkern der Inquisition verschwanden. Anzeiger, Zeugen, Angeklagte wurden eidlich zum Schweigen verpflichtet, ein Verstoß gegen den Eid wurde ebenso bestraft wie die Ketzerei selber.

Leugnete der Inkriminierte oder beharrte er in seinem Irrtum, so wurde die Folter angewandt. Um die Bezahlung der Folterknechte zu sparen, forderte die Inquisition manchmal hohe Zivilbeamte auf, die gottgefällige Tätigkeit umsonst auszuüben. Wie alle Phasen der Prozedur vollzog sich die Folterung nach peinlich genauen Vorschriften, in Anwesenheit eines Arztes und eines Sekretärs, der jede Einzelheit protokollierte. Mit Nachdruck, durch die Jahrhunderte hindurch, betonten die geistlichen Richter, daß sie das widerwärtige Mittel der Folter aus Barmherzigkeit anwendeten, um nämlich den Verstockten von seiner Ketzerei zu befreien und ihn auf den Weg der wahren Erkenntnis zu führen.

Gestand und bereute der Beschuldigte, so wurde er dadurch „mit der Kirche ausgesöhnt". Die Aussöhnung war verknüpft mit einer Buße; es wurde etwa der Auszusöhnende gegeißelt oder in öffentlicher Prozession im Schandkleid durch die Stadt geführt, oder er wurde den weltlichen Behörden überstellt zur Abbüßung einer drei- bis achtjährigen, manchmal auch lebenslänglichen Galeerenstrafe. Das Vermögen des Büßenden wurde konfisziert, zuweilen auch sein Haus zerstört; er und seine Nachfahren bis ins fünfte Geschlecht blieben unfähig, ein Amt zu bekleiden oder einen angesehenen Beruf auszuüben.

Das Heilige Tribunal hielt am Prinzip der Milde fest, selbst wenn der Ketzer nicht gestand oder nur ein teilweises Schuldbekenntnis ablegte. Die Kirche tötete den Sünder nicht; wohl aber stieß sie den hartnäckigen oder rückfälligen Verbrecher aus ihrer Gemeinschaft aus und übergab ihn den weltlichen Behörden. Auch diesen empfahl sie die Vermeidung des Richtschwertes, forderte sie aber auf zur Beherzigung des Schriftverses: „Wer nicht in mir bleibt, der wird weggeworfen wie eine Rebe und verdorrt, und man sammelt sie und wirft sie ins Feuer, und sie müssen brennen." Demzufolge verbrannte die weltliche Behörde die weggeworfenen Reben, die aus der Gemeinschaft Ausgestoßenen, und zwar lebendigen Leibes. Ging es um einen toten Ketzer, so wurde der Leichnam ausgegraben und verbrannt. Gestand der Ketzer noch nach der Verurteilung, so wurde er erdrosselt und nur seine Leiche verbrannt. War der Ketzer geflohen, so wurde er im Bilde verbrannt. Immer wurde sein Vermögen konfisziert; einen Teil der verfallenen Güter erhielt der Staat, einen Teil die Inquisition.

Die Inquisition war sehr wohlhabend, Freisprüche erfolgten

selten. Die Gesamtzahl derjenigen, die von der Inquisition in Spanien seit deren Bestehen bis zur Krönung Carlos' IV. verbrannt oder mit schwerster Strafe belegt wurden, betrug 348 907.

So geheim das Verfahren der Inquisition war, mit so pomphafter Öffentlichkeit wurden ihre Urteile verkündigt und vollzogen. Verkündung und Vollziehung des Urteils wurde „Glaubensakt" genannt, „Glaubenskundgebung, Glaubensmanifest, Auto de fe". Daran teilzunehmen galt als gottgefällige Handlung. Prächtige Prozessionen zogen auf, feierlich wurde die Standarte der Inquisition enthüllt, auf riesigen Tribünen saßen die zivilen und die geistlichen Würdenträger. Jeder einzelne Verbrecher wurde aufgerufen und vorgeführt, angetan mit dem Schandhemd und dem hohen, spitzen Ketzerhut, sein Urteil wurde ihm mit schallender Stimme verkündet. Zum Quemadero, zum Verbrennungsplatz, wurden die Verurteilten mit großem Aufgebot von Militär geführt. Der Verbrennung der Ketzer schaute die Menge mit einer Gier zu, welche die Entzückungen des Stierkampfes übertraf, und wenn zu viele Sünder nach der Verurteilung bereut hatten, so daß sie mit der Erdrosselung davonkamen und nicht brennen mußten, dann murrten die Zuschauer.

Häufig wurden solche „Glaubensakte" gehalten zur Feier freudiger Ereignisse, der Thronbesteigung oder Hochzeit eines Königs oder der Geburt eines Thronfolgers; dann wurde der Scheiterhaufen von einem Mitglied der königlichen Familie angezündet.

Über jedes Autodafé wurden Berichte veröffentlicht, die von kundigen geistlichen Schriftstellern verfaßt waren. Diese Berichte waren sehr beliebt. Da erzählt etwa der Padre Garau von einem Autodafé auf der Insel Mallorca. Wie da drei verstockte Sünder den Feuertod fanden und wie sie, als die Flammen sie erreichten, verzweifelt vom Pfahl los wollten. Der Ketzer Benito Terongi riß sich wirklich los, doch nur um in die Flammen zu seiner Linken zu fallen. Seine Schwester Catalina, die sich vorher gerühmt hatte, sie werde sich selber in die Flammen stürzen, schrie und winselte, man solle sie losbinden. Der Ketzer Rafael Valla stand zuerst bewegungslos wie eine Statue im Rauch, aber als die Flammen ihn berührten, wand und krümmte er sich. Er war fett und rosig wie ein zullendes Ferkel, und als man außen an seinem Körper keine

Flammen mehr sah, brannte er innen weiter, sein Leib brach auf, seine Eingeweide fielen heraus wie die des Judas. Das Büchlein des Padre Garau „La Fe Triunfante", „Der triumphierende Glaube", hatte besondern Erfolg, es erreichte vierzehn Auflagen, eine letzte in den Zeiten Francisco Goyas.

Manche unter den Inquisitoren wurden von reinem Eifer für den Glauben getrieben, andere nützten ihre Autorität zur Befriedigung ihrer Machtgier, Habsucht, Fleischeslust. Die Erzählungen entkommener Opfer mögen übertrieben sein, doch zeigt das Manuale der Inquisition, ihre Prozeßordnung, wie leicht es den geistlichen Richtern gemacht war, nach Belieben vorzugehen, und die Akten beweisen, wie willkürlich sie verfuhren.

Die Inquisition rühmte sich, sie habe, alle hispanischen Menschen im katholischen Glauben vereinigend, die Halbinsel vor den Glaubenskriegen bewahrt, welche das übrige Europa heimsuchten. Aber dieses Erreichnis war teuer erkauft. Die Inquisition hatte den Spaniern die Überzeugung beigebracht, wichtiger als ein sittlicher Lebenswandel sei der unerschütterliche Glaube an das Dogma. Die Ausländer, die Spanien bereisten, bekundeten beinahe übereinstimmend, daß gerade in dem Lande der Inquisition die Religion wenig zu tun habe mit der Moral und daß brünstiger Eifer fürs Dogma oft verbunden sei mit unsittlichem Wandel. Häufig bestrafte das Heilige Gericht Verbrechen, die der ganzen Welt als abstoßend galten, etwa die Verführung von Beichtkindern während der Beichte, mit Nachsicht. Kleinste technische Verstöße gegen das Dogma aber wurden in allen Fällen mit Härte geahndet. In Córdoba zum Beispiel wurden in einer einzigen Verhandlung hundertsieben Menschen, Männer, Frauen und Kinder, zum Scheiterhaufen verurteilt, weil sie der Predigt eines gewissen Membreque beigewohnt hatten, der als Ketzer befunden worden war.

Um die Zeit, da Goya geboren wurde, waren eine Reihe von Judaisantes, unter ihnen ein achtzehnjähriges Mädchen, wegen der Ausübung einiger jüdischer Bräuche in einem besonders prunkvollen Autodafé verbrannt worden. Montesquieu, der größte Schriftsteller des damaligen Frankreich, legt einem der Beklagten eine von ihm verfaßte Verteidigungsrede in den Mund: „Ihr werft den Mohammedanern vor", heißt es da, „sie hätten ihre Religion mit dem Schwerte verbreitet: warum verbreitet ihr die eure mit dem Feuer? Um die Göttlichkeit eurer Religion zu erweisen, macht ihr viel Wesens von dem Blut eurer Märtyrer; jetzt aber habt ihr selber die Rolle des Diokletian übernommen, und die Märtyrerrolle übertragt ihr uns. Ihr verlangt, daß wir Christen werden, und ihr selber verzichtet darauf, es zu sein. Wenn ihr aber schon keine Christen seid, so tut doch wenigstens so, als ob ihr jenen kümmerlichen Gerechtigkeitssinn besäßet, mit welchem die Natur auch die niedrigsten Wesen ausgestattet hat, die Menschenangesicht tragen. Soviel ist gewiß: eure Wirksamkeit wird zukünftigen Geschichtsschreibern als Beweis dienen dafür, daß das Europa unserer Epoche von Wilden und Barbaren bewohnt war."

In Spanien selber gingen während der zweiten Hälfte des achtzehnten Jahrhunderts Schriftwerke um, die der Inquisition die Hauptschuld zuschoben am Niedergang des Landes, an seiner Entvölkerung, Entgeistung, Entmachtung. Auch die Herrscher jener Zeit, Bourbonen französischen Ursprungs, erkannten, daß das Land zugrunde gehen müsse ohne gewisse moderne, „ketzerische" Reformen. Sie beließen also, fromm und voll Ehrfurcht vor der Tradition, dem Heiligen Offizium dem Buchstaben nach alle Autorität, entkleideten es aber seiner wichtigsten Funktionen und Privilegien.

Ungeschmälert indes erhielt sich der Einfluß der Inquisition im Volk, und das Dunkel und Geheimnis, welches ihre Macht umgab, stärkte nur ihre Anziehung. Der Tag, an dem das Glaubensedikt verkündet wurde, war großartig und verlockend gerade durch die finstern Drohungen des Erlasses. Noch mehr waren es mit ihrer Mischung von Grauen, Grausamkeit, Geilheit die Autodafés.

Überall im Dunkeln spähte
Die Inquisition, und über
Jedem hing sie, ein Verhängnis.
Heucheln mußte man, man durfte,
Was man spürte, was man auf dem
Herzen hatte, nur Vertrauten
Sagen, und nur flüsternd. Aber
Diese ew'ge Drohung gab dem
Leben Reiz, die Spanier wollten

Ihre Inquisition nicht
Missen. Denn sie gab dem Volke
Seinen Gott, der freilich aller
Völker Gott war, doch besonders
Der der Spanier. Und die Spanier
Hielten starr und zäh zu ihrer
Inquisition, so wie sie
Starr und steif zu ihrem König
Hielten.

2

Die Friedensverhandlungen, welche der Hof von Madrid in Basel mit der französischen Republik führte, zogen sich hin. Die Spanier, wiewohl im geheimen entschlossen, auf die Auslieferung der königlichen Kinder Frankreichs zu verzichten, hielten sich aus Gründen der Ehre für verpflichtet, gerade diese Bedingung bis zum letzten Augenblick zu verteidigen. In Paris indes dachte man nicht daran, durch Auslieferung des Erben der Capets ein Zentrum des royalistischen Widerstandes zu schaffen, sondern blieb bei einem frostigen Nein. Trotzdem und gegen alle Vernunft hoffte Frankreichs royalistischer Botschafter in Madrid, Monsieur de Havré, das heftige Drängen der Spanier werde am Ende den Sieg davontragen. In seinen Träumen sah er bereits den kleinen König gerettet in Madrid und sich selber als dessen Lehrer und Vormund, als den heimlichen Regenten des großen, holden, geliebten Frankreich.

Da traf eine furchtbare Nachricht ein: der königliche Knabe Louis der Siebzehnte war gestorben. Monsieur de Havré bezweifelte diesen Tod. Wahrscheinlich hatten Royalisten den Knaben entführt und hielten ihn verborgen. Aber Doña María Luisa und Don Manuel waren sehr bereit, den Tod des kleinen Louis als Tatsache hinzunehmen, ja im stillen begrüßte der Hof von Madrid die schlimme Nachricht mit Aufatmen. Jetzt war man, ohne der Ehre was zu vergeben, des lästigen Streitpunkts ledig.

Trotzdem kamen die Friedensverhandlungen nicht weiter. Die Republik, pochend auf die Erfolge ihrer Armeen, forderte die Abtretung der Provinz Guipúzcoa mit der Hauptstadt San Sebastián und eine Kriegsentschädigung von vierhundert Millionen. „Ich rechne damit", erklärte Doña María Luisa ihrem Ersten Minister, „daß der Friede uns ein etwas breiteres Leben erlauben wird", und Don Manuel sah ein, daß er die vierhundert Millionen nicht zahlen durfte. Pepa ihresteils sagte: „Ich hoffe, Don Manuel, Sie werden aus dem Krieg ein größeres Spanien erstehen lassen", und Manuel erkannte, daß er die baskische Provinz nicht preisgeben konnte. „Ich bin Spanier", erklärte er groß und düster seinem Don Miguel. „Ich werde weder San Sebastián abtreten noch diesen ungeheuerlichen Tribut zahlen."

Allein der listenreiche Miguel hatte bereits, ohne seinen Herrn zu kompromittieren, Fühler nach Paris ausgestreckt und war bald in der Lage, interessante Mitteilungen zu überbringen: das Pariser Direktorium strebte über den Frieden hinaus eine Allianz mit Spanien an; sicherte man eine solche Allianz zu, dann war die Republik bereit, die Friedensbedingungen erheblich zu mildern. „Soviel ich höre", schloß Don Miguel vorsichtig, „dürfte es Paris genügen, wenn Sie persönlich versprächen, die gewünschte Allianz zustande zu bringen."

Don Manuel sah hoch. „Ich persönlich?" fragte er angenehm überrascht. „Ja, Señor", bestätigte Don Miguel. „Falls Sie ein eigenhändiges Schreiben mit einer solchen Zusicherung, vertraulich natürlich, an einen der Direktoren richteten, sagen wir an den Abbé Sieyès, dann würde die Republik nicht länger auf den beiden störenden Klauseln bestehen."

Die Bedeutung, die man seiner Person in Paris beimaß, schmeichelte Don Manuel. Er getraue sich, sagte er der Königin, einen leidlichen, ja einen ehrenvollen Frieden zustande zu bringen, wenn man ihn ermächtige, in einen nicht offiziellen persönlichen Meinungsaustausch mit den Pariser Herren zu treten. María Luisa war skeptisch. „Ich glaube, du überschätzest dich, Pico, mein Kleiner", antwortete sie. Don Manuel war gekränkt. „Gut, Doña María Luisa", sagte er, „dann überlasse ich die Rettung des Reiches Ihnen", und trotz des Drängens Don Miguels schickte er das Schreiben an den Abbé Sieyès nicht ab.

Die Franzosen, des langen Feilschens müde, gaben ihrem General Perignon Order vorzurücken. In raschem Siegeszug nahm die republikanische Armee Bilbao, Miranda, Vitoria, drang vor bis an die Grenzen Kastiliens. Panik war in Madrid. Gerüchte gingen, der Hof rüste sich zur Flucht nach Andalusien. „Ich werde Sie retten, Madame", erklärte Don Manuel, „Sie und Spanien." Und er schrieb.

Eine Woche später wurde der vorläufige Friedensvertrag unterzeichnet. Frankreich begnügte sich mit der Abtretung des spanischen Teils der Antilleninsel San Domingo und verzichtete auf die baskische Provinz. Auch stimmte die Republik dem spanischen Vorschlag bei, daß die Kriegsentschädigung über zehn Jahre verteilt und in Naturallieferungen bezahlt werden solle. Ferner verpflichtete sich die Republik, die Prinzessin Marie-Thérèse, Tochter Louis' des Sechzehnten, auszuliefern, freilich nach Österreich.

Ein ungeheures Staunen war im Land und ein großer Jubel, daß man aus dem verlorenen Krieg so gut wie ohne Gebietsabtretung herauskam. Dieser Manuel Godoy! „Du bist mir einer", sagte Don Carlos und schlug ihm kräftig die Schulter. „Soll ich dir sagen, wie ich es zuwege gebracht habe?" fragte Manuel die Königin. Aber: „Nein, nein", sagte sie; sie ahnte die Zusammenhänge und wollte sie nicht wissen.

Da der günstige Friede allein Don Manuel zu verdanken war, wurden ihm Ehrungen zuteil, wie sie seit langem nicht verliehen worden waren. Es wurde ihm als Geschenk eine Staatsdomäne bei Granada überschrieben, er wurde ernannt zum Príncipe de la Paz, zum Fürsten des Friedens, und zum Generalissimus aller Armeen des Reichs.

In der Uniform des Generalissimus stattete er dem Herrscherpaar seinen Dank ab. Prall um die Schenkel saßen ihm die weißen Hosen, strotzend umschloß der Rock seine Brust; vom Hut, den er unterm Arm trug, wippte üppig die Feder. „Großartig siehst du aus", sagte Don Carlos, und schnell fügte er hinzu: „Bedecke dich!" Nur die zwölf Ersten Granden des Reichs hatten Anspruch, den Hut aufzusetzen, bevor sie geantwortet hatten. Die Granden der Zweiten Reihe durften sich erst nach der Antwort bedecken, die der Dritten erst, wenn sie zum Sitzen aufgefordert waren.

Doña María Luisa ahnte, daß nicht Manuel selber diesen Frieden herbeigeführt hatte, sondern seine Ratgeber, die verdächtigen, aufgeklärten, rebellischen Afrancesados, die Französlinge, und daß das scheinbar so glänzende Ergebnis neue Kriege und unabsehbare Folgen, wahrscheinlich schlimme, nach sich ziehen werde. Immerhin, vorläufig war es ein Friede in Glanz und Ehren, und Manuel zeichnete für ihn. Sie selber hatte den jungen Menschen in diese Uniform gesteckt, aber sie konnte sich nicht helfen, er imponierte ihr in seiner neuen, männlichen Pracht, ihr Herz schlug ihm entgegen.

Zwölf Granden der Ersten Reihe gab es noch, Abkömmlinge solcher Geschlechter, die seit Sancho dem Großen, seit neunhundert Jahren also und mehr, auf der Halbinsel herrschten; sie redeten einander mit dem brüderlichen Du an. Jetzt, da die Gnade des Königs ihn, den Príncipe de la Paz, diesen Höchst-Adeligen als dreizehnten beigesellt hatte, überwand Manuel die angestammte Ehrfurcht und sagte du zu den Herzögen von Arcos, Béjar, Medina Sidonia, Infantado und wie sie sonst hießen. Ein winziges Erstaunen zeigten sie, dann gaben sie ihm das Du zurück; er war glücklich.

Und er sagte zu dem Herzog von Alba: „Es freut mich, José, daß du heute so frisch aussiehst." Unbewegt blieb das stille, volle Gesicht des schmächtigen, eleganten Herrn, unbewegt seine schönen, dunkeln, nachdenklichen Augen, und freundlich sagte er: „Ich danke Ihnen für Ihr Interesse, Excelentísimo Señor." Ja, Excelentísimo Señor sagte er und erwiderte nicht sein Du.

Und Manuel sagte zu Don Luis María de Borbón, Conte de Chinchón, Erzbischof von Sevilla: „Ich habe dich lange nicht mehr gesehen, Luis." Der sehr junge und sehr ernste Herr schaute ihn an, als wäre er Luft, und ging weiter. Dabei war dieser Don Luis María de Borbón nur ein halber Bourbon: zwar war er der Sohn eines Infanten von Kastilien und ein geborener Vetter des Königs, aber seine Mutter war eine einfache Doña María Teresa de Vallabriga gewesen, von kleinem, aragonesischem Adel, und der König hatte Don Luis María den Titel „Infante" nicht zugestanden. Wiewohl also Don Luis María aus königlichem Blute war, hatte eigentlich heute er, Don Manuel, den höheren Titel und Anspruch. Er war gewiß nicht eitel, aber er wird dem Bastard, er wird diesem halben Bourbon seine Arroganz nicht vergessen.

María Luisa, um die Unbill gutzumachen, die man ihrem Liebling angetan hatte, ersann ihm neue Ehrungen. Der Hofastrolog stellte umständliche Berechnungen an, die ergaben, daß das Haus der Godoy dem kurfürstlichen Hause von Bayern und dem königlichen der Stuarts verwandt war. Der Genealog des Königs erklärte an Hand langer Tabellen, daß Don Manuel Godoy von den alten Gotenkönigen abstammte. Schon sein Name erwies es; denn der Name Godoy war zurückzuführen auf die Worte Godo soy, ich bin Gote.

Des ferneren verfügte Carlos, es solle dem Príncipe de la Paz, wenn er sich in offizieller Funktion zeige, von einem Herold ein Januskopf vorangetragen werden zum Zeichen dessen, daß er Vergangenheit und Zukunft richtig ausgedeutet habe.

Es war bei der Eröffnung der Akademie der Wissenschaften, daß Don Manuel diese neue Auszeichnung zum erstenmal zur Schau stellte.

Aber nicht auf gradem Wege
Fuhr er, sondern sein vierspänn'ger
Wagen machte einen Umweg,
Derart, daß von seinen Freunden
Pepa Tudó als die erste
Ihn in seinem neuen, doppel-
Köpf'gen Glanze sah. Im Fenster
Stand sie, und er grüßte ehrer-
Bietig tief. Sie aber war voll
Stolz, daß sie zu einem Manne
Ihn gemacht, gleich denen ihrer
Lieder und Romanzen, zu dem
Retter Spaniens und zum Ersten
Mann des Reiches. Und in diesem
Seinem Glanze, so beschloß sie,
Müsse Don Francisco ihn ihr
Malen.

3

Gespornt von seinen aufklärerischen Freunden und Ratgebern, nutzte Don Manuel seine überraschende Popularität, um fortschrittliche Maßnahmen zu verfügen. Er hatte von jeher darauf

Gewicht gelegt, als Protektor der Künste und Wissenschaften zu gelten; überdies zeigte er durch eine solche liberale Politik den Machthabern in Paris seinen guten Willen, die versprochene Allianz vorzubereiten.

Aber seine Verfügungen blieben ohne Wirkung, da die Kirche sie mit ihrem ganzen Einfluß bekämpfte. Seine Freunde rieten ihm, er solle die Gerichtsbarkeit des Heiligen Offiziums weiter einschränken und einen viel größeren Teil der Einkünfte der Inquisition für den Staat in Anspruch nehmen; ja er könne, nun er der Liebe und Bewunderung des Volkes gewiß sei, die Steuerfreiheit der Kirche aufheben und so, einen alten Traum verwirklichend, gleichzeitig die Staatsfinanzen sanieren und den Widerstand der Kirche gegen die Modernisierung des Landes für immer brechen.

Solch offener Krieg aber widersprach dem Wesen Don Manuels. Und Pepa tat Ihr Bestes, ihn von entschiedenen Maßnahmen zurückzuhalten. Sie hatte als Kind ein Autodafé miterlebt, und die wilde, finstere Feierlichkeit, die Fahnen und Priester, die Armensünder und die Flammen, in denen sie brannten, waren eine ihrer tiefsten Erinnerungen. Ihr Beichtvater blieb bemüht, ihren Geist zu beschäftigen mit der dunkeln Mystik des Heiligen Tribunals. Herren von der Inquisition gingen bei ihr ein und aus; sogar der Erzbischof Despuig von Granada, der dem Großinquisitor nahestand, hatte sie während seines letzten Aufenthalts in Madrid empfangen.

In den sechziger und siebziger Jahren hatte sich der Einfluß der Inquisition verringert. Doch war sie, als jenseits der Pyrenäen Aufruhr und Gottlosigkeit überhandnahmen, von neuem erstarkt. Der liberale Großinquisitor Sierra war gestürzt und durch den fanatischen Kardinal-Erzbischof von Toledo ersetzt worden, den finstern Francisco de Lorenzana. Mit Billigung der Regierung hatte das Heilige Offizium als gottlos, als „Philosophismus", jegliche Geistesrichtung verfolgt, welche Sympathien mit französischen Theorien bekundete, und das Verfahren gegen zahlreiche Afrancesados eröffnet. Nun aber hatte man mit der Republik Frieden geschlossen, ja man trug sich mit dem Plan einer Allianz, die Freigeister gewannen wieder die Oberhand, die neu erworbene Macht der Inquisition war gefährdet.

Lorenzana, ein kluger Politiker und Ränkespinner, traf Vorsorge. Beinahe alle Minister und hohen Räte, Don Manuel an ihrer Spitze, waren des „Philosophismus“ verdächtig und des „Naturalismus“, der Gleichsetzung Gottes und der Natur. Lorenzana sammelte Material gegen die Herren, in den Archiven seiner Tribunale häuften sich die Anzeigen. Freiwillige und bezahlte Helfer spähten das Leben des Príncipe de la Paz aus, die Freundschaft gewisser Prälaten mit Pepa Tudó tat das übrige, jeder Tag und jede Nacht des Ersten Ministers wurde sorglich verzeichnet in den Registern des Heiligen Offiziums. Genau prüfte und maß der Großinquisitor, wie die Beziehungen des Günstlings zu der Königin wärmer wurden und kälter, je nach der Temperatur seiner Liebschaft mit Pepa Tudó. Er kam zu dem Schluß, daß die Stellung Don Manuels nicht so stark, die des Heiligen Offiziums keineswegs so schwach war, wie man gemeinhin annahm.

Er stieß vor gegen den gottlosen Ministerpräsidenten, schlug zurück gegen die Ketzer. In mehreren Provinzhauptstädten eröffnete die Inquisition Verfahren wegen Philosophismus gegen Männer von großem Ansehen, Professoren, hohe Staatsbeamte. Man verhaftete und verurteilte den früheren Gesandten in Frankreich, Grafen de Azora, den Philologen Yeregui, der unter dem Dritten Carlos Hofmeister der königlichen Infanten gewesen war, den berühmten Mathematiker der Universität Salamanca, Luis de Samaniego.

Gespannt wartete der Großinquisitor, ob der Erste Minister einschreiten, ob er versuchen werde, ihm diese seine Genossen in der Freigeisterei zu entreißen. Don Manuel wagte es nicht. Er erhob beim Heiligen Offizium halbherzige Vorstellungen, man möge die Strafe dieser Männer mit Milde vollziehen, da sie sich um die Krone verdient gemacht hätten.

Lorenzana holte zum entscheidenden Schlag aus; zur Vernichtung eines Führers der Freidenker, der überall in Europa berühmt war, des Schriftstellers und Staatsmannes Olavide.

Don Pablo Olavide war geboren zu Lima in Perú. Er galt als Wunderkind und wurde in sehr jungen Jahren zum Richter bestellt. Als ein furchtbares Erdbeben die Stadt Lima zerstörte, wurde ihm die Verwaltung der Güter und Gelder anvertraut, deren Besitz durch den Untergang der Inhaber strittig geworden war. Jene Gelder, deren Erben sich nicht zur Genüge legitimieren konnten, verwandte der sehr junge Herr zum Bau einer Kirche und eines Theaters. Dieses verdroß den Klerus. Mit Unterstützung mächtiger peruanischer Geistlicher wandten sich diejenigen Erben, deren Ansprüche zurückgewiesen worden waren, klageführend nach Madrid. Olavide wurde nach Madrid berufen, vor Gericht gestellt, seines Amtes entsetzt, in mehreren Fällen für schadenersatzpflichtig erklärt, zu Gefängnis verurteilt. Bald wegen Kränklichkeit entlassen, wurde er von den Aufgeklärten des Landes als Märtyrer gefeiert. Eine sehr vermögende Witwe heiratete ihn. Er erlangte den Erlaß der noch nicht verbüßten Strafe. Ging auf Reisen. War häufig in Paris. Erwarb ein Palais in der spanischen, eines in der französischen Hauptstadt. Schloß Freundschaft mit Voltaire, mit Rousseau, wechselte Briefe mit ihnen. Unterhielt ein Theater in Paris, wo er die modernen französischen Stücke in seiner eigenen Übersetzung aufführte. Carlos' des Dritten liberaler Ministerpräsident Aranda holte in wichtigen Angelegenheiten seinen Rat ein. Europa sah in Pablo Olavide einen der führenden progressiven Geister.

Nun gab es auf dem Südabhang der Sierra Morena weite Strekken Landes, die, früher kultiviert, durch die Vertreibung der Mauren und Morisken verödet waren. Die Mesta, eine Vereinigung von Viehzüchtern, hatte erwirkt, daß diese Ländereien ihr unentgeltlich als Weideplätze für ihre großen, wandernden Schafherden überlassen blieben. Jetzt, auf Betreiben Olavides, entzog die Regierung der Mesta dieses Privileg und ermächtigte Olavide, auf dem Ödland Siedlungen zu errichten, „nuevas poblaciones". Mit Hilfe des bayrischen Obersten Thürriegl siedelte er dort an die zehntausend Bauern an, zumeist Deutsche, auch Seidenwurmzüchter und Seidenweber aus Lyon. Er selber wurde zum Gouverneur der Landschaft ernannt, und er erhielt weitgehende Vollmachten. Es wurde ihm erlaubt, seiner Kolonie eine liberale Verfassung zu geben. Es wurde ihm zugestanden, daß die neuen Siedler Pfarrer aus ihrer früheren Heimat mitbringen durften; selbst Protestanten wurden zugelassen. In wenigen Jahren machte Olavide die Wüste zu einer blühenden Landschaft mit Weilern, Dörfern, kleinen Städten, Gasthöfen, Werkstätten, Fabriken.

Nun hatten pfälzische Siedler einen Kapuziner mitgebracht, auf daß er ihre Seelen betreue, den Bruder Romuald von Freiburg. Dieser vertrug sich nicht mit dem liberalen Olavide. Als sich die Streitigkeiten mehrten, bezichtigte ihn Romuald bei dem Heiligen Tribunal als einen Atheisten und Materialisten. Im geheimen und, wie es Vorschrift war, ohne daß Olavide darum wußte, verhörte die Inquisition Zeugen und sammelte Material. Doch wagte man nicht, formelle Anklage gegen den hoch angesehenen Mann zu erheben. Allein die Mesta hatte einen mächtigen Protektor in dem Erzbischof Despuig von Granada. Er und der Beichtvater des Königs, der Bischof von Osma, wirkten dahin, daß Carlos eine zögernde Erklärung abgab, er werde der Inquisition nicht im Wege stehen, wenn sie, um die Verdunklung des Tatbestandes zu hindern, Olavide verhafte.

Das alles war geschehen, bevor Don Manuel zur Macht kam. Ein strenger Großinquisitor war abgelöst worden von einem liberalen, dieser von dem noch liberaleren Sierra, und alle die Zeit hindurch war Olavide in den Kerkern der Inquisition geblieben. Man hatte das Heilige Offizium nicht diskreditieren wollen durch seine Freilassung, hatte ihn aber auch nicht verurteilt.

Der dreiundvierzigste Großinquisitor, eben Don Francisco Lorenzana, war ein Mann anderen Schlages als seine Vorgänger. Er beschloß, dem Ketzer Olavide das Urteil sprechen zu lassen. Das wird den Spöttern auch in den höchsten Ämtern eine Warnung sein, daß die Inquisition noch lebte und waltete.

Lorenzana hatte die Unschlüssigkeit Don Manuels erkannt. Trotzdem wollte er sich decken durch Beistand des Vatikans; er war gewiß, bei dem energischen Pius dem Sechsten Verständnis zu finden. Er halte es für seine Pflicht, schrieb er dem Papst, die Verbrechen des Olavide in einem Autodafé zu sühnen. Anderenteils werde bei dem gottlosen Zustand der Welt die öffentliche Verurteilung eines von den Philosophastern so geschätzten und geschützten Ketzers Angriffe hervorrufen, sicherlich auf die spanische Inquisition und vermutlich auf die Kirche der ganzen bewohnten Welt. Er bitte den Heiligen Vater um Weisung.

Der Abate, einer der Sekretäre des Heiligen Offiziums, erfuhr von dem Plane des Großinquisitors. Er und Don Miguel bestürmten den Príncipe de la Paz, er solle Vorsorge treffen und dem Lorenzana rechtzeitig erklären, die Regierung werde ein solches Autodafé nicht dulden.

Für einen Augenblick war Manuel bestürzt. Aber noch immer wollte er dem offenen Kampf mit Lorenzana aus dem Wege gehen. Pablo Olavide, erklärte er, sei verhaftet worden unter dem fortschrittlichen Ersten Minister Aranda, und der König habe das Vorgehen der Inquisition gebilligt. Unter diesen Umständen sei es nicht seines Amtes, die Verurteilung zu verhindern. Im übrigen glaube er, Lorenzana wolle die Regierung nur einschüchtern, er werde, wenn überhaupt, das Urteil hinter verschlossenen Türen verkünden lassen, nicht in einem Autodafé. Er dachte an Pepa, blieb taub vor den Beschwörungen Miguels, verharrte in lässiger Selbstsicherheit.

Don Miguel und Don Gaspar und
Don Diego, der Abate,
Saßen kummervoll, voll Unmut,
Und berieten. Sie beschlossen,
Ihre Zuflucht zu dem Maler
Don Francisco, ihrem Freund, zu
Nehmen; denn in diesen Wochen
Malte er an einem Bild des
Fürsten de la Paz für Pepa
Tudó.

4

Goya war tief verstrickt in seine Passion für Cayetana. Er hatte gefürchtet und gehofft, seine Leidenschaft, so unbegreiflich schnell gekommen, werde ebenso rasch verwehen; mehrmals war es geschehen, daß er sich in eine Frau maßlos verliebt glaubte, um nach zwei oder drei Wochen zu staunen, was er an ihr hatte finden können. Aber Cayetana war ihm jedesmal ein Neues, er lernte sie nicht aus. Er hatte mit seinem genauen Malerauge alle Winzigkeiten ihres äußern Wesens ausgespäht, daß er sie aus dem Gedächtnis aufzeichnen konnte. Trotzdem schien sie ihm anders, sooft er sie traf, sie blieb ihm unberechenbar.

Was immer er tat, wenn er dachte, malte, mit andern sprach,

stets war irgendwo in seinem Kopf Cayetana. Die Verknüpfung mit ihr war sehr anders als die ruhige, sichere Verbundenheit zwischen ihm und Josefa und sehr anders als die glücklichen oder quälenden Neigungen, die er früher für diese oder jene Frau verspürt hatte.

Ihre Wandlungen erfolgten jäh, und was sie war, war sie ganz. Sie hatte viele Gesichter, er sah die vielen, das letzte unter den vielen sah er nicht. Es war da, er spürte es, wußte es, doch fand er nicht das Einheitliche, Verbindende hinter den hoffnungslos verschiedenen Masken. Sie war jetzt dieses Steinbild, jetzt jenes, aber immer wieder kehrte sie zurück in den Stein, den er nicht fassen und begreifen konnte. Er trieb sein altes Spiel, zeichnete dieses ihrer Gesichter in den Sand, jenes; ihr wahres Gesicht zerrann ihm wie sein Sand.

Er malte sie. Stellte sie ins Freie und malte mit delikater Sorgfalt die Landschaft, doch so, daß die Landschaft verschwand und nichts da war als Cayetana. Weiß, stolz und zart stand sie da mit unglaubhaft hohen Augenbrauen in der schwarzen Flut ihres Haares, die Schärpe hoch gegürtet, eine rote Schleife auf der Brust, und vor ihr stand unsäglich dumm und winzig ihr weißer, wolliger Hund mit einer roten Schleife am Hinterfuß, einer lächerlichen Nachahmung ihrer eigenen. Sie aber deutete steif, zierlich und hochmütig hinunter vor ihre Füße; da war zu lesen in dünnen, feinen Lettern: „Der Herzogin von Alba Francisco de Goya", und die Lettern waren huldigend den Augen der Herzogin zugekehrt.

Dann malte er sie so, wie er sie zuerst gesichtet hatte auf ihrer Estrade, dann so, wie er sie auf dem Spaziergang vor dem Escorial gesehen hatte, er malte sie oft und abermals. Er war nicht zufrieden. Was ihn überwältigt hatte damals auf der Estrade, was ihn verwirrt hatte damals auf dem Spaziergang, was an ihr ihn unaufhörlich ärgerte und lockte, war nicht in seinen Bildern.

Bei alledem war er glücklich. Sie zeigte sich mit ihm ohne Scheu, und er war stolz, daß er, der dickliche, nicht mehr junge Mann, der von unten kam, ihr Cortejo war. Er kleidete sich mit letzter Eleganz, auch beim Malen, gerade beim Malen. So hatte er's gehalten, als er nach Madrid kam; aber Josefa hatte darauf gedrängt, er solle die teuern Kleider nicht beschmutzen und sich des üblichen Arbeitskittels bedienen, und allmählich hatte ihr Zureden und die eigene Rechenhaftigkeit ihn in den Kittel gezwängt. Jetzt verschwand der Kittel wieder. Dabei wußte er, daß er in der knappen, modischen Tracht lächerlich war, und er machte sich lustig über sich selber. Malte etwa einen Stutzer, der sich im Spiegel beschaut; der ungeheure Halskragen beengt ihn, er kann den Kopf nicht rühren, nicht das Gelenk im enormen Handschuh, nicht den Arm im engen Ärmel, er kann nur mit Mühe gehen in den niedrigen, geschnäbelten Schuhen.

Er war nachsichtig mit sich und mit den andern. Duldete Miguels Pedanterien, des Abate gelehrte, elegante Geschäftigkeit, die besorgte Miene Agustíns. Im Kreise der Familie war er aufmerksam und aufgeräumt. Er wünschte, alle Welt solle teilhaben an seinem Glück.

Cayetana konnte kindisch sein, er war es mehr. Kam sie unerwartet, dann etwa stellte er sich auf den Kopf und winkte ihr seinen Gruß mit den Füßen zu. Mit Freuden nützte er seine Kunst, um sie lachen zu machen. Zeichnete ihr sein eigenes Gesicht als eine tolle Fratze, zeichnete großartig verzerrt die Köpfe ihrer Dueña Eufemia, des stutzerhaften Marqués de San Adrián, des gutmütig tölpischen, würdigen Königs. Sie gingen häufig ins Theater, und er lachte glücklich über die naiven Späße der Tonadillas und Sainetes. Oft gingen sie in die Manolería, gern gesehene Gäste in den Weinschenken der Majos.

Er spürte an der Schwelle des Alters eine neue Jugend. Vorher war alles abgebraucht gewesen, das Gute wie das Schlechte, es war immer das gleiche gewesen, bekannt wie der Geschmack der Speisen. Jetzt wurde ihm die Welt reich und neu, es war eine zweite Jugend, erfahrener in Begierde und in Genuß.

Dabei war er sich bewußt, daß die bösen Geister lauerten und daß dieses große Glück großes Unheil gebären müsse. Hatte er nicht das Mittagsgespenst gesehen? Aber Cayetana in seinem Leben zu haben war ein Glück ohne Maß, und er war bereit, dafür zu zahlen.

Sein Glück übertrug sich auch auf seine Arbeit, er malte viel und mit Lust. Seine Hand war leicht, sein Blick schnell, scharf, genau. Er malte ein Porträt des Herzogs de Castro Terreno, ein Bild Don Miguels, ein Bild des Abate; auch Don Manuel hatte noch zwei Porträts bestellt, in andern Posen.

Und dann malte er ein Bild, das ihm niemand in Auftrag gegeben hatte, ein Bild nur sich selber zur Freude, ein schwieriges Bild, das umständliche Kleinmalerei erforderte, eine Romería, eine Wallfahrt zu Ehren des heiligen Isidro, des Patrons der Hauptstadt.

Fröhliche Wallfahrten zur Wiese und zur Einsiedelei des heiligen Isidro waren eine beliebte Unterhaltung der Madrilenen; er selber, Francisco, hatte anläßlich der letzten glücklichen Entbindung seiner Josefa auf der Wiese des Isidro ein Fest gegeben für dreihundert Freunde, man hatte Truthahn gegessen und Messe gehört, wie es üblich war. Solche Romerías zu malen hatte die Künstler der Hauptstadt von jeher gereizt, Maella hatte es getan, sein Schwager Bayeu, er selber hatte ein Volksfest des heiligen Isidro dargestellt, vor zehn Jahren, als er für die Gobelin-Manufaktur des Königs gearbeitet hatte. Aber die Festfreude jenes Gobelins war die künstliche Heiterkeit maskierter Kavaliere und Damen gewesen; jetzt malte er seine eigene urtümliche Freude und die seines Madrid.

Weit im Hintergrunde hebt sich
Die geliebte Stadt, ein Wirrwarr
Weißer Häuser, mit dem Schloß, mit
Türmen, Kirchenkuppeln; vorne
Aber, friedevoll, erglänzt der
Manzanares, und an seinen
Ufern freut Madrid sich seines
Schutzpatrones. Da sind viele,
Die gemächlich sich ergehen,
Wagen auch und Reiter, eine
Menge winziger Figuren,
Jede einzelne gemalt mit
Sorgfalt. Andre sitzen, liegen,
Essen, trinken, schwatzen, liebeln,
Mädchen, Burschen, wohlbehäb'ge
Bürgersleute, Kavaliere,
Über ihnen unbeschwerte,
Heitre Helle. Goya malte
Alle Freude seines unge-

Trübten Herzens, alle sichre
Kunst der Hand, des scharfen Auges
In das Bild hinein. Er hatte
Abgeschüttelt jene strenge
Lehre von der Linie, die so
Lange ihn beengt, er war jetzt
Frei, er war jetzt glücklich, und in
Seiner Romería wurde
Alles Sicht und Licht und Farbe.
Vorn das Volk, der Fluß, die weiße,
Breite Stadt Madrid dahinter
Wurden *eines*; Luft und Stadt und
Menschen woben ineinander,
Farbig, locker, leicht und hell und
Glücklich.

5

Francisco erhielt ein Schreiben des Don Gaspar Jovellanos mit einer höflich dringenden Einladung „zum Tee". Die Liberalen nämlich bevorzugten den Tee vor der aristokratisch reaktionären Schokolade; hatte doch die Vorliebe für den Tee und die Auflehnung gegen seine Verteuerung durch den Absolutismus den amerikanischen Kolonien Englands Revolution und Freiheit gebracht.

Goya liebte nicht das laue Getränk und nicht den pedantisch feurigen Jovellanos. Aber es ging nicht wohl an, nein zu sagen, wenn ein Mann wie Jovellanos mit so höflicher Strenge einlud.

Es war eine kleine Gesellschaft, die sich bei Jovellanos eingefunden hatte. Da war Don Miguel Bermúdez und Graf Cabarrús, der große Finanzmann, natürlich auch Don Diego, der Abate. Der einzige Gast, den Goya nicht kannte, war der Anwalt und Schriftsteller José Quintana. Doch waren ihm wie jedermann Quintanas Verse geläufig; der Dichter sollte sie als Sechzehnjähriger geschrieben haben. Heute noch schien er sehr jung, schwerlich älter als zwanzig oder einundzwanzig. Goya, selber langsam gereift, hatte Mißtrauen vor Leistungen, in solcher Jugend erreicht; aber der bescheidene und gleichwohl lebhafte José Quintana gefiel ihm.

An der Wand hing ein großes Porträt des Hausherrn, Goya hatte es gemalt, gleich nachdem er nach Madrid gekommen war, vor etwa zwanzig Jahren. Da saß an einem zierlich einfachen Schreibtisch ein geleckter, verbindlicher Jovellanos. Der Mann, seine Kleidung, seine Möbel hatten etwas Gesuchtes, Affektiertes; nichts war an ihm von der finstern Tugendhaftigkeit des Jovellanos von heute. Vielleicht war er damals sehr viel milder gewesen, doch so glatt und freundlich bestimmt nicht, und so glatt und falsch hätte auch der junge Francisco Goya ihn nicht sehen dürfen.

Man sprach, wie Goya es erwartet hatte, von Politik. Man tadelte heftig die Haltung des Príncipe de la Paz. Gewiß, der Minister *war* überaus selbstbewußt; Goya hatte gerade jetzt, da ihm Don Manuel posierte, Gelegenheit, aus nächster Nähe zu beobachten, wie selbstgefällig nonchalant er in Miene und Gesten seine neue Bedeutung zur Schau trug. Aber schädigte diese Eitelkeit das Land? Zeigte nicht vielmehr Don Manuel den guten Willen, Fortschrittliches zu fördern? Nützte er nicht seine Popularität für wohltätige Reformen?

Die Maßnahmen des Príncipe de la Paz, meinte Jovellanos, seien halbherzig. Das Wesentliche sei und bleibe der Kampf gegen die Inquisition, gegen die Kirche, und vor dem Klerus weiche der Minister mit der gleichen abergläubischen Furcht zurück, wie sie der Pöbel vor dem Heiligen Offizium zeige. Jeder ernsthafte Reformversuch aber, eiferte er weiter mit seiner polternden, fanatischen Stimme, müsse gerade die Entmachtung des Klerus zum ersten Ziel haben. Denn der Grund allen Übels sei die von der Kirche behütete und geförderte Unwissenheit der Massen. Was man da in Madrid erlebe, sei finster genug, aber die Ignoranz und der Aberglaube in den Provinzen sei herzbeklemmend. Don Francisco möge sich einmal von Doktor Peral dessen Kollektion gewisser kleiner, wächserner Jesusbilder zeigen lassen; der Doktor habe sie durch Vermittlung eines Klostergärtners erhalten. „Die Nonnen“, erzählte er, „hatten mit diesen heiligen Figuren gespielt wie mit Puppen. Bald hatten sie ihr Jesuslein als Priester angezogen, bald als Richter, bald als Doktor mit Perücke und goldknopfigem Stock. Und wie soll man in diesem Land hygienische Vorschriften durchführen, wenn sogar eine Herzogin von Medina Coeli ihrem erkrankten Sohn einen pulverisierten Finger des heiligen Ignatius eingibt, zur Hälfte als Suppe, zur Hälfte als Klistier? Die Inquisition aber geht gegen einen jeden vor, der die Wundertat solcher Mittel zu bezweifeln wagt."

Auf einmal indes unterbrach er sich und sagte lächelnd: „Entschuldigen Sie, ich bin ein schlechter Hausherr. Ich setze Ihnen den bittern Trank meines Unmuts vor, statt Wein und was zu essen." Und er ließ Hipocrás bringen, Pajarete, Früchte, Pasteten und Konfekt.

Man sprach jetzt von Bildern und Büchern. Der Abate forderte den jungen Quintana auf, ein paar seiner Gedichte vorzulesen. Der zierte sich nicht lange. Doch zog er es vor, ein Prosastück zu lesen von einer etwas gewagten neuen Art. Es sei eine kurze Biographie, erklärte er seinen Hörern, entsprechend jenen kleinen Porträts, jenen „Miniaturen", wie man sie früher Büchern vorangestellt habe und wie sie jetzt wieder in Mode kämen.

Und da alle zustimmten, las er ein Lebensbild des Dominikaners Bartolomé Carranza, Erzbischof von Toledo, des glänzendsten Märtyrers der Inquisition.

Immer noch, dreihundert Jahr nach
Seinem Tod, war es verboten,
Ihn zu rühmen. Trotzdem sprachen
Sie im Volke überall von
Ihm, von seinen heil'gen Worten,
Seinen heil'gen Taten, hoch ihn
Preisend. Freilich sprachen sie nur
Flüsternd.

6

Don Bartolomé Carranza zeichnete sich schon in jungen Jahren als Professor der Theologie aus und galt bald als der erste Kirchenlehrer Spaniens. Karl der Fünfte schickte ihn als seinen Vertreter zum Konzil von Trient, wo er seinem Land und der Kirche außerordentliche Dienste leistete. Karls Nachfolger, König Philipp der Zweite, den er in England und in Flandern mit geistlichem und politischem Rat betreut hatte, machte ihn zum Erzbischof von Toledo und damit zum Primas des Reiches. Carranzas strenge Ansichten von den Pflichten des Priestertums und seine außerordentliche Mildtätigkeit verschafften ihm überall in Europa den Namen des würdigsten Kirchenmannes seiner Zeit.

Allein er war kein Politiker; seine hohe Stellung, sein Ruhm, seine unnachsichtig harten Urteile, wenn es um die Pflichten des hohen Klerus ging, erweckten Neid und Feindschaft.

Sein bitterster Gegner war Don Fernando Valdés, Erzbischof von Sevilla. Carranza hatte ihn, freilich indirekt, durch ein theologisches Gutachten gezwungen, aus den Einkünften seines Erzbistums fünfzigtausend Dukaten Kriegssteuer an König Philipp zu entrichten, und Don Fernando Valdés war ein geldgieriger Mann. Später gar hatte ihm Carranza die reichste Pfründe des Landes weggeschnappt, eben das Erzbistum Toledo mit seinen acht bis zehn Millionen Jahresrente. Don Fernando Valdés wartete auf die Gelegenheit, Carranza zu demütigen.

Diese Gelegenheit fand sich, als Valdés zum Großinquisitor ernannt worden war. Erzbischof Carranza hatte einen Kommentar zum Katechismus verfaßt, der viel gerühmt, aber auch viel angefeindet wurde. Der gelehrte Dominikaner Melchor Cano, den Carranza durch Meinungsverschiedenheiten in theologischen Fragen gekränkt hatte, erklärte neun Stellen dieses Buches für der Ketzerei verdächtig. Weitere ähnliche Gutachten liefen ein, auch Anzeigen wegen verdächtiger Äußerungen Carranzas. Der Großinquisitor las die Bekundungen, studierte sie, fand, das Material genüge zur Anklageerhebung.

Carranza, gewarnt, daß eine Untersuchung gegen sein Buch schwebe, ließ sich von hoch angesehenen Theologen Gutachten ausstellen, welche die exemplarische Frömmigkeit und Orthodoxie seines Werkes in starken Worten feierten, und wandte sich um Schutz an seinen Zögling König Philipp, der sich um jene Zeit in Flandern aufhielt. Großinquisitor Valdés wußte, daß er nach der Rückkehr des Königs an Carranza nicht mehr herankönne. Er beschloß zuzuschlagen.

Carranza war auf einer Dienstreise in Torrelaguna. Die Inquisition ordnete an, es dürfe zwei Tage lang kein Bewohner des Ortes sein Haus verlassen, und umstellte das kleine Palais, in dem der Erzbischof wohnte, mit einer starken, bewaffneten Macht. Der

Ruf ertönte: „Man öffne dem Heiligen Offizium." Mit Tränen in den Augen kniete der Inquisitor de Castro vor dem Bett des Erzbischofs und wies ihm den Verhaftsbefehl vor, ihn um Verzeihung bittend. Carranza bekreuzte sich, gab sich in Haft. Verschwand aus den Augen der Menschen, als wäre er von der Erde verschwunden.

Der Großinquisitor reiste in Eile nach Flandern zu König Philipp und erstattete ihm Bericht. Prälaten vom Bischof aufwärts unterstanden nicht der Gerichtsbarkeit der Inquisition, nur der des Papstes. Doch hatte sich Valdés vom Heiligen Vater Vollmacht ausstellen lassen, in besonders gefährlichen Fällen die Untersuchung vornehmen zu dürfen, ohne erst Erlaubnis von Rom einzuholen. Ein solcher Fall, setzte er dem König auseinander, liege hier vor. Er unterbreitete ihm das Material. Betonte, daß er die Einkünfte des Erzbistums Toledo bereits unter Sequester genommen habe und daß die Inquisition nach Deckung der Prozeßspesen diese Einkünfte der Krone überlassen wolle. Daraufhin sah Philipp ein, daß sein Berater und geistlicher Lehrer Carranza stark nach Ketzerei rieche, und billigte das Vorgehen des Großinquisitors.

Carranza war nach Valladolid gebracht worden. Dort, in der Vorstadt San Pedro, wurde er mit einem einzigen Begleiter in zwei luft- und lichtlose Räume eingesperrt.

Eine langwierige Untersuchung begann. Dreiundneunzig Zeugen wurden vernommen, das ganze, ungeheure Archiv des Erzbistums Toledo durchstöbert. Es fanden sich Aufzeichnungen für Predigten, welche der Student Carranza vor vierzig Jahren gemacht hatte; Stellen aus ketzerischen Büchern, die er, als Sachverständiger des Konzils von Trient, abgeschrieben hatte, um sie zu widerlegen; zahllose ähnliche verdächtige Dokumente.

Die Vollmacht, die der Heilige Vater der Inquisition erteilt hatte, ermächtigte Valdés lediglich zur Sicherstellung des Beschuldigten und des Materials. Papst Paul verlangte, man solle ihm den Verhafteten und die Akten nach Rom übersenden. Der Großinquisitor machte Ausflüchte, der König genoß die Einkünfte des Erzbistums Toledo. Papst Paul starb, ihm folgte Pius der Vierte. Die Vollmacht, die Rom erteilt hatte, war auf zwei Jahre befristet gewesen. Papst Pius verlangte die Auslieferung des Verhafteten und des Prozeßmaterials. Der Großinquisitor machte Ausflüchte, der König zahlte aus den Einkünften des Erzbistums dem Nepoten des Papstes seine Pension. Papst Pius verlängerte die Vollmacht um zwei Jahre. Dann nochmals um ein Jahr.

Inzwischen war der Fall Carranza zum europäischen Skandal geworden. Das Tridentinische Konzil sah in dem schweren Unrecht, welches man dem Erzbischof Carranza antat, einen Schimpf für die Kirche und einen Angriff der spanischen Inquisition auf die Immunität der Prälaten. Das Konzil setzte Carranzas Kommentar zum Katechismus, jenes Werk, welches die spanische Inquisition als Hauptargument seiner Ketzerei betrachtete, nicht nur nicht auf den Index der verbotenen Bücher, sondern befand, das Werk sei gut katholisch und wert, von allen Frommen der Erde gelesen und beherzigt zu werden.

Daraufhin tat Papst Pius dem Konzil und aller Welt zu wissen, der Heilige Stuhl sei durch die verstockte Haltung des Katholischen Königs erniedrigt. Die Vollmacht der Inquisition, den Fall Carranza zu prüfen, sei am 1. Januar des nächsten Jahres ein für allemal abgelaufen und der gefangene Erzbischof mit dem gesamten Aktenmaterial den römischen Behörden zu überstellen. Allein König Philipp deckte die Inquisition. Er wollte auf die Einkünfte des Erzbistums Toledo nicht verzichten und betrachtete es als eine Schwächung seines Prestiges, wenn er jetzt dem Papst nachgäbe. Carranza blieb in strenger Haft in Valladolid.

Der Papst erklärte feierlich: sollte die Auslieferung des Erzbischofs weiter verzögert werden, so verfielen alle Schuldigen ipso facto dem Anathema, sie seien ihrer Würden und Funktionen verlustig, sie seien als Verbrecher zu betrachten und unfähig, jemals wieder in ihre Ämter eingesetzt zu werden. Carranza selber sei ohne Verzug dem päpstlichen Nuntius auszuliefern. König Philipp antwortete nicht; Carranza blieb in seinem Gefängnis in Valladolid.

Man kam schließlich überein, eine päpstliche Legation solle auf spanischem Boden gemeinsam mit den spanischen Inquisitoren den Fall Carranza untersuchen. Rom schickte vier Gesandte, so erlesen, wie sie der Heilige Stuhl noch niemals einem Herrscher geschickt hatte. Der erste war der spätere Papst Gregor der Dreizehnte, der zweite der spätere Papst Urban der Siebente, der dritte Kardinal Aldobrandini, Bruder des späteren Papstes Clemens des Achten, der vierte der spätere Papst Sixtus der Fünfte. Der Großinquisitor empfing die Herren mit der Ehrfurcht, die ihnen gebührte, bestand aber darauf, daß sie richten sollten im Rahmen der Suprema, des höchsten Tribunals der Inquisition, zusammen also mit fünfzehn Spaniern; das bedeutete, daß sie nur vier von neunzehn Stimmen gehabt hätten.

Während man darüber verhandelte, starb Papst Pius der Vierte. Auf dem Sterbebett erklärte er, er habe, um den unersättlichen Katholischen König zu befriedigen, im Falle des Erzbischofs Carranza gegen die kanonischen Gesetze und den Willen der Konzilien und der Kardinäle verstoßen; nichts belaste sein Gewissen schwerer als sein Versagen im Falle Carranza.

Der Nachfolger des toten Papstes war Pius der Fünfte, ein schwieriger Herr. Sehr bald schon beklagte sich der spanische Gesandte Zúñiga bei seinem König, der Heilige Vater habe keine Erfahrung in Staatsgeschäften und keinerlei private Interessen; er tue leider nur das, was er für gerecht halte, nichts sonst. Der neue Papst erklärte denn auch, die Jurisdiktion des Großinquisitors und seiner Herren sei mit sofortiger Wirkung erloschen. Großinquisitor Valdés habe den gefangenen Erzbischof ohne Verzug freizulassen, damit sich dieser nach Rom begebe, um vom Papste in Person gerichtet zu werden. Die Akten des Falles seien binnen drei Monaten nach Rom zu transportieren. Dies alles bei Strafe des göttlichen Zornes, des Unwillens der Apostel Peter und Paul und der Exkommunikation.

Der alte geld-, macht- und rachsüchtige Valdés war willens, den Kampf auch mit dem neuen Papst aufzunehmen. Der Katholische König aber, in schwere außen- und innenpolitische Händel verwickelt, scheute das Interdikt. Carranza wurde dem päpstlichen Legaten überstellt und fuhr nach Italien.

Acht Jahre hatte der Erzbischof in spanischer Gefangenschaft verbracht; jetzt lebte er im Castel Sant' Angelo, komfortabel, doch in Haft. Denn Pius der Fünfte, gründlich, wie er war, hatte angeordnet, daß die Untersuchung von neuem beginne. Das ganze, riesige Material wurde ins Italienische und ins Lateinische übersetzt. Ein Sondergericht, siebzehn Prälaten, darunter vier Spanier, tagte allwöchentlich unter dem Vorsitz des Papstes. Der Katholische

König folgte den Verhandlungen mit größtem Interesse und sandte immer neues Material.

Der Prozeß schleppte sich hin. Den acht Jahren spanischer Gefangenschaft folgten fünf Jahre italienischer.

Dann aber hatte der Heilige Vater jedes Für und Wider erwogen. Er und sein Gericht fanden den Erzbischof Carranza nicht schuldig der Ketzerei. Der Spruch wurde aufgesetzt, sorglich, mit vielen Argumenten, unter der Aufsicht des Papstes. Doch verkündete der Heilige Vater das Urteil noch nicht, sondern teilte es, aus Höflichkeit, zuerst König Philipp mit.

Unmittelbar aber nach dem Konzept des Urteils, das den Freispruch verkündete und begründete, traf in Spanien die Nachricht ein, Papst Pius der Fünfte sei tot. Das Urteil war nicht gesprochen. Es verschwand.

Pius' des Fünften Nachfolger, Gregor der Dreizehnte, wußte natürlich um den Freispruch. Doch hatte er als einer der vier Legaten, welche der Heilige Stuhl seinerzeit in Sachen Carranza nach Spanien geschickt hatte, die Zähigkeit des Katholischen Königs kennengelernt. Er erklärte, er werde die ganze Angelegenheit von neuem persönlich nachprüfen.

König Philipp schickte mehr Material. Dann, sehr bald, schrieb er dem Papste, er sei von der Ketzerei Carranzas mit Herz und Hirn überzeugt und verlange dessen schnelle Verurteilung. Drei Wochen später schrieb er dem Papst ein zweites Mal, mit eigener Hand, heftig und beredt. Forderte, daß der Ketzer auf den Scheiterhaufen geschickt werde. Jede geringere Strafe würde es Carranza, wenn auch in späterer Zeit, ermöglichen, wieder in sein Erzbistum eingesetzt zu werden; es sei aber untragbar für den König von Spanien, einen Ketzer im Besitz der höchsten geistlichen Würde seines Reiches zu wissen.

Bevor indes dieses Schreiben den Papst erreichte, hatte der das Urteil über den Erzbischof gefällt, ein diplomatisches Urteil. Carranza wurde in sechzehn Fällen der leichten Ketzerei für schuldig befunden. Er sollte öffentlich abschwören und auf fünf Jahre von seinem Erzbistum suspendiert sein. Während dieser Zeit sollte er in einem Kloster in Orvieto leben, mit einem Monatsgehalt von tausend Goldkronen. Des weiteren wurde ihm eine leichte geistliche Buße auferlegt.

Papst Gregor teilte König Philipp das Urteil in einem persönlichen Briefe mit. „Wir bedauern", schrieb er, „daß Wir diesen durch Wandel, Gelehrsamkeit und Wohltun ausgezeichneten Mann haben verurteilen müssen und daß Wir nicht, wie Wir gehofft hatten, ihn haben freisprechen können."

Siebzehn Jahre hatte Don Bartolomé Carranza, Erzbischof von Toledo, den Tausende für den heiligsten Mann hielten, der je auf dem Boden der Iberischen Halbinsel wandelte, in spanischen und italienischen Gefängnissen zugebracht, die Päpste Paul der Vierte, Pius der Vierte und Pius der Fünfte waren gestorben, ehe man ihm sein Urteil sprach.

Nachdem der Erzbischof im Vatikan seine Irrtümer abgeschworen hatte, unterzog er sich der geistlichen Buße, welche ihm der Heilige Vater auferlegte. Sie bestand darin, daß er sieben römische Kirchen zu besuchen hatte. Als Zeichen seiner Achtung und seiner Anteilnahme hatte ihm Papst Gregor für diese Besuche seine eigene Sänfte zur Verfügung gestellt, auch Pferde für sein Gefolge. Carranza aber hatte abgelehnt. Er ging zu Fuß. Zehntausende hatten sich versammelt, viele waren von weit her gekommen, um ihn zu sehen, wenn er vorbeigehe, und ihm ihre Ehrfurcht zu bezeigen. Seine Buße wurde zu einem Triumph, wie er auch einem Papste selten zuteil geworden war.

Als Carranza von seinem Bußgang zurückkam, verspürte er heftige Schmerzen und mußte sich zu Bett legen. Nach wenigen Tagen erkannte man, daß er verloren sei. Der Papst schickte ihm Generalablaß von seinen Sünden und den apostolischen Segen. Carranza bat sieben hohe geistliche Würdenträger zu sich. In ihrer Gegenwart, nachdem er die Absolution empfangen hatte und unmittelbar vor dem Empfang der Letzten Wegzehrung, erklärte er feierlich: „Ich schwöre bei der Rechenschaft, die ich in kurzer Frist dem Allmächtigen abzulegen habe, und bei dem König aller Könige, der in dem Sakramente kommt, das ich zu empfangen im Begriffe bin: daß ich während der Zeit, da ich Theologie lehrte, und in der Folge, da ich in Spanien, Deutschland, Italien und England schrieb, predigte, disputierte und atmete, immer die Absicht hatte, der Religion Jesu Christi den Sieg zu verschaffen und die Ketzer zu bekämpfen. Ich habe denn auch durch die Gnade Gottes viele zum katholischen Glauben bekehrt. König Philipp, lange mein Beichtkind, war des Zeuge. Ich habe ihn geliebt, liebe ihn von Herzen, kein Sohn kann ihm aufrichtiger zugetan sein. Ich versichere ferner, daß ich niemals in einen der Irrtümer verfallen bin, deren man mich verdächtig erklärt hat; man hat meine Worte verdreht und ihnen einen falschen Sinn unterlegt. Trotzdem, weil es von dem Statthalter Christi ausgesprochen worden ist, erkenne ich für gerecht das Urteil, das meinen Prozeß abschloß. Ich verzeihe in der Stunde meines Absterbens allen denen, die in diesem Prozesse gegen mich aufgetreten sind, ich habe nie Groll gegen sie gehegt, und ich werde, wenn ich dahin gehe, wohin ich durch die Barmherzigkeit des Herrn zu kommen hoffe, für sie bitten."

Sektion der Leiche wurde angeordnet. Die Ärzte erklärten, der Dreiundsiebzigjährige sei an einem krebsartigen Leiden gestorben. Doch niemand glaubte es. Alle nahmen an, dieser Tod, der dem Katholischen König so gelegen kam, sei auch auf ihn zurückzuführen. Der stolze Mann hätte, wie er selber schrieb, es nicht ertragen, wenn Carranza wieder in sein Erzbistum eingesetzt worden wäre. Der König und der Erzbischof konnten nicht unter einem Himmel leben, und der König hielt es für sein ihm von Gott verliehenes Recht, sich des Gegners zu entledigen, auf welche Art immer.

Und er schrieb dem Papst, das Urteil
Scheine manchem span'schen Priester
Von Erfahrung und von Weisheit
Allzu mild. Doch anerkenne
Er des Papstes ernste Mühe
Um ein frommes und gerechtes
Urteil. Dies besonders, da ja
Gottes Hand bereits das rechte
Mittel angewandt, um weitre
Übel zu verhüten, die des
Papstes milder Spruch bewirken
Hätte können.

7

Die Geschichte des Erzbischofs, Heiligen und Ketzers Don Bartolomé Carranza war es, welche der junge Quintana in Form einer seiner „Miniaturen“ für Jovellanos und dessen Gäste las.

Alle kannten die Geschichte, aber sie wurde fremd und neu, wie Quintana sie las. Er scheute sich nicht, Begebenheiten, um die man nicht wissen, die man höchstens vermuten konnte, als Tatsachen hinzustellen. Doch seltsam: wie er sie erzählte, waren sie so, sie konnten gar nicht anders gewesen sein.

Goya, wie die andern, hörte hingerissen zu. Die Ereignisse, wie dieser junge Mensch sie vor einen hinstellte, hatten sich nicht vor einem Vierteljahrtausend begeben, es waren Geschehnisse von heute, erregend, empörend. Aber gerade deshalb: war nicht, was hier geschrieben wurde, Aufruhr und überaus verfänglich? Und war es nicht unsinnig, wenn er jetzt, da ihm das Leben Erfüllung und Verheißung bot, unter diesen Rebellen und Fanatikern herumhockte? Dabei gefiel ihm der törichte Junge, der mit mühsam unterdrückter Empörung seine Geschichte vortrug. Und er hätte weiter zugehört, selbst wenn es angegangen wäre, sich fortzumachen.

Als der junge Quintana zu Ende war, herrschte beklommenes Schweigen. Endlich räusperte sich Jovellanos und sagte: „Ihre Verstöße gegen das reine Kastilisch, mein lieber Don José, sind gar nicht zu zählen. Aber Kraft ist in Ihren Sätzen, und Sie sind ja noch sehr jung, da wird sich noch manches abschleifen.“

Der Abate war aufgestanden. Vielleicht hatte unter allen ihn die Vorlesung Quintanas am meisten angerührt. „Wir sind klug, wir von der Inquisition“, sagte er. Er hatte das Recht zu sagen: „Wir von der Inquisition“, denn noch immer, wiewohl sein Beschützer, der Großinquisitor Sierra, in Ungnade gefallen und wegen bedenklicher Theologie in Anklagezustand versetzt war, trug er den Titel „Sekretär des Heiligen Offiziums“. Jetzt also ging er auf und ab in dem geräumigen Zimmer Don Gaspars, nahm hier und dort einen Gegenstand auf, ihn zu betrachten, und hielt dabei seinen kleinen Vortrag. „Wir von der Inquisition“, sagte er, „waren immer klug. Es waren nicht wir, die den Erzbischof Carranza ins Gefängnis und zur Strecke gebracht haben, es waren der Papst und König Philipp. Und wenn jetzt Großinquisitor Lorenzana endlich den Fall Olavide zur Entscheidung bringt: war es etwa er, der den großen Mann hat verhaften lassen? *Muß* er nicht endlich aufräumen mit einem Fall, der so lange schwebt?"

Goya horchte hoch. Er hatte Don Pablo Olavide flüchtig gekannt; es hatte ihn erschüttert, als damals, vor Jahren, dieser tapfere, blitzend gescheite Mann verhaftet und seine große Gründung in der Sierra Morena gefährdet worden war. Auch er hatte in den letzten Wochen davon gehört, daß jetzt die Inquisition sogar den Olavide endgültig vernichten wolle, aber er hatte darüber hinweggehört, er wollte sich und sein Glück von Gerüchten nicht stören lassen. Jetzt, unter dem Eindruck der Vorlesung Quintanas, konnte er sich nicht enthalten zu fragen: „Werden sie wirklich . . .?"

„Gewiß werden sie", antwortete der Abate, und seine klugen, lustigen Augen waren jetzt keineswegs mehr lustig. „Lorenzana hat von Anfang an den Ehrgeiz gehabt, im Kampf für die reine Lehre ebenso berühmt zu werden wie Großinquisitor Valdés. Er hat bereits den Segen des Heiligen Vaters eingeholt für die Vernichtung des Olavide. Wenn Don Manuel noch länger in seiner Lethargie verharrt, wenn der König dem Großinquisitor nicht endlich in den Arm fällt, dann wird diese Hauptstadt ein Autodafé zu sehen bekommen wie keines seit Jahrhunderten."

Goya spürte deutlich, daß die böse Prophezeiung des Abate, daß vielleicht selbst die Vorlesung des jungen Quintana nur für ihn bestimmt gewesen war. Da wandte sich auch schon Jovellanos ohne Umschweife an ihn. „Sie arbeiten doch jetzt an einem Porträt des Príncipe de la Paz, Don Francisco. Don Manuel soll bei solchen Sitzungen sehr zugänglich sein. Wie wäre es, wenn Sie einmal mit ihm den Fall Olavide beredeten?" Obwohl sich Jovellanos bemühte, beiläufig zu sprechen, kam jedes Wort gewichtig. Es war still, alle warteten auf Goyas Antwort.

Unbehaglich sagte er: „Ich zweifle, ob mich Don Manuel ernst nimmt in Fragen jenseits der Malerei. Offen gestanden", fuhr er mit mattem Scherz fort, „ist es mir auch nicht wichtig, ernst genommen zu werden, wenn es nicht um meine Malerei geht." Die andern schwiegen, mißbilligend. Jovellanos aber sagte streng und geradezu: „Sie machen sich leichtfertiger, Don Francisco, als Sie sind. Sie sind begabt, und wer begabt ist, ist es auf allen Gebieten. Cäsar war nicht nur ein großer Staatsmann und Feldherr, auch ein großer Schriftsteller. Sokrates war Philosoph, Religionsstifter, Soldat, er war alles. Leonardo, jenseits seiner Malerei, war Wissenschaftler, Techniker, er hat Festungen gebaut und Flugmaschinen. Und um von meiner bescheidenen Person zu reden, so wünsche ich nicht nur auf dem Gebiet der Nationalökonomie ernst genommen zu werden, sondern auch in Fragen der Malerei."

Auch auf die Gefahr hin, in den Augen dieser Herren eine kümmerliche Figur zu machen, durfte sich Goya kein zweites Mal verleiten lassen, sich in politische Dinge einzumischen. „Ich bedaure, Ihnen trotzdem nein sagen zu müssen, Don Gaspar", antwortete er. „Das Verfahren gegen Don Pablo Olavide empört mich nicht minder als Sie, aber", erklärte er mit zunehmender Energie, „ich werde *nicht* mit Don Manuel darüber sprechen. Sicherlich hat unser Freund Don Miguel die böse Sache mit ihm erörtert, und sicherlich haben Sie, Don Diego" – er wandte sich an den Abate –, „ihm mit allen Künsten kluger Überredung zugesetzt. Wenn Sie beide versagen, Sie, die erfahrenen Politiker, was soll da ich erreichen, der simple Maler aus Aragón?"

Don Miguel nahm die Herausforderung an. „Wenn viele große Herren", sagte er, „dich besonders gerne um sich sehen, Francisco, dann tun sie es nicht nur um deiner Porträts willen. Sie haben den ganzen Tag Spezialisten um sich, Wirtschafter, Techniker, Politiker, wie ich einer bin. Der Künstler aber ist mehr als ein Spezialist, er wirkt auf alle, kennt das Wesen aller, spricht für alle, er spricht fürs Volk als Ganzes. Das weiß Don Manuel, und darum hört er auf dich. Und darum solltest du mit ihm über diesen verruchten und verzweifelten Prozeß des Pablo Olavide reden."

Bescheiden und doch glühend mischte sich der junge Quintana ein. „Was Sie da sagen, Don Miguel", rief er, „habe ich selber oft gespürt. Nicht wir armen Schriftsteller, Sie, Don Francisco, Sie sprechen die Sprache, die alle verstehen, das Idioma Universal. Vor Ihren Bildern geht einem das Wesen der Menschen tiefer auf als vor den Gesichtern selber und vor den Worten der Schriftsteller." – „Sie tun meiner Kunst viel Ehre an, junger Herr", antwortete Goya. „Aber leider will man ja, daß ich mit Don Manuel *rede*, und da bin ich meines Idioma Universal beraubt. Ich bin Maler, Señores", sagte er, beinahe unhöflich laut. „Begreifen Sie doch, ich bin Maler, nichts als Maler."

Als er allein war, suchte er die peinliche Erinnerung an Jovellanos und seine Gesellschaft abzuschütteln. Er wiederholte sich die Gründe seiner Ablehnung, es waren gute Gründe. „Oir, ver y callar – Hören, sehen, Maul halten", das war unter den vielen guten alten Sprichwörtern eines der gescheitesten. Aber sein Unbehagen blieb.

Er mußte sich mit einem Vertrauten aussprechen, sich rechtfertigen. Er erzählte seinem Agustín, wie Jovellanos und die andern ihm schon wieder zugemutet hätten, sich in die Geschäfte des Königs zu mischen, und wie er's, selbstverständlich, abgelehnt habe. „Der Mensch", schloß er mit etwas gezwungener Munterkeit, „braucht zwei Jahre, bis er reden lernt, sechzig, bis er lernt, das Maul zu halten."

Agustín war bekümmert. Er schien um die Angelegenheit bereits zu wissen. „Quien calla, otorga", erwiderte er mit seiner schollerigen Stimme, „wer schweigt, stimmt zu." Goya antwortete nicht. Agustín bezwang sich, er schrie nicht, er bemühte sich, ruhig zu sprechen. „Ich fürchte", sagte er, „wenn du die Fenster gegen die Zeit verhängst, Francho, dann wirst du bald auch in deinem eigenen Gehäuse schlechter sehen." – „Red keinen Unsinn", begehrte Francisco auf. „Male ich jetzt schlechter als früher?" Doch auch er zwang sich zum Gleichmut. „Manchmal imponiert er mir, dein tugendhafter Jovellanos", konzedierte er sachlich, „mit seiner Starrheit und seinen großen Reden. Aber öfter finde ich ihn lächerlich.

Lächerlich ist, wer in einer
Welt lebt, wie sie sollte sein, und
Nicht in der, die ist. Anpassen
Muß man sich, es geht nicht anders",
Rief er heftig. „Nun, Sie tun es,
Don Francisco", sagte sänftlich
Agustín. Francisco aber,
Und er schrie nicht, sagte: „Zwischen
Beiden Welten muß ein Weg sein,

Und ich will und werd ihn finden.
Glaub es mir, ich werd ihn finden,
Agustín. Nur hab Geduld, mein
Lieber."

8

Goya malte an dem heitern Bild der Wallfahrt zu San Isidro. Malte hingegeben, fröhlich. Er war allein. Plötzlich spürte Francisco, daß jemand im Atelier war.

Ja, es war einer da, er war eingetreten, ohne anzuklopfen, ein Mann in der Tracht der Nuncios, der Boten des Heiligen Offiziums. „Gelobt sei Jesus Christus", sagte der Mann. „In Ewigkeit, amen", antwortete Don Francisco. „Wollen Sie mir, bitte, bestätigen, Don Francisco", sagte sehr höflich der Nuncio, „daß ich Ihnen ein Schreiben des Heiligen Offiziums übergeben habe." Er reichte ihm die Quittung, Goya unterzeichnete. Der Mann übergab ihm das Schreiben, Goya nahm es und bekreuzte sich. „Gesegnet sei die Heilige Jungfrau", sagte der Nuncio. „Dreimal gesegnet", antwortete Don Francisco, und der Nuncio entfernte sich.

Goya hockte nieder, das gesiegelte Schreiben uneröffnet in der Hand. Es war in der letzten Zeit viel davon die Rede gewesen, daß die Inquisition das Urteil des Don Pablo Olavide nicht öffentlich, sondern in einem Auto particular zu verkünden gedenke, in einer nur für geladene Gäste bestimmten Kundgebung. Dazu geladen zu werden war ehrenvoll und gefährlich, es kam einer Verwarnung gleich. Goya war sicher, das Schreiben in seiner Hand enthielt eine solche Ladung. Erst jetzt spürte er den ganzen Schreck, den ihm die leise und jähe Erscheinung des Boten bereitet hatte. Er hockte in dem Sessel, erschöpft, mit matten Knien, es dauerte lange, ehe er das Schreiben öffnete.

Josefa, als Francisco ihr von der Einladung sprach, erschrak tief. Nun also erfüllte sich, was ihr Bruder vorhergesagt hatte: Franchos unsittlicher Lebenswandel hatte ihn in den Geruch der Ketzerei gebracht. Wahrscheinlich hatte, mehr noch als sein übler Verkehr mit den Gottlosen, die freche Zurschaustellung seiner Liebschaft mit der Alba die Herren von der Inquisition zu dieser gefährlichen Einladung bestimmt. Das Schlimme war, daß ihr Francho wirklich ein Ketzer war. Und das Überschlimme: sie hing an ihm, so fest nur ein Mensch an einem andern hängen konnte. Und wenn die Inquisition sie folterte, niemals wird sie ein Wort gegen Francho aussagen. Sie bemühte sich, ihr Gesicht, ihr verschlossenes, hochmütiges Bayeu-Gesicht, ruhig zu halten, nur den Mund verpreßte sie ein wenig mehr. Dann sagte sie: „Die Jungfrau segne dich, Francho."

Sogar die Alba, als er ihr von der Einladung erzählte, machte eine Bewegung peinlichen Staunens. Doch sogleich wieder hatte sie sich in der Gewalt. „Da sieht man, Don Francisco", sagte sie, „was für ein wichtiger Mann Sie sind."

Der Großinquisitor Lorenzana hatte die angesehensten Männer des Reiches eingeladen, dem Triumph der Inquisition beizuwohnen, nicht nur Don Miguel, Cabarrús, Jovellanos, sondern sogar Don Manuel. Rom hatte ihm empfohlen, im Falle des Olavide kein Auto público abzuhalten, um die Krone nicht zu reizen, wohl aber der Verurteilung des Ketzers viel Öffentlichkeit zu geben. Er hatte also ein Auto particular „bei offenen Toren" angeordnet, so daß trotz Ausschlusses der Öffentlichkeit die ganze Bevölkerung Madrids teilnehmen konnte an der Demütigung des Ketzers.

Eine Woche vor der Feierlichkeit durchzogen berittene Diener und Notare der Inquisition die Stadt Madrid mit Trommeln, Hörnern und Trompeten, und ein Herold tat allem Volke zu wissen, daß zur höhern Ehre Gottes und des katholischen Glaubens das Heilige Offizium in der Kirche San Domingo El Real ein Auto particular zelebrieren werde „bei offenen Toren". Es würden alle Gläubigen aufgefordert, dem heiligen Schauspiel beizuwohnen; das sei Gottesdienst.

Am Tage vor dem Auto wurde das große, grüne Kreuz und die Standarte des Heiligen Offiziums in die Kirche gebracht. Der Prior der Dominikaner trug das grüne Kreuz, umgeben von fackeltragenden Mönchen, die das Miserere sangen. Auf der reichbestickten Standarte aus purpurnem Damast waren das Wappen des Königs zu sehen und das des Heiligen Offiziums, Kreuz, Schwert und Rute. Der Standarte folgten die Särge der ausgegrabenen toten Ketzer, deren Urteile sollten verkündet werden, sowie die Bildnisse der flüchtigen. Eine riesige Menge säumte die Straßen und kniete vor der Standarte und dem grünen Kreuz.

Des andern Morgens, in frühester Frühe, versammelten sich in der Kirche San Domingo El Real die geladenen Gäste, Minister, Generäle, der Rektor der Universität, führende Schriftsteller, alle jene Männer von Rang, die des Fortschritts verdächtig waren; einer Einladung zu einer solchen Feier nicht zu folgen, wäre, selbst im Fall einer Krankheit, dem Eingeständnis der Ketzerei gleichgekommen.

Ferner auch waren, um sich ihres Sieges zu freuen, jene Männer geladen, die den Olavide zu Fall gebracht hatten, der Erzbischof Despuig von Granada, der Bischof von Osma, Bruder Romuald aus Freiburg, die Männer der Mesta, welche durch die Siedlungen Olavides ihre unentgeltlichen Weideplätze verloren hatten.

Sie alle, Freunde und Feinde, saßen auf einer großen Tribüne, ihnen gegenüber wartete eine zweite Tribüne auf die Herren der Inquisition. Zu ihren Häupten hing das berühmte Bild des heiligen Domingo; er lag auf der Erde, erschöpft durch Kasteiung, und die Heilige Jungfrau ließ erbarmungsvoll Milch aus ihrer Brust in seinen Mund laufen.

In der Mitte der Kirche war ein Podium aufgeschlagen, darauf standen die Särge der toten und, an schwarzverhängte Kreuze gebunden, die Bildnisse der flüchtigen Ketzer; ein zweites Podium wartete auf die Ketzer in Fleisch und Blut.

Draußen mittlerweile zog die Prozession der Richter und Verbrecher heran. Das Kavallerieregiment von Murcia bildete die Spitze, afrikanische Kavallerie den Beschluß des Zuges, die ganze übrige Garnison Madrids bildete Spalier. In zwei langen Reihen schritten die Beamten der Inquisition, zwischen ihnen die Sünder.

Am Eingang der Kirche empfing die Geistlichkeit von San Domingo den Großinquisitor und sein Gefolge. Unmittelbar hinter Lorenzana schritt der Vorsitzende des Heiligen Tribunals der Hauptstadt, Doktor Don José de Quevedo, sowie die drei Ehrensekretäre, Granden der Ersten Reihe alle drei, dann die sechs amtierenden Sekretäre, unter ihnen Don Diego, der Abate. Die Gäste, als der Zug die Kirche betrat, knieten nieder.

Als sie wieder hochschauten, war auch die Bühne der lebendigen Ketzer besetzt. Gegenüber dem Podium mit den Särgen der toten saßen sie, die lebendigen Ketzer, auf niedriger Bank, auch sie zu Füßen eines schwarzverhängten Kreuzes.

Es waren ihrer vier, und sie waren angetan mit dem Sambenito, der Zamarra, dem Schandkleid. Gelb und grob hing um sie das sackartige Hemd mit dem schwarzen Andreaskreuz, der Ginsterstrick baumelte ihnen um den Hals, der hohe, spitze Hut, die Coroza, saß ihnen auf dem Kopf, die nackten Füße staken in gelben, groben Stoffschuhen, in den Händen trugen sie ausgelöschte, grüne Kerzen.

Tief erregt schaute Goya auf die Armensünder in ihren Sambenitos. In allen Kirchen waren solche Schandhemden aufgehängt, und in ihm hoch stieg die Erinnerung an jenen Sambenito, vor dem er als kleiner Junge zum erstenmal belehrt worden war, was ein solches Schandkleid bedeute. Es war ein altertümlicher Sambenito gewesen, bemalt mit grausigen Teufeln, welche Sünder in die Hölle stürzten; über ihm war verzeichnet der Name und das Verbrechen des Ketzers, der ihn vor hundert oder mehr Jahren getragen hatte. Deutlich erinnerte sich Francisco des Grausens und Entzückens, welches ihm damals der Gedanke bereitet hatte, daß die Nachkommen dieses Ketzers auch heute noch ausgestoßen waren von der Gemeinschaft der Reinen.

Mit Gier geradezu, mit der Teilnahme eines Besessenen suchte er nach dem Gesicht des Pablo Olavide. Denn in ihren Sambenitos und unter den spitzen Hüten schauten die vier Ketzer beinahe gleich aus, sie hockten vornübergebeugt mit grauen, erloschenen Gesichtern, eine Frau schien unter ihnen, man konnte sie kaum von den Männern unterscheiden. Francisco hatte ein scharfes Gedächtnis für Gesichter, deutlich vor sich sah er den Pablo Olavide, den er vor Jahren getroffen hatte, es war ein schmächtiger, eleganter, beweglicher Herr gewesen mit einem freundlich aufgeweckten Gesicht. Jetzt brauchte Francisco lange, um zu entscheiden, wer unter den vieren Olavide war; denn er hatte kein Gesicht mehr, es war verwischt und erloschen.

Ein Sekretär betrat die Kanzel und las die Eidesformel, durch welche sich die Anwesenden verpflichteten zu striktem Gehorsam vor dem Heiligen Offizium und zu steter Verfolgung jeglicher Ketzerei. Und alle sprachen amen.

Dann predigte der Prior der Dominikaner. Sein Text war: „Steh auf, o Herr, und halte Gericht in deiner Sache", und er predigte kurz und wild. „Das Heilige Tribunal", verkündete er, „und diese Bühne mit den Sündern, die bestimmt sind zu leiden, sind ein einprägsames Bild dessen, was wir alle eines Tages beim Jüngsten Gericht schaudernd erleben sollen. Aber, fragen die Zweifler, hast du nicht noch andere Feinde, o Herr, als die Juden, Mohammedaner und Ketzer? Beleidigen nicht Tag um Tag auch zahllose andere deine Heiligkeit durch andere Sünden und Verbrechen? Ganz gewiß, antwortet Gott, aber das sind läßliche Verbrechen, die ich vergebe. Unversöhnlichen Abscheu habe ich nur vor den Juden, Mohammedanern und Ketzern, denn sie beschmutzen meinen Namen und meine Ehre. Das ist es, was David sagen wollte, als er den Herrn anrief: ‚Wach auf aus der Milde, in welche übergroßes Mitleid dich einlullt! Steh auf, o Herr, und halte Gericht in deiner Sache! Schlag nieder mit der Wucht deines Zornes die Heiden und Ungläubigen!', und nach diesen Worten handelt heute das Heilige Offizium."

Dann wurden die Urteile über die vier Ketzer verlesen. Es erwies sich, daß man Pablo Olavide zusammengespannt hatte mit Leuten ohne Rang und Namen, wohl um zu zeigen, daß vor dem Gericht der Inquisition der Hohe gleich war dem Geringen.

Zunächst vorgerufen wurde José Ortiz, Koch, früher im Seminar von Palencia. Er hatte Zweifel geäußert an der Wunderkraft des Bildes Unserer Jungfrau del Pilar. Er hatte weiterhin erklärt, das Schlimmste, was ihm nach seinem Tode zustoßen könne, sei, daß er von den Hunden gefressen werde. Die Äußerung von den Hunden wurde als geringfügige Ketzerei angesehen, da auch Leichname von Märtyrern zur Beute von Hunden, Raubvögeln, sogar von Schweinen geworden seien. Die andere Äußerung aber wurde als eine monströse Leugnung des Dogmas befunden. Verurteilt wurde der Mann, in öffentlicher Prozession durch die Stadt geführt zu werden und zweihundert Peitschenhiebe zu erhalten; sodann sei er den weltlichen Behörden zu übergeben zur Abbüßung einer fünfjährigen Galeerenstrafe.

Nach ihm aufgerufen wurde die Buchhändlerin Constancia Rodríguez. Es hatten sich unter ihren Vorräten siebzehn Bücher gefunden, die auf dem Index standen, drei in gefälschten Einbänden mit unverfänglichen Titeln. Die Frau wurde, außer zu den üblichen „Nebenstrafen“ Exil, Vermögenskonfiskation und dergleichen, verurteilt zur Strafe der Vergüenza, das heißt, sie sollte mit nacktem Oberleib durch die Stadt geführt werden, während ein Herold ihre Schuld und ihre Strafe verkündete.

Der Lizentiat Manuel Sánchez Velazco hatte im Bereich der Kirche San Cayetano blasphemische Äußerungen getan, der Heilige könnte ihm doch nicht helfen und dergleichen. Er kam mit milder Sühne davon. Er wurde auf Lebenszeit aus Madrid verbannt, und es wurden ihm die Rechte abgesprochen, Ehrenstellen zu bekleiden oder geachtete Berufe auszuüben.

Die Urteile wurden langsam verlesen, mit pedantischer Aufzählung der Gründe und Beweise. Die geladenen Gäste hörten zu, gelangweilt und erregt, sie warteten auf das Urteil des Olavide. Aber sie konnten sich nicht entziehen einem unbehaglichen Mitleid mit den kläglichen Gestalten in den grotesken Sambenitos, deren Leben für immer vernichtet war durch ein unvorsichtiges Wort, und nicht entziehen konnten sie sich der Furcht vor dem Ketzergericht, das mit Millionen Ohren leichtsinnige Äußerungen belauschte und jeden vernichten konnte, den es sich ausersah.

Endlich wurde Pablo Olavide aufgerufen, und zwar mit allen seinen Titeln: früherer Auditor des Vizekönigtums Perú, früherer Gouverneur von Sevilla, früherer Generalgouverneur der Nuevas Poblaciones, früherer Kommandeur des Ordens von Santiago, früherer Ritter des Andreaskreuzes.

Sehr still war es in der menschenvollen Kirche, als der kleine Mann, riesig erhöht durch die Ketzermütze, vorgeführt wurde. Er versuchte zu gehen, aber der Geistliche an seiner rechten und der Wärter an seiner linken Seite mußten ihn stützen und ziehen, man hörte seine Füße in den lächerlichen gelben Stoffschuhen über den Steinboden der Kirche schleifen.

Da er sich offenbar nicht aufrecht halten konnte, hieß man ihn niedersitzen. Da hockte er. Sein Oberkörper lehnte schlaff über dem niedrigen Geländer, das den Stand des Beklagten abgrenzte, die spitze, hohe Mütze stach grotesk vor, und ringsum saßen der Erste Minister und der Rektor der Universität und viele hohe Herren und Gelehrte und Schriftsteller, die seine Freunde waren, und auch jene Erbärmlichen, seine Feinde, und sie waren Zeugen seiner Schande.

Das Urteil war ausführlich, wohlerwogen, untermauert mit viel Theologie. Der Beschuldigte hatte zugegeben, unvorsichtige Äußerungen getan zu haben, hatte indessen behauptet, er habe den rechten katholischen Glauben nie aufgegeben und das Verbrechen der Ketzerei nicht begangen. Das Heilige Offizium aber hatte die Schriften und Bücher des Beklagten untersucht, man hatte zweiundsiebzig Zeugen vernommen, und die Schuld Pablo Olavides war erwiesen. Er hatte erklärt, er glaube nicht an Wunder. Hatte bestritten, daß Nicht-Katholiken der Hölle verfallen seien. Hatte geäußert, mehrere Kaiser des heidnischen Rom seien manchen christlichen Fürsten vorzuziehen. Hatte Kirchenväter und Scholastiker bezichtigt, sie hätten den Fortschritt des menschlichen Geistes gehemmt. Hatte Zweifel daran geäußert, daß Gebet schlechte Ernte verhüten könne. Das waren mehr als unvorsichtige Äußerungen, das war Ketzerei. Des weiteren war Olavide im Besitz vieler verbotener Schriften gewesen, ja er hatte den Vorkämpfer des Anti-Christ, den berüchtigten Voltaire, in der Schweiz aufgesucht, ihm Verehrung und Freundschaft bezeigt, und es hatten sich unter seinen Akten Briefe gefunden, die dieser Erzketzer ihm geschrieben hatte. Fernerhin hatte der Beschuldigte vor Zeugen erklärt, das Läuten der Glocken bei Gewittergefahr sei unnütz. Hatte auch während einer Seuche angeordnet, daß die Toten nicht in den Kirchen begraben werden sollten, sondern fern von den Ortschaften in ungenügend geweihter Erde. Kurz, Pablo Olavide war in hundertsechsundsechzig Fällen einwandfrei der Ketzerei überführt.

Die Verlesung dieser hundertsechsundsechzig Fälle dauerte länger als zwei Stunden. Am Ende der zweiten Stunde sank Olavide schräg zur Seite, und jedermann erkannte, er war ohnmächtig geworden. Er wurde mit Wasser bespritzt, und als er nach einigen Minuten wieder zum Bewußtsein gekommen war, ging die Verlesung weiter.

Endlich war man am Schluß. „Aus diesen Gründen“, hieß es, „erklären Wir ihn für einen überführten Ketzer, für ein angefaultes Mitglied der christlichen Gemeinschaft und verurteilen ihn, sich durch Abschwörung seiner Ketzerei mit der Kirche zu versöhnen.“ Als Buße wurde ihm auferlegt, acht Jahre in dem Kapuzinerkloster zu Gerona zu verbringen. Damit verbunden waren die üblichen Nebenstrafen. Sein Vermögen wurde konfisziert. Er hatte sich auf Lebenszeit von Madrid und allen königlichen Residenzen fernzuhalten, desgleichen von den Königreichen Perú und Andalusien sowie von den Siedlungen in der Sierra Morena. Auch durfte er keinen Ehrentitel führen und kein Amt bekleiden. Untersagt waren ihm die Berufe des Arztes, Apothekers, Lehrers, Advokaten, Steuerpächters. Er durfte kein Pferd besteigen, keinen Schmuck tragen, auch keine Kleider von Seide oder feiner Wolle, sondern nur solche von grobem Serge oder sonstigem groben Tuch. Beim Verlassen des Klosters von Gerona sollte sein Ketzerhemd, der Sambenito, in der Kirche der Nuevas Poblaciones aufgehängt werden nebst einem Verzeichnis seiner Ketzereien, auf daß alle Welt darum wisse. Den Nebenstrafen blieben auch seine Nachfahren bis ins fünfte Geschlecht unterworfen.

Viele Kerzen brannten, die Luft in der Kirche war schlecht, kühl und schwül zugleich. Die Geistlichen in ihren altertümlichen Stolen, Kutten, Roben, die großen Herren in ihren Gala-Uniformen saßen still, müde und erregt, schwer atmend zumeist, und hörten zu.

Der Abate, als einer der Sekretäre des Heiligen Tribunals von Madrid, saß unter den Inquisitionsrichtern. Er war ein Freund des Großinquisitors Sierra, den Lorenzana gestürzt und unter Anklage gestellt hatte, und Lorenzana wußte natürlich, daß dieser gestürzte Großinquisitor ihn beauftragt hatte, ein Memorandum auszuarbeiten über die Methoden, das Prozeßverfahren der Inquisition dem Zeitgeist anzupassen. Der Abate war sich also klar darüber, daß er ebenso wie Olavide im Schandkleid auf dem Stühlchen hätte hocken können. Wenn ihn Lorenzana vorläufig nicht anzufassen gewagt hatte, dann nur, weil er ein Vertrauter und der offizielle Bibliothekar Don Manuels war. Sicher aber stand er auf der Liste derjenigen, die ausgesucht waren, das Schicksal des Mannes da unten zu teilen, und nach diesem Autodafé mußte er jeden Tag erwarten, verhaftet zu werden. Er hätte sich längst davonmachen, hätte längst die Pyrenäen zwischen sich und die Inquisition bringen sollen. Die Ursache, daß er's nicht tat, hatte einen Namen: Doña Lucía. Er konnte Spanien nicht verlassen, ehe er ihre politische Erziehung vollendet hatte, er konnte ihren Anblick nicht entbehren.

Don Manuel saß in der ersten Reihe der Würdenträger. Es drängte ihn, aufzustehen und die Kirche hallenden Schrittes zu verlassen. Seine Freunde hatten recht: er hätte dieses schmachvolle Schauspiel nicht zulassen dürfen. Aber er hatte die Frechheit Lorenzanas unterschätzt, und als der das Autodafé einmal angekündigt hatte, war es zu spät gewesen. Ein angekündigtes Autodafé zu verbieten, ein solcher Frevel hätte einen Aufruhr hervorgerufen, der zu seinem sichern Sturz geführt hätte. Aber es blieb ein Skandal, daß dieser Lorenzana, der ihm gegenüber im ganzen Staat seiner göttlichen Richterwürde thronte, auf solche Art herumtreten durfte auf einem Manne wie Olavide, dessen kleine Zehe wertvoller war als sein geschwollener Kopf. Andernteils hatte natürlich Pepa recht, und der da drüben thronte in dickem Triumph, war nicht der Señor Francisco Lorenzana, es war Rom und der Altar, es war die Kirche selber. Von dem Augenblick an, da er zu Recht die Robe des Großinquisitors trug, war sogar ein so verwerflicher Mensch wie Lorenzana die Verkörperung der göttlichen Gerechtigkeit, und es war nicht geheuer, gegen ihn vorzugehen. Trotzdem, gelobte sich Don Manuel, sollten sich seine Freunde nicht in ihm getäuscht haben. Über dieses klägliche Schauspiel hinauszugehen, wird er dem Lorenzana nicht erlauben; er wird nicht dulden, daß er den Olavide weiter, daß er ihn zu Tode hetzt.

Francisco Goya schaute mit brünstiger Teilnahme auf den Armensünder. Was dem da unten geschah, konnte uns allen geschehen. Es waren die bösen Geister, die überall lauerten, die diesem unseligen Pablo Olavide das Schandhemd und den Ketzerhut aufgezwungen hatten und die ihn verhöhnten in Gestalt des Großinquisitors und seiner Gesellen. „Trágalo, perro – Schluck's, du Hund." Und Goya saß und schaute und nahm wahr jedes winzige Detail dessen, was da in der Kirche San Domingo El Real vorging. Gleichzeitig aber erlebte er neu Begebenheiten seiner frühen Jugend. Damals, in seinem heimatlichen Saragossa, hatte er ein Autodafé mit angesehen, noch feierlicher, schauriger und grotesker. Das war gewesen in und vor der Kathedrale der Virgen del Pilar, und dann hatte man die Ketzer verbrannt vor der Puerta del

Portillo. Beinahe deutlicher jetzt als damals sah Goya jene Richter und Sünder und Zeugen von Saragossa, er roch den Gestank der Verbrannten, die Ketzer von damals und die Armensünder von heute wurden ihm *eines.*

Kniend jetzt, im Angesicht des schwarzverhängten Kreuzes, die Hand auf der aufgeschlagenen Bibel, schwor Olavide ab. Der Priester sprach ihm vor, und er wiederholte, er sage ab jeglicher Ketzerei, und im besondern Ketzereien solcher Art, wie er selber sie durch Meinung, Wort und Tat verübt habe. Der Priester sprach ihm vor, und er wiederholte, er schwöre bei Gott und der Heiligen Jungfrau, in Demut und Geduld jegliche auferlegte Buße anzunehmen und sich ihr nach Kräften zu unterziehen. Sollte er versagen oder einen ferneren Verstoß begehen, so werde er sich selber als einen unbußfertigen und rückfälligen Ketzer anschauen, der ohne weiteren Prozeß der Strenge kanonischen Rechtes und dem Scheiterhaufen verfallen sei.

Sehr gedämpft kam durch das offne
Tor der Kirche das Gesumm der
Ungeheuern Menge draußen.
In der Kirche selber, in der
Menschenüberfüllten, aber
War es still, so still, daß jeder-
Mann zusammenfuhr, als eine
Hellebarde leise auf den
Boden stieß. Doch trotz der Stille
Waren nur die Worte hörbar,
Die der Priester vorsprach; von ihm
Selber, Olavide, hörte
Man nicht einen Laut, man sah nur,
Wie in dem erloschnen, grauen
Antlitz mühsam sich die Lippen
Öffneten und schlossen.
                                        Damit
War der heil'ge Akt beendet.
Hell und deutlich scholl von außen
Jetzt Kommandoruf und Taktschritt
Von Soldaten. Und in gleicher

Ordnung, wie sie eingezogen,
Zog die Prozession der Richter
Und der Armensünder aus der
Kirche San Domingo.

9

Es drängte Goya mitzuteilen, was er in der Kirche San Domingo erlebt hatte. Agustín fragte ihn nicht darum, doch sichtlich wartete er, daß Francisco erzähle.

Der schwieg. Er fand die Worte nicht. Was er erlebt hatte, war zu verwickelt. Er hatte mehr gesehen als den Jammer des Olavide und den brutalen Fanatismus seiner Richter. Er hatte die Dämonen gesehen, die um die Richter, Ketzer, Gäste flogen, krochen, kauerten, jene bösen Geister, die immer um einen waren, und er hatte ihre fratzenhafte Freude gesehen. Ja, er selber – und das würde der brave Teetrinker Agustín niemals begreifen –, er selber, bei allem Mitleid, Haß und Ekel, den ihm das grausig groteske Schauspiel erregte, er selber hatte sich der Freude der Dämonen mitgefreut. Mehr als das: es war in ihm die kindisch gierige, angstvolle Freude wieder wach geworden, die er als Knabe gespürt hatte, damals, beim Anblick der verurteilten und brennenden Ketzer. Diesen Wirrwarr aber, diese verfilzten alten und neuen Gesichte und Gefühle konnte man nicht in Worten aussagen.

Malen konnte man sie.

Er malte. Schob alles andere von sich fort und malte. Sagte die Sitzungen ab, die ihm der Príncipe de la Paz gewährt hatte. Enthielt sich Cayetanas. Ließ niemand ins Atelier. Bat selbst Agustín, keinen Blick auf seine Malerei zu werfen; wenn er fertig sei, werde Agustín als erster sie zu sehen bekommen.

Er zog seine kostbarsten Kleider an zur Arbeit, manchmal auch, trotz der Unbequemlichkeit, seine Majo-Tracht.

Er malte schnell, doch mit Anspannung. Er malte auch des Nachts; er trug dann einen niedrigen, zylinderförmigen Hut mit einer Art Metallschild, auf dem er Kerzen befestigt hatte, die ihm das jeweils rechte Licht gaben.

Er spürte, es war ihm in der kurzen Zeit, seitdem er die „Wallfahrt zum heiligen Isidro" gemacht hatte, neue Sicht und Farbe zugewachsen. Er war freudig erregt. Mit triumphierender Bescheidenheit schrieb er seinem Herzensmartín, er male jetzt an einigen kleinen Bildern, nur sich selber zur Lust, und da folge er, ganz anders, als man es bei bestellten Bildern könne, dem eigenen Herzen, der eigenen Beobachtung und Laune, er lasse seiner Phantasie die Zügel und male die Welt, wie er sie sehe. „Es wird ganz großartig", schrieb er, „und ich werde die Bilder ausstellen, erst hier für die Freunde, dann in der Akademie, und ich wünschte nur, Martín meiner Seele, du kämest bald, sie anzuschauen." Er machte ein großes Kreuz auf den Brief, damit nicht zu schlechter Letzt die bösen Geister dazwischenkämen, ihm alles vereitelnd wegen seiner vermessenen Zuversicht.

Und es kam der Tag, da sagte er zu Agustín mit fast grimmiger Befriedigung: „So, fertig. Jetzt kannst du sie anschauen, und wenn du willst, kannst du auch was dazu äußern."

Da waren die Bilder.

Eines stellte einen ärmlichen, ländlichen Stierkampf dar. Da war der Stierzirkus mit Kämpfern, Pferden, Zuschauern und ein paar gleichgültigen Häusern dahinter. Der Stier selber war gehetzt und blutend, ein feiger, schlechter Stier, der sich an die Palisade drückte, Wasser ließ und nicht mehr kämpfen wollte, sondern nur mehr sterben. Und die Beschauer waren empört über die Feigheit des Stieres, der ihnen nicht das Schauspiel bot, auf das sie Anspruch hatten, der nicht wieder auf den Kampfplatz und in die Sonne wollte, sondern niederträchtigerweise im Schatten stehenbleiben und verenden. Der Stier nahm nicht viel Raum ein, es war nicht der Stier, den Francisco hatte malen wollen, sondern sein Schicksal, und dazu gehörten die andern, die Kämpfer, Zuschauer und Pferde, genauso wie der Stier. Es war ein figurenreiches Bild, doch war da nichts Überflüssiges.

Das zweite Bild zeigte einen Haufen von Irrsinnigen in ihrer Behausung. Es ist ein großer, kellerartiger Raum, nichts als Stein mit bogenförmigen Wölbungen; durch die Bögen und das vergitterte Fenster fällt das Licht. Hier also sind die Irrsinnigen zusammengesperrt, ihrer viele, ein jeder hoffnungslos allein. Und ein jeder treibt seinen Unsinn. In der Mitte ist ein junger, kräftiger, nackter Mensch, er predigt mit wilden Gesten auf einen nicht vorhandenen Gegner ein, dringlich und drohend. Andere Halbnackte sind da, geschmückt mit Kronen, Stierhörnern, bunten Federn, wie Indianer sie auf dem Kopfe tragen. Sie hocken, stehen, liegen zusammengeknäuelt in dem ewig steinernen Gewölbe. Aber viel leichtes Licht ist um sie.

Das dritte Bild stellte dar eine Karfreitagsprozession. Ohne daß übermäßig viele Menschen zu sehen wären, ist sichtbar, spürbar das ganze, heftige Gewimmel der Fahnen, Kreuze, Teilnehmer, Zuschauer, Büßer. Vor schwarzverhängten Häusern schwankt ein schweres Podium heran, getragen von kräftigen, schwitzenden Männern, und auf ihm das Riesenbild der Jungfrau mit dem Heiligenschein. Dahinter, fernher, ein ebensolches Podium mit dem heiligen Joseph, und, noch ferner, ein drittes und auf ihm, gigantisch, der Gekreuzigte. Fahnen und Kreuze sind weit vorne im Zug. Am deutlichsten aber werden die Büßer, die Disciplinantes, halbnackt und weiß, mit weißen, spitzen Sünderhüten die einen, mit schwarzen Teufelsfratzen und -kleidern die andern, fanatisch bewegt alle, schwingend ihre vielschwänzigen Peitschen.

In dem Autodafé, an dem er als Neunjähriger teilgenommen hatte, damals, in Saragossa, hatte er mit angesehen und angehört, wie ein Geistlicher abgeurteilt worden war, der Padre Arevalo, der seine Beichtkinder nackend gepeitscht hatte und sich von ihnen hatte peitschen lassen auf jene Körperteile, welche gesündigt hatten. Das Urteil, das dem Padre gesprochen wurde, war mild gewesen, doch lang, mit ausführlicher Begründung, und verlesen worden war eine in alle Einzelheiten gehende Darstellung der regelwidrigen, verbotenen Buße, welche der Padre sich und seinen Beichtkindern auferlegt hatte. Seit Jahrzehnten hatte Goya daran nicht mehr gedacht. In der Kirche San Domingo aber hatte er von neuem deutlich verspürt die drangvolle, befangene, inbrünstige Teilnahme, mit der er damals die Verlesung jenes Urteils angehört hatte. Und aufgestiegen war ihm die Erinnerung an die vielen Flagellanten, die er seither gesehen hatte, an die Prozessionen jener seltsamen Büßer, die sich Leiden zufügen, um künftiges Leid abzuwehren. Sie züchtigen sich mit Lust. Ihre Peitschen tragen die Farben der Geliebten, und wenn sie an dieser vorbeiziehen, versuchen sie, sie mit ihrem Blute zu bespritzen; das ist Ehre und

Liebesdienst nicht nur für die Heilige Jungfrau, sondern auch für die Geliebte. Und nun also hatte er sie gemalt, die Büßer. Vorn auf seinem Bild schreiten sie, tanzen sie, nackend, mit gekrümmten, muskulösen Rücken, mit weißen Lendenschurzen und weißen, spitzen Büßerhüten. Grell über ihnen liegt das Licht. Doch mild und sanft geht es aus von der Heiligen Jungfrau.

Eine sehr andere Prozession stellte das vierte Bild dar, „Die Beerdigung der Sardine", jene wilde Festlichkeit, die den Karneval beschloß, die letzte Feier vor der langen, harten Fastenzeit. Dicht drängt sich da die Menge, bemüht um Fröhlichkeit, eine große Fahne mit einem teuflischen Mond ist da, ein paar Burschen tragen wilde, kinderschreckende Masken, zwei Mädchen, ausschauend wie verkleidete Männer, tanzen mit einem dritten, maskierten Mann einen schweren Tanz. Es ist eine gewollte, besessene Fröhlichkeit, die von dem Bild ausgeht, eine fanatische Ausgelassenheit, man spürt, gleich nach ihr kommt die Zeit von Sack und Asche.

Auch in dieses Bild hatte Goya persönlichen Groll hineingemalt. Die Engländer nämlich nützten die Fastenzeit, um in Spanien gedörrten Fisch in Mengen einzuführen, und der Papst, um die Profite der verhaßten Briten zu verringern, räumte solchen, denen Arzt und Beichtvater ein Zeugnis ausstellten, das Recht ein, auch während der Fastenzeit Fleisch zu essen. Wer dieses Privileg genießen wollte, mußte ein gedrucktes Exemplar der päpstlichen Erlaubnis-Bulle kaufen, alljährlich ein neues, unterzeichnet vom Pfarrer seines Sprengels; der Pfarrer erhob dafür eine Gebühr je nach dem Einkommen des Petenten. Über die Höhe dieser Gebühr ärgerte sich Francisco Jahr für Jahr, und so geriet ihm die Fröhlichkeit der „Beerdigung der Sardine" besonders grimmig.

Das fünfte Bild endlich stellte ein Autodafé dar. Es findet statt nicht in der Kirche San Domingo, sondern in einer hellen Kirche mit lichten, hohen Wölbungen und Bögen. Vorn auf seiner Bühne hockt im Schandhemd der Ketzer, erhöht über die andern, hell und grotesk sticht der spitze Hut schräg in die Luft. Der ganze Mensch ist zusammengesackt, ein Bündel Not und Schande, seine Erhöhung macht seinen Jammer doppelt kläglich. Getrennt von ihm, viel tiefer, sitzen drei andere Sünder, wie er haben sie die Hände gebunden, wie er sind sie im Schandkleid und tragen die spitzen Hüte, einer ist zusammengefallen, die andern halten sich noch aufrecht. Im Hintergrund, vor dem thronenden Gericht, verliest der Sekretär das Urteil. Würdenträger sitzen herum, geistliche und weltliche, in Perücken und mit Käppchen hocken sie da, ziemlich unbeteiligt, dick, fromm, repräsentativ und maskenhaft, und in ihrer Mitte der Mann, den sie gefangen haben, der Ketzer, dem sie das Urteil sprechen.

Vor diesen Bildern also stand jetzt Agustín. Stand und schaute. Trank die Bilder ein. War bestürzt. Erschreckt.

Es war ein freudiger Schreck. Das war eine andere Malerei, als man sie bisher gesehen hatte. Das war ein anderer Francisco, der das gemalt hatte, und war doch der gleiche. Was auf diesen Bildern zu sehen war, das waren umständliche Begebenheiten mit vielen Menschen, aber da war nichts Überflüssiges mehr. Es war eine sparsame Fülle. Was sich nicht dem Ganzen unterordnete, war weggelassen, der einzelne Mensch, das einzelne Ding waren nichts als dienende Teile. Und noch seltsamer: alle fünf Bilder, Agustín spürte es gut, alle fünf Bilder, so mannigfach ihr Inhalt schien, gehörten zusammen. Der sterbende Stier, die tolle Karnevalsprozession, die Flagellanten, das Irrenhaus, die Inquisition, das war *eines*, das war Spanien. Die ganze Wildheit war darin, das Grausen, das Dumpfe, Dunkle, das sogar in der spanischen Freude ist. Trotzdem, und das konnte nur ein Mann malen, nur sein Freund Francisco, trotzdem lag darüber ein Leichtes, Beschwingtes: der Schrecken der Vorgänge war aufgehoben durch die zarte Helligkeit des Himmels, das schwebende, abgestufte Licht. Und was Francisco seinem Agustín in Worten niemals hätte begreiflich machen können, das fühlte dieser jetzt aus den Bildern: daß nämlich diesem sonderbaren Francho sogar die bösen Dämonen willkommen waren. Denn über der Düsterkeit dessen, was Francisco da gemalt hatte, glänzte seine Lust zu leben, zu sehen, zu malen, seine ungeheure Freude am Leben, wie immer es sein mochte.

Lehnte diese Malerei sich
Gegen die Regierung auf? Empörte
Sie sich gegen Thron und Altar?
Nichts dergleichen war mit Augen
Sichtbar noch mit Worten sagbar.

Trotzdem störten diese kleinen
Bilder einen auf, viel mehr als
Worte, die empörerischsten.
Jener Stier, der Wasser ließ im
Sterben, und die wilde, dumpfe
Lustigkeit der finstern Fastnacht
Machten einem ebenso das
Herz heiß und die Galle bitter
Wie der Zug der weißen, nackten
Büßer, die sich peitschten, und wie
Das Gericht der Ketzer.
„Nun? Was
Sagst du?“ fragte Goya. „Gar nichts
Sag ich“, sagte Agustín, „da
Kann man gar nichts sagen“, und er
Grinste breit und strahlend übers
Ganze, hagre, knochig düstre
Antlitz.

10

Josefa kam und sah die Bilder, und sie wich weiter in den Winkel zurück. Der Mann, den sie liebte, war ihr unheimlich.

Jovellanos kam mit dem jungen Dichter Quintana. Jovellanos sagte: „Sie gehören zu uns, Don Francisco. Um ein Haar hätte ich Ihnen unrecht getan.“ Der junge Quintana freute sich: „Idioma Universal. Ihre Bilder, Don Francisco, versteht ein jeder, vom Maultiertreiber bis hinunter zum Ersten Minister.“

Don Miguel, Lucía, Don Diego beschauten die Bilder. Es war Unsinn, solche Bilder messen zu wollen an den Regeln der Mengs und Bayeu. „Ich fürchte, wir müssen umlernen, Don Miguel“, sagte der Abate.

Aber am nächsten Morgen kam Don Miguel nochmals zu Goya. Franciscos Bilder hatten ihn nicht schlafen lassen. Sie beunruhigten den Politiker Bermúdez ebenso wie den Kunstkenner Bermúdez. Und werden nicht auch die andern die heimliche Empörung der Bilder herausschmecken, die Feinde, der Großinquisitor Lorenzana zum Beispiel? Die werden sich wenig um die Kunst kümmern, die in den Bildern steckt, sie werden lediglich finden, diese Erzeugnisse seien störend, aufrührerisch, ketzerisch.

Das also wollte jetzt Miguel seinem Freunde klarmachen. Francisco habe, setzte er ihm auseinander, mit diesen Bildern seinen Mut und seinen Willen zum politisch Richtigen zur Genüge gezeigt. Mehr zu tun, die Bilder auszustellen, wäre tollkühn. Wenn ein Mann, der von der Inquisition geladen worden war, dem Autodafé in San Domingo beizuwohnen, solche Bilder ausstellte, so wäre das eine Herausforderung, die das Heilige Offizium nicht dulden werde.

Goya, mit schmunzelnder Überraschung, betrachtete seine Bilder. „Ich kann an diesen Bildern nichts finden", sagte er, „was dem Heiligen Offizium Anlaß geben könnte, gegen mich einzuschreiten. Mein seliger Schwager hat mir die Vorschriften des Pacheco gut eingebleut. Ich habe niemals Nacktes gemalt. Ich habe niemals die Füße Unserer Lieben Frau gemalt. In meiner ganzen Malerei ist nichts, was gegen die Verbote der Inquisition verstößt." Er ließ das Aug nochmals über die Bilder wandern. „Ich kann nichts Anstößiges finden an den Bildern", wiederholte er und schüttelte ernsthaft den Kopf.

Miguel seufzte über Franciscos naive Bauernschlauheit. „Der Aufruhr ist nicht greifbar", erklärte er geduldig, „aber man riecht doch diesen Bildern das Rebellische förmlich an." Francisco begriff durchaus nicht, was Miguel wollte. Offenbar könne er's dem Freunde niemals recht machen. Erst sei er ihm zu sehr Nur-Künstler gewesen, jetzt sei er ihm zu sehr Politiker. Was in aller Welt hätten seine Bilder mit Politik zu schaffen? Hätten nicht schon viele vor ihm ein Inquisitionstribunal gemalt? „Aber nicht jetzt!" rief Miguel. „Aber nicht so!"

Goya zuckte die Achseln. „Ich kann mir nicht vorstellen", erklärte er, „daß diese Bilder mir Ungelegenheiten bringen sollten. Ich habe sie malen *müssen.* Sie sind das, was ich kann, und ich will sie nicht verstecken, ich will sie zeigen, ich werde sie ausstellen." Da er die Sorge und Betrübnis auf den sonst so klaren Zügen des Freundes wahrnahm, fügte er mit Wärme hinzu: „Du selber hast dich so oft Gefahren ausgesetzt. Es ist sehr freundschaftlich, daß du jetzt mich vor Unvorsichtigkeiten bewahren willst." Dann aber schloß er bündig: „Red dir nicht weiter die Zunge wund. Ich stelle die Bilder aus.“ Miguel gab es auf. „Ich will veranlassen“, meinte er bekümmert, „daß wenigstens Don Manuel herkommt und sich für die Bilder erklärt. Möglich, daß sich dadurch der Großinquisitor warnen läßt.“

Don Manuel kam bald, er war in Begleitung Pepas. Es zeigte sich, daß Pepa, als Francisco zu dem Auto particular geladen worden war, sich um ihn geängstigt hatte. „Ich habe es Ihnen immer gesagt, Don Francisco“, erklärte sie ihm, „Ihre Ansichten riechen nach Ketzerei. Wenn Don Manuel manchmal nicht so katholisch ist, wie ich ihn gerne haben möchte, so hat er eine Entschuldigung: er ist Staatsmann, er muß gewisse Vorrechte der Krone wahren. Aber du, Francho, bist doch nur ein Maler.“ – „Lassen Sie sich von ihr keine Bange machen, Don Francisco“, tröstete heiter Manuel. „Ich schütze Sie schon. Einmal habe ich denen vom Heiligen Offizium ihr großes Spektakel durchgehen lassen, ein zweites Mal tu ich es nicht. Und nun zeigen Sie uns die Bilder. Miguel hat mir viel davon erzählt.“

Sie beschauten die Bilder. „Großartig“, sagte Manuel. „Eigentlich müssen Sie mir dankbar sein, Don Francisco, daß ich dieses Autodafé zugelassen habe. Sonst hätten Sie Ihre Bilder nie gemalt.“ Pepa betrachtete sich die Bilder lange, schweigend. Dann, etwas schleppend, mit ihrer vollen, trägen Stimme, sagte sie: „Das hast du wirklich ausgezeichnet gemacht, Francho. Freilich verstehe ich nicht, warum der Stier so klein ist und der Torero so groß, aber du wirst schon deine Gründe haben. Du bist eingebildet, Francho, und man sollte dir nicht zuviel Lob sagen, aber ich glaube, du bist wirklich ein großer Maler“, und sie schaute ihn voll und schamlos an mit ihren grünen Augen.

Das gefiel Don Manuel nicht. „Wir müssen gehen“, sagte er. „Bitte, schicken Sie mir die Bilder, Don Francisco. Ich kaufe sie.“

Goya war angenehm überrascht, daß die Bilder, die er nur sich zum Spaß gemalt hatte, ihm nun auch noch Geld einbringen sollten, und von Manuel konnte er einen hohen Preis verlangen. Allein er hatte die Bilder nicht für ihn gemacht und bestimmt nicht für Pepa, er wollte sie nicht im Besitz von Leuten so geringen Verständnisses wissen. Es war kühn und unklug, den Príncipe de la Paz zu verstimmen, aber: „So leid es mir tut, Don Manuel“, sagte er, „ich kann Ihnen die Bilder nicht überlassen, sie sind schon versprochen." – „Nun", sagte ungnädig Manuel, „zweie werden Sie uns trotzdem noch überlassen können, eines Señora Tudó, eines mir." Er sprach herrisch, so daß eine Widerrede nicht möglich war.

Als sie sich verabschiedeten, sagte Pepa: „Der Stier ist zu klein, Sie werden es schon noch einsehen, Francisco. Aber Sie sind ein Ruhm Spaniens." Manuel, ein wenig unwirsch, meinte: „Sie spricht immer wie in ihren Romanzen, unsere Pepa."

Alle Freunde Goyas hatten jetzt die Bilder gesehen, nur nicht Cayetana. Er wartete. In großer Welle stürzte seine Leidenschaft über ihn, er war angefüllt mit schwarzer Wut.

Endlich kam sie. Aber sie war nicht allein, sie war in Gesellschaft Doktor Perals, des Arztes.

Sie sagte: „Ich habe Sie entbehrt, Francho." Sie schauten einander an, heiß, schamlos, glücklich, als wäre es ein Wiedersehen nach der Ewigkeit.

Dann stand sie vor den Bildern. Ihre großen, metallischen Augen unter den hohen, stolzen Brauen nahmen sein Werk in sich auf; kindlich aufmerksam, hingegeben, schaute sie. Er war geschwellt von Lust und Stolz. Mehr konnte einem das Leben nicht geben. Hier hatte er zwischen seinen Wänden, auf engstem Raum vereint, das Werk, das nur er machen konnte, und die Frau, die einzige, die für ihn bestimmte.

„Ich möchte mittun", sagte sie. Er verstand sogleich, und tiefe Freude füllte ihn. Genau das hatte er gespürt und hatte es spüren machen wollen. „Mittun" hatte er wollen in dem Stierkampf, in dem Karneval, sogar in dem Inquisitionsgericht. Mehr als das: wenn einen nicht auch vor dem Irrenhaus das dunkle Verlangen packte, selber einmal alles los zu sein, Kleider, Sitte, Vernunft, dann hatte er umsonst gemalt, dann waren seine Bilder Versager. „Ich möchte mittun." Sie, Cayetana, hatte es gespürt.

Den Doktor Peral hatten sie vergessen. Nun meldete er sich. Mit seiner gelassenen Stimme sprach er: „Was Sie da gesagt haben, Duquesita, ist weiser, als was die Kunstgelehrten in dicken Büchern von sich geben." Daß dieser Bursche sie mit frecher Vertraulichkeit „Duquesita" nannte, „kleine Herzogin", riß Francisco jäh aus seinem Glück. Wie stand es zwischen den beiden? „Was ich am meisten bewundere", wandte sich jetzt Peral an Francisco, „ist, daß Ihre Malerei trotz des düstern Inhalts so unschwer ist, so locker, ich möchte beinahe sagen: heiter. Doña Cayetana hat durchaus recht: wie Sie es malen, Don Francisco, hat das Grausige etwas Verlockendes." Und unvermittelt schloß er: „Würden Sie mir eines der Bilder verkaufen, Don Francisco?"

In seinem Innern hatte Goya ein grimmiges Lächeln. Dieser Peral hatte Sinn für seine Bilder, das mußte man ihm lassen, er war kein Stumpfhirn wie die Pepa. Trotzdem antwortete er geradezu grob: „Ich bin sehr teuer, Doktor." Peral, sehr höflich, erwiderte: „Ich bin nicht ganz arm, Herr Hofmaler." Die Herzogin aber, in ihrer freundlichen und bestimmten Art, befahl: „Überlassen Sie *mir* zwei der Bilder, Francisco."

Goya wütete. Lächelnd, besonders liebenswürdig, sagte er: „Erlauben Sie mir, Ihnen zwei der Bilder zum Geschenk zu machen, amiguita de mi alma"; mit diesem „liebe, kleine Herzensfreundin" mußte er dem „Barbier" seine Duquesita heimzahlen. „Es steht dann bei Ihnen, die Bilder zu verschenken." – „Danke", sagte ruhig und freundlich die Alba.

Der Kunstsammler Peral, unbewegt von Goyas Grobheit, erfreut, daß er eines oder vielleicht sogar zwei der Bilder haben sollte, schwärmte weiter. „Diese Bilder", erklärte er, sichtlich mit Überzeugung, „sind die ersten Schöpfungen einer neuen Kunst, die ersten Bilder des kommenden Jahrhunderts. Wie man sich zu diesem Menschen hingezogen fühlt", meinte er vor dem Ketzer der „Inquisition". „Es ist Wahnwitz, aber Sie haben ganz recht, Doña Cayetana, man möchte an seiner Stelle sein."

Er riß sich los, und, doch angeregt, erzählte er: „Ihr Gefühl, Don Francisco, wird durch Tatsachen der Geschichte bestätigt. Es gab Judaisantes, Judenzer, Marranen, die vielleicht noch hätten entfliehen können, aber sie blieben im Bereich der Inquisition, sie warteten darauf, von ihr geholt zu werden. Es muß sie gelockt haben, in einem solchen Sambenito dazusitzen." – „Sie sind merkwürdig vertraut", sagte böse Goya, „mit den Gefühlen von Judenzern. Nehmen Sie sich in acht, daß die Inquisition nicht Sie selber für einen hält!" – „Woher kann ich wissen", meinte ruhig Doktor Peral, „ob ich nicht wirklich jüdisches Blut in mir habe? Wer von uns allen kann das mit Sicherheit behaupten? Soviel ist gewiß: Juden und Mauren haben die besten Ärzte hervorgebracht. Ich habe viel aus ihren Werken gelernt. Ich bin froh, daß ich sie im Ausland habe studieren können." Goya mußte sich zugeben, daß es mutig war, nach dem Sturz des Olavide solche Worte zu äußern, und sein Verdruß nahm zu.

Bald darauf überbrachte man der Señora Doña Josefa Bayeu de Goya aus der Schatzkammer der Alba mit den Grüßen der Herzogin eine Sendung alten Silbers. Josefa stand verwirrt vor der Fülle der Kostbarkeiten. Sie war rechenhaft und erfreute sich der überreichen Gabe, doch auch war sie gekränkt. Goya erläuterte: „Ich habe mich veranlaßt gesehen, der Herzogin zwei meiner Bilder zu schenken. Es ist natürlich, daß sie das Geschenk erwidert. Da siehst du es", schloß er vergnügt. „Hätte ich mir die Bilder bezahlen lassen, so hätte ich schwerlich mehr als sechstausend Realen verlangen können. Was da vor uns liegt, ist seine dreißigtausend wert. Ich sag dir's immer: Generosität macht sich besser bezahlt als Sparsamkeit."

Er stellte die Bilder in der Akademie aus. Nicht ohne Angst erwarteten Goyas Freunde, wie die Inquisition darauf antworten werde.

Er erhielt eine Mitteilung, Sachverständige des Heiligen Offiziums würden seine Bilder besichtigen; er wurde aufgefordert, zur Stelle zu sein.

An der Spitze der geistlichen Herren erschien Erzbischof Despuig. Es war Goya bekannt, daß Pepa mit diesem Prälaten befreundet war. Er sagte sich, vielleicht habe sie ihn geschickt. Ihm zu helfen? Oder ihn zu verderben?

Der Kirchenfürst beschaute die Bilder. „Das sind gute, fromme Werke", fand er. „Es geht von dieser ‚Inquisition' jener wohltätige Schrecken aus, den das Heilige Offizium anstrebt. Sie sollten uns das Bild stiften, mein Sohn, Sie sollten es dem Herrn Großinquisitor zum Geschenk machen." Goya war verwirrt und beglückt.

Beiläufig erzählte er Josefa, er habe das „Ketzergericht" dem Heiligen Offizium gestiftet.

Sie, erstarrt vor solcher Frechheit,
Sagte: „Auf den Scheiterhaufen
Schmeißen sie das Bild und dich in

Ihren Kerker.“ Goya, immer
In dem gleich beiläuf'gen Tone,
Sagte: „Der Großinquisitor
Hat mich um das Bild gebeten.“
Staunend stand Josefa. „Wie du
Es nur anstellst, Francho“, sagte
Sie. „Ich kann es nicht begreifen,
Francho. Francho, du verhext die
Menschen.“

II

Seitdem der Abate den Pablo Olavide auf dem Armesünderstuhl hatte hocken sehen, fühlte er geradezu körperlich, wie die Gefahr auch an ihn herankroch, näher, Stunde um Stunde. Er wußte, Lorenzana haßte ihn, den Freund des gestürzten Sierra, den inneren Feind der Inquisition. Die Zeit, die dem Abate noch zur Flucht blieb, rann aus, aber er konnte sich nicht losreißen von Madrid und Lucía.

Manuel versprach ihm in großen Worten Schutz, aber der Abate baute nicht darauf. Es gab nur *ein* Mittel, Lorenzana in den Arm zu fallen. Don Manuel mußte auch jetzt noch, gerade jetzt, den Olavide der Inquisition entreißen.

Der Abate und Miguel drängten in ihn, er solle dem Olavide zur Flucht verhelfen. Den Minister selber kratzte und brannte weiter die Sarna, die Schmach des Schauspiels in der Kirche San Domingo, und es verlangte ihn sehr danach, den Olavide den hochfahrenden Männern der Kirche zu entreißen. Aber er war sich der Gefahr dieses Unternehmens bewußt, er konnte es ohne bündige Billigung der Königin nicht wagen, und es schien ihm unmöglich, ihre Zustimmung zu erreichen. María Luisa nämlich, verärgert, daß seine Sache mit Pepa weiterdauerte, machte ihm gerade um diese Zeit wieder viele Szenen. Suchte ihn zu kränken. Verhöhnte ihn wegen der Niederlage, die er sich im Fall Olavide geholt hatte. Bestimmt wird sie ihm erklären, er solle allein die Suppe auslöffeln, die er sich eingebrockt.

Er erklärte seinen liberalen Freunden, er werde den Olavide nicht in dem Kloster von Gerona verkommen lassen; aber die Entführung eines verurteilten Ketzers sei eine kitzlige Sache, er brauche Zeit, um Carlos dafür zu gewinnen.

Vorläufig führte er gegen die Inquisition Kampf auf anderem Felde.

Es bedurfte nämlich die seit dem Kriege immer brüchigere spanische Währung der Stützung, und ausländische Geschäftsleute hatten sich bereit erklärt, eine nicht unbeträchtliche spanische Anleihe unterzubringen. Leider aber waren die wagemutigen Finanzmänner Juden. Seit Jahrhunderten hatte die Inquisition darauf gehalten, daß keines Juden Fuß den Boden Spaniens besudelte; die jüdischen Herren indes, welche Spaniens Finanzen zu sanieren willens waren, legten Gewicht darauf, sich über die ökonomischen Verhältnisse im Lande selber zu informieren. Don Manuel hielt der Königin Vortrag, er nannte ihr die Höhe der Anleihe: zweihundert Millionen. María Luisa hatte nichts dagegen, daß ihr Minister den Großinquisitor mit höflichem Nachdruck um die Zulassung der beiden Herren ersuchte.

Lorenzana sagte sogleich und entschieden nein. Er wurde zum König gebeten, und es fand, in Gegenwart Manuels, eine Unterredung statt, in der sich Don Carlos weniger gemütlich gab als sonst. Alles, was der Großinquisitor erreichen konnte, war, daß nicht mehr als zwei Juden zugelassen wurden und daß sie während ihres ganzen Aufenthalts der, freilich unauffälligen, Überwachung der Inquisition unterstanden.

Die jüdischen Herren, ein Monsieur Böhmer aus Antwerpen und ein Mijnheer Pereira aus Amsterdam, machten Sensation in Madrid, alle Fortschrittlichen wetteiferten, ihnen Freundlichkeiten zu erweisen. Jovellanos gab ihnen eine Teegesellschaft. Selbst die Herzogin von Alba gab einen Empfang für sie.

Bei dieser Gelegenheit besichtigte Goya die Juden. Er war enttäuscht, daß sie so ganz anders ausschauten als die Juden auf den Bildern des Rembrandt. Monsieur Böhmer, der Hofjuwelier der auf so schreckliche Art abgelebten Marie-Antoinette, war ein eleganter Franzose, wie er ihrer Hunderte gesehen hatte, und Mijnheer Pereira sprach das reinste Kastilisch, das sich denken ließ. Mit den Granden verkehrten die beiden jüdischen Herren, als wären sie ihresgleichen.

Lorenzana, aufs äußerste gereizt, daß während seiner Amtszeit jüdischer Atem die Luft der Hauptstadt vergiftet hatte, verschärfte seinen Kampf gegen die Liberalen. Man hatte in den letzten Jahren stillschweigend geduldet, daß Personen von Einfluß im Besitz verbotener Bücher waren. Jetzt mehrten sich die Haussuchungen und mit ihnen das Material der Inquisition.

Einmal, als der Abate zu ungewohnter Zeit nach Hause kam, sah er einen gewissen López Gil, der ihm als Spion der Inquisition bekannt war, aus seiner Tür treten. Er bat Don Manuel, keinen zweiten Fall Olavide zuzulassen, er beschwor ihn, Lorenzana zu verwarnen oder noch besser die Flucht des Olavide zu ermöglichen.

Die Vorstellungen Don Diegos rührten den Minister an. Er gab halbe Zusagen. Aber er blieb unschlüssig.

Da kam ihm der Großinquisitor selber zu Hilfe. Es hatten in der letzten Zeit geistliche Autoren in einer ganzen Reihe von Schriften die Bevölkerung aufgefordert, die aufrührerischen Bücher der Jovellanos, Cabarrús, Quintana zu verbrennen und die Verfasser nachdrücklich zu belehren, daß Spanien ein katholisches Land sei. Jetzt gar hieß es in einer besonders giftigen Broschüre, es sei nicht weiter verwunderlich, daß schmutzige und gottesleugnerische Bücher geduldet und gepriesen würden, da der erste Beamte des Reiches selber das Beispiel unerhörter Zügellosigkeit gebe im Verein mit der ersten Dame des Reiches.

Don Manuel, als ihm die Polizei die Broschüre unterbreitete, freute sich; jetzt hatte sich dieser Lorenzana zu weit vorgewagt. Er brachte die Schmähschrift der Königin. María Luisa las. „Man sollte dem Lorenzana eins auf die Finger geben", sagte sie, gefährlich ruhig. „Eure Majestät haben recht wie immer", antwortete Manuel. Sie sagte: „Du bist natürlich froh, daß ich jetzt wieder einrenke, was du verstümpert und verdorben hast." – „Sie meinen den Fall Olavide, Madame?" fragte unschuldig Manuel, und: „Ja", fuhr er fort, „ich finde allerdings, man sollte ihnen den Olavide ausführen." – „Ich will mit Carlos sprechen", antwortete sie.

María Luisa sprach mit Carlos, dann sprach Manuel mit Miguel, dann Miguel mit dem Abate, dann sprach der Abate mit dem Großinquisitor.

Dieses Gespräch wurde in lateinischer Sprache geführt. Der Abate erklärte zunächst, er spreche nicht als bescheidener Diener des Heiligen Offiziums zu dessen höchstem Beamten, sondern als Privatperson; allerdings seien Don Manuel und der Katholische König selber interessiert am Ausgang der Unterredung und an ihren Folgen. Lorenzana antwortete, das sei gut zu wissen. Vielleicht teile, auch dies inoffiziell natürlich, Don Diego dem Don Manuel und dieser der Majestät des Don Carlos mit, daß sich leider die Verdachtsmomente gegen den früheren Großinquisitor Sierra gehäuft hätten und daß seine Verurteilung wohl unvermeidlich sei. „Du, o Bruder", sagte er, „der du diesen Mann gut kennst, wirst dergleichen ja vorausgesehen haben." – „Ich kenne ihn, und ich kenne dich, o Vater", antwortete der Abate, „also hab ich es vorausgesehen." Der Großinquisitor fragte: „Arbeitest du noch an der Schrift, o Bruder, die jener dir aufgetragen hat?" Don Diegos Vernunft befahl ihm, nein zu sagen, aber sein aufrührerisches Herz erlaubte es ihm nicht. „Ich bin nicht geheißen worden", antwortete er in goldenem Latein, „diese Arbeit zu unterbrechen." Und er fuhr fort: „Der Allmächtige befiehlt dem Mond, zu wachsen und abzunehmen. Der Allmächtige durchtränkt das Heilige Offizium bald mit Milde, bald mit Strenge. Deshalb bin ich der bescheidenen Meinung, daß vielleicht meine Arbeit doch noch einmal brauchbar sein wird." – „Ich fürchte, o Bruder", antwortete Lorenzana, „du bist stärker in der Hoffnung als im rechten Glauben. Aber sage mir deine Botschaft", fuhr er herrisch fort. Der Abate antwortete: „Der Fürst des Friedens möchte deine Aufmerksamkeit darauf lenken, o Vater, daß der verurteilte Ketzer Pablo Olavide von sehr zartem Körper ist. Sollte aber dieser Körper erliegen, während er sich in der Obhut des Heiligen Offiziums befindet, dann, fürchtet der Fürst des Friedens, würde ganz Europa dieses Land und den Katholischen König bitter tadeln. Der Fürst des Friedens bittet dich deshalb, Reverendissime, der Gesundheit des Ketzers besondere Sorgfalt angedeihen zu lassen." – „Du weißt, mein Bruder", entgegnete der Großinquisitor, „daß die Zahl der Tage, die ein Mensch erreicht, nicht vom Heiligen Offizium bestimmt wird, sondern von der Heiligen Dreieinigkeit." – „So ist es, mein Vater", antwortete Don Diego. „Sollte aber die Heilige Dreieinigkeit die Tage des Ketzers so kurz bemessen, daß er noch in der Obhut des Heiligen Offiziums dahinfährt, dann, Reverendissime, sähe der Katholische König darin ein

Zeichen der Mißbilligung des Allerhöchsten. Die Majestät sähe sich dann genötigt, dem Heiligen Vater einen Wechsel in der Leitung des Heiligen Offiziums vorzuschlagen." Lorenzana verharrte eine halbe Minute in Schweigen. „Was also befiehlt Don Manuel dem Heiligen Offizium?" fragte er dann, rauh. Der Abate, besonders höflich, erwiderte: „Weder der Fürst des Friedens noch der Katholische König denkt daran, in die Geschäfte des Königs der Könige einzugreifen, dessen Gerichtsbarkeit auf spanischer Erde du, mein Vater, verwaltest. Wohl aber bitten dich die beiden weltlichen Fürsten, sehr ernst zu bedenken, daß der Leib des erwähnten Ketzers schwach und heilender Wässer bedürftig ist. Wolle also mein Vater erwägen, ob der Ketzer nicht füglich in ein Heilbad zu schicken sei. Der Fürst des Friedens würde sich freuen, wenn du ihn binnen längsten drei Tagen das Ergebnis deiner Erwägungen wissen ließest." Lorenzana sagte: „Ich danke dir für deine Mitteilung, mein Bruder, und ich werde dir und deinem Herrn diese Fürsorge nicht vergessen." Während des ganzen Gespräches genoß der Abate den Unterschied zwischen seinem gepflegten und des Großinquisitors grobem Latein.

Kurz und sachlich teilte Lorenzana dem Ersten Minister mit, das Heilige Offizium werde den büßenden Ketzer Pablo Olavide zur Wiederherstellung seiner geschwächten Gesundheit nach Caldas de Montbuy schicken, damit er dort die warmen Bäder brauche.

„Nun, Señores?" fragte stolz Don Manuel seine Freunde Miguel und Diego. „Hab ich's Ihnen jetzt recht gemacht?" – „Wie denken Sie sich das Weitere?" fragte der Abate. Don Manuel schmunzelte freundlich schlau. „Ich habe da Ihnen eine Rolle zugedacht, mein Lieber", antwortete er. „Ich habe seit langem die Absicht, einen Sondergesandten mit vertraulicher Botschaft nach Paris zu schikken wegen der Allianzverhandlungen. Ich bitte Sie, dieses Amt zu übernehmen, Don Diego. Ich werde Sie mit Vollmachten ausstatten, welche die Dienste jedes Untertans des Königs zu Ihrer Verfügung stellen. Es ist kaum ein Umweg, wenn Sie auf der Reise Ihren Freund Olavide in seinem Badeort aufsuchen. Es wird Ihnen nicht schwerfallen, ihn zu einem ausgedehnten Spaziergang zu bewegen. Wenn er sich dann ins Französische verirrt, ist das seine Sache."

Der Abate, sonst um eine kluge Antwort nicht verlegen, erblaßte und blieb stumm. Heiß wünschte er, Don Manuels Angebot anzunehmen, mit diesen seinen Händen den Olavide dem Lorenzana zu entreißen und ihn über die Pyrenäen zu retten. Aber wenn er das tut, dann wird er gezwungen sein, in Frankreich zu bleiben, nicht für kurze Zeit, für immer. Denn wenn er sich ins Land zurückwagt nach einem so ungeheuerlichen Verbrechen wie der Entführung eines verurteilten Ketzers, dann wird kein Mensch in Spanien, auch der König nicht, ihn schützen können, dann wird der Großinquisitor ihn packen und – er hat den wilden Haß in seinen Augen gesehen – ihn auf den Scheiterhaufen schikken unter dem fanatischen Jubel des ganzen Landes.

„Ich danke Ihnen sehr, Don Manuel", sagte er. „Ich bitte um einen Tag Bedenkzeit, ob ich für ein solches Abenteuer der rechte Mann bin."

Er sprach mit Lucía. Setzte ihr auseinander, seine Neigung und seine Philosophie gebiete ihm, die angetragene Sendung zu übernehmen, aber er könne es nicht über sich bringen, sich selber für immer aus Spanien und aus ihrer Nähe zu verbannen. Lucía war nachdenklicher als sonst. „Hat sich nicht", redete sie ihm zu, „Olavide seinerzeit ein neues Spanien in Paris geschaffen? Sie selber haben mir davon erzählt. Warum sollten Sie und Olavide jetzt nicht ein Gleiches tun können?" Und da er schwieg, fuhr sie fort: „Ich habe Madame Tallien gut gekannt, als sie noch hier war und Teresa Cabarrús hieß; ich darf sagen, ich war mit ihr befreundet. Ich habe große Lust, sie wiederzusehen. Ich höre, sie hat Einfluß in Paris. Glauben Sie nicht, Diego, ich könnte in Paris der Sache Spaniens nützlich sein?"

Don Diego, der Politiker, der sanfte, geistreiche Zyniker, errötete wie ein Junge, dem ein Mädchen zum erstenmal ja sagt. „Sie könnten . . .? Sie wollten . . .?" war alles, was er entgegnete. Lucía aber fragte sachlich: „Wie lange, denken Sie, wird es dauern, bis Sie den ersten französischen Ort erreicht haben?" Der Abate überlegte kurz. „Zwei Wochen", antwortete er. „Ja, in zwei Wochen werden wir in Cerbère sein." – „Falls ich auf Reisen gehen sollte", erwog Lucía, „brauche ich ein wenig Vorbereitung." Sie schaute ihn an. „Legen Sie, bitte, bevor Sie nach Paris weiterfahren, eine Woche Rast in Cerbère ein", sagte sie.

Der schwere Mann war jetzt gar nicht mehr elegant und witzig, er schnaufte knabenhaft glücklich.

„Wenn sich das erfüllen sollte“,
Sagte er, „wenn in Cerbère,
Auf französ'schem Boden und in
Sicherheit, ich auf die Pyre-
Näen sollte schauen können,
Sie, Doña Lucía, zu der
Rechten Seite, zu der linken
Den geretteten Don Pablo
Olavide, dann, wahrhaftig,
Glaubt' ich wiederum an Gott.“

12

Etwa drei Wochen später suchte Miguel Goya auf. „Wir haben Ursache, uns zu freuen“, berichtete er. „Pablo Olavide ist in Sicherheit. Don Diego hat ihn über die Grenze gebracht.“

So versponnen in sich und sein Glück Goya war, die Rettung des Olavide rührte ihn auf. Und beinahe ebenso die Flucht des Abate. Es war ihm klar, daß dieser nicht so bald, vielleicht niemals mehr werde zurückkehren können. Er erinnerte sich, wie er selber, ein ganz junger Mensch, hatte fliehen müssen, damals, nachdem man jenen Toten gefunden hatte. Deutlich, als wäre es heute, sah er die weiße Küste von Cádiz verschwinden, spürte er den scharfen Schmerz, daß er nun sein Spanien hinter sich lassen sollte, wer weiß, wie lange. Dabei war er jung gewesen, er entrann höchster Gefahr, blau und zauberhaft lag die Ferne vor ihm. Don Diego aber war nicht mehr jung, er ging aus einem Dasein, das er liebte, ins Ungewisse. Wenn er, Francisco, heute fliehen müßte, Schrecklicheres könnte er sich nicht vorstellen. Madrid zurücklassen, Saragossa, den Hof, den Stierzirkus, Josefa und die Kinder, seinen Ruhm, die Majas, sein Haus, seine Carroza, und sie, Cayetana, es war nicht auszudenken, er brächte es nicht über sich.

Miguel saß da in seiner Lieblingshaltung, ein Bein übers andere geschlagen, das weiße, leichtgepuderte, klarstirnige, freundliche

Gesicht sehr ruhig. Trotzdem glaubte Goya, als er ihn jetzt, aus seinen Erinnerungen zurückkehrend, mit seinen genauen Augen anschaute, eine winzige, kaum wahrnehmbare Unruhe in seinem Gesicht zu bemerken.

Graf Cabarrús, erzählte bemüht beiläufig Don Miguel weiter, habe seit langem darauf gedrängt, Doña Lucía möge seine Tochter, ihre alte Freundin, Madame Tallien, besuchen, und da nun auch Olavide und der Abate in Paris seien, habe er die Einladung angenommen. Im Verein mit den beiden könne Doña Lucía höchstwahrscheinlich bei ihrer einflußreichen Freundin politisch mancherlei erreichen.

Goya war verblüfft. Dann durchschaute er die Zusammenhänge. Er bedauerte den Freund. Er hatte Lucía aufgelesen, ein kleines, schillerndes Stück Schmutz, und eine der ersten Frauen der Stadt aus ihr gemacht. Armer Miguel. Und wie ritterlich er für sie eintrat und sie deckte.

Übrigens hätte Francisco ihr eine solche Passion nicht zugetraut. Ja, wenn sie einem Gecken nachgelaufen wäre, dem Marqués de San Adrián oder sonst einem aristokratischen Stutzer. Aber dem Abate, einem Manne, dicklich, alternd, ohne Geld, ohne Titel. Und wie kläglich gar wird er sich in Paris ausnehmen, ein abenteuernder, davongelaufener Beamter der Inquisition. Unbegreiflich sind die Frauen. Alle.

Des Abends saß Señor Bermúdez allein in seinem Kabinett, Notizen sichtend für sein großes Künstlerlexikon. Er hatte gehofft, diese Beschäftigung werde ihn ablenken. Aber es trieb ihn fort von seinen geliebten Papieren, trieb ihn vor das Bild der Lucía.

Francisco hatte recht. Das flirrende Licht des Bildes und das tief Zweideutige, Verschmitzte hinter der damenhaften Maske, das war das Wahre. Es war nichts mit der Linie, nichts mit der Klarheit, alles war Unordnung, innen und außen. Und er, Miguel, war der Dumme gewesen, weil er geglaubt hatte, er könne die unzähmbare Maja verwandeln.

Immer hatte er sich überschätzt. Er hatte, ein verspäteter, unbelehrbarer Humanist, ein Don Quichotte, an die göttliche Macht der Vernunft geglaubt, an die Sendung der Geistigen, die Dummheit der Masse zu überwinden. Was für irrsinniger Hochmut! Die

Vernunft blieb ewig wirkungslos, verdammt, in Kälte zu leben und in dünner Einsamkeit.

Er erinnerte sich eines Abends mit Olavide. Da hatte ihm dieser vorgeschwärmt, wie er aus der Sierra Morena die wilden Tiere vertreiben und aus der Wüste kultiviertes Land machen werde. Zwei, drei Jahre schien es, als würde ihm das Experiment glükken; aber dann hatte er zahlen müssen mit der Zerstörung seiner selbst, und jetzt wird das Land öde wie vorher. Und genauso ging es ihm, Miguel. Niemals wird es den Wissenden glücken, das Rohe, Wüste, Gewalttätige zu vertreiben aus dem Innern der Menschen, niemals wird die Vernunft es vermögen, die Barbarei zu verwandeln in Gesittung.

Er hatte sein elendes Versagen ein erstes Mal zu spüren bekommen, als er den Olavide sitzen sah im Sambenito in der Kirche San Domingo. Es glückt immer nur für einen kurzen Augenblick, dann fallen die Menschen zurück und werden die Tiere, die sie sind. Für zwei Jahre hatte die Vernunft in Frankreich die Massen ans Licht geholt, dann ist das Wilde, Ungezügelte, die Nacht von neuem und tiefer hereingebrochen.

Klarheit, Hoffnung, Helle gibt es
In der Kunst allein. Auch da nicht.
Denn die Mengs, Bayeu sind dünn, ge-
Künstelt, ihre Bilder, ihre
Linien sind nicht wahr, die Menschen
Sind nicht so, es ist in ihnen
Alles dunkel, undurchsichtig,
Dumpf.
Schlaff saß Miguel, Furcht fiel ihn
An vor seiner Nächsten Fremdheit,
Vor Lucías und vor seines
Freundes Goya Fremdheit. So viel
Unbekanntes war in ihnen,
Dumpfes, Dunkles, feindlich Wirres.
Und er saß und starrte auf das
Bild Lucías, wie sein Freund es
Ihm gemalt, und ihm war kalt und
Einsam.

13

Wenn Großinquisitor Lorenzana daran dachte, mit welch schamloser Offenheit Manuel Godoy, dieser Auswurf, ihm Order erteilt hatte, den Ketzer bereitzustellen, damit er ihn bequemer ins Ausland entführen lassen könne, wenn er sich gar des lateinischen Gespräches erinnerte, welches er mit dem Abate, dem Abtrünnigen, hatte führen müssen, dann brannte den alternden Mann weißglühende Wut. Niemals seit seinem Bestehen hatte das Heilige Offizium eine so freche Herausforderung erfahren.

Lorenzanas engste Freunde und Berater, der Erzbischof Despuig von Granada und der Bischof von Osma, beschworen ihn durchzugreifen. Wenn man das ungeheure Verbrechen Don Manuels ungesühnt hinnehme, dann sei die Inquisition für immer entmachtet. Der Großinquisitor, drängten sie, solle den frechen Ketzer sogleich verhaften lassen und ihn vor das Heilige Tribunal stellen. Ganz Spanien werde ihm Dank wissen.

Nichts hätte Lorenzana lieber getan. Allein er fürchtete, Doña María Luisa werde sich ihren Beischläfer nicht entreißen lassen. Don Manuel zu verhaften, des war er gewiß, bedeutete, einen Kampf mit der Krone aufzunehmen, wie das Heilige Offizium noch keinen geführt habe. Trotzdem erklärte er sich schließlich bereit, gegen den Ersten Minister vorzugehen: doch nur, wenn der Heilige Vater dies ausdrücklich billige.

Erzbischof Despuig wandte sich an einen Freund in Rom, den Kardinal Vincenti. Dieser setzte dem Papst auseinander, vor welch gefährliche Entscheidungen der Großinquisitor gestellt sei. Der Papst, Pius der Sechste, war selber in bedrängter Lage. General Bonaparte war in seine Länder eingefallen und drohte ihn gefangenzunehmen. Aber der Papst war ein Mann, den Drohungen nur streitbarer machten, und aus solchem Mut heraus beriet er Lorenzana. Er beauftragte den Kardinal Vincenti, die Anfrage des Kardinal-Erzbischofs Despuig Punkt für Punkt zu beantworten, damit dieser die Meinung des Papstes dem Großinquisitor übermittle. Die Verbrechen des sogenannten Fürsten des Friedens, hieß es in diesem lateinisch abgefaßten Antwortschreiben, stänken zum Himmel, und es sei eine Schande, daß der Katholische König einen solchen Mann zum ersten Ratgeber habe. Der Heilige Vater billige also ausdrücklich das geplante Vorhaben des Herrn Großinquisitors. Wenn Lorenzana den Untaten des Manuel Godoy ein Ende bereite, so befreie er nicht nur Spanien, sondern auch den Statthalter Christi von einem bösen Feinde.

Nun wurde aber der Kurier, der dieses Schreiben des Vatikans nach Sevilla bringen sollte, in der Nähe von Genua von Soldaten des Generals Napoleon Bonaparte aufgegriffen. Bonaparte las das Schreiben. Wiewohl kein großer Lateiner, verstand er sogleich das Komplott, welches der Großinquisitor mit Hilfe des Papstes gegen den Príncipe de la Paz zettelte. Der junge französische General fühlte sich dem jungen spanischen Minister verbunden, der einen ähnlichen märchenhaften Aufstieg erlebt hatte wie er selber. Zudem lag ihm daran, die immer noch nicht abgeschlossenen Verhandlungen über die französisch-spanische Allianz zu fördern. Er ließ Abschrift nehmen von dem Brief des Papstes, schickte die Kopie mit freundlichen Grüßen an Manuel, teilte ihm mit, er werde das Schreiben selber nach Ablauf von drei Wochen dem Adressaten zuleiten.

Manuel freute sich des großen kameradschaftlichen Dienstes, den ihm General Bonaparte geleistet hatte. Er beriet mit Miguel. Der, in seinem Innern, jubelte. Er spürte über alle politische Gegnerschaft hinaus Haß gegen den Großinquisitor. Lorenzana war es, der den Abate außer Landes getrieben hatte und mit ihm Lucía. Lorenzana hatte sein Leben zerstört. Jetzt war der tückische Feind in seine Hand gegeben.

Die Dokumente, setzte er Don Manuel auseinander, erwiesen eindeutig, daß Lorenzana und die beiden Bischöfe ihr heiliges Amt mißbraucht hätten, um dem Katholischen König ihre spanienfeindliche Politik vorzuschreiben. Sie hätten hinter dem Rücken des Königs intrigiert mit einer auswärtigen Macht, die Krieg führe gegen die der Krone Spaniens befreundete Republik. Don Manuel solle die drei verhaften und sie vom Obersten Rat von Kastilien als Hochverräter aburteilen lassen.

Allein Don Manuel schrak vor so energischen Maßnahmen zurück. Das müsse er sich gut überlegen, meinte er, und vorläufig habe er ja drei Wochen Zeit.

Mehrere Tage vergingen, eine Woche, Don Manuel zögerte weiter. Im Besitz des verräterischen Schreibens fühlte er sich zur

Genüge gesichert; selber zum Angriff vorzugehen, war er offenbar nicht geneigt.

Der gelassene Miguel konnte seinen Unmut nicht zähmen. Bitter, vor seinem Freunde Goya, klagte er. Da war diese wunderbare Gelegenheit, das bösartige Tier Lorenzana loszuwerden, die spanische Kirche unabhängig von Rom zu machen, der Inquisition einen tödlichen Schlag beizubringen. Und alles scheiterte an der Entschlußlosigkeit Manuels. Sichtlich handelte dieser, wenn er sich jetzt nicht seines Todfeindes entledigte, gegen den eigenen Vorteil. Aber er war einfach zu träge zum Kampf und hielt, von Pepa darin bestärkt, seine faule Duldsamkeit für altspanische Großmut.

Trüb und grimmig schüttete er Francisco den ganzen Zorn und Jammer hin, der sich in ihm aufgestaut hatte. Dieser freundliche, gutmütige Don Manuel war von schwer vorstellbarer Verstocktheit, weich und zäh zugleich, eine träge, sanfte Masse, die sich nicht von der Stelle bewegen ließ. Dabei war er maßlos eitel. Jeder Vorschlag, den man ihm machte, mußte mit Schmeicheleien verzuckert werden. Sein, Miguels, Leben war eine tägliche Kapitulation, ein täglicher, schimpflicher Kniefall vor der Einbildung und der Willkür. „Wie es mich ekelt", brach er aus, „vor den Kompromissen, vor den ewigen Umwegen, die ich machen muß, um meinem Zweck einen Zoll näherzukommen. Ich bin müde und alt geworden vor der Zeit. Und wenn es dieses Mal wieder mißlingt", schloß er, „wenn Manuel den Lorenzana nicht zum Teufel jagt, dann geb ich es auf. Dann geb ich die Politik auf und befasse mich nur mehr mit meinen Bildern und meinen Büchern."

Noch nie hatte Goya den gleichmütig beharrlichen Miguel so trüb und zermürbt gesehen. Er sann, wie er ihm helfen könnte. Hatte eine Idee.

Er malte um diese Zeit an dem letzten der Porträts, die der Príncipe de la Paz bestellt hatte. Wenn Don Manuel posierte, war er besonders aufgeschlossener Stimmung. Es war wahrscheinlich, daß ihm Manuel auf seine blasiert ironische Art von dem Komplott des Großinquisitors erzählen würde, und wie es mißglückt sei. Dann wollte ihm Francisco mit seinem Vorschlag kommen.

Manuel sprach ihm denn auch von Lorenzana und der lustigen und ehrenvollen Art, wie dessen Anschlag zu seiner Kenntnis gekommen war. Er lachte, er tat, als nähme er die üble Intrige leicht und spaßhaft.

Goya stimmte in seine Heiterkeit ein. „Ein Mann wie Sie", meinte er, „wird wohl den bösen Streich des Herrn Großinquisitor-Kardinals mit Humor vergelten."

Manuel stand straff in seiner Pose, in Gala-Uniform, prunkend mit Orden und Bändern, der rechte Arm wies auf eine vorläufig noch undeutliche allegorische Darstellung seiner verdienstlichen Tätigkeit. Den Kopf hochgereckt, fragte er: „Wie denken Sie sich das, Francisco?" Goya, ruhig weiterarbeitend, antwortete langsam: „Der Heilige Vater ist durch den General Bonaparte in höchste Bedrängnis geraten. Sollte ihm da der spanische Hof nicht Tröster schicken? Zum Beispiel den Herrn Großinquisitor und die beiden Herren Bischöfe?" Einen Augenblick dachte Don Manuel nach, dann gab er die Pose auf und schlug dem Maler auf die Schulter. „Du bist ein Spaßvogel, Francho", rief er, „du hast ausgezeichnete Ideen." Und mit lärmender Offenheit brach er los: „Wir sind Freunde, du und ich, ich hab es vom ersten Augenblick an gewußt. Wir helfen einer dem andern. Wir gehören zusammen. Die andern sind alle nur Granden. Sie können zur Not mit einer Frau schlafen: aber die Weiber nehmen, sie kneten, wie man sie haben will, das können nur wir. Darum haben wir auch soviel Glück. Das Glück ist auch nur ein Weib."

Nun war Manuel seiner Sache sicher. Guten Mutes ging er zu Carlos und María Luisa und erzählte ihnen an Hand des Schreibens von den Machinationen der tückischen Priester.

Carlos schüttelte den Kopf. „Das hätte der Lorenzana eigentlich nicht tun dürfen", meinte er. „Wenn er sich über dich beklagen wollte, Manuel, dann hätte er sich doch an mich wenden müssen, nicht an den Papst. Hinter meinem Rücken! Du hast ganz recht. Das ist unanständig, das ist Hochverrat. Das hätte er eigentlich nicht tun dürfen." In den Augen Doña María Luisas aber war ein böses Glitzern, und Manuel sah, daß sie froh war um die Gelegenheit, dem Großinquisitor jene Schmähschrift vergelten zu können.

„Ich denke mir's so", sagte Manuel. „Wir schicken ihn und seine beiden Bischöfe zum Heiligen Vater, der in seiner Bedrängnis des Rates und der Tröstung sehr bedarf." Der König verstand nicht sogleich. Doña María Luisa aber lächelte. „Ausgezeichnet", sagte sie, und: „Stammt die Idee von dir, Manuel", wandte sie sich an diesen, „oder von deinem Señor Bermúdez?" – „Ich schwöre bei Unserer Jungfrau", erwiderte entrüstet Manuel, „sie stammt *nicht* von Don Miguel."

Es wurde Lorenzana und den beiden Bischöfen eröffnet, sie sollten sich im Auftrag des Königs zum Heiligen Vater begeben. Da Bonaparte willens sei, den Kirchenstaat zur Republik zu erklären, sollten sie ihm die Insel Mallorca als Zuflucht anbieten und ihm, wie immer er sich entscheide, die nächsten Jahre hindurch tröstende Gesellschaft leisten.

Als der Kardinal-Großinqui-
Sitor Lorenzana von den
Majestäten Abschied nahm, um
In sein römisches Exil zu
Fahren, sagte ihm die Königin,
Und sie sprach besonders liebens-
Würdig: „Überbringen Sie dem
Heil'gen Vater meinen tiefehr-
Fürcht'gen Gruß. Und denken Sie auf
Ihrer Fahrt nach Rom darüber
Nach, ob nicht ein Mann wie Sie, der
Seines Königs Gattin wüst ver-
Leumdet, mit daran die Schuld trägt,
Daß der wilde Geist des Aufruhrs
Heute überall in Europa
Weht. Und somit Gott befohlen,
Hochehrwürd'ger Herr, und Wind da-
Hinter."

14

Die Verbindung mit Cayetana hatte Francisco im Anfang ein Gefühl der Zufriedenheit gegeben, der Stetigkeit, wie er es früher nie gehabt hatte. Dann aber, immer häufiger, inmitten des Genusses und der Erfüllung, überkam ihn Rastlosigkeit. Wiewohl er überzeugt war, daß sie ihn liebte, ließ ihn ihre Unberechenbarkeit nicht zur Ruhe kommen. Niemals konnte man voraussehen, wie sie ein Begebnis, einen Menschen, ein Bild aufnehmen werde. Manchmal war ihr wichtig, was ihm läppisch schien; manchmal blieb sie höflich unbeteiligt vor Menschen und Geschehnissen, die ihn bewegten.

Er flüchtete in die Arbeit. Er hatte viele Aufträge, das Werk ging ihm leicht von der Hand, die Besteller waren zufrieden, Geld kam ein.

Er malte die Condesa de Montijo mit ihren vier Töchtern. Das Bild geriet steif, es war, als wäre es vor fünfzehn Jahren entstanden. Agustín konnte sich nicht enthalten anzumerken: „Wenn du Volk malst, Gruppen von Majos und Majas, dann ist deine Komposition natürlich. Sie wird hölzern, wenn es um aristokratische Familien geht." Francisco schob böse die Unterlippe vor. Dann lachte er. „Endlich merk ich wieder was vom alten Agustín", sagte er, übermalte das Bild mit zwei dicken Strichen, daß es unbrauchbar war, und fing von vorne an.

Die Herzogin von Osuna bat Goya um ein paar Bilder phantastischen Inhalts für ihren Landsitz, die Alameda. Er war überlastet mit Arbeit, aber die Osuna war eine frühe Freundin, sie hatte ihm Aufträge und Empfehlungen gegeben, als er noch sehr gering war, er nahm an. Cayetana, mit einem kleinen, unwilligen Erstaunen, meinte: „Sie erweisen sich als treuer Freund, Don Francisco."

Was Goya für die Osuna malte, waren Zauber- und Hexenszenen. Da war eine Hexenküche, in welcher gerade ein Adept in ein Tier verwandelt wurde, Hundskopf und Schwanz sind schon da. Da waren Hexen, fliegend, tanzend, mit nacktem Oberkörper und spitzen Hüten, während unten verschleiertes Gesindel herumtappt. Auf einem dritten Bilde war der Teufel zu sehen in Gestalt eines aufgerichteten, riesigen Bockes mit zierlich gewaltigen Hörnern, umringt, verehrt von Hexen. Alles war leicht und locker, phantastisch, anregend.

Agustín beschaute die Bilder. „Sie sind virtuos gemalt", sagte er. „Aber?" fragte Goya. „Früher", antwortete Agustín, vorsichtig die Worte suchend, „wenn du was Neues gefunden hattest, dann fing es bald an, dich zu langweilen, und du hast wieder was Neues gesucht, für jeden neuen Einfall was Neues. Das da" – und er wies mit wegwerfender Geste auf die Hexenbilder –, „das ist das gleiche wie in den Bildern um die Inquisition, nur eben ohne Inhalt, leer." – „Danke", sagte Francisco.

Die Alba stand vor den Bildern. „Hübsch", sagte sie. „Das gönne ich der Osuna." Goya ärgerte sich. „Findest du die Bilder schlecht?" fragte er. Sie fragte zurück: „Glaubst du an Hexen?" – „Das hast du mich schon einmal gefragt", antwortete er unzufrieden. Sie fuhr fort: „Damals hast du ja gesagt. Und darum finde ich diese Bilder – hübsch."

Ihn freuten und verdrossen ihre Worte. Manchmal, häufig, verstand sie, was er malte, tiefer als irgendwer sonst, dann wieder kehrte sie sich gleichgültig von einem Bilde ab, von dem er geglaubt hatte, es müsse sie anrühren. Sagte sie ja, dann sagte sie es sogleich und ohne Vorbehalt; ließ sie etwas kalt, dann für immer. Manchmal, gegen seine Gewohnheit, versuchte er ihr zu erklären, warum er etwas so und nicht anders gemacht habe, aber sie hörte nicht recht zu, sie langweilte sich, er gab es auf.

Auch sie zu malen, gab er auf. Zwar hatten seine Porträts der Herzogin von Alba ihren und aller Welt Beifall. Doch nicht den seinen. Er fand, sie gäben eine unvollständige Wahrheit, also keine. Sie drängte in ihn, sie als Maja zu malen, als eine richtige Maja, keine kostümierte. Aber so sah er sie nicht, so malte er sie nicht.

Insofern war sie eine Maja, als sie ihre Freundschaft mit ihm unbekümmert zur Schau stellte. Im Theater, bei Stierkämpfen, auf der Promenade im Prado, überall zeigte sie sich mit ihm. Zu Anfang war er stolz darauf, allmählich aber wurde es ihm leid, daß seine Passion aller Welt ein Schauspiel bot; auch fürchtete er Ungelegenheiten. Sie, wenn er eine leise Andeutung solcher Art machte, zog die Brauen noch höher. Sie war die Alba, kein Gerede konnte an sie heran.

Er wurde zu allen Gesellschaften eingeladen, die im Palais des Herzogs und in dem der alten Marquesa de Villabranca stattfanden. Auch nicht mit der leisesten Miene verrieten die beiden, ob sie Bescheid wußten über seine Beziehungen zu Cayetana. Der Herzog war Francisco fremd, er spürte für ihn etwas wie mitleidige Geringschätzung. Dann wieder sah er, wie des Mannes Gesicht, wenn es um Musik ging, sich belebte. Das rührte ihn an und imponierte ihm; die meisten Granden hatten nichts als ihren Hochmut.

Für die alte Marquesa spürte Goya Respekt und Sympathie. Sie verstand sich auf die Menschen; „elle est chatoyante“, hatte sie von Cayetana gesagt, und wie richtig das war, hatte er mittlerweile erfahren. Er hätte gerne mehr mit ihr über Cayetana gesprochen, aber sie war bei aller natürlichen Liebenswürdigkeit so sehr große Dame, daß er's nicht wagte.

Unter jenen, die ständig um Cayetana waren, störte ihn am meisten der Doktor Joaquín Peral. Der schöne Wagen, in welchem der Doktor herumfuhr, verdroß ihn; die sachverständige Sicherheit verdroß ihn, mit welcher der Mann über alle Dinge der Welt sprach, über die Musik des Herzogs und über seine, Franciscos, Bilder. Vor allem aber verdroß ihn, daß er, der sonst menschliche Beziehungen schnell durchschaute, sich nicht klarwerden konnte, welcher Art die Beziehungen Cayetanas zu ihrem Arzt sein mochten. Dem höflich beherrschten Gesicht des Arztes war so wenig zu entnehmen wie der ironischen Vertraulichkeit Cayetanas. Allmählich wurde Francisco die bloße Gegenwart des Arztes zum Ärgernis. Wann immer er Don Joaquín traf, gebot er sich energisch, seine Ruhe zu wahren, um dann sogleich eine läppische, rüpelhafte Äußerung zu tun, welche die andern mit Erstaunen aufnahmen, Peral selber mit freundlich beruhigendem Lächeln.

Da der Doktor für seine im Ausland gesammelten Gemälde keine würdigere Stätte hatte finden können, stellte ihm die Herzogin schließlich zwei Säle ihres riesigen Palacio Liria zur Verfügung, und sie lud seine und ihre Freunde ein, Perals Bildersammlung zu besichtigen.

Es hing da sehr Verschiedenes nebeneinander: flämische und deutsche Meister, alte, wenig bekannte Italiener, ein Greco, ein Mengs, ein David, auch jener Goya, den Cayetana ihrem Doktor geschenkt hatte. Doch wurde hinter dem Verschiedenen ein Einheitliches sichtbar, der ausgesprochene, wenn auch willkürliche Geschmack eines Kenners.

„Was ich nicht habe erwerben können“, klagte in Gegenwart Cayetanas und anderer der Arzt, „ist ein Raphael. Spätere werden vielleicht finden, daß wir Raphael überschätzen, aber ich kann mir nicht helfen: ich würde von den Bildern, die hier hängen, ein jedes ohne Bedenken hergeben für einen Raphael. Sie scheinen das zu mißbilligen, Don Francisco", wandte er sich freundlich an diesen, „und Sie haben sicher recht. Aber sagen Sie uns doch Ihre Gründe." – „Es wäre sehr umständlich, Don Joaquín, Ihnen diese Gründe auseinanderzusetzen", antwortete grob Francisco, „und es hätte wohl ebensowenig Zweck, wie wenn Sie mir Ihre medizinischen Ansichten erläutern wollten." Doktor Peral, ohne seine freundliche Miene zu verändern, sprach mit andern über anderes.

Auch Cayetana behielt ihr Lächeln bei, aber sie dachte nicht daran, Franciscos Flegelei ungestraft hinzunehmen. Sie ließ, als der übliche Ball begann, ein Menuett spielen, einen Tanz, der aus der Mode kam, und sie forderte Goya auf, als ihr Partner zu tanzen. Der dickliche Goya war sich bewußt, daß er in dem zierlichen Menuett und in der prallen Galatracht nicht eben erfreulich anzuschauen sein werde, und er wollte ihr nicht den Pelele machen, den Hampelmann. Er knurrte. Aber sie gab ihm einen Blick, und er tanzte. Tanzte verbissen. Ging wütend nach Hause.

Mitte Juli pflegte sich der Hof nach dem Bergschloß von San Ildefonso zu begeben, um dort in der Frische die heißen Monate zu verbringen; Cayetana als Erste Dame der Königin mußte mit, und Francisco fürchtete sich vor dem langen, einsamen Sommer in Madrid. Eines Tages aber erklärte sie: „Don José ist dieses Jahr zu kränklich, um während der heißen Monate bei Hofe zu sein. Ich habe um Urlaub ersucht, ich möchte Don José den Sommer über Gesellschaft leisten auf unserm Landsitz in Piedrahita. Sie, Don Francisco, sind gebeten, mit uns nach Piedrahita zu gehen. Sie werden Don José und Doña María Antonia porträtieren, vielleicht auch werden Sie geruhen, mich zu malen. Zeit haben wir dort; Sie können von jedem von uns Sitzungen haben, so viele Sie wollen." Francisco strahlte. Er wußte, Cayetana brachte ihm ein Opfer; denn trotz ihrer Antipathie gegen die Königin zog sie das Leben bei Hofe den langen, langweiligen Sommermonaten auf dem Lande vor.

Andern Tages, nach dem Lever, hielt Doña María Luisa die Herzogin von Alba zurück. Sie wünsche herzlich, meinte sie, daß der Aufenthalt in Piedrahita dem Befinden Don Josés bekommen möge. Auch begrüße sie es, daß sich Doña Cayetana entschlossen habe, ihrem Gatten Gesellschaft zu leisten. „Auf diese Art", schloß sie freundlich, „werden Hof und Stadt weniger Gelegenheit haben, über eine der ersten Damen des Reiches Gerüchte aufzubringen."

Die Alba, frech und süß, erwiderte: „Da haben Sie wohl recht, Madame, an diesem Hofe kann man sich gegen Gerüchte schwerlich schützen. Immer wieder wundere ich mich, mit wem allen ich ins Gerede gebracht werde. Da ist der Graf von Teba, da ist Don Agustín Lancaster, da ist der Graf von Fuentes, der Herzog von Trastamara, ich könnte noch ein Dutzend anderer herzählen." Es waren aber diese alle Männer, die als Liebhaber der Königin galten.

Doña María Luisa, immer freundlich, antwortete: „Sie und ich, Doña Cayetana, haben zuweilen Lust, das Zeremoniell beiseite zu setzen und die Maja zu spielen. Sie dürfen sich's erlauben, weil Sie jung sind und nicht häßlich, ich, weil ich durch Gottes Gnade Königin bin. Im übrigen habe ich es schwerer, weil meine Jugend vorbei ist und ich manchem Manne nicht gut ausschaue. Ich muß diesen Mangel ausgleichen durch Verstand und durch Kunst. Wie Sie wissen, habe ich einige meiner Zähne durch diamantene ersetzen müssen, um packen und festhalten zu können" – sie machte eine Pause und lächelte –, „wenn ich zupacken will."

Auch die Alba lächelte; aber es war jenes starre Lächeln, welches die verkleideten Majas der Gobelins zeigten. Was die Italienerin da sagte, klang nach Drohung.

„In Piedrahita", sagte die Alba, „werden wir wenig Gesellschaft haben. Wir haben nur den Maler Goya gebeten, uns zu besuchen. Er findet", schloß sie munter, „er werde mit meinen Porträts niemals fertig." – „Ich sehe", antwortete Doña María Luisa, „Sie lieben die Kunst und geben Ihrem Maler Gelegenheit, Sie zu studieren." Und ganz leicht fügte sie hinzu: „Sorgen Sie also dafür, Frau Herzogin von Alba, daß es kein Gerede mehr um Sie gibt."

„Ist das königliche Order
Und Verwarnung?" fragte leichthin,
Aber Aug in Auge mit ihr,
Cayetana. Und die andre,
Liebenswürdig, gab zur Antwort:
„Nehmen Sie's vorläufig als den

Ratschlag einer mütterlichen
Freundin."
Leise fröstelte es
Cayetana. Doch sie dachte
An die Wochen vor ihr, an die
Wochen mit Francisco, und sie
Schüttelte die leis und scharfen
Worte ihrer Königin ab wie
Wasser.

15

Als der Hof in die Sommerresidenz bei San Ildefonso übersiedelt war, fand auch Doña Josefa Tudó den Aufenthalt in dem heißen Madrid unbekömmlich. Don Manuel trug keinen Anstand, sie nach San Ildefonso einzuladen.

Sie wohnte im Ort, in der Posada de Embajadores, und verbrachte die heißen Wochen in angenehmer Langeweile mit ihrer Dueña Conchita. Sie spielte Karten mit ihr, oder sie lernte Französisch, oder sie klimperte auf ihrer Gitarre. Don Manuel erwirkte, daß sie zu gewissen Stunden in den Gärten des Schlosses Einlaß fand. Dann saß sie wohl stundenlang vor einer der berühmten Fontänen, vor dem Brunnen der Fama oder dem Bad der Diana oder vor der Fontäne der Winde, hörte dem Plätschern der Wasserkünste zu, summte sich eine ihrer Romanzen, dachte träg, wohlig und traurig an ihren im Ozean versunkenen jungen Gatten oder auch an ihren Maler Francisco.

Zusammen mit Don Manuel machte sie Ausflüge in die großartigen Bergwälder, inmitten deren das Schloß liegt; die Wege waren gut gehalten für des Königs Jagd. Sie ritten in das Lozoya-Tal oder in die Wälder von Valsain, in Madrid hatte sie das Reiten erlernt.

Manchmal sprach Manuel von Goya, von dessen Sommeraufenthalt bei den Albas, und er äußerte Scherzhaft-Obszönes über die Vereinigung des Stieres Francisco mit der kleinen, zierlichen Doña Cayetana. Pepa hörte zu, gelassenen Gesichtes, doch aufmerksam, und erwiderte nichts. Ziemlich oft sprach Don Manuel von Piedrahita. Es war ihm eine Genugtuung, daß der eingebildete Herzog, der ihm sein Du nicht hatte zurückgeben wollen, nun zum Gespött aller auf so intime Art mit Francisco verknüpft war. Auch war es ihm recht, daß sich der Maler, so tief in diese Leidenschaft verstrickt, nicht mehr um Pepa mühte. Andernteils verstand er nicht, was ein Mann, der sich der Liebe einer Pepa hatte erfreuen dürfen, an einer Cayetana fand. Ihm war die schwierige, verkünstelte, affektierte Puppe zuwider. Einmal – doch das erzählte er Pepa nicht –, als er sie beim Lever der Königin spaßhaft vertraulich gefragt hatte: „Und was macht heute unser Freund Francisco?", hatte sie das mit genau dem gleichen freundlichen Gesicht überhört wie seinerzeit der Herzog sein Du.

Eines Tages, auf einem Spazierritt zu der Ruine des alten Jagdschlößchens Valsain, hatte er sich wieder einmal darüber lustig gemacht, daß Francho, noch immer in Piedrahita, die Alba so gar nicht satt bekomme. Auch diesmal hatte Pepa nichts erwidert. Später aber kam sie überraschend auf seine Worte zurück. Sie waren abgestiegen, sie lagerten auf der Erde, der Reitknecht hatte ihnen ein kleines Mahl zurechtgemacht, sie aßen. „Eigentlich", meinte sie unversehens, „sollte mich Francisco zu Pferde malen."

Don Manuel war gerade im Begriff, sich ein Stückchen Hasenpastete zu Munde zu führen. Er ließ die Hand sinken. Pepa war nicht eben eine gewandte Reiterin, aber sie sah zu Pferde wunderbar aus, das mußte jeder zugeben, es war mehr als begreiflich, daß sie sich im Reitkleid malen lassen wollte. Andernteils war das Reiten zu Pferde bis vor kurzem ein Privileg der Granden gewesen; es war Personen, die nicht dem Hochadel angehörten, zwar nicht gerade verboten, sich zu Pferde porträtieren zu lassen, doch war es bisher nicht geschehen, es war zumindest ungewöhnlich. Und was wird die Königin, was die ganze Welt dazu sagen, wenn der Erste Minister die junge Witwe Tudó zu Pferde malen ließ? „Don Francisco", gab er zu bedenken, „ist in Piedrahita, in Ferien, bei der Alba." Pepa, ein klein wenig erstaunt, erwiderte: „Wenn Sie es wünschen, Manuel, wird Don Francisco vielleicht geruhen, seinen Landaufenthalt in San Ildefonso zu nehmen statt in Piedrahita." – „Vous avez toujours des idées surprenantes, ma chérie", sagte Don Manuel. Sie aber, in schwerem Französisch, fragte zurück: „Alors, viendra-t-il?" – „Naturellement", antwortete er, „comme vous le désirez." – „Muchas gracias", sagte Pepa.

Je länger Manuel ihren Wunsch bedachte, so mehr Spaß hatte er selber an der Vorstellung, der hochmütigen Sippe der Albas den Maler wegzunehmen. Aber wie er Francho kannte, war dieser imstande, seine Aufforderung unter einem Vorwand abzulehnen; wenn er ihn wirklich hier haben wollte, mußte er ihn auf eine sehr wirksame Art einladen.

Er bat María Luisa, sie möge doch die Muße von San Ildefonso benützen, sich wieder einmal für ihn malen zu lassen, und zwar von der Hand Goyas; auch er wolle dann bei ihm ein Porträt bestellen, für sie. Das Schäferglück der frechen Alba zu stören, war ein Gedanke, der Doña María Luisa lockte. Das sei keine schlechte Idee, meinte sie. Manuel könne Goya mitteilen, er möge kommen; sie werde vermutlich Zeit finden, ihm für ein Porträt zu sitzen.

Um seine Botschaft wichtig zu machen, schickte der Príncipe de la Paz einen seiner Sonderkuriere nach Piedrahita.

Dort lebte Francisco ruhige, freudevolle Wochen. Zwar legte ihm und Cayetana die stille, vornehme Gegenwart des Herzogs Zurückhaltung auf. Aber Don José und die alte Marquesa sahen offenbar in Cayetana ein anmutiges, verspieltes Kind, dessen Launen sie, auch wenn sie weit gingen, freundlich hinnahmen, und sie ließen die beiden allein, soviel sie wollten.

Zwei- oder dreimal in der Woche machte der Herzog Musik. Die Marquesa hörte aufmerksam und bewundernd zu, doch sichtlich nur aus Liebe zu ihrem Sohn. Francisco aber und Cayetana hatten Sinn nur für volkstümliche Lieder und Tänze, für Tonadillas und Seguidillas, und des Herzogs Harmonien waren ihnen zu erlesen. Der einzige, der sie verstand, war Doktor Peral.

Don José bat Francisco, ihn zu malen. Der tat es, zuerst nicht ohne Hemmungen, dann mit wachsendem Interesse, zuletzt mit Eifer. Es entstand das Bild eines sehr vornehmen, etwas schwermütigen Herrn mit schönen, großen, nachdenklichen Augen, dem man die Passion für sein Klavizimbel und seine Noten sehr wohl zutraut.

Goya malte auch die Marquesa, und während er sie malte, lernte er sie tiefer verstehen. Sie war die große Dame, die er von Anfang an in ihr gesehen hatte, gleichmäßig heiter und liebenswert, aber jetzt sah er die leise Melancholie auf ihrem schönen, noch nicht alten Gesicht. Sicherlich verstand und vergab sie die Art, wie die Frau ihres Sohnes lebte, doch hielt Doña María Antonia, die Witwe des Zehnten Marqués de Villabranca, auf Würde, und zuweilen glaubte Goya aus ihren Worten eine kaum merkbare Besorgnis herauszuhören, daß die Leidenschaft Cayetanas tiefer und gefährlicher sein könnte, als sich ziemte; ihre Worte klangen ihm wie eine Warnung, und ihr Porträt ging ihm nicht so flink von der Hand, wie er erwartet hatte.

Schließlich aber war es da, und Goya fand, das lebendige, zarte und klare Gesicht, die delikaten blauen Bänder und die Rose, die er der Marquesa gegeben hatte, machten es zu einem im Grunde fröhlichen Bild. Sie aber stand davor, und: „Sie haben mir ein grämliches Altern ins Gesicht gemalt, Don Francisco", sagte sie lächelnd. „Ich habe gar nicht gewußt, daß ich es so deutlich mit mir herumtrage." Dann, lebhaft, schloß sie: „Aber es ist ein wunderbares Bild, und wenn Sie noch Zeit für Damen meines Alters haben, müssen Sie mir ein zweites malen."

Cayetana selber war von steter, kindlicher Heiterkeit. Man hatte Goya das kleine Nebenhaus, das „casino", den „palacete", eingeräumt, daß er ihn allein bewohne. Dort sah ihn Cayetana Tag für Tag. Gewöhnlich kam sie kurz vor dem Abend, wenn es kühler wurde; sie war in Begleitung ihrer Dueña Eufemia, die schwarz und würdig durch den Sommer ging, manchmal auch brachte sie das Negermädchen María Luz mit und den Pagen Julio, und beinahe immer war sie begleitet von zwei oder drei ihrer Katzen. Sie gab sich natürlich, beinahe kindisch. Brachte wohl auch eine Gitarre mit und verlangte, Francisco solle die Seguidillas und Sainetes singen, die sie zusammen gehört hatten.

Manchmal mußte die alte Dueña von Hexen erzählen. Cayetana fand, Francisco habe Anlagen zum Hexer, und forderte ihn auf, bei einer renommierten Hexe in die Lehre zu gehen. Doña Eufemia aber bestritt seine Eignung, da er keine angewachsenen Ohren habe. Leute mit scharf ausgebildeten Ohrläppchen sollten sich Zauberversuchen fernhalten; es sei vorgekommen, daß solche Schüler mitten in der Verwandlung steckenblieben und dann elend zugrunde gingen.

Einmal hatte Cayetana den Besuch ihrer toten Zofe Brígida empfangen. Die Tote hatte ihr vorausgesagt, ihre Verbindung mit dem Herrn Hofmaler werde lange dauern und erst nach manchen Mißverständnissen und nach viel Liebe und Verdruß zu Ende gehen.

Wieder, ihrem Drängen folgend, versuchte er, sie zu malen. Er malte langsam, sie wurde ungeduldig. „Ich bin nicht der Hastige Lucas“, sagte er grimmig; mit diesem Namen nannte man den Luca Giordano, der viel für den Zweiten Carlos gemalt hatte, hochgeschätzt, hochbezahlt und schnell. Aber trotz seiner Mühe brachte Francisco auch diesmal kein Bild von ihr zustande. „Das kommt“, erklärte sie, nur halb im Scherz, „weil du nicht sehen willst, daß unter den Damen von Madrid ich die einzige wirkliche Maja bin.“

Daß ihm das Porträt Cayetanas mißglückte, war das einzig Unerfreuliche in Piedrahita. Alles andere war licht und heiter.

In diese fröhliche Stille hinein überbrachte der rotbestrumpfte Kurier den Brief des Príncipe de la Paz, der Goya nach San Ildefonso lud.

Francisco war stolz und bestürzt. Gewiß, den Aufenthalt in den Bergen von Segovia, in ihrer Sommerresidenz bei San Ildefonso, widmeten die spanischen Könige ausschließlich der Ruhe und Erholung, die Regierungsgeschäfte wurden lässiger betrieben, das umständliche Zeremoniell vereinfacht, die Majestäten sahen nur Granden der Ersten Reihe und vertraute Freunde; in die Muße des Schlosses von San Ildefonso eingeladen zu werden, war hohe Auszeichnung. Trotzdem und bei aller Freude war Goya voll Unbehagen. Diese Wochen in Piedrahita waren die schönsten seines Lebens, nichts wog sie auf, und was wird Cayetana sagen, wenn er fort will?

Er zeigte ihr das Schreiben. Sie hatte ihrer Feindin nicht die Ehre angetan, ihm von ihrer bösartigen Drohung zu sprechen. Sie tat es auch jetzt nicht, sie beherrschte sich. „Sie müssen Ihre Ablehnung sehr höflich und vorsichtig begründen, Francho“, sagte sie ruhig. „Sicherlich glaubt die Italienerin, sie habe sich da eine sehr kluge und vornehme Art ausgedacht, mir und Ihnen den Sommer zu verderben. Sie wird grün werden vor Wut, wenn sie Ihren Absagebrief bekommt.“

Goya schaute sie an, beinahe töricht. Es war ihm nicht eingefallen, daß der Brief vielleicht nicht um seiner Kunst willen geschrieben sein könnte, sondern deshalb, weil Doña María Luisa ihrer Feindin Cayetana einen Streich spielen wollte. Ganz leise jetzt ahnte er die wahre Wahrheit, daß nämlich hinter der Einladung Pepa stak.

Cayetana mittlerweile zerriß lässig, spielerisch mit ihren zarten, spitzen und dennoch fleischigen Kinderfingern den Brief Don Manuels. Er sah zu, ohne sich ihrer Bewegungen bewußt zu werden, doch so genauen Auges, daß das Bild ihrer Gesten für immer in ihm haftenblieb. „Ich bin Hofmaler", sagte er zögernd, „und er beruft sich auf die Königin." – „Der Brief ist nicht von der Königin, soviel ich sehe", antwortete die Alba. Und, nicht laut, doch die Kinderstimme hart, schloß sie: „Müssen Sie springen, wenn Manuel Godoy kommandiert?"

Goya war voll hilfloser Wut. Sah sie nicht, daß er noch immer nicht Erster Maler des Königs war? Daß er abhängig war von der Gunst Doña María Luisas? Anderenteils saß sie hier in dem langweiligen Piedrahita nur seinethalb, sie wird bitter gekränkt sein, wenn er ging. „Ich kann", antwortete er lahm, „meine Abreise vielleicht zwei oder drei Tage hinausschieben, vielleicht vier oder fünf. Ich kann erklären, ich hätte hier noch ein Porträt fertigzumachen." – „Das ist freundlich von Ihnen, Don Francisco", sagte mit jener grausamen Liebenswürdigkeit, die allein sie in ihre Stimme legen konnte, Cayetana. „Bitte, sagen Sie dem Mayordomo, wann Sie den Wagen wünschen."

Jetzt aber wurde ihm die ganze Not lebendig jener Nacht, da er ihrethalb hatte warten müssen auf die Nachricht von der tödlichen Erkrankung seiner kleinen Elena. „Verstehen Sie doch", brach er aus, „ich *bin* kein Grande. Ich bin Maler, ein ganz gewöhnlicher Maler, der abhängig ist von den Aufträgen Doña María Luisas. Und", setzte er hinzu, sie voll und finster anschauend, „auch von denen Don Manuels." Sie antwortete nichts; aber mehr, als Worte es hätten tun können, reizte ihn die kleine, unendlich hochmütige Verachtung ihrer Miene. „Dir liegt nichts an meinem Erfolg", wütete er. „Dir liegt nichts an meiner Kunst. Dir liegt nur an deinem Vergnügen."

Sie ging, nicht schnell, mit ihrem kleinen, festen und doch schwebenden Schritt.

Er verabschiedete sich von der Marquesa, von Don José.

Und, sich überwindend, sprach er
Auch bei Cayetana vor. Doch
Die Dueña sagte trocken,
Ihre Hoheit sei beschäftigt.
„Wann kann ich sie sehen?“ fragte
Don Francisco. „Ihre Hoheit
Ist den ganzen Tag beschäftigt,
Heute und auch morgen“, sagte
Höflich unbeteiligt Doña
Eufemia.

16

Im sechzehnten Jahrhundert hatte es zwei große Vertreter des spanischen Menschen gegeben; der eine war der Ritter, der Grande, der andere der Pícaro, der Unterprivilegierte, der Lump, der in ständigem unterirdischem Kampf gegen alle durch List, Betrug und Geistesgegenwart sein Leben fristete. Das Volk und seine Dichter verehrten und priesen den Helden und Ritter, aber sie priesen nicht weniger und liebten mehr den Pícaro und die Pícara, das schlaue, nie verzagte, immer lustige, lebenstüchtige Gesindel der untern Klassen. Der Pícaro war dem Volk ein ebenso gültiger Ausdruck Spaniens wie der Grande, sie ergänzten einander, und große Dichter haben die Pícaros Guzmán und Lazarillo, die Schelme und Lumpen, mit ihrem Elend, mit ihrem saftigen, von keiner Moral benagten Materialismus und mit ihrem tüchtigen, fröhlichen, erdnahen Verstand ebenso lebendig erhalten wie die Repräsentanten des Rittertums, den Cid und den Don Quichotte.

Im achtzehnten Jahrhundert waren Pícaro und Pícara zum Majo geworden und zur Maja.

Deren Wesen und Brauch, der Majismo, war aus dem Spanien jener Zeit sowenig fortzudenken wie das absolute Königtum und die Inquisition.

Es gab Majos in allen großen Städten. Doch Hauptsitz des Majismo blieb Madrid, ein bestimmter Teil von Madrid, die Manolería. Die Majos waren Schmiede, Schlosser, Weber, kleine Gastwirte, Fleischer, oder sie lebten vom Schmuggel, vom Hausieren, vom Spiel. Die Majas hielten wohl einen Weinschank, oder sie flickten Kleider und Wäsche, oder sie waren Straßenverkäuferinnen, boten Früchte an, Blumen, Lebensmittel aller Art; sie und ihr Tand fehlten auf keiner Wallfahrt und keinem Jahrmarkt. Auch verschmähten sie es nicht, aus reichen Männern Geld zu ziehen.

Die Anhänger des Majismo hielten fest an der überkommenen spanischen Tracht. Der Majo trug pralle Kniehosen, Schnallenschuhe, die kurze Jacke und die breite Schärpe, den gewaltigen Schlapphut, niemals fehlte der lange Mantel, die Capa, niemals die Navaja, das zusammenklappbare Messer, niemals die mächtige, schwarze Zigarre. Die Maja trug niedrige Schuhe, ein ausgeschnittenes, besticktes Mieder, über der Brust gekreuzt den farbigen Schal; bei Festen prunkte sie mit Spitzenmantilla und hohem Kamm. Sehr häufig trug sie im linken Strumpfband den kleinen Dolch.

Die Behörden sahen mit Mißbehagen auf den langen Mantel und den gewaltigen, das Gesicht verdeckenden Schlapphut der Majos. Die Majos liebten den langen Mantel, weil sich darunter die Flecken und der Schmutz ihres Gewerbes ohne Mühe verbergen ließen und zuweilen auch anderes, was sie nicht zeigen wollten, und sie liebten den Schlapphut, der ein Gesicht, welches ungern erkannt werden wollte, bequem beschattete. „Meine Madrilenen", klagte der Dritte Carlos, „schleichen durch die Straßen, die Gesichter verdeckt wie Verschwörer, nicht wie die friedlichen Untertanen eines zivilisierten Monarchen." Sein Erster Minister, der Staatsmann Squillace, den er aus Neapel mitgebracht hatte, verbot schließlich Mantel und Hut. Aber da meuterten die Majos, und der volksfremde Minister wurde aus dem Lande gejagt. Ein klügerer Nachfolger verordnete, daß der Henker bei Ausübung seines Berufes den unerwünschten Hut trage; das bewirkte, daß manche auf den Hut verzichteten.

So wie ihre eigene Tracht hatten die Majos und Majas ihre eigenen Sitten, ihre eigene Philosophie, ihre eigene Sprache. Der Majo verehrte die altspanische Tradition und verteidigte fanatisch das absolute Königtum und Priestertum, aber er haßte die wechselnden Gesetze und Verordnungen und beachtete sie nicht. Er hielt den Schmuggel für sein Privileg, es war ihm Ehrensache, nur geschmuggelten Tabak zu rauchen. Die Majos hielten auf Würde, sie waren schweigsam. Aber wenn sie sprachen, dann brauchten sie bildkräftige, hochtönende Worte, und ihre Großmäuligkeit und farbige Prahlerei war eine Quelle der Dichtung und berühmt über die Grenzen.

Der Majo war stolz. Niemand durfte ihn zur Seite drängen oder auch nur schief anschauen. Er lebte in ständiger Fehde mit dem Stutzer der Mittelklassen, dem Petit-maître, dem Petimetre. Den erlesenen Anzug eines Bürgersöhnchens zu ramponieren, die sorgfältige Frisur einer Petimetra zu zerzausen war ein Hauptvergnügen der Majos und Majas. Die Polizei ging dem Majo aus dem Wege. Auch andere gingen ihm aus dem Weg; denn er war händelsüchtig und mit starken Worten, wohl auch mit Hieben und mit dem Messer schnell zur Hand.

Im Kampfe gegen Aufklärung und Vernunft, gegen französisches Wesen, gegen die Revolution und alles, was damit zusammenhing, war der Majo der beste Alliierte der Monarchie und der Kirche. Der Majo liebte die prunkvollen Königsschlösser, die farbigen Aufzüge der Granden, die prächtigen Prozessionen der Kirche, er liebte Stiere, Fahnen, Pferde und Degen, und sein wilder Nationalstolz sah mit Mißtrauen und Haß auf den Intellektuellen, den Liberalen, auf den Afrancesado, der das alles abschaffen wollte. Umsonst versprachen fortschrittliche Schriftsteller und Staatsmänner dem Majo bessere Wohnstätten und üppigeres Brot und Fleisch. Er verzichtete darauf, wenn man ihm bloß seine großen Spiele und Feste beließ.

Denn die Majos und die Majas waren das bunte und fanatische Publikum dieser großen Feste. Sie drängten sich im Patio der Theater, sie bildeten die Kerntruppe der Chorizos und Polacos, sie randalierten, als die Autos Sacramentales verboten wurden, die volkstümlichen Heiligen Spiele, in denen etwa Christus, vom Kreuze gestiegen, Dornenkrone und Lendenschurz mit dem Kostüm des Majos vertauschte, um mit den andern Darstellern der Leidensgeschichte eine Seguidilla zu tanzen. Die Majos waren begeisterte Anhänger, Apasionados, der Autodafés und ebenso enthusiastische Anhänger, Aficionados, der Stierkämpfe, empört, wenn ein Torero, ein Stier oder ein Ketzer schlecht starben. Sie sahen auf gute Haltung.

In Dingen der Liebe war der Majo feurig, großherzig, weitherzig. Er gab seiner Geliebten bunte Geschenke, verprügelte sie, wenn sie ihn im geringsten ärgerte, und verlangte seine Geschenke zurück, wenn er sie verließ oder sie ihn. Die Maja trug keine Bedenken, einen verliebten Petimetre bis aufs letzte auszuplündern; auch die verheiratete Maja hielt sich gerne einen wohlhabenden Cortejo oder ihrer zwei. Die spanischen Männer rühmten der Maja jene Eigenschaften nach, die sie an der Frau am höchsten schätzten: sie sei unzugänglich stolz auf der Straße, engelhaft in der Kirche, teuflisch im Bett. Auch die Ausländer stimmten darin überein, daß keine Frau der Welt so viel Lust, Begier und Erfüllung verheißen und verschaffen könne wie die richtige Maja. Der Gesandte Louis' des Sechzehnten, Jean-François de Bourgoing, fand in seinem berühmten Buch über Spanien sehr viele Worte, um die Schamlosigkeit und Zügellosigkeit der Maja zu verdammen, und noch mehr, die Lockung und die Lust zu preisen, die von ihr ausging.

Der Majo fühlte sich als den besten Vertreter des Spaniertums, des Españolismo, er gab darin keinem Granden etwas nach. Und so dachte über ihn das ganze Land. Jeder rechte Spanier mußte Majismo in sich haben. Majo und Maja waren die beliebtesten Personen der Sainetes und Tonadillas, der beliebteste Vorwurf der Schriftsteller und Künstler.

Und die Damen und die Herrn des
Hofes, des Verbots nicht achtend,
Das die Tracht des Majo und der
Maja ihnen untersagte,
Schlüpften gerne in die bunte
Kleidung, und in ihre Rede
Flochten sie die großen Worte,
Die der Majo und die Maja
Liebten. Viele Granden, viele
Reiche Bürger spielten gern den
Majo, gern die Maja; ja, es
Waren unter ihnen solche,
Die es *waren.*

17

In San Ildefonso wurde Goya mit viel Höflichkeit aufgenommen. Er wurde nicht in der Posada, sondern im Schlosse selber einquartiert. Bücher, Süßigkeiten, Wein waren bereitgestellt, sichtlich mit Kenntnis seines Geschmackes ausgewählt. Einer der rotbestrumpften Lakaien wurde ihm als ständiger Diener beigegeben. Sein Appartement bestand aus drei Zimmern, von denen er sich eines als Atelier einrichten mochte.

Manuel ließ ihn bitten, sich abends um sechs Uhr in der Reitbahn einzufinden. Das war ein ungewöhnlicher Treffplatz für die Abendstunde. Wollte sich Manuel oder wollte sich Doña María Luisa selber wiederum zu Pferde porträtieren lassen?

In der Reitbahn fand er Manuel und Pepa. Sie begrüßte ihn strahlend. „Es war eine ausgezeichnete Idee Don Manuels, Sie hierherzubitten“, sagte sie. „Wir haben wunderbare Wochen gehabt in dieser herrlichen Berggegend. Ich hoffe, Francisco, auch Sie haben sich gut unterhalten.“ Manuel stand daneben, im Reitanzug, stramm, vergnügt, besitzerhaft.

Cayetana hatte also recht. Man hatte ihm einen frechen, dummen Streich gespielt. Was sie ihm damit angetan hatten, die beiden, daß sie nämlich das beste Glück seines Lebens zerschlagen hatten, das wußten sie wahrscheinlich selber nicht. Aber vielleicht haben sie es gerade darum getan. Es war lächerlich und empörend, daß eine Laune der Pepa, dieser Lumpin und abgelegten Hure, ihm seinen wunderbaren Sommer in Stücke schlug.

„Ich beabsichtige, Francho“, sagte der Príncipe de la Paz, „Sie sehr in Anspruch zu nehmen. Zuerst möchte ich gerne, daß Sie mir Señora Tudó malen. Zu Pferde. Finden Sie nicht, daß ihr das Reitkleid wunderbar steht?“ Er verneigte sich vor Pepa. Schon lief der Reitknecht, das Pferd vorzuführen.

Am liebsten hätte Goya der Pepa eine gewaltige Maulschelle heruntergehauen, auf richtige Majo-Art. Aber er war kein Majo mehr, er war verdorben durch den Erfolg und das Leben bei Hofe. Er sagte sich, nachdem er schon einmal hierhergekommen sei, dürfte er sich nicht in seinem Zorne alles verderben. Aber sie zu Pferde zu malen, diese Jamona, daran dachte er natürlich auch nicht. „Der Adler gehört ins Blaue, die Sau in den Mist.“ Was für eine maßlose Insolenz von diesem aufgeputzten Mensch, aufs Pferd steigen und sich malen lassen zu wollen. Als Grandin! Und von ihm! „Leider übersteigt eine solche Aufgabe meine Kraft, Don Manuel“, sagte er höflich. „Ich bin nicht eben ein Maler der Schönheit. Wenn ich etwas malen soll wie Señora Tudó zu Pferde, dann wird, fürchte ich, mein Bild weit hinter der Wirklichkeit zurückbleiben, wie Sie sie sehen, Don Manuel.“

Pepas weißes, gelassenes Gesicht verzerrte sich ein wenig. „Ich hätte mir denken können, daß du mir die Freude verderben wirst, Francho“, sagte sie. „Jede Freude willst du mir verderben.“ Ihre breite, niedrige Stirn furchte sich. „Bitte, Don Manuel“, sagte sie, „geben Sie den Auftrag Maella oder Carnicero.“

Manuel verstand es, daß das Unternehmen dem Maler zu gefährlich schien. Im Grunde war er selbst froh, auf diese Art um die gewagte Sache herumzukommen. „Lassen Sie uns das zweimal überlegen, Señora“, sagte er beruhigend. „Wenn sich's ein Goya nicht zutraut, Sie zu Pferde zu malen, wie sollte dann ein Maella oder Carnicero Ihnen gerecht werden?“

Der Pico de Peñalara schaute herunter, ein kleiner, angenehmer Wind ging, aber Verstimmung lag in der wohlig frischen Luft. „Ich darf mich wohl zurückziehen“, sagte Francisco. „Unsinn, Francho“, antwortete Manuel. „Ich habe mich für heute abend frei gemacht, Pepa wird Vernunft annehmen, Sie bleiben natürlich bei uns zum Essen.“

Während des Mahles saß Pepa gelassen da, schweigsam und schön. Goya hatte Lust, mit ihr zu schlafen; das wäre eine Rache gewesen an der Alba, an Manuel, an Pepa selber. Aber er wollte ihr nicht zeigen, daß sie ihn nach wie vor anzog. Auch er blieb einsilbig.

Dafür war Manuel krankhaft munter. „Ich weiß“, fiel ihm ein, wie Sie uns Pepa malen müssen: mit der Gitarre.“ Das fand Francisco nicht schlecht. Der Adler ins Blaue, die Sau in den Mist, Pepa, blödverträumten Gesichtes, mit der Gitarre.

Mit Lust ging er an die Arbeit. Pepa war ein gefügiges Modell. Sie saß lässig da, Verlangen weckend, und schaute ihm mit ihren schamlosen Augen gerade ins Gesicht. Er begehrte sie sehr. Er wußte, sie hätte ihn zuerst verhöhnt, doch nur, um dann um so willfähriger zu sein. Aber er war ausgefüllt von Cayetana. Nun gerade nicht, dachte er. Doch malte er in das Porträt alle seine Begierde. Er arbeitete schnell; wenn er's darauf anlegte, konnte er's mit dem Hastigen Lucas aufnehmen. In drei Sitzungen wurde „Die Dame mit der Gitarre" beendet. „Das hast du gut gemacht, Francho", sagte Pepa befriedigt. Manuel war entzückt.

Doña María Luisa befahl Francisco zu sich. Sie war also wirklich mit im Komplott gewesen. Bitterkeit im Herzen, begab er sich zu ihr. Sie begrüßte ihn freundlich, und seine Vernunft kehrte zurück. Er hatte keine Ursache, der Königin zu grollen. Nicht ihm hatte sie den Sommer und die Freude verderben wollen, sondern ausschließlich der Feindin, der Alba, und das war begreiflich nach der Art, wie diese sie wieder und wieder herausgefordert hatte. In seinem Heimlichsten empfand Francisco eine gewisse Genugtuung, daß sich die Königin und die Alba um ihn stritten. Das mußte er seinem Martín nach Saragossa schreiben.

María Luisa freute sich ehrlich, Goya da zu haben. Sie schätzte sein gescheites, unabhängiges und gleichwohl bescheidenes Urteil, und sie hatte Verständnis für seine Kunst. Auch machte es ihr Spaß, daß Goya jetzt hier war und nicht in Piedrahita. Nicht daß sie der Alba den dicklichen, alternden Francisco mißgönnt hätte; sie selber wollte fürs Bett stramme, junge Burschen, nicht zu intelligent, und die ihre Uniform elegant zu tragen wußten. Aber die Dame war gar zu insolent gewesen, sie mußte ab und zu eins auf den Kopf bekommen. Darum also malte jetzt Francisco Goya sie, María Luisa de Borbón y Borbón, und nicht die Cayetana de Alba.

Der Gedanke an die Alba brachte sie auf eine gute Idee. Sie schlug Goya vor, sie als Maja zu malen.

Er war unangenehm überrascht. Erst hatte er Pepa zu Pferde malen sollen, nun die Königin als Maja. Er gestand ihr im stillen zu, daß sie manches von einer Maja an sich hatte durch die Art, wie sie sich übers Zeremoniell wegsetzte und das Gerede mißachtete, und vor allem durch ihren unbändigen Lebensdurst. Aber die Tracht der Maja war der Grandin höchstens auf Kostümfesten erlaubt; wenn sich Doña María Luisa so porträtieren ließ, war das zumindest befremdlich. Und bestimmt wird er neue Ungelegenheiten mit Cayetana haben.

Er riet auf vorsichtige Art ab. Sie bestand. Nur ein Zugeständnis machte sie: daß das Kostüm nicht bunt sein sollte, sondern schwarz. Im übrigen war sie, wie stets, ein gutes Modell, das ihn mehr unterstützte als behinderte. Wieder und wieder sagte sie ihm: „Machen Sie mich, wie ich bin. Idealisieren Sie mich nicht. Ich will sein, wie ich bin."

Trotzdem ging die Arbeit an dem Porträt nicht recht voran. Nicht nur verlangte sie viel von ihm und er viel von sich, sie war auch nervös, wohl aus eifersüchtigem Ärger über Manuel, dessen Liebschaft mit der Person noch immer fortdauerte, und sie sagte häufig Sitzungen ab.

Wenn er nicht arbeitete, trieb er sich herum im Schloß und in den Parks, gelangweilt und reizbar. Er stand vor den Fresken Maellas und Bayeus, die Unterlippe vorgeschoben, höhnisch, kritisch. Er stand vor den Fontänen mit ihren mythologischen Figuren, und er sah die Wasser steigen und fallen und spielen, und durch sie, über ihnen sah er den riesigen, glänzend weißen Palast, das spanische Versailles, mit unendlicher Mühe so hoch oben erbaut, das Schloß in der Luft. Besser als die andern vermochte er den gewollten Gegensatz zu spüren zwischen der französischen Künstelei des Bauwerks und der Gärten und der Wildheit der spanischen Natur. Und besser als die andern verstand er den Fünften Philipp, der mit unendlichem Aufwand an Zeit, Geld und Mühe diesen Palast gebaut hatte und der, müde seiner Laune, als die Wasserkünste das erstemal spielten, erklärt hatte: „Gezahlt hab ich für diese Fontänen fünf Millionen, amüsiert haben sie mich für fünf Minuten."

Goya konnte es nicht ertragen, mit den Damen und Herren des Hofes zusammenzusein, und die Gesellschaft Manuels und Pepas verdroß ihn. Aber wenn er allein war inmitten des steifen, hellen, errechneten, widerwärtig französischen Prunkes, dann, sosehr er sie fernzuhalten suchte, überfielen ihn Gedanken an Cayetana. Gegen alle Vernunft nahm er an, Cayetana werde ihm schreiben, ihn zurückrufen. Es war nicht denkbar, daß es zwischen ihnen aus sein sollte; sie war gebunden an ihn, er an sie.

Er sehnte sich fort aus San Ildefonso; ihm war, als werde er in seinem Madrider Atelier mehr Ruhe finden. Allein die Arbeit an dem Porträt zog sich hin. María Luisa, ebenso nervös wie er selber, sagte vereinbarte Sitzungen immer häufiger ab.

Dann kam ein Ereignis, welches die Vollendung des Werkes um weitere Wochen hinauszögerte.

In Parma nämlich war ein kleiner Vetter der Königin gestorben, und da ihr daran lag, die Würde und Hoheit der großherzoglichen Familie, der sie entstammte, zu betonen, wurde über die Erfordernisse des Zeremoniells hinaus Hoftrauer für den kleinen Prinzen angeordnet, und das bedeutete, daß die Porträtsitzungen von neuem unterbrochen wurden. Goya bat in einer Eingabe, nach Madrid zurückkehren zu dürfen; das Porträt sei so gut wie fertig, er könne das Fehlende in Madrid ergänzen. Er erhielt den dürren Bescheid, Ihre Majestät wünsche, daß er die Arbeit hier vollende. Es könne ihm in etwa zehn Tagen eine neue Sitzung bewilligt werden, und er möge sich schwarze Kleidung aus Madrid kommen lassen.

Da man in Madrid vergaß, ihm schwarze Strümpfe mitzuschikken, erschien er, als er endlich wieder zu einer Sitzung befohlen wurde, in grauen Strümpfen. Der Marqués de la Vega Inclán ließ ihm bedeuten, er könne so nicht vor das Angesicht der Majestät treten. Goya, erbittert, ging zurück in sein Appartement, zog weiße Strümpfe an, malte mit Tusche einen Mann auf den rechten Strumpf, der eine verdächtige Ähnlichkeit mit dem Hofmarschall hatte, auf den linken die Physiognomie eines zweiten, dem Marqués im Temperament verwandten Kämmerers. Frech und grimmig ließ er sich diesmal nicht aufhalten und drang zu María Luisa vor. Er fand sie in Gesellschaft des Königs. Dieser begriff nicht und fragte, etwas ungehalten: „Was haben Sie da für merkwürdige, unziemliche Männerchen auf den Strümpfen?“ Goya, Finsternis auf dem massigen Gesicht, antwortete: „Trauer, Majestät, Trauer.“ María Luisa lachte schallend.

Er arbeitete eine weitere Woche. Dann war das Porträt fertig. Er trat zurück. „Königin Doña María Luisa als Maja in Schwarz“, stellte er seine Königin der Königin in Fleisch und Blut vor.

Da steht sie, in einer natürlichen und gleichzeitig repräsentativen Haltung, Maja und Königin. Die Augen über der Raubvogelnase sind gescheit und gierig, die Lippen über dem harten Kinn hält sie verpreßt, wegen der diamantenen Zähne. Das ganze geschminkte Gesicht ist voll von Wissen, Gier und Gewalttätigkeit. Die Mantilla, von der Perücke fallend, ist über der Brust gekreuzt, jung und tief entblößt lockt der Halsausschnitt, fleischig und wohlgeformt sind die Arme, die linke, beringte Hand fällt lässig herab, die rechte hält über der Brust den winzigen Fächer geschlossen, in der Geste des Lockens und Abwartens.

Goya hatte sich bemüht, nicht zuviel zu malen und nicht zuwenig. Seine Doña María Luisa war häßlich, aber er hatte diese Häßlichkeit lebendig gemacht, schimmernd, beinahe anziehend. Er hatte ihr eine bläulichrote Schleife ins Haar gegeben, und das Licht dieser Schleife machte das stolze Schwarz der Spitzen leuchten. Er hatte ihr goldene Schuhe gegeben, die glänzend aus dem vielen Schwarz herauskamen, und er hatte das Ganze getönt durch den matten Schimmer des Fleisches.

Die Königin fand nichts mehr, was sie hätte aussetzen können. Sie erklärte in schmeichelhaften Worten ihre Befriedigung und forderte Goya auf, noch hier in San Ildefonso selber zwei Kopien anzufertigen.

Ehrerbietig, aber entschieden lehnte er ab. Wenn er soviel ernsthaftes Bemühen an ein Werk gewandt habe, könne er's nicht kopieren. Doch wolle er von seinem Mitarbeiter Don Agustín Esteve, dessen Geschick und Zuverlässigkeit Doña María Luisa kenne, die gewünschten Kopien anfertigen lassen.

Endlich konnte er nach Madrid.

Aber es ging ihm hier nicht besser als in San Ildefonso. Er sagte sich hundertmal, das Klügste wäre, er schriebe Cayetana, oder er ginge einfach wieder nach Piedrahita. Doch das konnte er seinem Stolze nicht abkämpfen.

Er verwünschte, daß er war, so
Wie er war. Und warum hatte
Er gerad in Cayetana
Sich vergaffen müssen? Opfer
Über Opfer hatte diese
Dumme Leidenschaft von ihm ge-
Fordert. Alles an ihr wollte
Hoch bezahlt sein. Und es kehrte
Seine ganze Wut sich gegen
Cayetana. Die Dämonen,
Jene bösen Geister, die in

Allen Winkeln hockten, um ihn
Zu belauern, sich auf ihn zu
Stürzen, wurden *eins* ihm mit der
Alba.

18

Im Spätsommer kehrten die Albas nach Madrid zurück. Cayetana blieb unsichtbar und schickte keine Botschaft. Mehrmals begegnete Francisco einem der Wagen des Hauses Alba. Er befahl sich, nicht hinzuschauen. Schaute hin. Zweimal war es der Herzog, zweimal ein Fremder, ein anderes Mal die alte Marquesa.

Eine Karte wurde überbracht, welche den Hofmaler de Goya y Lucientes und Señora Doña Josefa einlud, einem Musikabend des Herzogs beizuwohnen; gespielt werden sollte eine Oper des Señor Don José Haydn, „Die Welt auf dem Monde". Eine Stunde lang war Francisco fest entschlossen abzulehnen, die nächste ebenso fest hinzugehen. Josefa hielt es für selbstverständlich, daß man die Einladung annahm.

Wiederum wie an jenem Abend, da Goyas unselige Verstrikkung mit ihr begonnen hatte, war die Alba zunächst nicht sichtbar. Vorerst einmal mußte Francisco die ganze Oper des Señor Haydn anhören. Da saß er neben Josefa, verzehrt von Ungeduld, Furcht und Hoffnung, gepeinigt von der Erinnerung an Stunden in Piedrahita, wo er bei ähnlichen Musikdarbietungen des Herzogs neben Cayetana gesessen hatte.

Dabei war die Oper leicht und zierlich. Sie stellte dar, wie ein von der Passion für die Astronomie besessener reicher Herr, Bonafede, Vater zweier hübscher Töchter, von einem betrügerischen Scharlatan, Eccletico, in den Glauben versetzt wird, er lebe auf dem Monde; seine Erlebnisse auf diesem Gestirn veranlassen ihn, seine Töchter an Freier zu verheiraten, denen er sie auf Erden niemals gegeben hätte. Der italienische Text war von dem Herzog selber, noch mit Hilfe des nunmehr verschwundenen Abate, ins Spanische übertragen worden, die Inszenierung war gut, die Musik nicht so verstiegen, wie Goya befürchtet hatte, er hätte sich unter andern Umständen der anmutigen Darbietung erfreut. So aber, in seinem Innern, schimpfte und knurrte er.

Endlich war die Oper zu Ende, der Mayordomo bat in den Hauptsaal.

Wie damals empfing Doña Cayetana ihre Gäste auf altspanische Art, auf ihrer Estrade. Diesmal war der hohe Baldachin, unter dem sie saß, geschmückt mit einer bemalten Holzstatue der Jungfrau, geschaffen von Juan Martínez Montanés. Mit gefalteten Händen, das Haupt verschämt geneigt, stand anmutig mit einem ganz kleinen, stolzen, spanischen Lächeln die Jungfrau auf dem Schemel eines Halbmonds, der getragen war von zierlichen Engelsköpfen. Der Anblick der Alba, wie sie lieblich unter dieser lieblichen Statue saß, hatte etwas Lasterhaftes und Berückendes. Sie war geschminkt dieses Mal und gepudert, sie trug ein Kostüm alten Versailler Schnittes, von schmalster Taille fiel weit der Rock. Gewollt puppenhaft und beinahe lächerlich hochmütig sah sie aus. Das weiße Gesicht, starr lächelnd, während die metallischen Augen unter den hohen Brauen bestürzend lebendig wirkten, schien doppelt sündhaft durch die holde und freche Gemeinsamkeit mit dem Antlitz der Jungfrau, welche lächelnd und mit züchtiger Genugtuung der Verkündigung lauscht.

Francisco, geschüttelt von Wut und Bezauberung, trug ein wildes Verlangen, ihr irgendwas zu sagen, was nur sie beide anging, etwas maßlos Verliebtes oder maßlos Unzüchtiges. Aber sie gab ihm keine Gelegenheit, mit ihr allein zu sprechen; vielmehr war sie zu ihm von großer, distanzierender Höflichkeit.

Auch sonst brachte ihm der Abend nur Verdruß. Selbstverständlich war Carnicero da, der Berufsbruder, der Pfuscher. Er hatte die Dekorationen zu der „Welt auf dem Monde“ entworfen; Goya taten noch die Augen weh von dem süßlich limonadigen Geklecksе. Der Herzog und die alte Marquesa ärgerten ihn gerade durch ihre Freundlichkeit. Don José, wiewohl er die Kulissen Meister Carniceros sehr hübsch fand, bedauerte, daß nicht er, Goya, die Dekorationen entworfen habe; doch sei er ja in der letzten Zeit so schwer zugänglich, wie ihm Cayetana gesagt habe. Auch die alte Marquesa fand es betrüblich, daß Goya so gar keine Muße mehr habe, im Hause Villabranca vorzusprechen und das zweite Porträt von ihr zu malen. Francisco hörte aus ihren Worten eine leise Ironie heraus; sicherlich ahnte sie, was zwischen ihm und Cayetana vorgegangen war.

Ganz unerträglich war Doktor Peral. Mit widerwärtiger Sachkenntnis verbreitete er sich über die Musik des Don José Haydn. Das sonst so zugesperrte Gesicht des Herzogs strahlte, als der Arzt mit viel Enthusiasmus und unter Anwendung der technischen Fachausdrücke auseinandersetzte, wie einfallsreich etwa und witzig Haydn die Instrumentierung wechsle jedes Mal, da Bonafede durch das Teleskop schaue, um seine Beobachtungen auf der Mondwelt zu verkünden, oder mit welchem Realismus seine Musik die Empfindungen des Fliegens wiedergäbe. Doch mehr noch als das siebengescheite Geschwätz des gelehrten Windbeutels kratzten Francisco die vertraulichen, ihm unhörbaren Worte, die er Cayetana und den Arzt wechseln sah, und Cayetanas Lachen über ein Witzwort des Doktors, welches sicher nur sie und dieser verstehen konnten. Die ganze Art, wie der „Barbier" mit Cayetana sprach, hatte etwas aufreizend Besitzerhaftes.

Goya hatte alle die Tage her mit Qual und Lust diesem Abend entgegengewartet. Nun war er es bitter zufrieden, als er sich verabschieden und Cayetanas Dunstkreis entweichen konnte. Auf der Heimfahrt meinte Josefa, der Abend sei besonders geglückt gewesen, Don José sei wirklich ein großer Musiker und die Oper sehr hübsch.

Den Tag darauf begann Francisco ein kleines Tafelbild: Cayetana unter der Jungfrau mit dem Halbmond. Er hatte sich vervollkommnet in der Kunst, ein Gesicht anonym und trotzdem kenntlich zu machen. Die weißgeschminkte Dame unter ihrem Baldachin hatte etwas Laszives, bösartig Höhnisches, Blasphemisches. Goya malte heimlich, wenn Agustín nicht da war, und verbarg vor ihm das kleine Gemälde. Er malte mit Eifer und mit Hast. Einmal vergaß er, die Tafel wegzustellen. Als er zurückkam, fand er Agustín davor. „Es ist wunderbar", sagte Agustín, „es ist die Wahrheit der Wahrheiten." – „Schon daß *du* es gesehen hast, ist zuviel", antwortete Francisco und räumte das Bild fort, für immer.

Wieder verging eine Woche, ohne daß er was von Cayetana gehört hätte. Nun wußte Goya, er werde auch über drei Monate nichts von ihr hören und nichts über ein Jahr, und heißer, als er je was bereut hatte, bereute er, daß er von Piedrahita und von ihr fortgelaufen war.

Da stellte sich in seinem Atelier die Dueña Eufemia ein und

fragte im natürlichsten Tone der Welt, ob Don Francisco Zeit und Lust habe, morgen abend mit Doña Cayetana ins Cruz zu gehen, man gebe den „Betrogenen Betrüger“ des Comella, und Doña Cayetana verspreche sich allerhand von den Seguidillas.

Sie gingen ins Theater, sie taten, als hätten sie sich gestern verabschiedet, sie fragten einander nichts, sie sprachen kein Wort über das, was in Piedrahita vorgefallen war.

In den folgenden Wochen sahen sie sich oft, sie lebten einer mit dem andern, sie liebten einer den andern wie vor der Zeit ihres Streites in Piedrahita.

Gewöhnlich, wenn Cayetana kommen wollte, sagte sie sich an; dann sorgte Goya dafür, daß er allein war. Einmal, als sie unangemeldet kam, war Agustín am Werke, „Die Königin als Maja in Schwarz“ zu kopieren.

Cayetana beschaute das Porträt der Feindin. Diese stand da, gelassen repräsentativ. Francho hatte ihre Häßlichkeit nicht unterschlagen, das mußte man ihm zugeben, aber er hatte sich bemüht, das bißchen, was María Luisa hatte, das Fleisch der Arme und des Halsausschnittes, zum Vorteil herauszustellen. Und er hatte ihr Format gegeben. So wie sie da auf der Leinwand stand, war sie bei aller Ähnlichkeit eine Maja und eine große Dame und keineswegs lächerlich. Cayetana verspürte jenes kleine Frösteln, das sie überkommen hatte, als die Königin sie warnte.

„Warum hast du sie so gemalt?“ fragte sie böse und geradezu, unbekümmert um die Gegenwart Agustíns. „Es ist ein gutes Bild“, antwortete empört und sachlich Francisco. „Ich verstehe dich nicht“, sagte Cayetana. „Diese Frau hat unsern Sommer zerschlagen, deine und meine Freude, auf billige, gemeine Art. Wir haben es beide erfahren, was sie ist: eine italienische Nähmamsell. Und du malst sie als Königin, spanisch vom Haar bis zur Sohle.“ – „Wenn ich sie so male, dann ist sie so“, antwortete Francisco, ruhig, doch mit einem Hochmut, der dem der Alba nicht nachstand. Agustín freute sich seines Freundes.

Fortan legte es Cayetana darauf an, die Königin noch bitterer zu ärgern als bisher. Sie hatte etwa erfahren, daß sich María Luisa aus Paris ein besonders kühnes Kleid verschrieben hatte. Sie verschaffte sich das Modell, und am Tage nach dem Empfang, bei welchem María Luisa dieses Kleid getragen hatte, erschienen auf der Promenade des Prado zwei Wagen des Hauses Alba mit Zofen Cayetanas, genauso gekleidet wie am Tag vorher die Königin. Man lachte, María Luisa ärgerte sich, doch kaum so sehr, wie Cayetana es gehofft hatte. Die alte Marquesa fand den Scherz nicht sehr glücklich; noch weniger glücklich fand ihn Francisco.

Doch sein Tadel schmolz vor ihrem
Anblick, ihrer Luft und ihrem
Kindlich damenhaften Wesen.
Stark wie je verspürte er sein
Glück; doch auch die Drohung wuchs, die
Tief untrennbar beigemischt war
Diesem Glücke.

19

Um jene Zeit brach in Madrid eine Seuche aus, eine Halskrankheit, die vornehmlich Kinder ergriff. Im Anfang war es eine Art Mandelentzündung. Die Halsdrüsen der Kinder waren geschwollen, bald konnten sie nur mehr unter Beschwerden schlucken und schlingen. Später wurde der Puls klein, der Herzschlag schwach, aus der Nase drang eine mißfarbene, übelriechende Flüssigkeit. Die befallenen Kinder litten unter steigender Atemnot, drohten zu ersticken. Viele starben.

Von den drei Kindern Goyas erkrankte Mariano, dann das jüngste, die kleine Elena.

Francisco, wiewohl er nur störte, konnte sich nicht trennen von dem Bett der leidenden, um Atem kämpfenden Elena. Mit steigendem Schreck nahm er wahr, wie die Not des Kindes wuchs. Er hatte vom ersten Augenblick an gewußt, daß jener die Dämonen herausfordernde Brief, durch den er die erste Nacht mit der Alba erkauft hatte, sich rächen werde.

Doktor Gallardo, der Familienarzt, verordnete heiße Getränke und Packungen, später, als das Fieber stieg, kalte Bäder. Er zitierte den Hippokrates. Tat sicher und tappte offenbar im dunkeln.

Goya nahm seine Zuflucht zu religiösen Mitteln. Papierstreiflein, welche der „Heiligen Jungfrau zur Genesung" geweiht waren und die Anrufung enthielten: „Salus infirmorum – Retterin der Kranken", wurden zu kleinen Kugeln gerollt und den Kindern in einem Glase Wasser zu trinken gegeben. Es war ein schlechtes Zeichen, daß sie sie nicht schlucken konnten. Für Elena borgte Francisco um viel Geld aus dem Kloster, in dem sie verwahrt wurde, eine Decke, welche Teile des Kleides ihrer Schutzheiligen enthielt, um die Kranke hineinzuhüllen.

Er erinnerte sich, was alles man unternommen hatte, als Josefa mit diesem Kinde schwanger war. Wie man Bilder des heiligen Raimundus Nonnatus und des heiligen Vincente Ferrer ins Haus gebracht und die Nothelfer dringlich gebeten hatte, sie möchten der Schwangeren die Stunde der Entbindung kurz und leicht machen. Und wie man dann fröhlich hinausgewallfahrtet war zu San Isidro, um ihm und den andern Heiligen zu danken, weil alles gut gegangen war. Es wäre auch weiter gut gegangen, wenn nicht er selber frevlerisch das Kind den finstern Mächten geopfert hätte.

Er lief hinaus in die Vorstadt Atocha und klagte sich an vor der Virgen de Atocha. Um seiner Lust willen hatte er das Kind verraten. Er bereute und flehte sie an, seine Reue anzunehmen und ihm zu helfen. Er beichtete vor einem unbekannten, bäurisch und stumpf aussehenden Priester. Er hoffte, der werde nicht begreifen, was er zu gestehen hatte, aber er schien zu begreifen. Er war mild. Er legte ihm Fasttage auf, viele Vaterunser und verbot ihm weiteren Ehebruch mit der Frau. Goya gelobte, seine Augen nicht mehr zu verunreinigen am Anblick der Hexe und Hure Cayetana.

Er wußte, das alles war Wahnsinn. Er befahl sich, seine wilden Gefühle durch Vernunft zu bändigen. Wenn man die Vernunft schlafen ließ, dann stürzten Träume über einen her, wüste Träume, fledermausflügelige, katzengesichtige Ungeheuer von Träumen. Er mußte seinen Wahnsinn in sich einschließen, ihn zähmen, verkapseln, er durfte ihn nicht ausbrechen, ihn nicht laut werden lassen. Er schwieg auch, schwieg vor Agustín, Miguel, Josefa. Aber er schrieb dem Freunde Martín Zapater. Schrieb ihm, wie er damals die verfluchte, sündhafte Ausrede ersonnen habe um seiner Lust willen, und wie nun die Teufel seine Lüge wahr gemacht hätten, und wie er schuld sei an der todgefährlichen Erkrankung seines lieben Kindes, und wie er wisse, daß das alles keinen Halt habe vor der Vernunft und keine Wirklichkeit sei, und wie es trotzdem seine Wahrheit sei. Und er versah den Brief mit drei Kreuzen und bat den Freund, nicht zu sparen und der Virgen del Pilar viele dicke Kerzen zu stiften, auf daß sie ihn und seine Kinder von der Krankheit heile.

Die Alba hörte von der Erkrankung der Kinder Franciscos. Er hatte ihr nie was gesagt von der Ausrede, die er damals gebraucht hatte, aber sie ahnte die Verwirrung seiner Brust. Sie schickte die Dueña und ließ ihren Besuch ankündigen. Sie war nicht verwundert, als er ablehnte, sie zu sehen. Sie suchte Josefa auf und erbot sich, ihren Arzt zu schicken, den Doktor Peral.

Goya zeigte sich nicht, als Peral kam. Josefa rühmte ihn als ruhig, klug, sachverständig. Goya schwieg. Zwei Tage darauf ging es Mariano sichtlich besser, die Ärzte erklärten ihn für gerettet. Am dritten Tag starb die kleine Elena.

Goyas Verzweiflung, seine Empörung gegen das Schicksal war ohne Maß. Vom Totenbett der Kleinen lief er in sein Atelier, verfluchte die Heiligen, die nicht geholfen hatten, verfluchte sich, verfluchte sie, die an allem schuld war, die Hexe, die Hure und Herzogin, die aus hochmütiger Laune und Lust ihn gezwungen hatte, sein liebstes Kind zu opfern. Wieder am Totenbett, dachte er an die grauenvollen Erstickungsanfälle des Kindes und wie er hilflos hatte zuschauen müssen. Sein massiges, löwenhaftes Gesicht wurde zu einer Maske äußersten Leides; niemals hatte ein Mensch durchgemacht, was er erlitten hatte und erlitt. Dann lief er zurück ins Atelier, und sein Schmerz wandelte sich in Wut und Durst nach Rache, in die Begier, ihr, der Verfluchten, seinen ganzen Zorn, seine Verachtung und seine Erkenntnis in das hochmütige Puppengesicht hineinzuwerfen.

Agustín war beinahe immer um ihn. Aber er löschte sich aus und sprach nur das Nötigste, es war, als ginge er auf Zehen. Er besorgte, ohne zu fragen, auf eigene Verantwortung die Geschäfte, die sich gerade jetzt besonders häuften. Francisco tat die Art wohl, wie ihm der Freund seine Teilnahme bezeigte. Er war ihm dankbar, daß er ihn verstand und ihm nicht mit billigem, freigeistigem Zuspruch kam.

Er ordnete zum beinahe unwilligen Erstaunen Josefas für Elena eine Beerdigung an wie für eine Infantin.

Dann saß man im verdunkelten Saal. Viele kamen, ihr Beileid

auszusprechen. Am zweiten Tag konnte Goya die leeren, gezwungen traurigen Mienen der Besucher nicht mehr ertragen, er ging in sein Atelier.

Dort hockte, lag er, lief er ruhelos herum. Warf wohl auch mit dem Stift Träume aufs Papier, zerriß die Zeichnungen, ehe sie fertig waren.

Herein kam die Alba.

Er hatte sie erwartet, erfürchtet, ersehnt. Sie war schön. Ihr Gesicht war nicht maskenhaft, es war das Gesicht einer Liebenden, die kam, ihren Freund in seiner Not zu trösten. Goya, mit seinen genauen Augen, sah es, und er sagte sich: wenn sie ihn gekränkt hatte, hatte er sie tiefer gekränkt. Aber seine Vernunft wurde weggeschwemmt von der wilden, lustvollen Wut ihres Anblicks. Was er jemals gegen sie gespürt hatte, seitdem er sie damals hatte sitzen sehen auf ihrer Estrade, sein Zorn über ihre frechen, grausamen Launen, der Unmut über seine eigene Gebundenheit, die Panik vor dem Schicksal, das sich dieser Frau bediente, um ihn zu quälen, das alles schwoll in ihm hoch.

Er schob die starke Unterlippe vor, sein fleischiges Gesicht, wiewohl er es zu halten suchte, zitterte voll unbändigen Hasses. Gegen ihren Willen wich sie zurück.

„Du! Du wagst zu kommen!“ sagte er. „Erst bringst du mein Kind um, und jetzt kommst du, mich zu verhöhnen!“

Noch beherrschte sie sich. „Nimm dich zusammen, Francho“, bat sie. „Laß dich nicht verrückt machen von deinem Schmerz.“

Natürlich. Sie begriff nicht, was er litt. Sie war unfruchtbar. Sie konnte nichts hervorbringen, in ihr entstand nichts, kein Schmerz und keine Freude, nur leere Lust. Sie war unfruchtbar, eine Hexe, das Böse schlechthin, vom Teufel in die Welt geschickt.

„Du hast alles ganz genau gewußt“, ließ er seinen Zorn und Wahn aus sich herausbrechen. „Du hast dir's so ausgerechnet. Du hast mir den Gedanken eingegeben, meiner Elena die Krankheit anzuwünschen. Entweder meine Elena sollte ich dir opfern oder meine Karriere, meine Kunst. Das war der Preis dafür, daß ich zu dir sollte kommen dürfen. Und dann hast du's ein zweites Mal versucht, in Piedrahita, und hast mich nicht wollen zu Hofe gehen lassen, daß ich meinen Ruhm verliere und meine Kunst. Aber da bin ich dir nicht hereingefallen. Und jetzt verlangst du, daß ich ein Schandbild machen soll aus María Luisa. Alles willst du mir stehlen, meine Kinder, meine Karriere, meine Malerei. Für die Lust deines verfluchten, unfruchtbaren Schoßes" – er brauchte ein obszönes Wort – „willst du mich um alles bringen."

Grenzenloser Zorn faßte sie. Aus der Liebenden, der Trösterin verwandelte sie sich in die Alba, die späte Enkelin des Marschalls, des Verderbers. Es war Geschenk gewesen und große Gnade, daß sie diesem Menschen erlaubt hatte, auch nur das Wort an sie zu richten, daß sie ihn *eine* Luft mit sich hatte atmen lassen. Und nun fand der plumpe Bauer für seine dumme Reue über eine dumme Ausrede keinen bessern Ausweg, als sie zu beschimpfen. „Sie haben von Anfang an", sagte sie leise, schneidend liebenswürdig, „zu nichts anderm getaugt, Señor Goya aus Fuendetodos, als zum Hofnarren. Ein Majo wollen Sie sein? Ein Bauer sind Sie geblieben in jedem Kostüm. Warum wohl, glauben Sie, haben die andern Sie herangelassen, die Osuna, die Medina Coeli? Sie wollten ihren Spaß haben an dem Tölpel und seinem Gewese. Man braucht keine Hexe zu sein, um Sie tanzen zu machen, Sie Pelele, Sie Hampelmann." Noch sprach sie leise, aber ihre Kinderstimme war schrill und häßlich geworden.

Er sah, wie sich ihre hohen Brauen in Wut zusammenzogen, und freute sich, daß er sie so zornig hatte machen können. Aber seine Genugtuung ging unter in Raserei, weil sie ein Wundes in ihm getroffen hatte, ihn gehöhnt um etwas, das er selber manchmal in seinem Heimlichsten geargwöhnt hatte. Aber es war nicht wahr, es durfte nicht wahr sein. Nicht aus Spaß und zum schieren Zeitvertreib haben sie ihn in ihr Bett gerufen, nicht die Osuna und nicht die Medina Coeli und nicht sie selber. Er denkt daran, wie sie unter ihm zerschmolzen ist, hundertmal, zerlöst in Lust, und er will ihr die gemeinsten, obszönsten Worte in das verfluchte, schöne, freche, hochmütige, zornige Gesicht werfen. Und dann wird er sie packen und zur Tür tragen und sie im Wortsinn vor die Tür schmeißen.

Sie sieht ihn auf sich zukommen. Er wird sie schlagen. Sie wünscht, er möge sie schlagen. Dann freilich wird es aus sein. Vielleicht dann wird sie ihn umbringen. „Komm nur her, Bauer!" fordert sie ihn heraus. „Sei nur stolz, weil deine Arme kräftiger sind als die meinen! Sei nur . . .!"

Allein er kommt nicht auf sie zu. Er schlägt sie nicht, und er packt sie nicht. Er hält inne mitten im Schritt. Er hat gesehen, wie sich ihre Lippen auftaten und schlossen, aber Worte hat er nicht gehört. Die Krankheit ist wieder über ihn gekommen, er ist taub.

In den Sessel warf er sich. Die
Hände vors Gesicht verzweifelt
Schlug er.
Sie begriff. Erschrak. Sie
Lief zu ihm und streichelte, als
Wäre er ein Kind, ihn. Er er-
Hörte nicht, was sie ihm sagte,
Sah nur ihre Lippen sich be-
Wegen. Aber er verstand, es
Waren sanfte Worte. Und die
Augen schloß er. Er erschlaffte.
Weinte.

20

Der Tag Don Miguels war ausgefüllt mit politischer Tätigkeit, doch machte sie ihm weniger Freude als früher. Des Abends versuchte er, sich durch Beschäftigung mit Kunst abzulenken von seinem Kummer um Lucía und von dem steigenden Ärger über die Demütigung, welche der Dienst Don Manuels mit sich brachte.

Wieder und wieder las er jenes Schreiben, in welchem sein großer Lehrmeister Niccolò Machiavell schildert, wie er nach seinem Sturze auf seinem Gütchen bei San Caciano lebt. Er steht mit der Sonne auf, geht in den Wald und gibt seinen Holzfällern Weisung. Dann geht er ein Stündlein spazieren, rastet an einer Quelle oder an einem Vogelherd, zieht sein Buch heraus, Dante, Petrarca, Tibull, Ovid oder einen ähnlichen Meister, liest von ihren Liebesgeschichten, denkt seiner eigenen und ergötzt sich eine Weile an solchen Erinnerungen. Dann geht er in das Wirtshaus an der Landstraße, befragt die Reisenden nach Neuigkeiten und erforscht, wie sie darüber denken. Kehrt zurück in seine kahle Behausung, um eine dürftige Mahlzeit einzunehmen. Geht wieder in die Schenke und spielt dort Brett oder Karten mit dem Wirt, dem Schlächter, dem Müller und zwei Ziegelbrennern; regelmäßig gibt es Streit um winzige Beträge, das Gezänk hallt wider bis ins Dorf San Caciano. Des Abends aber legt Machiavell sein schäbiges Kleid ab, zieht sich festlich an und begibt sich zu seinen Büchern, in die Gesellschaft der großen Alten. Mit ihnen unterhält er sich, und sie stehen ihm freundlich Rede. So verbringt er in seinem Zimmer vier kummerlose Stunden, vergißt seinen grämlichen Alltag, sorgt sich nicht um seine Armut, der Tod schreckt ihn nicht mehr. Er lebt mit seinen klassischen Autoren, er fragt und sie antworten, sie fragen und er antwortet, er liest ihre Bücher und schreibt an den seinen.

Ihm nachzutun versuchte Miguel Bermúdez. Umgeben von seinen Bildern, Büchern, Manuskripten arbeitete er an seinem Künstler-Lexikon, und zuweilen gelang es ihm, eine Stunde oder sogar zwei bei seinem Werk zu bleiben, ohne vor das Porträt Lucías zu treten.

Im übrigen schrieb Lucía häufig und unbefangen. Sie tat, als hätte sie die Reise nach Paris wirklich in seinem Auftrag gemacht, und schrieb viel über Politik. Sie war in Verbindung mit einflußreichen Männern, und alle waren sie erstaunt und verärgert darüber, daß Spanien die Allianz noch immer hinauszögerte.

Auch über die Pariser Maler berichtete sie, vor allem über die Entwicklung des Malers Jacques-Louis David. Der war seit dem Sturze Robespierres zweimal im Gefängnis gewesen, er hatte sich würdig und klug benommen, er hatte sich dem neuen Regime, der Revision der Freiheit und Gleichheit, anzupassen gewußt, ohne seine klassisch republikanischen Ideale aufzugeben. Jetzt hatte er wieder seinen Sitz unter den Fünfhundert, organisierte die Kunstsammlungen der Republik und war unter den Malern Frankreichs der angesehenste und einflußreichste. Er arbeitete an einem großen Gemälde „Die Sabinerinnen". In klassischen Linien und in klassischer Nacktheit sollte es darstellen, wie die geraubten Frauen zwischen den Feinden vermitteln; auf solche Art wollte der Künstler die notwendige Versöhnung des Gegensätzlichen veranschaulichen. Monsieur David hatte den Plan des Gemäldes schon im Gefängnis entworfen, er malte seit Monaten daran, er war ein langsamer, gründlicher Arbeiter. Ganz Paris, schrieb Lucía, nehme leidenschaftlichen Anteil am Fortgang des Werkes, alle zwei Wochen würden Bulletins ausgegeben.

Später ergänzte sie ihre Berichte über die Pariser Meister, indem sie Miguel Stiche schickte, dann sogar Gemälde, die sie billig erworben haben wollte, einmal auch ein Bild von David. Miguel stand geteilten Gefühles vor den kostbaren Werken. Ihr Besitz machte dem gierigen Sammler Freude. Doch sagte er sich, man erwarte politische Dienste von ihm, vor allem, daß er das Seine tue, den Abschluß des Allianzvertrages zu beschleunigen. Solche Politik entsprach seiner Überzeugung, aber es war ihm unlieb, daß nun diese Überzeugung mißdeutet werden konnte.

Dabei lag es zutage, daß auch ohne jene schriftliche Verpflichtung Don Manuels das Bündnis mit Frankreich geschlossen werden mußte. Zwar mochte dieses Bündnis eine bedrohliche Abhängigkeit des Königreichs von der stärkeren Französischen Republik zur Folge haben; aber ohne Frankreichs Hilfe war Spanien nicht mehr imstande, seine Kolonien gegen die übermächtige englische Flotte zu verteidigen. Der Príncipe de la Paz hätte also endlich sein Versprechen einlösen können, ohne sich einem Tadel auszusetzen.

Allein er zögerte weiter und suchte immer neue Vorwände, Paris hinzuhalten. Vor der Königin und vor seinem Don Miguel erging er sich in patriotischen Beteuerungen, er habe Angst davor, Spanien Fesseln anzulegen, von denen es sich auf lange Zeit nicht werde befreien können. María Luisa lächelte übers ganze Gesicht, Miguel in seinem Innern. Beide wußten, daß es sehr private Gründe waren, welche die Haltung des Ersten Ministers bestimmten.

Don Manuel hatte eine Liebschaft angefangen mit der kleinen Geneviève, der Tochter Monsieur de Havrés, des royalistischen Botschafters.

Er war ohne Schwung, halb gegen seinen Willen, in diese Affäre hineingeglitten. Eines Abends, während einer langweiligen, offiziellen Gesellschaft, hatte er eine flüchtige Neigung für Geneviève verspürt; die kindhafte Magerkeit des Mädchens, ihm sonst eher unangenehm, hatte ihn angezogen, dazu die Idee, daß sie von ältestem französischem Adel war. Auch war er, ohne sich's recht zu gestehen, leise eifersüchtig auf Goya, er hatte das vage

Gefühl, Pepa habe sich von der Leidenschaft zu ihrem Maler noch immer nicht frei gemacht; es war angebracht, ihr zu zeigen, daß sie seiner, Manuels, nicht durchaus sicher sein konnte. Er bat also unter einem Vorwand Geneviève zu sich und attackierte sie ohne Umschweife. Sie floh entsetzt und erzählte bleich ihrem Vater von dem brutalen Überfall. Monsieur de Havré sah sich vor einem dornigen Problem. Die Republik drängte darauf, Spanien solle die royalistischen französischen Emigranten nicht länger unterstützen; ja, es ging das Gerücht, das Direktorium verlange ihre Ausweisung. Es war möglich, daß dies eine Bedingung der bevorstehenden Allianz war. Sein königlicher Herr, der Achtzehnte Louis, trieb sich, ein Flüchtling, unter kläglichen äußern Umständen in Deutschland herum, angewiesen auf die finanzielle Hilfe, die sein armer Botschafter von den Ministern des Katholischen Königs erbetteln mußte. Vielleicht war es Fügung, daß sich dieser tierische Friedensfürst in seine arme Tochter verliebt hatte. War es nicht seine vaterländische Pflicht, dem Minotaurus seine süße Geneviève hinzuwerfen?

So also war Geneviève de Havré der Schar der Geliebten Don Manuels eingereiht worden. Der hatte zwar die Lust an der Kleinen schnell verloren, besonders da Pepa über seine neue Liebesaffäre eher erheitert schien als gekränkt. Aber das dünne Mädchen erwies sich als zäh, hinter ihr stand höflich und bedrohlich der Vater, und die Vorstellung eines Monsieur de Havré, der in Europa herumzog, finster klagend, Spanien nütze die Not der französischen Monarchie dazu aus, französische Aristokratinnen zu schänden, war Manuel nicht angenehm. Es war natürlich verlokkend, durch Abschluß der Allianz und Ausweisung der Royalisten die vorwurfsvolle Geneviève und ihren Vater loszuwerden. Aber was für Gesichter werden seine Standesgenossen, die zwölf Duzbrüder und Granden der Ersten Reihe, machen, wenn der Príncipe de la Paz seine kleine Freundin aus dem Lande jagt! Und wie werden Pepa und María Luisa ihn hänseln!

Allein das Direktorium in Paris war nicht gewillt, seine Politik von den Liebesaffären Manuel Godoys stören zu lassen. Man berief den Botschafter General Pérignon ab, weil er sich Spanien gegenüber zu sanft gezeigt habe, und ersetzte ihn durch den Bürger Ferdinand-Pierre Guillemardet.

Die Berichte der spanischen Agenten in Paris über die bisherige Laufbahn des Bürgers Guillemardet klangen peinlich in die helle Sommerruhe des Hofes im Schlosse von San Ildefonso. Guillemardet, ein noch junger Mann, war Arzt eines Dorfes in der Nähe von Paris gewesen; das Departement Saône-et-Loire hatte den fanatischen Republikaner in den Konvent geschickt. In dem Prozeß gegen Louis den Sechzehnten hatte er erklärt: „Als Richter stimme ich für die Todesstrafe. Als Staatsmann stimme ich gleichfalls für die Todesstrafe. Ich stimme also zweimal für die Todesstrafe." Zum Spezialkommissar für drei nördliche Departements ernannt, hatte er dekretiert, die öffentlichen Gebäude, die unter den Namen „Tempel, Kirche oder Kapelle" bekannt gewesen, seien fortan nicht mehr für Zwecke des Aberglaubens, sondern nur mehr für Zwecke der öffentlichen Wohlfahrt zu benutzen. Und einen solchen Mann, einen Königsmörder und Gottesleugner, schickte nun die Republik nach San Ildefonso, um die Austreibung der Royalisten und den Abschluß der Allianz zu erzwingen.

Der Bürger Guillemardet traf ein und stellte sich zunächst dem spanischen Ministerkollegium vor. Er erwies sich als ein gutaussehender Mann, korrekt, hochfahrend, zeremoniös, kurz angebunden. So jedenfalls sahen ihn die Minister des Katholischen Königs. Er seinesteils berichtete nach Paris, das spanische Kabinett bestehe aus vier Trotteln, geführt von einem Truthahn.

Als der Bürger Guillemardet in den Dienst der Republik getreten war, hatte er, der Vorschrift gemäß, den feierlichen Eid abgelegt: „Ich schwöre aufrichtige Ergebenheit der Republik und ewigen Haß den Königen." Schwerlich indes konnte er als Gesandter am Hofe des Katholischen Königs diesem Monarchen seinen Haß offen bezeigen, und er hatte das Direktorium um Weisung ersucht, wie er sich zu verhalten habe. Man hatte ihm bedeutet, er solle sich, damit er um so energischer auf seinen politischen Forderungen bestehen könne, dem spanischen Hofzeremoniell in jeder Hinsicht fügen. Das hatte zur Folge, daß sich der neue Bürger-Gesandte mancherlei Demütigungen unterziehen mußte.

Zunächst hatte er dem Katholischen König in feierlicher Audienz sein Beglaubigungsschreiben zu überreichen und sich der gesamten königlichen Familie vorzustellen. Im Thronsaal versammelt waren neben dem Königspaar die Infanten und Infantinnen, und der Königsmörder mußte nicht nur dem Trottel Carlos und der Messalina María Luisa ehrfürchtig die Hand küssen, sondern auch jedem einzelnen der Lausejungen und Lausemädel. Übrigens lief der jüngste, der kleine Francisco de Paula, der Bastard des Truthahns, auf ihn zu und begrüßte ihn fröhlich: „Papa, Papa."

Auch bekam Guillemardet sehr bald den billigen Hohn Don Manuels zu schlucken. Er hatte sich in einer Note die Anrede „Exzellenz" verbeten, darauf hinweisend, daß laut Verordnung des Direktoriums Beamte der Republik sich „Bürger" zu nennen hätten. Don Manuel erwiderte: „Ich muß Euer Exzellenz mitteilen, daß die Anrede ‚Sie' im Spanischen nicht üblich ist. Die übliche Anrede ist für Leute niedrigen Standes ‚Euer Gnaden', für Höhergestellte ‚Euer Exzellenz'. Personen höchsten Standes werden von Gleichgestellten mit ‚du' angeredet. Da ich nun Euer Exzellenz nicht mehr ‚Euer Exzellenz' nennen darf, bitte ich um Mitteilung, ob ich mich im Verkehr mit Euer Exzellenz in Zukunft der Anrede ‚du' bedienen soll."

Ein wenig wettgemacht wurden die Unannehmlichkeiten, denen sich Guillemardet zum Wohle der Republik zu unterziehen hatte, dadurch, daß der König für ihn eine Galatafel veranstaltete.

María Luisa hatte an dem neuen französischen Botschafter Gefallen gefunden. Seine Züge waren stolz, ausgeprägt, etwas finster, und die bunte, pomphafte Uniform, welche neuerdings das Pariser Direktorium den hohen Beamten der Republik vorschrieb, stand ihm zu Gesicht. Er sah gut aus, erheblich besser jedenfalls als der dürre, ältliche, schäbige Havré. Sie erklärte, es sei wichtig, den Bürger Guillemardet bei Laune zu erhalten, sie wolle ihm eine Galatafel geben. Diese Idee kam dem Príncipe de la Paz nicht gelegen. Er sah voraus die Klagen und Vorwürfe der kleinen Geneviève, die tödlich gekränkt sein wird, wenn er es zuläßt, daß der Hof dem Henker ihres Königs eine so ungewöhnliche Ehrung bewilligt, und ihn selber verdroß es, daß der widerwärtige Plebejer derartig gefeiert werden sollte. Er setzte der Königin auseinander, eine solche Auszeichnung des Gabacho bedeute eine glatte Kapitulation vor den Forderungen der Republik. María Luisa kannte die Gründe ihres Manuel und freute sich seiner Verlegenheit. „Rede dir nicht die Zunge wund, chérie", sagte sie freundlich.

„Mir gefällt der Bürger Guillemardet." Don Manuel schlug vor, zumindest auch Monsieur de Havré einzuladen. María Luisa, die neuen Schwierigkeiten voraussehend, die Manuel daraus erwachsen mußten, stimmte lächelnd zu.

Anläßlich der Galatafel entfaltete San Ildefonso den ganzen Glanz, mit dem ein kleines Jahrzehnt vorher Versailles derartige Festmähler gefeiert hatte. Nun aber saß oben an der Tafel, strotzend in Pracht, der königsmörderische Plebejer, und der Repräsentant des vertriebenen Königs saß in abgetragener Uniform weit unten neben seiner dünnen Tochter. Finstere Blicke warf der bunte Bürger Guillemardet auf den armen Royalisten, der sie mit angeborener Würde übersah.

Nach der Tafel hielten die Majestäten Cercle. Man hatte als sinnige Ehrung für den Bürger Guillemardet ein volkstümliches Gericht serviert, eine Olla podrida; der König liebte dieses Gericht, und es bot ihm willkommenen Konversationsstoff. „Was sagen Sie zu unserm Nationalgericht, mein lieber Marquis?" fragte er jovial Monsieur de Havré. Dieser, dem die überreiche, plebejisch gewürzte Speise wenig gemundet hatte, rang sich mit Mühe einige anerkennende Worte ab. Der König, der den steifen Fadian nie hatte leiden mögen, ließ ihn stehen und wandte sich an den andern Botschafter. „Nun, Exzellenz", fragte er ihn schallend, „wie finden Sie unser Nationalgericht? Wir haben es Ihnen zu Ehren serviert." Und er verbreitete sich eingehend über die verschiedenen Arten, eine klassische Olla podrida zu bereiten. Einigkeit bestehe über die neun Gemüse und sieben Gewürze, die zu verwenden seien; ob aber Rind, Hammel, Huhn, Schweinswurst und Speck den Hauptteil bilden sollten oder nur drei Fleischarten und welche, darüber gingen die Meinungen auseinander. „Ich persönlich", erklärte er, „lasse alle fünf Fleischarten hineintun. Möglichst vielerlei und gut gemischt. Und wenn ich es esse, denke ich mir: Das ist ein Gleichnis, wie der König mit allen Schichten des Volkes zusammenhängt."

Dem Botschafter Guillemardet schmeichelte es, daß sich der Tyrann und die Tyrannin seinethalb so anstrengten. Aber ihn empörte die Taktlosigkeit, daß man den royalistischen Verräter zusammen mit ihm eingeladen hatte. Schnell vergaß er die Ehrung, schnell wuchs sein Grimm über die angetane Schmach. Er setzte sich hin, schrieb, sich auf frühere Forderungen beziehend, eine scharfe Note, verlangte in drohenden Wendungen die sofortige Ausweisung der königstreuen französischen Flüchtlinge.

María Luisa machte Don Manuel freundlich darauf aufmerksam, daß die von ihm vorgeschlagene Einladung Havrés Schuld trage an dieser Verschärfung des alten Konflikts. Er wußte darauf nicht viel zu erwidern. Gerade darum hätte er es als schmähliche Niederlage empfunden, der Forderung des Plebejers nachzugeben.

Lieber alles andere.

In seiner Galakutsche fuhr er bei Guillemardet vor, den Januskopf ließ er sich vorantragen. Weitläufig setzte er ihm auseinander, es widerstrebe den elementarsten Regeln spanischer Höflichkeit, das einmal gewährte Gastrecht zu verletzen. „Wenn die Regierung des Katholischen Königs", sagte kalt der Bürger Guillemardet, „royalistische Verräter weiterhin auf ihrem Boden dulden oder gar unterstützen sollte, so müßte darin die Republik eine feindselige Haltung erblicken." Ein wenig erblaßte Don Manuel, aber er war vorbereitet. Man werde, antwortete er verbindlich, Monsieur de Havré auf diskrete Art zu verstehen geben, daß er den spanischen Hof aus einer großen Verlegenheit befreie, wenn er, sagen wir binnen eines Jahres, seinen Herrn aufsuche, der, soviel man wisse, in Deutschland weile. „Die Republik", sagte eisig und noch drohender Guillemardet, „könnte einen solchen neuerlichen Aufschub ..." – „Lassen Sie mich, bitte, ausreden, Exzellenz", fiel ihm der Príncipe de la Paz ins Wort. „Die Regierung Seiner Katholischen Majestät, um den Ruf ihrer Gastlichkeit nicht gefährden zu müssen, würde der Republik auf anderm Gebiete weit entgegenkommen." Er stand auf, seine Orden klirrten, feierlich verkündete er: „Ich bin beauftragt, Euer Exzellenz im Namen meines königlichen Herrn folgende Erklärung abzugeben. Falls Euer Exzellenz zur Kenntnis nehmen wollen, daß Monsieur de Havré das Land nicht vor Ablauf eines Jahres verlassen wird, dann ist der Katholische König bereit, binnen zwei Wochen den Allianzvertrag abzuschließen in der Form, in welcher die Republik ihn in ihrer letzten Note vorgeschlagen hat."

So kam man überein, das lange vorbereitete Schutz- und Trutzbündnis zwischen dem Katholischen König und der Ein und Unteilbaren Französischen Republik abzuschließen, und die Krone

Spaniens nahm in Kauf den notwendig daraus entstehenden Konflikt mit Großbritannien.

Kriegsbereitschaft wurde ange-
Ordnet für die Flotte und für
Alle Häfen. Feierlich dann
In dem Schloß San Ildefonso
Wurde der Vertrag gezeichnet
Und besiegelt, der den König
Und die Republik zu Bundes-
Freunden machte. Lord Saint Helens
Aber, der Gesandte Seiner
Brit'schen Majestät, verlangte
Seine Pässe.

21

Mehrere Tage war Goya völlig taub geblieben, eingesperrt in seine Raserei. Er war maßlos, wies Annäherungsversuche wütend ab, bestrebte sich, vor andern seine Narrheit zu übertreiben. Alle hielten es jetzt wie Agustín und traten leise auf, wenn er in Sicht war; sie wußten, er ließ sich nicht helfen.

Die Alba kam. Die Dienerschaft hatte strengste Weisung, jeden Besucher abzufangen, niemand zu Goya vordringen zu lassen. Josefa empfing die Herzogin. Sprach zu ihr mit Höflichkeit und Abwehr. Es war ihr klar, daß nicht der Tod des Kindes, sondern diese Frau schuld war an Franchos Zusammenbruch. Don Francisco, erklärte sie ihr, werde lange, vielleicht auf Monate, nicht fähig sein zur Arbeit und zur Gesellschaft.

Tagelang, mehr als eine Woche lang, ließ Goya niemand an sich herankommen als Josefa und Agustín; auch vor diesen blieb er voll dumpfen Grolles.

Der unermüdlich fleißige Agustín, der um diese Zeit wenig zu tun hatte, füllte seinen Tag, indem er sich in der Technik des Radierens vervollkommnete. Der Kupferstecher Jean-Baptiste Leprince hatte ein Verfahren erfunden, lavierte Federzeichnungen durch Kupferdruck zu vervielfältigen. Er hatte es zeitlebens geheimgehalten, aber nach seinem Tode war es in der Encyclopédie

Méthodique bekanntgegeben worden, und nun versuchte sich der strebsame Agustín Esteve darin. Goya schaute zu, abwesenden Geistes zumeist. Er hatte selber in frühen Jahren Radierungen nach dem Velázquez angefertigt, ohne viel Glück. Agustín vermutete, die neue Technik müsse reizvoll für den Meister sein, doch hütete er sich wohlweislich, zu ihm zu sprechen. Auch Francisco stellte keine Fragen, kehrte aber wieder und wieder zu Agustíns Werktisch zurück und schaute ihm zu.

Zuweilen kam Don Miguel. Die ersten Male sprach er so gut wie nichts, später, halblaut, unterhielt er sich mit Agustín. Sie wußten nicht, ob Francisco ihrer Unterredung folgen konnte.

Einmal aber verhehlte er nicht, daß er aufmerkte. Das war, als Miguel im einzelnen erzählte, wie der Maler Jacques-Louis David zum neuen Regime übergegangen sei. Agustín, nachdem der andere geendet, machte höhnische Anmerkungen. Er habe von jeher den Eindruck gehabt, Davids Werke hätten bei aller formalen Vollendung etwas Leeres, Fassadenhaftes; es überrasche ihn nicht, daß David von der Freiheit, Gleichheit und Brüderlichkeit abgefallen und zur herrschenden Macht umgeschwenkt sei, zu den großbürgerlichen Geschäftsleuten. Goya grinste böse. Also auch Jacques-Louis David, der vorbildliche Republikaner, das Idol der Afrancesados, hatte sich den Zeitläuften angepaßt. Und da verlangten die Freunde, er, Francisco, solle Revolutionär werden. „Wenn das Gold rostet, was soll das Eisen tun?“ „Ich finde es begreiflich“, sagte er schließlich, grimmig, „daß er nicht aufs Schafott wollte. Aber klassischer und mehr in seiner Linie wäre es gewesen, wenn er sich hätte umbringen lassen.“

Ein erstes Mal hellte Goya sich auf, als unerwartet Zapater kam, sein Herzensmartín. Josefa hatte ihm nach Saragossa geschrieben; doch weder sie noch Martín ließen Francisco wissen, daß der Freund nur seinethalben gekommen war.

Endlich war da einer, dem Francisco ohne Vorbehalt reden konnte von seiner Not und seinem Zorn. Wie die Frau ihn zu der Lüge gezwungen hatte, sein Kind sei todkrank; denn niemand anders als sie, die üble Schelmin Cayetana, hatte ihm die Idee eingehext. Und wie sie dann, als sie das Kind umgebracht hatte, zu ihm gekommen war, ihn zu verhöhnen. Und wie sie, als er ihr ihre Schuld klar ins Gesicht gesagt hatte, über ihn hergefallen war mit gemeinen Worten wie eine Hure, die nicht zufrieden war mit ihrem Lohn. Und wie da die Wut über ihn gekommen war und die Taubheit.

Martín hörte still und aufmerksam zu, rauchend. Er erwiderte nicht; seine schlauen, freundlichen Augen über der mächtigen Nase blickten nachdenklich, teilnehmend. „Ich weiß schon, du hältst mich für verrückt", tobte Francisco. „Alle halten mich für verrückt, sie gehen um mich herum, leise, wie um einen Tobsüchtigen. Ich bin nicht tobsüchtig", tobte er. „Das ist eine Beleidigung. Und wenn ich verrückt bin, dann hat sie es mir angehext, sie hat es mir eingegeben. Wie sie damals mein Bild vom Narrenhaus angeschaut hat, hat sie gesagt: ‚Man möchte mittun.'"

„Ich muß dir was sagen", begann Francisco nach einer Weile von neuem, und während er bisher eher laut gewesen war, kam er jetzt ganz nahe an Martín heran und sprach leise, geheimnisvoll. „Ich bin *noch* nicht verrückt", sagte er. „Aber es kann sein, daß ich es werde. Manchmal, oft spüre ich, daß ich es werde." Martín Zapater war vorsichtig und antwortete nicht viel; doch seine bloße, ruhevolle Gegenwart wirkte beruhigend.

Kurz bevor Martín zurück nach Saragossa mußte, kam Botschaft von der alten Marquesa. Doña María Antonia ließ anfragen, ob Goya jetzt Zeit habe, jenes zweite Porträt von ihr zu malen, von dem in Piedrahita die Rede gewesen sei.

Vor Martín, der ihm zuredete, den Auftrag anzunehmen, tat Goya, als koste ihn das Überwindung. Doch im Grunde war er sogleich fest entschlossen anzunehmen. Vielleicht stak Cayetana hinter dem Auftrag, und wenn nicht, dann brachte vielleicht ein Zufall sie ins Haus der Marquesa, während er dort arbeitete. Er brannte darauf, sie wiederzusehen, in Wut und Lust. Was er dann tun werde, wußte er nicht, aber wiedersehen mußte er sie. Er nahm an.

Sehr bald erkannte er, daß Doña María Antonia de Villabranca von dem, was sich zwischen ihm und Cayetana begeben hatte, mehr ahnte, als ihm willkommen war. Manchmal, wenn sie ihm mit ihren freundlich hochmütigen Augen ungeniert gerade ins Gesicht schaute, war ihm, als stünde er nackt und bloß. Er bereute, daß er den Auftrag übernommen hatte.

Gleichwohl zögerte er die Arbeit hin. Nicht nur fürchtete und hoffte er, Cayetana möchte kommen, er erkannte jetzt auch, angesichts der Marquesa, im Leben und Wesen Cayetanas Dämmeriges, Hintergründiges, das wahrzunehmen oder zu bedenken er sich bisher gescheut hatte. In seiner Wut hatte er sie unfruchtbar genannt. War sie es? Wenn sie von einem der Männer, mit denen sie schlief, ein Kind zur Welt brächte, würden der Herzog und die Marquesa die Namen Villabranca und Alba dem Bastard vererben? Vielleicht hatte sie sich, um solchen Problemen aus dem Wege zu gehen, der Hilfe Doktor Perals bedient oder Eufemias oder beider. Vielleicht erklärte sich so ihre Vertraulichkeit mit dem Arzt. Es kam Goya, während er an dem Bilde der Marquesa malte, die Einsicht, daß im Hause Alba das Leben nicht so einfach war, wie er's hatte haben wollen.

Im übrigen wollte das Porträt Doña María Antonias nicht glükken. Kaum je vorher hatte er so viele Skizzen zu einem Bilde gemacht, kaum je vorher war ihm so undeutlich gewesen, was eigentlich er machen wollte. Zudem stand es nach wie vor übel um sein Gehör. Er konnte nur jenen, in deren Gegenwart er sich sicher fühlte, die Worte leicht von den Lippen ablesen; von dem, was die Marquesa sagte, verstand er wenig. Auch hatte er die Hoffnung aufgegeben, Cayetana bei ihr zu treffen.

Martín war nach Saragossa zurückgefahren. Wohl aber stellte sich jetzt immer häufiger Don Miguel ein, und vielleicht erkannte er, auch ohne daß Francisco viel gesprochen hätte, seine Sorgen und Verwirrungen. Er machte ihm einen Vorschlag, den er als Bitte um eine Gefälligkeit einkleidete; in Wahrheit aber wollte der einfühlsame Freund seinem Francisco helfen.

Die Beziehungen zwischen Don Manuel und dem Botschafter der Französischen Republik waren nach wie vor frostig. Politische Klugheit hätte verlangt, den Bürger Guillemardet bei Laune zu halten, aber der Príncipe de la Paz konnte sich's nicht versagen, dem Plebejer, der ihm eine persönliche Niederlage beigebracht hatte, offen seinen Widerwillen zu zeigen. Señor Bermúdez seinesteils tat alles, den wichtigen Mann zu versöhnen, und nutzte jeden Anlaß, ihm gefällig zu sein. Nun war Guillemardet interessiert an Kunstdingen, es wurmte ihn, daß Spaniens größter Maler den royalistischen Gesandten Havré porträtiert hatte, und er hatte Don Miguel angedeutet, er würde sich freuen, wenn Señor de

Goya auch ihn malte. Übernähme Francisco den Auftrag, dann erwiese er der Sache der spanischen Liberalen einen Dienst; und vielleicht wäre die Arbeit ihm selber eine willkommene Ablenkung. Nur müßte er bald ans Werk gehen. Der Franzose sei ein ungeduldiger Mann, gereizt, weil Manuel ihn oft und gerne habe warten lassen.

Francisco war froh um den Vorwand, die Arbeit am Porträt der Marquesa abzubrechen. Sie wehrte seine Entschuldigungen liebenswürdig ab. Er möge, ermunterte sie ihn, wann immer er Zeit und Lust fühle, die Arbeit wieder aufnehmen.

Trotz ihrer Freundlichkeit verließ er den Palacio Villabranca verdrossenen Sinnes. Er schämte sich vor ihr und vor sich selber, daß er das Porträt nicht zustande gebracht hatte. Dergleichen war ihm kaum je vorgekommen, und oft in der Folge quälte ihn der Gedanke an das unfertige Bild.

Mit um so größerem Eifer warf er sich in die neue Arbeit. Guillemardet, geschmeichelt, daß Goya seiner Aufforderung sogleich nachkam, gab sich freundlich. Er wollte in Uniform gemalt sein, mit allen Attributen seines Amtes. „Malen Sie nicht mich, verehrter Meister", forderte er, „malen Sie die Republik. Die Republik", setzte er ihm mit großer Geste auseinander, „hat im Lauf der Jahre Wandlungen durchgemacht. Sie haben sicher schon gehört, Bürger Goya, von der Dynamis und der Entelechie des Aristoteles, vom Keim, von der Möglichkeit, die allen Dingen von Anfang an innewohnt und nach ihrer Erfüllung strebt. So wurde die Republik immer reifer republikanisch, und so wurde mit ihr Ferdinand-Pierre Guillemardet immer mehr zum Bürger Guillemardet."

Francisco verstand von den gespreizten französischen Worten wenig. Aber er dachte flüchtig an den Maler David, und er begriff, daß der Königsmörder und Tempelstürmer Guillemardet gekämpft und gelitten haben mußte, als er erlebte, wie die Republik dem Volke entglitt und übernommen wurde von geschäftsgierigen Großbürgern. Er sah, wie Guillemardet bemüht war, sich diese Wandlung zu verhehlen. Er sah die stete, gespannte Anstrengung in der Haltung des Botschafters, er sah den beinahe irrsinnigen Stolz in seinen Augen, er erkannte, wie die Selbsttäuschung, in welche der Mann sich flüchtete, ihn in immer tieferen Wahn hineintreiben mußte.

Das zu malen war ihm eine willkommene Aufgabe, und so, ohne daß er ihn recht verstanden hätte, malte er, was der andere von ihm wollte. Malte die siegreiche Republik, was an ihr großartig und was an ihr theatralisch war, ihre prunkende, schier wahnwitzige Anmaßung.

Daß Francisco nicht hörte, machte sein Auge schärfer. Da er den Klang der Stimme entbehren mußte, entschädigte er sich an der Farbe. Er malte die Farben der Republik, wie sie niemals vorher gemalt worden waren, einen Rausch in Blau-Weiß-Rot.

Da sitzt er, Ferdinand Guillemardet, der kleine Landarzt, jetzt Botschafter der Ein und Unteilbaren Republik, der den König Louis den Sechzehnten zweimal zum Tod verurteilt und die spanische Monarchie in ein Vasallenverhältnis zu seinem Lande gezwungen hat, da sitzt er in schwärzlichblauer Uniform, in etwas bombastischer Haltung, die Figur beinahe ganz im Profil, den Kopf aber voll dem Beschauer zugekehrt. Ganz vorne, dem Beschauer zunächst, glitzert der Knauf seines Säbels, leuchtet der blau-weiß-rote Bund seiner Schärpe. Auf den Tisch geworfen hat er den prächtigen Schiffhut mit der blau-weiß-roten Feder und der blau-weiß-roten Kokarde. Die eine Hand umklammert die Stuhllehne, die andere hat er kräftig, kokett und wirkungsvoll auf den Schenkel gestützt. Alles Licht aber spiegelt sich in seinem Gesicht. Die kurzgeschnittenen schwarzen Locken sind in die breite, gutgebaute Stirn hineingekämmt, die Lippen sind geschwungen, die Nase springt entschieden vor. Es ist ein längliches, wohlgeformtes Gesicht, gescheit, von seiner Bedeutung durchdrungen. Die Requisiten, Stuhl, Tisch, die gefranste Tischdecke, leuchten matt, goldengelb, bläulich getönt. Und alle die scharfen Dissonanzen der Farben spielen ineinander in kunstvoll geordneter Wirrnis.

Im Anfang hatte Goya in menschenfeindlicher Laune Gesicht und Haltung des Botschafters noch hochfahrender, noch affektierter gemalt, er hatte den Größenwahn des Mannes und der Republik noch schärfer ins Licht gestellt. Aber behutsam hatten Miguel und Agustín ihm gesprochen von der zielbewußten Energie Guillemardets und von den ungeheuern Erreichnissen der Republik. Und Goya hatte gemildert, was an dem Manne zum Spott reizen mochte, und deutlicher gemacht, was an ihm stark war.

Ferdinand Guillemardet in
Fleisch und Blut stand vor dem sitzen-
Den gemalten Bürger Ferdi-
Nand Guillemardet. Sie schauten
Einer in des andern Auge.
Und ergriffen vor der eignen
Und von seines Landes Größe,
Sprach Frankreichs Gesandter: „Ja, das
Ist die Republik."
Francisco
Hörte nicht genau die Worte.
Doch er sah des Mannes Augen,
Sah die Lippen sich bewegen,
Und im Innern hörte er die
Marseillaise.

22

Jene Epidemie, die so viele Kinder in Madrid hatte sterben machen, war schon beinahe abgeklungen, als der jüngste Sohn Doña María Luisas erkrankte, der Infant Francisco de Paula. Acht Kinder hatte María Luisa geboren; von den sechs, die ihr geblieben, war dieser kleine Prinz ihr der liebste. Er war rotblond, ohne Frage ein Söhnlein Don Manuels. Und dieser ihr liebster Sohn lag nun hilflos in seinem Bett, um Atem kämpfend, mit dem Tode kämpfend.

Der alte Leibarzt Doktor Vicente Piquer verordnete Eiswasser und kalte Umschläge. María Luisa machte ein finsteres Gesicht und zog den meistgerühmten und meistbefeindeten Arzt Madrids zu, Doktor Joaquín Peral. Dieser hörte seinen alten Kollegen aufmerksam und höflich an und verordnete dann Maßnahmen solcher Art, daß der Leibarzt den Mund vor staunender Empörung nicht mehr zubrachte.

Das Kind erholte sich, genas.

Doña María Luisa fragte Doktor Peral, ob er nicht den kleinen Infanten weiter betreuen wolle, ihn, sie selber und ihre Familie.

Das Angebot der Königin war eine große Versuchung. Es bedeutete, daß er Einfluß nehmen konnte, wo immer er wollte, in politischen und in persönlichen Fragen, es bedeutete auch, daß die wunderbaren Kunstsammlungen der Könige Spaniens ihm gehörten. Aber es wird ihm, wenn er annimmt, wenig Zeit mehr bleiben für seine Wissenschaft und für seine Bilder, und er wird gänzlich verzichten müssen auf seine lustvoll bittere Vertrautheit mit Cayetana de Alba. Er bat ehrerbietig um Bedenkzeit.

Der sonst sehr klare, ruhige Herr war verwirrt. Lehnte er ab, so schlug er nicht nur einen einmaligen Wink des Glückes aus, sondern machte sich auch die Königin zur Feindin. Aber er wollte seine Duquesita nicht verlieren.

Niemand, sie selber nicht, kannte Cayetana besser als er. Mit schamloser Sachlichkeit hatte sie ihm ihren Körper hundertmal zur Untersuchung dargeboten, ihm die Nöte dieses Körpers anvertraut und seine Hilfe verlangt und angenommen. Aber der gebildete Doktor Peral wußte: die Damen der römischen Antike hatten es nicht anders gehalten mit den gelehrten griechischen Sklaven, die sie sich als ärztliche Helfer und Berater gekauft hatten; sie hatten sich von ihnen die schönen Leiber pflegen lassen, doch die geschickten Hände der Betreuer waren ihnen nichts anderes gewesen als ihre Bürsten und Ölschwämmchen. Und wenn ihn auch die Duquesita als Freund, Berater, Vertrauten behandelte, Don Joaquín zweifelte oft, ob er ihr mehr bedeute als ein solcher griechischer Sklavenarzt.

Doktor Peral hielt sich für einen Freigeist reinster Schule. Seine Lehrer waren Lamettrie, Holbach, Helvétius, er war tief überzeugt, daß Gefühle und Gedanken ein Produkt des Körpers waren wie Harn oder Schweiß. Die Anatomie des menschlichen Leibes war immer die gleiche, Lustgefühle blieben immer die gleichen, zwischen den Empfindungen des Stieres, der die Kuh bespringt, und den Gefühlen Dantes für Beatrice war nur ein gradueller Unterschied, und wenn man Liebe für etwas grundsätzlich anderes hielt als Gier, so war das idealisierender Aberglaube. Doktor Peral bezeichnete sich als einen materialistischen Hedoniker, er erklärte, der einzige Sinn des Lebens sei Genuß, er nannte sich gerne nach dem Vorbild des Horaz „ein Schweinlein aus der Herde des Epikur".

Allein vor Cayetana de Alba versagte seine Philosophie. Er glaubte, er hätte, wenn er's ernstlich darauf anlegte, seine Duquesita „haben“ können. Aber seltsamerweise, und im Grunde gegen seine Überzeugung, genügte ihm das nicht. Von ihr wollte er mehr. Er sah, wie sie ihre Männer auswählte, und daß es da für sie eine einzige Richtschnur gab: ihr Gefühl. Dieses Gefühl mochte vielleicht nur eine Stunde dauern oder noch kürzer, aber *da* mußte es sein; sie wollte niemals einen beliebigen Mann haben, sondern immer nur gerade diesen. Leider aber war niemals er gerade dieser.

Da dem so war, wäre es Wahnsinn, wenn er jetzt das Angebot Doña María Luisas ablehnte. Kein noch so großer Liebesdienst wird Cayetanas launisches Gefühl zu seinen Gunsten wenden, und er wird, wenn er jetzt ablehnt, nur die beste Chance seines Lebens in den Wind schlagen. Trotzdem wußte er: er wird ablehnen. Sein Leben verlor seinen Sinn, wenn er nicht länger im Dunstkreis Cayetanas atmete, wenn er nicht länger aus nächster Nähe die unberechenbaren Launen ihres geschmeidigen Leibes beobachtete.

Er erzählte Cayetana von dem Angebot María Luisas, er sprach leicht, beiläufig. „Aus notwendiger Höflichkeit“, sagte er, „habe ich um Bedenkzeit gebeten. Ich werde natürlich ablehnen.“

Cayetanas letzte Wochen waren nicht gut gewesen. Sie entbehrte Francisco bitter; auch noch Peral zu verlieren wäre schwer erträglich. Die Feindin, die Italienerin, hatte die Zeit zum Losschlagen gut gewählt. Aber sie beherrschte sich. Im Gesprächston, wie er, sagte sie: „Sie wissen, daß ich mich freue, wenn Sie mit mir zusammenbleiben; doch ich hoffe, es geschieht nicht meinethalb, wenn Sie ablehnen“, und sie schaute ihn voll an, ruhig, kalt freundlich, mit den metallischen Augen unter den hohen Brauen.

Er erkannte klar, was in ihr vorging: sie erwartete, er werde nun zum Entgelt verlangen, daß sie mit ihm schlafe. Vielleicht, wahrscheinlich würde sie es tun; aber er würde ihrem Blut fremd bleiben, er würde sie für immer verlieren.

Und sie sagte: „Sicher haben
Sie sich klargemacht, daß ich un-
Dankbar bin.“ – „Ich weiß es“, sagte
Ruhig Peral. „Wenn ich den Antrag
Nicht annehme, tu ich's meinet-
Halb, nicht Ihretwillen.“ – „Dann ist's

Gut, Don Joaquín", sprach sie und
Streckte hoch sich wie ein Kind und
Küßte ernst und leicht die Stirne
Des sich Neigenden.

23

Sie lebte, wie sie es immer getan hatte. Um sie war Wirbel, sie hatte unzählige Verabredungen, man sah sie im Theater, beim Stierkampf, sie gab und besuchte Gesellschaften und hielt freundliche Gemeinschaft mit Don José und der Marquesa.

Aber es war jetzt in dem wohlerzogenen Zusammenleben der dreie leise Gereiztheit.

Als die Marquesa ihren Sohn José mit der letzten und einzigen Trägerin des großen und düstern Namens Alba verlobte – die beiden waren fast noch Kinder gewesen –, hatte sie nicht nur die Titel und Reichtümer der beiden Häuser vereinigen wollen, sie fühlte sich auch angezogen von der starken, eigenwilligen und anmutigen Persönlichkeit Cayetanas, und sie hatte gehofft, das zarte, dünne Leben Josés werde gespeist werden aus dem vollen, reichen des Mädchens. Gewiß, Cayetana war von früher Jugend an „chatoyante" gewesen, ein wenig exzentrisch, ihr Großvater hatte sie nach den Regeln Rousseaus erziehen lassen; aber Doña María Antonia hatte damit gerechnet, eine Alba werde, wie immer erzogen, sichern Sinn haben für die Tradition und das Geziemende.

Doña Cayetana hatte sich denn auch bei all ihren Launen und Wallungen damenhaft bewährt. Sooft sie in Liebschaften verstrickt war, niemals hatte sie die Marquesa und Don José vor das schwierige Problem gestellt, ob man einen Bastard als Träger des größten Namens Spaniens anerkennen solle. Vielmehr hatte sie, ohne der Marquesa mit peinlichen Fragen und Bitten um Ratschläge zu kommen, mit gutem Takt Mittel gefunden, eine solche Situation zu vermeiden.

Und nun mit einem Male hatte Cayetana versagt. Sie, die sich mühelos aus viel schwierigeren Affären gezogen hatte, ohne Anstoß zu geben. Niemand verdachte es einer großen Dame, wenn sie sich einen Cortejo hielt. Niemand verdachte es der Herzogin von Alba, daß sie sich den Hofmaler Francisco de Goya zum Cortejo gewählt hatte. Aber schon die Art, wie sie in der letzten Zeit ihre Passion zur Schau stellte, war kaum mehr schicklich gewesen. Und daß sie nun gar diese Freundschaft, statt sie auf stille, allmähliche Art zu lösen, so jäh abbrach, überschritt die Grenze. Nun nahm ganz Madrid wahr, daß es sich um mehr handelte als eine Spielerei, und bedauerte lächelnd den Herzog. Nun war die Marquesa gezwungen, gegen ihren Willen die Augen aufzutun und zu sehen, wie tief diese Leidenschaft ging.

Ähnlich wie seine Mutter empfand der Herzog. Cayetana hatte ihm niemals Liebe vorgetäuscht, doch hatte sie ihm Kameradschaft bezeigt, Einfühlung, und so hatte er ihre Launen gelassen hingenommen. Nun mit einemmal hatte sich eine ihrer Wallungen in eine grelle Leidenschaft verwandelt, die seinen Sinn fürs Maß, seine Vornehmheit beleidigte. Das verstörte ihn und machte ihn bei aller äußern Beherrschtheit reizbar.

Aus dieser Reizbarkeit heraus faßte er einen überraschenden, folgenreichen Entschluß. Er hatte von jeher die Musik über alles geliebt, und er hatte gelitten unter den lärmenden Banalitäten, die der König darüber äußerte, und unter den plumpen Späßen, mit denen er ihn aufzog. Nun ertrug er es nicht mehr. Eines Tages, nachdem er ein Quartett hatte mit anhören müssen, in welchem Don Carlos die erste Geige kratzte, erklärte er seiner Mutter, die brutale Stumpfheit des Königs habe in Spanien alle wahre Musik erstickt. Er halte es nicht länger aus bei Hofe und in Madrid. Er werde nach Italien reisen und nach Deutschland, um sich Ohren und Herz reinzuspülen.

Er fürchtete, die Mutter werde ihm die Reise widerraten. Wirklich beunruhigte der Gedanke, welche Anstrengung eine solche Fahrt ihren Sohn kosten werde, Doña María Antonia. Doch hoffte sie, die Abwechslung und die Musik würden ihn beleben; vor allem aber, das sagte sie sich im stillen, werde eine solche Reise das Problem Cayetana von selber lösen, und über italienischen und deutschen Männern werde sie den madrilenischen Maler bald vergessen. Sie hieß also Don Josés Plan ohne Zögern und mit starken Worten gut.

Sie beschlossen, sich sehr bald auf den Weg zu machen. „Ich denke“, sagte Don José, „wir werden in kleinster Gesellschaft reisen, nur Sie, Mama, Cayetana und ich, wir werden wenig Dienerschaft mitnehmen." – „Und Doktor Peral natürlich", meinte die Marquesa. „Den Doktor lieber nicht", sagte Don José. Die Marquesa sah auf. „Ich denke", wiederholte Don José freundlich, doch ungewohnt bestimmt, „wir nehmen Peral nicht mit. Er versteht zuviel von Musik", erklärte er lächelnd, „ich möchte von alleine herausfinden, was mir gefällt." Auch die Marquesa lächelte. Sie begriff: was José ihr da sagte, war eine halbe Wahrheit. Gewiß, er wollte auf dieser Reise seine Musik allein haben; vor allem aber wollte er Cayetana allein haben, ohne den Mitwisser so vieler ihrer Geheimnisse. „Gut", sagte sie, „lassen wir Don Joaquín hier."

Cayetana, als Don José ihr sein Vorhaben mitteilte, war peinlich erstaunt. Ob denn seine zarte Konstitution einer so langen und strapaziösen Reise gewachsen sei, fragte sie behutsam, und ob es nicht klüger wäre, den Sommer in Piedrahita zu verbringen oder auf einem der Güter am Meer. Aber es war ein neuer José, der ihr antwortete, ein belebter, zielbewußter José, der ihre Einwände mit freundlicher Entschiedenheit abtat.

Alles in ihr widersetzte sich. Es gab für sie kein Leben außerhalb Spaniens, sogar die beiden Male, die sie in Frankreich gewesen war, hatte sie sich zurückgesehnt und auf rasche Rückkehr gedrängt; schon die Namen jener deutschen Städte und deutschen Musikanten, die Don José nannte, schienen ihr barbarisch. Und Francisco gar wird diese Reise übel mißdeuten, er wird annehmen, sie verlasse Madrid, nur um ihn zu peinigen, er wird ihr nicht einmal Gelegenheit geben, sich ihm zu erklären, sie wird ihn für immer verlieren. Aber wenn sie dem kränkelnden Manne nicht auf diese Reise folgt, dann wird sie den Hof, das ganze Land gegen sich haben. Sie sah keine Möglichkeit, Don José ihre Begleitung zu verweigern.

Sie wandte sich an Doña María Antonia. Die Marquesa hatte ihr immer Verständnis gezeigt; sie mußte begreifen, daß sie jetzt nicht aus Spanien fortkonnte. Sie stellte ihr vor, wie schädlich Don José die Strapazen sein müßten, bat sie dringlich, ihn von dem Projekt abzubringen.

Allein diesmal begriff Doña María Antonia nicht. Vielmehr mußte Cayetana in ihrem wissenden, beinahe gütigen Gesicht eine leise Feindseligkeit wahrnehmen, und das Lächeln ihres langen, schmallippigen Mundes war nicht freundlich.

Ja, die Marquesa spürte einen kleinen, bösen Triumph. Sie hatte gelebt, sie wußte, was Liebe ist, sie verstand Cayetanas Passion, spürte die Dringlichkeit ihrer Bitte. Aber José war ihr Sohn, er war alles, was sie hatte, sie liebte ihn, und er wird nicht lange leben, und diese Frau sollte Takt genug haben, ihm die letzten Jahre leicht zu machen. Sie sollte wenigstens versuchen, Don José vorzutäuschen, ihr liege an ihm. „Ich teile Ihre Bedenken nicht, Doña Cayetana", sagte sie gelassen freundlich. „Ich verspreche mir für Don José allerhand von dieser Reise."

Um die gleiche Stunde teilte der Herzog dem Doktor Peral mit, daß er auf längere Zeit ins Ausland reisen werde. Peral war bestürzt. Schickte Cayetana den Herzog fort? Wollte sie allein bleiben? Behutsam fragte er, ob nicht Seine Hoheit die Ermüdungen der Reise fürchte. Don José antwortete leichthin, er glaube, der Anblick neuer Menschen, die Wirkung neuer Musik werde ihn beleben. Peral, immer zögernd – denn er wußte nicht, ob die Duquesita mitkommen werde –, fragte, ob der Herzog seine Begleitung wünsche. Dieser, immer mit dem gleichen, ungewohnten, beinahe spielerischen Leichtsinn, erwiderte, er danke Don Joaquín sehr, aber er wolle sich nicht verwöhnen, sondern versuchen, sich ohne ihn zu behelfen.

Doktor Peral begab sich sogleich zur Herzogin. Sie hatte nicht gewußt, daß man ihn nicht mitnehmen wollte, sie verbarg nur mit Mühe ihre peinliche Überraschung. Beide standen sie ratlos. Er fragte, ob ihr Entschluß, den Herzog zu begleiten, endgültig sei. Sie antwortete nicht, sie machte eine kleine, resignierte, beinahe trostlose Geste, zum erstenmal erlebte er, daß in ihren Augen Trauer war, eine Bitte um Hilfe. Niemals, selbst wenn sie seiner Hilfe viel bedürftiger war, hatte diese Frau, unter den Grandinnen Spaniens die unabhängigste und stolzeste, ihn eine Regung solcher Art sehen lassen. Es war ihm eine leise, finstere Genugtuung, daß Cayetana de Alba ihm als einzigem ihre Not anvertraute.

Nur zwei kurze Augenblicke dauerte der Hilferuf ihres Gesichtes. Aber in diesen Augenblicken, schien ihm, bestand zwischen ihnen ein tieferes Einverständnis als je vorher.

Die Vorbereitungen der Reise wurden getroffen. Wenn Personen vom Range der Albas und Villabrancas reisen wollten, auch mit kleinstem Cortège, galt es, viele Zurüstungen zu machen.

Und es liefen und es schwitzten
Intendanten und Kuriere,
Läufer, Diener, Schneider, Zofen.
Die Gesandten Bayerns, Östreichs,
Parmas, Modenas, Toscanas
Hatten Arbeit, schrieben, schickten
Botschaft. Denn mit ungewohntem
Eifer trieb der Herzog sie zur
Eile; ihn verlangte, schnell, so
Schnell wie möglich diese Reise
Anzutreten.

24

Man trat die Reise nicht an. Während der Vorbereitungen klagte der Herzog über eine seltsame Entkräftung. Zuerst verschob man die Reise, dann gab man sie auf.

Kränklich war Don José immer gewesen. Nun aber lähmte ihn die Mattigkeit derart, daß er sich kaum bewegen konnte. Belebende Tränke halfen nicht. Die Ärzte wußten die ständige, tiefe Müdigkeit nicht zu erklären.

Die meiste Zeit hockte Don José im Sessel, gehüllt in einen weiten Schlafrock, schmächtig, mit geschlossenen Augen, in schmerzhafter Kraftlosigkeit. Wenn sich seine Augen öffneten, standen sie noch größer in einem Gesicht, das immer hagerer wurde. Seine Züge härteten sich, bekamen etwas Strenges, Leidendes. Jedermann sah, wie seine Lebenskraft schmolz.

Doña Cayetana zeigte er eine stille, höfliche, hochmütige Abwehr. Die gleiche höfliche, verschlossene Fremdheit zeigte ihr die Marquesa. Sie wurde, die ruhig heitere Doña María Antonia, nun sie litt, ihrem Sohne ähnlicher. Mit keinem Worte gab sie zu verstehen, daß sie den letzten Ereignissen eine Schuld beimesse an dem Hinschwinden ihres Sohnes; aber Cayetana erkannte, daß sie in Doña María Antonia niemals mehr eine Freundin haben werde.

Als offenbar wurde, daß das Ende herannahe, wünschte Don

José in den Palacio Villabranca geschafft zu werden. Bisher hatte er nicht zugelassen, daß man ihn zu Bett bringe, jetzt weigerte er sich nicht mehr. Betreut von seiner Mutter, seinem Bruder Luis, seiner Schwägerin María Tomasa, lag er da, müde der Hoheit und der Würde, und Cayetana fühlte sich wie eine Fremde.

In den Vorzimmern des Palacio Liria und des Palacio Villabranca lagen Listen auf, und die Besucher, die nach dem Befinden des erlauchten Kranken fragten, trugen sich ein. Volk stand in den umliegenden Straßen, flüsternd. Don José war einer der drei Ersten Granden des Reiches, der Mann der Alba, die Stadt beschäftigte sich mit ihm. Es hieß, er sei immer kränklich gewesen und habe nie Aussicht gehabt, ein hohes Alter zu erreichen, aber dieses jähe Ende komme doch überraschend. Es hieß, interessierte Hände hätten mitgewirkt an seiner seltsamen Erschlaffung und Ermattung; man habe ihm ein schleichendes Gift eingegeben. Gerüchte solcher Art flogen schnell auf in Madrid und wurden gerne geglaubt. Der berühmteste Alba, jener Feldmarschall, und sein König, der fromme und finstere Zweite Philipp, hatten es für staatsmännisch und gottgefällig gehalten, gewisse Gegner still und wirksam zu beseitigen, und seither war mancher große Herr der Halbinsel auf fragwürdige Weise umgekommen. Es hieß wohl auch, Don José sei der Alba unbequem geworden; waren nicht ihre vielen Liebschaften Gespräch des Reiches?

Das Ende kam am hellen Mittag. Der Priester sprach die vorgeschriebenen lateinischen Gebete, Klage und Verzeihung, und bot dem Sterbenden das Bild des Gekreuzigten dar. Don José galt nicht eben als fromm, auch schien er mit anderm beschäftigt, vielleicht hörte er Musik; aber wiewohl es ihn sichtlich Anstrengung kostete, küßte er, wie es sich ziemte, das Bild höflich und fromm. Dann nahm der Priester von goldener Schale Wattekugeln und Öl und salbte dem Sterbenden Augen, Nase, Lippen, Hände und Füße.

Gleich nach dem Tode Don Josés begann das feierliche, genau geregelte Geschäft der Trauer. Man schminkte ihn, Franziskanermönche kleideten ihn in das Gewand ihres Ordens. Das Zimmer, in dem er gestorben war, wurde mit schwarzem Damast ausgeschlagen, drei Altäre wurden hereingestellt mit uralten, kostbaren Kruzifixen aus dem Schatze der Albas und Villabrancas, zu seiten des Bettes und auf den Altären brannten in goldenen Leuchtern hohe Kerzen. So lag feierlich und streng der tote Don José Alvarez de Toledo, Dreizehnter Herzog von Berwick und Alba, Elfter Marqués von Villabranca.

Der Patriarch Beider Indien stellte sich ein, der König hatte die Mitglieder seiner Hofkapelle geschickt, daß sie die Totenmesse sängen. Die Familie wohnte dem Amte bei, Vertreter des Königs und der Königin, die höchsten Granden, die nächsten Freunde. Die Sänger und Musikanten bemühten sich, der Tote war ein Kunstbruder gewesen. Die hohen Gäste standen mit steifen, würdigen Gesichtern, wie es der Brauch vorschrieb. Starren Antlitzes kniete Doña María Antonia. Zwei von den Frauen aber weinten laut, wie es eigentlich die Sitte nicht erlaubte. Die eine war Doña María Tomasa; sie war dem Schwager sehr freund gewesen, sie hatte, wenn sie mit ihm Musik machte, erlebt, wie seine Seele durchbrach durch seine Würde und Zurückhaltung. Die andere war die kleine, dürftige Geneviève de Havré. In wenigen Wochen jetzt wird sie dieses finstere Land verlassen. Sie hatte hier Furchtbares erlebt, sie hatte sich dem Wunsch des Vaters gefügt und sich für die Lilien Frankreichs den Begierden des Tieres Don Manuel geopfert. Der glücklichen Tage hatte sie auf dieser Halbinsel wenige gehabt, und zu diesen zählte sie jene, da ihr erlaubt gewesen war, Musik zu machen mit dem freundlichen und wohlerzogenen Manne, der hier im Sarge lag.

Später dann wurde die Menge zugelassen, um vor der Leiche zu defilieren, und die ganze Nacht hindurch wurden Messen gelesen an den drei Altären.

Dann wurde der Tote in einen Sarg gelegt, der mit schwarzem Samt bekleidet war und ausgestattet mit goldenen Nägeln und goldenen Leisten, dieser Sarg wiederum wurde eingeschlossen in einen andern, kunstvoll verzierten, aus Bronze. So brachte man den Toten nach Toledo, auf daß er dort gemäß dem Brauch bestattet werde im Erbbegräbnis der Herzöge von Alba.

In der uralten, heiligen Kathedrale erwarteten ihn die Granden der Ersten Reihe beinahe vollzählig, auch zahlreiche andere Granden, dazu wiederum ein Repräsentant des Königs und einer der Königin, endlich der Erzbischof-Kardinal von Toledo sowie das Kapitel der Kathedrale.

In der Mitte des Chores war ein mächtiger Katafalk errichtet, zur Rechten und zur Linken leuchteten zwölf riesige, silberne Kandelaber mit zahllosen Kerzen. Dorthin wurde der Sarg gestellt. Und nun wurde der Trauergottesdienst abgehalten in Formen, wie sie den Ersten Granden des Reiches vorbehalten waren. Glocken läuteten, der ganze Prunk der mehr als elfhundert Jahre alten Kirche entfaltete sich. Dann, in der Krypta der Kathedrale, wurde Don José de Alba y Villabranca versenkt an der Seite der alten Herzöge von Alba.

Deren Titel trug allein jetzt
Doña Cayetana. Das ur-
Alte Wappenschild der Villa-
Brancas aber wurde von dem
Haus des Toten feierlich ins
Haus des Bruders überbracht, und
Dieser, Don Luis María,
Nannte fortan sich Marqués de
Villabranca, Zwölfter seines
Namens, darauf wartend, daß nach
Seiner Schwäg'rin, Cayetanas,
Tode er sich auch Herzog von
Alba werde nennen dürfen.

25

Im Palacio Villabranca empfingen die Mitglieder der engsten Familie die Trauerbesuche der Freunde und Bekannten.

Auch Goya kam. Anders wäre es eine schwere Beleidigung gewesen.

Er hatte davon gehört, daß die Albas eine Reise ins Ausland vorbereiteten. Er war überzeugt gewesen, das geschehe nur deshalb, weil Cayetana ihm zeigen wolle, daß sie sich nichts aus ihm mache. Er hatte dann von der tödlichen Erkrankung des Herzogs erfahren und von jenen Gerüchten, daß es dabei nicht mit rechten Dingen zugehe. Das war natürlich unsinniges Geschwätz, es verflüchtigte sich vor seiner Vernunft. Aber er konnte sich nicht helfen: diese Gerüchte, die nicht schweigen wollten, erregten in ihm Angst und Abwehr sowohl wie eine leise, finstere Freude.

Seit jenem sinnlosen Hader hatte er Cayetana nicht wiedergesehen. Aufgewühlt wie kaum je in seinem Leben, kam er in den Palacio Villabranca.

Die Spiegel und Bilder des großen Saales waren verhängt. Auf niedrigen Stühlen, tief in Schwarz, saßen die Trauernden; es waren ihrer vier: die Marquesa, Doña Cayetana, des Toten Bruder, Don Luis María, und dessen Frau.

Goya, wie es der Brauch verlangte, nahm zunächst schweigend Platz. Still und ernst saß er, doch in ihm war ein Wirrwarr halber, beklommener Gedanken und reißender Gefühle. Bestimmt war Cayetana unschuldig am Tode des Herzogs, die Gerüchte waren albern. Sie waren *nicht* albern. Immer stak etwas Wahres in dem, was das Volk sagte, und Cayetana *hatte* zu tun mit dieser plötzlichen, rätselhaften, verderblichen Krankheit. Wenn Don José seinethalb sollte haben sterben müssen, es wäre grauenvoll. Es wäre beglückend. „Blutige Hand und kluges Hirn vererben sich durch die Geschlechter", dachte es in ihm den alten Spruch, und jene Furcht und Anziehung, die, seltsam gemischt, von dem Namen Alba ausging, fiel über ihn her in dem düstern Saale.

Er stand auf, trat vor die alte Marquesa, verneigte sich, sprach, die Stimme dämpfend, die üblichen, nichtssagenden Worte des Beileids. Doña María Antonia hörte gesammelten Gesichtes zu. Aber hinter dieser Maske der Gehaltenheit sah sein genaues Malerauge ein Starr-Wildes, das früher nie in diesem Antlitz gewesen war. Und noch ein anderes, Erschreckendes nahm er mit einem Male wahr. Die Stühle der Trauernden waren nicht weit voneinander entfernt, einen kleinen Meter vielleicht: aber es war, als wäre dieser kleine Meter zwischen dem Stuhl der Marquesa und dem Cayetanas die Weite der Welt. Eine so maßlos stumme, wohlerzogene Feindseligkeit war zwischen den beiden Frauen.

Und nun trat er vor Cayetana und neigte sich zu ihr hinunter, sehr höflich. Sie wandte ihm das Gesicht voll zu, er sah es von oben; weißgeschminkt kam es aus den schwarzen Hüllen, sehr klein, der schwarze Schleier war in die Stirn hineingezogen bis zu den Brauen, der Hals war verhüllt bis zum Kinn.

Seine Lippen sprachen die geziemenden Worte des Beileids. In seinem Innern dachte er: Du Hexe, du Mörderin, Verderberin, du Vornehme, du bringst einem jeden Unglück. Du hast mein Kind umgebracht, was tat es dir? Du hast deinen Mann umgebracht, was tat er dir? Wehe mir, daß ich in deinen Schoß fiel. Aber nun hab ich dich durch und durch erkannt, und jetzt sehe ich dich das letztemal. Niemals mehr werde ich dich sehen, niemals mehr werde ich zu dir kommen. Ich will's nicht, ich hab's mir geschworen, und ich werde es halten. Und während er so dachte, wußte er, er werde für den Rest seines Lebens mit ihr verkettet bleiben. Und gleichzeitig mit seinem Haß und seiner Verzweiflung war in ihm eine wilde, gemeine, triumphierende Freude, daß er sie auch anders kannte als in der Gestalt, in der sie jetzt vor ihm saß. Er rief sich herauf das Bild ihres kleinen, nackten Leibes, wie er in der Umarmung zuckte. Er stellte sich vor, wie er diese Stolze, unerreichbar Vornehme von neuem zerbrechen wird in seinen Armen, wie er die Lippen dieses hochmütigen Gesichtes zerbeißen wird, daß es sich auflöst und daß diese niederträchtig höhnenden Augen verschwimmen und sich schließen. Nicht streicheln wird er sie, keine schmeichelnden, bewundernden Worte wird er ihr geben, er wird sie nehmen wie die letzte Hure.

So dachte und spürte er, während er seine gemessenen Sätze des Beileids und des Trostes sprach. Seine Augen aber tauchten herrisch in die ihren. Er hatte in diesen seinen Augen so viel menschliches Wesen eingefangen, aufgehäuft, aufbewahrt, daß sich der andere oft, von seinem Blick überrumpelt, dem Schauenden, Suchenden auslieferte. Er wollte sehen, wollte ergründen, was in diesem kleinen, frechen, zierlichen, stolzen, gewalttätigen Schädel war.

Sie schaute ihn unverwandt an, höflich unbeteiligt, wie es denen im Saale scheinen mußte. Es waren aber in Wahrheit auch hinter ihrer geschminkten Stirn wilde Gedanken, ihr selber nicht recht greifbar und ähnlich, wie er sich's vorstellte.

Bisher nämlich hatte sie, wenn ihr Eufemia von dem Geschwätz der Menge über den Tod Josés erzählte, kaum hingehört. Erst jetzt, da sie in Goyas bemüht ruhiges Gesicht, in seine forschenden Augen schaute, ging ihr auf, daß nicht nur der Pöbel das Geschwätz glaubte. Sie verachtete Francisco und freute sich, daß er ihr den Mord zutraute. Sie triumphierte, daß er, wiewohl bis zum

Schauder abgestoßen, nicht von ihr loskam. Erfüllt von solchen Regungen, gab sie ihm belanglose Worte des Dankes zurück.

Er entfernte sich hilflos zornig. Er traute ihr alles Böse der Welt zu, sagte sich, das sei Wahnsinn, wußte, er werde ihr's immer wieder zutrauen und ihr's gegen seinen Willen auch sagen.

Einige Tage später kam Doña Eufemia in sein Atelier und bestellte ihm, es werde an diesem Abend Doña Cayetana zu ihm kommen; er möge Vorsorge treffen, daß niemand um den Weg sei.

Er konnte vor Erregung kaum erwidern. Er nahm sich fest vor, weder über das, was zwischen ihnen vorgegangen war, noch über den Tod Don Josés zu reden.

Sie kam, tief verhüllt. Sie sprachen nicht, nicht einmal Worte des Grußes. Sie hüllte sich aus dem Schleier; bräunlichweiß, ungeschminkt, leuchtete die warme Blässe ihres Gesichtes. Er riß sie an sich, riß sie nieder auf das Lager.

Auch hernach sprachen sie lange nicht. Er wußte nicht mehr, was er ihr bei ihrem letzten Zusammensein gesagt hatte, und nur vage erinnerte er sich dessen, was er gedacht im Trauersaale des Palacio Villabranca. Doch soviel wußte er: es war alles ganz anders gekommen, als er sich's vorgenommen hatte, und im Grunde war es eine Niederlage. Aber es war eine fröhliche Niederlage, er fühlte sich erschöpft und glücklich.

Sie – war es nach Minuten oder nach Stunden – sagte: „Ich hatte vorher gewußt, daß Trübungen kommen würden. Gleich nachdem wir im Theater gewesen waren, im ‚Betrogenen Betrüger‘, kam die Brígida wieder zu mir, du erinnerst dich, die tote Zofe, und erzählte mir, es würden Trübungen kommen. Sie sagte nichts Genaues, sie blieb undeutlich. Sie kann sehr klar sein, wenn sie will, aber manchmal, um mich zu hänseln, bleibt sie unklar. Immerhin: als dann die Trübungen kamen, war ich nicht überrascht." Sie sprach mit ihrer kleinen, harten Stimme, sehr sachlich.

„Trübungen!" Die grauenvollen Zwistigkeiten zwischen ihnen, die Vorgänge um den Tod Don Josés, das waren ihr „Trübungen". Sie schob alle Schuld von sich, sie schob alles auf das Schicksal. „Trübungen!" Plötzlich waren wieder die bösen Gedanken in ihm, mit denen er sie im Trauersaal des Hauses Villabranca umsponnen hatte. Von neuem sah er, wie die alte Marquesa von ihr abgerückt saß, sie allein lassend in ihrem leisen Geruch von Blut. Noch während er das dachte, sagte er sich, das sei Unsinn, sei gegen alle Vernunft. Doch das Geschwätz des Volkes, das Geschwätz aus dem Weinschank der Doña Rosalía war stärker als seine Vernunft. „Denk das Übelste von jedem, und du denkst das Wahre."

Sie sprach weiter: „Und vorbei sind die Trübungen noch immer nicht. Wir werden uns selten sehen können, ich muß jetzt doppelt vorsichtig sein. Die Menschen sind unberechenbar. Entweder jubeln sie einem zu, man weiß nicht warum, oder sie hassen und verwünschen einen, man weiß nicht warum."

Blut will an die Sonne, dachte er, sie muß davon reden, ob sie will oder nicht. Aber was immer sie sagt, ich glaub es ihr nicht. Wenn sie sagt, sie hat es nicht getan, glaub ich ihr nicht, und wenn sie sagt, sie hat es getan, glaub ich ihr nicht. Denn es gibt keine Frau, die lügen kann wie sie, und sie selber weiß niemals, was wahr ist und was Lüge.

„Du weißt es ja auch und hast oft davon gesprochen", fuhr sie fort, immer ruhig und sachlich. „Die bösen Dämonen lauern auf einen, überall, und wenn es einem einzigen glückt, dann fallen sie alle über einen her. Wenn ich nicht die Alba wäre, vielleicht käme wirklich das Heilige Offizium und prozessierte mich als Hexe. Hast du mich nicht selber schon vor der Inquisition gewarnt, Francho?"

Nicht sprechen, befahl er sich. Ich lasse mich auf keine Debatte ein. Ich hab mir's geschworen. Da sagte er schon: „Das Klügste wäre natürlich, du schicktest deinen Peral fort. Wenn man den Doktor nicht mehr bei dir sieht, wird es bald keine Gerüchte mehr geben."

Sie rückte von ihm ab, richtete sich höher. So, halb liegend, saß sie, gestützt auf den Ellbogen, nackend im schwarzen Gewell ihres Haares, und betrachtete ihn. Da waren sie gelegen, Haut an Haut, und von dem, was in ihr war, wußte er nichts. Offenbar verlangte er von ihr, daß sie sich schuldig fühle. Nicht das leiseste Schuldgefühl verspürte sie. Falls wirklich Peral bei der Betreuung Don Josés etwas getan haben sollte, um diese Reise zu verhindern, dann hatte er's nicht getan, um ihr zu helfen, sondern nur, weil Don José ihn durch diese törichte Reise auf lange Zeit ihrer Gegenwart hatte berauben wollen. Er selber, Don Joaquín, hatte seinerzeit, als er die Stellung des Leibarztes zurückwies, ausdrücklich erklärt, es geschehe seinethalb, nicht ihretwegen. Wieviel besser verstand Don Joaquín ihre Art als Francisco, wieviel stolzer war er. Sie wollte keinem verpflichtet sein, sie vertrug keine Abhängigkeit, das verstand er, und nicht mit dem kleinsten Hauch hatte er angedeutet, es könnte durch diese albernen Gerüchte eine neue Zusammengehörigkeit zwischen ihnen entstanden sein. Unberührt ging er durch das freche Gewisper ringsum, durch alle die schmutzige Neugier.

Sie war angefremdet, angefröstelt von Franchos Unwissenheit. Er war ein Künstler, als solcher sollte er zu ihnen gehören, zu den Granden, und die meiste Zeit fühlte er auch so, himmelhoch über dem Gemeinen. Dann plötzlich fiel er zurück und war engherzig und pöbelhaft wie ein Maultiertreiber. Was mutete er ihr da zu? Wenn Joaquín es getan hatte, sollte sie ihn in der Gefahr im Stich lassen? Sie fühlte sich weltenweit fort von Francisco. Doch im nächsten Augenblick lachte sie über sich selber. Ein Majo war er, das liebte sie an ihm, ein Majo mußte eifersüchtig sein, ein Majo wurde gemein, wenn er eifersüchtig war.

„Es ist schade, Francho“, sagte sie, „daß du Don Joaquín hassest. Er haßt dich nicht, glaube ich, und er ist der klügste Mann, den ich kenne. Darum gibt die Inquisition aus, er sei ein Judenstämmling und trage sich Tag und Nacht mit Gedanken an Dolch und Gift. Er ist wirklich sehr klug. Und mutig. Es ist schade, daß du ihn hassest.“

Goya ärgerte sich tief über sich selber. Wieder einmal hatte er alles falsch gemacht. Cayetana ließ sich nun einmal nichts einreden, das hätte er endlich wissen sollen. Sie tat, was sie wollte, sie sprach und schlief, mit wem sie wollte. Nichts Dümmeres hätte er tun können, als ihr den Peral verleiden wollen.

Wenigstens gab er's jetzt auf zu debattieren, und sie trennten sich in Frieden.

In den nächsten Wochen sahen sie sich häufig. Sie sprachen weder über ihren großen Zwist noch über den Tod Don Josés. Das Unausgesprochene machte ihre Freundschaft dunkler, wilder, gefährlicher.

Er arbeitete viel in dieser Zeit. Agustín warf ihm vor, er arbeite nur mit der Hand und dem Auge, nicht mit dem Sinn. Agustín wurde wieder mürrischer, zänkischer, und Francisco erwiderte mit bösartigen Beschimpfungen.

Im stillen gab er zu, Agustín habe recht. Mehrmals kam ihm quälend die Vorstellung jenes unvollendeten Porträts der alten Marquesa. Es drängte ihn, dieses Bild fertigzumachen.

Er fragte bei Doña María Antonia an, ob sie ihm noch zwei oder drei Sitzungen gewähren wolle zur Vollendung ihres Porträts. Die Marquesa ließ ihm durch ihren Intendanten schreiben, sie habe auf Jahre hinaus keine Zeit; beigefügt war eine Anweisung auf den vereinbarten Preis für das vollendete Porträt.

Das Schreiben traf ihn wie ein Hieb ins Gesicht. Nie hätte ihn die Marquesa dermaßen gekränkt, wenn sie nicht überzeugt wäre von der Schuld Cayetanas und von seiner Mitschuld.

Auch Cayetana, die stets Beherrschte, wurde blaß, als er ihr davon erzählte.

Wenige Tage später wurden die Stiftungen und Schenkungen bekanntgegeben, welche die Herzogin von Alba anläßlich des Todes ihres Gemahls an Vereinigungen und Einzelpersonen verteilte. Doktor Don Joaquín Peral erhielt aus der Galerie des Palacio Liria „Die Heilige Familie“ des Raphael.

Es war aber unter den Meistern aller Zeiten Raphael Sanzio derjenige, den die Spanier am höchsten schätzten, und dieses Rundbild der Heiligen Familie galt als eines der stolzesten Kunstwerke, welches die Iberische Halbinsel besaß. Ein Herzog von Alba hatte, als er Vizekönig von Neapel war, die kostbare Tafel aus Nocera entführt, die Herzöge von Alba sahen seither in dem Bild ihren schönsten Kunstbesitz, diese Virgen des Raphael war die Schutzheilige der Damen des Hauses. Wenn Doña Cayetana dem verdächtigen Arzt ein solches in Wahrheit königliches Geschenk machte, noch dazu gewissermaßen als Vermächtnis ihres Gatten, dann konnte es nur bedeuten, daß sie sich mit ihrer ganzen Person vor ihn stellte. War er schuldig, dann war sie es auch.

Ruhig bleiben, befahl sich Goya, als ihm Miguel und Agustín von dem neuen, ungeheuerlichen Akte Cayetanas erzählten. Er spürte, wie die befürchtete, riesige, rot und schwarze Welle herankam, ihn zu betäuben. Er straffte, was er an Kraft des Willens besaß. Die Welle brach sich, bevor sie ihn erreichte: er konnte hören, was die andern sagten.

Er schaute hinüber zur Virgen de Atocha und bekreuzte sich. Die Frau, indem sie ihre Schutzheilige so frech wegschenkte, forderte den Himmel heraus. Sie forderte die Marquesa heraus, die Königin, die Inquisition, das ganze Land. Es war von allem, was sie getan hatte, das Leichtsinnigste, Hochfahrendste, Dümmste, Großartigste.

Schwere Furcht war in ihm für sie und für sich. Er war nicht feig, man nannte ihn tapfer, aber er wußte, was Angst ist. Er dachte daran, wie oft er in der Schenke den Stierkämpfer Pedro Romero beobachtet hatte, wenn der sich unbeobachtet glaubte, und wie oft er da wahrgenommen hatte, wieviel Angst in dem tapfern Manne war, in seinen Augen, um seinen Mund, in jedem Glied seines Körpers. Und wie oft hatte er selber seine Angst überwinden müssen. Gefahr lauerte auf einen in jedem Winkel, um jede Ecke. Die Katze, wenn sie fraß, schaute sich um, immerzu, ob nicht ein Feind komme, und man konnte von ihr lernen. Man war verloren, wenn man sich nicht vorsah. Angst war notwendig, wenn man durchkommen, wenn man oben bleiben wollte.

Sie indes, sie, Cayetana,
War geboren in der Höhe,
Wo man frei war, töricht und groß-
Artig frei von jener Angst, die
Alle jene, welche nicht auf
Dieser Höh geboren waren,
Band und quälte. Und er war voll
Neidischer Bewund'rung, weil sie
War, so wie sie war, so töricht
Und so furchtlos. Und sein eignes
Herz erschien ihm kümmerlich und
Enge vor dem wilden, freien
Dieser Frau.
Er haßte tiefer
Noch als früher den verhaßten
Arzt, Don Joaquín, und wußte

Tiefer noch als früher, daß er
Nie loskommen werde von der
Frau.

26

Bisher hatte das Volk von Madrid die Herzogin von Alba als ein liebenswertes, verzogenes Kind betrachtet, und wo immer sie sich zeigte, auf der Straße, im Theater, im Stierzirkus, hatte man sie gefeiert, weil sie, eine so große Dame, sich als Maja gebärdete und zum Volk bekannte. Nun aber, da sie die Virgen des Raphael, dieses kostbare, heilige Kunstwerk, dem Manne geschenkt hatte, der der Mörder ihres Gatten war, schlug die Stimmung um. Jetzt wurde sie der Fremden gleichgeachtet, der Italienerin, jetzt wurde sie die Vornehme, die sich, gestützt auf ihre Privilegien, jede Schamlosigkeit erlaubte. Nun war kein Zweifel mehr, daß ihr Doktor Peral den armen jungen Herzog mittels schwarzer Kunst um die Ecke gebracht hatte, und man wartete darauf, daß das Heilige Offizium Licht und Feuer in diese Angelegenheit bringe.

„Wer hätte Doña Cayetana das zugetraut, chérie!" meinte Don Manuel, während er mit Pepa Karten spielte. „Wie sie sich für unsern Freund Francisco bloßgestellt hat, das ist allerhand. Ce n'est pas une bagatelle, ça." Pepa selber verspürte eine gewisse Bewunderung vor der Alba. Es imponierte ihr, wie sich die Frau öffentlich und trotzig zu ihrer Liebe bekannte. Sie beschaute ihre Karten, bedachte sich eine Weile, spielte aus. „Aber", meinte sie, „Größe hat das Verhalten der Dame nur dann, wenn sie auch die Folgen mit Würde auf sich nimmt; denn ich darf wohl annehmen, daß Sie ein Verfahren gegen die Herzogin und den Arzt anordnen."

Ein solches Verfahren anzuordnen lag nicht in der Absicht Don Manuels. Es wäre unklug gewesen; denn vermutlich würden die anderen Granden die Alba verteidigen. Es war Sache Doña María Luisas, ob sie gegen ihre Feindin vorgehen wollte oder nicht. Er wollte sich nicht einmischen. Er spielte seine Karte aus, ließ Pepa gewinnen, antwortete nicht.

Aber der Gedanke an die Alba ließ ihn nicht los. Die freche Geste mit dem Raphael war ein neuer Beweis, wie unsäglich hochmütig sie waren, die Albas. Dabei hatten sie gerade jetzt wenig Grund, sich so zu haben. Das Schicksal hatte ihnen böse Schläge versetzt. Der Mann, der ihm sein Du nicht zurückgegeben hatte, lag unter der Erde, und angenehm war auch Doña Cayetanas Situation nicht. Es atmete sich nicht leicht in dem Geruch von Blut, der jetzt um sie war.

Zu erproben, ob sie sich noch immer so steif, spitz und arrogant habe, reizte ihn.

Mäzenatentum, Interesse besonders an den bildenden Künsten, galt als Pflicht und Privileg der Granden, und eine Lieblingsbeschäftigung der großen Herren und Damen war es, Meisterwerke auszutauschen. Besonders während der Trauerzeit widmete man sich der Pflege der Kunstschätze, um sich die zeremoniöse Langeweile zu vertreiben.

Manuel stellte sich bei Doña Cayetana ein. Bedauerte nochmals das Unglück, das sie betroffen hatte. Kam auf den Zweck seines Besuches. Seine eigenen Kunstsammlungen seien schwach in italienischen Meistern; seine Berater, Don Miguel und der jetzt leider abwesende Abate Don Diego, teilten diese seine Ansicht. Wohl aber sei er reich an Spaniern der Ersten Reihe. Vielleicht könnte sie, Doña Cayetana, ihm den einen oder andern ihrer Italiener ablassen gegen einen Greco oder einen Velázquez. Ein Bein über dem andern, saß er da, und die kleinen Augen seines hübschen, etwas schweren Gesichtes tasteten sie mit dreistem, sieggewohntem Wohlgefallen auf und ab.

Gemälde zu „tauschen“, widerstehe ihr, antwortete die Alba, wiewohl sie da vermutlich nicht schlecht führe; denn sie habe Freunde, die viel von Kunst verstünden, ihren Leibarzt Doktor Peral zum Beispiel und den Hofmaler Don Francisco de Goya. Doch sei sie im Grunde keine Sammlerin, sie habe lediglich Freude an ihren Bildern, und sie könne sich auch nicht vorstellen, daß sie auf „Ratschläge“ hören sollte, von wem immer sie kämen. „Aber es wird mir ein Vergnügen sein“, schloß sie liebenswürdig, „Ihnen aus meinen Galerien den einen oder andern Italiener zu übersenden, und falls ich einmal eines Dienstes bedürftig sein sollte, werde ich Ihnen erlauben, sich zu revanchieren.“

Er fühlte sich gedemütigt. Sie hatte ihm zu verstehen gegeben, daß er, der von unten Gekommene, sich auch als Protektor der

Künste nicht wie ein Grande benehme. Sie hatte sich hochmütig gezeigt in einer Situation, da sie allen Grund hätte, um sein Wohlwollen zu werben. Vielleicht sollte er doch der Inquisition einen Wink geben, daß einem Verfahren gegen Doktor Peral von seiten der Regierung nichts im Wege stehe.

Noch bevor er sich darüber schlüssig war, wurde ihm Genugtuung.

Doña María Luisa hatte schon nach dem bedenklichen Tode Don Josés erwogen, ob sie die Alba bestrafen solle und mit ihr den Arzt, der ihr großmütiges Angebot so dreist abgelehnt hatte. Politische Erwägungen hatten sie zurückgehalten. Der Krieg mit England ging schlecht, man mußte von den murrenden Granden mehr und mehr Kriegsbeiträge verlangen; unter solchen Umständen hätte es der Adel für eine Herausforderung erklärt, wenn die Königin einer Dame vom Range der Alba öffentlich ihr Mißfallen bezeigte. Nun aber, da die Schenkung des Raphael auch bei den Granden Empörung hervorrief, konnte sie, ohne Widerrede befürchten zu müssen, die Freche in ihre Schranken zurückweisen.

Doña María Luisa forderte die verwitwete Herzogin von Alba auf, sich in Aranjuez einzufinden, wo sich der Hof zur Zeit aufhielt.

Sie empfing sie in ihrem Arbeitszimmer, einem heitern, hellen Raume. Weißer Damast deckte die Wände, Bezüge von gleichem Stoff die Stühle. Der Schreibtisch war ein Geschenk des so schrecklich verstorbenen Sechzehnten Louis, der berühmte Pluvinet hatte ihn gebaut, aus edelstem Mahagoni, Dupin ihn mit erlesensten Schnitzereien geschmückt, der tote König selber das kunstvolle Schloß angefertigt. An diesem Schreibtisch also, prunkvoll, sommerlich angezogen, saß die Königin, ihr gegenüber, tief in Schwarz, Cayetana, beide Damen tranken eisgekühlte Limonade.

„Ich hatte Ihnen einmal empfehlen müssen, liebe Freundin", sagte María Luisa, „dafür zu sorgen, daß es keine Gerüchte mehr um Sie gebe. Leider haben Sie meinen mütterlichen Rat in den Wind geschlagen und sich keine Gedanken darüber gemacht, welch wildes Gerede die unüberlegte Großmut, die Sie Ihrem Arzt bezeigten, zur Folge haben mußte." Cayetana schaute ihr voll und mit unschuldiger Verwunderung ins Gesicht. „Das einfachste wäre natürlich“, fuhr María Luisa fort, „eine gründliche Untersuchung der Angelegenheit Doktor Perals anzuordnen. Wenn ich den König bat, von einer solchen Untersuchung abzusehen, dann geschah das allein Ihrethalb, Doña Cayetana. Das heißt – ich will offen sein –, es geht mir nicht um Sie, es geht mir um diejenigen, die den Namen Alba nach Ihnen tragen werden.“ – „Ich begreife kein Wort, Madame“, antwortete Cayetana, „aber ich begreife, daß ich mir den Unwillen Eurer Majestät zugezogen habe.“ Die Königin, als hätte die andere nicht gesprochen, fuhr fort: „Sie, meine Liebe, sind offenbar nicht willens oder nicht imstande, diesen edlen Namen so zu schützen, wie es Ihre Pflicht wäre. Deshalb muß ich Ihnen helfen.“ – „Ich bitte nicht um diese Hilfe, Majestät“, sagte die Alba, „ich wünsche sie nicht.“ – „Sie haben immer eine Antwort bereit, Doña Cayetana“, erwiderte die Königin, „aber sehen Sie, das letzte Wort habe ich.“ Sie hatte ihren Limonadebecher beiseite gestellt und spielte mit der Feder, die ihre Worte zu einem Befehl machen konnte, gegen den es eine Widerrede nicht gab. „Ich werde Sie also“, erklärte sie, „ob Sie es wünschen oder nicht, vor neuen Gerüchten in Schutz nehmen. Ich stelle Ihnen anheim“, schloß sie, „sich auf einige Zeit von Madrid fernzuhalten. Auf die Dauer der Trauerzeit“, erläuterte sie.

Auf die Dauer der Trauerzeit! Von dem Augenblick an, da sie nach Aranjuez befohlen worden war, hatte Cayetana erwartet, daß sie verbannt werden würde. Aber daß die Verbannung drei Jahre dauern sollte – denn so lange erstreckte sich die Trauerzeit der Witwe für einen Granden der Ersten Reihe –, damit hatte sie nicht gerechnet. Drei Jahre ohne Madrid! Drei Jahre ohne Francho!

Doña María Luisa, noch immer mit der schicksalsträchtigen Feder spielend, beobachtete sie; sie hatte die Lippen ganz leicht geöffnet, ein Schimmer der diamantenen Zähne war sichtbar. Für einen Augenblick hatte sich Cayetana verfärbt, aber sogleich beherrschte sie sich, die andere konnte schwerlich ihre Bestürzung gemerkt haben.

„Sie haben drei Wochen Zeit, meine Liebe, Ihre Vorbereitungen zu treffen“, sagte jetzt die Königin, ihren Triumph so tief genießend, daß ihre Stimme beinahe freundlich klang. Die Alba, nun scheinbar gleichmütig, stand auf, verneigte sich, tief in die Knie gehend, sprach die Formel: „Ich danke Eurer Majestät für die Fürsorge“ und küßte ihr, wie es Vorschrift war, die Hand; es war eine wohlerhaltene, fleischige, beinahe kindliche, starkberingte Hand.

Cayetana teilte Francisco mit, was sich ereignet hatte. „Sie sehen, ich habe recht gehabt“, schloß sie mit etwas gezwungener Munterkeit. „Ganz so großzügig, wie Sie die Italienerin gemalt haben, ist sie nicht.“

Goya war bestürzt. Cayetana verbannt! Cayetana fort aus Madrid! Dieses Ereignis mußte sein ganzes Leben verwandeln. Bestimmt erwartete sie, daß er sie ins Exil begleiten werde. Es war reizvoll, mit Cayetana zusammen zu sein, auf einem ihrer Güter, ohne das Getriebe des Hofes, ohne das Getriebe Madrids, ohne die vielenspähenden Augen ringsum. Aber er war Maler des Königs, er war Präsident der Akademie, er konnte, wenn überhaupt, dann nur auf kürzeste Zeit fort aus Madrid. Er war verwirrt. Und inmitten seiner Ratlosigkeit, Glückserwartung, Rechenhaftigkeit war heimlicher Stolz, daß zuletzt er es gewesen war, der in das Schicksal dieser Hochmütigen, Vornehmen eingegriffen hatte.

Noch bevor er mit sich im reinen war, sprach sie weiter: „Ich finde, es hat auch sein Gutes, gänzlich unabhängig zu leben. Zu wissen, daß das Geklatsch Madrids mich erst erreicht, wenn es schon vergessen ist.“

Er mußte endlich was sagen. „Wohin werden Sie gehen?“ fragte er, töricht. „Zunächst werde ich hier bleiben“, antwortete sie, und da er sie verblüfft anstarrte, erklärte sie: „Ich will sie zwingen, ihre Feder zu brauchen. Sie soll mir eine königliche Verfügung schikken. Erst wenn ich die Carta orden erhalte, werde ich gehen.“

Er war zu einem Entschluß gekommen. „Darf ich Sie begleiten, Cayetana?“ fragte er linkisch, stolz auf seinen Mut. Dabei hatte er bereits voll bäuerlicher Schlauheit erwogen, daß ihm sein Gehörleiden einen guten Vorwand bot, um Urlaub einzugeben. „Natürlich kommen Sie mit!“ rief sie, vergnügt. Er aber jubelte: „Das ist ja großartig. Das hat Doña María Luisa bestimmt nicht bedacht, daß sie uns einen Dienst erweist.“

Allein María Luisa hatte es bedacht. Auf Goyas Urlaubsgesuch antwortete der Erste Kammerherr, der Herr Präsident der Akademie möge seinen Urlaub aufschieben. Der König beabsichtige, ihm einen größeren Auftrag zu erteilen. Er sei nach Aranjuez eingeladen, dort würden die Majestäten das Weitere mit ihm besprechen.

Cayetana, als sie's hörte,
Wurde blaß. „Die niederträcht'ge
Hündin!“ brach sie aus. Doch gleich kam
Ihr Verstand zurück: „Für einen
Monat“, sprach sie, „kann sie dich, für
Zweie halten. Also kommst du
Eben später. Und wir haben
Leider ja, zum Glücke haben
Wir ja Zeit. Komm bald! Arbeite
Gut! Mach sie so ähnlich, wie es
Möglich ist! Ja“, schloß sie lächelnd,
Böse, „mach sie ja recht ähnlich,
Deine schwarze Maja.“

27

In Aranjuez angelangt, wurde Goya sogleich zu König Carlos geführt.

Der Monarch war in Gesellschaft seiner beiden jüngsten Kinder, des Infanten Francisco de Paula und der Infantin María Isabel, und vergnügte sich damit, ein Spielzeugschiff auf dem Kanal La Ría schwimmen zu lassen. Sichtlich hatte der König selber an dem Spielzeug größere Freude als die Kinder. „Sehen Sie her, Don Francisco“, rief er dem Maler entgegen, „es ist eine genaue Nachahmung meiner Fregatte Santísima Trinidad. Die Fregatte selber müßte jetzt im Südchinesischen Meer kreuzen, bei meinen Philippinischen Inseln. Gewißheit freilich hat man keine mehr, wie die Dinge heute liegen; diese Engländer haben sich mit dem Teufel selber verbündet. Aber mit unserer Fregatte hier ist alles gut gegangen. Wir haben sie um die ganze Isla herumgesteuert, durch den Tajo und den Kanal. Bleiben Sie und spielen Sie mit“, forderte er Goya auf.

Nachdem er die Kinder endlich zurückgeschickt hatte, spazierte er mit seinem Maler in den Gärten. Schwer stapfte der feiste Mann dahin, Francisco einen halben Schritt hinter ihm. Die Alleen waren unabsehbar lang, die Zweige der hohen Bäume formten ein weites, gewölbtes Laubdach, ein wenig Sonne sprenkelte hindurch. „Passen Sie auf, mein Lieber", setzte ihm der König auseinander, „was ich mit Ihnen vorhabe. Es trifft sich, daß in diesem schönen Monat Mai alle meine Lieben hier in Aranjuez beisammen sind. Und da ist mir eine Idee gekommen. Sie müssen uns malen, Don Francisco, alle zusammen, auf *einem* Bild."

Goya hörte gut an diesem Tag, und die Majestät hatte eine laute Stimme. Trotzdem glaubte er, er habe sich verhört. Denn was da aus den Worten des Königs vor ihm aufstieg, war ein einmaliges, märchenhaftes Glück, und er fürchtete, es könnte, wenn er zu hastig danach greife, sich in Luft auflösen.

Selten hatte ein König Lust, zusammen mit seiner ganzen Familie einem Maler zu sitzen. Personen von Geblüt hatten wenig Geduld, und hatte der eine Muße, dann war der andere beschäftigt. Nur überaus hochgeschätzte Meister hatten solche Gruppenbilder ausführen dürfen, keiner seit Miguel van Loo.

„Ich hab mir's folgendermaßen gedacht", sprach Don Carlos weiter. „Sie machen was Hübsches, Gemütliches und doch Würdiges, so wie auf dem Bild des Vierten Philipp, wo die kleine Infantin das Glas Wasser kriegt und der eine Bursche dem Hund einen Tritt gibt. Oder wie auf dem Bild meines Großvaters, des Fünften Philipp, wo sie alle so bequem herumsitzen. Ich könnte zum Beispiel meine Uhren vergleichen, oder ich spiele Violine. Die Königin liest, meine Jüngsten spielen Haschen. Alle sind angenehm beschäftigt, und doch ist eine gewisse Würde da. Sie verstehen, Don Francisco."

Don Francisco verstand. Aber so stellte er sich's nicht vor. Ein Genre-Bild, niemals. Aber er war vorsichtig, er wollte sich die wunderbare Chance nicht verderben. Er danke dem König für sein Vertrauen, antwortete er ehrerbietig, und für die außerordentliche Auszeichnung. Er bitte um ein oder zwei Tage Zeit, dann wolle er der Majestät Vorschläge machen. „Genehmigt, mein Lieber", antwortete Carlos. „Ich bin niemals eilig und schon gar nicht in Aranjuez. Wenn Ihnen was eingefallen ist, lassen Sie es Doña María Luisa und mich wissen."

An diesem Tage und auch am folgenden vermied der gesellige Goya Gesellschaft. Versunken in sich selber, beinahe benommen von seinem Glück, Anrufe nicht hörend oder nicht hören wollend, ging er durch das helle, feierlich heitere Schloß von Aranjuez, schlenderte er herum in den wunderbaren Gärten, unter den gewölbten Laubdächern der Calle de Alhambra und der Calle de los Embajadores, vorbei an Brücken und Brücklein, an Grotten und Wasserkünsten.

Etwas „Gemütliches“, nein, davon wird die Majestät wohl absehen müssen. Die „Familie Philipps des Fünften“ des van Loo mit der kunstvoll natürlichen Gruppierung war albernes Theater, ein läppisches Machwerk, zu dergleichen wird er nicht hinuntersteigen. Und die „Hofdamen“ des Velázquez, die „Meninas“ – gewiß, die spanische Malerei hatte Höheres nicht erreicht, und er bewunderte das Bild. Aber es blieb ihm fremd mit seiner gefrorenen Heiterkeit. Wie immer, er wollte mit keinem wetteifern, mit dem großen Velázquez sowenig wie mit dem kleinen van Loo. Er wollte wetteifern nur mit sich selber; sein Bild sollte von Francisco Goya sein, von niemand sonst.

Am zweiten Tage sah er unklar und sehr ferne, was er machen wollte. Aber er wagte sich nicht näher heran, damit es ihm nicht verschwinde. Das Vage, Fernschwebende sehend, denkend, träumend ging er zu Bett, schlief er ein.

Als er andern Morgens erwachte, wußte er deutlich, was er machen werde.

Er ließ sich bei den Majestäten melden. Setzte seine Idee auseinander, mehr zu Doña María Luisa sprechend als zu Don Carlos. Ihm glücke, meinte er bescheiden, die Wiedergabe der Katholischen Könige am besten, wenn er das Repräsentative betonen dürfe, das ungemein Würdige, welches von Höchstihnen ausstrahle. Er habe Angst vor einer gewissen gesuchten Ungezwungenheit, die wirken könnte, als handle es sich um nur adelige oder gar bürgerliche Personen. Er möchte deshalb den Majestäten ehrerbietig nahelegen, ihm zu befehlen, das geplante Familienbild repräsentativ zu halten. Die Mitglieder der königlichen Familie sollten dastehen als diejenigen, wozu die Gnade Gottes sie gemacht, als Könige und Infanten. Einfach dastehen sollten sie in ihrem ganzen Glanz.

Don Carlos war enttäuscht. Er verzichtete ungern auf die Idee, sich auf der Leinwand zu sehen mit seinen Uhren in der Hand und seiner Geige auf dem Tisch. Vielleicht war es nicht ganz königlich, wenn er sich so gemütlich malen ließ, aber man konnte es rechtfertigen, daß sich ein Monarch im Kreise der Familie als Privatmann gab. Andernteils ließ der Vorschlag seines Hofmalers in ihm neu und stärker eine Vorstellung aufsteigen, die sein Inneres in den letzten Wochen mehrmals beschäftigt hatte. Aus Paris waren vertrauliche Meldungen gekommen, daß sich dort eine royalistische Verschwörung vorbereite, und Manuel hatte angedeutet, es könnte vielleicht, wenn man diese Bewegung geschickt unterstütze, das französische Volk ihm, Don Carlos, als dem Haupte der Bourbonen auch die Krone Frankreichs anbieten. Yo el Rey de las Españas y de Francia, dachte er. Wenn er dastehen wird in der Mitte der Seinen, in stolzer Uniform, mit funkelnden Bändern und Orden, mit seinem starken Körper und seinem würdevollen Kopf, und wenn er sich eifrig denkt: Yo el Rey, dann wird dieser Hofmaler sicher imstande sein, einen Abglanz davon auf seine Leinwand zu bringen. „Ihre Idee scheint mir nicht ohne", verkündete er. Goya atmete auf.

Der Königin hatten die Worte ihres Hofmalers sofort eingeleuchtet. Sie war repräsentativ, so hatte sie Goya des öftern gemalt, und in der Mitte der Ihren wird sie bestimmt doppelt repräsentativ wirken. Aber machte sich's Goya nicht ein wenig zu einfach? „Wie stellen Sie sich das vor, Don Francisco?" fragte sie, nicht ungnädig, doch noch zweifelnd. „Alle in einer Reihe? Ist das nicht ein wenig eintönig?" – „Wenn Sie mir die Gnade erweisen wollen, Señora", erwiderte Goya, „es auf den Versuch ankommen zu lassen, dann, glaube ich, werde ich Sie zufriedenstellen."

Man kam überein, der König und die Seinen sollten sich morgen in der Grünen Galerie versammeln, alle in Gala, dann werde man endgültig festlegen, wie Don Francisco „Die Familie Carlos' des Vierten" malen werde.

Andern Tages stellten sich denn auch die spanischen Bourbonen allesamt, alte und junge, in der Grünen Galerie ein; ja, eine Hofdame hielt steif und behutsam einen prinzlichen Säugling, der offenbar auch auf das Gemälde sollte. Die Herrschaften saßen und standen in der strahlenden Sonne des großfenstrigen Saales. Die beiden jüngsten Infanten, die zwölfjährige Isabel und der sechsjährige Francisco de Paula, jagten sich herum. Alle trugen sie Gala, das wirkte seltsam in der Helle des Vormittags. Die Wände entlang drückte sich viel Gefolge. Es war Lärm und gleichzeitig Verlegenheit. Eine Veranstaltung wie diese war im Zeremonienbuch nicht vorgesehen.

Doña María Luisa nahm die Sache in die Hand. „Da haben Sie uns, Don Francisco", sagte sie, „und nun machen Sie aus uns was Schönes."

Goya ging zu Werk. In die Mitte stellte er zwischen ihre beiden Jüngsten, die Zwölfjährige und den Sechsjährigen, die Königin; zu ihrer Linken, sehr im Vordergrund, pflanzte er den massigen Don Carlos hin. Diese Gruppe ergab sich von selbst. Auch die zweite Gruppe zu bilden war einfach. Da war die unauffällig hübsche Infantin María Luisa mit ihrem Säugling, den die Hofdame tief knicksend überreicht hatte, und zu ihrer Rechten ihr Mann, der Erbprinz von Parma, ein langer Herr, seinen Platz gut füllend. Die Verbindung zwischen dieser Gruppe und der Mitte stellte friedlich der alte Infant Don Antonio Pascual her, des Königs Bruder, der ihm lächerlich ähnlich sah, die drei noch übrigen Bourbonen füllten gut die vom Beschauer linke Seite des Bildes: der Thronfolger Don Fernando, ein sechzehnjähriger Junge mit nichtssagendem, leidlich hübschem Gesicht, sein jüngerer Bruder Don Carlos und ihre Tante, des Königs älteste Schwester, die unsäglich häßliche Doña María Josefa. Das war eine kindlich einfache Komposition, und Goya sah voraus, man werde sie unbeholfen schelten; doch war sie gerade so für seine Zwecke die rechte.

Aber: „Halt, halt!" befahl der König. „Da sind noch zwei Infantinnen, die nicht da sind", und er erläuterte dem erstaunten Goya: „Meine Älteste, die regierende Prinzessin von Portugal, und die Napolitanerin, die künftige Gemahlin meines Erbprinzen." – „Befehlen Eure Majestät", fragte Goya, „daß ich diese Königlichen Hoheiten nach Bildern male oder nach Beschreibungen?" – „Machen Sie das, wie Sie wollen", sagte der König. „Das Wichtigste ist: drauf müssen sie."

Nun aber meldete sich Don Fernando, der Prinz von Asturien, der Kronprinz. „Ich weiß nicht", erklärte er böse mit seiner rauhen, mutierenden Stimme, „ob es angebracht ist, daß ich in der

Ecke stehe. Schließlich bin ich der Prinz von Asturien. Warum soll der Kleine" – und er wies auf den Sechsjährigen – „in der Mitte stehen und ich in der Ecke?" Goya, geduldig, sich entschuldigend, mehr zum König gewandt als zu dem Prinzen, antwortete: „Ich dachte, es sei künstlerisch wünschenswert, daß zwischen Ihrer Majestät und Seiner Majestät kein großer Infant steht, sondern ein kleiner, damit die Gestalt Seiner Majestät voll zur Geltung kommt." – „Ich sehe nicht ein", grollte Don Fernando, „warum meine Würde nicht gewahrt werden kann." Der König erklärte: „Weil du so lang bist", und María Luisa befahl: „Sie schweigen, Don Fernando." Goya trat ein wenig zurück und betrachtete die in loser Reihe stehenden Bourbonen. „Dürfte ich die Majestäten und Königlichen Hoheiten bitten", sagte er nach einer Weile, „sich in einen andern Saal zu begeben? Ich brauche Licht von links", erläuterte er, „sehr viel Licht, das von links oben nach rechts hinunter fällt." María Luisa begriff sofort. „Gehen wir in den ‚Saal der Ariadne'", schlug sie vor. „Dort, glaube ich, finden Sie, was Sie brauchen, Don Francisco."

Mit Lärm und Getrampel machte sich die glänzende Schar auf und zog durch das Schloß, der massige König und die geputzte Königin voran, die häßlichen alten Infanten und die netten jungen dahinter, den Beschluß bildeten die Herren und Damen des Gefolges. So zogen sie durch Säle und Korridore in den „Saal der Ariadne". Dort ließ sich ohne weiteres das Licht tönen, von links aus der Höhe kam schräg die Lichtbahn, wie Goya sie brauchte, und an den Wänden die riesigen Gemälde, mythologische Szenen darstellend, verschwanden im Dämmer.

Da standen der König, die Königin und die Prinzen, und vor ihnen Goya. Er beschaute sie, seine Augen nahmen sie auf, rissen sie an sich, in sich, mit ungezügelter Gier. Er schaute kritisch, scharf, genau, er starrte lange, Schweigen war im Saal, und das Gefolge fand, was da geschah, daß nämlich ein Untertan seinen König und dessen Familie so anstarrte, sei unziemlich, frech, aufrührerisch, und es dürfe nicht sein. Überdies hatte Goya – er hätte selber nicht sagen können, warum – diesmal gegen den Brauch und gegen seine eigene Gewohnheit seinen Arbeitskittel an.

Und nun sagte er gar: „Ich hätte noch zwei Bitten. Wenn Seine Königliche Hoheit der kleine Infant ein leuchtendes Rot tragen könnte, würde es Ihre Majestäten sowohl wie Seine Königliche Hoheit selber besser zur Geltung bringen. Sodann wäre es im Interesse des Bildes, wenn Seine Königliche Hoheit der Herr Kronprinz nicht Rot trügen, sondern ein helles Blau." – „Dieses Rot ist das gleiche wie das meiner Generalsuniform", begehrte Don Fernando auf, „es ist meine Lieblingsfarbe." – „Du trägst Blau", sagte trocken die Königin. Don Carlos meinte versöhnlich: „Dafür kannst du, wenn Don Francisco nichts dagegen hat, mehr Orden und Bänder tragen, auch das Goldene Vlies." – „Seine Königliche Hoheit der Herr Kronprinz", sagte beschwichtigend Francisco, „werden ganz im Lichte stehen. Orden und Bänder werden an ihm besonders glänzend leuchten."

In schneller Arbeit riß er die Skizze aufs Brett. Dann erklärte er, die einzelnen Herrschaften allein oder in kleinen Gruppen werde er noch um ein paar Sitzungen bitten müssen. Sie alle zusammen brauche er nur mehr ein einziges Mal, für eine letzte, große Farbenskizze. „Genehmigt", sagte der König.

Auch in dieser Nacht schlief Goya nicht gut. Nein, er wird keine vertrackte Anekdote malen wie van Loo, und niemand soll sagen dürfen, was dem Velázquez erlaubt sei, sei dem Goya nicht erlaubt. Velázquez ist groß und tot, dachte er, beinahe triumphierend, und es ist eine andere Zeit, und ich bin nicht klein, und ich bin lebendig. Und in der Dunkelheit, mit innerm Jubel, sah er deutlich, was er malen wollte, die widerstrebenden Farben, die er zwingen wird, eins zu sein, den ganzen schillernden, glitzernden Einklang, und inmitten des phantastischen Gefunkels hart, nackt und klar die Gesichter.

Noch bevor er an die Einzelskizzen ging, wurde er zum Intendanten des Königs gerufen, dem Kämmerer Marqués de Ariza. Dieser empfing ihn in Gegenwart des Schatzmeisters Don Rodrigo Soler. „Ich habe dem Herrn Hofmaler einige Eröffnungen zu machen", erklärte der Marqués; er sprach höflich, doch vor sich hin ins Leere, ohne Francisco anzuschauen. „Wiewohl man füglich Ihre Hoheit Doña María Antonia, Kronprinzessin von Neapel, als die Verlobte Seiner Königlichen Hoheit des Kronprinzen Don Fernando betrachten darf, sind die Verhandlungen zwischen den hohen vertragschließenden Parteien nicht völlig abgeschlossen, so daß Änderungen noch im Bereich des Möglichen liegen.

Es dürfte sich daher empfehlen, daß der Herr Hofmaler der hohen Verlobten etwas unbestimmte, gewissermaßen anonyme Gesichtszüge gibt, so daß im Fall anderer Dispositionen die vom Herrn Hofmaler dargestellte Figur eine andere hohe Frau verkörpern könnte. Bin ich von dem Herrn Hofmaler verstanden?" – „Ja, Exzellenz", erwiderte Goya. „Man hat weiterhin darauf aufmerksam gemacht", fuhr der Marqués de Ariza fort, „daß die Zahl der darzustellenden fürstlichen Persönlichkeiten, wenn der zukünftige Erbprinz von Parma, ich meine den Säugling, sowie die hohen abwesenden Infantinnen mit eingerechnet werden, dreizehn beträgt. Nun sind natürlich die darzustellenden hohen Persönlichkeiten erhaben über jeden Aberglauben, nicht aber alle potentiellen Beschauer. Infolgedessen hat man den Vorschlag gemacht, es könnte sich der Herr Hofmaler, wie dies auf früheren Gemälden ähnlicher Art geschehen ist, selber auf dem Bilde anbringen, natürlich in unaufdringlicher Weise. Bin ich von dem Herrn Hofmaler verstanden?" Goya, trocken, antwortete: „Ich denke, ja, Exzellenz. Man hat angeordnet, ich soll mit auf das Bild, im Schatten malend." – „Man dankt dem Herrn Hofmaler", erwiderte der Marqués, „der Herr Hofmaler hat verstanden."

In Goya arbeitete es. Er dachte daran, wie sich Velázquez dargestellt hatte auf seinem Bild der „Königlichen Familie", groß, selbstverständlich, ohne Anmaßung, keineswegs im Schatten, und dann hatte König Philipp mit eigener Hand dem gemalten Velázquez das Santiago-Kreuz auf die Brust gemalt. Er selber, Francisco, wird sich in den Schatten malen, aber er wird auch dann sehr sichtbar bleiben, und auch sein König wird ihn belohnen, mit weniger Charme vielleicht als Don Felipe den Velázquez, aber zum Ersten Maler wird er ihn ernennen, endlich; nachdem er ihm diesen großen, schweren Auftrag gegeben hat, ist des kein Zweifel.

„Es bliebe noch die Frage des Honorars zu erledigen", sagte höflich Don Rodrigo Soler, der Schatzmeister, und sogleich überkam Francisco seine ganze bäuerliche Rechenhaftigkeit, und er beschloß, sehr gut zu hören. Manchmal nämlich bot man in ähnlichen Fällen ein niedriges Honorar, annehmend, der Maler werde sich durch die Ehre des Auftrags entschädigt fühlen. „Ich dachte ursprünglich", erklärte behutsam Francisco, „die vorbereitende Arbeit könnte sich auf flüchtige Herstellung von Skizzen der einzelnen hohen Persönlichkeiten beschränken; es hat sich aber ergeben, daß ich auch die Einzelporträts bis ins kleinste werde ausführen müssen. Es werden etwa vier kleinere Porträtgruppen werden und zehn Einzelporträts."

Der Marqués de Ariza stand stumm da, voll hochmütiger Abwehr. „Es wurde beschlossen", sagte der Schatzmeister Soler, „Ihrer Honorierung nicht die aufgewandte Zeit zugrunde zu legen. Vielmehr wird Ihr Gemälde gemäß der Zahl der hohen darzustellenden Persönlichkeiten honoriert werden. Wir werden Ihnen für die Köpfe der Majestäten und Hochdero Kinder je zweitausend Realen bezahlen, für die Köpfe der andern Mitglieder der Königlichen Familie je tausend." Goya überlegte, ob wohl auch die Köpfe der abwesenden Infantinnen, der des Säuglings und sein eigener honoriert werden würden; allein er fragte nicht.

Im stillen lächelte er. Schlecht war die Honorierung keinesfalls. Er pflegte seine Preise zu erhöhen, wenn der Besteller die Hände mitgemalt haben wollte. Diesmal war von Händen nicht die Rede gewesen, und es war von vornherein in seinem Plan gelegen, nur ganz wenige Hände mitzumalen, höchstens vier bis sechs. Nein, die Honorierung war nicht unanständig, selbst wenn man nur zehn Köpfe honorieren sollte.

Noch am gleichen Tage, in dem provisorischen Atelier, das man ihm im „Saale der Ariadne" einrichtete, begann er zu arbeiten.

Hier konnte er jedes einzelne Modell in genau das Licht stellen, in welchem es in dem Familienbild stehen wird, und er führte die Skizzen aus bis ins letzte Detail. Er malte Don Luis, den Erbprinzen von Parma, würdig, jung, leidlich hübsch, ein wenig dümmlich. Er malte die freundliche, nette, unansehnliche Infantin María Luisa mit ihrem Säugling. Er malte die alte Infantin María Josefa. Wiewohl entschlossen, ihr Gesicht nur hervorlugen zu lassen zwischen den Vollfiguren des Kronprinzen und seiner anonymen hohen Braut, verwandte er auf die Skizze zwei volle Vormittage; die abschreckende Häßlichkeit der alten Infantin faszinierte ihn.

Ein überaus williges Modell war der König selber. Er hielt sich sehr aufrecht und drückte Brust und Bauch heraus. Darauf schimmerte das weißblaue Band des Carlos-Ordens, strahlte das rote Band des Christus-Ordens von Portugal, flimmerte das Goldene Vlies; matt leuchtete über dem kastanienbraunen Samt des Rockes der graue Besatz, blitzte der Griff des Degens. Der Träger all dieser Pracht aber stand da, stramm, beharrlich, bedeutend, stolz darauf, wie gut er trotz seiner Gicht das lange Stehen aushielt.

War es dem König eine Lust, so dazustehen und zu posieren, so machten ihm die Pausen keine kleinere Freude. Dann legte er wohl den Degen ab, zuweilen auch den gewaltigen Samtrock mit all den Orden und Bändern, rekelte sich im Sessel, verglich liebevoll seine Uhren und unterhielt sich über Jagd, Landwirtschaft, Kinder und Fragen des Alltags. „Sie kommen ja auch auf das Bild, Don Francisco“, meinte er eines Tages wohlwollend. Er musterte seinen Maler und schätzte ihn ab. „Sie machen eine ganz stattliche Figur“, fand er, und: „Wie wäre es mit einem kleinen Ringkampf?“ schlug er vor, unvermutet, belebt. „Ich bin viel größer als Sie, zugegeben, und wohl auch viel kräftiger gebaut, aber ich habe meine Jahre und meine Gicht. Lassen Sie mal Ihren Bizeps fühlen“, befahl er, und Goya mußte seinen Arm frei machen. „Nicht übel“, begutachtete er. „Aber betasten Sie den meinen.“ Goya tat es. „Allerhand, Majestät“, anerkannte er. Plötzlich fiel Don Carlos über ihn her. Goya, überrascht, wehrte sich heftig. Er hatte in der Manolería mit so manchem Majo Ringkämpfe aufgeführt, in Scherz und Ernst. Carlos, schnaufend, nahm seine Zuflucht zu unerlaubten Griffen. Goya, darob verdrossen, vergaß, daß er Erster Maler werden wollte, und kniff mittels eines richtigen Majo-Griffes den König auf schmerzhafte Art in die Innenseite des Schenkels. „Au“, sagte heftig Don Carlos. Francisco, sich kontrollierend, auch seinesteils schnaufend, sagte: „Ich bitte untertänigst um Verzeihung.“ Immerhin dauerte es noch eine Weile, ehe er sich von Carlos das Knie auf die Brust setzen ließ. „Sie sind mir einer“, sagte Carlos.

Im übrigen bezeigte er Francisco auf jede Art seine Gnade. Immer in Aranjuez fühlte er sich besonders wohl; oft da zitierte er den alten Spruch: „Wenn Gott nicht Gott wäre, möchte er der König von Spanien sein mit einem französischen Koch.“ Sehr wohlgelaunt also fühlte sich Don Carlos, und er wollte seine gute Laune auch auf Francisco übertragen, dadurch den Fortgang der Arbeit störend. Er führte ihn herum in der halbfertigen „casa de labrador“, in seinem „Bauernhaus“, dem prächtigen Nebenpalast, den er im Park errichten ließ, und er versprach Goya, daß auch auf ihn dort Arbeit warte. Mehrmals nahm er ihn mit auf die Jagd. Ein anderes Mal hieß er ihn in den großen Musiksalon kommen, und hier, massig inmitten der zierlichen chinesischen Einrichtung, spielte er ihm auf der Geige vor. „Finden Sie nicht, ich habe Fortschritte gemacht?“ fragte er. „Es gibt sicher bessere Geiger in meiner Kapelle, aber unter meinen Granden bin jetzt, da unser guter Alba so früh hat dahingehen müssen, ich wohl der beste Musikant.“

Es war unter Goyas Modellen ein einziges, das sich widerspenstig zeigte: der Kronprinz, Don Fernando. Goya behandelte den Sechzehnjährigen mit besonderer Ehrerbietung und tat sein Bestes, ihn für sich zu gewinnen. Doch der gewalttätige, eingebildete Fernando blieb störrisch. Er wußte, Goya war ein Freund des Príncipe de la Paz, und den haßte er. Von Mägden, Gouvernanten, Hofdamen frühzeitig in die Genüsse des Geschlechtes eingeführt, hatte der kleine Prinz sehr bald erfahren, daß Don Manuel der Liebhaber seiner Mutter war, und er hatte ihn mit Neugier, Neid und Eifersucht betrachtet; dann gar hatte, als einmal der elfjährige Fernando mit dem kleinen Degen seiner Oberstenuniform nicht fertig geworden war, Don Manuel ihm Rat gegeben, herablassend erwachsen, keineswegs untertänig. Jetzt also mußte er dem Freunde dieses Don Manuel Modell stehen in einem Rock, dessen Farbe er nicht mochte, und der Maler erdreistete sich obendrein, vor ihm, dem Thronfolger, seinen Arbeitskittel zu tragen.

Dafür war Doña María Luisa ein besonders gefügiges Modell. Wie Goya es wünschte, posierte sie bald allein, bald mit den beiden Kindern, bald ließ sie jedes der beiden Kinder allein für sich posieren.

Endlich war es soweit, daß er die Herrschaften untertänigst bitten konnte, ihm noch einmal in Gesamtheit und in Gala im „Saale der Ariadne“ Modell zu stehen für die große Farbenskizze.

Da standen sie, und Goya beschaute sie und sah beglückt: der Einklang zwiespältiger Farben, wie er ihn geträumt hatte, war da, reich, neu und bedeutend. Das Einzelne war untergeordnet dem Ganzen, und das Ganze war in jedem Einzelnen. Die widerstrebenden Farben waren *ein* Geleucht, rot und golden die rechte Seite, die linke blau und silbern, in jedem Licht war Schatten, nur eben verschieden gestuft, und in jedem Schatten war Licht, und in all dem Geleucht standen nackt, hart und genau die Gesichter, das Gemeine im Ungemeinen. Er dachte das nicht, er hätte das nicht ausdrücken können: er spürte es.

Er schaute, er starrte, scharf, lange, unehrerbietig, und dieses Mal war das Gefolge ernstlich schockiert. Da stand dieser Mensch, dieser geringe Untertan in seinem schäbigen Kittel, und vor ihm die Könige und Prinzen in ihrer ganzen Pracht, und er beschaute sie gleich einem General, der Parade abhält. Das war schlechthin Aufruhr, so was wäre vor der Französischen Revolution nicht möglich gewesen, und warum ließen sich's die Bourbonen gefallen?

Francisco begann zu malen, hastig, lange. Die alte Infantin María Josefa klagte, sie könne nun nicht länger stehen, und Carlos wies sie zurecht, dieses bißchen Beharrlichkeit sei das Wenigste, was man von einer Infantin verlangen könne. Goya aber hörte nicht, er hörte in Wahrheit nicht, er war hingegeben an seine Arbeit.

Dann endlich machte er eine Pause, und alle rekelten sich und wollten gehen. Aber: „Zwanzig Minuten noch!" bat er, und da er die unwilligen Gesichter sah, flehte er sie an, beschwor er sie: „Nur zwanzig Minuten noch! Dann brauche ich Sie nicht mehr zu bemühen, kein einziges Mal mehr." Sie fügten sich. Er malte. Stille war, man hörte eine große Fliege gegen eines der Fenster summen. Endlich sagte Goya: „Danke, Majestät. Danke, Majestät. Danke, Königliche Hoheiten."

Als er allein war, saß er eine lange Weile erschöpft, glücklich. Nun war, was er gesehen hatte, Gestalt geworden, er konnte es nicht mehr verlieren.

Dann, heiß und jäh, fiel über ihn die Sehnsucht nach Cayetana. An der Gewalt, mit der dies geschah, spürte er, welche Energie es ihn gekostet hatte, die ganze Zeit über den Gedanken an sie hinunterzuzwingen.

Es wäre klüger gewesen, es wäre das einzig Kluge gewesen, hier in Aranjuez zu bleiben und weiterzuarbeiten. Aber er fragte sich: Wird sie noch in Madrid sein? Und wie lange oder wie kurz noch? Und er

Schickte Botschaft nach Madrid zur
Herzogin, er werde an dem
Nächsten Tag zurück sein. Und er
Suchte Gründe sich zusammen,
Klügelnd, daß er und warum er
Um des Bildes willen dringlich
Ein paar Tage in Madrid ver-
Bringen müsse. All dies war sehr
Töricht, und er wußte es und
Tat es trotzdem.
Und er rollte
Seine große Farbenskizze
Und die einzelnen Modelle
Sorglich ein und fuhr mit ihnen
Und mit großem Stolz und vieler
Hoffnung und in ungeheurer
Eile nach Madrid.

28

Die erste Nacht nach seiner Rückkehr war sie bei ihm. Die Sommernächte waren kurz, und es war gefährlich für Cayetana, wenn man sie des Morgens auf dem Weg von seinem Haus zu dem ihren überraschte. Trotzdem blieb sie bis in die Dämmerung.

Am andern Abend kam sie sehr früh. Er erzählte ihr von seiner Arbeit, zeigte ihr die Farbenskizzen, versuchte ihr zu erklären, was Neues, Großes er zu machen im Begriffe war. Sie indes hörte kaum auf seine unbeholfenen Worte, sie schaute auf die Skizzen, auf die Versammlung eingebildeter, geschwollener Köpfe über den prunkenden Kleidern, und sie verzog den Mund, sie lachte. Lachte laut, vergnügt. Er war gekränkt. War das die Wirkung? Er bereute, daß er ihr das Werk gezeigt hatte.

Sein Verdruß dauerte kurz. Er war glücklich, sie zu sehen, sie zu spüren, sie zu haben. Alles an ihr machte ihn glücklich. „Ven ventura, ven y dura – Glück, mein Glück, sei gut und bleibe", dachte er, summte er vor sich hin, wieder und wieder.

Auch diese zweite Nacht blieb sie bei ihm. Vielleicht waren das ihre letzten Stunden in Madrid; morgen waren die drei

Wochen um, welche María Luisa ihr gelassen hatte. Aber sie glaubte nicht daran, daß man es wirklich wagen werde, sie mittels Edikts ins Exil zu schicken, und auch er konnte nicht daran glauben.

Am Nachmittag darauf erhielt er einen hastigen Zettel von ihr: „Komm sogleich", und er wußte, sie war ausgewiesen. Er lief zu ihr.

In dem großen Palacio Liria war Aufruhr. Viel Dienerschaft rannte ab und zu, Befehle wurden ausgegeben, widerrufen, selbst die würdige Doña Eufemia verbarg nicht ihre Erregung. Ja, Cayetana hatte die Carta orden erhalten, einen handschriftlichen Befehl des Königs.

Sie empfing Francisco im Schlafzimmer, er fand sie im Begriff, sich für die Reise anziehen zu lassen, im Unterkleid, ohne Schuhe. Während sie den Zofen Weisungen gab, erzählte sie ihm. Sie hatte die Stadt noch am gleichen Tag zu verlassen und sich für unbestimmte Zeit auf eine ihrer andalusischen Besitzungen zu begeben. Es war ihr ausdrücklich verboten, das Königreich Andalusien ohne besondere Erlaubnis zu verlassen. „Ich werde auf Umwegen reisen", sagte sie. „Ich werde so reisen, daß ich nur auf Boden nächtige, der mir gehört." Sie lachte über den Wirrwarr ringsum. Das wollige, weiße Hündchen kläffte.

Sein Herz verlangte danach, sie zu begleiten, jetzt bei ihr zu sein, da sie so aufgeschlossen und wunderbaren Mutes war. Und darauf sollte er verzichten, verzichten gerade auf die Wochen, da sie ganz und allein ihm gehören würde. Er wird nicht verzichten. Lieber verzichtet er auf das Bild, das er fertig im Gemüte trägt, lieber auf Ruhm und Karriere. Er will mit ihr sein jetzt, er ist voll des glühenden Willens, es ihr gleichzutun, die ganze Welt herauszufordern, wie sie es getan hat mit ihrem kühnen, stolzen, törichten, bewundernswerten Geschenk an diesen albernen Doktor. Doch im nächsten Augenblick, ebenso glühend, ist in ihm der Wille zu seinem Bild. Herrisch verlangt ihn nach dem Bilde, das Bild ist in ihm, seine ganze Farbenflut, funkelnd, glitzernd, strahlend, blitzend, und daraus hervortauchend die nackten Köpfe: „Die Königliche Familie" des Goya, nicht wetteifernd mit der „Königlichen Familie" des Velázquez, aber auch, wahrhaftig, ein Bild, das sich sehen lassen kann. Er sagte, ein wenig heiser: „Darf ich Sie begleiten, Doña Cayetana?", und sogleich, halbherzig, fügte er hinzu: „Wenigstens den ersten Tag?"

Sie hatte ihn angeschaut während der Augenblicke, da all dieses in ihm vorging, mit ihren menschenkennerischen Augen, und er hatte das unbehagliche Gefühl, sie wisse genau, was in ihm vorging. Nun er sein schwungloses Anerbieten vorgebracht hatte, lachte sie, nicht einmal unfreundlich. Trotzdem war er gekränkt. Bedeutete es nichts, wenn der Maler des Königs das Werk im Stich ließ, das ihn zum Ersten Maler machen sollte, und sich bereit erklärte, eine Dame, die in Ungnade war, auf dem Weg in die Verbannung zu begleiten? „Ich weiß es zu schätzen, Don Francisco", sagte sie, „was Sie mir angeboten haben. Aber Sie sind ja ein besonnener Mann, und diesmal will auch ich besonnen sein. Wenn Sie einen Tag lang neben meinem Wagen herreiten und seinen Staub schlucken, nur um dafür niemals Erster Maler zu werden, dann werden Sie das drei Tage später bereuen und für Ihr ganzes Leben. Ist es nicht so? Und ich will gar nicht denken an die schönen Namen, die Sie mir dann alle die Jahre hindurch im stillen an den Kopf werfen würden, vielleicht nicht einmal im stillen. Also: vielen Dank, Francho", und sie stellte sich auf die Fußspitzen und küßte ihn.

Dann sagte sie leichthin: „Übrigens begleitet mich natürlich Don Joaquín, und ich bin in jeder Hinsicht in guter Hut."

Er hatte annehmen müssen, daß Doktor Peral sie begleiten werde, es war selbstverständlich. Dennoch traf es ihn.

Diener riefen sie zum Wagen.
„Kommen Sie bald nach, Francisco!"
Sagte sie, und durch die leeren
Worte klang Verlangen. „Malen
Sie Ihr Bild zu Ende wie der
Hast'ge Lukas! Fahren Sie nach
Andalusien, als ob das
Heilige Offizium hinter-
Drein geritten käme!"

29

Bis jetzt hatte Goya seinem Agustín keine Gelegenheit zu einem richtigen Gespräch gegeben. Doch kaum war Cayetana fort, da sagte er: „So, du saurer Agustín, jetzt zeige ich dir, was ich gemacht habe", und er rollte die Skizzen auf und befestigte sie mit kleinen Nägeln auf Brettern.

Agustín stand davor, trat zurück, ging wieder näher, stieß den großen, hügeligen Kopf gegen die eine Skizze, gegen die andere, schluckte, schmatzte mit dem langen, dünnen Mund. „Ich will dir erklären . . .", hub Goya an. Doch: „Sag jetzt nichts", winkte ihm Agustín ab, „ich weiß schon." – „Du weißt gar nichts", sagte Goya, aber er schwieg und ließ den andern weiterschauen.

„Carajo!" rief schließlich Agustín. Es war dies aber ein richtiger, mundfüllender, ungeheuer obszöner Maultiertreiberfluch, und aus der Art, wie Agustín ihn ausstieß, erkannte Francisco, daß er das Bild begriffen hatte. Trotzdem konnte Francisco nicht an sich halten, er mußte endlich heraussagen, was er da machen wollte, mußte es erklären. „Ich will nichts konstruieren", sagte er. „Ich will's nicht wie Velázquez machen, keine vertrackte Anekdote, verstehst du. Ich stell diese Menschen einfach hin, simpel, kindlich." Er spürte, Worte, vor allem seine Worte, waren zu ungefüg und plump für das Delikate und Komplizierte, was er auseinanderzusetzen trachtete, aber es zwang ihn weiterzureden. „Das Einzelne muß natürlich ganz deutlich werden, dabei darf man es überhaupt nicht sehen. Nur die Gesichter müssen auf einen herschauen, hart, wirklich, genau, wie sie sind. Und dahinter ist es dunkel, man ahnt gerade noch die Riesenschinken im ‚Saal der Ariadne'. Siehst du, was ich machen will? Verstehst du's?"

„Ich bin doch kein Trottel", antwortete Agustín. Und mit stillem, ruhigem Triumph sagte er: „Hombre! Das wird wirklich etwas ganz Großes. Und etwas ganz Neues. Francho, Francho, was bist du für ein Maler!" – „Merkst du das endlich?" gab vergnügt Francisco zurück. „Übermorgen gehen wir nach Aranjuez", fuhr er fort. „Dich nehme ich natürlich mit. Wir werden schnell fertig sein. Ich brauche die Porträts nur zu übertragen. Es ist alles da, worauf es ankommt. Es wird großartig werden." – „Ja", sagte überzeugt Agustín. Er hatte ängstlich darauf gewartet, ob Francisco ihn einladen werde mitzukommen; nun freute er sich kindlich. Und sofort wurde er praktisch. „Also übermorgen nach Aranjuez", sagte er. „Da ist vorher noch eine Menge zu tun. Ich muß zu Dacher wegen des Rahmens und wegen der Leinwand, zu Ezquerra wegen der Farben, und über den Firnis muß ich auch mit ihm reden."

Er überlegte eine Weile, dann meinte er zögernd: „Du hast die ganze Zeit über die Freunde nicht gesehen, Jovellanos, Bermúdez, Quintana. Jetzt gehst du wieder auf Wochen nach Aranjuez. Solltest du nicht mit ihnen zusammenkommen?"

Goya hatte sich verfinstert, und Agustín fürchtete, er werde aufbrausen. Doch Goya bezwang sich. Er verstand kaum mehr, wie er so lang ohne Agustín hatte auskommen können, er konnte sich nicht vorstellen, wie er in Aranjuez ohne diesen verständigsten Freund hätte weiterarbeiten sollen, er mußte ihm die Freude machen. Außerdem hatte Agustín recht, es wäre eine Beleidigung gewesen, wenn er die Freunde nicht gesehen hätte.

Er traf Miguel und Quintana bei Jovellanos. „Wir haben uns lange nicht gesehen, ich stak tief in der Arbeit", entschuldigte er sich. „Von den guten Dingen der Welt", meinte bitter Don Miguel, „ist Arbeit das einzige, das keinen übeln Nachgeschmack hinterläßt."

Dann, natürlich, sprach man über Politik. Es stand schlimm um Spanien, schlimmer, als Goya, der in Aranjuez die allgemeinen Dinge nicht an sich herangelassen, es in seinem Innern hatte wahrhaben wollen. Die Flotte, von der alliierten Französischen Republik in den Krieg gezwungen, hatte sich von der schweren Niederlage beim Cap von San Vicente nicht mehr erholt. Die Engländer hatten Trinidad genommen, sie unterbanden die Zufuhr aus Indien, bedrängten sogar die Küsten des spanischen Mutterlandes. Die hohen Kriegskosten schufen Hunger und Elend. Das Direktorium in Paris aber ließ es Spanien entgelten, daß man so lange mit dem Abschluß der Allianz gezögert hatte. Die Republik sonnte sich in den Siegen, die ihre Armeen in Italien erfochten hatten, und ließ Spanien überall im Stich. Der General Bonaparte ging so weit, die italienischen Verwandten des spanischen Königshauses zu entthronen und ihre Länder einzustecken. Gewiß, die Allianz mit Frankreich war gute Politik gewesen und war nach wie vor der einzig gegebene Kurs. Aber statt darauf zu drängen, daß die Republik ihre Verpflichtungen aus dem Bündnisvertrag auch einhalte, gab Spanien überall nach. Es lag daran, daß die Königin und Don Manuel die Ämter mit ihren Günstlingen besetzt oder schlankwegs verkauft hatten. An den entscheidenden Posten saßen schlechte Männer, die sich, statt Spaniens Interessen zu wahren, von der Republik bestechen ließen. María Luisa selber war nicht unempfänglich. Raffte sie sich einmal zu energischer Forderung auf, dann schickte Paris ihr kostbare Geschenke, und die scharfe Beschwerde wurde zahme Klage.

Goya hörte stumm zu, voll Abwehr. Er gehörte zum Hof, im Grunde waren diese hier, da sie gegen den Hof eiferten, seine Feinde. Es war seltsam, daß Spaniens Fluch ihm selber zum Segen wurde. Wahrscheinlich war der gutmütig fröhliche Don Carlos, der sich mehr für sein Spielschiffchen interessierte als für die wirkliche Santísima Trinidad, ein schlechter König, wahrscheinlich war die Herrschaft Doña María Luisas ein Unglück für das Land; doch wenn diese beiden nicht wären, wie sie waren, dann hätte er keine Aufträge. Und sogar, daß der General Bonaparte dem Bruder María Luisas das Großherzogtum Parma weggenommen hatte, schlug ihm, Goya, zum Vorteil aus. Denn wenn nicht der Erbprinz von Parma und seine Infantin dadurch gezwungen worden wären, den Sommer in Aranjuez zu verbringen, wer weiß, ob dann Don Carlos auf die großartige Idee gekommen wäre, „uns alle zusammen“ malen zu lassen.

Diese Erwägungen verhinderten nicht, daß die Empörung der andern über Spaniens selbstsüchtig schlechte Verwaltung auch Goya ergriff. „Die Herrschaften mußten sich verdammt anstrengen, um ein so gesegnetes Land wie das unsere so tief herunterzubringen.“ Diese Worte des Jovellanos und wie er sie gesagt hatte, blieben Goya im Ohr.

Aber er schüttelte den dicken Kopf; er hatte anderes zu denken. Er rüstete die Rückfahrt nach Aranjuez.

Für Josefa hatte er in diesen paar Tagen kaum Zeit gehabt; das fiel ihm jetzt auf die Seele. Schließlich wollte er sein Werk, nachdem er's Cayetana und Agustín hatte sehen lassen, vor ihr nicht verstecken. Mit einem kleinen, etwas verlegenen Schmunzeln führte er sie vor die aufgespannten Skizzen.

Versuchte ihr zu erklären, was er vorhatte. Sie verstand genug von Malerei, um aus den Skizzen und seinen Erläuterungen klug zu werden. Sie stellte sich das fertige Bild vor und wußte nicht, ob sie es gut fand. Sicher wird von der Leinwand das wundervolle, verwirrende Glitzern ausgehen, von dem er sprach, und die Gesichter der Könige und Prinzen werden scharf herausspringen. Aber die Skizzen schauten sie böse an, und die Vorstellung des fertigen Bildes machte ihr kalt. Sie fürchtete, es werde darin ein übler Geist sein, etwas Ketzerisches, Gefährliches, Aufrührerisches. Gewiß, schön waren die Majestäten auch im Leben nicht, aber auf den Porträts des Raphael Mengs, des Maella, ihres Bruders und selbst auf den früheren Porträts Franciscos waren sie bei aller Ähnlichkeit doch nicht so häßlich. Und werden sie sich das gefallen lassen? Sicher wird Unglück kommen von diesem Bilde.

„Nun, was meinst du?“ fragte Goya.
„Sind der König und die Kön'gin“,
Fragte sie zurück, „und ist vor
Allem die Infantin-Tante
Nicht ...“, sie suchte nach dem Wort. „Zu
Ähnlich?“ half er ihr. Sie nickte.
Angezogen, abgestoßen
Stand und schaute sie und sagte
Schließlich: „Trotzdem, sicher wird's ein
Meisterhaftes Werk, nur ist's so
Überraschend.“

30

In Aranjuez, im „Saale der Ariadne“, schaute Agustín mit wissender Bewunderung zu, wie nun unter des Freundes kundiger Hand, was dieser in seinem Innern gesichtet hatte, allen sichtbar wurde.

Und noch eines erkannte jetzt mit tiefer Freude Agustín: daß nämlich „Die Familie Carlos' des Vierten“ ein politisches Bild wurde. Allein er hütete sich, diese Erkenntnis laut werden zu lassen. Denn natürlich dachte Francisco nicht daran, „Politik“ zu malen. Er glaubte an das absolute Königtum, er spürte Sympathie für diesen gutmütigen, von seiner Würde erfüllten Monarchen und für diese Doña María Luisa, die sich aus dem Kuchen Welt mit unersättlichem Appetit ihr ungeheures Teil herausschnitt. Aber die wüsten Ereignisse, die Spanien heimsuchten, die zerschlagenen Schiffe, der ausgeplünderte Staatsschatz, die Schwäche und Arroganz der Königin, das Elend des Volkes, das alles war, während er malte, in Goyas Hirn, ob er's wollte oder nicht. Und gerade weil er keinen Haß malte, sprang aus dem stolzen Leuchten der Uniformen, Orden und Juwelen, aus dem Gefunkel all dieser Attribute des gottbegnadeten Königtums, die armselige Menschlichkeit der Träger dieses Königtums einem jeden mit nackter, brutaler Sachlichkeit ins Auge.

Noch nie hatten die beiden so gut zusammengearbeitet. Verzog Agustín das treue, mürrische Gesicht auch nur um ein winziges, dann wußte Francisco, etwas stimmte nicht. „Was meinst du zu dem Mund der Königin?" fragte etwa Goya. Agustín kratzte sich nachdenklich den Schädel, und schon gab Francisco der María Luisa der „Familie" verpreßte Lippen statt der dicklächelnden der Porträtskizze. „Eigentlich sieht der Infant Antonio dem König verdammt ähnlich", meinte Agustín, und schon ähnelte, um die krampfig majestätische Miene des Don Carlos zu unterstreichen, Francisco ihr die pedantisch würdige des unmittelbar hinter ihm stehenden Infanten-Bruders noch mehr an.

Goya arbeitete mit beharrlichstem Fleiße. Wie damals, als er nach dem Autodafé die fünf Bilder um die Inquisition gemalt hatte, arbeitete er auch jetzt tief in die Nacht hinein beim Schein von Kerzen, die er in listiger Anordnung, so daß sie ihm jedes gewünschte Licht gaben, auf dem Metallschild des niedrigen, zylinderförmigen Hutes befestigt hatte.

Er malte überaus gewissenhaft, doch mit souveräner Verachtung des Nebensächlichen. Man hatte ihn angewiesen, er solle das Gesicht der hohen Braut des Thronfolgers, deren Wahl noch nicht feststand, „anonym" halten: er ließ die prunkvoll geschmückte, unbekannte Infantin einfach den Kopf wegdrehen. Des Königs älteste Tochter gar, die abwesende Prinzessin-Regentin von Portugal, hatte er bis ganz zuletzt vergessen. Agustín erinnerte ihn. Francisco winkte ab: „Laß nur, die hab ich in zwei Minuten", und er malte weiter an dem dicken, verdrossen würdigen Kopfe des

Infanten Don Antonio Pascual. Man rief ihn zum Essen, er arbeitete weiter. Der Kopf war fertig, man rief ihn ein zweites Mal. „Setz du dich nur hin“, sagte er zu Agustín, „ich komme sofort, ich male nur noch rasch die Prinzessin-Regentin.“ Und wirklich war die Suppe noch warm, als schon, gleichgültig und ausgeprägt-nichtssagend, das fertige Gesicht der Infantin zwischen dem Infanten Antonio und dem langen Erbprinzen Luis hervorlugte.

Auch sich selber in das Bild zu malen, brauchte er weniger als eine Stunde. Vergnügt und verschmitzt dann nickte der lebende Goya dem gemalten zu, der aus dem Dunkel herausschaute, ein bißchen schattenhaft, wie gewünscht, aber sehr kenntlich und gar nicht bescheiden.

Überhaupt war Goya gegen Agustíns Erwartung die ganze Zeit über von gleichmäßig guter Laune. König und Königin taten auch dieses Mal ihr Bestes, ihm die Arbeit zu erleichtern. Sie schickten ihm die Galakleider und einzelne Orden, die er benötigte, und Goya hängte wohl lachend Agustín Band und Kreuz des Goldenen Vlieses um den Hals, oder er steckte zur grimmigen Freude Agustíns einen dicken Lakaien in den Königsrock des Carlos und hieß ihn würdig dastehen gleich Carlos.

Es kam ein Tag, da setzte er die letzten Lichter auf. Und dann fragte er sich und den Freund: „Ist es fertig?“

Agustín schaute. Da waren die dreizehn Bourbonen. Da war die harte, grausame Wahrheit der kläglichen Gesichter und die zauberhafte, betäubende Farbenfülle ihres angeerbten Königtums. „Ja, es ist fertig“, sagte Agustín. „Gleicht es der ‚Familie Philipps‘ des van Loo?“ fragte Goya und grinste. „Nein“, sagte Agustín und grinste breiter. „Auch nicht den ‚Hofdamen‘ des Velázquez“, sagte er, und sein scholleriges Lachen mischte sich in das helle, glückliche Goyas.

„Vielleicht sollte man es Don Miguel zeigen“, schlug Agustín vor; Señor Bermúdez war in Aranjuez bei Don Manuel, und Agustín freute sich auf das verblüffte Gesicht des großen Kenners.

Don Miguel kam, sah, und sein Urteil stand sogleich fest. Das Bild störte ihm das Innere, es stieß ihn ab, es war mit all seiner Kunst barbarisch. Trotzdem zögerte er zu sprechen. War er nicht auch seiner Sache sicher gewesen, als es um Lucía ging, und hatte nicht schließlich doch Francisco recht gehabt mit seinem zweideutigen Porträt? Vielleicht hatte auch mit diesem Bilde Francisco recht, nicht aus wirklichem Kunstwissen heraus, sondern aus der unheimlichen Tiefe seines Instinktes.

„Ein ungewöhnliches Bild", sagte zuletzt Miguel. „Sehr anders, sehr eigenartig. Aber ..." Er verstummte. Dann indes nahm er einen Anlauf. Es war ausgeschlossen, daß seine in der mühsamen Arbeit von Jahrzehnten erworbene Theorie sich dergestalt sollte täuschen können. Er schuldete es der ästhetischen Weisheit der großen Alten, die sich durch zwei Jahrtausende über den Humanismus fortgeerbt hatte auf ihn, Don Miguel Bermúdez, daß er jetzt den Mund auftat gegen diese Barbarei. „Ich bewundere deine Farbengebung, Francisco", sagte er. „Sie ist gegen die Regel, aber ich räume ein, dieses Getümmel der Lichter, dieser gebändigte Tumult der Farben ist hohe Kunst. Aber warum setzest du deiner Schönheit soviel Abstoßendes auf? Warum zwingst du den Beschauer, soviel Häßliches und Widerwärtiges in Kauf zu nehmen? Ich bin der letzte, der neue Wirkungen nicht zu schätzen wüßte, auch wenn sie gewagt sind: aber das verstehe ich nicht. Ich verstehe noch anderes nicht auf diesem Bilde. Abweichungen von der Regel, schön und gut, ich nehme sie hin. Aber hier sehe ich nur mehr Abweichungen. Ich freue mich über jeden gesunden Realismus: aber deine Bourbonen sind nicht mehr Porträts, sie sind Karikaturen. Und warum die übersimple, primitive Komposition? Ich wüßte kein Werk, keines der alten Meister und kein zeitgenössisches, auf das du dich berufen könntest. Nimm mir's nicht übel, Francisco, ich bewundere dich, ich bin dein Freund, aber hier kann ich nicht mehr mit." Und, mit Autorität, schloß er: „Dieses Bild ist mißlungen."

Agustín bereute, daß man dem gelehrten Esel, der selbst durch den Schmerz um Lucía nicht gescheiter geworden war, das Bild gezeigt hatte. Erbittert stieß er den großen, hügeligen Kopf vor, schickte sich an zu antworten. Doch Goya winkte ihm ab. „Ich nehm dir's nicht übel, mein Alter", sagte er leichthin zu Miguel.

Der indes setzte von neuem an. „Haben der König und die Königin das Bild gesehen?" fragte er besorgt. „Ich habe Skizzen von den einzelnen gemacht", antwortete Goya, „die haben sie wohl zu Gesicht bekommen. Das Bild selber habe ich sie während der Arbeit nicht sehen lassen." – „Entschuldige, Francisco", sagte Don Miguel. „Ich weiß, Ratgeber sind selten willkommen, aber ich schulde dir Offenheit, und ich kann meinen Rat nicht zurückhalten. Zeige das Bild nicht so, wie es jetzt ist. Ich beschwöre dich." Und ohne Furcht vor dem Grimm, den er auf Goyas Antlitz aufsteigen sah, fuhr er fort: „Kannst du nicht wenigstens deinen Carlos und deine María Luisa ein bißchen" – er suchte nach dem Wort – „freundlicher machen? Schließlich bist unter uns allen du derjenige, der sie am mildesten sieht." – „Ich sehe sie nicht mild", sagte Goya, „und ich sehe sie nicht hart: ich sehe sie, wie sie sind. So sind sie, und so bleiben sie. Für immer."

Das Gemälde trocknete, es wurde gefirnißt. Señor Julio Dacher, der große französische Rahmenmacher, spannte es in seinen Rahmen. Ein Tag wurde vereinbart, an dem die königliche Familie das Werk besichtigen sollte.

Und dann war Goya ein letztes Mal im „Saal der Ariadne", lief auf und ab vor seinem vollendeten Werk, wartete.

Die Türen öffneten sich, die Majestäten und Königlichen Hoheiten traten ein. Sie hatten einen Spaziergang in den Gärten gemacht, sie waren einfach gekleidet, mit nur ganz wenig Orden, und in ihrer Begleitung war, auch er sehr schlicht, der Príncipe de la Paz. Ziemlich viel Gefolge, darunter Miguel, kam mit ihnen. Don Carlos, im Eintreten, kramte unter seinem Rock und seiner Weste zwei Uhren hervor, verglich sie und erklärte: „10 Uhr 22. 14. Juni, 10 Uhr 22. Sie haben das Bild rechtzeitig abgeliefert, Don Francisco."

Da standen sie, die Bourbonen, nicht geordnet wie auf dem Bilde, sondern wahllos durcheinander, und sie schauten sich, die Bourbonen im Fleische, die gemalten an, ein jeder sich selber und ein jeder alle. Und hinter ihnen, in der Wirklichkeit und auf dem Bilde im Schatten, stand der Maler, der sie so geordnet und so gemalt hatte.

Es glitzerte und funkelte von der Leinwand, höchst königlich, und sie standen auf der Leinwand, lebensgroß, mehr als lebensgroß, lebenswahr, mehr als lebenswahr, unverkennbar für jeden, der sie einmal auch nur flüchtig gesehen hatte.

Sie schauten und schwiegen, etwas verwirrt; es war ein so großes Bild, noch nie waren sie auf soviel Leinwand gemalt worden und noch nie der einzelne umgeben von soviel anderer Fürstlichkeit.

Don Carlos stand massig in der Mitte, auf dem Bilde und im Saal. Das Ganze gefiel ihm, er selber gefiel sich. Wie wunderbar ist sein kastanienbrauner Staatsrock gemalt, man sieht, daß er aus Samt ist, und wie genau der Griff des Degens und jeder Ordensstern und jedes Ordensband, und er selber wirkt bedeutend, er steht fest da, unerschütterlich, man erkennt, wieviel Kraft und Schmalz in seinen Knochen ist, trotz seiner Jahre und trotz seiner Gicht. Wie ein Fels, denkt er, Yo el Rey de las Españas y de Francia, denkt er. Ein sehr bedeutendes Bild. Schon schickt er sich an, Goya etwas Freundlich-Scherzhaftes zu sagen, aber er wartet doch lieber erst eine Äußerung seiner Doña María Luisa ab.

Sie, die alternde, häßliche, ungeschminkte María Luisa, steht zwischen ihrem Mann, ihrem Freund und ihren Kindern, und ihre schnellen, scharfen Augen mustern die alternde, häßliche, geschmückte María Luisa des Bildes. Vieles an dieser gemalten Frau mag vielen nicht gefallen: ihr gefällt es, sie sagt ja zu dieser Frau. Die Frau hat ein häßliches Gesicht, aber es ist einmalig, es zwingt einen hinzuschauen, es bleibt einem im Gedächtnis. Ja, so ist sie, María Luisa von Bourbon, Prinzessin von Parma, Königin aller spanischen Reiche, Königin beider Indien, Tochter eines Großherzogs, Gemahlin eines Königs, Mutter künftiger Könige und Königinnen, gewillt und fähig, dem Leben abzugewinnen, was sich ihm abgewinnen läßt, ohne Furcht und ohne Reue, bis man sie hinaustragen wird in den Escorial und hinunter in das Panteón de los Reyes. Wenn sie heute sterben müßte, dürfte sie sich sagen, sie habe aus ihrem Leben gemacht, was sie daraus machen wollte. Und um sie stehen ihre Kinder. Mit Wohlgefallen sieht sie auf den netten, kleinen Infanten, den die gemalte Königin an der Hand hält, und auf die hübsche, kleine Infantin, der sie den Arm um die Schulter legt. Sie hat die Kinder, die sie sich wünscht, lebendige, sehr lebensfähige Kinder, nicht nur von dem dicken, dummen Mann, den sie brauchte, damit ihr und den Kindern der zukommende Rang für immer gewährleistet sei, sondern auch von jenem, den sie mehr als jeden andern begehrt hat, und wenn nicht die ganze Welt zusammenstürzt, dann werden auch diese Kinder einmal auf Thronen Europas sitzen. Ja, es sind schöne, gesunde, gescheite Kinder, ihr Freund hat ihnen seine Wohlgestalt, sie ihnen den eigenen Verstand vererbt. Es ist ein gutes, wahres Bild, nicht süßlich, nicht geschmeichelt, sondern hart und stolz. Und es ist nur schade, daß nicht auch ihr Manuel mit auf dem Bild ist.

Das Schweigen dauerte lange. Goya begann unruhig zu werden. Grimmig schaute er hinüber zu Miguel. Sollte der Unheil herunterbeschworen haben mit seiner grämlichen, sauertöpfischen Voraussagung? Auch Josefa hat Bedenken gehabt. Sollten wirklich die Majestäten finden, er habe sie zu unfreundlich gemalt? Dabei hat er keinen unehrerbietigen Gedanken gedacht, er hat sogar immer etwas wie Achtung gehabt für diesen wohlwollenden König und Sympathie für diese lebenslustige Frau, die eine Königin ist und gleichzeitig eine Maja. Er hat die Wahrheit gemalt. So hat er's bisher immer gehalten, und sie hat allen gefallen, seine Wahrheit, den Majos und den Granden und sogar der Inquisition. Und er hat damit gerechnet, auf dieses Bild hin Erster Maler des Königs zu werden, und soll das auch dieses Mal wieder in die Binsen gehen? Warum machen sie nicht endlich den Mund auf, der Dummkopf und die Hure?

Aber da tat Doña María Luisa den Mund auf. „Das haben Sie gut gemacht, Don Francisco", sagte sie. „Das ist ein treues, wahres Bild, geeignet, der Nachwelt zu zeigen, wie wir Bourbonen sind." Und sogleich fiel lärmend Don Carlos ein: „Ein ausgezeichnetes Bild. Ein Familienbild, genau wie Wir es gewünscht haben. Wie groß ist es übrigens, wie hoch und wie breit?" Goya gab Auskunft: „2,80 Meter hoch und 3,36 Meter breit." – „Ein in jeder Hinsicht großes Bild", erklärte befriedigt Don Carlos, und schelmisch, als wäre Don Francisco einer seiner zwölf Ersten Granden, sagte er: „Cubríos, bedecken Sie sich, Goya."

Alle jetzt gratulierten Francisco überschwenglich. Don Miguel drückte ihm stark die Hand, das Gesicht ungewöhnlich bewegt. Er hatte angstvoll darauf gewartet, was der König äußern werde. Er freute sich herzlich, daß dem Freunde die bedenkliche Sache so gut hinausgegangen war, und fand sich überdies selber bestätigt: es war nicht verwunderlich, daß dem barbarischen König das barbarische Werk zusagte.

Der Príncipe de la Paz mittlerweile flüsterte dem König ins Ohr. Der erwiderte laut: „Eine leise Andeutung können wir ja machen." Und schallend, mit breitem, scherzhaftem Lächeln, wandte er sich an Goya: „In ein paar Tagen, mein Lieber, werden Sie eine angenehme Überraschung erleben." Manuel aber bekräftigte: „Ja, Francho, jetzt haben wir es geschafft."

Seit dem Tode Bayeus hatte sich Francisco nach der Ernennung zum Ersten Maler gesehnt, sie war die große Bestätigung, sie machte ihn auch dem Titel nach zu dem, was er war. Vor zwei Minuten noch hatte er daran gezweifelt, daß es so kommen werde. Nun war die Erfüllung da. Nichts blieb ihm zu wünschen. Er spürte Können, Wachsen und Vollendung, sein Werk war geglückt, Agustín erkannte es, die Kenner erkannten es, und die dummen Mächtigen erkannten es. Und auch die Franzosen werden es erkennen, sogar die Deutschen. Und auch die Späteren. Idioma universal. Da hatte der junge Quintana das rechte Wort gefunden. Und heute hatte er den sichtbaren Erfolg und morgen die wunderbare Geliebte.

Er fuhr zurück nach Madrid. Bereitete seine Reise nach Andalusien vor.

Solange er an der „Familie des Carlos" gearbeitet hatte, war in ihm kaum ein Gedanke an Cayetana gewesen, jetzt brannte ihn Sehnsucht, stach ihn Ungeduld. Er konnte nicht arbeiten; der Geruch der Farben, der bloße Anblick der Leinwand war ihm zuwider. Allein er wagte sich nicht fort von Madrid, ehe er das Dokument der Ernennung in Händen hielt. Er glaubte nicht daran, solange er's nicht verbrieft und besiegelt hatte. Es stand vieles zwischen einem Wort und seiner Erfüllung, und er fürchtete die Dämonen, die immer lauernden. Darum auch, um die Dämonen nicht herbeizuziehen, ließ er niemand wissen von dem Versprechen des Königs, nicht Agustín, nicht Josefa. Er verzehrte sich in Erwartung und wagte sich nicht fort.

Der Schatzmeister der Krone, Don Rodrigo Soler, besuchte ihn. „Was Ihre Honorierung anlangt, Don Francisco", eröffnete er ihm, „so gehen wir wohl darin einig, daß es sich um 6 hohe Köpfe à 2000 Realen und um 5 hohe Köpfe à 1000 Realen handelt. Wie Sie sehen, habe ich den Kopf Seiner Hoheit des Erbprinzen-Säuglings mit in Rechnung gestellt. Anderenteils werden Sie wohl einverstanden sein, daß die Köpfe 12 und 13, die Köpfe der abwesenden hohen Infantinnen, nicht honoriert werden. Desgleichen kommt wohl auch Kopf 14, der Ihre, nicht in Betracht." Goya fand die Rechnung nicht generös, aber auch nicht schäbig.

Wieder verging ein Tag, ein zweiter, ein dritter. Eine Ernennung trat in Kraft erst, nachdem sie alle beteiligten Ämter durchlaufen hatte, so daß lässige oder mißgünstige Beamte sie nach Belieben hinziehen konnten. Es war also nur natürlich, daß Goya zu warten hatte. Aber seine Ungeduld wurde krankhaft, sein Hörvermögen verschlechterte sich. Immer häufiger kam ihm der Gedanke, sogleich nach Andalusien zu reisen, zu Cayetana, was immer daraus erwachsen möge.

Da, am vierten Tage nach dem Besuch des Schatzmeisters, stellte sich, begleitet von Pepa, Don Manuel ein. Einer seiner Rotbestrumpften, eine große Aktenmappe tragend, hielt sich bescheiden im Hintergrund.

„Man hat mir von Ihrem Bild erzählt, Don Francisco", plauderte Pepa, „und ich bin mit Erlaubnis Don Manuels, gewissermaßen hinter dem Rücken der Majestäten, nach Aranjuez gefahren und habe mir das Bild angeschaut. Das ist gegen meine Art, aber Sie wissen, wie sehr ich mich für Ihre Kunst interessiere. Es ist wirklich ein gutes Bild, man muß schon sagen: ein Gemälde. Nicht nur das größte, sondern auch das beste, was Sie hervorgebracht haben. Manchmal haben Sie sich's freilich ein bißchen leicht gemacht. Der Erbprinz von Parma zum Beispiel ist zweifellos zu lang. Aber im ganzen ist es ein ausgezeichnetes Bild. Und so bunt."

Don Manuel sagte: „Ich komme in offizieller Funktion. Ich habe Ihnen eine angenehme Mitteilung zu machen." Er winkte dem Rotbestrumpften, der überreichte ihm ein Schriftstück mit großem Amtssiegel. „Ich habe selber interveniert", erklärte er, „sonst hätte es noch drei Wochen gedauert. So kann ich Ihnen das Dokument schon heute überreichen. Soll ich es Ihnen vorlesen?" fragte er gewichtig.

Goya wußte natürlich, worum es ging, und Don Manuel war berechtigt, Dank zu erwarten; trotzdem konnte er leisen Ärger über die großspurige Begönnerung kaum überwinden. „Es steht heute wieder nicht sehr gut um mein Gehör", antwortete er. „Darf ich das Dokument selber lesen?" – „Wie Sie wollen", sagte gekränkt der Minister.

Goya las: „Der König Unser Herr wünscht, Ihre hohen Verdienste zu belohnen und Ihnen einen Beweis Höchstseiner Gnade zu geben, der den andern Professoren der Akademie zur Aufmunterung dienen und ihnen zeigen möge, wie hoch Seine Majestät Meisterschaft in der edeln Kunst der Malerei schätzt. Aus diesem Grunde hat der König Unser Herr geruht, Sie zum Ersten Hofmaler zu ernennen, mit einem Jahresgehalt von 50000 Realen, fällig von heute an. Des weiteren ist das Schatzamt angewiesen, Ihnen 500 Dukaten jährlich zu bezahlen für die Spesen Ihres Wagens. Fernerhin wird das Schatzamt mit Ihnen verhandeln über einen angemessenen Zuschuß zu einer repräsentativen Wohnung. Möge Gott Sie uns noch lange Jahre erhalten. Der Erste Minister Don Manuel Príncipe de la Paz."

Goya, jetzt ehrlich bewegt, sagte heiser: „Ich danke Ihnen, Don Manuel." – „Nichts zu danken, mein Lieber", sagte Don Manuel, seine leise Verstimmung war verweht vor der sichtbar tiefen Freude des Malers. Pepa aber schaute Goya mit ihren schönen, grünen, schamlosen Augen voll ins Gesicht und sagte: „Ich wollte die erste sein, dir zu gratulieren, Francho."

Als Goya allein war, überlas er das Dokument nochmals und abermals. Vor allem der Zuschuß zur Wohnung freute ihn, und mehr noch die fünfhundert Dukaten für den Wagen. Immer hatte er sich Gewissensbisse gemacht wegen dieses Wagens; nun wurde ihm bestätigt, daß er ihn zu Recht angeschafft hatte. Er hatte manchmal den König für filzig gehalten, weil dieser das Gehalt des Ersten Malers so lange hatte einsparen wollen. Er hatte ihm unrecht getan. Don Carlos war generös und wußte die Kunst zu schätzen. Er wird nichts auf ihn kommen lassen, wenn in Zukunft die Freunde auf ihn schimpfen.

Als er Josefa die Ernennung mitteilte, atmete sie tief auf. Ihr in Gott entschlafener Bruder hatte wieder und wieder erklärt, der Maler müsse das Wahre mit dem Schönen verbinden. Francho hatte gegen diese Grundregel verstoßen, und bis zuletzt hatte sie gefürchtet, die Majestäten würden mit seiner Darstellung ihrer geheiligten Personen nicht einverstanden sein. Jetzt zum erstenmal war sie überzeugt, daß ihr Francho seinen Aufstieg nicht ihrem Bruder und seiner Verbindung mit dem großen Namen Bayeu verdankte, sondern daß er ein Maler war aus eigenem Verdienst und zu eigenem Recht.

Seinem Freunde Martín Zapater schrieb Goya: „Ich habe Dir lange nicht geschrieben, aber ich war überlastet mit Arbeit. Mit guter Arbeit. Ich kann Dir auch heute nicht lange schreiben, ich muß schleunigst nach dem Süden, zu einer gewissen großen Dame, Du ahnst schon, zu wem. Ich bin auch zum Ersten Maler des Königs ernannt worden und werde Dich um Rat fragen müssen, wie ich neues Geld anlegen soll. Ich habe meinen Agustín beauftragt, Dir eine Abschrift meines Diploms zu schicken. Zeig es meiner Mutter und meinen Brüdern und überhaupt allen in Saragossa, vor allem auch unserm alten Fray Joaquín in Fuendetodos, der nie gewußt hat, ob er was von mir halten soll oder nicht! Jetzt bin ich im Begriff, in meinen Wagen zu steigen, den mir übrigens in Zukunft der König zahlt, 500 Dukaten per Jahr, gelobt sei die Jungfrau. Ich bin ganz erschöpft von der getanen Arbeit und von meinem Glück. Kauf ein paar dicke Kerzen für die Virgen del Pilar. Mein Herzensmartín! Der König und die Königin zerreißen sich um

Deinen Freund Francho."

Er fuhr nach Aranjuez, den Majestäten seinen Dank abzustatten. Er bestellte Extrapost nach dem Süden. Gleich nach der Audienz kleidete er sich um, schickte seine Gala-Uniform zurück nach Madrid und machte sich geradewegs auf die Reise nach Andalusien.

Trieb zur Eile, trieb zur Eile.
Doch am zweiten Tage wollte
Der erfahrne Kutscher einen
Umweg machen, da die große
Straße voll von Löchern sei und
Von Banditen. Aber Goya
Wollte nichts von Umweg wissen.
Einen runden Golddukaten
Gab er dem erstaunten Kutscher.
„Keine Angst, Gevatter", sagte
Er. „In deinem Wagen fährt ein
Glückspilz."

31

Goya saß halb angezogen in dem bequemen Sessel und schaute zu, wie Cayetana im Bett ihre Schokolade trank. Die Vorhänge des Alkovens, in welchem das breite Bett stand, waren aufgezogen. Auf jeder Seite des Bettes war eine antike Göttin, sorglich aus edelm Holz gedrechselt, die Brüste der beiden Göttinnen trugen Leuchter, und wiewohl es schon hoher Vormittag sein mußte, waren die Kerzen angezündet. Sie gaben nicht viel Licht, das Zimmer lag in wohltuender Dämmerung, man konnte die Fresken, welche die Wände entlangliefen, ein lächerliches Gartenpanorama, nur undeutlich erkennen. Der Alkoven selber war ausgemalt mit Darstellungen von hohen Fenstern, die gemalten Fensterläden hatten neckischerweise gemalte Gucklöcher, durch welche eine erträumte Sonne einströmen konnte, und es war angenehm, sich in der Kühle des Zimmers vorzustellen, wie heiß es draußen sein mußte.

Spielerisch und genäschig tauchte Cayetana süßes Gebäck in die dicke Schokolade. Die Dueña schaute besorgt zu, ob nichts heruntertröpfeln werde. Auch Goya schaute zu, faul und zufrieden. Niemand sprach.

Cayetana war mit ihrem Frühstück zu Ende, Doña Eufemia nahm ihr die Tasse ab, Cayetana dehnte sich träge.

Francisco war wunschlos glücklich. Als er gestern angekommen war, spät am Nachmittag, war sie herausgelaufen, ihn zu begrüßen, sie hatte höchst undamenhaft ihre Freude bezeigt und ihn in Gegenwart des Mayordomo umarmt. Dann, während er badete und sich umzog, hatte sie durch die offene Tür mit ihm geschwatzt. Während der ganzen Reise hatte er befürchtet, er werde in Sanlúcar Gäste vorfinden; er hatte sie lange warten lassen und hätte ihr's nicht verdenken können, wenn sie sich Gesellschaft eingeladen hätte. Aber niemand war aufgetaucht, nicht einmal Doktor Peral, sie hatten allein zu Abend gegessen, es war ein fröhliches Abendessen gewesen, sie hatten geschwatzt und kindliche und weniger kindliche Späße gemacht, kein stacheliges Wort war gefallen, auch die lange, üppige Nacht hindurch hatte kein böser Gedanke ihn heimgesucht, es waren wunderbare Stunden gewesen.

Sie schlug die Decke zurück, setzte sich aufs Bett. „Sie brauchen meinem Lever nicht beizuwohnen, Don Francisco", sagte sie. „Schlafen Sie noch ein wenig, oder schauen Sie sich das Schloß an, oder gehen Sie im Garten spazieren. Ich treffe Sie eine halbe Stunde vor dem Essen beim Belvedere zu einer kleinen Promenade."

Er fand sich frühzeitig beim Belvedere ein. Man hatte dort einen schönen Blick auf das Haus und auf die Landschaft. Wie die meisten Häuser hier in der Gegend von Cádiz war der weitläufige Bau in arabischem Stil gehalten, die von wenigen Fenstern unterbrochenen Mauern waren sehr weiß, von dem flachen Dach zielte ein schmaler Aussichtsturm in den Himmel. Die Gärten senkten sich terrassenförmig. Breit und träg floß der Guadalquivir ins Meer. Die Stadt Sanlúcar und ihre Vega lag wie eine Oase inmitten von lauter Sand; weithin zu beiden Seiten der Weingärten und Olivenhaine streckte sich die flache Landschaft, gelblichweiß. Magere Wälder von Kiefern und Korkeichen mühten sich ab inmitten des Sandes. Dünen wellten. Weiß schimmerten die Salinen.

Goya sah ohne viel Anteil über die Landschaft hin. Ob die Berge von Piedrahita den Hintergrund abgaben oder die Dünen von Sanlúcar, ihm war wichtig, daß er mit Cayetana allein war, fern vom Hofe, fern der Stadt Madrid.

Doktor Peral gesellte sich zu ihm. Sie führten ein lässiges Gespräch. Peral erzählte aus der Geschichte des Hauses, das vor ihnen lag. Der Graf Olivares hatte es gebaut, der, den Velázquez so oft gemalt hatte, der allmächtige Minister des Vierten Philipp; seine letzten, bittern Jahre der Verbannung hatte Olivares hier verlebt. Dann hatte Don Gaspar de Haro, sein Neffe und Nachfolger, an dem Hause weitergebaut, und er war es, nach dem das Schloß „Casa de Haro" hieß.

Später, ohne daß Goya hätte fragen müssen, erzählte Peral von den Ereignissen der letzten Wochen. Große Gesellschaftsabende hatte Doña Cayetana natürlich nicht geben können, da sie ja in Trauer war, doch waren viele Gäste dagewesen, aus Cádiz, aus Jerez, bis aus Sevilla waren sie gekommen. „Wo ein guter Knochen ist, sammeln sich die Hunde", dachte Goya das alte Sprichwort. Zuweilen auch war man in Cádiz gewesen, in dem Stadtpalais der Herzogin, in der dortigen Casa de Haro. Einmal, verschleiert, hatte Doña Cayetana einer Corrida in Cádiz beigewohnt; auch war der Stierkämpfer Costillares zwei Tage hier im Schloß zu Gast gewesen. Goya hatte nicht erwartet, daß Cayetana die ganze Zeit über auf ihrem Aussichtsturm stehen und nach ihm Ausschau halten werde, wie es die Damen in Pepas Romanzen taten; trotzdem war in ihm eine leise Verstimmung.

Cayetana kam, in ihrem Gefolge die Dueña, der Page Julio, das Negermädchen María Luz, das Hündchen Don Juanito und mehrere Katzen. Sie hatte sich mit besonderer Sorgfalt angezogen, offenbar Goya zuliebe, er freute sich. „Es ist gut“, meinte sie, „daß wir es nicht mehr halten wie zur Zeit unserer Großeltern, da eine Witwe Schwarz tragen mußte bis zu ihrem Ende oder bis zu ihrer Wiederverheiratung.“ Er war erstaunt über die Unbefangenheit, mit der sie von ihrer Witwenschaft sprach.

Peral bat, sich zurückziehen zu dürfen. Die andern gingen durch die Gärten, eine kleine Prozession; zu beiden Seiten, mit hochgestellten Schwänzen, wanderten die Katzen. „Sie strecken den Zeigefinger vielleicht noch ein wenig herrischer hinunter als früher, Cayetana“, sagte er, „sonst kann ich an Ihnen keine Veränderung wahrnehmen.“ – „Und Sie wölben die Unterlippe noch ein wenig weiter vor, Francisco“, antwortete sie.

Es gab viele Sonnenuhren im Garten, eine mit gemaltem Schattenzeiger. „Graf Olivares“, erläuterte Doña Cayetana, „ist wohl ein wenig sonderbar geworden hier in seiner Verbannung. Offenbar träumte er davon, die Zeit stillstehen zu machen, bis seine Sterne wieder günstiger seien.“

Man nahm ein leichtes Mahl. Um die Wände des Speisezimmers lief das Fresko eines blassen Gartens mit vielen Säulen, Girlanden waren da, ägyptische Motive. Auch hier zeigte der gemalte Schattenweiser einer Sonnenuhr eine immer gleiche Stunde.

Nach dem Mahl verabschiedete sich Cayetana. Er ging in sein Schlafzimmer, es war heiß, er legte sich nackend aufs Bett für eine lange Siesta. Er war faul und wunschlos. Das war er selten in seinem Leben. Immer beschäftigten ihn Pläne, er konnte nicht im Bett liegen, ohne an den nächsten Tag zu denken, an die nächste Woche, an neue Unternehmungen. Nicht so heute. Heute bedauerte er den Schlaf, der ihn ankam, nicht als verlorene Zeit, er fühlte mit Lust, wie er ihn umnebelte, wie ihm der Körper wegsank. Er schlief tief und erwachte glücklich.

Ähnlich wie diesen ersten Tag verlebte er die folgenden, lässig, glücklich. Cayetana und er waren die meiste Zeit allein. Peral störte wenig. Vor Eufemia gar hatte Cayetana keine Heimlichkeit und Scheu.

Einmal saßen sie, Cayetana und Francisco, halbnackt im verdunkelten Raum, es war heiß, Cayetana fächelte sich. Eufemia kam herein, ihr geeiste Limonade zu bringen. Sie gewahrte den Fächer, stutzte, ließ den Becher mit der Limonade fallen, lief auf Cayetana zu, entriß ihr den Fächer. „Doch nicht diesen!" rief sie. „Wenn Sie so dasitzen!" Es war ein Fächer, auf dem die Virgen del Pilar gemalt war.

Ein Vorfall solcher Art gehörte schon zu den bewegten Ereignissen in Sanlúcar. Sie hatten viel erlebt, beide, Francisco und Cayetana, kaum je in all ihren Jahren hatten sie eine so stille und zufriedene Zeit gehabt, und sie erfreuten sich ihrer.

Er arbeitete wenig. Leinwand, Pinsel, Palette rührte er nicht an; es waren seit seiner Lehrzeit die ersten Wochen, in denen er nicht malte. Hingegen zeichnete er viel, doch nur sich zur Lust. Er zeichnete auf, was ihm an Cayetanas Alltag gefiel. Einmal fragte sie, ob er sie nicht malen wolle, als Maja vielleicht. „Laß uns faul sein", bat er. „Malen ist meine Art zu denken. Laß uns nicht denken."

„Wieviel Namen hast du eigentlich?" fragte er ein andermal, angesichts eines Dokumentes, auf dem die Aufzählung ihrer Titel eine ganze Reihe von Zeilen beanspruchte. Hidalgos durften bis zu sechs Vornamen haben, Granden bis zu zwölf, Granden der Ersten Reihe waren unbeschränkt in der Zahl ihrer Vornamen. Viele Vornamen zu haben war gut; dann genoß man den Schutz vieler Heiliger. Cayetana hatte einunddreißig Namen, sie zählte sie her: „María del Pilar Teresa Cayetana Felicia Luisa Catalina Antonia Isabel" und die weiteren alle. Er meinte, trotz seines guten Gedächtnisses könne er sich so viele Namen nicht merken, aber das wisse er, sie habe ebenso viele Gesichter wie Namen. „Zähl mir doch die Namen noch einmal her", forderte er sie auf, „Namen für Namen, und ich zeichne dir zu jedem dein Gesicht." Sie nannte die Namen, er zeichnete, die beiden Frauen, Cayetana und die Dueña, schauten zu. Er zeichnete schnell, frech, lustig und scharf, und die Gesichter, wiewohl allesamt Gesichter Cayetanas, waren in der Tat deutlich unterschieden; viele liebenswerte waren darunter, doch auch unheimliche, böse.

Cayetana lachte. „Wie gefalle ich dir, Eufemia?“ wandte sie sich an die Dueña. „Es ist großartig, was da der Herr Erste Maler zeichnet“, antwortete Doña Eufemia, „aber es wäre gut, wenn er nicht weiterzeichnete. Es bringt keinen Segen, alles aufs Papier zu setzen.“ – „Bitte, den nächsten Namen“, sagte Goya. „Susana“, sagte Cayetana, und Goya zeichnete weiter. Während er zeichnete und ohne die Dueña anzuschauen, fragte er: „Halten Sie mich für einen Hexer, Doña Eufemia?“ Die Dueña, ihre Worte vorsichtig wählend, antwortete: „Ich glaube, Exzellenz, eine Kunst, die von Gott kommt, sollte vornehmlich zur Darstellung von Heiligen benutzt werden.“ Goya, immer weiter zeichnend, sagte beiläufig: „Ich habe viele Heilige gemalt. Sie können in zahlreichen Kirchen fromme Bilder von mir hängen sehen, Doña Eufemia. Den heiligen Francisco de Borja allein habe ich neunmal gemacht, für die Osunas.“ – „Ja“, sagte Cayetana, „sie sind sehr stolz auf den Heiligen ihrer Familie, die Osunas. Wir Albas haben keinen Heiligen.“

Goya war fertig mit seiner Zeichnung; säuberlich setzte er Nummer und Namen hin: „24. Susana“. Cayetana schaute von dem Blatt, lieblich, höhnisch, undurchsichtig. Eufemia, voll äußerster Mißbilligung, wandte sich an ihre Herrin. „Es wäre gut, mein Lämmchen“, sagte sie flehentlich und doch energisch, „wenn einige dieser Blätter nicht existierten. Bitten Sie doch den Herrn Ersten Maler, diese ‚Susana‘ zu zerreißen und auch andere. Die Bilder ziehen die Dämonen herbei, glauben Sie mir. Darf ich?“ Und schon griff sie nach der „Susana“. „Willst du das wohl lassen!“ rief Cayetana und drang halb lachend, halb im Ernst auf sie ein. Die Dueña hielt ihr das goldene Kreuz entgegen, das ihr vom Halse hing, um den bösen Geist zu beschwören, der offenbar schon in ihr Lämmchen gefahren war.

Mehrmals, des Vormittags oder des Nachmittags, wenn Cayetana schlief, ritt Francisco auf einem Maultier nach der Stadt Sanlúcar. Dort, in der Venta de las Cuatro Naciones, trank er von dem Jerez, der hier in der Nähe wuchs, und schwatzte mit den andern Gästen in der Schenke, Männern, die große, weiße, runde Hüte und auch im Sommer ihre violetten Mäntel trugen. Die uralte Stadt Sanlúcar – viele führten ihren Namen auf Lucifer zurück –

war berühmt und berüchtigt als der Stammsitz von Teufelskerlen, die sich aus jeder Not herauszulügen und herauszustehlen wußten. Die Pícaros der alten Romane waren hier zu Hause, und ein Majo, der Sanlúcar seine Heimat nennen konnte, war stolz. Der Ort war reich geworden vom Schmuggel, und jetzt, da eine starke englische Blockadeflotte vor Cádiz lag, blühte Leben und Geschäft. Immer auch traf man in der Schenke de las Cuatro Naciones Maultiertreiber in ihrer farbig fröhlichen Berufstracht, und sie wußten von überallher aus dem Lande Geschichten zu erzählen, wie man sie sonst nicht zu hören bekam. Mit diesen Muleteros also und mit andern Gästen führte Goya lässige Gespräche, die voll waren von Andeutungen, er verstand ihre Sprache und ihre Art und sie die seine.

Manchmal auch ritt er nach einem der kleinen Nachbarorte, nach Bonanza oder Chipiona. Der Weg führte durch dünne Wälder von Steineichen und über gelblich helle Sanddünen, überall glänzten weiß die Salinen. Einmal, als er so über den Sand ritt, sah er „El Yantar“ wieder, das Mittagsgespenst. Träge kroch es einher, halb Schildkröte, halb Mensch, den Beschauer eher einschläfernd als erschreckend, gemäß seinem andern Namen „La Siesta“. Das Gespenst kroch seinen Weg langsam und unausweichlich, aber es war nicht die Straße und Richtung Franciscos. Er hielt auf seinem Maultier und schaute ihm lange zu. Fernher vom Strand klang der Lärm spielender Kinder, die ihm verborgen waren durch die Dünen.

Als er zurückkam, fand er einen Brief aus Cádiz. Señor Sebastián Martínez wollte der Santa Cueva drei Bilder stiften und fragte an, ob der Herr Erste Maler geneigt sei, diesen Auftrag zu übernehmen. Señor Martínez war überall bekannt als Besitzer der größten Handelsflotte Spaniens, er beherrschte einen ansehnlichen Teil des Handels mit Amerika, und er galt als freigebiger Förderer der Kunst. Der Vorschlag kam Goya gelegen. Er konnte von Señor Martínez einen hohen Preis verlangen, und die Arbeit für die Santa Cueva gab ihm einen erwünschten Vorwand, seinen ausgedehnten „Erholungsurlaub“ vor dem Hof zu entschuldigen. Im stillen auch erwog er, es könne derlei religiöses Werk dazu angetan sein, das vielleicht Sündhafte seiner Leidenschaft und seines Glückes zu sühnen. Er beschloß, die Angelegenheit mit Señor

Martínez persönlich zu besprechen; man konnte Cádiz in wenigen Stunden erreichen.

Cayetana, als er ihr von seiner Absicht erzählte, erwiderte, das treffe sich gut, sie habe ihm ohnedies vorschlagen wollen, mit ihr auf ein paar Tage oder Wochen nach Cádiz zu gehen. Es sei jetzt im Krieg viel Leben dort, auch das Theater sei gut. Man beschloß, Ende der Woche hinzufahren.

Goya konnte nicht schlafen in dieser Nacht. Er trat ans Fenster. Der Mond war beinahe voll; Goya schaute hinaus über die Gärten auf das fernglänzende Meer.

Cayetana war im Garten,
Sich ergehend in der Kühle,
Und sie war allein. Er fragte
Sich, ob er zu ihr hinunter
Gehen solle. Sie sah nicht zu
Ihm herauf, und er ging nicht hin-
Unter. Einige der Katzen
Waren um sie. Seltsam lautlos
Ging sie über die Terrassen,
Abwärts, wieder aufwärts, in dem
Mild-unsichern Licht. Er aber
Stand am Fenster, lange, und er
Schaute zu, wie durch die helle
Nacht sie wandelte, und ihre
Katzen, hochgestellt die Schwänze,
Feierlich und heiter, gingen
Mit ihr.

32

Die Herzogin führte Goya herum in ihrem Stadtpalais in Cádiz, der Casa de Haro. Graf Olivares und Gaspar de Haro, die Erbauer des Hauses, hatten nicht gegeizt. Während die meisten Häuser der Stadt, die sich auf dem Kopf der überaus engen Landzunge nicht ausdehnen konnte, schmal und hoch waren, hatten sie weite Säle errichtet um einen großen, stillen Patio, einen wunderbar gepflasterten Hof, der selber wie ein weiter Saal aussah. Um diesen Hof liefen, an der Innenseite der drei Stockwerke, Galerien. Vom flachen Dach strebte ein Aussichtsturm hinauf in den Himmel.

In dem weitläufigen Haus war dumpfige Kühle. Wie in Sanlúcar gab es auch hier eine Sonnenuhr mit gemaltem Schattenzeiger, welcher die Zeit stillstehen ließ. Viel Marmor war da, Gemälde, Skulpturen, Kronleuchter; Señores antepasados, die Herren Urahnen, hatten nicht gespart. Doch war das Haus jetzt etwas vernachlässigt, die Fresken an den Wänden verblaßten und blätterten ab, von den vielen Stufen waren manche zerstoßen.

Sie gingen, Goya und die Herzogin, über ausgetretene Marmortreppen und -treppchen. Pedro, der alte Verwalter, selber etwas verfallen, ging ihnen voran, mit feierlichen, steifen Beinen, leise klappernd mit seinem Schlüsselbund. Zuletzt, wiederum über gelblich abgetretene Marmorstufen, erstiegen sie den Mirador, den Aussichtsturm. Die Wendeltreppe führte vorbei an einer verschlossenen Tür, dann standen sie oben auf dem flachen Dach des Turmes und blickten über die niedrige Brüstung hinunter auf die Stadt, die, einer Insel gleich, strahlend weiß inmitten der sehr blauen See lag, mit dem Festland nur durch die überaus schmale Landzunge verbunden.

Die Casa de Haro war hoch gelegen, beinahe auf dem höchsten Punkte der Stadt. Francisco und Cayetana schauten nach Nordost und sahen den Hafen und die vielen Forts, welche ihn schützten, sie sahen das starke spanische Kriegsgeschwader, und sie sahen die Ebenen von Andalusien, begrenzt von den Gebirgen von Granada. Sie schauten nach Westen und sahen die weite See und am Horizont die englische Flotte, die den Hafen blockierte. Sie schauten nach Süden und sahen die afrikanische Küste. Zu ihren Füßen aber lagen die Häuser von Cádiz mit ihren flachen Dächern, die gartenartig mit Pflanzen aller Art geschmückt waren. „‚Die hängenden Gärten von Babylon', pflegten Seine Exzellenz Hochdero in Gott ruhender Herr Großvater zu sagen", erläuterte der alte Verwalter.

Cayetana und Francisco waren so gut wie allein in dem weiten Haus. Sie waren vorausgefahren, nur mit der Dueña; die andern, Doktor Peral, der Mayordomo, der Sekretär, der ganze Haushalt sollten erst in einigen Tagen nachkommen. Sie nahmen die Mahlzeiten allein, bedient von Pedro und seiner Frau, sie waren beinahe immer so gut wie allein, sie wußten, daß das nicht lange dauern werde, und genossen ihre Einsamkeit.

Für den zweiten Tag hatte sich Goya bei Señor Martínez angesagt, seinem Auftraggeber. Er hatte Zeit, er schlenderte durch die Stadt, die, auf beschränktem Raum gebaut, sehr menschenvoll war. Er ging durch die engen Straßen zwischen den hohen, weißen Häusern mit den vorspringenden, flachen Dächern, ging über das Kopfsteinpflaster der Calle Ancha. Ging über die Alameda, die Promenade auf dem Wall mit ihren Ulmen und Pappeln. Ging zurück zur Puerta de la Mar und freute sich des Lärms und des Getriebes. Die mohammedanischen Geflügelhändler, die ihre Hühner und Enten von dem sehr nahen Afrika herübergebracht hatten, die Fischer, deren Fische und Muscheln starkriechend und starkfarbig vor ihnen ausgebreitet lagen, die Obsthändler vor ihren Bergen bunter Früchte, die Wasserverkäufer mit ihren Schubkarren, die Eishändler mit ihren Tonnen, die Marokkaner, die in ihren Pluderhosen um ihre Datteln herumsaßen, schwarzbärtig, ihre langen Pfeifen rauchend, die Garköche und Weinschenker in ihren kleinen Buden, die Krämer, die mit Heiligenbildern handelten, Amuletten und Matrosenmützen, die Grillenverkäufer, die ihre schwirrenden Tierlein in kleinen Käfigen von Messingdraht oder in bemalten Häuschen feilhielten, damit die Cortejos ihren Damen Spielzeug bringen könnten: das alles strotzte farbig, lärmte und stank unter dem heitern Himmel, eingerahmt von der blauen See mit dem spanischen und englischen Geschwader. Mehrmals machten sich schwarzgekleidete Frauen an Francisco heran und boten ihm Mädchen an unter saftigen Schilderungen; sie gaben ihm zu bedenken, es komme Solano auf, der schwüle, begierdenweckende afrikanische Wind, und er werde es bereuen, ihr Angebot verschmäht zu haben. „Solch ein hübscher, runder Schoß", rühmten sie und malten ihn mit den Händen.

Francisco ging zurück in die engen Straßen der Stadt. Es war Zeit, sich zu Señor Martínez zu begeben.

Goya hatte viel über Sebastián Martínez gehört. Der galt als fortschrittlicher Mann und hatte manches dazu beigetragen, Akkerbau und Industrie in den überseeischen spanischen Reichen zu modernisieren. Er begnügte sich nicht, wie andere reiche Handelsherren von Cádiz, Profite anzuhäufen, er hatte vielmehr des öftern unter widrigen Umständen seine Flotte in Person nach Amerika geführt, und er hatte sich bei Zusammenstößen seiner Kaperschiffe mit dem Feind tapfer bewährt. Nach alledem war Francisco erstaunt, in Señor Martínez einen hageren Mann zu finden, der, mit betonter Unscheinbarkeit gekleidet, eher einem pedantischen Gelehrten glich als einem großen Handelsherrn, Politiker, Piraten.

Es erwies sich bald, daß ihm seine berühmten Kunstsammlungen weniger eine Angelegenheit des Prestiges waren als des Herzens und Verstandes. Er erklärte Goya liebevoll seine Schätze, er betonte, er habe seine Galerie selber katalogisiert, und beinahe stolzer als auf seine Gemälde und Skulpturen war er auf seine Sammlung von Reproduktionen von Werken, die in der Kunstgeschichte Geltung haben mochten. Sie sei so gut wie vollständig, rühmte er, ein Unikum in Spanien. „Dergleichen werden Sie bei dem Marqués de Xerena vergeblich suchen, Don Francisco", sagte er und kicherte böse; es war aber der Marqués de Xerena der andere bekannte Sammler der Stadt Cádiz, der große Nebenbuhler des Señor Martínez. „Der Marqués geht ganz unmethodisch vor", höhnte Señor Martínez. „Kauft hier einen Greco, dort einen Tizian, was ihm gerade gefällt. Mit so anarchischen Prinzipien kann man keine Sammlung aufbauen, die Anspruch auf künstlerische und wissenschaftliche Geltung erheben darf. Kunst ist Ordnung, wie Winckelmann, Mengs und nicht zuletzt Ihr verewigter Herr Schwager zu betonen pflegten."

In drei Räumen waren Antiquitäten der Stadt Cádiz aufgestellt. Señor Martínez, als er sie seinem Besucher zeigte, sagte: „Ich bilde mir nichts darauf ein, daß ich die Wohlfahrt einiger unserer Königreiche jenseits des Ozeans gemehrt habe, auch nichts darauf, daß sich meine Flotten mehrmals den Engländern gewachsen zeigten: aber darauf bin ich stolz, daß ich dem ältesten bürgerlichen Geschlecht der ältesten Stadt Spaniens angehöre. Schon der Geschichtsschreiber Horozco erwähnt einen Antepasado von mir, einen Martínez, das war lange bevor ein Marqués de Xerena genannt wird." – „Kein schlimmerer Narr als ein gelehrter Narr", dachte Goya das alte Sprichwort. Laut sagte er: „Das ist allerhand,

Don Sebastián." Aber: „Nennen Sie mich, bitte, nicht ‚Don', Exzellenz", erwiderte Martínez. „Ich bin kein Don Sebastián de Martínez, ich bin ein simpler Señor Martínez."

Er wies jetzt die älteste Darstellung des Wappens seiner Stadt vor, ein Relief, das ein längst nicht mehr vorhandenes Stadttor geschmückt hatte. Das Relief zeigte die Säulen, welche Herkules errichtet hatte, als er hierhergekommen war in dieses westlichste Land der bewohnten Welt. „Non plus ultra – Bis hierher und nicht weiter", hatte Herkules gesagt, und so stand es auf dem Wappen. Freilich hatte er's nicht lateinisch gesagt, sondern griechisch: „Uketi proso", und Señor Martínez zitierte griechisch die schönen Verse des Pindar, denen die Worte entnommen waren. Eigentlich aber hatte er's auch nicht griechisch gesagt, sondern phönizisch; denn Herkules war gar nicht Herkules gewesen, wir Caditaner sind ja viel älter als Herkules, sondern der phönizische Gott Melkart, jener Melkart, der auf unserm andern Stadtwappen zu sehen ist, wie er den Löwen erwürgt. Wie immer, Kaiser Karl der Fünfte hatte dann den stolzen Wappenspruch usurpiert, aber er hatte das „non" gestrichen. „Plus ultra – Immer weiter", hatte er die Devise gesetzt, und so wie er hatten es auch die Antepasados des Sebastián Martínez gehalten, diese wackern Bürger, und waren auf ihren kühnen Schiffen immer weiter nach Westen gefahren.

Goya sah lächelnd, wie sich das trockene Gesicht des Mannes verjüngte, als er mit Schwung und nicht ohne Anmut von den antiquarischen Geschichten seiner Stadt erzählte.

„Aber ich halte Sie auf mit meinen Erzählungen, Don Francisco", unterbrach sich Señor Martínez, „und ich habe Sie doch in Geschäften hierhergebeten. Ich möchte Sie bitten, Exzellenz", sagte er, nun mit einem Male sehr trocken, „einige Gemälde für die Santa Cueva auszuführen. Ich möchte nämlich mit Ihnen ins Geschäft kommen, Herr Erster Maler. Offen gestanden, ich hätte Sie lieber gebeten, ein Porträt von mir zu malen, aber das hätten Sie vielleicht abgelehnt. Einen Auftrag indes für die Santa Cueva kann man schwerlich zurückweisen. Hab ich nicht recht?" Und er kicherte.

„Offenheit gegen Offenheit", antwortete Francisco. „Wie viele Bilder sollen es sein? Wie groß? Und was zahlen Sie?" – „Der Canónigo de Mendoza, dem die Arbeiten für die Santa Cueva unterstehen", sagte ebenso sachlich Señor Martínez, „wünscht drei Bilder: ein Abendmahl, eine Speisung der Fünftausend und ein Gleichnis von der Ehe. Es handelt sich um mittelgroße Bilder; wenn Sie die Gewogenheit haben, sich mit dem Canónigo in die Santa Cueva zu begeben, werden Sie sich über die Maße mühelos verständigen. Zu Ihrer dritten Frage gestatten Sie mir, Ihnen eine vertrauliche Eröffnung zu machen. Ich beabsichtige, mit einigen meiner Schiffe die englische Blockade zu durchbrechen und diese Schiffe selber nach Amerika und zurück zu führen. Aus bestimmten Gründen kann meine kleine Flotte nicht vor, aber auch nicht nach der dritten Woche von heute auslaufen. Ich möchte nun die Bilder selber dem Kapitel von Santa Cueva übergeben und muß also um rasche Arbeit bitten, Don Francisco. Andernteils bin ich, falls die Gemälde binnen drei Wochen abgeliefert sind, bereit, Ihnen statt der dreitausend Realen, die Sie zu fordern pflegen, pro Bild sechstausend zu zahlen. Sie sehen, Exzellenz, auch von der Hand des Bürgers ißt sich's nicht schlecht", schloß er und kicherte.

Goya selber spürte Mißmut
Häufig vor der Überhebung
Seiner Granden. Dieses weiße
Cádiz, diese reiche, üpp'ge
Stadt, die reichste, üppigste der
Erde, reicher als das aufge-
Blähte London, war von Bürgern
Hingestellt, von Schiffern, Händlern.
Aber sie gefiel ihm nicht. Er
Hatte Sinn für Bürgerstolz, doch
Dieser Mann Martínez mit all
Seinem Geld und seiner Kunstbe-
Geisterung gefiel ihm nicht. Auch
Was er malen sollte, Speisung,
Gleichnis, Abendmahl, gefiel ihm
Nicht. Allein ein Maler kann sich,
Was er malen soll und wen, nicht
Immer wählen, und sechstausend
War viel Geld. Er sah die dürre,

Ausgestreckte Hand des Kaufherrn,
Und er legte seine eigne,
Fleisch'ge, kräftige hinein und
Sagte: „Topp."

33

Cayetana bat Francisco, mit ihr auf den Mirador zu steigen, den Aussichtsturm. Diesmal aber ging sie nicht vorbei an der verschlossenen Tür auf halber Höhe der Treppe, sie sperrte auf und hieß Goya eintreten.

Das Kabinett war klein, dumpfige Luft schlug ihnen entgegen, das Innere war dämmerig. Sie öffnete die Fensterläden, jäh und voll strömte das Licht ein. Der Raum war so gut wie leer, ein einziges Bild hing an der Wand, ein mittelgroßes Breitbild in prächtigem Rahmen, davor standen zwei bequeme, abgebrauchte Sessel. „Setzen Sie sich, Don Francisco", forderte Cayetana ihn auf mit einem ganz kleinen und, wie ihm schien, verschmitzten Lächeln.

Er beschaute das Bild. Es stellte eine mythologische Szene dar mit muskelstarken Männern und fleischigen Frauen, es schien entstanden in der Werkstatt des Peter Paul Rubens, und es waren wohl nicht die begabtesten Schüler, die daran gearbeitet hatten. „Sie besitzen bessere Bilder", meinte nach einer Weile Francisco.

Cayetana drückte auf einen Knopf an der Wand. Die Mythologie bewegte sich seitwärts, wohl mittels einer Feder, und gab den Blick frei auf ein anderes Gemälde.

Francisco richtete sich hoch, stand auf, trat hinter seinen Sessel. Sein Gesicht spannte sich, wurde beinahe finster vor Aufmerksamkeit, die Unterlippe schob sich vor. Alles an ihm war Beobachtung, Schauen.

Auf dem Bild war zu sehen eine liegende Frau, die, auf den rechten Arm gestützt, sich im Spiegel betrachtete, dem Beschauer den Rücken zukehrend. Die Frau war nackt. In dem Spiegel, den ihr ein kleiner, kniender, geflügelter Knabe vorhielt, wurde vag ihr Antlitz sichtbar. Es war aber diese nackte Frau nicht von einem Ausländer gemalt, sie war nicht in Antwerpen entstanden und nicht in Venedig – solcher ausländischer Bilder hingen manche in den königlichen Schlössern oder auch im Schlosse dieses oder jenes Granden: nein, das Bild, vor dem jetzt Francisco stand, war von spanischer Hand gemalt, es konnte nur von *einem* gemalt sein, von Diego Velázquez. Es war, des war kein Zweifel, jenes Bild, von dem ihm Don Antonio Ponz erzählt hatte und gelegentlich auch Miguel. Es war jene kühne, verbotene, verrufene, gefeierte „Doña desnuda", die „Nackte Frau" des Velázquez, eine Psyche oder Venus oder wie immer man sie nennen wollte, und jedenfalls eine sehr wirkliche nackte Frau. Sie war nicht rosig und fleischig, nicht weiß und überquellend fett, keine Italienerin des Tizian, keine Holländerin des Rubens: sie war ein wunderbares spanisches Mädchen, und sie existierte also wirklich, die Doña desnuda des Velázquez, und Francisco Goya stand vor ihr.

Er vergaß, daß das Bild seine hundertfünfzig Jahre alt war, daß er in Cádiz war, daß Cayetana neben ihm war. Er schaute auf das Bild des Kollegen, als wäre es soeben erst fertig geworden, auf das kühnste, verbotenste Bild des Kollegen Velázquez: die Doña desnuda.

Ein jeder wohl wählte sich einen Menschen, einen lebenden oder toten, ihm nachzuleben. Wenn sich Francisco Goya vom Schicksal etwas hätte ausbitten dürfen, dann wäre es die Kunst und der Ruhm des Velázquez gewesen; er ließ unter den Spaniern keinen großen Meister gelten außer dem Diego Velázquez. Nächst der Natur war dieser Don Diego sein Lehrmeister, und er hatte zeit seines Lebens darum gerungen, dessen Malerei ganz zu verstehen. Da war nun dieses große, neue, geheimnisvolle, hochberühmte Bild. Goya, schnell im Fühlen und im Wahrnehmen, schnell im Lieben, Hassen, Verehren und Verachten, spürte, noch ehe eine halbe Minute vergangen war: er bewunderte das Bild, und er lehnte es ab.

Er bewunderte, wie natürlich die sehr anmutige Frau gelagert war, ohne lässig zu erscheinen; seine eigenen, Franciscos, Menschen schwebten oft in der Luft, statt zu sitzen oder zu liegen. Er bewunderte die List, mit welcher der Kollege das Antlitz der Frau im Dämmer des unklaren Spiegels gelassen und alle Aufmerksamkeit des Beschauers auf die wunderbaren Linien des Körpers gelenkt hatte, auf die Kontur des liegenden, sehr spanischen Frauenleibes mit seiner schmalen Taille und dem stark entwickelten Becken.

Vor allem aber bewunderte er, daß Don Diego überhaupt es unternommen hatte, dieses Bild zu malen. Das Verbot der Inquisition, Nacktheit im Bilde darzustellen, war eindeutig und streng, und kein anderer spanischer Meister hatte es gewagt, dieses Lokkendste zu malen, nacktes weibliches Fleisch. Don Diego mochte gedeckt gewesen sein durch die Gunst seines Königs oder eines mächtigen Auftraggebers, aber sicher hatten auch am Hofe des Vierten Philipp die Priester und Mucker Macht und Einfluß gehabt, und die Launen der großen Herren waren unbeständig. Velázquez hatte diese Frau gemalt, weil es ihn reizte zu zeigen, daß man Nacktheit auch anders darstellen konnte als auf die Art des Tizian und Rubens. Er hatte Gefahr auf sich genommen, weil er ein großer Künstler war und voll von spanischem Stolz, weil er hatte beweisen wollen, daß wir Spanier auch das können.

Er hat es bewiesen. Wunderbar, wie die Farben ineinandergingen, das Perlmutter des Fleisches, das weißliche Schleiertuch, das grünliche Grau des Spiegels, das dunkle Braun des Haares, die rötlich violetten Bänder des nackten Knaben, die ganz leichten Regenbogentöne seiner Flügel. Zart, leicht, streng und elegant war diese nackte Frau gemalt, nichts Billiges war da, nichts von der grellen, lauten Lust, die von dem Weiberfleisch der Italiener und Holländer ausging. Vielmehr war etwas leicht Düsteres über dem Bild, und das Schwarz des Tuches, auf dem die Frau lag, der dunkelrote Vorhang, der schwarze Rahmen des Spiegels, das ganze ernste Kolorit hielt jede Vertraulichkeit fern. Don Diego war Spanier. Für ihn hatten Schönheit und Liebe nichts Leichtes, Lockeres, sie waren etwas Ernstes, Wildes und sehr oft der Eingang zu Schwerem, Tragischem.

Francisco schaute und bewunderte. Daß man schaue und bewundere, hatte wohl Don Diego gewollt. Aber wenn einer eine Frau malte in den wunderbaren Farben des Fleisches, welche die Natur ihr gegeben, und sie so malte, daß man bewunderte und kalt blieb, war das das Rechte? Gut, Don Diego hatte sie erreicht, jene Meisterschaft ohne Haß und Lieben, jene Interesselosigkeit der Kunst, von welcher Winckelmann und Raphael Mengs und sein toter Schwager soviel geschwatzt hatten, jene Meisterschaft ohnegleichen: aber wenn ihm, Francisco, heute der Teufel solche Meisterschaft darböte für nichts, er würde sie nicht haben wollen, er würde sagen: Muchas gracias, no! Es war gut, daß dieses bewundernswerte, feierlich heitere und düstere Gemälde der Nackten Frau in der Welt war. Aber es war auch gut, daß nicht er, Goya, es gemacht hatte. Und er war glücklich, nicht nur weil er nicht in der stolzen Gruft der Kirche San Juan Bautista lag, sondern überhaupt, weil er der Maler Francisco Goya war und nicht der Maler Velázquez.

Plötzlich war eine hohe, quäkende Stimme im Raum. „Die Dame ist eine träge Dame“, sagte die Stimme. „Seitdem ich sie kenne, liegt sie hier auf dem Diwan, schaut in den Spiegel und faulenzt.“

Goya war herumgefahren. Da stand eine Mißgestalt, ein verkrüppelter und verschrumpfter Alter, sehr bunt gekleidet, geschmückt mit Medaillen und höchsten Orden. „Du sollst einen nicht immer erschrecken, Padilla“, tadelte, doch ohne Schroffheit, Cayetana, und sie setzte Goya auseinander, die Kreatur sei der Hofnarr ihres toten Großvaters, Padilla genannt; er lebe hier in Obhut des alten Verwalters und seiner Frau, scheu, selten ans Licht tauchend.

„Sie tut gut daran, hier in Cádiz zu wohnen, die Doña desnuda“, quäkte Padilla weiter. „Man ließe sie nirgendwo sonst wohnen. Dabei ist sie doch eine so vornehme Dame, in Wahrheit eine Grandin der Ersten Reihe. Seit hundertfünfzig Jahren hat sie keinen Finger gerührt.“ Es galt aber für einen Granden jegliche Art von Arbeit als Schande.

„Du mußt jetzt fortgehen, Padilla“, sagte, immer sanft, Cayetana, „du darfst den Herrn Ersten Maler nicht länger stören.“ Padilla verbeugte sich, seine Orden klirrten, er ging.

Cayetana saß im Sessel, sie schaute zu Goya auf, und lächelnd und gespannt fragte sie: „Glaubst du, Padilla hat recht? Glaubst du, sie war eine Grandin? Dem Tizian und dem Rubens sind große Damen nackt Modell gesessen, das ist erwiesen.“ Und mit ihrer etwas harten, kindlichen Stimme wiederholte sie: „Glaubst du, sie war eine Grandin?“

Francisco hatte bisher nur an den Maler gedacht und an das Bild und mit keinem kleinsten Gedanken an das Modell. Nun, indes Cayetana fragte, wußte er sogleich die Antwort: das gute Gedächtnis seines Auges machte ihn sicher. „Nein“, sagte er, „sie war keine Grandin, sie war eine Maja.“ – „Vielleicht war sie eine Maja *und* eine Grandin“, sagte Cayetana. „Nein“, wies Francisco sie mit der gleichen Sicherheit zurück. „Sie ist von dem Bild ‚Die Spinnerinnen‘“, erklärte er, „da ist kein Zweifel, die, welche das Garn vom Haspel abwickelt. Denk an den Rücken, den Hals, den Arm, denk an die Schultern, das Haar, die Haltung.

Sie war eine Maja, keine
Grandin“, schloß er, streitbar nicht, je-
Doch entschieden.
Cayetana
Konnte sich der „Spinnerinnen“
Nicht erinnern. Doch wahrscheinlich
Hatte Francho recht. Sie war ent-
Täuscht. Sie hatte es sich hübscher
Vorgestellt, mit ihm vor diesem
Bild zu stehn. Sie drückte auf den
Knopf, und vor die nackte Göttin,
Vor die nackte Spinn’rin, schob sich
Die Mythologie.

34

Als sie zu Abend aßen, erzählte Cayetana, angeregt wohl durch das Auftauchen des Hofnarren Padilla, aus ihrer Vergangenheit.

Als Kind war sie mehrmals hier in Cádiz gewesen, mit ihrem Großvater, dem Zwölften Herzog von Alba. Dieser hatte als der stolzeste Mann Spaniens gegolten, er hatte keinen im Reich als gleichrangig angesehen, nur den König, und diesen, den grobschlächtigen Dritten Carlos, hatte er nicht ausstehen können. Eine Zeitlang war er Botschafter in Frankreich gewesen und hatte den Hof des Fünfzehnten und des Sechzehnten Louis durch seinen Luxus und sein Zeremoniell in Bewunderung versetzt. Zurückgekehrt, hatte er die Inquisition herausgefordert; denn er stand so hoch, daß er sich trotz seiner Verehrung der Tradition gestatten durfte, „Philosoph“ zu sein, Freidenker, was jedem andern verboten war. Er hatte sich einen jungen Menschen aus den Kerkern der Inquisition geholt, den man dort zum Krüppel gefoltert hatte, und ihn sich zum Hofnarren erzogen, eben den Zwerg, den sie heute gesehen hatten, er hatte ihn zu frechen und aufrührerischen Reden angestachelt, ihn Padilla genannt, nach dem Helden des großen frühen Aufstandes, und ihn seine eigenen Auszeichnungen und Orden tragen lassen. Niemand war würdig, mit dem Herzog von Alba zu verkehren, nur der Narr. Eben weil der Großvater sich viel auf sein Freidenkertum zugute getan, war er oft und gerne in Cádiz gewesen; die Stadt, die durch ihren Handel viele Beziehungen zum Ausland hatte und immer voll war von fremden Kaufleuten, war die aufgeklärteste in Spanien. „Mein Großvater", erzählte lächelnd Cayetana, „erzog mich nach den Prinzipien Rousseaus. Ich sollte lernen auf dreifachem Wege: durch die Natur, durch eigene Anschauung, durch glücklichen Zufall."

Goya aß und trank und hörte zu. Die wirklichen Granden waren anders, als er sie sich vorgestellt hatte, auf eine noch viel kompliziertere Art hochmütig. Der eine ließ die Uhren und die Zeit stillstehen, solang er nicht im Glück war. Der andere hielt sich einen bittern Hofnarren, weil kein anderer es wert war, mit ihm zu sprechen. Und da war diese Cayetana. Siebzehn leere Schlösser warteten auf sie, und alle die Jahre hindurch ein Hofnarr, den sie alle die Jahre hindurch vergessen hatte.

Er aß mit ihr, er schlief mit ihr, sie war ihm näher als je ein Mensch, ferner als je ein Mensch.

Am nächsten Tag traf Cayetanas Haushalt in Cádiz ein, und von da an war Francisco nur noch selten mit ihr allein. Jetzt während des Krieges war Cádiz mehr und mehr zur Hauptstadt des Landes geworden, Herren vom Hof, hohe Beamte der Krone, Mitglieder des Rates von Indien kamen her, und alle wollten sie der Herzogin von Alba ihre Aufwartung machen.

Auch Francisco traf viele Freunde und Bekannte aus Madrid. Er war erfreut, doch nicht überrascht, als eines Tages, in Vertretung Don Manuels, auch Señor Miguel Bermúdez auftauchte.

Miguel sprach natürlich von Politik. Don Manuel sei wieder einmal umgeschwenkt, und da es für den Augenblick das bequemste sei, paktiere er mit dem reaktionären Hochadel und der Kirche und behindere jene liberalen Maßnahmen, die er selber eingeführt habe. In seiner Außenpolitik sei er unsicher. Der neue französische Botschafter Truguet sei ein ruhiger, kluger Herr. Ihm sei Don Manuel noch viel weniger gewachsen als dem verflossenen Guillemardet, bald sei er zu aggressiv, bald zu servil.

„Was ist eigentlich aus Guillemardet geworden?" fragte Goya. Der Botschafter, gab Miguel Bescheid, habe, kaum nach Paris zurückgekehrt, ins Irrenhaus gebracht werden müssen. Goya war unheimlich angerührt: hatte er nicht dem Manne sein Schicksal ins Gesicht gemalt? Was Guillemardet um den Verstand gebracht habe, berichtete Miguel weiter, sei vermutlich sein Unvermögen gewesen, den schnellen Umschwung der öffentlichen Dinge in Frankreich zu begreifen und mitzumachen. Den Wechsel vom revolutionären Radikalismus zur gemäßigt bourgeoisen Demokratie habe er wohl noch zur Not vor sich selber rechtfertigen können; aber daß er nun die viel schärfere Schwenkung zur entschiedenen Plutokratie habe vornehmen sollen, sei offenbar über seine Kraft gegangen.

Dann erschien, in seiner Eigenschaft als einer der Anwälte der Bank von Spanien, auch der junge Quintana in Cádiz. Zusammen mit Miguel besuchte er Francisco in der Casa de Haro, die Herzogin und Doktor Peral waren zugegen.

Quintana leuchtete auf bei Franciscos Anblick und begann sogleich, von der „Familie des Carlos" zu schwärmen. „Sie, Don Francisco", rief er, „sind der Retter aus Spaniens geistiger Not." – „Wieso das?" erkundigte sich neugierig die Herzogin. Sie saß da, strahlend schön in ihrem schwarzen Kleide, sie war nicht gekränkt, daß sich Quintana sichtlich mehr für Goya interessierte als für sie, sie betrachtete ungeniert den jungen Herrn, der soviel ehrliche Begeisterung aufbrachte; sie selber förderte die Künste, weil es sich so für eine Grandin schickte, doch ging ihre Anteilnahme nicht tief. „Unser Spanien", erläuterte Quintana, „schleppt seine ganze Geschichte und Tradition wie eine Kette mit sich. Wenn endlich einmal einer kommt und aufzeigt, was aus den ursprünglich großen Institutionen heute geworden ist, dann ist das eine Tat. Sehen Sie, Doña Cayetana", erklärte er ihr eifrig, „ein König von heute, der Katholische König zum Beispiel, ist wohl noch ausgestattet mit den äußern Zeichen der Macht, aber seine Funktion ist ausgehöhlt, die Krone ist eine obsolete Kopfbedeckung geworden, zum Regieren ist heute eine Konstitution notwendiger als ein Zepter. Und das wird sichtbar in der ‚Familie des Carlos'." – „Was Sie nicht sagen, junger Herr", meinte Goya.

Doktor Peral bat Quintana, er möge ihnen doch ein bißchen mehr erzählen von dem Bilde. „Sie kennen es nicht?" fragte erstaunt der junge Dichter. „Auch Sie nicht, Frau Herzogin?" – „Sie müssen wissen, Don José", antwortete freundlich die Alba, „ich bin nicht ganz freiwillig hier, ich bin aus Madrid verbannt." – „Wo hab ich meinen Kopf, Frau Herzogin?" entschuldigte sich mit einem kleinen, netten Lachen Quintana. „Natürlich haben Sie das Bild nicht gesehen. Aber man kann es nicht mit Worten schildern, niemand kann es", und sogleich schilderte er es, schwärmend von der Flut der Farben und von dem Realismus der Köpfe, die nackt, hart und häßlich daraus hervortauchten. Er sprach, als ob Goya nicht da wäre. „Ein besonderer Kunstgriff des Malers ist es", erklärte er, „daß er auf dem figurenreichen Bild nur so wenig Hände zeigt. Dadurch tritt die Nacktheit der Gesichter über dem Gestrahle der Uniformen und Galakleider doppelt scharf heraus." – „Wenn man mir mehr bezahlt hätte", sagte trocken Goya, „dann hätte ich mehr Hände gemalt. Für Hände nehme ich hohe Preise." Der junge Dichter aber fuhr fort: „Wir alle hatten schon geglaubt, Spanien sei vergreist. Da kam Francisco Goya und hat uns gezeigt, wie jung es noch ist. Er *ist* der Maler der Jugend, Francisco Goya." – „Na, na", meinte Goya; er saß in seinem Sessel, dicklich, die Schultern ein wenig schlaff, an die Fünfzig, schlecht hörend und auch sonst vielfach beschädigt, und es war ein wenig seltsam, daß Quintana ihn den Maler der Jugend nannte. Allein niemand lachte. Und Quintana schloß: „Die letzten Bilder Don Franciscos haben es erwiesen: diesem Lande war es vergönnt, drei ewige Meister hervorzubringen, Velázquez, Murillo, Goya."

Miguel, der fanatische Sammler, schmunzelte innerlich, daran denkend, daß er fünf gute Goyas besaß, und er scherzte: „Das sehe ich schon, der Erlaß des Dritten Carlos, der die Ausfuhr der Velázquez und der Murillos verbietet, reicht nicht aus: wir müssen deinen Namen beifügen, Francisco."

„Dabei hatte es Velázquez viel leichter", überlegte laut Quintana. „Er hat König und Adel von ganzer Seele verehrt, und das war das gegebene damals, das Natürliche. Er konnte, er mußte innerlich einverstanden sein mit seinem König und seinem Hof.

Den Gedanken der Monarchie zu verherrlichen war ihm die höchste Aufgabe des spanischen Künstlers, und er mußte selber Aristokrat sein, mußte sich zugehörig fühlen, um sein künstlerisches Ziel zu erreichen. Unser Goya hingegen ist durch und durch unaristokratisch, und das ist das Rechte für heute. Er schaut seinen König mit genauso scharfen Augen an wie Velázquez, aber es ist ein Stück Majo in ihm, er ist ein Velázquez aus dem Volke, und seine Malerei hat etwas erfrischend Brutales." – „Sie nehmen's mir hoffentlich nicht übel, Don José", antwortete gemütlich Goya, „wenn ich Sie unaristokratisch und brutal an den alten Spruch erinnere: ‚Drei Haare hab ich mir ausreißen lassen; beim vierten werde ich unangenehm.'" Quintana lachte, und man sprach von anderem.

Cayetana, später, sagte
Zu Francisco, seine Freunde
Seien sehr gescheit, doch könnte
Von den beiden keinen sie sich
Zum Cortejo denken, auch den
Jungen nicht. „Merkwürdig", über-
Legte sie naiv und ohne
Dran zu denken, daß vielleicht sie
Goya kränken könnte, „wirklich
Seltsam: sehr gescheite Menschen,
So wie dein Miguel und dein Quin-
Tana oder mein Peral, die
Haben niemals rechten Reiz für
Mich."

35

Die Anwesenheit der Herzogin von Alba, der berühmtesten Frau Spaniens, erregte die Caditaner, und alle bewarben sich um ihre Gesellschaft. Die Herzogin war in Trauer; das war ihr ein bequemer Vorwand, nach Belieben zu empfangen oder abzuweisen.

Spöttisch nahm Francisco wahr, wie unsicher die stolzen Bürger von Cádiz vor Doña Cayetana wurden, und mehr als die andern – mit grimmigem Vergnügen beobachtete es Francisco – war der kühne, gelehrte und gelassene Señor Sebastián Martínez aufgerührt.

Unter dem Vorwand, mit ihm über die Bilder für die Santa Cueva sprechen zu wollen, hatte ihn Martínez mehrmals in der Casa de Haro aufgesucht. Francisco hatte nicht umhinkönnen, ihn der Herzogin vorzustellen. Señor Martínez war bei Hofe empfangen worden, große Herren bemühten sich um seine Gunst, sein unermeßlicher Reichtum und der Ruhm seiner Taten machten den hagern, eher häßlichen Mann vielen Frauen angenehm, man erzählte von wilden Ausschweifungen, die er sich zuweilen leiste. Doña Cayetana aber flößte ihm sichtlich vom ersten Augenblick an eine knabenhafte, romantische Leidenschaft ein, und wenn er zu ihr sprach, konnte sich der verwöhnte und sonst so reservierte Herr nicht zähmen, seine Augen wurden flackerig, sein trockenes Gesicht rötete sich. Cayetana hatte ihren Spaß daran, sie behandelte ihn mit jenem liebenswürdigen, kaum merklichen Hochmut, der nur ihr eigen war. Der lebenskundige Señor Martínez mußte wohl erkennen, daß er ihr nichts war als ein Spielzeug, eine Pelele. Allein trotz seines Bürgerstolzes war es offenbar gerade diese selbstverständliche Arroganz der Grandin, die ihn anzog. Goya, bösartig erheitert, meinte, wenn der pergamentene Abenteurer mit ihr sprechen dürfe, dann seien ihm bestimmt alle ihre alten hohen Titel gegenwärtig und die Daten der Schlachten, die ihr Ahnherr, der düstere Feldmarschall, geschlagen habe.

Er arbeitete an den Bildern für die Santa Cueva, schnell und gewandt, ohne viel Lust, doch nicht ohne neue Ideen. Schon am Ende der zweiten Woche konnte er Señor Martínez mitteilen, die Bilder stünden zur Ablieferung bereit.

Señor Martínez besichtigte das Werk seiner achtzehntausend Realen. Er äußerte sich nicht unverständig. „Nur Sie, Herr Erster Maler", meinte er vor der „Speisung der Fünftausend", „konnten eine Menschenmenge gleichzeitig so gebunden und so bewegt machen." Und vor dem „Abendmahl" fand er: „Nur ein Francisco Goya durfte sich erlauben, die Apostel vom Tische wegzuscheuchen. Wie Sie sie auf die Erde hingeworfen haben im Schrecken über die Worte des Herrn, das ist vollkommen neu, das ist aufrührerisch, bei einem andern würde man sagen: ketzerisch." Er kicherte.

Dann, schmeichelnd, schelmisch lächelnd, fuhr der erfreute Sammler fort, vielleicht habe der Herr Erste Maler nun doch noch Zeit und Lust, ein Porträt von ihm, Sebastián Martínez, Kaufmann von Cádiz, anzufertigen; wie Don Francisco bekannt sei, lasse er seine Flotte erst in der kommenden Woche in See stechen. „Ich weiß nicht", antwortete kühl Francisco, „ob ich in den nächsten Tagen Lust zur Arbeit haben werde. Ich bin zur Erholung hier." – „Welcher Preis könnte Sie verlocken", fragte Señor Martínez, „Ihre Erholung auf zwei bis drei Tage zu unterbrechen?" – „Fünfundzwanzigtausend Realen", antwortete ohne Zögern Francisco, erstaunt über seine Frechheit. „Einverstanden", sagte, gleichfalls ohne Zögern, Señor Martínez.

Dann aber, etwas zaghaft, meinte er, ob er wohl die Herzogin und ihn zu einer kleinen Feier in sein Haus laden dürfe. Ursache sei gegeben; die Bilder für die Santa Cueva seien fertig, er sei mit dem Herrn Ersten Maler ins Geschäft gekommen, er habe die Frau Herzogin kennengelernt, und er sei im Begriff, zur größeren Ehre Spaniens die englische Blockade zu brechen und seine Schiffe nach Amerika zu führen. „Plus ultra", sagte er und kicherte, „immer weiter voran." Goya antwortete dürr, er sei nicht ermächtigt, Einladungen für die Frau Herzogin anzunehmen. Im übrigen wisse er, daß Ihre Hoheit für die nächsten beiden Wochen Pläne bereits gemacht habe, und dann sei ja wohl Señor Martínez schon glücklich auf See.

Señor Martínez schwieg eine kleine Weile, sein trockenes Gesicht arbeitete. Wenn er die Freude und Ehre haben könnte, meinte er dann, Doña Cayetana und Don Francisco unter seinem bürgerlichen Dach begrüßen zu dürfen, würde er sein Geschwader in See stechen lassen, ohne es zu begleiten. Goya war verblüfft. Er zuckte die Achseln. „Sprechen Sie mit der Herzogin", riet er.

Im Kreise der vertrauten Freunde, in Gegenwart Doña Cayetanas war die Rede davon, daß Señor Martínez den Plan, seine Schiffe zu begleiten, aufgegeben habe, um einen Abend für die Herzogin zu geben. Quintana, voll sichtlicher Mißbilligung, sagte: „Es muß peinvoll für eine Frau sein, Begierde zu erregen, wohin immer sie kommt." – „Sie sind sehr jung, Señor", sagte die Herzogin.

Señor Martínez hatte aus Rücksicht auf die Trauerzeit Doña

Cayetanas nur wenige Gäste geladen. Am interessantesten schien Goya ein Herr, den Señor Martínez als Señor Bajer vorstellte, Reeder aus Málaga, einen nahen Geschäftsfreund. Allein der Akzent des fremden Herrn kennzeichnete ihn deutlich als von englischer Abkunft. Wahrscheinlich war er ein Offizier des blockierenden englischen Geschwaders; die Herren liebten es, in Verkleidung nach Cádiz zu kommen. Erstaunt und amüsiert erfuhr Francisco im Laufe des Abends, daß der kluge Señor Martínez die Ausfahrt seiner Flotte durch gewisse Abmachungen mit englischen Offizieren gesichert hatte.

Auch Don Miguel war da. Er hatte viel übrig für Señor Martínez, er hatte Verständnis für seine kunsthistorische Beflissenheit und freute sich seiner fortschrittlichen Haltung. Der junge Quintana indes war nicht gekommen; er verzieh es Sebastián Martínez nicht, daß er ein patriotisches Unternehmen wie die Führung seiner Flotte aufgab um eines hübschen Gesichtes willen.

Der sonst so sichere Sebastián Martínez war bemüht, auch an diesem Abend bürgerliche Gehaltenheit an den Tag zu legen. Er widmete sich, wie es sich gebührte, der Herzogin nur wenig mehr als seinen andern Gästen, aber er konnte nicht verhindern, daß seine flehenden, bewundernden Blicke wieder und wieder zu ihr zurückkehrten.

Don Miguel verwickelte ihn in ein umständliches antiquarisches Gespräch. Er hatte in der Bibliothek des Señor Martínez einige frühe Drucke gefunden von Büchern, die in Hinsicht des Glaubens nicht unbedenklich waren. „Nehmen Sie sich in acht, Señor", scherzte er. „Ein Mann, so aufgeklärt und so reich wie Sie, ist eine starke Versuchung für die Herren der Inquisition." – „Meine Schiffe haben die Linien der Engländer durchbrochen", antwortete bescheiden stolz Señor Martínez, „ich werde meine Bücher und Meinungen auch durch das Heilige Offizium zu steuern wissen."

Die Herzogin und Goya hatten erwartet, daß man sich nach der Tafel an die Spieltische setzen werde, wie das üblich war. Allein Señor Martínez hatte sich was anderes ausgedacht. „Darf ich Sie in den Theatersaal bitten, Doña Cayetana?" forderte er die Herzogin auf. „Die Serafina wird für Sie tanzen." – „Die Serafina?" fragte sie, ehrlich überrascht.

Die Serafina war die berühmteste Tänzerin Spaniens und abgöttisch geliebt; denn sie hatte dem spanischen Volk einen großen Sieg errungen. Es waren nämlich bei dem Kardinal-Primas in Toledo viele Klagen eingelaufen, vor allem von ausländischen Kirchenfürsten, daß man in dem frommen Spanien so gemeine und unzüchtige Tänze wie den Fandango und den Bolero dulde. Der Kardinal-Primas hatte schließlich ein Konsistorium einberufen, welches über ein allenfallsiges Verbot dieser Tänze befinden sollte. Der Erzbischof von Sevilla, die Mißstimmung fürchtend, welche ein solches Verbot vor allem in Andalusien hervorrufen mußte, hatte vorgeschlagen, die ehrwürdigen geistlichen Richter sollten sich doch die Tänze erst vorführen lassen. Die Serafina und ihr Partner Pablo tanzten vor dem Konsistorium. Es fiel den Prälaten schwer, still in ihren Sesseln sitzen zu bleiben, und der Fandango war nicht verboten worden.

Bald darauf aber war die Serafina verschwunden, es hieß, sie habe geheiratet, jedenfalls hatte man sie seit zwei, drei Jahren nicht mehr öffentlich tanzen sehen. „Die Serafina?" fragte also angenehm erstaunt die Alba. „Sagten Sie: die Serafina?" – „Sie wohnt jetzt in Jerez", gab Señor Martínez Auskunft. „Sie ist die Frau meines dortigen Geschäftsführers Vargas. Es ist nicht ganz leicht, Señora Vargas zu bewegen, vor andern zu tanzen als vor ihren Vertrauten. Für Sie, Frau Herzogin, tanzt sie."

Man begab sich in den Theatersaal. Der Raum war geschickt so hergerichtet, daß er den Eindruck einer jener Stätten machte, wo Tänzer aus dem Volke ihre Darbietungen vorführten. Der sicher sonst sehr elegante Theatersaal war verwandelt worden in den verschmutzten, verelendeten Empfangsraum eines herabgekommenen, edeln maurischen Hauses. Abgetretene, verflickte, ehemals sehr kostbare Teppiche waren da, die Wände waren mit weißem, angeschmutztem Leinen verkleidet, die Decke kunstvoll mit roten und goldenen Arabesken verziert. Ein paar schäbige Holzstühle standen da, ein paar Funzeln und Kerzen gaben schlechtes Licht.

Die Gäste setzten sich, und schon hörte man von der Bühne her hinter dem geschlossenen Vorhang das scharfe, aufrüttelnde Klappern der Kastagnetten. Der Vorhang öffnete sich, die Szene zeigte eine primitiv gemalte andalusische Landschaft, ein einsamer Musikant mit seiner Gitarre saß verloren auf einem Hocker in der Ecke. Die Kastagnetten wurden lauter, aus den Kulissen kam von links der Majo, von rechts die Maja, sie kamen aufeinander zu, Liebesleute, lange getrennt, die einander wiederfanden. Ihre bunten Kostüme waren aus billigstem Stoff, besetzt mit viel goldenem und silbernem Flitter, die Hosen des Burschen, der Rock des Mädchens schmiegten sich eng den Hüften an, der Rock war aus dünnem Stoff, unten weit, nicht lang. Sie kümmerten sich nicht um das Publikum, sie schauten nur einander an. Die Arme erhoben, tanzten sie aufeinander zu.

Noch immer hörte man nichts als das leise, anfeuernde Klappern der Kastagnetten. Nun waren die Tänzer einander ganz nahe. Da wich sie zurück, tanzte rückwärts, immer mit ausgebreiteten Armen, er verfolgte sie, langsamer, rascher, beide hatten sie die Lippen leicht geöffnet, es war jetzt mehr Pantomime als Tanz, sie schauten einander an, schauten zu Boden. Sie floh weiter, langsamer jetzt, sie lockte ihn, kokettierte mit ihm; er verfolgte sie, noch zaghaft, doch mit steigender Begierde. Nun aber wandte sie sich ihm zu. Die Kastagnetten wurden lauter, die Gitarre setzte ein, das kleine, unsichtbare Orchester setzte ein, die Tänzer hatten einander erreicht, schon berührten sich ihre Gewänder, schon waren ihre Gesichter einander ganz nahe. Da, plötzlich, mitten im Takt, verstummte die Musik, verstummten die Kastagnetten, die Tänzer standen starr, angewurzelt. Die Pause dauerte wenige Sekunden, sie schien endlos.

Dann setzte die Gitarre von neuem ein, ein Zittern lief über den Leib des Mädchens, langsam löste sie sich aus ihrer Starre, sie wich zurück, dann wieder vor. Nun bewegte auch er sich. Feuriger flog er ihr entgegen. Langsamer jetzt, doch zärtlicher schwebte sie auf ihn zu. Beider Bewegungen wurden heftiger, ihre Blicke auffordernder, jeder Muskel zitterte vor Leidenschaft. Nun, mit geschlossenen Augen, kamen sie einander entgegen. Doch wieder, im letzten Augenblick, zuckten sie zurück. Und wieder eine jener wilden, erregenden, zuchtlosen Pausen.

Dann aber wichen sie beide zurück, sie verschwanden in den Kulissen, und jetzt, sogleich, die Zuschauer wußten es, wird jene Szene beginnen, welche Andalusien dem Fandango zugefügt hat, jenes Solo, wohl von Zigeunern stammend und aus dem frühesten

Orient, jener Einzeltanz, welcher die Serafina und vor ihr so manche andere Tänzerin durchs ganze Reich berühmt gemacht hat.

Da kommt sie schon hervor aus ihrer Kulisse, allein dieses Mal und ohne Kastagnetten. Hinter der Szene aber ertönt ein rhythmisches, monotones Stampfen und Händeklatschen, und eine einsame, dunkle Stimme singt einen banalen, ewig tiefen Text:

Darum laßt uns
Tauchen in den
Tiefen Schoß der
Liebe; denn wir
Leben nur so
Kurze Zeit auf
Dieser Erde,
Und wir sind so
Lange tot.

Bald verlieren sich auch die Worte ins nicht mehr Erkennbare, und was die einsame Stimme singt, ist nur mehr ein rhythmisches, eintöniges, beinahe klagendes Aahh und Aaii, langsam, doch wild und heftig. Und langsam, wild und heftig ist auch der Tanz des Mädchens, immer gleich und immer anders, ein ruhiger, wütiger Tanz, ein Tanz des ganzen Körpers; sichtlich führt sich die Tänzerin ihrem Liebhaber vor, zeigt ihm, was alles an Wollust, Süße, Wildheit ihr Körper hergeben kann.

Still sitzen die Zuschauer. Das eintönige, wilde Gestampfe geht ihnen in die Glieder, aber sie regen sich nicht, sie sind erstarrt im Schauen. Es geschieht nichts Unzüchtiges auf der Bühne, keine Nacktheit ist da, doch vorgeführt wird in tiefer Unschuld und in allen Einzelheiten die natürlichste aller Begierden, fleischliche Sehnsucht, und sie ist aufgelöst in Rhythmus.

Die Zuschauer haben diesen Tanz manches Mal gesehen, doch nie so vollendet. Mit Bewunderung und Sachkenntnis schauen der gelehrte Miguel und der belesene Martínez auf die mühevoll und kunstvoll sich abarbeitende Serafina. Frauen wie diese müssen es gewesen sein, welche die Römer aus dem lasterhaften Gades ausführten in ihre Stadt, damit sich dort Senatoren und Bankiers, erfahren in allen Lüsten, an ihrem Tanze ergötzten. Frauen wie diese müssen es gewesen sein, welche die frühen Kirchenväter voll heiligen Zornes mit der tanzenden Tochter der Herodias verglichen, und sicher hat die Tradition recht, die behauptet, die Tänzerin Telethusa aus Gades habe dem Bildhauer Modell gestanden, der die Venus Kallipygos schuf.

Die Serafina tanzte, hingegeben, leeren Gesichtes, voll hoher Kunst, voll angeborener und erlernter wütiger Wollust. Das monotone Gestampfe und Gesinge wurde wilder. Und nun fielen die Zuschauer ein. Sie klatschten, diese Granden und reichen Herren, in die Hände, stampften mit den Füßen, im Takt, schrien Olé, und sogar der Geschäftsfreund des Señor Martínez, der englische Offizier, der zuerst schockiert gewesen war, stampfte mit und schrie Olé. Die Serafina aber tanzte. Sie wandte, sich kaum von der Stelle bewegend, den Zuschauern bald den Rücken zu, bald die Seite, bald das Gesicht, ein Zittern lief ihr, immer häufiger, über den Körper, es riß ihr die Arme hoch, sie zuckten in der Luft, dann plötzlich schlug wieder jene Pause ein, welche sie und mit ihr alle erstarren ließ, und dann war da ein letztes, sehr kurzes, in seiner Schwüle fast unerträgliches Tanzen, Reißen, Zucken, Verlangen.

Die Soloszene war zu Ende, und von neuem getanzt wurde, nun aber in atemloser Folge, die Pantomime von dem uralten Zweikampf der Liebe: Scheu, Verlangen, finstere Entschlossenheit, neue Furcht, steigende Gier, Nachgeben, Erfüllung, Erlösung, schlaffe, dumpfe Zufriedenheit.

Nichts Lockeres, Frivoles war in diesem Tanz, er war von wildem, überzeugendem Ernst. Und so nahmen ihn die Zuschauer, so gaben sie sich selber ihm hin. Dieser Gesang mit seinen banalen, ewig wahren Worten, diese Musik, die keine Musik war, sondern ein Getön, das einen betäubte und hinriß, keine Kunst gab es, die besser ausdrückte, was diese spanischen Menschen spürten, lebten. Vor diesem Tanz löste sich das rechnende, wägende Denken, die lästige Logik in nichts, hier brauchte man nur zu schauen und zu hören, man durfte, man mußte sich treiben lassen im Gewell dieser Töne, im Geflatter dieser Bewegungen.

Die Herzogin von Alba fühlte wie die andern. Ohne daß sie's wußte, traten ihre kleinen Schuhe mit den hohen Absätzen rhythmisch den Boden, schrie ihre schrille, kindliche Stimme Olé, sie schloß die Augen, sie konnte die strömende Lust nicht mehr ertragen.

Franciscos massiges Gesicht war melancholisch, ernst, beinahe leer wie das der Tanzenden. Vieles war in ihm und ging durch ihn, ohne daß es Wort und Bewußtsein geworden wäre. Seine Augen hingen an diesem andalusischen Bolero oder wie immer der Tanz sich nennen mochte, er selber aber in seinem Innern tanzte seine eingeborene aragonesische Jota, diesen geradezu kriegerischen Tanz, in welchem Mann und Weib einander bedrohen, einen Tanz ohne Anmut und ohne Schonung, voll gehaltener Leidenschaft, er hatte ihn oft getanzt, sehr aufrecht, wie es der Tanz verlangte, als ginge man in eine Schlacht. Und mit den andern im Takt klatschte er in seine kräftigen Hände und schrie mit hoher Stimme Olé.

Und dann war der Tanz zu Ende, und die Tänzer hatten sich nicht berührt und hatten doch alle Phasen der irdischen Liebe selber durchlebt und die andern durchleben lassen. Vereint nun, während der Vorhang fiel, wichen sie zurück in die Kulissen. Die Musik riß ab. Man klatschte nicht. Die Zuschauer saßen stumm, selber erschöpft, ausgeleert.

Señor Martínez sagte zu Goya: „Ich bin glücklich, Exzellenz, daß ich Ihnen eine Freude habe bereiten können.“ Es war aber in seinen Worten ein Unterton, der Goya ärgerte; es ärgerte ihn, daß er sich alles vom Gesicht ablesen ließ, daß er so deutlich hatte erkennen lassen, wie sehr Serafina ihn erregt hatte. Sicher auch hatte Cayetana mit ihren schnellen Augen wahrgenommen, wie ihm zumute war. Da sagte sie schon: „Einen Mann wie Sie muß die Serafina angezogen haben. Sie sind sehr berühmt in Cádiz, Don Francisco. Wenn Señor Martínez die Serafina bewegen konnte, für mich zu tanzen, wird er sie bestimmt veranlassen können, auch Ihnen einen Gefallen zu tun.“ Und Señor Martínez fiel sogleich ein: „Ein Porträt der Serafina wird Sie sicherlich mehr interessieren, Exzellenz, als das eines alten Geschäftsmannes. Señora Vargas wird sich eine Ehre daraus machen, Ihnen zu sitzen, besonders wenn Sie das Porträt mir ablassen wollen. Sagte ich Ihnen schon, daß Señor Vargas mein Geschäftsführer in Jerez ist?“

Die Serafina kam. Man überschüttete sie mit Lob und Preis und

Galanterien. Sie dankte ruhig, freundlich, ohne Lächeln, sie war gewohnt, gefeiert zu werden.

Goya sagte nichts, er starrte sie nur an. Endlich wandte sie sich an ihn. „Wie lange werden Sie in Cádiz bleiben, Herr Erster Maler?" fragte sie. „Ich weiß es nicht", erwiderte er. „Wohl noch ein oder zwei Wochen. Ich werde dann noch einige Zeit in der Nähe sein, in Sanlúcar." Sie sagte: „Auch ich lebe nicht weit von hier, in Jerez. Ich hatte die Absicht, mein Gala-Bett erst im späten Herbst abzuhalten. Heute aber habe ich mich entschlossen, es früher abzuhalten, und ich hoffe, Sie werden mich besuchen." Es war aber in diesem Teile des Landes Sitte, daß Frauen von einigem Wohlstand alljährlich auf ein bis zwei Wochen krank wurden, sich ins Bett legten, sich verwöhnen ließen, von Freunden und Bekannten Besuche und Geschenke erhielten; ein prunkvolles Bett, das nur zu diesem Zweck verwandt wurde, gehörte zur Aussteuer jedes Mädchens, das auf sich hielt.

Goya sah sie an, er schaute
Lange, unbekümmert um die
Anderen, und sie gab seinen
Blick zurück, und in den beiden
War der klagende, eintönig
Stampfende Gesang, die Weise:
„Darum laßt uns heute in den
Tiefen Schoß der Liebe tauchen,
Morgen können wir's nicht mehr." Dann
Endlich tat den Mund er auf, den
Zauber brechend, und, ein Majo
Zu der Maja, sprach er: „Halte
Nicht erst lang ein Gala-Bett ab,
Serafina, solcher Dinge
Braucht's nicht zwischen uns. Ich male
Dich auch so. Wir sehen uns auch
Ohne Vorwand, Serafina."

36

Zwei Tage später, des Abends, war er allein mit Cayetana. Es wehte Solano, der schwüle, afrikanische Wind; durch die Windstöße hörte man die abendlichen Signale der beiden feindlichen Geschwader, des nahen spanischen und des ferneren englischen.

Francisco war nervös und gereizt. Er wollte zurück nach Sanlúcar, wollte Cayetana wieder ganz für sich haben. Er war mit einemmal des Lebens in Cádiz überdrüssig, der vielen Menschen, mit denen man hier zusammensein mußte. Dehnte er seinen Urlaub über Gebühr aus, setzte er die Gunst des Hofes aufs Spiel, um sich mit Señor Martínez und dessengleichen zu unterhalten? Cayetana aber fand offenbar Gefallen an der Verehrung dieser Menschen. Für ihn hatte sie kein Verständnis. Sie sollte Herz und Höflichkeit genug haben, endlich zu merken, daß er nicht länger hierbleiben wollte.

Er hatte diesen Gedanken nicht zu Ende gedacht, als sie den Mund auftat: „Du brauchst es nicht erst zu sagen, Francisco." – „Was denn?" gab er zurück mit verstellter Harmlosigkeit. „Was brauche ich nicht erst zu sagen?" Und sie, lächelnd: „Wenn es dir recht ist, gehen wir morgen zurück nach Sanlúcar."

Aller Mißmut fiel ab von ihm, als er wieder in Sanlúcar mit ihr allein war; er war strahlend glücklich wie in den Wochen vor der Reise. Auch die Erinnerung an Cádiz verschönte sich ihm. Die Männer hatten ihn gefeiert, die Frauen sich in ihn verliebt, man hatte ihm Preise gezahlt wie kaum je einem Maler vorher; sein Ruhm war sichtlich übers ganze Reich gedrungen. Dabei hatte er erst angefangen zu zeigen, was er konnte, seine Kunst war im Wachsen. Und jetzt war er hier, allein mit seiner wunderbaren Geliebten, die sich allen seinen Launen fügte. Er war jung, er hatte sich's bewiesen, er besaß alles, was er wünschte. „Sitzend an den goldenen Tischen des Lebens und der Kunst", klang in ihm ein Vers, den ihm Don Miguel mochte zitiert haben.

Einmal, im Bett, faul sich dehnend, fragte Cayetana: „Willst du mich noch immer nicht als Maja malen?" – „Aber gewiß", antwortete er sogleich. Er malte ein zierliches, fröhliches Bild, auf dem er mit ihr spazierenging. Sie war im Maja-Kostüm, sie trug die schwarze Mantilla, er war ein wenig hinter ihr, und sie drehte sich ihm zu, drehte sich in der Wespentaille, kokett, biegsam, die eine Hand hielt einladend den geöffneten Fächer, die andere wies auf den Fächer, auffordernd, mit herrisch ausgestrecktem Zeigefinger. Er selber aber, Goya, sprach in höfisch galanter Haltung auf sie ein, er war überaus elegant gekleidet, stutzerhaft geradezu, er trug einen bräunlichen Frack, kostbare Spitzen und hohe Stiefel, er war bis zur Unkenntlichkeit verjüngt und offenbar verliebt wie ein Käfer.

Sie merkte gut, daß er sie noch immer nicht als Maja sehen wollte, daß er sie wieder nur als große Dame im Kostüm gemalt hatte. Aber sie hatte Freude an dem Bild. Seine Neckerei war harmlos, übermütig, und hatte er sich selber nicht noch viel jungenhafter gehänselt?

Andern Tages erzählte sie ihm, sie habe wieder den Besuch ihrer toten Zofe Brígida gehabt. Die habe ihr wieder gesagt, sie werde früh sterben, doch nicht, ehe sie als Maja gemalt worden sei. Goya lag träg im Sessel. „Dann wirst du also jetzt leider dran glauben müssen", antwortete er. „Red keinen Unsinn!" sagte sie. „Du weißt genau, was sie gemeint hat." – „Ich finde", erwiderte Goya, „das ist eine sehr glückliche Prophezeiung. Du brauchst dich nur nicht als Maja malen zu lassen, dann wirst du hundertfünfzig Jahre alt." – „Da ich es beschlossen habe", sagte sie, „werde ich mich als Maja malen lassen. Das weiß Brígida so gut wie wir beide." – „Übrigens, was hat sie denn angehabt, deine Brígida?" fragte Francisco. Cayetana, überrascht, antwortete: „Sie war angezogen wie eben eine Zofe." Dann aber brach sie aus: „Wie sie angezogen war! Du fragst wie die Inquisition." Francisco, friedfertig, erwiderte: „Ich bin Maler. Wenn ich was nicht sehen kann, existiert es nicht für mich. Ein Gespenst, das ich nicht malen kann, ist kein richtiges Gespenst."

Hatte sich Doktor Peral schon in Cádiz im Hintergrund gehalten, so löschte er sich jetzt vollends aus, wann immer er annahm, er sei nicht erwünscht. Im übrigen bewährte er sich als lustiger und gescheiter Gesellschafter und ließ es sich angelegen sein, Goya zu zeigen, mit wieviel Kennerschaft er ihn bewundere. Francisco konnte es kaum begreifen, daß ein Mann, der beim Tode des Herzogs eine so finstere Rolle gespielt hatte, so gleichmäßig heiter und zufrieden war. Wahrscheinlich dünkte sich dieser bei allem bescheidenen Gewese so überhebliche Mann berghoch erhaben über das Volk und glaubte, seine Wissenschaft erlaube ihm, was der blöden Masse nicht erlaubt war. Wenn er am Tod des Herzogs beteiligt war, und er war es, dann hatte er, was er tat, kühl und bedenkenlos getan, und keine leise Ahnung war ihm gekommen, daß in den Winkeln Dämonen hocken könnten und zuschauen.

Als ihn damals Peral darum bat, hatte es Goya höhnisch abgelehnt, ihn zu porträtieren. Jetzt fühlte er sich versucht, den unheimlichen, trotz seines starkzügigen Gesichtes so undeutlichen Mann zu malen, um sich über ihn klarzuwerden. Eines Tages, mit Anlauf, bot er's ihm an. Der überraschte Peral scherzte: „Die Preise des Señor Martínez kann ich aber nicht bezahlen." Goya, lächelnd, antwortete: „Ich würde auf das Porträt setzen: A mi amigo." Es war dies aber die Formel, mit der ein Maler ein Geschenk zu bezeichnen pflegte, und ein Porträt solcher Art von Goyas Hand zu besitzen, wärmte dem leidenschaftlichen Sammler Peral das Herz. Sein gehaltenes Gesicht rötete sich. „Sie sind sehr generös, Don Francisco", sagte er.

Goya malte lange und beflissen an dem Porträt, er malte es in jenem silbriggrauen Licht, das ihm allein zugehörte und das durch seine Zartheit das Finstere unterstrich, das der Maler hinter dem klugen, gelassenen Gesicht des Arztes vermutete. Goya ließ nicht zu, daß Don Joaquín irgendwas versteckte; er setzte ihn so, daß beide Hände sichtbar waren. „Was? Auch noch die Hände schenken Sie mir?" scherzte Peral. Gerade die Hände aber, die den Mann Cayetanas umgebracht hatten, wollte Goya malen.

Im übrigen verliefen die Sitzungen sehr angenehm. Peral war gesprächig, er gab sich offen, wenngleich immer ein Hintergründiges blieb, ein nicht zu Enträtselndes, und Goya war an dem Manne tief interessiert, ja, er gewann ihn lieb, so sehr ein gelegentlicher Blick, eine gelegentliche Geste ihn abstießen. Es entstand zwischen den beiden eine sonderbare Freundfeindschaft; sie fühlten sich einander verbunden, sie wollten einander ergründen, es machte ihnen Spaß, sich scharfe Wahrheiten zu sagen.

Da Goya nicht über Cayetana sprach, nannte auch Peral nicht ihren Namen. Wohl aber war mehrmals von Dingen der Liebe im allgemeinen die Rede. Einmal fragte der Arzt den Maler, ob er gehört habe von dem Unterschied, den die alten Philosophen machten zwischen einem Hedoniker und einem Erotiker. „Ich bin ein unwissender Malermeister, Doktor", sagte gutmütig Goya, „und Sie ein Tertuliante, ein dreimal weiser Tullius Cicero. Bitte, belehren Sie mich." – „Ein Hedoniker", erläuterte Peral, „ist einer, der nur sich allein Genuß verschaffen will; der Erotiker aber will Lust geben, wenn er Lust empfindet." – „Sehr interessant", sagte Goya, ein wenig unbehaglich; er wußte nicht, ob Peral die Alba im Sinne habe. „Der Philosoph Kleanthes", fuhr Peral fort, „lehrt: ‚Wehe dem, der in den Schoß einer Hedonikerin fällt', und wem solches zustößt, dem empfiehlt er als Heilmittel, er solle sich flüchten in eine große, allgemeine Sache, in den Kampf für Freiheit und Vaterland. Das klingt gut; aber als Arzt bezweifle ich, daß es hilft."

Natürlich sprach Peral während dieser Sitzungen auch viel von der Kunst. Besonders bewunderte er Franciscos Technik, sprechende Augen zu malen. „Ich bin Ihnen da auf Ihren Trick gekommen", sagte er. „Sie machen das Weiße des Auges kleiner als die Natur und die Iris größer." Und da Goya erstaunt hochsah, erklärte er: „Der gewöhnliche Durchmesser der Iris beträgt elf Millimeter, Ihre Menschen haben eine Iris von dreizehn Millimetern. Ich habe nachgemessen." Goya wußte nicht, ob er lachen sollte.

Ein andermal sprach Peral von dem Greco. Er bedauerte, daß König Philipp den Greco nicht genügend begriffen habe. Wieviel mehr Meisterwerke wären entstanden, wenn Philipp dem Meister seine Gunst bewahrt hätte. „Ich würde nicht", sagte er, „wie es jener begeisterte junge Dichter tat, Velázquez, Murillo und Goya die drei größten spanischen Meister nennen. Mir sind die größten: der Greco, Velázquez und Goya." Goya antwortete freimütig, ihm sei der Greco fremd; er sei ihm zu manieriert aristokratisch, zu unspanisch. „Wahrscheinlich", meinte er, „hat unser Don José Quintana recht. Ich bin Spanier, ich bin Bauer, ich male brutal."

Dann war das Bild fertig. Von der Leinwand blickte aus großen, skeptischen, etwas stechenden Augen ein gescheiter, ja bedeutender und unheimlicher Peral auf den Beschauer. Mit sorgfältigem Pinsel signierte Francisco: „Goya a su amigo Joaquín Peral". Peral schaute zu. „Danke, Don Francisco", sagte er.

Aus Jerez kam ein Brief, ungelenk geschrieben; die Serafina brachte sich in Erinnerung. „Ich werde vielleicht auf ein paar Tage nach Jerez gehen“, sagte Goya zu Cayetana, „und die Serafina malen.“ – „Ist es nicht bequemer“, antwortete sie, „du läßt sie hierherkommen?“ Sie sprach gelassen, beiläufig; aber hinter ihren Worten war ein spitzbübisch wohlwollendes Einverständnis, das ihn aufbrachte. „Es war nur so eine Idee, die mir durch den Kopf ging“, sagte er. „Wahrscheinlich werde ich weder hingehen noch sie herkommen lassen. Aber“, setzte er bösartig hinzu, „sie wäre die ideale Maja. Wenn ich jemals wieder eine Maja male, dann sie.“

Als er kurz darauf um die übliche Stunde zu Cayetana kam, fand er sie auf dem Diwan liegend in einem Kostüm, wie es im vorigen Winter bei Kostümfesten oft getragen worden war. Es war ein Gewand aus dünnem, kostbarem, weißem Stoff, mehr Torero- als Maja-Tracht, halb Hemd, halb Hose; sich faltig um den Körper schmiegend, enthüllte es ihn mehr, als es ihn verbarg. Dazu trug Cayetana eine Bolero-Jacke, stark gelb, geschmückt mit schwarzen, schillernden Metallplättchen, die ein Schmetterlingsmuster darstellten; ein breiter, rosafarbener Gürtel hielt das Kleid zusammen. So lag sie, die Hände hinterm Kopf verschränkt.

„Wenn du die Serafina als Maja malen wolltest“, fragte sie, „wäre diese Pose und dieses Kostüm das rechte?“ – „Nun ja“, antwortete er, es war weder Ja noch Nein. Die Frau, die auf dem Diwan lag, war eine reizvolle Dame, auf gewagte Art als Maja verkleidet; doch hätte in einer Schenke der Manolería kein Mensch sie für eine Maja genommen, und Francisco konnte sich wohl vorstellen, daß er Cayetana, doch nicht, daß er die Serafina so malte. „Wenn du eine solche Maja maltest“, fragte sie weiter, „würdest du sie in Lebensgröße malen?“ Er, etwas verwundert, erwiderte: „Es ist das erstemal, daß du an Technischem interessiert bist.“ Sie, ein wenig ungeduldig, sagte: „Heute bin ich es.“ Er gab lächelnd Auskunft: „Ich denke, ich würde dem Bild drei Viertel Lebensgröße geben.“

Ein paar Tage später führte sie ihn in einen wenig benutzten Raum des Hauses, ein prunkvolles, etwas vernachlässigtes Schlafzimmer, das einmal einer Herrin der Casa de Haro gedient haben mochte, ihr offizielles Lever abzuhalten. An einer Wand hing ein belangloses Gemälde, ein Breitbild, eine Jagdszene darstellend. Cayetana, mittels der gleichen Vorrichtung, wie sie in der Casa de Haro in Cádiz verwandt war, ließ das Bild zur Seite gleiten. Dahinter sichtbar wurde nackte Wand, Raum für ein anderes Bild. Er stand töricht. „Begreifst du nicht?“ fragte sie. „Ich möchte, daß du mich endlich als Maja malst, als wirkliche Maja.“ Er starrte sie an. Hatte er sie begriffen? Die Nackte Frau des Velázquez, so hatte er ihr's erklärt, war nicht Göttin und nicht Grandin, sie war eine Maja. „Ich möchte zwei Porträts bei Ihnen bestellen, Don Francisco“, sagte sie, „das eine als Maja im Kostüm, das andere als die wahre Maja.“

Wenn sie es so wollte, mochte sie's haben. Er malte sie in ihrem kostbaren, grellen Kostüm, und er malte sie schon jetzt nackt unter dem durchsichtigen Stoffe. Da lag sie auf dem zur Lust bereiteten Lager, auf mattgrünen Polstern, die Arme griffen hinterm Kopf zusammen, das linke Bein war angezogen, der rechte Oberschenkel lag weich auf dem andern, und er betonte das Dreieck des Schoßes. Er hieß sie etwas Schminke auflegen, und er malte ihr Gesicht; es war aber nicht ihr Gesicht, vielmehr gab er ihr ein anonymes, vieldeutiges Gesicht, wie nur er es malen konnte, es war das Gesicht einer einzelnen und einer jeden.

Cayetana freute sich des stolzen Wettbewerbs, in den sie sich da eingelassen hatte. Sie hatte es erreicht: Francisco malte sie als Maja; die Serafina, die Maja Majada, das Urbild der Maja, hatte ihn vergeblich zu ihrem Gala-Bett eingeladen.

Er malte in dem Zimmer, für welches die Bilder bestimmt waren. Das Licht, das von links kam, war das richtige für die bekleidete Maja. Die unbekleidete aber malte er auf dem flachen Dach des Aussichtsturmes, des Mirador; denn hier bewirkte die Brüstung, daß das Licht so fiel, wie er's brauchte. Die Dueña, überaus mißbilligend, stand Wache, man war geschützt. Trotzdem war, was sie da taten, gewagt; denn Unternehmungen solcher Art blieben nun einmal nicht auf die Dauer verborgen.

Goya malte verbissen. Er spürte, sie verbot ihm die Serafina, sie wollte ihm mehr sein als die Serafina. Auch mehr Maja als die Serafina. Aber das konnte sie nicht haben. Eine böse Lust stieg in ihm hoch. Wie sie da vor ihm lag, war nicht mehr er ihr Pelele, sondern war endlich sie sein Spielzeug. Was da auf seiner Leinwand entstand, war keine Maja. Und wenn Geburt und Reichtum ihr alles gaben, was Spanien geben konnte: aus dem Volke blieb sie ausgeschlossen, sie war immer nur armselige

Grandin. Sie wurde nicht zur Maja, wie immer sie es anstellte. Und gerade wenn sie sich die letzte Hülle abriß, war sie's nicht.

Seine Gedanken kehrten sich ab von der Frau im Fleische, wandten sich seinem Werke zu. Er wußte nicht, ob es Kunst war, was er da trieb. Was hätte Luján, sein Lehrer in Saragossa, dazu gesagt! Luján hatte ihn wohlbekleidete Gipsstatuen abzeichnen lassen, er war Zensor der Inquisition gewesen. Sicher war, was er hier machte, meilenweit entfernt von jener wunschlosen, interesselosen Kunst, von der die Mengs und Miguel schwärmten. Aber, carajo!, er wollte nicht wetteifern mit dem toten Velázquez, und so war nun einmal *seine* Doña desnuda. Er malte in dieser bekleideten und in dieser unbekleideten Nackten alle Frauen, mit denen er je zusammengelegen war, im Bett und im Winkel. Malte einen zu allen Lüsten aufstachelnden Leib. Und dazu zwei Gesichter: voll von Erwartung und Lüsternheit das eine, leer geradezu vor Begierde, und den Blick hart, lockend, gefährlich; das andere ein wenig schläfrig, langsam erwachend aus gestilltem Verlangen, schon durstig nach neuer Erfüllung. Was er malen wollte, war keine Alba und war keine Maja. Es war die Lust schlechthin, die nie zu stillende, mit ihrer dumpfen Seligkeit und ihren Gefahren.

Die Bilder waren fertig. Cayetana schaute unsicher von dem einen zum andern. Die Frau im Torero-Kostüm hatte ein anderes Gesicht als die nackte. Beide Gesichter waren die ihren und doch nicht die ihren. Warum hatte Francho nicht ihr wirkliches Gesicht gemalt?

„Sie haben was Einzigartiges gemacht, Don Francisco", sagte sie schließlich, „etwas Beunruhigendes." Sie riß sich los. „Aber so üppig bin ich wirklich nicht", sagte sie gespielt neckisch.

Dann, mit Hilfe der Dueña,
Hängten sie die beiden Bilder
An die Wand, und vor der nackten
Lag die andre Maja. „Meine
Gäste werden schon vor dieser
Große Augen machen", meinte
Sie. Dann nochmals, kindisch mit dem
Mechanismus spielend, drückte

Sie den Knopf, und nochmals sichtbar
Ward die nackte Maja. Schwarz und
Steif in Abscheu, hartverkniffner
Lippe, stand die Alte. Lächelnd
Deckte Cayetana ihre
Nacktheit mit dem bunten Bild der
Andern Maja wieder zu, und
Lächelnd, ausgestreckt den Zeige-
Finger, überm kleinen Leib den
Großen, schönen Kopf erhoben,
Leichten Schrittes, gnädig ihrem
Goya winkend, daß er folge,
Ging die Herzogin von Alba
Aus dem Raum.

37

In Sanlúcar traf ein Gast ein, Don Juan Antonio Marqués de San Adrián.

Goya war verstimmt. Er kannte den Marqués seit langem, er hatte ihn gemalt, es war eines seiner besten Porträts geworden. Vor eine freie Landschaft hatte er ihn gestellt; da, sehr affektiert, an einen steinernen Pfeiler gelehnt, stand der junge Herr – er war gar nicht mehr so jung, er mochte Anfang der Vierzig sein, aber er schaute aus wie fünfundzwanzig mit seinem hübschen, frechen, hochmütigen Knabengesicht. Er trug Reitkostüm, weiße Weste, enge, gelbe Hosen und blauen Rock, eine Art Werther-Kostüm. Die Hand mit der Reitgerte stützte er elegant in die Hüfte, die andere, sorgfältig gemalte Hand hielt ein Buch, weder der Maler noch das Modell hätten sagen können, warum, den hohen Hut hatte er auf den Steinpfeiler gelegt. Goya hatte nichts verheimlicht von der Arroganz des hübschen, überaus verwöhnten Herrn, der, einer der ersten Granden des Hofes, schon in jungen Jahren zum Präsidenten des einflußreichen Rates von Indien ernannt worden war. Mehrmals auch hatte Goya den Marqués im Kreise Cayetanas getroffen, man nahm an, er sei einer ihrer Liebhaber gewesen. Sicher war, daß er zu den Favoriten der Königin zählte; wahrscheinlich hatte ihn die Alba auf kurze Zeit zu ihrem Cortejo gemacht, um Doña María Luisa zu ärgern. Der Marqués de San Adrián war gescheit und ungewöhnlich gebildet, er hatte lange in Frankreich gelebt, galt als sehr fortschrittlich und war es wohl auch. Aber wenn er mit seiner sehr hohen, etwas schleppenden Knabenstimme eine seiner zynischen, affektierten, geistreichen Bemerkungen von sich gab, dann kratzte das Goya, und er hatte Mühe, nichts Grobes, Plumpes zu erwidern.

Der Marqués war von natürlicher Liebenswürdigkeit. Er sei gekommen, erklärte er, um Doña Cayetana aufzuwarten; denn er habe ihre Abwesenheit vom Hofe nicht länger ertragen können. Aber ein zweiter, beinahe ebenso wichtiger Grund sei sein dringlicher Wunsch, Don Francisco möge, nun er in der Nähe von Sevilla sei, eine Sitzung des Rates von Indien malen. „Wir entbehren Sie, mein Lieber", sang er mit seiner etwas quäkenden Stimme. „Sie wissen, wir können nicht oft genug porträtiert sein, und wenn Sie uns darben lassen, dann müssen wir unsere Zuflucht nehmen zu braven Leuten wie Ihrem Kollegen Carnicero, und dann werden unsere Gesichter noch leerer, als sie sind."

Der Marqués war bemüht, nicht zu stören. Er nahm an den Mahlzeiten teil und war bei Cayetanas Lever zugegen; seine Anwesenheit war eher anregend als lästig. Cayetana behandelte ihn leicht ironisch wie einen vorwitzigen Jungen, ihre Verbindung mit ihm war offenbar abgelebt. Jedenfalls konnte Francisco Cayetana nach wie vor allein sehen, wann immer er wollte.

Eines Abends, bei Tische, geriet er in ein Gespräch mit Peral über Kunstdinge; die beiden andern beteiligten sich nicht. Da, während er sprach, fing er einen Blick auf von Cayetana zu San Adrián. Es war ein schräger Blick, wie er ihn der Maja gegeben hatte, sie äugte hinüber zu Don Juan, auffordernd, wartend, begehrlich. Der Blick dauerte keine zwei Sekunden. Vielleicht bildete er ihn sich nur ein. Gewiß bildete er ihn sich ein; er befahl sich, den Blick zu vergessen. Aber er konnte den begonnenen Satz nur mit Mühe beenden.

Des Nachts sagte er sich, das sei alles Unsinn, Cayetana sei ihm mit seiner Doña desnuda in *eines* verflossen, dergleichen geschah ihm zuweilen. Dann wieder sagte er sich, es sei so gut wie gewiß, daß Cayetana früher mit San Adrián geschlafen habe, und warum sollte er gekommen sein, wenn nicht, um die alte Freundschaft aufzuwärmen? Und sicherlich nicht war er gekommen ohne ihr Einverständnis. Alles war klar, und er war der Dumme, der Pelele. Er stellte sie sich vor, wie sie mit San Adrián zusammenlag, dem Stutzer, dem arroganten Gecken, jetzt, gerade jetzt, während er sich schlaflos in Qual verzehrte. Und dann zeigte sie ihm die Doña desnuda, und San Adrián mit seiner ekelhaften Stimme stellte fest, wieviel Schönes an ihr Francisco nicht gesehen hatte.

Das alles war Unsinn. Er war einfach ein eifersüchtiger Narr. Er hatte Grund zur Furcht. Er war alt und dicklich und hörte schlecht, und sein Rücken begann sich zu krümmen, das war besonders schimpflich für einen Aragonesen; auch war er von unbeherrschter Laune und grämlich. Cayetana war „chatoyante", das hatte die alte Marquesa richtig gesehen. Selbst wenn er jung gewesen wäre und strahlend schön, hätte sie vielleicht plötzlich die Lust an ihm verloren und einen andern vorgezogen. So wie er jetzt ausschaute, war es klar, daß sie lieber mit dem jungen, schlanken, geistreichen, immer heitern Stutzer lag. Trágalo, perro.

Hirngespinste. Hatte sie nicht den Marqués blutig verhöhnt wegen María Luisa? Hatte sie ihm nicht deutlich gezeigt, daß er, Francisco, ihr Cortejo war? Aber dieser schräge Blick, den hatte er sich nicht eingebildet, der kam nicht von der Doña desnuda, der kam von den harten, metallischen Augen der lebendigen Cayetana. Sie hatte unbeteiligt dreingeschaut im nächsten Moment, aber sie wechselte wie das Katzenauge, nichts an ihr war echt und greifbar. Es lag nicht an ihm, daß er Cayetana nicht hatte malen können, auch Velázquez hätte sie nicht malen können, niemand konnte sie malen. Auch ihre Nacktheit konnte man nicht malen, selbst ihre Nacktheit war verlogen. Und ihr Herz war geschminkt wie ihr Gesicht. Sie war von Grund auf böse. Ein Vers klang ihm auf aus einer alten Romanze, welche Pepa gerne sang: „Im schönen Busen ein häßliches Herz."

Am nächsten Morgen malte er. Denn jetzt endlich hatte er die wahre Cayetana gesichtet. Er ließ sie hinfliegen durch die Lüfte; mit ihr, unter ihr, gleich Wolken, die sie trugen, schwebten drei Mannsgestalten. Dieses Mal aber gab er den Zügen der Frau nichts Anonymes. Dieses reine, hochmütige, ovale Gesicht konnte nur einer Frau auf Erden gehören, Cayetana de Alba, und deutlich kennbar auch waren die Gesichter der Männer; der Stierkämpfer Costillares war der eine, der andere der Präsident des Rates von Indien San Adrián, der dritte Don Manuel Príncipe de la Paz. Von der Erde aber schaute grinsend eine Mißgestalt dem Fluge zu, der uralte Hofnarr Padilla. Es war eine Himmelfahrt, die Francisco da malte, doch es war eine höchst verruchte Himmelfahrt, und ihr Ziel war sicherlich nicht der Himmel. Die Frau über den Männerköpfen hielt innerhalb des weiten, wallenden, vom Fluge gebauschten Gewandes die Beine gespreizt. Sehr wohl mochte man dieser Schwebenden alle sieben Todsünden zutrauen. Sehr wohl mochte dieses Gesicht, ohne auch nur die Lippen zu regen, Weisung gegeben haben, den harmlosen Gatten umzubringen, weil der, vielleicht, hätte stören können. Ja, endlich hatte er's gesehen, endlich es erfaßt, und dieses war ein für allemal ihr letztes Gesicht, das wahre, reine, hochmütige, tiefverlogene, tiefunschuldige, tieflasterhafte Gesicht Cayetanas, dies war die fleischgewordene Lust, Lockung, Lüge.

Am nächsten Tag zeigte sich Cayetana nicht. Die Dueña entschuldigte sie bei den Herren. Ihr weißes Hündchen Don Juanito war erkrankt, sie trauerte, sie konnte niemand sehen. Goya malte weiter an der „Himmelfahrt", an der „Lüge".

Den Tag darauf war das Hündchen wieder gesundet und Cayetana strahlender Laune. Goya war einsilbig, sie nahm es nicht übel, sie versuchte mehrmals, ihn ins Gespräch zu ziehen. Allmählich aber, da er ihr nicht entgegenkam, kehrte sie sich San Adrián zu, der auf seine liebenswürdige, kindlich schmeichelnde Art auf sie einsprach. Er brauchte ein französisches Zitat, sie erwiderte französisch, sie glitten ins Französische. Peral, hin- und hergerissen von Schadenfreude zu Mitleid, suchte das Gespräch ins Spanische zurückzulenken, die beiden sprachen weiter französisch, ein geschwindes Französisch, dem Goya nicht zu folgen vermochte. Schließlich wandte sich Cayetana an Francisco, immer französisch, abgelegene Worte gebrauchend, die er nicht verstand. Sichtlich wollte sie ihn vor San Adrián bloßstellen.

Nach dem Abendessen erklärte sie, sie sei heute vergnügt und wolle noch nicht zu Bett, sie wolle noch was unternehmen. Sie wolle ihre Leute kommen lassen, daß sie Fandango tanzten. Ihre Zofe Fruela tanze ausgezeichnet, auch der Reitknecht Vicente sei nicht schlecht. Es geschah öfters, daß sich Granden die Langeweile ihrer Gesellschaften vertrieben, indem sie ihr Gesinde tanzen ließen.

Es traten fünf Paare an, willens und fähig, Fandango zu tanzen, an die zwanzig andere kamen, um zuzusehen, Leute aus dem Gesinde, Pächter, Bauern. Es hatte sich die Kunde verbreitet, daß man Fandango tanze, da konnte ohne Förmlichkeit ein jeder zuschauen. Die Leute tanzten weder gut noch schlecht, aber der Fandango war ein Schauspiel, das, wenn auch ohne viel Kunst ausgeführt, alle mitriß. Zuerst saßen die Zuschauer ernst und hingegeben, dann aber traten sie den Boden, stampften, klatschten im Takt in die Hände, schrien Olé. Es tanzte jeweils nur ein Paar, doch immer neue fanden sich, die vortraten, das tanzende Paar abzulösen.

Cayetana sagte: „Wollen Sie nicht tanzen, Francisco?" Für einen Augenblick war Francisco versucht. Dann dachte er daran, wie sie ihn hatte Menuett tanzen lassen wollen vor dem Herzog und vor Peral, er sah vor sich das liebenswürdig freche Gesicht San Adriáns, und sollte er sich ihm von Cayetana vorführen lassen? Er zögerte. Dann wandte sie sich schon an San Adrián: „Oder Sie, Don Juan?" Der Marqués, auf seine stutzerhafte Art, erwiderte sogleich: „Nichts lieber als das, Herzogin. Aber in diesem Kostüm?" – „Die Hosen gehen an", sagte sachkundig Cayetana, „und eine Jacke wird Ihnen jemand leihen. Machen Sie sich zurecht, während ich mich umziehe."

Sie kam zurück und trug jenes Kostüm, in dem sie sich von Goya hatte malen lassen, das hemdhosenartige Gewand aus dünnem, weißem Stoff, der den Körper mehr enthüllte als verbarg, darüber den spielerischen, gelben Bolero mit den schillernd schwarzen Metallplättchen und dem breiten, rosafarbenen Seidengürtel. So tanzte sie mit San Adrián. Es war nicht das rechte Kostüm, weder das ihre noch das seine, es war auch nicht der richtige Fandango, den sie tanzten, die Zofe Fruela und der Reitknecht Vicente tanzten besser, und schon gar nicht durfte man denken an Sevilla oder an Cádiz, geschweige denn an die Serafina. Immerhin, es war das nackte, eindeutige Schauspiel des Fandango, und es lag etwas tief Ungehöriges, ja Unzüchtiges darin, daß die Herzogin von Alba und der Präsident des Rates von Indien den Bauern, Zofen, Kutschern von Sanlúcar dieses Schauspiel vorführten, Brunst, Verlangen, Scheu, Erfüllung. Sie hätte ebensogut, spürte Goya, alle diese Leute in ihr Ankleidezimmer führen, den Knopf drücken und ihnen die Doña desnuda zeigen können. Was ihn aber am meisten aufbrachte, war, daß die beiden, die da tanzten, den Majo und die Maja nur spielten, es nicht waren. Es war ein freches, dummes, frivoles Spiel, und so durfte man nicht spielen, es war eine Verhöhnung alles wahren Españolismo. Dumpfer Groll kam über Goya, Groll über Cayetana und Don Juan, über alle die Granden und ihre Frauen, unter denen er lebte, diese Zierbengel und Marionetten. Gut, er selber hatte hingegeben mitgetan in diesem dummen verlogenen Spiel, zu der Zeit, da er die Gobelins gemacht hatte. Aber seither hatte er tiefer hineingeschaut in Menschen und Dinge, tiefer gelebt und gefühlt, und er hatte geglaubt, auch Cayetana sei mehr als eine von jenen. Er hatte geglaubt, das zwischen ihnen beiden sei kein Spiel, sei Wahrheit, sei Leidenschaft, Brunst, Liebe, der wahre Fandango. Aber sie hatte gelogen, alle die Zeit her hatte sie gelogen, und er hatte sich mißbrauchen lassen, ein Pelele, ein Hampelmann, von dieser Vornehmen.

Die Lakaien und Zofen, die Bauern, Läufer, Küchenmägde, Stallburschen hatten einen großen Abend. Sie spürten, wie Cayetana sich mühte, zu ihnen zu gehören, und sie wußten das zu schätzen, aber sie spürten auch, wie es ihr mißlang, und sie fühlten sich ihr überlegen. Sie traten den Boden, klatschten in die Hände, schrien Olé, und ohne daß sie es in Worte oder klare Gedanken gefaßt hätten, dünkten sie sich besser als die da vorne, und wenn die Zofe Fruela heute nacht mit dem Reitknecht Vicente schlafen geht, wird das besser sein, natürlicher, spanischer, mehr in der Ordnung, als wenn die Vornehme mit diesem Gecken schlafen wird oder mit ihrem Maler.

Die Dueña konnte das Schauspiel nicht ertragen. Sie liebte ihre Cayetana, Cayetana war der Inhalt ihres Lebens, aber nun hatte ihr Lämmchen sich behexen lassen von dem Maler. Mit Zorn und Gram sah sie, wie diese erste Dame des Reiches, die Nachkommin des großen Feldmarschalls, sich so erniedrigte vor der Canaille, vor der Chusma, dem Pöbel.

Peral saß und schaute. Er klatschte nicht, er schrie nicht Olé. Er hatte dergleichen Ausbrüche an Cayetana oft erlebt, nicht ganz so grell vielleicht, aber doch nicht viel anders. Er schaute auf Goya, sah, wie es in dessen Gesicht arbeitete, er spürte Genugtuung, er spürte Bedauern.

Cayetana und San Adrián erhitzten sich. Die Musik wurde feuriger, die Zurufe lauter, sie tanzten, sie arbeiteten sich ab. Müh du dich nur ab, dachte es in Goya, zu einer Maja bringst du es doch nicht. Du hast ja auch keine Ahnung von einem Fandango. Du willst dir nur die Nacht würzen, dir einheizen, bevor du ins Bett gehst mit diesem traurigen Hanswurst, diesem Stutzer und Gekken. Er ging weg, bevor der Tanz zu Ende war.

Auch diese Nacht schlief er schlecht. Am andern Morgen erwartete sie wohl, er werde sie vor dem Mittagessen zu einem Spaziergang abholen, so hatten sie's bisher immer gehalten. Er ging nicht zu ihr, er ließ ihr mitteilen, er habe Kopfschmerzen und komme nicht zum Mittagessen. Er holte das Bild hervor, die „Himmelfahrt", die „Lüge". Es war fertig, es bedurfte keines Striches mehr. Er war auch nicht im rechten Mut zur Arbeit, der Solano quälte ihn, er hatte das Gefühl, es stehe wieder schlechter um sein Gehör. Er räumte die Leinwand fort. Setzte sich an den Sekretär, begann einen Brief zu entwerfen. Er dachte: Der Alte hielt sich einen Hofnarren, sie hält sich ihren Hofmaler. Aber ich spiele nicht mehr mit. Er entwarf einen Brief an den Hofmarschall, einen zweiten an die Akademie, um seine Rückkehr nach Madrid mitzuteilen. Ließ den Entwurf liegen, schrieb ihn nicht ins reine.

Am Nachmittag kam sie, sie hatte ihren lächerlichen Hund mit. Tat, als wäre nichts gewesen, war liebenswürdig, beinahe heiter. Bedauerte, daß er sich nicht wohl fühle. Warum er denn nicht Peral zu Rate gezogen habe? „Es ist nichts, wobei Peral mir helfen könnte", sagte er, finster. „Schick deinen San Adrián fort!" verlangte er. Sie sagte: „Sei vernünftig! Du weißt, daß ich ihn nicht beleidigen werde, bloß weil du übler Laune bist." – „Schick ihn fort!" beharrte er. Sie sagte: „Warum willst du mir in meine Dinge einreden? Du weißt, daß ich das nicht vertrage. Ich habe dir nie eingeredet, ich habe dir nie gesagt: Tu das oder laß jenes." Diese ungeheure Frechheit erbitterte ihn. Sie hatte alles von ihm verlangt, was ein Mensch vom andern fordern kann, die grauenvollsten Opfer, und da stand sie und erklärte unschuldig: „Hab ich jemals was von dir verlangt?"

Er sagte: „Ich gehe nach Jerez, ich male die Serafina."

Sie saß ruhig da, sie hatte das Hündchen auf dem Schoß. „Es trifft sich gut", sagte sie, „daß du jetzt weg willst. Ich gehe nämlich auch auf ein paar Tage fort. Ich besuche einige meiner Güter, ich will meinen Pächtern auf die Finger schauen. Don Juan begleitet mich und hilft mir mit seinem Rat." Seine Unterlippe schob sich gewalttätig vor, die tiefliegenden, braunen Augen verdunkelten sich. „Ich gehe nicht auf ein paar Tage fort", erwiderte er, „und meinethalb brauchst du nicht zu verreisen. Bleib du ruhig hier mit deinem Zierbengel. Ich störe dich nicht länger. Von Jerez gehe ich zurück nach Madrid." Sie stand auf, das Hündchen kläffte, sie wollte etwas Heftiges erwidern. Sie sah sein massiges Gesicht, die Augen brannten daraus hervor, ganz schwarz, man sah kaum mehr das Weiße. Sie bezwang sich. „Es wäre sehr töricht, Francisco", sagte sie, „wenn du nicht nach Sanlúcar zurückkehrtest, und ich würde es sehr bedauern." Und da er schwieg, bat sie: „Sei vernünftig. Du kennst mich. Verlange nicht, daß ich mich ändere. Ich kann es nicht. Laß mir die vier, fünf Tage, nimm du dir die gleiche Zeit. Und dann komm zurück, und ich werde dasein, allein, und es wird alles sein, wie es war."

Er starrte sie noch immer an, haßerfüllt. Dann sagte er: „Ja, ich kenne dich", und er holte das Bild hervor, die „Himmelfahrt", die „Lüge", und er stellte das Bild auf die Staffelei.

Cayetana sah sich fliegen, leicht, anmutig, reinen, tief unschuldigen Gesichtes, und das *war* ihr Gesicht. Sie bildete sich nicht ein, sehr viel von Malerei zu verstehen, aber das sah sie: einen wüstern Schimpf hatte ihr noch keiner angetan, nicht María Luisa, keiner. Dabei hätte sie nicht sagen können, woran es lag. Oder doch, sie wußte es. Es waren die drei Männer, die er ihr gegeben hatte, gerade diese drei, und warum Don Manuel? Er wußte genau, wie widerwärtig ihr dieser Manuel war, und gerade den gab er ihr zum Hexensabbatgenossen. Ich bin in die Verbannung gegangen seinethalb, wütete es in ihr. Ich hab mich von ihm malen lassen wie niemals eine Grandin von einem lumpigen Maler. Und dann behandelt er mich so.

Auf seinem Arbeitstisch lag ein Schabmesser. Sie nahm es, nicht einmal schnell, und mit kräftiger Bewegung schnitt sie die Leinwand schräg durch, von oben bis unten. Er stürzte auf sie los, packte mit der einen Hand sie, mit der andern das Bild. Das Hündchen lief ihm zwischen die Füße, kläffend. Staffelei und Bild krachten auf lächerliche Art zu Boden.

Heftig atmend standen beide.
Ruhig dann, hochmütig, wie nur
Sie es konnte, sprach die Alba:
„Ich bedaure, daß das Bild zu
Schaden kam. Nennen Sie, bitte,
Ihren Preis. Man wird . . ." Sie sprach nicht
Weiter. Jene Welle war, der
Anfall, der gefürchtete, war
Über ihn gekommen. Schlaff, ver-
Fallen, lahm, im Sessel hockte
Er, das Antlitz eine Maske
Der Vernichtung.

38

Stunden hindurch verharrte Francisco gelähmt, in verzweifelter Stumpfheit. Immer von neuem gingen durch sein Hirn die gleichen platten Phrasen: Das kommt davon . . . Ich war verrückt, ich werde verrückt . . . Jetzt hat sie mich ganz hineingetunkt, das Luder . . . Das kommt davon . . . Jetzt bin ich für immer unten durch. Dann sagte er diese Worte vor sich hin, sehr laut. Er glaubte sie zu hören, er wußte, er hörte sie nicht. Trat vor den Spiegel, sah sich den Mund öffnen und schließen, hörte nicht, was er sprach. Bei früheren Anfällen waren ihm zuerst die hohen Töne verstummt, ganz zuletzt erst die tiefen. Er sprach mit sehr tiefer Stimme und sehr laut. Hörte nichts. Bei früheren Anfällen hatte er von sehr lauten Geräuschen einen leisen Widerklang gehört. Er warf eine Vase auf den Steinboden, sah sie zersplittern, hörte nichts.

„Das kommt davon", sagte er. „Betrogen, hereingelegt, beschwindelt. Mein Kind umgebracht, meine Karriere kaputtgeschlagen, mein Gehör gestohlen." Rasender Zorn fiel ihn an, er häufte Fluchworte. Zerschlug den Spiegel, der ihr Bild aufgenommen hatte. Sah bestürzt seine zerschnittene, blutende Hand.

Dann fiel er in grimmige Resignation. „Trágalo, perro – Schluck's, du Hund", sagte er sich und blieb hocken in verzweifelter Stumpfheit.

Peral kam. Bemühte sich, sehr deutlich zu sprechen, daß ihm Francisco die Worte vom Mund ablesen könne. Der saß da, ein Bild verstockter Verzweiflung. Peral schrieb ihm auf: „Ich gebe Ihnen ein beruhigendes Mittel. Legen Sie sich hin." – „Ich mag nicht!" schrie Goya. „Nehmen Sie Vernunft an", schrieb Peral. „Nach einem langen Schlaf wird alles besser sein." Er kam zurück mit dem Trank. Goya schlug ihn ihm aus der Hand. „Ich laß mich nicht auch umbringen", sagte er, diesmal leise, doch sehr finster, und wußte nicht, ob er's gesagt hatte. Peral schaute ihn an, nachdenklich, nicht ohne Mitleid, dann ging er, ohne zu erwidern. Nach einer Stunde kam er zurück. „Soll ich Ihnen jetzt den Trank geben?" fragte er. Goya antwortete nicht, saß da, die Unterlippe vorgeschoben. Peral mischte ihm den Trank, Goya nahm ihn.

Langsam, erwachend aus endlosem Schlaf, tauchte er herauf in seine Wirklichkeit. Er sah, daß seine Hand verbunden war. Er sah, daß ein neuer Spiegel da war, der nicht besudelt worden war von Cayetanas lügnerischem Bild. Er stand auf, ging im Zimmer umher, machte Versuche, ob er hören könne. Stellte einen Stuhl hart gegen den Steinboden. Ja, ein leiser Hall war da. Er prüfte mit verzweifelter Angst. Ja, ganz sicher, die Geräusche waren nicht deutlich, aber sie kamen ihm nicht nur von innen. Er *konnte* hören. Es war Hoffnung.

Peral kam. Er redete ihm nicht zu, aber er teilte ihm mit, er habe nach einem Arzt in Cádiz geschickt, der als guter Spezialist gelte. Goya hob die Schultern, übertrieb seine Taubheit. Aber er klammerte sich mit ganzer Seele an seine Hoffnung.

Am späten Morgen, zu der Zeit, da sonst er zu ihr zu gehen pflegte, kam Cayetana. Er spürte einen grimmig freudigen Schreck. Er hatte erwartet, sie werde wegfahren mit ihrem Zierbengel, wie sie's angekündigt hatte; sie war nicht die Frau, ein Vorhaben aufzugeben, nur weil er erkrankt war. Aber da war sie. Sie sprach zu ihm, bemühte sich, die Worte deutlich zu bilden. Er war zu erregt, um zu verstehen, er wollte auch nicht verstehen. Er schwieg. Sie saß bei ihm, eine lange Zeit. Dann, zart, strich sie ihm über die Stirn. Er rückte den Kopf weg. Sie saß noch eine Weile, dann ging sie.

Der Arzt aus Cádiz kam. Schrieb Goya Tröstliches auf, sagte es ihm mit deutlichen Lippen. Sprach geschwind und vielerlei mit Peral. Schrieb Goya auf, hohe Töne zwar werde er auf lange Zeit nicht hören können, wohl aber tiefe. Das war eine Bestätigung, und Goyas Hoffnung hob sich.

Aber in der nächsten Nacht kamen zu ihm alle die Gespenster, die er in seinem gespensterreichen Dasein gesehen hatte. Sie hatten Katzenköpfe und Hundeköpfe, glotzten aus riesigen Eulenaugen, griffen mit ungeheuern Krallen, flatterten mit riesigen Fledermausflügeln. Es war Nacht und ganz finster, er hielt die Augen geschlossen, trotzdem sah er sie, ihre scheußlichen Gesichter und ihre lieblichen, die noch furchtbarer waren. Er spürte, wie sie im Kreis um ihn herumhockten und ihn anhauchten mit ihrem gräßlichen Atem, und in der betäubenden, toten Stille, die ihn jetzt einmauerte, waren sie bedrohlicher als jemals vorher.

Als es gegen Morgen ging und erste Helle kam, stürzte das Bewußtsein seiner Taubheit in seinem ganzen Entsetzen über ihn her. Ihm war, als stülpte sich eine riesige Glocke über ihn, ihn für immer einzusperren. Es war nicht zu ertragen, daß er, der seine Freude und seinen Schmerz den andern heraussagen mußte, fortan von den Menschen sollte abgesperrt sein. Er wird nicht mehr die Stimmen der Frauen hören können und die Stimmen seiner Kinder, nicht mehr die freundhafte Stimme Martíns, die höhnischen Anmerkungen Agustíns, den besorgten, tiefliebenden Tadel Josefas, nicht mehr das Lob der Kenner und der Mächtigen. Er wird nicht mehr den Lärm der Puerta del Sol hören und des Stierzirkus, keine Musik mehr, nicht mehr die Seguidillas und Tonadillas, er wird keinen Schwatz mehr austauschen mit den Majos und Majas der Schenken. Er wird gemieden werden von den Menschen; denn wer möchte mit einem reden, der nicht hört? Ihm war bestimmt, sich immerzu lächerlich zu machen und Verkehrtes zu antworten. Immer fortan mußte er auf der Hut sein, bemüht, etwas zu hören, was er doch nicht hören konnte. Er wußte um die Kälte der Welt, sie war schlimm genug für einen, der gesund war und imstande, sich zu wehren, sie war entsetzlich für einen, wie er es heute war. Er wird leben müssen von seinen Erinnerungen und wußte doch, wie einem die Dämonen die Erinnerungen verzerrten. Er horchte in sich hinein, um vertraute Stimmen zu hören von Freunden und von Feinden, und schon war er unsicher, ob er sie richtig höre. Da schrie er auf. Tobte.

Trat vor den Spiegel. Es war ein schöner, großer, ovaler Spiegel mit einem herrlichen, kostbar geschnitzten, vergoldeten Rahmen. Aber was ihm daraus entgegenschaute, war schlimmer als die Ungeheuer, die ihn des Nachts angestarrt hatten. War das er? Wild fielen die Haare um den Kopf, ein wirrer Bart ringelte sich finster und lächerlich um die hohlen Wangen und ums Kinn, groß, beinahe ganz schwarz hockten in ihren tiefen Löchern die Augen, die dicken Brauen zackten, grotesk gespaltet, in die Stirn, dicke Furchen liefen von der Nase herunter und um den Mund, die eine Hälfte der Lippen war läppisch verschieden von der andern. Das ganze Gesicht war finster, hilflos wütend, resigniert wie das eines gefangenen Tieres, es war ein Gesicht, wie er's gemalt hatte unter den Gesichtern seines „Narrenhauses".

Er setzte sich in den Sessel, dem Spiegel abgekehrt, und schloß die Augen. So hockte er, dumpf, eine endlose Stunde.

Gegen Mittag faßte ihn eine wilde Spannung, ob Cayetana kommen werde. Er sagte sich, sie sei bestimmt weggefahren, aber er konnte es nicht glauben. Es trieb ihn hoch, er lief auf und ab. Die Stunde war da, da sie sich zu treffen pflegten. Sie kam nicht. Fünf Minuten vergingen, zehn. Eine ungeheure Wut faßte ihn. Wenn ihr Hund keinen Stuhlgang hatte, trauerte sie, als ginge die Welt zugrunde, aber wenn er hier saß, geschlagen wie Hiob, dann lief sie fort mit dem nächstbesten Gecken. Ein unsinniges Verlangen nach Rache brannte in ihm hoch. Er möchte sie würgen, treten, stoßen, schleifen, vernichten.

Er sieht sie kommen. Mit einem Male wird er ganz ruhig. Alle Bedrängnis fällt von ihm ab; ja, ihm ist, als höbe sich die tiefe Glocke, die über ihn gestülpt ist. Vielleicht ist das Schlimmste vorbei, vielleicht hört er wieder. Aber er wagt die Probe nicht, er will sie nicht die Mühen und Leiden seiner traurigen Versuche sehen lassen, er will ihre Nähe genießen, nichts weiter. Er will sie auch nicht sehen, will nur wissen, spüren, daß sie da ist. Er wirft sich in einen Sessel, schließt die Augen, atmet hörbar, gleichmäßig.

Sie kommt. Sieht ihn, wie er im Sessel hockt, sichtlich schlafend, der Mann, der einzige, der sich gegen sie aufgelehnt hat, wieder und wieder, der sie erzürnt hat wie kein zweiter und mit dem sie verknüpft ist, wie sie's mit keinem andern war. Die Frauen alle, die in seinem Leben gewesen sein mögen und noch sein werden, bedeuten nichts, und die Männer, die in ihrem eigenen Leben waren und noch sein werden, bedeuten nichts, und auch daß sie heute mit San Adrián wegfahren wird, bedeutet nichts. Sie liebt nur diesen, hat nur ihn geliebt, keinen sonst, und so wird es bleiben. Aber, und wenn er daran zugrunde geht und sie selber, sie wird sich seinethalb nicht ändern, wird seinethalb nichts aufgeben, was sie sich vorgenommen hat.

Da hockt er jetzt und schläft, vor Erschöpfung und vor Verzweiflung, ein sehr unglücklicher Mann, unglücklich durch sie, wie er glücklich war durch sie und wie er, immer wieder, glücklich und unglücklich sein wird durch sie.

Und sie tritt an ihn heran und
Spricht zu ihm; denn einmal muß sie
Es ihm sagen, und er hört's ja
Nicht, er schläft, und schlief er nicht, er
Hört' es auch nicht. Er indes, er
Hört es, hört, wie ihre kindlich
Harte Stimme sagt: „Du bist ja
So dumm, Francho, und du weißt ja
Gar nichts. Ich hab immer dich, nur
Dich geliebt, du dummer Francho,
Stets nur dich, du dummer, alter,
Dicker Mann und Majo, und du
Hast es nicht gemerkt und glaubst, ich
Will mit andern in die Hölle
Fliegen. Ach, du häßlicher und
Einz'ger Mann, wie bist du dumm! Ich
Mag nur dich und immer dich, du
Frecher Maler. Stets nur dich." Er
Aber rührt sich nicht, er schläft, er
Atmet hörbar, bis sie aus dem
Zimmer ist.

39

Er freute sich der List, daß er sich verstellt hatte, und schlief gut in dieser Nacht.

Als er am nächsten Tag erwachte, merkte er mit Schrecken, daß er nun wieder sein Gehör ganz verloren hatte und endgültig eingeschlossen war in die dunkle Glocke der Taubheit. Mit Groll und Lust bedachte er, daß die letzten Laute, die er in dieser Welt gehört hatte, die Worte Cayetanas waren, und daß es sein Verdienst war, seine List, die sie ihr entlockt hatte.

Die Stunde war da, da sie zu kommen pflegte. Er lief zum Fenster, spähte hinaus, er öffnete die Tür und spähte auf den Gang, denn er konnte sie ja nicht hören, wenn sie kam. Eine halbe Stunde verging. Offenbar kam sie nicht. War es denkbar, daß sie nach dem, was sie zu ihm gesprochen hatte, mit dem Gecken weggefahren war?

Peral kam zu ihm, forderte ihn auf, mit ihm zu Mittag zu essen. Francisco, so beiläufig es ihm möglich war, fragte: „Ist Doña Cayetana eigentlich abgereist?" – „Hat sie sich denn nicht von Ihnen verabschiedet?" fragte erstaunt Peral zurück. „Sie ging doch zu Ihnen, sich zu verabschieden."

Nach dem Essen führten sie ein langes Gespräch. Goya wurde ungeduldig, wenn Peral immer wieder versuchte, sich ihm durch deutliche Artikulation verständlich zu machen, ehe er seinen Satz aufschrieb. Er schämte sich seines Gebrechens. Er spähte in Perals Gesicht, das er so gut kannte, nach einem Zeichen der Schadenfreude. Er fand keines, aber er blieb mißtrauisch. Er wird in Zukunft vor jedem Mißtrauen haben, man wird ihn für einen grämlichen Burschen halten, für einen Menschenfeind, und er ist es so gar nicht, er liebt gute, lärmende Geselligkeit, er will seine Freude und seinen Schmerz teilen können, und daß sein Ohr versperrt ist, wird ihm den Mund verschließen.

Peral zeichnete ihm das innere Ohr auf und suchte ihm zu erklären, welches sein Leiden sei. Viel Hoffnung bestehe nicht, und er solle doch beginnen, die Zeichensprache zu erlernen. Ein Franzose, der Docteur de l'Épée, habe eine gute Methode gefunden, mehrere Leute in Cádiz beherrschten sie, und es wäre gut, wenn Goya bald mit den Übungen anfinge. „Ja", antwortete grimmig

Goya, „mit lauter Krüppeln soll ich verkehren, mit Taubstummen, nur mehr mit Krüppeln. In der Gesellschaft von normalen Menschen bin ich nicht mehr erwünscht."

Gerade die lahmen Tröstungen und Hilfsmittel des Arztes zeigten ihm, wie furchtbar er in Zukunft zu leiden haben wird unter der grauenhaften Stummheit der Welt. Und wird er überhaupt jemals wieder mit einer Frau schlafen können? Bisher war immer er der Gebende gewesen; wird nicht fortan das Gefühl ihn lähmen, daß sich eine Frau zu ihm, dem Krüppel, nur aus Gnade herabläßt? Oh, sie hatten ihm eine scharfe Strafe ausgesucht, die Dämonen, weil er aus übler Leidenschaft sein Kind geopfert hatte und beinahe auch seine Kunst. „Sagen Sie", fragte er unvermittelt Peral, „was ist nun wirklich die Ursache meiner Krankheit?"

Doktor Peral hatte diese Frage erwartet, sich davor gefürchtet, sie ersehnt. Er hatte sich seit langem ein deutliches Bild gemacht von Goyas Krankheit, und seitdem dieser den letzten furchtbaren Anfall erlitten hatte, überlegte er, ob er ihm nicht die Wahrheit mitteilen solle. Er zweifelte. Er bewunderte Goyas Kunst, er liebte sein saftiges, überströmendes Wesen, aber er beneidete ihn auch um seine Gabe, alle Menschen anzuziehen, um das Vertrauen in sein Glück, um seine selbstverständliche Sicherheit, und als nun endlich auch dieser Mann seinen Stoß empfing, hatte ihm das Genugtuung bereitet. Er fragte sich, ob, wenn er ihm die schonungslose Wahrheit mitteilte, er's wirklich nur tue, um seine Menschen-, Arztes-, Freundespflicht zu erfüllen, oder nicht vielmehr, um sich an dem Bevorzugten zu rächen.

Da ihn nun aber Francisco so geradezu fragte, verjagte er die Bedenken und machte sich daran, den schmerzhaften Einschnitt vorzunehmen. Er setzte seine Worte sorgsam und einfach und bemühte sich, sie klar zu artikulieren. „Die Ursprungsstelle Ihrer Krankheit", sagte er, „liegt im Gehirn. Das langsame Absterben Ihres Gehörs hat sich im Gehirn vollzogen. Das Leiden kann herrühren von einer venerischen Erkrankung, die Sie gehabt haben oder einer Ihrer Ahnen. Sie können von Glück sagen, Don Francisco, daß sich die Folgen auf diese Art auswirkten. In andern Fällen, in den meisten Fällen affizieren sie das Gehirn auf schlimmere Art."

Goya schaute dem andern aufs Gesicht, auf die dünnen, ausdrucksvollen Lippen, welche die tödlich harten Worte formten. In ihm war Sturm. Er dachte: Er will dich vergiften, auf tückische, unentdeckbare, verwickelte Art, so wie er den Herzog vergiftet hat, der Giftmischer. Er dachte: Er hat recht, ich werde verrückt, ich bin es schon. Er sagt es nur heraus in seinen studierten Worten, daß es die Sünde ist, die Besessenheit, die Verhexung, die mir im Gehirn steckt. So sagte er in seinem Herzen. Mit seinem Munde aber sagte er: „Sie meinen, ich bin verrückt." Erst sagte er es leise und grimmig, sofort aber wiederholte er's schreiend: „Verrückt! Ich bin verrückt, sagen Sie! Sagen Sie: bin ich verrückt?" Peral, sehr ruhig und sehr deutlich, erwiderte: „Sie können von Glück sagen, daß Sie *nicht* verrückt sind, sondern eben nur harthörig. Versuchen Sie das zu begreifen, Don Francisco." – „Warum lügen Sie?" schrie Goya zurück. „Wenn ich nicht wahnsinnig bin, dann werde ich es. Und Sie wissen es. Haben Sie nicht gesagt: harthörig?" fragte er. Und: „Sehen Sie, wie Sie lügen", fuhr er fort, triumphierend, daß er den andern überführt hatte. „Sie wissen doch genau, daß ich nicht harthörig bin, sondern taub, stocktaub und für immer. Taub *und* verrückt." Peral, geduldig, antwortete: „Daß Sie harthörig sind, gibt viel Hoffnung, gibt beinahe die Gewißheit, daß sich damit die alte Krankheit ein für allemal ausgetobt hat." Goya klagte: „Warum quälen Sie mich so? Warum sagen Sie mir nicht klar: du bist verrückt?" – „Weil ich nicht lügen will", antwortete Peral.

Es fanden aber in der Folge mehrere sehr aufrichtige und merkwürdige Gespräche zwischen den Männern statt. Bald tröstete Don Joaquín seinen Kranken, bald verhöhnte er ihn, und dieser schien es so zu wollen; bald dankte er dem andern für seine Sorge, bald legte er's darauf an, ihn zu verletzen. „Auch in Ihrem Übel", schrieb ihm etwa Doktor Peral auf, „sind Sie glücklicher als die andern. Die andern müssen ihre gefährlichen Gefühle in sich verschließen, bis sie zuweilen wirklich die Mauern der Vernunft niederbrechen. Sie, Don Francisco, können sie malen. Sie malen sich Ihre Skrupel glattwegs fort aus dem Leib und aus der Seele." – „Würden Sie tauschen wollen, Doktor?" fragte Goya und grinste höhnisch. „Würden Sie ‚harthörig' sein wollen und dafür fähig, sich gewisse Skrupel aus der Seele zu malen?" Solche Scherze machten die beiden. Einmal aber, überwältigt von seinem Leid, packte Goya den andern am Arm, legte den massigen Kopf an die Brust des Feindes, es schüttelte ihn, er mußte sich klammern an einen Menschen, der ihn verstand, und wiewohl sie niemals über Cayetana gesprochen hatten, wußte er: der Feind verstand ihn.

War er allein, dann, zuweilen, betäubte ihn geradezu die Vorstellung seines künftigen Lebens. Manchmal, wenn er mit andern zusammen ist, wird er schreien, manchmal flüstern, nie wird er die Tonstärke dessen ausmessen können, was er sagt, häufig aussprechen, was er nur denken will, und nicht wissen, daß er's ausgesprochen hat, man wird ihn verwundert anstarren, immer wird er voll Unsicherheit und Argwohn sein. Es war dem stolzen Manne unerträglich, daß er den Menschen ein Gegenstand des Mitleids sein sollte und oft des Gelächters. Natürlich hat Peral recht, unvermeidlich wird er in Wahnsinn fallen.

Er hätte es gerne herausgesagt, daß seine Taubheit eine Strafe ist. Aber wenn er's beichtet, wird er des Priesters Antwort nicht hören, und wenn er's Peral sagt, dann hält es dieser nur für einen neuen Beweis seiner Narrheit.

Peral war ein überaus kluger Arzt. Sicher hat er ihn schon seit langem durchschaut, sicher schon seit Jahren gewußt um seine Verrücktheit. Er war ja auch verrückt, schon seit ewiger Zeit. Wie viele Anfälle von Wut und Wahn hatten ihn heimgesucht schon seit Jahren! Wie viele Gespenster und Dämonen hatte er gesehen, höchst greifbare, er allein, keiner außer ihm! Und das war gewesen, solange ihm die Welt noch Stimme hatte; wie wird es jetzt erst sein, da um ihn die unerträgliche Stummheit ist.

Wird er jemals wieder unter-
Scheiden können, was für jeden
Wirklich ist, was nur für ihn? Und
Welche Cayetana ist die
Wahre? Die er als Duquesa
Malte? Die als nackte Wollust
Er gemalt? Die er als Hexe
Malte, als unschuldige, hin-
Schwebend durch die Lüfte?

Oh, da
Sind sie wieder, die Dämonen!

Heller Tag ist's, und er hat es
Stets gewußt: die Ungeheuer,
Die bei Tage kommen, sind die
Schlimmsten, viel gefährlicher als
Die der Nacht. Er träumt und ist doch
Furchtbar wach. Er wirft sich
Übern Tisch, verzweifelt, um sie
Nicht zu sehen, doch er sieht sie.
Sie sind in ihm, sind er selber,
Sind gleichzeitig in und außer
Ihm.

40

Peral berichtete ihm, Doña Cayetana werde in etwa zehn Tagen zurück sein.

Goya schob die Unterlippe vor, verfinsterte sich. Sagte: „Ich reise in drei Tagen ab." – „Das wird Doña Cayetana bestimmt bedauern", antwortete Peral. „Sie rechnet damit, Sie hier vorzufinden. Auch als Arzt möchte ich Ihnen abraten, jetzt schon eine so lange und beschwerliche Reise zu unternehmen. Sie sollten sich erst in Ihren neuen Zustand eingewöhnen." – „Ich reise in drei Tagen", erwiderte Goya. Peral, nach einem kleinen Schweigen, bot ihm an: „Soll ich Sie begleiten?" – „Sie sind sehr freundlich, Don Joaquín", antwortete grimmig Goya. „Aber es wäre bitter, wenn ich in Zukunft immer nur mit Wärter und Gefolge sollte reisen können." – „Ich lasse also den großen Reisewagen für Sie bereitstellen", sagte Peral. „Danke, Doktor", antwortete Goya. „Ich nehme den großen Wagen nicht. Auch nicht Extrapost. Auch nicht die gewöhnliche Post. Ich nehme mir einen Maultiertreiber. Ich lasse mir den Gil kommen, den Treiber aus der Venta de las Cuatro Naciones. Das ist ein guter Mann. Wenn ich ihm eine Gratificacioncita gebe, ein kleines Trinkgeld, dann paßt er auf mich auf und nimmt Rücksicht auf mein Gebrechen." Und da Peral sein Erstaunen nicht verbergen konnte, schloß Goya gereizt: „Schauen Sie nicht so verwundert, Don Joaquín. Ich bin nicht verrückt. Ich habe meine guten Gründe."

Er konnte den Anblick der Frau, die ihn in seinem Elend verlassen hatte, nicht ertragen. Er mußte sogleich fort von Sanlúcar, das wußte er. Und ebenso klar war ihm, daß er die Reise nicht in großem Staat vornehmen durfte, nicht als Erster Maler des Königs. Er mußte, da hatte Doktor Peral ganz recht, sich seinem neuen Zustand anpassen. Mußte diesen Zustand genau kennenlernen. Mußte die Demütigungen seines Gebrechens bis ins letzte ausschmecken. Dann erst, voll bewußt seines neuen Standes, kann er seinen Nächsten wieder unter die Augen treten, dem Hofe, seinen Kunstbrüdern. Darum wird er als einfacher Mann durch sein Spanien reisen und sich daran gewöhnen, sein Leiden zu offenbaren und sich zu entschuldigen. „Verzeihen Euer Gnaden", wird er sagen, zehnmal des Tages, „ich höre nicht gut, ich bin gewissermaßen stocktaub."

Auch wird er nicht geraden Wegs nach Madrid reisen. Er wird statt dessen noch viel weiter nach Norden gehen. Wird, Madrid vermeidend, nach Aragón gehen, nach Saragossa, um seinem Freunde, seinem Herzensmartín, seinen ganzen Jammer vorzuführen. Dann erst, von Zapater beraten und getröstet, wird er Josefa sehen, die Kinder, die Freunde.

Der Maultiertreiber Gil, mit dem Francisco schon in der Venta von Sanlúcar einige kräftige Gespräche geführt hatte, war ein richtiger Arriero, ein Maultiertreiber altspanischen Schlages, der sein Arré, Arré herausheulen konnte, daß die Berge weithin widerklangen. Da er unterrichtet war, Don Francisco wolle seine Dienste in Anspruch nehmen, stellte er sich in der Casa de Haro in seiner farbig-fröhlichen Berufstracht ein. Um den Kopf trug er ein buntes Seidentuch, die Alhambra war darauf gemalt, die Zipfel hingen ihm zopfartig nach hinten; darüber trug er den spitzen, breitrandigen Hut. Seine Jacke aus schwarzem Schafsleder war reich bestickt und versehen mit großen, durchbrochenen Silberknöpfen. Um den Leib trug er die breite, seidene Schärpe, die Faja, und in ihr verwahrt das Messer. Die blausamtenen Kniehosen wiesen bunte Längsstreifen auf und silberne Knöpfe, die gelben Stiefel waren aus ungegerbtem Kalbsleder. So stand er prächtig vor Francisco. Als ihm dieser eröffnete, er wolle mit ihm nach Saragossa, Madrid vermeidend, hielt er das für die verrückte Laune eines großen Herrn. Er pfiff durch die Zähne, gestikulierte ausdrucksvoll und meinte: „Hombre! Das ist eine weite Reise." Und wiewohl er wußte, daß Goya mit den Sitten des Landes vertraut war, verlangte er den ungeheuren Preis von achthundert Realen, das war fünfmal der Jahreslohn eines Schafhirten.

Goya schaute sich den Arriero Gil gut an, mit dem er nun vier Wochen Leben zu teilen gedachte. Schon war er nicht mehr der Erste Maler des Königs, sondern einer von unten, und so standen sie einander gegenüber, ein Bauernsohn dem andern, ein mit vielen Wassern Gewaschener dem andern. Und da Goya so lange schwieg und ihn nur anschaute, sagte schließlich Gil: „Für eine so verdammt weite Reise brauchen wir zwei Maultiere. Und Ihnen muß ich natürlich den Garañón geben, den Valeroso, den wunderbarsten Maulesel in Spanien. Er hat unter seinen Vorfahren den Esel Constante, der damals den Ketzer Tomás Trebino abwarf, als er ihn zum Holzstoß bringen sollte, so ein gottesfürchtiger Esel war das."

Nun aber tat Goya den Mund auf, und er sagte gemütlich: „Ich habe dich bestimmt mißverstanden. Ich höre nämlich nicht gut, das wirst du ja schon in der Venta gemerkt haben, und jetzt bin ich gewissermaßen stocktaub. Und hast du wirklich gesagt achthundert Realen?" Gil, noch stärker gestikulierend, erwiderte: „Ich wünsche Eurer Exzellenz alles Gute. Aber daß Sie ein schwaches Gehör haben, macht die Reise weder für mich noch für meine Tiere einfacher. Achthundert Realen."

Da begann Goya ganz fürchterlich zu fluchen. Er gab dem Maultiertreiber „carajos", Flüche und Verwünschungen, Knoblauch und Zwiebel, Ajos y Cebollas, in einer Fülle, wie sie diesem noch niemals an den Kopf geworfen worden waren, und er schrie sehr laut. Der Maultiertreiber fluchte zurück. Goya hörte ihn nicht, aber er sah, wie sich Gil abarbeitete, und plötzlich mitten im Fluchen brach er ab und lachte schallend. „Gib dir keine Mühe", sagte er. „Ich muß immer gewinnen; denn du hörst mich, aber ich höre dich nicht." Das sah Gil ein, er sah auch ein, daß man diesen Herrn nicht übers Ohr hauen konnte. „Sie sind ein großer Mann, Don Francisco", sagte er. „Sie gehören zu uns. Also sagen wir: siebenhundertachtzig Realen." Sie einigten sich auf sechshundertfünfzig. Auch vereinbarten sie genau Reiseweg, Unterkunftskosten, Zehrung, Futter für die Tiere, und Gil bekam immer mehr Achtung vor seinem Reisenden. „Por vida del demonio

– So wahr der Teufel lebt", sagte er, „Euer Exzellenz verstehen mehr als unsereins", und sie tauschten Wort und Handschlag.

Goya staffierte sich für die Reise so schlicht wie möglich aus, er besorgte sich eine Jacke aus schwarzem Lammfell, eine einfache, breite Schärpe und einen spitzen Hut mit schwarzem Samtrand. Nicht vergaß er den Weinschlauch, die Bota. In die Satteltaschen aber, in die Alforjas, stopfte er nur das Notwendigste.

Sie brachen auf. Goya pflegte sich nicht, er rasierte sich nicht, bald wuchs ihm ein wirrer Bart ums Gesicht. Niemand hätte ihn für einen großen Herrn gehalten.

Der Weg war lang, sie reisten in kurzen Tagesstrecken. Zunächst nahmen sie die Straße nach Córdoba. Auf dieser Straße war er gekommen damals, zu Cayetana, mit Extrapost, mit sechs Pferden, eiligst, voll höchster Erwartung, ein Glückspilz. Er kostete es ganz aus, als er jetzt die gleiche Straße zurückzog, ärmlich, mühevoll, langsam, oft mißverstanden und oft verlacht, durch die verstummte Welt, ein alternder Bauer.

In der Venta von La Carlota erfuhren sie, daß in drei Tagen in Córdoba der berühmte Räuber José de Roxas, genannt El Puñal, der Dolch, hingerichtet werden sollte. Die Hinrichtung eines Räubers und gar die eines so berühmten wie des Puñal war ein großes Volksschauspiel, lockender als die schönste Corrida, und wenn einen Gottes Fügung zur Zeit einer solchen Exekution in die Nähe führte, so wäre es Wahnsinn, ja Verbrechen gewesen, sich das Schauspiel entgehen zu lassen. Sogleich also lag der Treiber dem Francisco an, man möge doch, da man keine Eile habe, in Córdoba einen Tag verziehen, um des großen Anblicks teilhaftig zu werden.

Von jeher hatte es Francisco gereizt, Menschen im Unglück zu beobachten; nun er selber im Unglück war, lockte es ihn doppelt. Er beschloß, der Exekution beizuwohnen.

Der Treiber Gil war wie alle seiner Profession gierig nach Neuigkeiten, nach Anekdoten aller Art, und er hatte schon unterwegs Goya mit zahlreichen Geschichten unterhalten. Was er erzählte, wuchs in seinem Munde und nahm Farbe an; „en luengas vías luengas mentiras – auf langen Reisen lange Lügen." Auch von dem Räuber El Puñal hatte er viel zu berichten gewußt. Jetzt, da die ganze Gegend voll war von Geschichten um diesen Räuber, fügte er neue Züge bei. Der Räuber El Puñal war ein besonders frommer und gottesfürchtiger Räuber, er trug ständig zwei Amulette, einen Rosenkranz und ein geweihtes Bild der „Schmerzensreichen Mutter von Córdoba“, und er spendete gewissenhaft den zehnten Teil seiner Einkünfte in die Opferbüchse, die vor dem „Cristo del Buen Ladrón“, dem „Christus des Guten Räubers“, aufgestellt war, damit auf solche Art die Banditen wenigstens einen Teil ihrer Sünden sühnen könnten. Die Jungfrau hatte auch den Puñal in ihren besondern Schutz genommen, und er wäre niemals von den Soldaten gefangen worden, wenn nicht ein Lump aus seiner Bande, der sich der Polizei verkauft hatte, ihm heimlich im Schlaf seine „Schmerzensreiche Mutter von Córdoba“ weggenommen hätte. Und wiewohl die Bevölkerung erleichtert aufatmete, daß sie nun vor dem Räuber sicher war, so hatte trotzdem dieser ihre Sympathie, und die Leute mißbilligten das Vorgehen der Behörden. Die hatten nämlich, falls der Puñal seine Bande den Soldaten in die Hände liefern sollte, ihm und den Seinen Gnade versprochen. Es gelang ihm auch, seine Bande zur Übergabe zu überreden. Aber, erklärten die Behörden, die Räuber hätten sich nicht dem Puñal ergeben, sondern den mitgeschickten Soldaten, und sie verurteilten ihn zum Garrote, zur Erdrosselung.

Sowie Goya und Gil nach Córdoba gekommen waren, gingen sie ins Gefängnis, den Räuber zu sehen; denn am Tage vor der Hinrichtung durfte jeder, der es wollte, dem Verurteilten Abscheu oder Mitleid aussprechen. Auf dem Gange vor der Todeszelle sammelten Franziskanermönche fromme Gaben, damit Messen für das Seelenheil des Verbrechers gelesen werden könnten. Sie saßen vor ihren Büchsen und Tellern, rauchten ihre Zigarren und riefen zuweilen anfeuernd die Ziffern der bereits eingegangenen Beträge aus.

Die Todeszelle, die Capilla, lag ziemlich dunkel. Ein Tisch war da mit einem Kruzifix, ein Bild der Virgen, zwei Wachskerzen. In der Ecke, auf seiner Pritsche, lag der Puñal. Er hatte die gestreifte Decke bis zum Mund hochgezogen, sichtbar war nur der Oberteil seines Kopfes, wirre Locken, scharfe, schwarze Augen, die unablässig in ihren Höhlen rollten.

Die Wachen forderten Francisco und den Treiber auf, sie sollten Platz machen, andere wollten auch was sehen. Doch Francisco wartete darauf, daß sich der Puñal hochrichte. Er gab ein hohes Trinkgeld, und sie konnten bleiben.

Nach einer Weile richtete sich der Puñal wirklich hoch. Er war beinahe nackt, aber um den Hals hing ihm sowohl der Rosenkranz wie das Amulett der „Schmerzensreichen Mutter". Ein Junge, erzählten die Wachen, hätte es überbracht, dem hatte es ein Unbekannter gegeben, man hatte den Unbekannten ermittelt, aber der hatte es von einem zweiten Unbekannten bekommen. Offenbar wollte derjenige, der dem Puñal seine „Schmerzensreiche Mutter" gestohlen hatte, ihn nicht ohne sie sterben lassen.

Da also, nach soviel Ruhm und Schande, hockte auf seiner Pritsche der Bandit, beinahe so nackt, wie er zur Welt gekommen war. Auf dem bloßen Leib trug er den Rosenkranz, den man ihm gleich nach der Geburt umgehängt hatte, das Bild der „Schmerzensreichen Mutter", das er erworben, verloren und an seinem vorletzten Tage zurückerhalten hatte, und die Fesseln und Ketten, welche ihm die Menschen vor seinem Ende angelegt hatten. Die in der Zelle beschimpften ihn und bemitleideten ihn. Er erwiderte nicht. Zuweilen indes hob er den Kopf und sagte: „Es sind nicht die Menschen, die mich umbringen, es sind meine Verbrechen." Das sagte er wieder und wieder, mechanisch, offenbar hatten es ihn die Mönche so gelehrt. Goya aber sah, daß sein Blick verwildert war, hoffnungslos und verzweifelt, er schaute wie der Mann, der Goya aus dem Spiegel entgegengeschaut hatte.

Am andern Morgen, sehr früh, zwei Stunden vor der festgesetzten Zeit, fanden sich Francisco und sein Treiber auf der Corredera ein, dem großen, regelmäßigen Platz von Córdoba, auf dem die Hinrichtung stattfinden sollte. Schon war da eine dichte Menge, auch die Fenster, Balkone, Dächer waren voll von Zuschauern. Der Raum unmittelbar um das Schafott war von Soldaten abgesperrt, dort wurden nur Bevorzugte zugelassen, Beamte, Damen und Herren der Gesellschaft. „Wollen sich Euer Exzellenz nicht zu erkennen geben?" drängte der Treiber. Aber obwohl es anstrengend war, inmitten der Menge zu stehen, gestoßen und beengt, und obwohl die Sicht zur Bühne der Hinrichtung nicht eben gut war, zog es Goya vor, mitten unterm Volk zu erleben, was sich da vorne vollziehen sollte. Zum erstenmal seit dem Schlag, der ihn getroffen hatte, vergaß er sein Unglück und wartete gespannt wie die andern.

Verkäufer von Süßigkeiten und von Würstchen drängten sich durch die Menge, Romanzen von den Taten des Puñal wurden feilgeboten, Stühlchen wurden vermietet, daß man draufsteigen und besser sehen könne. Frauen mit ihren Säuglingen waren da, sie jammerten, wie sie gedrückt und gestoßen würden, man achtete nicht darauf. Die Ungeduld der Menge nahm zu; noch hatte man eine Stunde zu warten, noch immer eine halbe Stunde, wie langsam verging die Zeit. „Ihm vergeht sie schneller", grinste einer. Goya verstand nicht, was die Leute sagten, aber er erriet es, er war vertraut mit der Menge, spürte mit ihr. Er wartete finster, grausam, mitleidig und vergnügt wie die andern.

Endlich schlug es zehn von der Kathedrale, und nun drängten alle stärker und reckten die Hälse. Aber noch immer nicht erschien der Puñal. Denn Spanien war ein frommes Land, und die Uhr des Tribunals war zehn Minuten verspätet eingestellt; zehn Minuten mehr sollten dem Verbrecher vergönnt sein, vielleicht zur Begnadigung und vor allem zur Reue.

Jetzt aber waren auch die zehn Minuten um, und da war er.

Gekleidet in das gelbe Hemd des Verbrechers, umgeben von Franziskanermönchen, gestützt von ihnen, ging er seinen letzten, kurzen, endlosen Weg. Ein Mönch hielt ihm das Kruzifix vor, und immer von neuem machte er halt, es zu küssen und das Leben zu verlängern. Alle spürten mit sein Zaudern, gönnten es ihm und hätten ihn doch am liebsten vorwärts gestoßen.

Nun aber war er an den Stufen des Schafotts. Er kniete nieder, dicht umgeben von den Mönchen, um, von der Menge ungesehen, ein letztes Mal zu beichten. Dann, begleitet von einem einzigen Mönch, einem beleibten, freundlich aussehenden, erstieg er die Stufen.

Oben, in abgerissenen Sätzen, mit oft versagendem Atem, sprach er zu der Menge. Goya konnte nicht verstehen, was er sagte, wohl aber sah er sein Gesicht und hinter seinem gespielten Gleichmut seine grenzenlose Angst. Mit Spannung wartete er auf den Satz, in dem der Verbrecher, wie das üblich war, dem Henker seine Verzeihung aussprechen würde. Denn der Spanier verachtete tief den Henker, und das von der Religion vorgeschriebene Bekenntnis der Verzeihung mußte dem Puñal die letzten Minuten noch bitterer machen. Die Augenlider zusammengekniffen, schaute ihm Goya auf den Mund, und es glückte ihm, die Worte zu verstehen. Es sagte aber der Puñal: „Mein Verbrechen tötet mich und nicht diese Kreatur." „Diese Kreatur", sagte er, „ese hombre", das war eine besonders geringschätzige Wendung, und Goya fühlte Befriedigung, daß der Räuber seiner religiösen Pflicht genuggetan und gleichzeitig seinem Henker die gebührende Verachtung bezeigt hatte.

Nun aber sprach der Bandit seine letzten Worte: „Viva la fe", rief er, „viva el Rey, viva el nombre de Jesús! – Es lebe der Glaube, es lebe der König, es lebe der Name Jesu!" Die Menge hörte zu, nicht sehr beteiligt, sie stimmte nicht ein. Erst als der Puñal rief: „Viva la Virgen Santísima", brachen sie aus in den ungeheuern Schrei: „Viva la Santísima", und auch Francisco stimmte ein.

Inzwischen hatte der Henker seine Vorbereitungen getroffen. Er war ein junger Mensch, er amtierte heute zum erstenmal, alle waren gespannt, wie er sich bewähren werde.

Durch das Schafott in die Erde gerammt war ein starker Pfahl. Davor stand aus rohem Holz ein Hocker. Auf diesen jetzt drückte der Henker den Puñal. Dann band er ihm die nackten Arme und Beine so fest, daß sie anschwollen und dunkel anliefen. Vorsicht war geboten; erst vor kurzem hatte ein Verbrecher seinen Henker bei der Ausübung seines Amtes umgebracht. An dem Pfahl befestigt war ein Halseisen. Dieses, den Garrote, legte der Henker dem Puñal um den Hals. Der beleibte Mönch aber steckte ihm ein kleines Kruzifix in die gefesselten Hände.

Nun war alles bereit. Der dem Tod Bestimmte saß da, Arme und Beine gebunden, den Kopf durch das Halseisen nach hinten an den Pfahl gepreßt, sein dem blauen Himmel zugekehrtes Gesicht mit den knirschenden Zähnen war voll von irrsinniger Angst. Der Mönch an seiner Seite war etwas zurückgetreten, er beschattete seine Augen mit der Hand gegen die blendende Sonne. Der Henker packte den Griff der Schraube, der Richter gab das Zeichen, der Henker warf dem Puñal ein schwarzes Tuch übers Gesicht, dann, mit beiden Händen, drehte er die Schraube zu, so daß der eiserne Ring den Puñal erdrosselte. Atemlos sah die Menge zu, wie die Hände des Erstickenden flatterten, die Brust sich ungeheuer bäumte. Vorsichtig dann spähte der Henker unter das Tuch, drehte ein letztes Mal die Schraube, nahm das Tuch fort, faltete es, steckte es in die Tasche, atmete befriedigt auf und verließ das Schafott, um sich eine Zigarre anzuzünden.

Sehr sichtbar jetzt für alle in der grellen Sonne war das Gesicht des toten Mannes, verzerrt, bläulich angelaufen inmitten des wirren Bartes, die Augen verdreht, der Mund offen mit hängender Zunge. Goya wußte, er werde sich dieses Gesicht jederzeit wieder vor Augen rufen können.

Auf die Bühne nun wurde eine große Kerze gestellt, vor die Bühne eine schwarze Bahre, auch ein Tisch mit zwei großen Tellern, in welche die Leute Münzen werfen mochten, damit Messen gelesen werden könnten für den Toten. Eifrig diskutierten die Zuschauer das Gesehene. Man hatte dem Henker doch recht deutlich angemerkt, daß er gerade erst aus der Lehre kam, und alles in allem war auch der Puñal nicht so tapfer gestorben, wie es sich für einen so großen und berühmten Räuber gehörte.

Der Körper blieb ausgestellt bis zum Nachmittag. Die meisten Zuschauer, auch Goya und Gil, verharrten. Dann endlich erschien der Schinderkarren. Alle wußten, daß jetzt der Leichnam vor die Stadt befördert wurde, in die Bergwildnis, auf ein kleines Hochplateau, genannt la Mesa del Rey, damit er dort in Stücke gehackt und diese in einen Abgrund geworfen würden. Langsam zerstreuten sich die Leute. „Dem Wolfe das Fleisch, dem Teufel die Seel", sangen und summten sie auf dem Nachhauseweg.

Goya und Gil aber verließen Córdoba und zogen weiter nordwärts.

Wie es Sitte war, wenn man auf Maultieren reiste, nahmen sie oft, die großen Straßen vermeidend, Pfade, die kürzend über Berge und Täler führten. An den großen Straßen gab es Fondas und Posadas, Gasthäuser und Wirtshäuser, doch an diesen Nebenpfaden gab es nur Ventas, kümmerliche Herbergen mit wenig zu essen, ein paar Strohlagern und viel Flöhen. Immer von neuem wunderte sich Gil, daß der Erste Maler des Königs mit so dürftiger Unterkunft vorliebnahm; aber Goya erwiderte: „Kein sanfteres Kissen als ein müder Rücken." Und er schlief gut und traumlos.

Eine immer neue Erfahrung war es dann, wenn man von den öden Seitenpfaden wieder in die Hauptstraße einbog. Da fuhren in den Wagen der Königlichen Post, in den Galeras, Tartanas und

Carrozas, Kaufleute und Priester und Rechtsanwälte, da zogen zu Maultier und zu Fuß Studenten, Mönche, kleine Handelsleute, zweideutige Fräuleins, Hausierer, die ihr Glück auf dem nächsten Jahrmarkt suchten. Da fuhren Caditanische Handelsherren in modernen, eleganten Reisewagen und Granden in altmodischen Coches de Colleras mit Vergoldung, feierlichen Wappen und viel Vorspann und Livree. Francisco waren diese Straßen vertraut, und vielleicht sah er jetzt ihre Buntheit schärfer, da ihm ihr Lärm verstummt war. Aber er wußte um diesen Lärm. Kannte das Chirrio, das wilde Knarren der Räder, die man selten schmierte, damit das gewaltige Geknirsche einen von weit her ankündige und die wilden Tiere scheuche. Kannte die fröhliche Lautheit der Reisenden und das aus voller Brust kommende Geschrei der Kutscher und Treiber. Sah auch jetzt die Räder sich drehen, die Hufe der Tiere aufschlagen, die Münder der Reisenden und der Kutscher aufgehen und sich schließen, aber den Klang mußte er aus der Erinnerung beisteuern. Das war ein aufreibendes Spiel, manchmal lustig, zumeist traurig.

Merkwürdig war, daß, seitdem er die tierische Qual des Räubers El Puñal mit angesehen hatte, sein eigenes Leid sanfter wurde.

Einmal stand er mit seinem Gil vor dem Wirtshaus und schaute zusammen mit vielen andern zu, wie die acht Tiere der großen Postkutsche eingespannt wurden. Nun war es soweit, der Mayoral, der Erste Kutscher, nahm das Riemenwerk der vielen Zügel in die Hand, der Zagal, sein Helfer, schwang sich neben ihn, die Treiber und Gehilfen vor dem Wirtshaus hoben Steine und Stöcke, und nun, im nächsten Moment, wird sich die riesige Kutsche in Bewegung setzen. Goya sah, wie sie schrien, um die Tiere anzutreiben, und er konnte sich nicht halten, es riß auch ihm den Mund auf, und gellend stimmte er ein in das gelle Geschrei der Kutscher und Treiber: „Qué perrooo! Macho . . . macho . . . macho . . . machooo!“

Dann wieder wandten sich Goya und sein Gil von der großen Straße fort und schlugen die Seitenpfade ein. Hier noch häufiger als auf den großen Straßen fanden sie kleine Steinhügel, aufgeschichtet, mit Kreuzen, und farbige Bildtafeln zur Erinnerung an Menschen, die an dieser Stelle umgekommen waren. Erstaunlich war, wie viele Menschen an der Straße gestorben waren, es mußte ihrer eine große Armee sein. Auf den Tafeln sah man, wie sie in Abgründe stürzten, von durchgehenden Tieren geschleift, von wilden Wassern weggeschwemmt wurden, wie Banditen sie mit Säbeln zerhackten oder wie ein einfacher Schlagfluß sie ereilte. Beigefügt war immer eine gereimte Aufforderung an den frommen Wanderer, stehenzubleiben und für die Seele des Verunglückten zu beten. Verwundert sah Gil, daß Don Francisco häufig nur den Hut abnahm und das Kreuz schlug.

Streckenweise schlossen sie sich andern Zügen von Maultiertreibern an; denn es war besser, auf diesen abgelegenen Wegen nicht allein zu reisen. Goya drängte sich den andern nicht auf, und er vermied sie nicht; er scheute sich nicht, ihnen zu sagen, daß er taub sei. Immer mehr freundschaftliche Verehrung spürte Gil vor dem Herrn, dem er sich vermietet hatte, er betrog ihn selten und nur um kleine Beträge. Manchmal auch konnte er sich nicht enthalten, Franciscos Verbot zu mißachten und die andern wissen zu lassen, wer sein Reisender war und welches Übel ihn betroffen hatte.

Einmal auch liefen sie Banditen in den Weg. Es waren höfliche Banditen, die ihr Geschäft verstanden und es kurz machten. Gil, während zwei Francisco durchsuchten, flüsterte mit den andern; offenbar teilte er ihnen mit, wer Goya war. Sie nahmen dann auch dem Herrn, der auf den Wandteppichen des Königs Szenen aus dem Leben der Räuber und Schmuggler so liebevoll dargestellt hatte, nur die Hälfte der sechshundert Realen ab, die er bei sich trug, und als sie fertig waren, forderten sie ihn auf, aus ihrer Bota zu trinken, schwenkten respektvoll die großen Hüte und wünschten höflich: „Vaya Usted con la Virgen! – Gehen Euer Gnaden mit der Jungfrau!"

So zog Goya, ärmlich, schäbig,
Eingesperrt in seine Taubheit,
Auf dem Maultier Valeroso
Durch sein unbegreiflich stummes
Spanien, elend, doch entschlossen,
Seine Schultern stark zu machen
Gegen die Dämonen, die drauf

Hockten und ihn brechen wollten.
Reingefallen waren sie, die
Teufel. Aufrecht gehen wird er,
Er, Francisco Goya, Maler,
Mann aus Aragón. Nur stärker
Wird er werden. Wuchern wird er
Mit dem Elend, das ihn traf, und
Schärfer wird er sehen, wird er
Zeichnen. Und er lachte schallend,
Daß der Maultiertreiber Gil ver-
Wundert und besorgt ihn ansah.

Leicht und grimmig so zog Goya
Von der Stadt des Südens, wo das
Höchste Glück er und das tiefste
Leid erfahren, nach dem Norden,
Saragossa zu, der Stadt zu
Seines Ausgangs.

DRITTER TEIL

I

Zu jener Zeit, im letzten Lustrum des Jahrhunderts, war das Regiment der Französischen Republik dem Volke entglitten und von Geschäftsleuten übernommen worden. „Kein gefährlicheres Wesen lebt als der Geschäftsmann, der auf seinen Raub ausgeht", hatte vor kurzem Baron Holbach, der Enzyklopädist, verkündet, und so hatten die führenden Männer der Revolution gedacht. Nun aber waren Gracchus Babeuf und seine Anhänger hingerichtet worden, weil sie eine „Gemeinschaft der Gleichen" hatten gründen und Gleichheit des Einkommens hatten herstellen wollen, und die neuen Herren Frankreichs verkündeten als ihren Wahlspruch: „Bereichert euch!"

Auch in jenem andern Lande, welches versucht hatte, die Ideen der Aufklärung durch Revolution zu verwirklichen, in den Vereinigten Staaten von Amerika, liebäugelten jetzt die führenden Männer mit den alten Ideen. Man sagte sich los von jenem Frankreich, ohne dessen Hilfe man die Unabhängigkeit niemals hätte erkämpfen können, man insultierte den französischen Botschafter und führte kalten Krieg mit seiner Republik. Man erließ ein Fremden- und Aufruhrgesetz, welches den Geist der Verfassung verleugnete, man verwässerte die Prinzipien der Unabhängigkeitserklärung. Als der erste Präsident des Staates, George Washington, aus dem Amte schied, jubelte eine Zeitung in Philadelphia: „Der Mann, welcher die Schuld trägt am ganzen Elend unseres Landes, steigt heute herunter auf die Stufe seiner Mitbürger und hat nicht länger die Macht, die Leiden dieser Vereinigten Staaten zu mehren. Jedes Herz, welches für die Freiheit und für das Glück des Volkes schlägt, muß heute freudig bewegt sein bei dem Gedanken, daß nun der Name Washington aufhört, Unrecht zu verbreiten und Korruption erlaubt zu machen."

Die leidenschaftliche Anstrengung, in kürzester Zeit eine neue Ordnung des menschlichen Daseins zu schaffen, hatte die Welt erschöpft. Alle Kräfte aufs äußerste anspannend, hatte man versucht, die öffentlichen und die privaten Dinge mittels Vernunft zu regeln. Jetzt erschlaffte man und flüchtete aus der blendenden Helle der Vernunft zurück in die Dämmerung des Gemütes. Überall auf der Welt wurden nun die alten konservativen Ideen gepriesen. Aus der Kälte des Denkens wich man zurück in die Wärme des Glaubens, der Frömmigkeit, der Empfindsamkeit. Aus den Stürmen, welche die Freiheit gebracht hatte, rettete man sich in den stillen Hafen der Autorität und Disziplin. Romantiker träumten von der Wiederherstellung des Mittelalters, Dichter sangen von ihrem Haß gegen die Klarheit der Sonne, schwärmten von der mondbeglänzten Zaubernacht, rühmten den Frieden und die Geborgenheit im Schoße der katholischen Kirche. „Die Aufklärung hat uns nicht die Haut geritzt!" jubelte ein Kardinal.

Das war ein Irrtum. Die hellen, scharfen, neuen Ideen hatten sich zu vieler Geister bemächtigt, als daß sie sich wieder hätten austilgen lassen. Privilegien, bisher unerschütterlich, waren unterhöhlt; Absolutismus, Gottesgnadentum, Scheidung der Klassen und Kasten, Bevorrechtung der Kirche und des Adels, alles das war jetzt in Zweifel gezogen. Frankreich und Amerika hatten das große Beispiel gegeben, und trotz des neu erstarkten Widerstands der Kirche und des Adels brach sich nun der Gedanke Bahn: es sollten die menschlichen Dinge geregelt werden gemäß den Ergebnissen wissenschaftlicher Erkenntnis und nicht nach Gesetzen, die niedergelegt waren in alten, heiliggesprochenen Büchern.

Es lebten in jenem letzten Lustrum des Jahrhunderts in Frankreich an die 25000000 Menschen, in England und in Spanien je 11000000; Paris hatte 900000, London 800000 Einwohner, die Vereinigten Staaten von Amerika waren bevölkert von etwa 3000000 Weißen und von 700000 farbigen Sklaven; die größte Stadt Amerikas war Philadelphia mit 42000 Einwohnern, New York zählte 30000, Boston, Baltimore, Charleston je 10000. In diesem Jahrfünft veröffentlichte der englische Nationalökonom Malthus seinen Essay über die „Prinzipien der Bevölkerung" und stellte das Gesetz auf, die Menschheit vermehre sich rascher als die zu ihrer Erhaltung nötigen Nahrungsmittel, und man müsse die Fortpflanzung einschränken.

Die Menschen machten sich in diesem Jahrfünft ein weiteres großes Stück ihres Planeten nutzbar. Die Vereinigten Staaten von Amerika versuchten Siedler anzuziehen und errichteten zu diesem Zweck Ämter und Gesellschaften, die bei langem und reichlichem Kredit Land zum Preise von einem Dollar den Acre verkauften. Auch begann in jenem Jahrfünft Alexander von Humboldt seine große Forschungsreise nach Mittel- und Südamerika, deren Ergebnisse den Kosmos klarer erkennbar und leichter bewohnbar machten.

In jenem Jahrfünft vollzogen sich überall auf der Welt, vor allem in Europa, viele und heftige politische Veränderungen. Alte Reiche stürzten und wurden zu neuen Staatengebilden vereinigt, zu Republiken zumeist. Zahlreiche geistliche Herrschaften wurden säkularisiert. Der Papst wurde als Gefangener nach Frankreich gebracht, der Doge von Venedig vermählte sich zum letzten Male mit dem Meere. Die Französische Republik gewann viele Schlachten zu Lande, England viele Schlachten zur See; auch erfocht England den entscheidenden Sieg in Indien. Gegen Ende des Jahrhunderts schloß England mit beinahe ganz Europa einen Pakt, um das weitere Vordringen der Französischen Republik und die Verbreitung fortschrittlicher Ideen zu verhindern. Alles in allem war in diesem letzten Jahrfünft mehr Krieg und Gewalt in der Welt als während des ganzen Jahrhunderts, und es schrieb in diesem Jahrfünft der deutsche Philosoph Immanuel Kant seinen Entwurf „Zum ewigen Frieden“.

In ihrem Privatleben kümmerten sich die militärischen Führer der gespaltenen Welt wenig um das Geschwätz der Massen und der Zeitungen. In jenem Jahrfünft heiratete Napoleon Bonaparte Josephine Beauharnais, und Admiral Horatio Nelson lernte Emma Hamilton kennen und lieben.

In jenem Jahrfünft machte man sich frei von der bisherigen schweren, prunkvollen Kleidung und verwischte die Grenzen zwischen der Tracht der privilegierten und der niedrigen Stände. In Frankreich zunächst wurde unter dem Einfluß des Malers Jacques-Louis David eine einfache, antikisierende Tracht populär, La merveilleuse, auch begann man, lange Hosen zu tragen, Pantalons, und diese Kleidung verbreitete sich schnell über Europa.

In jenem Jahrfünft baute Alessandro Volta den ersten Apparat, der dauernden elektrischen Strom gab, Priestley entdeckte das Kohlenoxyd, Stanhope erfand die eiserne Buchdruckerpresse. Doch überall hielten die Menschen zäh fest an den überkommenen Vorstellungen und Arbeitsmethoden; sie glaubten, die Finder und Verwerter vorher nicht erkannter Naturgesetze seien Sendlinge des Teufels, und sie brachen die Scholle auf die Art, wie sie sie vor Jahrtausenden gebrochen hatten. In jenem Jahrfünft veröffentlichte der Arzt Edward Jenner eine Untersuchung, welche gegen die Blattern die Einimpfung von Kuhpocken empfahl, und wurde allgemein verlacht. Nicht verlacht wurden diejenigen, die in gesegneten Quellen und Wassern badeten und sich Ansteckungen holten, und diejenigen, die, um Gesundheit zu erlangen, allerlei Heiligen wächserne Nachbildungen ihrer kranken Glieder opferten; vielmehr bestrafte die Inquisition einen jeden, der die Heilkraft solcher Mittel anzweifelte.

In jenem Jahrfünft erkannte man überall in der Welt Shakespeare als den größten Dichter der letzten tausend Jahre. Er wurde von vielen in viele Sprachen übersetzt; August Wilhelm Schlegel schuf eine Übertragung, welche die deutsche Sprache des kommenden Jahrhunderts änderte und verschönte. In jenem Jahrfünft schrieb Goethe sein Gedicht „Hermann und Dorothea", Schiller seine Tragödie „Wallenstein". Alfieri schrieb seine klassizistischen Tragödien „Saul", „Antigone" und „Der zweite Brutus", und es starb der große Dichter farbig sinnvoller Märchenstücke Carlo Gozzi, drei Bände „Unnützliche Memoiren" hinterlassend. Jane Austen schrieb ihre nüchtern zierlichen Romane „Pride and prejudice" und „Sense and sensibility"; Coleridge veröffentlichte seine ersten Gedichte, und so tat der schwedische Dichter Tegnér. In Rußland schrieb Iwan Iwanowitsch Chemnitzer die Tragödie „Das befreite Moskau", und Wassilij Wassiljewitsch Kapnist verhöhnte in seiner Verskomödie „Die Schikane" bitter die Käuflichkeit der Justiz. Millionen solcher, die bisher nie ein Buch in der Hand gehabt hatten, fingen an, Bücher zu lesen und sich ihrer zu erfreuen. Aber die Kirche verbot die meisten jener Werke, welche die Kenner rühmten; in Spanien wurde Übertretung dieses Verbotes mit Pranger, Auspeitschung und Gefängnis bestraft, und in der Habsburgischen Monarchie wurden hohe Beamte entlassen, denen verbotene Lektüre nachgewiesen war.

In jenem Jahrfünft wurden in Paris unter ungeheurer Anteilnahme der Bevölkerung die Gebeine des Führers der Freidenker, die geächteten Gebeine des geächteten Voltaire, im Panthéon beigesetzt, und im gleichen Jahrfünft eröffnete im gleichen Paris Madame Marie-Anne Lenormand einen Wahrsage-Salon, der größten Zulauf hatte. Und im Wachskabinett der Madame Tussaud standen friedlich nebeneinander das Bild des heiligen Denis, der seinen Kopf unterm Arm trug, und das Bild des Ketzers Voltaire.

In jenem Jahrfünft wurde in der ägyptischen Stadt Rosette, dem arabischen Reschîd, ein mit Inschriften bedeckter Stein aufgefunden, der dem Forscher Champollion die Entzifferung der Hieroglyphen ermöglichte. Antoine Condorcet begründete die kollektivistisch-materialistische Geschichtsphilosophie, Pierre-Simon Laplace erklärte auf naturwissenschaftliche Art die Entstehung der Planeten. Aber wenn sich einer nicht zu dem Glauben bekannte, die Welt sei gemäß dem Bericht der Bibel in den sechs Tagen vom 28. September bis zum 3. Oktober 3988 v. Chr. geschaffen worden, dann konnte er weder in den spanischen Königreichen noch in der Habsburgischen Monarchie ein Staatsamt bekleiden.

In jenem Jahrfünft schrieb Goethe in den „Venezianischen Epigrammen", es seien ihm von allen Dingen am meisten verhaßt, „viere: Geruch des Tabaks, Wanzen und Knoblauch und Kreuz", und Thomas Paine arbeitete an jenem Elementarbuch des Rationalismus „Das Zeitalter der Vernunft". Um die gleiche Zeit schrieb Schleiermacher sein Buch „Über die Religion. Reden an die Gebildeten unter ihren Verächtern", Novalis seine „Theodicee", und der französische Schriftsteller Chateaubriand bekehrte sich zu einem romantisierenden Katholizismus. Das Buch „Verfall und Sturz des Römischen Reiches", in welchem Edward Gibbon mit leisem Witz und kalter Ironie die Entstehung des Christentums als einen Rückfall in die Barbarei dargestellt hatte, wurde allgemein als das bedeutendste Geschichtswerk des Zeitalters gefeiert; doch keinen geringeren Erfolg errangen jene „Apologien", in denen Bischof Richard Watson elegant und gemäßigt Gibbon und Paine zu widerlegen versuchte.

Es wurden in jenem Jahrfünft wesentliche physikalische, chemische, biologische Entdeckungen gemacht, es wurden wichtige soziologische Prinzipien gefunden und erwiesen, und die Entdecker und Verkünder wurden angefeindet, verhöhnt, ins Gefängnis gesteckt. Neue wissenschaftliche Heilmethoden wurden erprobt, und Priester und Medizinmänner trieben Kranken die Dämonen aus und heilten mit Gebeten und Amuletten.

Philosophierende Staatsmänner und gierige Geschäftemacher, stille Wissenschaftler und marktschreierische Quacksalber, machtsüchtige Priester und leibeigene Bauern, Künstler, empfindsam für jeden Reiz, und stumpfe, mordbrennende Landsknechte, alle lebten zusammen auf engem Raum, stießen sich, drängten sich, Gescheite und Dumme, solche, deren Gehirn kaum höher entwickelt war als das der ersten Menschen, und solche, deren Gehirn Gedanken dachte, welche die vielen erst eine Eiszeit später werden begreifen können, solche, die musisch waren, empfänglich für jede Schönheit, und solche, die stumpf blieben vor geformtem Wort, Klang und Stein, Strebsame, Regsame und Blöde, Faule, sie atmeten *eine* Luft, rührten einer des andern Haut, waren einander in steter, unmittelbarer Nähe. Sie liebten und haßten einer den andern, führten Kriege, schlossen Verträge, brachen sie, führten neue Kriege, schlossen neue Verträge, quälten, verbrannten, zerstückten einer den andern, mischten sich und zeugten Kinder, und selten nur verstand einer den andern. Die wenigen Gescheiten, Begabten drängten vorwärts, die ungeheure Zahl der andern hielt sie zurück, feindete sie an, fesselte sie, brachte sie um, suchte sich ihrer auf viele Arten zu entledigen. Und trotzdem kamen sie vorwärts, die wenigen Begabten, unmerklich freilich, mit vielen Listen und vielen Opfern, und mit sich zwangen sie, wuchteten sie die Masse der andern ein wenig vorwärts.

Ehrgeizige und Beschränkte nützten die Trägheit und Dummheit der vielen und suchten verwesende Institutionen zu halten. Aber die Französische Republik hatte frische Luft in die Welt geweht, und Napoleon, der Vollender der Revolution, schickte sich an, viel Lebensunfähiges endgültig wegzufegen.

Mehr jetzt als ein bloßer Schall war
Der Gedanke von den Menschen-
Rechten: er war Wirklichkeit in
Manchen Ländern, schmale, junge,
Doch greifbare Wirklichkeit, ge-
Schriebenes Gesetz. Und so, am
Ende des Jahrfünfts und des Jahr-
Hunderts, war trotz allem in der
Welt ein wenig mehr Vernunft, als
Zu Beginn des Säkulums in
Ihr gewesen.

2

Vor einer halben Stunde war Don Manuel von San Ildefonso aufgebrochen. Faul und verdrossen lehnte er in den Kissen des Wagens. Vor ihm lag die lange Reise nach Cádiz, und dort warteten seiner unangenehme Geschäfte. Freilich wollte er sich vorher ein paar Tage Erholung gönnen, jetzt, in Madrid, inkognito, in Gesellschaft Pepas. Aber nicht einmal diese Aussicht vermochte ihn zu erheitern.

Caramba, er hatte in diesen letzten Wochen nichts als Ärger gehabt. Daß ihn die Franzosen zwangen, den unpopulären Krieg gegen England fortzuführen, war schlimm genug, und nun bestanden sie auch noch darauf, die Gabachos, daß er unüberlegte, nie wiedergutzumachende Schritte gegen das befreundete Portugal unternehme.

Es besaß nämlich die englische Flotte in den portugiesischen Häfen Stützpunkte, und die Franzosen, unter Berufung auf den Allianzvertrag, verlangten, Spanien solle von Portugal die Schließung dieser Häfen erwirken. Immer von neuem, mit widerwärtiger Logik, forderte der französische Gesandte, der Bürger Truguet, Spanien solle, falls Portugal sich weigere, die Schließung der Häfen mit Waffengewalt erzwingen. Nun war es gewiß verlokkend, über das kleine, wehrlose Nachbarland herzufallen und sich einen Sieg zu holen. Aber der Prinzregent von Portugal war der Schwiegersohn des Katholischen Königs, Carlos und María Luisa wollten nicht mit der eigenen Tochter Krieg führen. Überdies hatte Portugal ihm, Don Manuel, noble Geschenke gemacht; Manuel hatte denn auch den Krieg mit England durch stillschweigendes Einverständnis beinahe einschlafen lassen.

Die portugiesische Frage war nicht seine einzige Sorge. Längst vergessene Affären wie die mit der magern Geneviève, der Tochter des royalistischen Gesandten de Havré, lebten peinlich wieder auf. Nach seiner Ausweisung aus Spanien hatte sich nämlich der Marquis mit seiner Tochter nach Portugal geflüchtet, er lebte dort von einer Unterstützung aus dem Geheimfonds des Katholischen Königs. Der lästige Franzose, der vulgäre, taktlose Bürger Truguet, hatte davon Wind bekommen und stellte nun die unverschämte Forderung, Manuel solle nicht nur jede weitere Verbindung mit dem „abenteuernden Royalisten" abbrechen, sondern überdies von dem Prinzregenten von Portugal seine sofortige Ausweisung erwirken.

Da lehnte er also im Wagen, der Príncipe de la Paz, der schlechte Nachgeschmack der Geschäfte von San Ildefonso war noch in ihm, und auf ihn warteten die unerfreulichen Verhandlungen in Cádiz. María Luisa hatte mehrere ihrer Günstlinge in leitende Stellungen der dortigen Kriegsflotte geschoben, die Herren brachten nichts mit als hohe Titel und die Gunst der Königin, und sehr fähige Offiziere, diesen Stümpern unterstellt und von ihnen behindert, drohten mit Rücktritt. Alles ringsum war unbehaglich.

Nicht alles. Je näher Don Manuel der Hauptstadt kam, so mehr verdunsteten die peinlichen Gedanken. Er beschloß, einen Tag länger in Madrid bei Pepa zu bleiben. Er wird vergessen, daß ihm das Schicksal die Leitung des spanischen Reiches aufgebürdet hat, er wird während dieser Tage nicht Staatsmann sein, sondern ein schlicht sich seines Lebens freuender Don Manuel.

Es kam anders.

Pepa hatte Wochen gereizter Langeweile hinter sich. Francisco war fort; seit Wochen, Monaten, seine Karriere gefährdend, teilte er das Exil der Alba. Bitterkeit im Herzen, erwog sie, wie heißer Leidenschaften er fähig war und mit wie geringem Bedauern er sie dem Manuel überlassen hatte. Und Manuel selber! Er machte große Worte um seine Liebe zu ihr: aber die meiste Zeit war er in San Ildefonso oder in Aranjuez oder im Escorial und ließ sie allein, und wenn er kam, kam er verstohlen. Es war eine gereizte, mürrische Pepa, die Manuel empfing.

Sie forderte ihn auf, mit ihr zum Stiergefecht zu gehen, zu der Corrida des Pedro Romero. Er erwiderte seufzend, am Sonntag müsse er längst auf dem Wege nach Cádiz sein. „Ist es zuviel“, fragte sie, „wenn ich Sie bitte, zwei Tage länger bei mir zu bleiben?“ – „Es ist mir nicht leichtgefallen, chérie“, erwiderte er, „die drei Tage für Sie frei zu machen. Ich habe einen Krieg zu führen, neben andern dringlichen Geschäften. Bitte, bürden Sie mir nicht noch mehr auf!“ – „Ich werde Ihnen sagen, warum Sie nicht mit mir zu der Corrida wollen“, antwortete Pepa. „Sie schämen sich meiner. Sie wollen sich nicht mit mir zeigen.“

Manuel versuchte, ihr Vernunft zuzureden. „Begreifen Sie doch!“ bat er ungeduldig. „Ich habe wirklich höllisch viel auf den Schultern. Ich soll Portugal zwingen, die Beziehungen mit England abzubrechen – ich soll den Prinzregenten von Portugal schonen. Ich soll sechs vertrottelte Granden aus der Flotte wegschikken – ich soll drei vertrottelte Granden mehr in die Armada einstellen. Dazu schickt mir Truguet schon die zweite unverschämte Note: ich soll den Marquis de Havré aus Lissabon ausweisen lassen. Sie werden in Cádiz sowieso saure Gesichter machen, daß ich zwei Tage zu spät komme, und da verlangen Sie, ich soll noch über den Sonntag hierbleiben! Begreifen Sie doch meine Schwierigkeiten!“ – „Ihre Schwierigkeiten“, antwortete streitsüchtig Pepa, „stammen alle aus einer Quelle: aus Ihrer ungezügelten, billigen Sinnlichkeit. Ihre ganzen Zerwürfnisse mit Portugal und Frankreich kommen daher, daß Sie auch noch mit dieser magern, armseligen Geneviève schlafen mußten.“ Manuel, nun auch er zornig, erwiderte: „*Du* hast mich ja dazu getrieben. Wenn du mir Liebe gezeigt hättest, wie ein Mann meiner Art sie erwarten darf, dann hätte ich diese Bohnenstange niemals angerührt.“ Pepa, aufs äußerste gereizt, sagte: „Und daß Sie immer noch der alten María Luisa ins Bett kriechen, daran bin wohl auch ich schuld?“

Nun aber war es genug. Seine ursprüngliche Natur, die eines Majo aus der schweinezüchtenden Provinz Estremadura, brach durch. Er hob die fleischige Hand und schlug sie ihr schwer ins Gesicht.

Einen Augenblick lang wollte sie zurückschlagen, wollte kratzen, beißen, ihn würgen. Dann beherrschte sie sich. Zog die Klingel. Rief: „Conchita!“ und nochmals: „Conchita!“

Er sah auf ihrem sehr weißen Gesicht flammend die Spuren seiner Hand, sah ihre grünen, weit auseinanderstehenden, Empörung blitzenden Augen. Stammelte Entschuldigungen. Sprach davon, wie überreizt er sei infolge gehäufter Arbeit. Aber da war schon Conchita zur Stelle, dürr und streng, und Pepa, die Stimme beherrscht, sagte: „Begleite den Señor zur Tür, Conchita!“ Er, überwältigt von Reue, erfüllt von Gier, wütend über die eigene Dummheit, die ihm die Ferientage zerschlagen hatte, mehrte Entschuldigungen, wollte ihre Hand fassen, sie umarmen. Aber: „Wann endlich wirst du diesen Menschen fortbringen, Conchita!“ rief sie und floh ins Nebenzimmer. Es blieb ihm nichts übrig, als zu gehen.

Er sagte sich bitter, nicht die geringste Rast gönne ihm das Schicksal in seiner Mühe um das Wohl des Reiches, und fuhr eilig, mürrisch, tatengierig nach Cádiz. Er hoffte, dort im Wirbel der Geschäfte und Vergnügungen sein Mißgeschick zu vergessen und dann, nach Madrid zurückgekehrt, eine vernünftig gewordene Pepa vorzufinden.

In der Tat hatte er in Cádiz keine leere Minute. Er verhandelte mit den Reedern, den Chefs der Import- und Exportfirmen, den Bankiers. Versprach den sachverständigen Offizieren der Flotte, der verderblichen Tätigkeit der hochadeligen, vertrottelten Admirale ein Ende zu machen. Bekräftigte in einer heimlichen Zusammenkunft mit Herren der englischen Blockadeflotte die ungeschriebene Abmachung, der zufolge die beiden Flotten sich zwar bedrohen, aber nicht angreifen sollten. Und gehörten seine Tage der Tätigkeit fürs Reich, so widmete er seine Nächte den berühmten Vergnügungen von Cádiz.

Aber weder Geschäfte noch Zerstreuungen vermochten ihm die Gedanken an Pepa aus dem Kopf zu treiben. Immer von neuem sah er auf ihrer Wange das Mal seiner Hand, und die Erinnerung füllte ihn mit Reue, Sehnsucht, Brunst.

Die Geschäfte kaum beendet, fuhr er auf raschestem Wege zurück nach Madrid. Eilte, noch in Reisekleidern, in den Palacio Bondad Real. Fand das Haus in Unordnung, die Möbel an die Wände gerückt, die Teppiche verschnürt, fand Kisten, gepackte

Koffer. Der Mayordomo wollte ihn nicht vorlassen. Die Dueña Conchita stand strengen, zugesperrten Gesichtes daneben. Er steckte ihr drei Golddukaten zu. Sie ließ ihn ein wenig warten, führte ihn zu Pepa.

„Ich gehe nach dem Süden", eröffnete ihm Pepa mit ihrer vollen, langsamen Stimme. „Ich gehe nach Málaga. Ich werde dort Theater spielen. Señor Rivero war hier, seine Truppe wird gerühmt, er hat mir einen guten Vertrag gegeben. Wenn Ihre Flotte einmal wieder imstande sein sollte, die Seewege frei zu machen, dann gehe ich zurück in meine Heimat, nach Amerika. Lima, sagt man, hat noch immer das beste Theater der ganzen spanischen Welt."

Manuel, innerlich, wütete. Gut, er hatte sie geschlagen, aber er hatte sich vor ihr gedemütigt und war zurückgekommen, sich weiter zu demütigen. Sie brauchte ihm nicht gleich anzudrohen, den Ozean zwischen sich und ihn zu legen. Es drängte ihn, sie von neuem zu schlagen. Doch ihre weiße Haut kam strahlend aus dem dunkeln Hauskleid, ihre grünen Augen schauten groß, ernst, begehrenswert, er atmete ihren Geruch. Er hatte hinter sich Nächte mit den in allen Lastern geübten, reizvollen Frauen von Cádiz, aber er wußte: er konnte diese Frau nicht entbehren, das Höchste an Lust, das wahre Entzücken, das himmlisch höllische, über einem zusammenschlagende, konnte nur sie ihm geben, er durfte sich jetzt nicht von seiner Wut hinreißen lassen, er mußte seine ganze schlaue Beredsamkeit aufbieten, sie zu halten.

Von neuem, stürmisch und ausführlich, entschuldigte er sich. Alle jetzt zerrten und zögen an ihm: die madrilenischen Freigeister und die bornierten Granden und fanatischen Ultramontanen, Frankreich und Portugal. Und der pöbelhafte Bürger Truguet und der kalte, kleinliche, fuchsschlaue Talleyrand hätten keinen Sinn für seine verfeinerten, wahrhaft staatsmännischen Lösungen. Er stehe ganz allein. Der einzige, der ihn begreife, der General Bonaparte, kämpfe irgendwo in Ägypten. Kein Wunder, daß einer unter solchen Umständen auf Minuten den Verstand verliere. „Ich habe Strafe verdient", gab er zu. „Aber so hart bestrafen dürfen Sie mich nicht, Señora. So hart bestrafen darfst du mich nicht, Pepa", und er ergriff ihre Hand.

Sie entzog sie ihm ohne Heftigkeit. Das Leben in Madrid, erklärte sie, befriedige sie nicht. Lange sei er, Manuel, ihr Trost gewesen. Seine Stärke, seine stürmische Liebenswürdigkeit habe sie verführt. Sie habe geglaubt, er sei ein Majo und ein Grande in einem. Nun aber habe auch er sie enttäuscht. Sie habe in Madrid nichts mehr zu suchen.

Ihre romantische Trauer machte ihm Eindruck. Er könne sie nicht fortlassen aus Madrid, versicherte er feurig. Wenn sie gehe, werde auch er sein Amt hinwerfen und sich zurückziehen, um auf einem seiner Güter seinem Kummer und der Philosophie zu leben. „Um Spaniens willen müssen Sie bei mir bleiben, Señora!" rief er. „Sie sind das einzige Glück in meinem schweren Leben. Ohne Sie kann ich mir mein bürdenreiches Dasein nicht vorstellen."

Sie hielt ihm das weiße Gesicht zugekehrt, ihn anblickend auf ihre seltsam schamlose Art. Dann, langsam, mit der trägen, vollen Stimme, die ihm ins Blut ging, erwiderte sie: „Wenn dem so ist, Don Manuel, dann, bitte, sagen Sie das nicht nur, sondern zeigen Sie es der Welt. Ich habe mich lange genug darein gefügt, Ihre Mätresse zu sein. Ihrer Gemahlin hätten Sie jenen Schimpf nicht angetan. Ich darf verlangen, daß Sie sich offen zu mir bekennen."

Er erschrak. Heiraten! Pepa heiraten! Alle bösen spanischen Sprichwörter gingen ihm durch den Kopf: „Antes de casar, ten casas en qué morar – Bevor du dich beweibst, sorg selbst erst, wo du bleibst." Und: „Wer aus Liebe heiratet, krepiert aus Wut." Aber er wollte nicht Gefahr laufen, ein zweites Mal unverrichteterdinge abzuziehen.

Alle die Monate hindurch, erklärte er, habe er sich mit der Absicht getragen, sie um ihre Hand zu bitten. Aber eine solche Heirat bedeute Schwierigkeiten mit Doña María Luisa, bedeute seine Entlassung, bedeute Gefahr für Spanien. Denn keiner außer ihm könne das seiltänzerische Spiel zwischen Portugal und Frankreich mit Erfolg zu Ende führen. „Wenn ich meinem Herzen folge, Señora, und Sie heirate", schloß er, „so bedeutet das Krieg entweder mit Portugal oder mit Frankreich." Pepa, ihm unverwandt ins Gesicht schauend, sagte trocken: „Wahrscheinlich haben Sie recht. Und darum: leben Sie wohl."

Er mußte einen Ausweg finden. „Laß mir Zeit, Pepa!" bat er inständig. „Laß mir kurze Zeit!"

„Drei Tage", sagte sie.

Am dritten Tag erklärte er, er habe die Lösung gefunden. Er werde sie heiraten, doch müsse diese Heirat vorläufig geheim bleiben. Sowie er indes eine Entscheidung der portugiesischen Frage herbeigeführt habe, werde er, die Gefahr der königlichen Ungnade auf sich nehmend, dem Reich und der Welt von seiner Ehe Mitteilung machen.

Pepa willigte ein.

Ein alter, ehrwürdiger Priester wurde aufgetrieben, ein gewisser Padre Celestinos aus Badajoz. Der Padre, der gerne kleine politische Intrigen zettelte, war mit Freuden bereit, seinem allmächtigen Landsmann einen Dienst zu leisten.

In dem Stadtpalais des Fürsten,
In der Hauskapelle, fand die
Trauung statt, bei Nacht, nicht viele
Lichter brannten; sehr romantisch
War's, recht nach dem Sinne Pepas.
Zeugen waren Don Miguel und
Die Dueña. Einen Eidschwur
Ließ der Padre alle leisten,
Sie verpflichtend, streng zu schweigen
Und von dieser Trauung keinem
Menschen zu erzählen, sei's wer
Immer.

3

Die Königin, als sie das Gerücht hörte, der Príncipe de la Paz habe Señora Tudó geheiratet, überließ sich ungehemmter Wut. Sie hatte diesen Lumpen aus dem untersten Dreck herausgefischt und zum ersten Manne des Reiches gemacht, und jetzt verschrieb er sich mit Haut und Haaren dieser Hure! Ihr, diesem hirnlosen Stück fetten Weiberfleisches, dieser Gans und Jamona, gab er die glänzenden Titel weiter, mit denen sie, María Luisa, ihn begnadet hatte! Sie stellte sich ihn vor, wie er mit seiner Pepa im Bett lag und sich lustig machte über sie, die Alte, die Hereingelegte. Aber er sollte sich verrechnet haben, dieser Wegwurf, dieses Nichts! Es gab hundert Fälle der Unterschlagung und des Hochverrats, derenthalb man ihm den Prozeß machen konnte. Er hat skrupellos gestohlen aus dem königlichen Schatz. Hat sich von fremden Mächten bestechen lassen. Hat den Heiligen Vater verraten, den besten Alliierten. Hat mit den gottlosen Männern des Pariser Direktoriums gezettelt gegen den Katholischen König. Hat jedermann verraten, Freund und Feind, aus Habgier, aus Eitelkeit, aus verwöhnter Laune. Aber nun wird sie ihn vor Gericht stellen, vor das Gericht des Kronrats von Kastilien, wird ihn schmählich hinrichten lassen, öffentlich, und alle werden jubeln, die Prälaten, die Granden, das ganze spanische Volk. Und die Person, die Hure, wird sie mit nacktem Oberkörper durch die Stadt führen und dann auspeitschen lassen.

Sie wußte, sie wird von alledem nichts tun.

Sie war gescheit, sie kannte Welt und Menschen, ihren Manuel und sich selber. Sie hatte ihm dann und wann durch kluge Zurschaustellung ihres Verstandes und ihrer Macht Teilnahme und Gefühl eingeflößt; vielleicht war es ihr sogar geglückt, dieses Gefühl zeitweise in Lust und Liebe zu verwandeln. Aber wie künstlich, wie vergänglich war dergleichen! Wie lange konnte eine häßliche, alternde Frau solch einen jungen, strotzenden Burschen halten? Mit einem Male überkam sie das Elend, der ganze Jammer ihrer vierundvierzig Jahre. Ihr Leben war ein ständiger Kampf gewesen mit Tausenden, Zehntausenden hübscher, junger Spanierinnen. Sie konnte sich immer neue Hilfsmittel verschreiben, Kleider aus Paris, Schminken, Salben, Puder, die besten Tanzmeister und Friseure, aber vor der frischen Haut einer jeden dummen Pasquita, Consuela, Dolores wurde das alles lächerlich.

Und doch war es besser, wie es war. Nicht mehr viele Jahre, dann wird zum Beispiel die Alba so alt sein, wie sie heute ist, und was wird sie dann sein, die Alba? Verwelkt, vertan. Sie aber, María Luisa, war durch ihre Häßlichkeit gezwungen gewesen, Verstand zu entwickeln. Sie war gescheit geworden, weil sie häßlich war, und ihre Gescheitheit dauerte fort.

Schließlich stellte sie noch immer was vor, sie, von Gottes Gnaden Königin aller spanischen Reiche, des westlichen und östlichen Indien, der Inseln und des festen Landes im Weltmeer, Erzherzogin von Österreich, Herzogin von Burgund, Gräfin von

Habsburg, Flandern und Tirol. Das Weltreich ist nicht mehr ganz jung, es beginnt alt zu werden wie sie selber, und der Bürger Truguet erfrecht sich, den Katholischen Königen Vorschriften zu machen. Aber immer noch und trotz allem ist sie die mächtigste Frau der Welt. Denn die Welt weiß, daß nicht der einfältige Carlos, sondern sie Spanien regiert und beide Indien und das Weltmeer.

Und solch einer Frau zieht dieser Dummkopf eine Pepa Tudó vor!

Sie musterte sich im Spiegel. Aber der Spiegel zeigte sie nur, wie sie jetzt war, in diesem vergänglichen Augenblick, da sie sich gehenließ unter dem Eindruck der frechen Nachricht. Das war nicht sie, das war nicht ihre Wahrheit.

Sie machte sich auf, ihre Wahrheit anzuschauen. Verließ ihr Boudoir. Die Erste Hofdame, die Camarera Mayor, im Vorzimmer wartend, schickte sich an, sie zu begleiten, wie das Zeremoniell es verlangte. Ungeduldig winkte sie ab. Allein ging sie durch die weiten Säle und Korridore, vorbei an Priestern und Lakaien, vorbei an Wache haltenden Offizieren, die präsentierten, an Höflingen, die sich bis zum Boden verbeugten. Allein stand sie in dem prunkenden Empfangssaal, vor der „Familie des Carlos".

Die María Luisa hier auf dem Bild, das war ihre Wahrheit. Dieser Maler kannte sie, wußte um sie, vielleicht als der einzige. Wie sie hier stand im Kreise der Ihren, des regierenden Königs und der künftigen Könige und Königinnen, die Herrscherin dieses Kreises, das war ihre häßliche, stolze, imponierende Wahrheit.

Eine solche Frau läßt sich nicht unterkriegen, weil ein Dummkopf, in den sie zufällig verliebt ist, hinter ihrem Rücken seine Hure geheiratet hat. Sie wird diesen Mann nicht bestrafen. Es ist nicht der Mühe wert, um ihn zu kämpfen, aber sie ist die Königin, sie ist es sich selber schuldig, sich zu nehmen, wonach es sie verlangt, und zu halten, was sie halten will. Sie weiß noch nicht, wie, aber sie wird diesen Mann halten.

Sie schlief gut in der folgenden Nacht, und am Morgen hatte sie einen guten Plan.

Sie sprach Carlos von den nie endenden politischen Nöten. Zählte auf die Zänkereien mit den steuerfaulen Kaufleuten in Cádiz, die Verhandlungen mit dem unverschämten Truguet, den Ärger mit den rebellischen Flottenoffizieren. Ein einziger Mann habe alle diese Händel durchzufechten, der Erste Minister. Man müsse ihm helfen, müsse seine Autorität verstärken. Carlos dachte nach. „Gerne", sagte er. „Aber mir fällt beim besten Willen nichts ein. Wo gibt es Titel und Würden, die wir Manuel nicht schon verliehen hätten?" – „Man könnte vielleicht", meinte María Luisa, „zwei Angelegenheiten mit einem Schlag bereinigen. Ich meine, man könnte gleichzeitig die Unannehmlichkeit mit den Kindern des seligen Onkels Luis aus der Welt schaffen." Onkel Luis, Bruder des Dritten Carlos, war jener Infant gewesen, der die Dame Vallabriga geheiratet hatte, eine einfache Adelige, seine Kinder trugen den schlichten Titel eines Grafen und einer Gräfin von Bourbon und Chinchón, ihre Einstufung in das Zeremoniell bereitete ständige Schwierigkeiten.

Carlos schaute verständnislos. „Wie wäre es", erläuterte María Luisa, „wenn wir die beiden zu ‚Infanten von Kastilien' machten und unsern Manuel mit Doña Teresa, der ‚Infantin', verheirateten? Dann wäre auch er Infant und gehörte zur Familie." – „Eine gute Idee", stimmte Carlos zu. „Nur, fürchte ich, nicht im Sinne meines hochseligen Vaters. Mein hochseliger Vater hat Don Luis und Doña Teresa zu Exzellenzen gemacht, zu Königlichen Hoheiten hat er sie nicht gemacht." – „Die Zeiten ändern sich", legte mit nachsichtiger Geduld María Luisa dar. „Du hast, mein lieber Don Carlos, in manchen Fällen Weisungen gegeben, welche die Anordnungen deines hochseligen Vaters erweiterten. Warum solltest du nicht auch in diesem Falle eine solche Verfügung treffen?" – „Du hast recht wie immer", gab Carlos nach.

Die Königin ging energisch ans Werk. Sie war der künftigen Infantin Teresa nicht gewogen. Diese Tochter einer kleinen Adeligen legte eine gelassene Vornehmheit an den Tag, die María Luisa ärgerte, und die Duckmäuserin, wiewohl sie natürlich keinen Ton zu äußern wagte, mißbilligte bestimmt auch ihre Lebensweise. Es machte ihr Spaß, die blonde, stille, nonnenhafte Teresa dem Stier Manuel ins Bett zu zwingen.

Am gleichen Tag noch, an dem sie die Einwilligung des Königs zu der Verbindung Doña Teresas mit Manuel erlangt hatte, ließ sie diesen wissen, sie habe ihn zu sprechen. Er war darauf gefaßt gewesen, daß die Königin trotz aller Heimlichkeit von seiner Ehe erfahren werde, und er fühlte Unbehagen, ja Angst vor dem Sturme, der da heraufzog.

Allein María Luisa lächelte übers ganze Gesicht. „Manuel", sagte sie, „Manuelito, ich habe eine große, freudige Nachricht für dich. Don Carlos wird die Grafen von Bourbon und Chinchón zu Infanten von Kastilien machen, und du wirst Doña Teresa heiraten und teilhaben an ihrem Titel. Ich freue mich, daß auf diese Art die nahen Beziehungen zwischen dir und uns aller Welt sichtbar werden."

Manuel, als an Stelle des erwarteten wilden Gewitters dieser Schauer von Glück und Gnade auf ihn niederging, begriff zuerst nicht; er stand da, törichten Gesichtes. Dann überkam ihn stürmischer Jubel. Por la vida del demonio! Er war wirklich der erstgeborene Sohn des Glückes. Was immer er anpackte, schlug ihm zum Segen aus. Und wie lustig und witzig sein Glück war! Jetzt kann er's diesem Don Luis María heimzahlen, der so frech durch ihn hindurchzuschauen wagte. Jetzt wird er, Manuel, mit der Schwester des Hochmütigen schlafen, und jetzt macht er, Manuelito, der Verachtete, den halben Bourbon zum ganzen, macht er den Bastard Luis legitim.

So spürte Manuel, und er war voll Stolz. Sein Vater hatte ihn mit Recht sein tüchtiges Stierlein genannt, durch seine Tüchtigkeit hatte er sich diese Königin zu eigen gemacht, und er schaute voll von Besitzereitelkeit, Zärtlichkeit, Liebe auf seine alte María Luisa.

Die beobachtete ihn genau. Sie hatte erwartet, ihre Mitteilung werde ihm heiß machen, er werde tief bestürzt dastehen, denkend an die Person, an seine Pepa Tudó, und an seine unsinnige Heirat. Allein es war nicht die leiseste Verlegenheit oder gar Bestürzung an ihm zu entdecken. Vielmehr stand er da, großartig anzuschauen in seiner glänzenden Uniform, und von seinem breiten, vollen, hübschen Gesicht strahlte dankbare Freude, nichts sonst. Für ein paar Sekunden glaubte María Luisa, die Gerüchte seien Lügen, jene schmachvolle Heirat habe gar nicht stattgefunden.

In der Tat hatte Manuel über dem Schwall seines Glückes Pepa und seine heimliche Ehe völlig vergessen. Dann aber, nach wenigen Augenblicken, erinnerte er sich. Carajo! dachte er, und: Carajo! stand auf seinem Gesicht zu lesen. Aber das Glücksgefühl, in dem er schwebte, schwemmte seine Bestürzung sogleich wieder weg. Die Aufgabe, seine Ehe aus der Welt zu schaffen, schien ihm leicht. Alles, was er brauchte, war ein wenig Zeit.

Nachdem er der Königin überschwenglichen Dank gesagt hatte, ihre fleischige, beringte Hand wieder und wieder mit glühenden Küssen bedeckend, bat er um die Erlaubnis, seine glückliche Verbindung mit Doña Teresa und der königlichen Familie dem Lande erst nach zwei oder drei Wochen kundzutun. Die Königin, innerlich bitter und überlegend schmunzelnd, fragte harmlos nach den Gründen des Aufschubs. Er tat geheimnisvoll. Erklärte, er habe noch gewisse politische Pläne unter Dach zu bringen, die durch seine Erhöhung behindert werden könnten.

Je länger er's indes überdachte, so schwieriger schien es ihm, aus seiner heimlichen Ehe mit Pepa herauszukommen. Gewiß konnte er die Heirat einfach ableugnen; ein Wink an den Großinquisitor, und der Landsmann, der Padre Celestinos, verschwand in irgendeinem fernen Kloster. Was aber wird Pepa anstellen? Sie wird, wenn sie erfährt, daß ihre Verheiratung nicht stattgefunden hat, zur Heldin einer ihrer Romanzen werden. Wird sich auf große Art töten oder sonst eine ungeheure dramatische Unbesonnenheit begehen, die seine Verehelichung mit der Infantin unmöglich macht. Freilich hätte er die Mittel gehabt, auch Pepa für immer aus seiner Welt zu schaffen, aber er konnte sich ein Leben ohne Pepa nicht mehr vorstellen.

Er sah keinen Ausweg, eröffnete sich seinem Miguel.

Der hörte ihm zu, höflich teilnahmsvollen Gesichtes, aufgerührt im Innern. Manuel war mit steigendem Glück immer arroganter geworden, immer öfter behandelte er ihn wie einen Domestiken. Seine schamlose Habgier, seine wahllose Wollust, seine unbändige Eitelkeit stießen Miguel immer heftiger ab. Als Manuel ihm jetzt mit seinen neuen Nöten kam, war er versucht, ihn allein auslöffeln zu lassen, was er sich da eingebrockt hatte. Der Plan der listigen Königin ging zweifellos dahin, Manuel für immer von Pepa zu trennen. Der aber wird nicht von Pepa loskommen, Doña María Luisa wird diese ständige Bindung nicht dulden, die rachsüchtige Frau wird Manuel stürzen, wenn er, Miguel, ihm nicht half. Soll er ihm helfen? Wird es nicht eher ein Glück sein, sein wahres Glück, wenn er den Menschen und seine leere Arroganz los wird? Wenn er alle seine Zeit seinen Bildern widmen, wenn er sein großes Werk, das Künstlerlexikon, vollenden kann?

Aber da, im Geiste, sah er sich sitzen, grenzenlos einsam, inmitten seiner Bilder und Papiere, und er wußte, genauso wie dieser Manuel seiner Pepa verhaftet war, werden seine, Miguels, Gedanken für immer schmerzhaft um Lucía kreisen. Allein das erregende Spiel der großen Staatsgeschäfte vermochte ihn abzulenken, er konnte es nicht mehr entbehren, konnte nicht darauf verzichten, aus dem Schatten das Reich zu lenken. Er *wird* Manuel aus seinen Nöten helfen.

Er überdachte dessen Situation, entwarf einen Plan, legte ihn Manuel dar. Der griff begierig danach, umarmte seinen Miguel, war glücklich.

Wandte sich an den König. Erklärte geheimnisvoll, er sei gekommen, ihn in einer persönlichen Angelegenheit um Rat und Hilfe zu bitten, als Mann den Mann, als Caballero den Caballero. „Was ist denn los?“ fragte Carlos. „Wir sind mit Frankreich fertig geworden, wir werden auch mit deinen Kavaliersnöten fertig werden.“ Auf solche Art ermutigt, eröffnete ihm Manuel, er habe ein Liebesverhältnis mit einer wunderbaren Frau, die freilich nicht von Adel sei, einer gewissen Señora Josefa Tudó. Diese Beziehung währe nun schon seit Jahren, und er zerbreche sich den Kopf, wie er dieser Frau die Nachricht seiner bevorstehenden Vermählung beibringen solle. Er sehe da nur *einen* Weg. Man müsse Señora Tudó auseinandersetzen, daß die geplante Ehe mit der Infantin auch im Dienste der Krone geschehe, damit nämlich die Person des Ersten Ministers Glanz gewinne für die schwierigen Verhandlungen mit Frankreich, England und Portugal. „Nun und?“ fragte Don Carlos. „Warum setzt du es ihr nicht auseinander?“ – „Es müßte ihr“, erwiderte Manuel, „von einer autoritativen Stelle auseinandergesetzt werden. Nur wenn Sie selber, Sire, Señora Tudó klarmachten, daß meine Verheiratung im Interesse des Reiches stattfindet, wird sie das furchtbare Leid überstehen, das ich ihr zufüge.“ Der König dachte nach. Dann, zwinkernd, schmunzelnd, fragte er: „Du meinst, ich soll ihr klarmachen, sie soll dich drüber lassen, auch wenn du Doña Teresa heiratest?“ – „Ich hab mir’s folgendermaßen gedacht“, antwortete Manuel. „Ich bitte Eure Majestät wieder einmal um die hohe Ehre, mit mir zu Abend zu essen, zwanglos, und das Abendessen findet im Hause der Señora statt. Die Gegenwart Eurer Majestät wird Señora Tudó überwältigen. Und dann richten Sie an die Señora ein paar jener leutseligen Worte, mit denen Sie Ihre Untertanen so oft zu beglücken wissen, deuten ihr aus, daß auch das Reich einen Vorteil davon hat, wenn Señora Tudó die Beziehungen zu mir nicht abbricht, und machen mich glücklich für den Rest meines Lebens." – „Schön", sagte nach einiger Überlegung Carlos. „An mir soll's nicht fehlen." Er sagte ihm zu, sich am Mittwoch um 6 Uhr 45, als einfacher General verkleidet, im Palacio Bondad Real einzustellen.

Don Manuel fragte Pepa, ob er am Mittwoch bei ihr zu Abend essen und einen Freund mitbringen dürfe. „Wen?" fragte Pepa. „Den König", antwortete Don Manuel. Das gelassene Gesicht Pepas war starr vor Staunen. „Ja", erklärte feierlich Don Manuel, „der König Unser Herr ist begierig, Sie kennenzulernen." – „Du hast ihm von unserer Heirat erzählt?" fragte glücklich Pepa. Manuel wich aus. „Der König wird dir eine wichtige Eröffnung machen", antwortete er. „Bitte, sag mir, worum es sich handelt", verlangte Pepa. „Ich will nicht unvorbereitet sein, wenn der König mir die Ehre gibt, an meinem Tisch zu speisen." Don Manuel aber, die Gelegenheit wahrnehmend, sagte ihr plump und bündig: „Der König wünscht aus Staatsgründen, daß ich seine Kusine heirate, Doña Teresa. Das will er dir mitteilen. Er ernennt sie zur Infantin und macht auf diese Art auch mich zum Infanten. Unsere Heirat darf also nicht stattgefunden haben."

Als Pepa aus ihrer Ohnmacht erwachte, war er um sie bemüht, ein zärtlicher Liebhaber. Es habe sich, redete er ihr zu, herausgestellt, daß er die diplomatischen Geschäfte, welche die Krone und das Vaterland von ihm verlangten, nur durchführen könne, bekleidet mit der höchsten Autorität, der eines Mitglieds der königlichen Familie, eines Infanten. Er wisse, welch ungeheures Opfer man von ihr verlange. Darum eben würdige Don Carlos sie seiner Gegenwart. Wenn nämlich einmal der König sie kennengelernt habe, dann sei ihre Stellung in der madrilenischen Gesellschaft für immer gesichert. Auch ein großer Titel sei ihr gewiß. Er verhandle mit dem Grafen Castillofiel, einem älteren Herrn, eigentlich einem sehr alten Herrn, der, hochverschuldet, auf seinem großen Gut bei Málaga sitze. Der Graf sei bereit, Pepa zu heiraten. Er werde dann bis zu seinem baldigen Ende in Málaga leben, während sie, eine Señora de título, ihren Wohnsitz in Madrid beibehalten werde. „Wir sind doch aber nun einmal verheiratet, du und ich", gab Pepa zu bedenken. „Gewiß", antwortete Manuel. „Aber ich weiß nicht, ob wir das werden beweisen können. Der einzige unverdächtige Zeuge nämlich, Padre Celestinos", erklärte er bekümmert, „ist verschwunden. Spurlos verschwunden."

Pepa sah ein, daß das Schicksal ihre legitime Verbindung mit Manuel nicht wollte. Sie hatte bei all ihrer Liebe fürs Poetische einen gesunden Sinn für die Wirklichkeit, und die nächtliche Trauung war ihr niemals ganz geheuer vorgekommen; sie beschloß, sich zu fügen. „Wie das Schicksal spielt!" sagte sie träumerisch. „Nun wirst du also doch noch Infant! Infant von Kastilien!" – „Es hängt einzig und allein von dir ab", sagte galant Manuel. „Und der König wird unsere linke Verbindung durch seine Anwesenheit sanktionieren?" fragte Pepa. „Er wird dich sogar auffordern zu singen", antwortete Manuel, „du wirst sehen." – „Und ich werde wirklich Condesa Castillofiel werden?" versicherte sich Pepa. „Oui, Madame", antwortete Manuel. „Aber du sagst", fragte etwas besorgt Pepa, „der alte Graf ist sehr verschuldet?" – „Bitte, laß das meine Sorge sein", antwortete mit Schwung Manuel. „Die Condesa Castillofiel wird leben, wie es sich ziemt für die schönste Dame des Reichs und die Freundin des Infanten Manuel." – „Ich bin bereit, mich für dich auszulöschen", sagte Pepa.

Mittwoch um 6 Uhr 45, in Begleitung Manuels, erschien Don Carlos im Palacio Bondad Real. Er trug einfache Generalsuniform und gab sich zwanglos. Er beschaute sich Pepa und erklärte anerkennend, sein lieber Manuel verstehe sich nicht nur auf die Staatsgeschäfte.

Und er tätschelte Señora
Tudós Schultern, und er rühmte
Ihre wohlgeratne Olla,
Und er fand, wenn sie Romanzen
Singe, gehe ihm das Herz auf,
Und versprach, er werde seines-
Teils beim nächsten Male ihr vor-
Spielen, auf der Geige.

Und beim
Abschied hielt er eine kleine
Rede. „Die Regierung eines
Weltreichs“, sprach er, „kostet Schweiß und
Mühe, unser Manuel hat
Seine schwere Not und Sorge.
Seien Sie auch weiter eine
Gute Spanierin, mein Kind, und
Machen Sie ihm, meinem lieben
Freund, die seltnen Stunden seiner
Muße heiter.“

4

Die Condesa Doña Teresa de Chinchón und Bourbon wurde aus der Einsamkeit ihres Landsitzes Arenas de San Pedro an den Hof berufen, nach San Ildefonso. Doña María Luisa, in Gegenwart des Königs, teilte ihr mit, Don Carlos habe sich entschlossen, sie zu verheiraten, er habe ihr eine Mitgift von fünf Millionen Realen ausgeworfen. Zum Gatten bestimmt habe er ihr den ersten und den besten unter seinen Räten, seinen lieben Don Manuel, den Príncipe de la Paz. Fernerhin habe er sich entschlossen, ihr bei diesem Anlaß den Titel einer Infantin von Kastilien zuzuerkennen, so also, daß sie fortan auch vor aller Welt der königlichen Familie zugehöre.

Doña Teresa hatte diese letzten Worte kaum mehr gehört. Sie hielt sich, die Zarte, Zwanzigjährige, die noch viel jünger aussah, mühsam aufrecht, die tiefblauen Augen schauten starr aus dem hellen, jetzt völlig erblaßten Gesicht, die Lippen waren leicht geöffnet. Die Vorstellung, irgendeines Mannes Küsse und Umarmungen ertragen zu müssen, erfüllte sie mit Schrecken, der Gedanke an diesen Don Manuel mit Abscheu.

„Nun“, sagte mittlerweile vergnügt Don Carlos, „hab ich's recht gemacht? Bin ich ein guter Vetter?“ Und Doña Teresa küßte ihm und der Königin die Hand und sprach die geziemenden Worte ehrerbietigen Dankes.

Don Manuel machte seiner künftigen Gemahlin seine Aufwartung. Sie empfing ihn in Gegenwart ihres Bruders, jenes Don Luis

María, der seinerzeit den Príncipe de la Paz so hochmütig übersehen hatte.

Da stand er, dieser Don Luis María, in Prälatentracht, schlank, ernst, jung. Er war im Laufe weniger Wochen auf erstaunliche Art erhöht worden, nicht nur hatte der König ihn zum Infanten gemacht, er hatte auch statt seines Erzbistums Sevilla das Erzbistum Toledo erhalten, das höchste geistliche Amt des Reichs, und den Kardinalshut. Er kannte natürlich die Zusammenhänge, er durchschaute das schmutzige, niederträchtige Spiel Don Manuels und der Königin. Es war widerwärtig, daß er seine Erhöhung gerade dem vulgären Manuel Godoy dankte, und es drückte ihm das Herz zusammen, daß seine zarte, scheue Schwester, die er sehr liebte, dem über alle Vorstellungen hinaus abscheulichen Liebhaber María Luisas geopfert werden sollte. Aber es gab keine Möglichkeit, dem Worte des Königs zu widersprechen. Auch war der junge Kirchenfürst tief gläubig und ein leidenschaftlicher Patriot. Er war frei von Ehrgeiz, doch hielt er mit Recht viel von seiner Begabung. Wenn jetzt ihn die Vorsehung zum Primas von Spanien machte und ihm Gelegenheit gab, in die Politik einzugreifen, während sie seine Schwester dem gemeinen, pöbelhaften Manuel hinopferte, so mußten sie beide sich in Demut fügen.

Don Manuel musterte seine künftige Gemahlin. Blond, sehr dünn und zart saß sie da, ein wenig glich sie jener Geneviève de Havré, die ihm hinterher soviel Verdruß bereitet hatte. Nein, sein Geschmack waren solche hundsmagern, hocharistokratischen Fräuleins nicht, Pepa wird von seiner künftigen Gemahlin nichts zu fürchten haben. Und wird sie überhaupt fähig sein, diese da, ihm ein Kind zu gebären, einen Infanten? Aber er ließ von solchen Erwägungen nichts merken, sondern gab sich untadelig grandenhaft. Versicherte die Infantin seines Glückes und seiner Dankbarkeit, behandelte den Lausejungen Don Luis María mit der Ehrerbietung, die seinem Stab und Hut zukam, wiewohl doch er selber erst ihm Stab und Hut verschafft hatte.

Dann fand in der Kirche des Escorials, über den Gräbern der toten Weltherrscher, die Trauung Don Manuels mit der Infantin Doña Teresa statt, in Gegenwart der Majestäten und der Granden Spaniens. Nicht nur erhielt so Don Manuel den Titel eines Infanten von Kastilien, sondern der König verlieh ihm anläßlich seiner Verehelichung eine Würde, die vor ihm außer Christoph Columbus noch keiner innegehabt hatte: er ernannte ihn zum Großadmiral von Spanien und Indien.

Ungefähr um die gleiche Zeit wurde, in Málaga, Señora Tudó getraut mit dem Grafen Castillofiel. Die neue Gräfin blieb einige Wochen bei ihrem Gatten in Andalusien, dann ließ sie ihn in Málaga, sie selber fuhr zurück nach Madrid.

Don Manuel, seinem Versprechen getreu, gab ihr die Möglichkeit, ein Leben zu führen, wie es einer Señora de título würdig war. Aus den fünf Millionen der Mitgift, die ihm die Infantin gebracht hatte, überwies er der Gräfin Castillofiel eine halbe. „Eine halbe Million", diese Worte klangen Pepa poetisch ins Ohr und ins Herz, sie erinnerten sie an ihre Romanzen; allein in ihrem Boudoir saß sie, klimperte auf ihrer Gitarre und sang träumerisch vor sich hin: „Eine halbe Million", und wieder und wieder: „Eine halbe Million."

Sie nutzte den neuen Reichtum, hielt üppig Haus und forderte ihre Freunde auf, an ihrem Glanze teilzunehmen. Lud sich Schauspieler ein, mit denen sie studiert hatte, kleine Offiziere, Bekannte aus der Zeit des Marineleutnants Tudó, auch ältere, etwas zweifelhafte Damen, Freundinnen der Dueña Conchita. Es fehlte nicht jener Señor Rivero, der Theaterunternehmer, der sie seinerzeit für seine Truppe in Málaga angestellt hatte. Er war ein findiger Geldmann, hatte Verbindungen mit berühmten Schmugglern und Banditen, war auch beteiligt an Kaperunternehmungen. Die Gräfin Castillofiel vertraute ihm die Verwaltung ihrer Finanzen an, sehr zu ihrem Vorteil.

Inmitten der Süße ihres Erfolges war eine Bitternis: sie wurde nicht bei Hofe empfangen. Doña María Luisa nämlich ließ die neue Gräfin Castillofiel nicht zum Handkuß zu. Eine Person von Adel gelangte aber in den vollen Genuß ihrer Titel und Würden erst, nachdem sie bei Hofe vorgestellt war.

Hof und Stadt indessen nahmen keinen Anstoß daran, daß die Gräfin Castillofiel im Grunde noch nicht zu den fünfhundertfünfunddreißig Personen de Título zählte, und man drängte sich zu ihrem Lever. Man glaubte an ihren Einfluß, und es war unterhaltsam im Palacio Bondad Real, in dem seltsam gemischten Kreise von Granden und Prälaten, Schauspielern, kleinen Offizieren und zweifelhaften alten Damen.

Man fragte sich gespannt, ob nicht eines Tages auch der Erste Minister dort auftauchen werde. Aber er blieb dem Kreise um Pepa fern. Lebte statt dessen im besten Einvernehmen mit seiner Infantin, gab für sie in seinem Palacio Alcudia mehrere große Empfänge und zeigte sich der Welt als guter, beflissener Gatte. Wenn überhaupt, dann betrat er den Palacio Bondad Real nur durch die Hintertür.

Nachdem aber zwei Monate verstrichen waren, eine, wie er glaubte, genügend lange Anstandsfrist, erschien er eines Morgens, freilich nur auf Minuten, bei Pepas Lever. Ein zweites Mal blieb er länger, dann zeigte er sich immer öfter. Schließlich wurde für ihn im Palacio Bondad Real ein Arbeitskabinett eingerichtet, und bald schrieben die fremden Gesandten ihren Höfen, es würden jetzt die Staatsgeschäfte zumeist im Palacio Bondad Real erledigt, Señora Pepa Tudó vergebe Ämter und Würden, und selbst ihre Dueña Conchita habe mehr in die Staatsgeschäfte einzureden als Don Manuels Ministerkollegen.

Die Königin, als sie davon erfuhr, war nicht überrascht. Sie hatte gewußt, daß Manuel von diesem Geschöpf nicht loskommen werde. Sie wütete. Beschimpfte sich, daß sie selber nicht von ihm loskam. Aber das war nun einmal von der Natur so eingerichtet. Auch andere große Herrscherinnen hatten sich vergafft in Männer, mit denen kein Staat zu machen war. Die große Semiramis, die Tochter der Luft, hatte ihren Menon oder Nino oder wie er hieß, Elizabeth ihren Essex, die große Katharina ihren Potemkin. Sie wird also nicht erst versuchen, ihren Manuel aus ihrem Leben zu streichen. Aber einfach hinnehmen wird sie seine Frechheit nicht.

So töricht wird sie natürlich nicht sein, ihm eine Szene zu machen wegen seiner „Gräfin“, kein Wort wird sie verlieren über die Fortdauer der Affäre ihres Liebhabers mit seiner Pepa: aber ihren unfähigen Ersten Minister wird sie mit Schmach wegschicken. Gründe für solche Ungnade gab es die Menge, gute, unpersönliche, politische Gründe. Er hatte versagt, immer wieder versagt und das Ansehen der Krone geschädigt durch Unfähigkeit, Lässigkeit, durch eine an Hochverrat grenzende Habgier.

Allein als er ihr das nächste Mal gegenüberstand in seiner ganzen insolenten Männlichkeit, vergaß sie ihre Vorsätze. „Ich höre", hackte sie auf ihn los, „daß jetzt die Politik des Katholischen Königs im Bett dieser Frauensperson gemacht wird." Manuel erkannte sogleich, daß er diesmal mit Ableugnungen und Beschwichtigungen nicht durchkommen werde; diesen Strauß mußte er durchfechten. „Falls sich", erwiderte er kalt, höflich und streitbar, „die ungnädigen Worte Eurer Majestät auf die Gräfin Castillofiel beziehen sollten, dann ist es allerdings richtig, daß ich den Rat dieser Dame zuweilen einhole. Er ist guter Rat. Sie ist durch und durch spanisch und ungewöhnlich gescheit."

Da aber hielt sich María Luisa nicht länger. „Du Lump!" brach sie aus. „Du habgieriges, eitles, prahlerisches, räuberisches, verludertes Nichts! Du geiler, leerer, treuloser, brutaler Dummkopf! Ich habe dich aus dem Dreck gezogen. Ich habe dich Haufen Kot in diese glänzende Uniform gesteckt und dich zum Infanten gemacht. Das bißchen, was du von Politik weißt, hab ich dir beigebracht, mühevoll genug, und da stellst du dich hin, du Abschaum, und sagst mir ins Gesicht, du holst dir Rat bei deinem Mensch!" Und scharf und plötzlich, mit der beringten Hand, schlug sie ihm ins Gesicht, rechts und links, daß Blut kam und seinen prunkvollen Gala-Anzug beschmutzte.

Don Manuel faßte sie mit der einen Hand am Gelenk, mit der andern wischte er sich das Blut vom Gesicht. Für den Bruchteil einer Sekunde war er versucht, zurückzuschlagen und ihr einiges zu sagen, was sie noch härter treffen mußte. Aber er erinnerte sich der übeln Folgen, welche die Ohrfeige gehabt hatte, die er Pepa versetzt hatte, und empfand es als Vergeltung, daß nun er seine Maulschelle empfing. Höflich und ruhig sagte er: „Ich kann nicht glauben, Madame, daß Sie das ernst meinen. Schwerlich hätte die Königin von Spanien zu ihrem Ersten Ratgeber einen Mann bestellt mit den Eigenschaften, die Sie soeben aufzuzählen geruhten. Sie hatten einen Augenblick der Verdunkelung." Und ehrerbietig schloß er: „Nach dem Vorgefallenen darf ich wohl annehmen, daß meine Gegenwart Eurer Majestät nicht länger erwünscht ist." Er ließ sich, wie es das Zeremoniell verlangte, auf ein Knie nieder, küßte ihr die Hand, verließ, rückwärts schreitend, den Raum.

Zu Hause angelangt, sah er, daß sein Jabot, sein Rock, sogar seine weißen Hosen Blutflecke aufwiesen. „Die alte Vettel!" schimpfte er grimmig vor sich hin.

Er beriet mit seinem Miguel; denn er rechnete damit, daß Doña María Luisa nun auf Rache sinnen werde. Señor Bermúdez fand die Situation Manuels nicht bedrohlich. Die Königin, meinte er, könne ihm Hindernisse in den Weg legen, sie könne ihm seine Ämter nehmen, doch darüber hinaus könne sie ihm wenig anhaben. Schwerlich könne sie den Infanten Manuel vom Hofe verbannen. Im übrigen, fand Don Miguel schlau, wäre es nicht das Schlimmste, wenn jetzt ein anderer an Don Manuels Stelle träte. Es müßten peinliche Konzessionen an Frankreich gemacht werden, und es wäre vielleicht gut, wenn dafür ein Nachfolger die Verantwortung trüge, während Don Manuel, ein Märtyrer und Patriot, grollend beiseite stünde.

Manuel dachte nach. Don Miguels Überlegungen leuchteten ihm ein. Er heiterte sich auf. „Manuel Godoy hat also wieder einmal alles gut gemacht", freute er sich. „Und du findest wirklich, mein Lieber", fragte er, „ich soll ruhig abwarten?"

„Ich an Ihrer Stelle", riet Miguel, „würde Ihrer Majestät zuvorkommen. Warum gehen Sie nicht schlankweg zu Don Carlos und bitten um Ihre Entlassung?"

Don Manuel ging zu Carlos. Es hätten sich, sagte er ihm, in der letzten Zeit zwischen der Königin und ihm, Manuel, in wichtigsten politischen Fragen Meinungsverschiedenheiten ergeben, so scharfe, daß eine erfolgreiche Zusammenarbeit kaum mehr möglich sei. Unter diesen Umständen glaube er dem Vaterland einen Dienst zu tun, wenn er den König bitte, in Zukunft über die Führung der Geschäfte mit Doña María Luisa allein zu beraten. Und da Don Carlos sichtlich nicht verstand, schloß er eindeutig: „Ich bitte Sie, Sire, mein Amt in Ihre Hände zurücklegen zu dürfen."

Carlos war bestürzt. „Das kannst du mir doch nicht antun, mein Lieber", klagte er. „Ich begreife deinen spanischen Stolz. Aber María Luisa hat es bestimmt nicht bös gemeint. Das renke ich schon wieder ein. Geh, mein lieber Infant, sei doch nicht so!" Und da Manuel fest blieb, sagte er, den großen Kopf schüttelnd: „Das hat sich nun so gut eingelaufen. Am Abend, wenn ich von der Jagd komme, kommt ihr, entweder ihr beide, oder auch du allein, und ihr sagt mir, was vorgeht, und ich unterschreibe und mache meinen Schnörkel. Wie soll ich denn Vertrauen haben, wenn da ein anderer kommt? Ich kann es mir gar nicht vorstellen." Er saß trübe da. Auch Manuel schwieg.

„Aber wenigstens", hob nach einer Weile der König wieder an, etwas belebter, „mußt du mir einen Rat geben, wer dein Nachfolger werden soll."

Manuel hatte diese Aufforderung erwartet und sich einen Plan zurechtgelegt, so schlau, kühn und unbedenklich, daß er ihn nicht einmal mit seinem Miguel zu bereden gewagt hatte; denn dieser war oft von tugendhaften Skrupeln heimgesucht. Manuel wollte dem König nämlich vorschlagen, die beiden entscheidenden Regierungsposten Männern entgegengesetzter politischer Richtung anzuvertrauen. Er rechnete damit, daß dann immer der eine versuchen werde, Maßnahmen durchzuführen, der andere, sie zu durchkreuzen; so also, daß die Innenpolitik der Regierung lahmgelegt bleibe. Die Majestäten würden sich dann bald nach einem Retter umschauen müssen; Retter aber gab es nur *einen*.

Manuel riet also dem König, einen Liberalen zum Ersten Staatssekretär, zum Minister für Gnade und Justiz aber einen Ultramontanen zu ernennen; auf solche Art sei der König sicher, in dieser schwierigen Zeit keine der beiden großen Parteien zu verstimmen. „Keine üble Idee", meinte Don Carlos. „Aber wird die Königin einverstanden sein?" – „Sie wird", beruhigte ihn Don Manuel; denn das hatte er natürlich bedacht, und er nannte dem König die beiden Männer, die er im Sinne hatte. Mit jedem der beiden hatte Doña María Luisa geschlafen, jedem hatte sie sichtbare Zeichen ihres Wohlwollens gegeben.

Der eine war Don Mariano Luis de Urquijo. Er hatte lange in Frankreich gelebt, hatte mit französischen Philosophen verkehrt, französische Bücher übersetzt, in der Öffentlichkeit Voltaire zitiert. Doña María Luisa, obwohl radikalem Liberalismus abgeneigt, hatte Wohlgefallen gefunden an Urquijos kühnem Gesicht und an seinem guten Wuchs, und als das Heilige Offizium gegen ihn hatte vorgehen wollen, hatte sie ihre schützende Hand über ihn gehalten.

Der andere war Don José Antonio de Caballero. Der war ein Dunkelmann, seine politischen Ansichten waren die des Mittelalters, er unterstützte jede Forderung Roms gegen den fortschrittlichen Teil des spanischen Klerus. So radikaler Ultramontanismus war María Luisa ebensowenig sympathisch wie sein Gegenteil; doch auch Señor de Caballeros Körperlichkeit hatte den Beifall der Monarchin gefunden, sie hatte ihm eine ihrer Hofdamen zur Ehe gegeben und selber der Hochzeitsfeier beigewohnt.

Diese beiden Männer also nannte Manuel dem König. Der nickte trüb. Dann: „Und ist gar nichts zu machen?" fragte er nochmals. „Willst du wirklich gehen?" – „Es ist mein fester, unerschütterlicher Entschluß", antwortete Manuel. Don Carlos umarmte ihn, nassen Auges.

Dann setzte er sich hin, um seinem lieben Manuel einen tiefempfundenen Dankbrief zu schreiben.

„In den vielen Ihnen anver-
Trauten Ämtern", schrieb er, „haben
Sie als Staatsmann und als Freund des
Friedens sich bewährt vor Spanien,
Vor der Welt und der Geschichte.
Seien meines tiefen, lebens-
Langen Dankes Sie versichert."
Sorglich schrieb er, mit der eignen
Hand, und setzte sorglich drunter:
„Yo el Rey", und dann den Schnörkel,
Den besondern, nur ihm eignen,
Einem Geigenschlüssel gleichend,
Und er malte diesen Schnörkel,
Seine „rúbrica", mit solcher
Liebe, wie er sie nur einmal
Angewendet, damals nämlich,
Da die „rúbrica" er malte
Für den Escorial, auf daß sie
Dorten eingemeißelt werde
Zu den Namenszügen aller
Könige, die jemals über
Spanien herrschten.

5

Martín Zapater wohnte im Sommer in seinem Landhaus vor der Stadt, der Quinta Zapater. Er war bestürzt, als Francisco überraschend anlangte mit dem Treiber Gil und den Maultieren, und als er unter dem großen Hut des Freundes bebartetes, gealtertes, verhärtetes Gesicht erblickte.

Der Treiber Gil setzte ihm auseinander, was Francisco zugestoßen war, während dieser finster danebenstand. Dann, bevor Zapater viel äußern konnte, wies ihn Francisco herrisch an, er solle dem Treiber seine Gratificacioncita geben, sein kleines Trinkgeld, damit dieser endlich in eine Venta gehen könne, sie hätten eine anstrengende Tagesreise hinter sich. „Gib ihm zweihundert Realen", befahl er, das war ein ungeheures „kleines Trinkgeld". Francisco und Gil tranken noch einen letzten Schluck aus dem Weinschlauch, der Bota, der Muletero empfahl bewegten Gesichtes seinen ungewöhnlichen Patron dem Schutze der Jungfrau und aller Heiligen, und dann sah Goya den Gefährten seiner langen Reise mit seinen beiden Tieren verschwinden in der Nacht gegen Saragossa.

Wiewohl Francisco danach brannte, dem Freunde von den Schrecknissen zu erzählen, die ihm begegnet waren, und vor allem von dem Fürchterlichen, was ihm Peral eröffnet hatte, von der Gefahr des Wahnsinns, so schwieg er fürs erste. Er hatte Angst vor dem, was ihm Martín aufschreiben könnte. Von jeher hatte Francisco Angst gehabt vor der Magie des geformten Wortes; schon ein deutlich gedachtes Wort zog die Dämonen herbei, noch verfänglicher war das gesprochene, am verfänglichsten das geschriebene.

Die ersten Tage wohnten sie allein in der Quinta Zapater, betreut von Martíns altem Pächter Tadeo und dessen Frau Farruca. Tadeo war melancholischen Gemütes und außerordentlich fromm; stundenlang saß er schweigsam, geschlossenen Auges, in religiösen Betrachtungen. Farrucas schwärmerische Frömmigkeit war sanfterer Art. Sie hatte sich zu einer „esclava de la Santísima Trinidad", zu einer „Sklavin der Heiligen Dreieinigkeit", erklärt, ihr Beichtvater hatte im Namen der Dreieinigkeit schriftlich die Annahme dieser Erklärung bestätigt. Farruca war verpflichtet, die in ihrem Zimmer befindliche wächserne Statue der Jungfrau als Zofe zu betreuen; sie erneuerte regelmäßig den Blumen- und Lichterschmuck, sie verrichtete vor dem wächsernen Bilde zu bestimmten Stunden bestimmte Gebete, sie wechselte die Kleider der Statue je nach der Jahreszeit und der Bedeutung des Tages, auch verfehlte sie nicht, ihr vor dem Schlafengehen das Nachtkleid überzuziehen. Im übrigen hatte sie jede Woche ihrem Beichtvater als dem Repräsentanten der Dreieinigkeit vier Realen auszuzahlen.

Martín sprach nicht viel, doch war er ständig um Francisco. Der merkte, daß Martín stark und oft hustete. Farruca drängte seit langem, er solle zum Arzt gehen. Doch Martín wollte nicht, daß man von seiner Erkältung viel hermache, und für die Ärzte, die „Barbiere", hatte er ebenso wie Francisco gute, spanische Verachtung.

Francisco bestand darauf, daß Martín ihm nicht immer Gesellschaft leiste, sondern seinen Geschäften in der Stadt nachgehe. War er dann allein, so kam wohl Farruca zu ihm. Sie konnte nicht schreiben, und er machte ihr's nicht leicht, sich mit ihm zu verständigen, aber sie war ebenso geduldig wie geschwätzig und hielt es für ihre Pflicht, den unglücklichen tauben Herrn zu trösten und zu beraten. Sie erzählte ihm etwas von Pedro Sastre. Das war der Enkel jenes Braulio Sastre, des Lampenwärters der Kathedrale, dem seinerzeit das verlorene Bein nachgewachsen war, weil er den Stumpf ein Jahr lang mit dem geweihten Öl der Lampen Unserer Señora del Pilar eingerieben hatte. Auch der Enkel Sastre, erzählte Farruca, sei ausgestattet mit großer Kraft und habe wunderbare Kuren vollbracht. Doch sei er schwer zugänglich; für einen Herrn aber wie Don Francisco werde er wohl zu sprechen sein, und aufmunternd sagte sie ihm, wo er wohnte. Aus seiner Knabenzeit erinnerte sich Francisco, wie er manches Mal scheu am Hause dieses Pedro Sastre vorbeigegangen war; der Mann mußte sehr alt sein.

Des nächsten Abends, allein und verstohlen, in der einfachen aragonesischen Tracht, die er sich von Martín geborgt hatte, den runden Hut tief in die Stirn gedrückt, machte sich Goya auf in die Vorstadt von Saragossa. Er fand das Haus des Pedro Sastre ohne Mühe, schob die Frau, die ihn zurückhalten wollte, zur Seite, stand vor dem Wunderdoktor.

Der war ein kleiner, verhutzelter Mann, uralt, wie Francisco vermutet hatte. Er war voll von Mißtrauen vor dem ungestümen Eindringling, der taub war oder sich taub stellte und einen unverständlichen Namen nannte. Pedro Sastre also, der in ständiger Angst vor der Inquisition lebte, schaute mit Argwohn auf diesen gewalttätigen Kömmling. Andernteils war er überzeugt von der Heilkraft seiner Mittel; sie wirkten, wenn nur die Patienten daran glaubten. Er hörte den Tauben an, gab ihm eine Salbe aus dem Fett des wilden Hundes, eines Wesens mit besonders gutem Gehör, empfahl ihm, Kerzen, deren Wachs er etwas von seinem eigenen Ohrenschmalz beigemengt habe, Unserer Señora del Pilar zu stiften. Goya dachte an die Bilder des inneren Ohres, welche ihm Peral aufgezeichnet, und an die einleuchtenden Erklärungen, die er ihm gegeben hatte, er schaute den Sastre finster an, dankte nicht, steckte ihm zehn Realen zu. Das war ein lächerlich geringfügiges Entgelt, Pedro Sastre äußerte das auch in kräftigen Worten, deutlich und artikuliert. Goya aber verstand nicht, ging.

Der treue Martín mittlerweile hatte in erstaunlich kurzer Zeit die Elemente der Zeichensprache erlernt. Er und Francisco übten; oft bei diesen Übungen spaßte Francisco, noch öfter fluchte er und beschimpfte Martín. Es fiel ihm auf, daß er jetzt, da er auf Hände und Lippen schärfer achten mußte, Eigenschaften dieser Hände und Lippen wahrnahm, die ihm vorher entgangen waren.

Er machte sich daran, ein Porträt Zapaters zu malen. Malte langsam und mit Sorgfalt, malte die ganze, warmherzige Freundschaft Zapaters in das Bild und seine eigene, und als er fertig war, setzte er auf den gemalten Brief, der vor dem gemalten Martín lag, die Worte: „Mein Freund Zapater, mit der größten Sorgfalt hat für dich dieses Bild gemalt Goya." Martín aber sah wieder einmal sein fülliges, schlaues, wohlwollendes Gesicht mit der großen Nase auf der Leinwand, er sah die Worte vor der Signatur, und er fand, er habe noch immer nicht genug für seinen Francisco getan.

Wenige Tage später, während Martín in Saragossa seinen Geschäften nachging, machte sich Goya auf den Weg, um zu erproben, wie es einem tauben Manne ergeht, der allein in den Straßen einer Stadt herumläuft. In dem gleichen, einfachen Mantel und in dem runden Hut, in dem er den Wunderdoktor Sastre aufgesucht hatte, schlich er sich nach Saragossa. Die Hauptstraße, den Corso, vermeidend, ging er herum in der vertrauten Stadt.

Er lehnte am Geländer der alten Brücke und schaute über Saragossa, und die berühmte Stadt und ihr großer Fluß Ebro waren kleiner geworden, grauer. Es war eine bunte, lebendige Stadt gewesen in seinem Kopf und in seinem Herzen, jetzt war sie ernst und fahl. Ja, streng, traurig und bedrückend war sie, und war es damals nur die eigene Fröhlichkeit gewesen, die der junge Francisco auf die Stadt übertragen hatte?

Da waren die Kirchen, die Paläste, und sein Herz blieb taub vor ihnen wie sein Ohr. Er ging vorbei an dem Hause, in dem er lange Jahre verbracht hatte in der Lehre des Malers Luján, des frommen, ehrenfesten, arbeitsamen Mannes. Viele Jahre hatte er bei ihm vertrödelt, und er spürte nicht einmal Groll oder Verachtung. Und er ging vorbei an der Aljafería, wo die Inquisition ihre geheimnisvollen, furchterregenden Sitzungen abgehalten hatte, und er spürte keinen Schauer. Und er ging vorbei an dem Palacio Sobradiel und an dem Kloster der Escolapios, und die Wände dieser Gebäude hatte er mit Fresken bemalt. Ein Unmaß von Hoffnungen, Siegen, Niederlagen war verknüpft gewesen mit diesen Arbeiten. Es drängte ihn nicht, sie anzuschauen, er war enttäuscht, schon da er sie mit dem innern Auge wiedersah.

Und da waren die uralten, hochheiligen Kirchen. Da war die Christus-Statue, die den Mund aufgetan hatte und gesprochen zu dem Domherrn Funes. Und dieses war die Kapelle des heiligen Miguel; hier war es, wo der abgeschlagene Kopf auf den Erzbischof Lope de Luna zugerollt war, um ihm im Auftrag des Heiligen zu beichten und Absolution von ihm zu erhalten; erst dann wollte der Kopf begraben sein. Dieser Kopf war durch viele schreckliche Träume des Knaben Francisco gerollt: nun machte der fromme und finstere Ort den tauben, alternden Francisco nicht schauern und nicht lächeln.

Und hier war die Kathedrale der Virgen del Pilar, die Stätte seiner höchsten Hoffnungen, seines ersten großen Erfolges und seiner tiefsten Schmach, der „sarna“, jener kratzenden Scham, welche der Schwager Bayeu ihm zugefügt hatte. Da war der kleine Chor, da war sein Fresko. „Señor Goya, Sie haben den Auftrag“, hatte der Domherr Don Mateo ihm mitgeteilt damals, er war fünfundzwanzig Jahre alt gewesen, es war ein 19. Dezember gewesen, es war das größte Ereignis seines Lebens gewesen, niemals später war er wieder so glücklich gewesen, nein, auch in den besten Augenblicken mit Cayetana nicht, und nicht, als die Königin ihm sagte, die „Familie des Carlos“ sei ein Meisterwerk. Er hatte natürlich gewußt damals, daß das Domkapitel ihm den Auftrag gegeben hatte, nur weil ihnen Antonio Velázquez zu teuer war, und sie hatten demütigende Bedingungen daran geknüpft, einen unanständig schnellen Termin und Prüfung seiner Entwürfe durch „sachverständige Beurteiler“: aber er hatte das alles übersehen, 15000 Realen waren für ihn eine Summe gewesen, für die man das Königreich Aragón kaufen konnte und beide Indien dazu, und er war sicher gewesen, was er da an die Decke des kleinen Chores malen wird, werde der Ruhm des Jahrhunderts sein. Und da war es also, und es war Schund, es war Mist, der Pfuscher Carnicero würde es besser machen. Das sollte die Dreieinigkeit sein, dieses alberne, nebelhafte und doch nüchterne Dreieck mit den hebräischen Buchstaben! Und was waren das für plumpe Engel! Und was waren das für wollene Wolken! Und was war das Ganze für ein blöder, läppischer Dreck!

Er ging hinüber zur Kapelle Unserer Señora del Pilar, zur Stätte der „sarna“. Da waren die kleinen Kuppeln, die er bemalt hatte, da waren seine „Tugenden“: Glaube, Werke, Tapferkeit und Geduld, jene Malerei, die Bayeu und der Erzpriester des Domkapitels, Gilberto Alué, für Gestümper erklärt hatten. Gut gemalt waren sie nicht, die Tugenden, da hatten die Herren wohl recht gehabt, aber was sein Herr Schwager hatte haben wollen und selber gemacht hatte, war auch nicht eben von ewiger Bedeutung. Und wenn sich ihm der Triumph verflüchtigt hatte vor seinen Malereien im Chor, die Sarna der Kapelle brannte heute wie damals.

Carajo! dachte er und erschrak, daß sich ihm das Fluchwort aufgedrängt hatte an dieser in Wahrheit hochheiligen Stätte. Denn hier war El Pilar, die Säule, die der Kathedrale den Namen gegeben hatte, jene Säule, auf welcher die Jungfrau dem Apostel, dem Schutzpatron Spaniens, Santiago, erschienen war, um ihm die Errichtung des Heiligtums hier am Ufer des Ebro aufzutragen. Hier war der Schrein mit der Heiligen Säule. Und in diesem Schrein die Öffnung, durch welche die Gläubigen die Säule küssen mochten.

Goya küßte sie nicht. Nicht etwa, daß Rebellion in ihm gewesen wäre, nicht etwa, daß er der Santísima die Reverenz hätte verweigern wollen, aber er spürte nicht den Wunsch, die Jungfrau um Hilfe zu bitten. Wie oft hatte er zu dieser Virgen del Pilar gebetet in Not, wieviel Zweifel und Kampf war in ihm gewesen, ehe er von der Virgen del Pilar übergegangen war zu der Virgen de Atocha. Jetzt stand er unfromm vor diesem Heiligtum der Heiligtümer, welches seine ganze Jugend ausgefüllt hatte. Ein Stück Leben war ihm abgestorben, und er bedauerte es nicht einmal.

Er verließ den Dom und ging zurück durch die Stadt. Es sind keine Vögel mehr im Nest vom vorigen Jahr, dachte er. Wahrscheinlich waren auch im vorigen Jahr keine drin gewesen. Das Bild von Saragossa, das er in der Seele getragen hatte, dieses fröhlich lebendige Bild, das waren die Jahre seiner Jugend gewesen, nicht die Stadt Saragossa. Die Stadt Saragossa war wohl auch damals öd und staubig gewesen, so wie er sie jetzt sah in seiner Taubheit. Das verstummte Saragossa war das wahre.

Er ging nach Hause, er saß allein zwischen den weißen Wänden seines kahlen Zimmers in der Quinta Zapater, und um ihn war Ödnis und in ihm war Ödnis.

Dann aber kam es wieder, mitten am hellen Tag, das verzweifelte Geträume. Um ihn hockte es, flog es, spukhaft, katzenköpfig, eulenäugig, fledermausflügelig.

Mit furchtbarer Anstrengung riß er sich zusammen, griff zum Stift. Warf sie aufs Papier, die bösen Geister. Da waren sie. Und da er sie auf dem Papier sah, wurde er ruhiger.

An diesem Tag, am nächsten und am übernächsten, ein zweites, ein drittes Mal und immer öfter, ließ er sie aus sich heraus, die Gespenster, aufs Papier. So hielt er sie fest, so wurde er sie los. Wenn sie übers Papier krochen und flogen, waren sie nicht mehr gefährlich.

Beinahe eine ganze Woche – Zapater störte ihn nicht – verbrachte Francisco in seinem kahlen Zimmer, allein mit den Gespenstern, zeichnend. Er schloß nicht die Augen vor den Dämonen, warf sich nicht über den Tisch, um den Kopf vor ihnen zu verbergen. Er schaute ihnen in die Gesichter, hielt sie fest, bis sie sich ihm ganz offenbart hatten, zwang sie und seine Angst und seinen Wahn aufs Papier.

Er schaute sich selber an, im Spiegel, hohlwangig, wie er war, mit wilden Haaren und wirrem Bart. Schon freilich war ihm das Gesicht voller geworden, die Furchen weniger tief; er war nicht mehr jener Mann der letzten Verzweiflung, der ihm entgegengeschaut hatte aus dem Spiegel in Sanlúcar damals nach dem Zusammenbruch. Doch noch fiel es ihm leicht, sich das Gesicht von damals zurückzurufen, und dieses Gesicht, das seiner tiefsten Not, zeichnete er jetzt.

Auch Cayetanas Gesicht rief er sich zurück, wieder und wieder. Das Bild freilich, welches Cayetana zerstört hatte, jene unheilige Himmelfahrt, war für immer dahin, und er dachte nicht daran, dieses Bild ein zweites Mal zu malen. Wohl aber *zeichnete* er Cayetanas Fahrt zum Hexensabbat, und die Zeichnung wurde noch schärfer und klarer. Auch viele andere Gesichter und Gestalten der sich ewig wandelnden Cayetana zeichnete er. Da war sie, ein hübsches Mädchen, verträumt, lauschend einer Kupplerin. Da war sie, umdrängt von vielen Bewerbern, sich sträubend, lockend. Da war sie, gejagt von Dämonen, vor ihnen fliehend, nach ihnen äugend. Und schließlich zeichnete er den Hexensabbat selber, „den Aquelarre – den Riesenlärm, das Mordsgaudium". Aufrecht auf seinen Hinterbeinen saß da der Meister, der gewaltige Bock, mit ungeheuerm, laubbekränztem Gehörne und runden, riesigen, rollenden Feueraugen. Ihn umtanzten anbetend opfernde Hexen, sie brachten Totenköpfe dar, geschundene Säuglinge, und er, der Bock, segnete mit gehobenen Vorderbeinen seine Gemeinde, das Hexengelichter. Des Gelichters blühende Anführerin aber war Cayetana.

So jetzt zeichnet Goya Tag für
Tag. Wirft hin, was durch den Sinn ihm
Geht. Läßt seinen Träumen freien
Lauf. Läßt sie heraus aus seinem
Kopfe kriechen, fliegen, die Dä-
Monen, die Gespenster, ratten-
Schwänzig, hundsgesichtig, kröten-
Mäulig, Cayetana immer
Unter ihnen. Zeichnet sie mit
Wüt'ger Inbrunst, hält sie fest, es
Ist ihm Qual und Lust, sie so zu

Zeichnen, ist ein beßrer Wahn, fast
Lustig, nicht so tierisch schmerzhaft
Wie der Wahn, der ihm die Brust und
Ihm den Kopf zerdrückt, wenn er nur
Sitzt und denkt und wird nicht fertig
Mit dem Denken. Nein, solang er
Zeichnet, darf er närrisch sein. Es
Ist hellsicht'ger Wahn, er freut sich
Seiner, er genießt ihn. Und er
Zeichnet.

6

Martín fragte ihn nichts, und das war ihm recht.

Es war ihm nicht recht. Was er in diesen letzten Tagen gezeichnet hatte, war ein Mittel gewesen, sich Luft zu machen, eine Art und Weise, sich mitzuteilen, aber er mußte *sprechen*, deutlich sprechen von dem, was ihn drückte, von dem, was ihm Doktor Peral eröffnet hatte, von seiner Angst vor dem Wahnsinn. Er konnte es nicht länger allein tragen, er mußte einen Mitwisser haben für sein schreckliches Geheimnis.

Er zeigte Martín die Zeichnungen. Nicht alle, doch die der vielgestaltigen Cayetana, der lügnerischen, anmutig teuflischen. Martín war erschüttert. Die Erregung machte ihn husten, stark und wiederholt. Er betrachtete die einzelnen Blätter, legte sie zur Seite, nahm sie wieder auf, betrachtete sie von neuem. Mühte sich mit kummervoller Beflissenheit zu ergründen, was ihm der Freund sagen wollte.

„Man kann es in Worten nicht sagen", erklärte Francisco, „darum hab ich es so gesagt." – „Ich glaube, ich verstehe es", antwortete Martín, bescheiden, ein wenig unsicher. „Du mußt nur Courage haben", ermunterte ihn Francisco, „dann verstehst du es ganz genau. Idioma Universal", sagte er ungeduldig, „ein jeder muß es verstehen." – „Ich verstehe schon", beschwichtigte ihn Martín. „Ich sehe, wie alles gekommen ist."

„Du siehst gar nichts!" sagte böse Goya. „Niemand kann begreifen, wie tief verlogen sie ist." Und er sprach ihm von Cayetanas Wankelmut und dem abgründig Verderberischen in ihr, und er erzählte ihm von seinem großen Streit und wie sie das Bild zerschnitten hatte. Seltsamerweise indes verspürte er, während er so redete, nichts von der zornigen Verachtung, deren er sich rühmte: vielmehr klangen in seinem Innern warm und deutlich Cayetanas letzte Worte, jene Worte starker, ehrlicher Liebe. Er wollte aber daran nicht denken, er verbot sich, daran zu denken, er füllte sich von neuem mit dem Zorn seiner Zeichnungen und brüstete sich vor Martín, er habe sie jetzt für immer aus seinem Leben herausgerissen, und das sei gut so.

Und dann ging er daran, dem Freunde sein arges Geheimnis zu offenbaren. Zeigte ihm die andern Zeichnungen, die Fratzen und Gespenster, und: „Verstehst du das?“ fragte er wieder. Bestürzt schaute Martín. „Ich fürchte es zu verstehen“, sagte er. Und: „Versteh es nur!“ forderte Goya, und dann zeigte er ihm sein eigenes Bild, das bärtige, mit den Augen, aus denen alle Verzweiflung der Welt sprach. Und während Martín verwirrt und erschreckt von dem gezeichneten Goya zu dem lebendigen schaute und wieder zu dem gezeichneten, sagte Francisco: „Ich will versuchen, es dir zu erklären“, und er sprach so leise, daß ihn der andere kaum hören konnte. „Es ist etwas sehr Wichtiges, sehr Geheimes und sehr Arges, und bevor du antwortest, mußt du deine Antwort gut und lang bedenken, und unter keinen Umständen darfst du sie mir aufschreiben“, und er erzählte ihm, was ihm Doktor Peral eröffnet hatte von der engen Nachbarschaft seiner Taubheit mit dem Wahnsinn. Doktor Peral habe natürlich recht, schloß er, und partiell wahnsinnig sei er schon lange, und die Ungeheuer, die er gezeichnet habe, die habe er mit diesen seinen wahnsinnigen Augen wirklich gesehen, und der verrückte Francisco, den er gezeichnet habe, das sei der echte Francisco.

Martín mühte sich, seine Betroffenheit zu verbergen. Goya aber sagte: „So, und jetzt überlege. Und dann sprich langsam und hab, bitte, Geduld. Dann werde ich dir schon vom Munde ablesen können, was du zu sagen hast.“ Die Demut aber, mit der er das sagte, machte Martín das Herz schwer.

Nach einer langen Weile, vorsichtig und sehr deutlich, gab er seine Antwort. Wer seinen Wahnsinn so genau sehe, sagte er, der sei vernünftiger als die weitaus meisten Menschen, und wer seinen Wahnsinn so deutlich aus sich herausstellen könne, der sei sein eigener bester Arzt. Er wählte seine Worte behutsam, sie kamen schlicht, doch wohlüberlegt, und sie klangen Francisco tröstlich.

Bis jetzt hatte Francisco seine Mutter nicht aufgesucht. Wohl drängte es ihn, mit ihr zu sprechen; auch mochte sie von seinem Aufenthalt in Saragossa gehört haben und gekränkt sein, daß er nicht zu ihr kam. Aber er hatte es nicht über sich gebracht, sie zu sehen; er schämte sich seines Zustandes. Jetzt, nach der Aussprache mit Martín, war er bereit.

Zuerst indes verschaffte er sich bessere Kleider. Dann ging er zum Barbier. Herrisch gab er Anweisung, ihm den Bart abzunehmen, und auf das freundliche Geschwätz des Mannes gab er unwirsche, schwer verständliche Antworten. Langsam erst entdeckte der Barbier, daß dieser Kunde taub war. Im übrigen war Franciscos Haut empfindlich geworden, das Rasieren schmerzte.

Das Gesicht, welches dann, als der wirre Bart fort und die Haare ordentlich gekämmt waren, zum Vorschein kam, überraschte den Barbier. Befremdet, ein wenig scheu, sah er auf den Herrn, der den Laden so wüst verwahrlost betreten hatte und ihn nun so vornehm hochfahrend verließ.

Francisco hatte sich bei seiner Mutter nicht angemeldet. Unbehaglich, doch voll Erwartung strich er durch die Straßen. Er spürte sein Gesicht ungewohnt nackt und kühl, dabei brannte es. Langsam, auf Umwegen, ging er zu dem kleinen Haus, in welchem seine Mutter wohnte, stand davor, ging nochmals die Straße auf und ab, stieg endlich hinauf ins erste Stockwerk, rührte den Klopfer. Die Tür öffnete sich, der ertaubte Francisco stand vor seiner Mutter.

„Komm herein", sagte Doña Engracia. „Setz dich", sagte sie, betont deutlich, „und trink einen Rosoli." Rosoli hatte er als Kind bekommen, wenn ihn eine Krankheit oder sonstwas Böses überfallen hatte. „Ich weiß schon alles", sagte sie, immer sehr artikuliert, und holte die Flasche mit dem Rosoli. „Du hättest auch schon früher kommen können", grollte sie.

Sie stellte Flasche und Gläser vor ihn hin, etwas Gebäck dazu, und setzte sich ihm gegenüber. Er roch an dem stark und süß duftenden Likör, anerkennend, und schenkte sich und ihr ein. Nahm einen Schluck, leckte sich die Lippen, tunkte etwas Gebäck in den Rosoli, schob es in den Mund. Sah ihr aufmerksam ins Gesicht.

„Du bist so großkopfig und so übermütig", las er ihr von den Lippen ab. „Du hast wohl selber gewußt, daß das nicht immer so weitergehen konnte, und ich hab dir's auch gesagt, daß Strafe kommen wird. ‚Der schlimmste Taube ist der, der nicht hören will'", zitierte sie das alte Sprichwort, „und du hast nie hören wollen. Gott in seiner Barmherzigkeit hat dir eine milde Strafe geschickt. Stell dir vor, wenn er dich arm gemacht hätte statt taub."

Das waren Gedankengänge, die Francisco gut begriff. Doña Engracia hatte recht, sie hatte von Anfang an gewarnt und von seinem Aufstieg und Glanz kränkend wenig hergemacht. Sie war die Tochter eines Hidalgos, sie hatte das Recht, sich „Doña" zu nennen, aber sie hatte an der Seite des Vaters ein bäuerlich karges Leben geführt, hart rechnend, sich bescheiden kleidend, sich in allem der engen Wirklichkeit anpassend. Er hatte sie nach dem Tode des Vaters zu sich nach Madrid genommen, sie hatte es dort nicht lange ausgehalten, sie hatte zurück verlangt nach Saragossa. Sie war immer mißtrauisch geblieben vor seinem Glück und hatte kein Hehl daraus gemacht, daß sie nicht an seine Dauer glaubte. Und da also saß er vor ihr, ein Tauber, ein Krüppel, und ließ sich von ihr trösten mit ihrem Rosoli und sich von ihr ausschimpfen.

Er nickte mit dem großen, runden Kopf, und um ihr eine Freude zu machen, übertrieb er ein wenig sein Unglück. Auch beruflich, meinte er, werde er jetzt mehr Schwierigkeiten haben. Die großen Herren und Damen seien ungeduldig, und wenn er, was sie schwatzten, schlecht verstehe, werde er weniger Aufträge bekommen. „Willst du die dreihundert Realen kürzen für mich?" fragte sogleich böse Doña Engracia. „Die würde ich dir schicken", antwortete Francisco, „und wenn ich mit lahmer Hand Kohlen schaufeln müßte." – „Immer noch großspurig", antwortete die Mutter. „Du wirst noch lernen, Paco. Jetzt, da du nicht hören kannst, wirst du mancherlei zu sehen kriegen. Immer hast du mir vorgeprahlt, was für großartige Freunde du hast. An jedermanns Freundschaft hast du gleich geglaubt. Mit einem, der nicht hören kann, verkehrt keiner gerne. Jetzt wirst du erfahren, wer deine wahren Freunde sind." Aber durch ihre harten Worte spürte Francisco, wie stolz sie auf ihn war, wie stark sie hoffte, daß er sich im Unglück bewähren werde, und wie sie ihn nicht durch Mitleid beschämen wollte.

Als er fortging, forderte sie ihn auf, zum Essen zu kommen, wann immer er Lust habe. Er kam mehrmals in der Woche. Sie erinnerte sich genau, was er als Knabe gern gegessen hatte, sie setzte ihm einfache, stark gewürzte Kost vor, mit viel Knoblauch, Zwiebeln und Öl, zuweilen auch einen kräftigen Puchero, eine Art vereinfachter Olla podrida. Beide aßen sie einsilbig, reichlich und mit Genuß.

Einmal fragte er sie, ob er sie nicht malen solle. „Bevor du dich wieder an Kunden wagst, die zahlen", antwortete sie, „möchtest du's wohl mit einem gefügigen Modell versuchen." Aber sie war geschmeichelt.

Er schlug ihr vor, sie zu malen, wie sie war, in ihrer Alltagstracht. Doch sie wollte in ihrem Sonntagsstaat gemalt sein; auch eine Mantilla mußte er ihr kaufen und, damit sie ihre Kahlheit verbergen könne, eine neue Spitzenhaube.

Es waren schweigsame Sitzungen. Sie saß still da, unter der hohen Stirn schauten alte, versunkene Augen, die langen Lippen unter der ausdrucksvollen Nase waren verpreßt. In der einen Hand hielt sie den geschlossenen Fächer, in der andern einen Rosenkranz. Beide hatten Freude an den Sitzungen, beide Geduld. Es schaute schließlich von der Leinwand eine alte Frau, die viel erlebt hatte, die von Natur klug und die durch ihr Schicksal weise geworden war, die gelernt hatte, sich zu bescheiden, aber willens war, die Jahre zu genießen, die ihr noch blieben. Mit besonderer Liebe gemalt hatte Francisco die beiden alten, knochigen, kräftigen Hände. Doña Engracia war zufrieden mit ihrem Porträt. Sie freute sich, sagte sie, daß er sich's nicht habe verdrießen lassen, soviel Leinwand und soviel Mühe zu wenden an das Bild einer alten Frau, die nichts zahle.

Jetzt suchte Goya auch seinen Bruder Tomás auf, den Vergolder. Der war gekränkt, daß sich Francisco erst so spät bei ihm sehen ließ. Im Verlauf des Gesprächs fragte er, ob Francisco nach diesem Fingerzeig Gottes nicht auch das Gefühl habe, er sollte eigentlich mehr für seine Familie tun, und er legte ihm nahe, ihm die Übersiedlung nach Madrid zu ermöglichen. Francisco antwortete, ja, morgen werde er mit Martín auf die Jagd gehen.

Franciscos Schwager, der Pfarrer Manuel Bayen, hatte der Meinung Ausdruck gegeben, wenn Goya so lange zögere, sich geistlichen Trost bei dem eigenen Schwager zu suchen, so sei das ein Zeichen, daß er die Mahnung des Himmels nicht zur Genüge verstanden habe. Als Goya den Pfarrer besuchte, sah er, daß das Porträt des toten Hofmalers Bayeu, welches er, Goya, gemalt und welches Josefa nach Saragossa geschickt hatte, in einer schlecht belichteten Ecke hing. Goya fragte geradezu, wie der Schwager das Bild finde. Der antwortete, die Kunst, die aus dem Porträt spreche, sei groß, doch verhärteten Herzens. Er bedauerte ehrlich Franciscos Unglück, doch mengte sich in sein Bedauern eine kleine, kaum bewußte Schadenfreude, daß endlich der Hochmut des gottlosen Künstlers zu Fall gekommen sei.

Die großen Familien Saragossas, die Salvadores, die Grasas, die Aznares, warben heftig um Francisco. Der, unter höflichen Vorwänden, lehnte ihre Einladungen ab. Der Graf Fuendetodos, als Goya auch seiner zweiten Einladung nicht Folge leistete, ließ durch Martín anfragen, ob er, der Graf, ihn aufsuchen dürfe; ein Gespräch werde nicht schwerfallen, da er die Elemente der Zeichensprache erlernt habe. Die beharrliche, fast demütige Werbung rührte Goya an; er erinnerte sich, in welcher Angst und Ehrfurcht seine Familie gelebt hatte vor dem Grafen, der in ihrem Heimatdorf Fuendetodos herrschte.

Sogar der Erzpriester des Kapitels der Kathedrale del Pilar suchte ihn auf. Es war noch der gleiche Don Gilberto Alué, der sich damals in dem Streit mit Bayeu so bösartig hochfahrend gegen Francisco erklärt hatte. Nichts bewies schlagender, wie außerordentlich hoch er gestiegen war, als der Besuch dieses angesehenen, jetzt uralten Priesters. Don Gilberto war überaus höflich, mit kleinen, zierlichen Buchstaben schrieb er Francisco auf, wie tief der Erzbischof das Mißgeschick des Herrn Ersten Malers bedauere, des größten Künstlers, den Saragossa je hervorgebracht habe. Goyas Herz aber war voll von grimmiger Freude, daß nun nicht mehr der tote Bayeu der größte Künstler Aragóns war.

Dann sagte und schrieb Don Gilberto, es wäre dem Erzbischof eine besondere Freude, wenn Don Francisco gewisse Arbeiten für die Kathedrale übernehmen wollte, Arbeiten von geringem Umfang, die nicht viel Zeit beanspruchten. Und zierlich und beschwingt fügte der Erzpriester sogleich hinzu, das Domkapitel schlage ein Honorar von 25000 Realen vor.

Einen Augenblick glaubte Goya, er habe sich verlesen oder der Erzpriester sich verschrieben. Genau 25000 Realen hatte damals der hochberühmte Meister Antonio Velázquez gefordert für eine Arbeit von vielen Monaten, und daraufhin hatte ihm das Domkapitel den Auftrag nicht gegeben. Jetzt bot man ihm, Goya, die gleiche Summe für die Arbeit von zwei Wochen. Werde nicht übermütig, mein Herz! befahl er sich und nahm sich vor, in Demut und mit Liebe zu arbeiten und keine Zeit zu sparen.

Doch noch ehe er das fromme
Werk beginnen konnte, kam ihm
Botschaft von Madrid. In trocknen
Worten teilte Don Miguel ihm
Mit, Franciscos Sohn Mariano
Sei gestorben, und er rate
Francho, nach Madrid zurückzu-
Kommen zu Josefa.
Goya
Fuhr zurück. Und diesmal nahm er
Eilpost, fuhr bequem; auch ließ er
Sich's gefallen, daß Martín mit-
Reiste, ihn betreuend.

7

Er sah Josefa, sah sie die Lippen rühren, verstand nicht ihre Worte. Sie strengte sich an, den Schrecken zu unterdrücken über den Anblick dieses sehr andern Francho.

Der kleine Mariano war schon vor Tagen begraben. Sie sagten einander ungeschickte Worte des Trostes. Es bedurfte keiner Worte zwischen ihnen. Sie saßen lange zusammen, schweigend, und ihr Schweigen war mehr beredt, als wenn sie gesprochen hätten.

Er raffte sich auf, und mit einem etwas krampfigen Lächeln hielt er ihr das Skizzenbuch hin, das er jetzt ständig bei sich trug, damit man ihm aufschreiben könne, was man ihm mitzuteilen habe. „Wenn du mir noch was sagen willst", erklärte er ihr, „mußt du mir's aufschreiben. Ich verstehe schlecht, ich muß alles erraten. Ich bin nämlich wirklich stocktaub." Sie nickte nur. Sie wollte ihn nichts fragen über das, was sich in der Zwischenzeit ereignet hatte.

Sie war noch zurückhaltender als früher, sie sperrte sich vollends zu. Trotzdem sah er sie tiefer und deutlicher. Er hatte Josefa immer als etwas Vorhandenes, Gegebenes hingenommen, an dem nicht viel zu deuteln und zu rätseln war. Er hatte sich nicht lange darüber besonnen, wie sie wohl über jenen Teil seines Lebens denken mochte, den er getrennt von ihr führte. Ein Mann seines Ranges gönnte sich nun einmal die Frauen, nach denen ihm der Sinn stand; so war es der Brauch. Josefa war da, wenn er sie nötig hatte; so hatte er's erwartet, so wünschte er sich's, so war es. Er seinesteils hatte es ihr nicht übelgenommen, daß sie ihren Bruder für den größern Maler hielt, daß sie nichts verstand von seinem Werk und daß sie voll war von stillem Stolz auf ihre Familie, die soviel angesehener war als seine eigene. Es hatte Jahrzehnte gedauert, ehe sie zu begreifen anfing, wer er als Künstler war und was er in der Welt galt. Aber geliebt hatte sie ihn, ehe sie das wußte, von Anfang an; sonst hätte sie, eine Bayeu, nicht einen Goya geheiratet. *Er* hatte sie geheiratet, teils weil er sie liebte, teils und wohl vor allem, weil sie eine Bayeu war. Sicher hatte sie sich das seit langem klargemacht. Und ihn weiter geliebt und ihn ertragen. Gespürt hatte er von je, daß sie vieles hinuntergeschluckt hatte, und oft hatte er Mitleid mit ihr gehabt. Ein warmes Gefühl war in ihm, und er war es zufrieden, daß nun sie ihren Grund hatte, ihn zu bemitleiden.

Ganz auf aber ging ihm das Herz beim Anblick seines Sohnes Javier. Der war kein Knabe mehr, er war jetzt ein junger Mann, an dem nicht viele Frauen vorbeigingen, ohne zu äugeln. Javier erzählte, er habe in diesen letzten Monaten viel nachgedacht, er sei nun entschlossen, ein Künstler zu werden, und er hoffe, der Vater werde ihn als Schüler annehmen. Goya sah voll Zärtlichkeit und Stolz auf seinen lieben Javier. Diesen Sohn zu haben war starker Trost nach dem Verluste Marianos. Er wünschte nicht, daß der Weg des Jungen so hart sein sollte wie sein eigener. Der Junge war ein geborener Hidalgo, Don Javier de Goya y Bayeu. Nach den Gesetzen Aragóns hatte ein Hidalgo Anspruch auf eine Rente von seiten des Vaters, damit er sich nicht durch Arbeit schänden müsse. Nun lebte man zwar in Kastilien, aber das aragonesische Gesetz war gut, Francisco wird es gerne befolgen. Er wird den Sohn ins Ausland schicken, nach Italien, nach Frankreich. Er selber hatte in Italien zugenommen an Kunst, aber er hatte sich hart mühen müssen, Reis und Brot und Käse für die nächste Mahlzeit zu erlisten. Javier soll es leicht haben, zu leben und zu lernen.

In dem mürrischen Gesicht Agustíns, als er Francisco wiedersah, zuckte und arbeitete es. Goya wollte keine Worte des Beileids hören, er sagte barsch: „Ist viel schiefgegangen, während ich fort war? Hast du viel Unheil angerichtet?“, und er hieß ihn mit Zapater über die Bücher gehen.

Später aber sagte er ihm, er solle ihn sehen lassen, was er in der Zwischenzeit gemacht habe, und Agustín zeigte ihm seine Radierungen, angefertigt nach der neuen Methode des Jean-Baptiste Leprince. Agustín Esteve hatte die Methode verbessert, Goya war überrascht, was alles sich damit erreichen ließ. „Hombre!“ sagte er mehrere Male, und der mit Lob sparsame Mann rühmte mit starken Worten den Freund und Gehilfen. „Das Verfahren müßte jetzt die Methode Esteve heißen“, erklärte er. Die alte, tiefe Bindung zwischen den beiden war wieder da.

Und jetzt zeigte ihm Francisco die Zeichnungen, die er selber gemacht hatte, in Saragossa. Agustín war aufgewühlt. Er bewegte die Lippen, Goya wußte nicht, ob er sprach; Agustín hatte, wenn ihn was erregte, eine komische Art zu schmatzen und zu schlukken. Er schaute und schaute, er konnte sich nicht satt sehen. Schließlich, mit sanfter Geste, nahm ihm Goya die Zeichnungen weg. „Nun sag schon was“, forderte er ihn auf. Agustín aber sagte: „Das ist deine richtige Kunst“, und mit seinen großen, plumpen, gewissenhaften Buchstaben schrieb er's ihm hin. Der erfreute Goya spaßte: „Also mit meiner Malerei ist es nichts?“

Andern Tages meldete sich Francisco bei Hofe zurück, nicht ohne Unbehagen und Besorgnis. Allein er wurde mit außerordentlicher Rücksicht behandelt, sogar der arrogante Marqués de Ariza zeigte sich teilnahmsvoll beflissen.

Don Carlos selber suchte durch Jovialität über die Befangenheit angesichts des Tauben hinwegzukommen. Er trat ganz nahe an ihn heran und schrie ihn furchtbar an: „Man malt ja nicht mit den

Ohren, sondern mit den Augen." Goya, etwas erschreckt, verstand nicht, verneigte sich tief und reichte ehrerbietig Zeichenblock und Stift hin. Der König leuchtete auf, begriff, freute sich, daß es ein Mittel gab, sich mit seinem Ersten Maler zu verständigen. Er schrieb ihm also den tröstlichen Satz auf, den er ihm zugeschrien hatte. „Man malt ja nicht mit den Ohren", schrieb er, „sondern mit den Augen und Händen", und da er einmal im Schreiben war, setzte er gewohnheitsmäßig seine Unterschrift hin: „Yo el Rey", und auch den Schnörkel. Goya las und verneigte sich ehrfürchtig. „Was meinten Sie, mein Lieber?" fragte der König. Goya, ungewöhnlich laut, erwiderte: „Nichts, Majestät." Der König setzte die Unterhaltung auf seine leutselige Weise fort. „Wie viele Porträts von mir haben Sie jetzt eigentlich gemalt?" fragte er. Goya wußte es nicht genau, aber das einzugestehen, wäre unhöflich gewesen. Er erwiderte: „Neunundsechzig." – „Sieh mal an", schrie Carlos auf, und feierlich sprechend fügte er hinzu: „Möge die Heilige Jungfrau mir und Ihnen Jahre genug schenken, daß es hundert werden."

Der Príncipe de la Paz bat Goya zu sich. Manuel war gespannt auf die Zusammenkunft. Noch stärker als früher fühlte er die geheimnisvolle Verknüpfung zwischen sich und dem Maler. Sie mußten unter sehr ähnlicher Konstellation geboren sein, zur gleichen Zeit hatte nach einem märchenhaften Aufstieg ihnen beiden das Schicksal schwere Schläge versetzt. Dieser Francisco hatte ihm die Bekanntschaft mit Pepa vermittelt, die Verbindung, die so folgenreich in sein Leben eingegriffen hatte, und er, Manuel, hatte Goyas Aufstieg mächtig gefördert. Sie waren Freunde, sie verstanden sich, sie konnten offen reden, einer zum andern.

Als Manuel den gealterten Goya sah, überschwemmte ihn ehrliche Teilnahme. Doch gab er sich fröhlich wie in ihrer besten Zeit. Wieder und wieder versicherte er, Francisco und er gehörten zusammen. Hatte er's nicht vorausgesagt, daß sie höchste Gipfel ersteigen würden, jeder in seinem Bereich? Und nun war Francisco Erster Maler, er selber Infant von Kastilien. „Zur Zeit sind ein paar Wolken da", räumte er ein, „aber ich sage dir, mein Francho" – und er wischte die Wolken mit einer Handbewegung fort –, „diese Mißhelligkeiten gehen vorbei, und unsere Sterne werden nur so heller leuchten. Wer, wie wir beide, Macht und Würde erst erwerben mußte", fuhr er fort, wichtig und geheimnisvoll, „der schätzt sie viel höher, als wer damit geboren ist, der läßt nicht lokker. Plus ultra!" rief er, und da Goya nicht verstand, schrieb er ihm auf: „Plus ultra"; er hatte die Wendung liebengelernt bei seinem letzten Aufenthalt in Cádiz. Er habe eine wilde Zeit in Cádiz gehabt, erzählte er. Übrigens solle es auch Francisco dort toll getrieben haben, meinte er zwinkernd, es sei da die Rede gewesen von einer gewissen unbekleideten Venus.

Francisco war betroffen. Hatte sie Dritte das Bild sehen lassen? Fürchtete sie nicht das Geschwätz? Fürchtete sie nicht die Inquisition?

Manuel merkte Franciscos Bestürzung. Drohte ihm mit dem Finger. „Es sind ja nur Gerüchte", meinte er, „und ich verlange nicht, daß Sie sie mir bestätigen oder kavaliermäßig dementieren. Natürlich möchte auch ich mir gerne eine solche Venus bei Ihnen bestellen, ich habe da ein paar recht appetitliche Modelle. Vielleicht reden wir einmal später darüber. Vorläufig malen Sie mir meine Infantin. Sie haben sie ja schon früher gemalt, schon als Kind, wie ich höre."

Er rückte ganz nah an ihn heran und eröffnete ihm mit aufrichtiger Herzlichkeit: „Übrigens lerne ich die Zeichensprache. Ich möchte mich oft und ausführlich mit dir unterhalten, Francho, mein Freund. Und ich habe auch Auftrag gegeben, einen Plan auszuarbeiten für die Errichtung einer modernen Taubstummenanstalt. Nach den Prinzipien des Docteur de l'Épée. Und deinen Namen soll sie tragen; denn du hast mich auf die Idee gebracht. Glaub mir, es ist keine Vermessenheit, wenn ich heute schon solche Aufträge gebe. Die Zeit meiner Muße wird nicht lange dauern. Ich werde noch viel höher steigen. Sei überzeugt, mein Francho!" Und wiewohl Goya ihn nicht hören konnte, gab er seinem dunkeln Tenor metallischen Glanz.

Den Tag darauf meldete Andrés eine Dame. Goya, der Auftrag gegeben hatte, man solle niemand vorlassen, war ärgerlich. Andrés erklärte, die Dame lasse sich nicht abweisen, und es sei eine sehr große Dame. Goya schickte Agustín. Der kam zurück, etwas verwirrt, und sagte, es sei die Gräfin Castillofiel, und als Goya nicht verstand, schrie er ihn an: „Die Pepa! Es ist die Pepa!"

Es ging Pepa gut. Sie hatte durch die zeitweilige Verdunkelung

Don Manuels eher noch größern Glanz gewonnen. Niemand glaubte an die Dauer seiner Ungnade, und jene, welche aus Vorsicht den Infanten selber mieden, zeigten sich aus Vorsicht um so öfter beim Lever der Gräfin Castillofiel. Überdies mehrte sich erstaunlich ihr Reichtum.

Als sie von Franciscos Verhängnis hörte, hatte sie zuerst Befriedigung verspürt. Jetzt hatte er seine Strafe für die Mißachtung, die er ihr gezeigt hatte. Aber diese Genugtuung hielt nicht vor. Sie spürte, daß sein Unglück verknüpft war mit seiner Leidenschaft, sie beneidete ihn um seine Leidenschaft. Es kränkte sie, daß nicht sie es war, die ihm solche Leidenschaft hatte einflößen können.

Sie war gekommen, ihn spüren zu machen, daß Vergeltung ist im Himmel und auf Erden. Doch sie sah ihn, sah den neuen, andern Francisco, sie war erschüttert, ihre alte Neigung drängte hervor. Sie begnügte sich, ihm deutlich zu machen, wie herrlich weit sie es gebracht hatte. „Ich bin schwanger", erzählte sie ihm stolz und vertraulich. „Ich werde einen Conde Castillofiel zum Sohn haben, in legitimer Ehe geboren." Er merkte, wie sie sich anstrengte, ihm und sich selber zu beweisen, daß sie nicht nur im Glanz sei, sondern auch im Glück. Dabei war sie es doch nicht, sie litt an ihm, wie er an der Alba litt, und er verspürte für sie die alte, gutmütige, leicht mitleidige, bequeme Zärtlichkeit.

Sie sprachen wie altvertraute Freunde, die vieles um einander wissen, von dem keiner sonst weiß. Sie schaute ihn mit ihren schamlosen, grünen Augen an, er konnte ihr leicht die Worte vom Mund ablesen. Er hatte die Erfahrung gemacht, daß ihm die Verständigung nur mit Gleichgültigen schwerfiel; die Menschen, an denen ihm lag, und übrigens auch diejenigen, die er haßte, verstand er ohne Mühe.

„Betrügt Conchita noch immer beim Kartenspiel?" sagte er, und: „Wenn ich darf, dann komme ich nächstens einmal zu dir zum Abendessen und trinke Manzanilla." Sie konnte sich nicht enthalten, sich zu brüsten. „Du mußt dich aber vorher anmelden", sagte sie, „sonst ist es möglich, daß du Don Carlos bei mir triffst." – „Welchen Don Carlos?" fragte er. „Don Carlos, König aller spanischen Reiche und beider Indien", erwiderte sie. „Carajo!" sagte er. „Fluche nicht", wies sie ihn zurecht, „und schon gar nicht in Gegenwart einer Dame, die bald einen kleinen Grafen zur Welt bringen wird." Und dann erzählte sie weiter von Carlos. „Er kommt als einfacher General", berichtete sie, „und er will von mir nicht das, was du denkst. Er zeigt mir seine Uhren, läßt mich seinen Bizeps fühlen, wir essen unsere Olla podrida, er spielt mir auf seiner Geige vor, und ich singe ihm ein paar Romanzen."

„Nun mußt du aber auch mir ein paar Romanzen singen", verlangte er. Und da sie verwirrt dreinblickte und sichtlich nicht wußte, was sie aus seinen Worten machen sollte, sagte er mit grimmiger Lustigkeit: „Du hast recht, ich bin stocktaub, aber ich höre noch immer besser als die meisten andern.

Sing schon!" sagte er, verbissen,
„Ich begleite dich." So taten
Sie. Sie sang, er spielte, und es
War, wie's in Romanzen zuging,
Traurig, wild und süß, und manchmal
Gingen seine Weise und ihr
Ton sogar zusammen.

8

Martín Zapater blieb länger in Madrid, als ursprünglich vorgesehen war, angeblich hatte er Geschäfte. In Wahrheit widmete er seine ganze Zeit dem Freund. Er achtete darauf, daß dieser nicht allein auf die Straße gehe; denn er fürchtete, es möchte dem Tauben ein Unfall widerfahren. Francisco haßte jede Art von Behütung; Martín indes richtete es mit viel Schlauheit so ein, daß Goya, ohne es zu merken, immer beaufsichtigt blieb.

Franciscos Aufträge häuften sich wie nie zuvor, und Martín schaffte ihm immer neue, damit er nicht den Eindruck habe, sein Leiden halte ihm die Menschen ferne. Goya nahm wenig Arbeit an, vertröstete die meisten Besteller auf später.

Martín suchte alles zu ermitteln, was für Goya von Interesse sein konnte. Auch über Cayetana brachte er einiges in Erfahrung. Die Herzogin von Alba, konnte er Francisco berichten, hatte um Erlaubnis gebeten, ins Ausland zu reisen, zu italienischen Verwandten, und sie werde wohl nicht nach Spanien zurückkehren, bevor ihre Verbannung vom Hofe aufgehoben sei. „Wo immer sie ist“, meinte Francisco, „sie wird sich um einen Krüppel nicht viel scheren.“

Der Aufenthalt in der oft und jäh wechselnden Luft von Madrid strengte Zapater sichtlich an. Er sah schlecht aus, er hustete viel und war froh, daß Francisco nicht hören konnte, wie übel sein Husten klang.

Schließlich kündigte er an, er werde zurückkehren. Die Freunde verabschiedeten sich lärmend, wie das ihre Art war. Bemühten sich, kein Gefühl zu zeigen, schlugen sich derb auf die Schultern, machten sich lustig über ihr Alter und über ihre Leiden, und dann fuhr Martín zurück nach Saragossa.

Kaum war er fort, so machte sich Francisco auf den Weg, um allein und unbehindert zu erkunden, wie der taube Goya und die Stadt Madrid sich ineinander schickten. Es war eine kurze Strecke von seinem Haus zur Puerta del Sol, dem Hauptplatz der Stadt. Dort trafen viele große Straßen zusammen, die Calle Mayor, die Arenal, die Carmen, die Alcalá und viele andere.

Auf die Puerta del Sol also, zur Zeit des größten Verkehrs, stellte sich Goya. Zunächst stand er bei den Buden und Tischen der Händler auf dem Red de San Luis, dann ging er auf die Gradas, den großen Vorplatz der Kirche San Felipe El Real, dann zum Brunnen Mariablanca. Die Puerta del Sol galt als der lärmendste Platz der Welt, Goya beschaute den Lärm und das Getümmel. Er wurde gestoßen und geschimpft, er störte, wo immer er stand, aber er achtete es nicht, er schaute und genoß den Lärm. So abgestorben ihm sein Saragossa erschienen war, so lebendig war ihm sein Madrid.

„Frisches Wasser“, schrien die Aguadores, sie standen um den Brunnen Mariablanca, unter der sonderbaren Statue, von der niemand wußte, ob sie die Venus darstellen sollte oder den Glauben, die aber berühmt war, weil sie so vieles sah und hörte und, wiewohl eine Frau, nichts ausschwatzte. „Frisches Wasser“, schrien die Aguadores, „wer trinkt, wer will? Frisch von der Quelle.“ – „Orangen“, schrien die Naranjeras, „zwei für einen Cuarto.“ – „Einen kleinen Wagen, Señor“, boten die Lohnkutscher an. „Sehen Sie, was für ein schmuckes Wägelchen ich habe! Sehen Sie, was für ein artiges Tierchen ich habe! Eine Spazierfahrt in den

Prado oder wohin Sie wollen!" – „Ein Almosen", bettelte ein Krüppel, „um der Heiligsten Jungfrau willen. Ein kleines Almosen für einen tapfern Veteranen, der im Krieg gegen die Ketzer beide Beine verloren hat." – „Wie geht's dir, Herzensjunge?" bot ein gefälliges Mädchen sich an. „Willst du mein kleines Zimmer sehen, mein Kleiner? Willst du mein kleines Bett sehen? Ein weiches, hübsches, kleines Bett, wie es kein zweites gibt." – „Tut Buße!" donnerte von seiner Bank ein Prediger. „Tut Buße und kauft Ablaß!" – „Die Zeitung, die neue Zeitung, der ‚Diario', die ‚Gaceta'", schrien die Verkäufer, „die drei letzten Exemplare!" Und es schwatzten die Gardeoffiziere, und es lasen die Cortejos den Damen die bunten Anzeigen vor, und es lärmten die Soldaten der Wallonischen und der Schweizer Garde, und diejenigen, die Eingaben an die Behörden zu machen hatten, diktierten den öffentlichen Schreibern, und ein Gaukler trieb seinen Affen zum Tanz, und es stritten heiß die „proyectistas" über ihre Projekte, das Reich und die Welt zu verbessern, und es boten unverdrossen die Trödler ihre Waren an.

Goya stand und schaute. „Auf der Puerta del Sol", ging das Sprichwort, „hüte dich vor den Frauen vor dir, den Maultieren hinter dir, den Wagen neben dir, den Schwätzern vor, neben und hinter dir!" Er hütete sich nicht. Er stand und schaute. Er hörte und hörte nicht, er kannte jeden Ruf und jedes Wort und kannte es schon nicht mehr und kannte es besser als jemals vorher.

Dann aber war da eine blinde Balladensängerin. Man hatte in Madrid Mißtrauen vor den Blinden, zu viele unter ihnen waren blind, um Taschendiebstähle besser ausführen zu können, oder zumindest, um mehr Mitleid zu erregen. Die Madrilenen waren gewohnt, grausame Späße mit diesen Blinden zu treiben, ob sie nun sahen oder nicht, und oft hatte Goya dabei mitgetan. Nun aber riß ihn die Blinde schmerzhaft zurück ins Bewußtsein seiner Taubheit. Sie sang und begleitete sich auf ihrer Gitarre, sicher hatte sie sich eine gute Moritat zusammengereimt, denn alle hörten mit Anteilnahme zu und mit Spannung, Angst, Freude: er, wiewohl er ihr scharf auf den Mund sah, verstand nichts. Der Partner der Sängerin indes zeigte Bilder zu dem, was sie sang, bunte Klecksereien, und plötzlich mußte Goya lachen; er bedachte, daß er ihre Worte nicht hören, sie die Bilder dazu nicht sehen konnte.

Es ging aber die Moritat offenbar um El Maragoto, jenen wilden Banditen, den der tapfere Mönch Zaldivia gefangengenommen hatte. El Maragoto war kein edler Bandit, er war ein stumpfer, bestialischer, blut- und geldgieriger Wüterich, und als der arme Mönch ihm das einzige anbot, was er besaß, seine Sandalen, hatte er ihn mit seinem Gewehr niederschlagen wollen. „Du bist die Kugel nicht wert mit deinen Sandalen“, hatte er geschrien. Doch der brave Mönch hatte sich auf ihn gestürzt, ihm das Gewehr entrissen, den Fliehenden in den Hintern geschossen und gebunden. Das ganze Land freute sich des tapfern Kapuziners, und die Menge auf der Puerta del Sol hörte enthusiastisch zu, wie die Balladensängerin das Ereignis wiedergab, offenbar mit farbigen Einzelheiten. Goya fühlte sich ausgeschlossen. Er kaufte sich den Text der Moritat, um ihn zu Hause in Ruhe zu lesen.

Es war später Nachmittag, die Glocken läuteten, das Angelus wurde gebetet, die Händler begannen, ihre Gewölbe zu erleuchten, vor den Häusern und vor den Marienbildern wurden die Laternen angezündet. Goya machte sich auf den Heimweg.

Auf den Balkonen saßen Leute und erfreuten sich der Kühle. Auf dem Balkon eines finstern, fast fensterlosen, verdächtigen Hauses saßen zwei Mädchen, hell und hübsch und fleischig, sie saßen über die Balustrade gelehnt, sie hatten sich Wichtiges zu erzählen, doch äugten sie hinunter auf die Männer, die vorübergingen. Hinter den Mädchen aber, in tiefem Schatten und so eingehüllt in ihre Mäntel, daß man die Gesichter nicht sah, standen unbeweglich zwei Burschen. Goya schaute, verlangsamte den Schritt, blieb schließlich vollends stehen. Er schaute wohl zu lange, die Verhüllten regten sich, es war nur eine kleine Geste, aber es war eine gefährliche Geste, es schien geraten weiterzugehen. Ja, die auf dem Balkon waren richtige Majas aus der Manolería, Majas mit all ihrer Lockung und ihrem Flitter, und hinter ihnen, und so gehörte sich's, stand Schatten und Drohung.

Andern Tages fragte Agustín, ob man nicht endlich mit dem Bild des Marqués de Castrofuerte beginnen sollte. Aber Goya schüttelte nur den Kopf. Er hatte anderes zu tun. Er malte, was er gestern erlebt hatte. Malte auf sechs kleinen Tafelbildern die Geschichte des Räubers El Maragoto, wie er am Tor des Klosters den Kapuziner bedroht und wie dieser tapfer und geistesgegenwärtig ihn lahmschießt und gefangennimmt. Es war eine einfache, frische Erzählung, die ganze Moritat war darin und die ganze, schlichte, starke Freude, welche die Puerta del Sol an dieser Moritat hatte.

Dann aber überfiel ihn das Bild jenes andern Räubers, dessen Hinrichtung er miterlebt hatte auf der Corredera von Córdoba, das Bild des Puñal. Und er malte den toten Banditen auf seiner Schandbühne, den erdrosselten, bärtig, im gelben Sünderkleid, allein im harten Licht.

Noch am gleichen Tag – und es drängte ihn, dieses Bild am gleichen Tage zu beginnen – machte er sich daran, die Majas zu malen, die wirklichen, die auf dem Balkon, und ihre gefährlichen Freunde im Schatten, und er malte die Versuchung, die von diesen Frauen auf den Mann überspringt, und das verfänglich Finstere dahinter, welches die Versuchung verstärkt.

Er ließ Agustín die Bilder sehen. „Hätte ich lieber den Marqués de Castrofuerte malen sollen?" fragte er ihn stolz und vergnügt. Agustín schluckte und schmatzte. „Man lernt bei dir nie aus", sagte er, und das war denn auch eine sehr andere Malerei als die, mit welcher Francisco bisher solche Szenen gemacht hatte. Denn Banditen-Szenen und Maja-Szenen hatte er schon sehr früh dargestellt, auf den Wandteppichen für den König, aber das waren fröhliche und sehr harmlose Bilder gewesen, und diese hier waren keineswegs harmlos, und es schien Agustín befremdlich, beunruhigend und beglückend, daß der Erste Hofmaler jetzt auf solche Art malte. Francisco mittlerweile freute sich und rühmte sich. „Hört man den Maragoto drohen?" fragte er. „Hört man den Schuß knallen? Hört man die Majas flüstern? Merkt man, daß das von einem Tauben gemalt ist?" Und ehe Agustín antworten konnte, sagte er stolz: „Siehst du! Zugelernt hab ich! Plus ultra!"

„Was willst du mit den Bildern anfangen?" fragte Agustín. „Die Osuna wollte ein paar kleine Bilder haben. Sie wäre sicher froh um den ‚Räuber Maragoto'." – „Die Bilder verkaufe ich nicht", antwortete Goya. „Die Bilder habe ich für mich gemacht. Aber ich verschenke sie. Du kannst eines haben, die andern schenke ich der Josefa."

Josefa war erstaunt, aber sie errötete vor Freude. Lächelnd, mit ihren bedächtigen, im Kloster erlernten Buchstaben, schrieb sie ihm auf: „Ich danke dir“, und machte ein Kreuz dazu wie bei allem, was sie schrieb.

Er sah sie an. Sie war noch schmaler und verschlossener geworden in der letzten Zeit. Es gab nicht viel, was sie einander zu sagen hatten, trotzdem hätte er jetzt manchmal gern mit ihr geschwatzt. So viele seiner Freunde und selbst Fremde hatten die Zeichensprache erlernt; es war ihm leid, und es verdroß ihn, daß sie sich nicht die Mühe gemacht hatte.

Plötzlich kam ihm der Einfall, sie zu malen. Er sah sie neu, sah sie deutlicher als früher. Sah, was ihn oft an ihr ungeduldig gemacht hatte, ihre Ähnlichkeit mit dem Bruder, ihren Unglauben vor seinem Künstlertum. Sah aber auch, was er vorher nicht hatte sehen wollen, ihre aus Liebe stammende Trauer und Sorge über sein tief unfrommes Wesen, seine Unbotmäßigkeit, seine Maßlosigkeit.

Sie war ein gutes, geduldiges Modell. Gerade aufgerichtet, wie er sie es geheißen hatte, saß sie auf ihrem Stuhl, einen kostbaren, etwas steifen Schal um die Schultern. Er betonte das aragonesisch Starre, Stolze an ihr, gab ihr Haltung und strenge Lieblichkeit. Er sah sie mit Liebe; er verschönte sie nicht, doch verjüngte er sie ein wenig. Da sitzt sie, sie trägt den Kopf hoch unter den schweren Zöpfen des goldroten Haares, den schmallippigen Mund unter der großen Nase hält sie fest geschlossen. Eine leise Schärfe ist in den Zügen des langen Gesichtes, die Haut, noch rosig blaß, zeigt ein erstes Welken, eine kleine Schlaffheit ist in den fallenden Schultern. Die großen, strahlenden Augen sind traurig und blikken weit über den Beschauer hinweg in die Ferne. Die Hände aber liegen schwer auf den Knien, sie stecken in grauen Handschuhen, die Finger der Linken liegen steif und seltsam gespreizt über der Rechten.

Es war ein gutes, liebevolles, doch kein fröhliches Bild. Es war sehr anders als jenes von Saragossa, wo er sie mit zweien ihrer Kinder gemalt hatte. Es war kein fröhlicher Goya, der dieses letzte Bild gemalt hatte.

Dieses letzte Bild. Wenige Tage nach der Vollendung des Porträts erkrankte Josefa und legte sich nieder. Sie schwand hin, sehr schnell. Die Ursache ihrer tödlichen Erschöpfung war klar. Es war das tückische Klima der Stadt Madrid, es waren die eisigen Winter, die glühenden Sommer, die heftigen Winde; es waren ferner ihre vielen Schwangerschaften.

Nun es mit ihr zu Ende ging, hatte die Schweigsame viel zu sagen. Und jetzt sah er, daß er zu Unrecht gekränkt gewesen war, weil sie die Zeichensprache nicht erlernt hatte. Sie hatte sie erlernt, und wenn sie sie nicht angewandt hatte, dann nur aus Starrheit. Nun redete sie zu ihm mit den müden Fingern, doch nur zwei, drei Tage lang, dann wurden ihr die Hände zu schwer. Er sah, wie sie, auch das mit ungeheurer Anstrengung, die Lippen regte zu einer späten Botschaft, und er las ihr die Worte ab: „Sei sparsam, Francho! Verschwende nicht dich und nicht dein Geld!" So starb sie, wie sie gelebt hatte, still, ohne viel Wesens, mit einer Mahnung.

Das Gesicht der toten Frau unter der Fülle des rotblonden Haares schien weniger müde als in der letzten Zeit. Er dachte an alles, was er mit ihr erlebt hatte, an den zarten, schlanken, ungelenken Leib des Mädchens, das er das erstemal genommen hatte, an die klaglose Mühe, mit der sie ihm die Kinder geboren hatte, an das lange, stumme Leid, welches sie durch ihn erlitten hatte, an ihre Verständnislosigkeit vor seiner Kunst, an ihre hartnäckige Liebe. Es war tückisch, daß sie gerade jetzt sterben mußte, wo sie einander soviel besser erkannt hatten.

Aber es war nichts in ihm von dem wilden, verzweifelten Schmerz, der ihn sonst so leicht ansprang. Vielmehr lähmte ihn eine trübe, stumpfe Ödnis, das Bewußtsein einer ausweglosen Einsamkeit.

Er bestellte für Josefa
Das Begräbnis einfach, nicht so
Prunkvoll, wie er's damals für die
Kleine Elena gerichtet
Hatte. Dann, vom Friedhof kommend,
Grimmig, sagte er den Freunden
Jenen alten Spruch: „Ins Grab die
Toten, und die Lebenden zu
Tische."
Mit Erleicht'rung sahen
Sie, daß er das neue Unglück

Ohne wüsten Ausbruch hinnahm.
Und er selber glaubte, ledig
Sei er jetzt des Feindes in der
Eignen Brust.

9

Aus Saragossa, unerwartet, kam seine Mutter, ihn zu trösten. Sie hatte anerkennende Worte für die Tote. Als sie damals in Madrid gewesen war, hatte sie sich mit Josefa schlecht vertragen.

Sie hatte die Reise allein gemacht. Natürlich hatte Tomás sie begleiten wollen, auch der Pfarrer Manuel Bayeu. Aber das hatte sie Francho ersparen wollen; denn beide hätten ihn nur gedrängt, ihnen mehr Geld zu geben, und das war nicht nötig. Von Martín Zapater hätte sie sich begleiten lassen. Aber der war leider wieder einmal krank, sein alter Husten; diesmal hatte er ziemlich viel Blut gespuckt.

Goya war bestürzt. Die nüchternen Worte der Mutter erregten ihm abergläubische Angst, er fürchtete für Martín. Viele der Freunde, die er gemalt hatte, waren im Fleische gestorben und lebten nur mehr in seinen Bildern. War ihm nicht gerade erst Josefa gestorben? Nach ihrem Porträt? Es war schon so: wenn er jemand mit Hingebung malte, entzog er ihm ein Stück Leben; denn dann war der Gemalte im Bilde da, und von seinem atmenden Dasein war ihm ein großer Teil weggenommen. Er brachte Unglück, er, Francisco, genau wie Cayetana; wahrscheinlich war es gerade das, was ihn mit Cayetana verknüpfte.

Die Gegenwart der vernünftigen Doña Engracia half ihm, sich von den schwarzen Gedanken loszumachen. Die alte Frau war rüstig, sie zeigte, wiewohl er sie gemalt hatte, nicht die leisesten Spuren von Verfall.

Schade war, daß sie seinen Jungen, ihren Enkel Javier, nicht leiden konnte. „Der Junge gefällt mir nicht", sagte sie auf ihre barsche Art. „Er hat alles, was an den Bayeus schlecht ist, und alles, was an den Goyas schlecht ist. Er ist hochnäsig, verlogen und verschwenderisch. Du solltest einmal ein deutliches Wort mit ihm reden, Francho", und sie zitierte die alte Weisheit: „‚Al hijo y mulo para el culo – Deinem Sohn und deinem Esel sag's über den Hintern.'"

Dem vornehmen und eleganten Javier gefiel die ungeschlachte Großmutter aus Aragón sowenig wie er ihr. Hingegen wetteiferten die Freunde, Agustín, Miguel, Quintana, der Mutter ihres Francisco Aufmerksamkeiten zu erweisen. Don Miguel schlug Francisco vor, er solle Doña Engracia zu Hofe bringen und sie den Majestäten vorstellen, daß die Señora mit eigenen Augen sehe, wie sehr der König und María Luisa ihren Sohn schätzten. Allein die Alte sträubte sich. „Ich gehöre nicht an den Hof", sagte sie, „sowenig wie du, Francho. Wer als Zwiebel geboren ist, wird niemals eine Rose."

Sie blieb nicht lange, und trotz seiner Bitten bestand sie darauf, auch die Rückfahrt allein zu machen. War nicht auch er allein nach Saragossa gereist? „Eine Alte tut sich immer noch leichter als ein Tauber", erklärte sie.

Unmittelbar vor ihrer Abreise gab sie ihm Ratschläge, die ihn an die Mahnungen Josefas erinnerten. Er solle vorsichtig sein, solle sparen, solle dem Bruder und dem Schwager, den gierigen Raben, nicht zu viel geben. „Du kannst ihnen ja in deinem Testament was Anständiges vermachen", meinte sie, „aber bei Lebzeiten würde ich ihren Zuschuß nicht erhöhen. Und vor allem, mach dich lieber klein als groß, Paco! Werde nicht wieder übermütig! Du siehst ja, was dabei herauskommt. ‚Je schöner das Kleid, das du trägst, so schlimmer der Schmutz, der drauffällt.'"

Er setzte sie in den Postwagen. Der Mayoral, der Erste Kutscher, und seine Gehilfen trieben die Tiere an. „Macho, macho!" schrien sie, und da das Leittier nicht gleich anzog, fluchten sie: „Qué perro!" Aus dem Wagen, inmitten des Geschreis, schaute die Mutter und sagte: „Die Jungfrau beschütze dich, Paco!" Francisco sah die Flüche und sah den Segen, und in seinem Innern mischten sie sich. Dann fuhr der Wagen los, und er wußte, es war unwahrscheinlich, daß er die sehr alte Frau noch einmal sehen werde.

Daß sich Doña Engracia mit seinem Sohne Javier nicht hatte verstehen können, beschäftigte ihn. Er liebte und verwöhnte Javier nach wie vor; was Javier sagte und wie er's sagte, gefiel ihm. Javier wuchs ihm immer tiefer ins Herz. Die Mutter hatte unrecht, mußte unrecht haben, der Junge war es wert, daß er ihn verwöhnte.

Er malte ihn; das half ihm oftmals, sich über Menschen klarzuwerden. Er übersah nichts, vergaß nicht die Schwächen, die Josefa und die vor allem seine Mutter an Javier wahrgenommen hatten, Schwächen, die Javier mit dem Zierbengel, dem Marqués de San Adrián, gemein haben mochte. Aber er malte alle seine Liebe für den Sohn in das Bild. Malte einen jungen Gecken, doch voll von ironischer Zärtlichkeit für sein so reizend stutzerhaftes Wesen. Da steht der Knabe, kaum erwachsen, in langschößigem, übereleganten, perlgrauem Rock, in prallen Hosen, mit hohen, schwarzen Stiefeln, die Füße modisch gespreizt. Er trägt gelbe Handschuhe, die eine Hand hält Spazierstock und dreispitzigen Hut, die andere hat er in das preziöse, weiße Spitzenjabot gesteckt. Von der Weste hängen überreiche Berlocken, und zu Füßen des schlanken, langen, jungen Menschen kauert lächerlich ein dicker, weißer, modischer Schoßhund mit einem roten Bändchen. Das Gesicht des Knaben ist länglich, kurze, rotblonde Locken fallen in die Stirn, unter den Augen der Mutter und über der langen Oberlippe steckt die dickliche Nase des Vaters. Das ganze Bild aber ist getaucht in eine Flut von zarten, helleren und dunkleren grauen Tönen, die zauberhaft ineinander übergehen.

Angesichts des fertigen Porträts begriff Francisco gut, welche Eigenschaften Javiers es waren, die Josefa und seine Mutter verdrossen hatten. Er aber mochte Javier, wie er war, und gerade seine Affektation und seine jugendliche Neigung für Eleganz und Luxus gefielen ihm.

Dabei gefiel ihm das Haus, in dem er wohnte, das prächtig eingerichtete Haus an der Carrera del San Jerónimo, mit einem Male nicht mehr. Elena war tot, Mariano war tot, er war allein mit Javier. Das Haus und seine Möbel waren abgewohnt, abgelebt.

Er kaufte sich ein anderes Haus, unmittelbar vor Madrid, doch schon auf dem Lande, am Ufer des Manzanares, nahe des Puente Segovia. Es war ein alter, geräumiger zweistöckiger Bau, ein richtiges Landhaus, eine Quinta, mit viel weitem, freiem Gelände. Er hatte dort eine wunderbare Sicht; auf der einen Seite hatte er Blick auf die geliebte, oft gemalte Pradería de San Isidro, und darüber ausgebreitet war seine Stadt Madrid, auf der andern Seite sah er die Guadarrama-Berge.

Er richtete sich die Quinta geradezu dürftig ein. Mit einem kleinen Lächeln sah er, daß seinem Sohn Javier die neue Kargheit wenig gefiel, und er ermutigte ihn, sich die eigenen Zimmer nach Belieben prächtig auszustatten. Er überließ ihm die kostbaren Stühle und Sessel, die mit Golddamast bezogenen Schemel aus dem Hause an der San Jerónimo. Auch die meisten Gemälde überließ er ihm; sich selber zurück aber behielt er jenes Porträt Cayetanas, das er nicht für sie, sondern sich zur Lust gemalt hatte. Im übrigen stellte er in seine eigenen, weiten Zimmer nur das Nötigste, und während die Wände seines früheren Ateliers geschmückt gewesen waren mit Gobelins und kostbaren Gemälden, ließ er die Wände der Quinta kahl.

Häufig saß er, manchmal mit einem schlauen Lächeln, vor diesen kahlen Wänden. Er trug sich mit dem Plan, sie zu bemalen. Bilder aus *seiner* Welt sollten an diesen Wänden sein, *seine* Beobachtung, *seine* Phantasie sollten ihm den Pinsel führen, keine Regel sollte gelten als seine eigene: und diese seine innere Welt sollte trotzdem die wirkliche Welt sein.

Doch bevor er machen konnte, was ihm da vorschwebte, hatte er noch viel zu lernen. Denn wohl hatte er was erreicht in seiner Kunst, aber es war nur eine erste Höhe. So wie einer, nachdem er einen ersten Bergkamm erklettert hat, nun den ganzen, weiten, wolkenlosen Gebirgszug dahinter sichtet, so hat er erst jetzt, in diesem Jahre der Leiden, des Wahnsinns, der Taubheit, der Einsamkeit, der aufdämmernden Vernunft, sein wahres Ziel gesehen, fern und sehr hoch. Ein erstes Mal hatte er's dunkel geahnt, als er, nach dem scheußlichen Schauspiel der Demütigung des Pablo Olavide, die Inquisition gemalt hatte, das Narrenhaus und die andern kleinen Bilder. Jetzt spürte er's deutlicher: das äußere Gesicht mußte ergänzt werden durch das innere, die nackte Wirklichkeit der Welt durch die Träume des eigenen Hirns. Und erst wenn er das wird malen können, erst dann wird er die Wände seiner Quinta bemalen.

So karg er sein Haus einrichtete, so großen Wert legte er auf seine Kleidung. Und zwar kleidete er sich jetzt nach der neuen, verbürgerlichten Pariser Mode. In Hoftracht zeigte er sich nur mehr, wenn es Vorschrift war, sonst trug er statt der Calzas, der Kniehosen, die langen Hosen, und den Dreispitz vertauschte er mit dem steifen, hohen Hut, mit dem Prolifar, dem „Bolívar". Das

Haar strich er vor die Ohren, die nun doch nichts mehr hören konnten. Oft sahen ihn die Leute so herumgehen in seinem weiten, wilden Garten, kräftig, würdig, löwengesichtig, recht finster, im hohen Hut und mit Spazierstock. Sie nannten ihn „el sordo en la huerta – den Tauben im Garten“, und sein Haus nannten sie „la quinta del sordo – das Landhaus des Tauben“.

Er hatte Papier und Stift stets zur Hand, um sich aufschreiben zu lassen, was man ihm zu sagen hatte. Immer häufiger warf er in dieses Aufschreibebuch kleine, rasche Zeichnungen, erste Entwürfe, Augenblicksbilder seiner innern und äußern Landschaft. Auch erlernte er jetzt Agustíns neues Verfahren, arbeitete viel mit ihm, bat ihn ungescheut um Rat.

Wie in dem Hause an der San Jerónimo teilte er in der Quinta sein Atelier mit Agustín. Nun er aber daranging, sein Neues zu zeichnen und auf die Platte zu reißen, störte ihn die Gegenwart selbst des treuen, einfühlsamen Gehilfen. Im lärmendsten Stadtviertel, an der Ecke der Calle de San Bernardino, in einem hohen, dichtbewohnten Hause, mietete er sich einen Raum im obersten Stockwerk. Auch diesen Raum stattete er kärglich aus; außer dem notwendigsten Mobiliar ließ er nur die Utensilien hineinschaffen, die er für sein Radieren brauchte, Kupferplatten, eine Presse, den übrigen technischen Zubehör.

Hier also saß Goya, seine gepflegte Kleidung stach seltsam ab von der Ärmlichkeit der Werkstatt, und er lächelte wohl, wenn er daran dachte, daß nun keine Josefa mehr da war, ein schiefes Gesicht zu machen, weil er für seine unsaubere Arbeit nicht den Kittel überzog. Hier also saß er; von nebenher, von unten her, von der sehr belebten Calle de San Bernardino her kam Lärm, er aber saß in seiner großen Stille und machte seine neuen, kühnen, gewalttätigen Versuche, und die kahle Werkstatt wurde ihm zur lieben Klause, zu seiner „ermita“.

Agustíns neues Verfahren ermöglichte neue, nie dagewesene Tönungen, und das war gut so. Denn die Welt, die er im Kopfe trug und auf die Platte reißen wollte, war reich und vielfältig. Da waren die Menschen, Dinge und Erfahrungen seiner bäuerlich kleinbürgerlichen Jugend in Fuendetodos und in Saragossa, und da waren die Menschen und Dinge seines höfischen Lebens, die Welt Madrids und der königlichen Residenzen. Lange hatte er geglaubt, das Unten, das Vergangene, sei abgestorben, und nur der Höfling Goya sei geblieben. Jetzt aber, seit seiner Ertaubung, seit der Reise mit dem Maultiertreiber Gil, hatte er gemerkt, daß dieses Alte noch sehr lebendig war, und das war ihm lieb. Es war ein neuer Goya da, ein weiserer Goya, der gelernt hatte aus seinem Leben mit Bauern und Bürgern, mit Hofleuten, mit Gesindel und mit Gespenstern.

Als er jung war, hatte er aufbegehrt und sich mit der Welt abgerauft. Aber er hatte erfahren müssen: wer versucht, sich der Welt aufzuzwingen, den haut das Schicksal auf den Kopf. Später hatte er sich angepaßt, hatte fröhlich mitgetan in dem üppigen, bequemen Leben des Hofes. Aber er hatte erfahren müssen: wer sich aufgibt und sich ganz anpaßt, den haut das Schicksal auch auf den Kopf, der verliert sich selber und seine Kunst. Er hatte gelernt: man darf die Kanten nicht brechen wollen, man muß versuchen zu biegen und zu runden, die Welt und sich selber.

Ihm war, als sei alles, was er erlebt hatte, nur dazu bestimmt gewesen, ihn hierher zu führen, in diesen großen, hellen, kahlen Raum an der Calle de San Bernardino, und als sei alles, was er bisher gemalt und gezeichnet hatte, nur Fingerübung gewesen für das, was er jetzt zu machen hatte. Hier in seiner Ermita saß er und erlaubte der Welt, sich ihm aufzuzwingen, und zwang sie gleichzeitig, so zu sein, wie er sie sah.

So warf er sie aufs Papier, so riß und lavierte er sie auf die Platte. Hombre! Das war was anderes, als wenn man ein bestelltes Porträt malte und darauf achten mußte, daß der andere, der Besteller, der Trottel, auch merkte, daß er's selber war. Hier konnte man die wahre Wahrheit malen. Hombre! Welch eine Lust!

Wie die Kahlheit seiner Quinta war ihm die Schlichtheit und Sparsamkeit willkommen, zu der ihn das Material seiner neuen Kunst zwang. Licht und Farbe waren etwas Herrliches, oft hatte er sich daran berauscht, oft noch wird er es. Aber manchmal jetzt, in seiner Einsamkeit, schimpfte er grimmig auf seine früheren Bilder. Die waren ja farbig wie ein Affensteiß! Nein, für seine neuen, stacheligen, bittern und lustigen Ein-Sichten, da gab es nur eines, die Grabstichel, ein anständiges Schwarz und Weiß.

Er hatte der Akademie mitgeteilt, er müsse schweren Herzens

um Enthebung von seinem Amt bitten, seine Taubheit zwinge ihn dazu. Die Akademie ernannte ihn zum Ehrenpräsidenten und veranstaltete anläßlich seines Scheidens vom Amt eine repräsentative Ausstellung seiner Werke.

Der König steuerte für diese Ausstellung als Leihgabe „Die Familie des Carlos“ bei.

Viel Gerüchte gingen um das kühne Bild. Es fanden sich zur Eröffnung der Ausstellung nicht nur die Mitglieder des Hofes ein, die der Kunst ihre Gönnerschaft und Goya ihre Freundschaft bezeigen wollten, sondern alle jene, die in Madrid als fortschrittlich galten.

Da also hing das Bild, um welches soviel Ruhm und Gewese und lächelndes Gewisper war, und den meisten, die es zum ersten Male sahen, stockte der Atem.

Und nun, geführt von dem Präsidenten des Komitees der Akademie, dem Marqués de Santa Cruz, trat Goya inmitten der gespannten, verehrungsvollen Menge vor sein Werk. Ein gedrungener Herr, etwas zu knapp angezogen, älter als seine Jahre, die Augen verkniffen, die Unterlippe vorgeschoben, so stand er und beschaute seine Bourbonen, und hinter ihm waren die Hofleute und Bürger und Künstler der Stadt Madrid. Und wie sie ihn vor seinem Bilde sahen, da, mit einem, brach ungeheurer Beifall los. „Es lebe Spanien!“ riefen sie und: „Es lebe Francisco Goya!“ und: „Viva!“ und: „Olé!“, und sie klatschten gewaltig in die Hände. Goya aber merkte nichts davon. Der Marqués de Santa Cruz zupfte ihn am Ärmel und drehte ihn mit sanfter Bewegung den andern zu, und da sah Francisco, was geschah, und verneigte sich ernsthaft.

Der Großinquisitor Don Ramón de Reynoso y Arce beschaute sich das Bild, es war ihm als dreiste Herausforderung des Gottesgnadentums bezeichnet worden.

Und er fand, was seine Leute
Ihm gesagt, nicht übertrieben.
„Wäre ich der König Carlos“,
Sprach er auf lateinisch, „hätt ich
Diesen Goya nicht zum Ersten
Maler mir bestellt, ich hätte

Von dem Heiligen Offizium
Ein Gutachten eingefordert,
Ob hier kein Verbrechen vorliegt
Laesae majestatis."

10

Don Manuel hatte gut gerechnet, als er dem König vorschlug, den liberalen Urquijo zum Ersten Staatssekretär zu machen und den reaktionären, ultramontanen Caballero zum Justizminister. Aber eines hatte er nicht bedacht: daß nämlich Don Mariano Luis de Urquijo mehr war als ein eigennütziger Politiker, daß ihm die fortschrittlichen Ideen, zu denen er sich bekannte, mehr waren als das beliebte Thema einer modischen Salonunterhaltung. Wohl bekämpften die beiden Minister einander und versuchten, einer des andern Maßnahmen zu durchkreuzen, wie es Don Manuel erwartet hatte. Aber Urquijo bewährte sich als glühender Patriot und als ein Staatsmann von Format, dem der schlaue, selbstsüchtige, bornierte Caballero keineswegs gewachsen war. Den Treibereien Caballeros zum Trotz gelang es Urquijo, den Einfluß Roms auf die spanische Kirche zu mindern und die spanischen Ultramontanen zu zwingen, Gelder, die bisher nach Rom gegangen waren, an die Krone abzuführen; auch glückte es ihm, die Gerichtsbarkeit der Inquisition einzuschränken. Vor allem aber in seiner Außenpolitik hatte Urquijo Erfolg. Nicht nur vermied er es, der Französischen Republik die Konzessionen zu machen, die Don Manuel für unabwendbar gehalten hatte, er wußte auch durch geschmeidigen Wechsel zwischen kluger Nachgiebigkeit im Kleinen und höflichem Widerstand im Großen die Stellung der spanischen Krone gegenüber dem mächtigen, siegreichen und schwierigen Alliierten zu stärken.

Don Manuel war enttäuscht. Keineswegs streckte Doña María Luisa hilfeflehende Arme nach ihm aus, vielmehr schaute sie nach wie vor frostig über ihn hinweg und überhäufte statt seiner den neuen Ministerpräsidenten mit Beweisen ihrer Zufriedenheit und Gnade.

Don Manuel hielt vor der Welt gute Freundschaft mit Urquijo, zettelte aber hundert Intrigen an, um seine Politik zu durchkreuzen.

Kam, wo er konnte, dem bigotten Caballero zu Hilfe, ermutigte die Ultramontanen, auf den Kanzeln und in der Presse Geschrei zu erheben gegen den gottlosen Ministerpräsidenten, bewirkte, daß der Rat von Kastilien bei König Carlos vorstellig wurde wegen der Laxheit, mit der unter Urquijo die Zensur gehandhabt werde.

Vor allem aber die Außenpolitik Urquijos suchte Don Manuel zu behindern. Die Pariser Machthaber fanden in dem neuen Ersten Staatssekretär einen unerwartet klugen, zielbewußten Gegner und arbeiteten in Madrid auf seinen Sturz hin. Manuel brachte sich in Paris in empfehlende Erinnerung und lieferte dem Direktorium den gewünschten guten Vorwand, die Abberufung zu verlangen.

König Carlos' Bruder nämlich, Ferdinand von Neapel, war, zur heimlichen Freude Carlos', der Koalition gegen Frankreich beigetreten und in einem schnellen Feldzuge besiegt und abgesetzt worden. Nun riet Manuel dem Monarchen, die Krone von Neapel für seinen zweiten Sohn zu verlangen. Das war eine dreiste Forderung; denn König Carlos hätte, als Alliierter Frankreichs, seinen Bruder bestimmen sollen, neutral zu bleiben. Urquijo setzte denn auch dem König auseinander, daß seine Forderung gegen alle politische Klugheit verstoße und peinlichste Folgen haben werde. Allein der König, auf den Rat Manuels, blieb fest; Urquijo mußte in Paris die Krone Neapels für den spanischen Prinzen verlangen. Seine besorgten Voraussagen trafen ein. Das Direktorium fand die Forderung unverschämt und lächerlich, antwortete scharf und ersuchte den König, den Minister zu entlassen, der an die Republik eine so beleidigende Zumutung gerichtet habe. Manuel redete dem König ein, lediglich die tölpische Form Urquijos habe Paris gekränkt und die unangenehme Note verursacht. Der König, auf Verlangen Doña María Luisas und aus Gründen der Würde, hielt zwar vorläufig Urquijo im Amt, sprach ihm aber seine Mißbilligung aus und verständigte von diesem Tadel die Regierung der Republik. „‚Dieser Fuchs wird mir auch bald in Burgos beim Pelzhändler enden'", zitierte der triumphierende Manuel das alte Sprichwort.

Und nun trat wieder einer jener Glücksfälle ein, mit denen Don Manuel so fest rechnete und an denen in der Tat sein Leben so reich war. Napoleon Bonaparte kehrte aus Ägypten zurück und machte sich zum Ersten Konsul. Der siegverwöhnte Feldherr und

Staatsmann dachte nicht daran, über die spanischen Geschäfte mit dem schwierigen Urquijo zu verhandeln, sondern machte kein Hehl daraus, daß er es begrüßen würde, seinen Freund, den Infanten Don Manuel, wieder an der Spitze der spanischen Regierung zu sehen.

Napoleon war nicht der Mann, seine Wünsche nur Wünsche sein zu lassen. Er berief den bisherigen Botschafter Truguet ab und ersetzte ihn durch seinen Bruder Lucien. Diesem gab er den Plan eines neuen Staatsvertrags zwischen Spanien und der Republik mit, eines Abkommens, das klug berechnet war auf den Familienstolz Doña María Luisas, und er erteilte Lucien Weisung, über diesen neuen Vertrag nicht mit Urquijo, sondern mit Don Manuel zu verhandeln.

Lucien also, in geheimer Besprechung, eröffnete dem Infanten Manuel, der Erste Konsul wolle aus dem Großherzogtum Toscana und aus päpstlichen Besitzungen ein neues Reich schaffen, ein Königreich Etrurien, und dieses Königreiches Krone habe er dem Erbprinzen Luis von Parma zugedacht, dem Schwiegersohn des spanischen Königspaares, zur Entschädigung für den Verlust seines Herzogtums Parma. Als Entgelt für dieses Entgegenkommen erwarte der Erste Konsul, daß Spanien seine amerikanische Kolonie Louisiana an Frankreich abtrete.

Manuel erkannte sogleich, daß diese Vorschläge, wiewohl nicht eben vorteilhaft für Spanien, Doña María Luisa angenehm in die Ohren klingen würden, und er versprach dem neuen Botschafter Lucien Bonaparte, sie dem Königspaar vorzutragen, mit warmer Befürwortung.

Doña María Luisa hatte Manuel seit ihrem großen Streit keine Gelegenheit gegeben, sie allein zu sprechen. Nun bat er sie um eine vertrauliche Unterredung in einer rein politischen Angelegenheit. Trug ihr das Projekt vor. Gab seiner Freude Ausdruck, daß die leidige Spannung mit der Republik, welche das tölpische Verhalten Urquijos verursacht habe, jetzt durch seine Vermittlung beseitigt sei, wie man aus dem generösen Vorschlag des Ersten Konsuls ersehen könne. Andernteils, fuhr er fort, könne man es dem Ersten Konsul nicht verdenken, wenn dieser Verhandlungen über delikate Staatsangelegenheiten wie die Schaffung eines Königreichs Etrurien und die spanischen Gegenleistungen nicht mit einem so ungeschlachten Manne führen wolle wie Urquijo.

Doña María Luisa hörte zu, aufmerksam, sentimental, spöttisch. Sie hatte sich an Stelle Manuels den Gardeleutnant Fernando Mallo zum Liebhaber erkoren und ihn zum Ersten Kämmerer des Erbprinzen von Parma gemacht. Doch war dieser Mallo dumm und brutal, sie war seiner überdrüssig, und nun Manuel ihr seit langer Zeit zum erstenmal wieder allein gegenüberstand, spürte sie, wie sehr sie ihn all die Zeit her entbehrt hatte; ihr ganzer Körper sehnte sich nach ihm. Natürlich war Mariano Luis Urquijo ein Staatsmann ganz andern Kalibers, aber darin hatte Manuel wohl recht: der Erste Konsul wollte nun einmal nicht mit Urquijo verhandeln, sondern mit Manuel.

„Wenn ich Sie recht verstehe, Infant", sagte sie, „dann nehmen Sie an, der Vertrag, von dem Sie sprechen, könne nur durch Sie abgeschlossen werden." Manuel betrachtete sie lächelnd. „Daß Seine Exzellenz der Botschafter Lucien Bonaparte geheime Pläne seines Bruders mit mir erörtert", antwortete er, „scheint allerdings ein Vertrauensbeweis, den man nicht einem jeden gibt. Aber vielleicht, Madame, fragen Sie den Botschafter Bonaparte geradezu", fuhr er frech fort. „Du willst also mit allen Mitteln wieder Erster Minister werden, Manuelito", sagte träumerisch und süß die Königin, „auf dem Umweg über den General Bonaparte willst du es werden." – „Sie sind ganz und gar im Irrtum, Madame", erklärte freundlich Don Manuel. „Wie die Dinge heute liegen, könnte ich das Amt des Ersten Ministers nicht wieder übernehmen. Sooft Sie meinen Rat einforderten, würde ich an die Schmach denken müssen, die mir Ihre Hand zugefügt hat." – „Ich weiß", sagte die Königin, „du bist sehr feinfühlig. Was willst du mir denn schon wieder abpressen, Chico, mein Kleiner?" – „Sie müssen es verstehen, Majestät", erklärte Don Manuel, „daß ich nicht ins Amt zurückkehren kann, ohne Genugtuung zu verlangen." – „Mach schon endlich deinen unverschämten Mund auf", antwortete María Luisa, „und sag es, was du dafür haben willst, daß meine Tochter Königin von Etrurien wird!" – „Ich bitte ehrerbietig darum", erwiderte Don Manuel und ließ seinen dunkeln Tenor klingen, „daß Eure Majestät die Gräfin Castillofiel unter die Zahl Ihrer Hofdamen aufnehme." – „Du bist gemein", sagte María Luisa. „Ich bin ehrgeizig", korrigierte sie der Infant Manuel, „für mich und für diejenigen, die mir nahestehen."

Als Pepa durch eine schriftliche Mitteilung des Marqués de Ariza, Ersten Königlichen Kämmerers, im Namen der Majestäten aufgefordert wurde, sich am Geburtstag des Königs zum Besamanos, zum Handkuß, im Escorial einzufinden, strahlte sie übers ganze Gesicht. Mit zunehmender Schwangerschaft fühlte sie sich zunehmend zufrieden. Daß sie bei Hofe an einem der acht großen Galatage eingeführt werden sollte, war ein neuer, wunderbarer Glücksfall. Manuel wird da sein, alle werden da sein, der ganze Hof. Auch Francho wird da sein; am Geburtstag des Königs darf der Erste Maler nicht fehlen. Und sie wird der Königin gegenüberstehen, man wird vergleichen, alle werden sie vergleichen, der ganze Hof, auch Manuel, auch Francho.

Mit Freude und Eifer traf sie Vorbereitungen. Zunächst einmal mußte ein Sonderkurier nach Málaga abgehen, um den alten Trottel, ihren Gemahl, den Grafen, nach Madrid zu schleppen, denn der durfte bei ihrer Vorstellung nicht fehlen. Er wird Schwierigkeiten machen, es wird ein paar tausend Realen kosten, aber das ist die Sache wert. Es war gut, daß soeben aus Paris, aus dem Atelier Mademoiselle Odettes, das neue, grüne Abendkleid eingetroffen war, das Lucía ihr besorgt hatte. Sie wird es um die Taille weiter machen lassen, dann wird es ihr gerade bei ihrer Schwangerschaft besonders gut stehen. Lange beriet sie mit Mademoiselle Lisette von der Puerta Cerrada über die Änderungen. Des weiteren studierte sie unermüdlich im „Handbuch des Zeremoniells". Das Buch enthielt dreiundachtzig Seiten großen Formates; es wurde nicht öffentlich verkauft, sondern nur vom Hofmarschallamt vergeben an Persönlichkeiten, die bei Hofe zugelassen waren.

Großartig, am Tage des Empfangs, fuhr sie an der Seite ihres wackeligen Grafen am Hauptportal des Schlosses vor. Diesmal betrat sie den Escorial nicht durch eine Hintertür, sondern auf Einladung des Hausherrn. Durch die Säle und Korridore schritt sie, die erbaut waren über den Gräbern der toten Könige, vorbei an präsentierenden Garden und feierlichen, tief sich neigenden Lakaien; denn an den acht großen Galatagen war der ganze Haushalt des Königs aufgeboten, die Wallonische und die Schweizer Garde sowie die gesamte hohe und niedere Dienerschaft, 1874 Mann.

Pepa wurde in Empfang genommen von der Camarera Mayor, der Marquesa de Monte Alegre, der die Aufgabe oblag, die Damen vorzubereiten, welche den Majestäten vorgestellt werden sollten. Heute waren es neunzehn Damen, die meisten sehr jung. Alle schienen sie aufgeregt vor der Aufgabe, die vor ihnen stand, die einzige völlig gelassene war die Gräfin Castillofiel; sie hatte, als sie für die Bühne studierte, viel schwierigere Rollen bewältigen müssen.

Als die Camarera Mayor mit ihrer kleinen Herde im Thronsaal erschien, waren bereits die Granden, die Prälaten und die Botschafter versammelt. Das Gesindel der niedrigeren Adeligen und der hohen Hofbeamten nahm die Seiten des großen Saales ein und die Galerien. Pepas Eintritt erregte Aufsehen. Unverlegen schaute sie sich um, nach Bekannten suchend. Viele grüßten sie feierlich, sie erwiderte gelassen fröhlich mit freundlich leichtem Kopfnicken. Auf der Galerie entdeckte sie Francisco, sie winkte ihm lebhaft zu.

Kleine Trompeten ertönten vom Vorsaal, Kommandorufe, die Hellebarden der Wachehabenden klirrten auf. Dann klopfte der Zweite Mayordomo dreimal mit seinem Stock und verkündete: „Los Reyes Católicos.“ Und jetzt, zwischen tief sich Neigenden, hielt das Katholische Königspaar seinen Einzug, hinter ihm die Mitglieder der königlichen Familie, darunter der Infant Manuel mit seiner Infantin. Die Majestäten ließen sich auf ihren Thronsitzen nieder. Der Mayordomo Mayor meldete, die Granden des Reiches hätten sich versammelt, um dem Katholischen König zu diesem glücklichen Tag die Wünsche des Adels zu überbringen. „Möge die Heiligste Jungfrau dem Katholischen König ein langes Leben verleihen zum Heile Spaniens und der Welt!“ rief er. Alle wiederholten den Ruf, Trompeten ertönten überall im Schloß, die Glocken der großen Kirche begannen zu läuten.

Während der feierliche Lärm gedämpft in den riesigen, prunkvoll düstern Saal hereinklang, näherten sich zunächst die zwölf Granden der Ersten Reihe mit ihren Frauen dem Königspaar zum Besamanos, zum Handkuß. Dann begann die Vorstellung der neunzehn Damen, sie waren dem Range nach geordnet, die Gräfin Castillofiel war die siebente. Als der Marqués de Ariza Pepas Namen ausrief und der Marqués de la Vega Inclán ihn wiederholte, ging trotz aller Gehaltenheit der Versammlung eine Bewegung der Spannung und Neugier durch den Saal. Der Erste Kämmerer führte Pepa dem König zu; Carlos, als sie ihm die Hand küßte, konnte ein leichtes, väterlich verschmitztes Schmunzeln nicht unterdrücken.

Die Gräfin Castillofiel trat vor María Luisa. Dies war die Minute, auf die alle gewartet hatten. Da war Don Manuel Godoy, der Infant, der Príncipe de la Paz, der Mann, von dessen Einfluß auf die Königin und auf die Geschicke Spaniens alle Kanzleien Europas mit Aufmerksamkeit, Hoffnung oder Besorgnis sprachen, der Mann, von dessen Liebesabenteuern die ganze Welt erzählte mit Abscheu oder mit Augenzwinkern. Und da standen seine beiden Bettfreundinnen einander gegenüber, die Monarchin, die nicht von ihm, und die Frau aus dem Volke, von der er nicht loskam, und Don Manuels legitime Frau schaute zu, und Doña María Luisas legitimer Mann schaute zu, und Pepa Tudós legitimer Mann schaute zu.

María Luisa saß da, angetan mit der Königsrobe aus schwerem Damast, übersät mit Juwelen, das Diadem auf dem Haupt, ein Götzenbild. Pepa Tudó stand vor ihr, anmutig in ihrer Fülle, reif und blühend jung, strahlend weiß die Haut unter dem rotblonden Haar, gelassen sicher ihrer Schönheit. Sie ging in die Knie, wegen ihrer Schwangerschaft nicht ganz so tief, wie es Vorschrift war, küßte Doña María Luisas Hand, tauchte wieder hoch. Die Frauen schauten einander in die Augen. Die kleinen, scharfen, schwarzen Augen der Königin musterten die Vorgestellte, gleichgültig höflich, wie es angebracht war. In ihr war Sturm. Die Person war schöner, als sie gedacht hatte, wohl auch gescheiter, die Person war unbesiegbar. Pepas Augen aber strahlten; gelassen kostete sie es aus, sich der machtlos Mächtigen vorzuführen. Zwei Sekunden, wie es Vorschrift war, schaute die Gräfin Castillofiel der Königin ins Gesicht. Dann wandte sie sich dem hohen Stuhl des Prinzen von Asturien zu, des Thronfolgers.

Goya stand auf der Galerie, er konnte die Gesichter der beiden Frauen gut sehen. Er lächelte. „Das Huhn gehört nicht in die Kathedrale“, aber jetzt gehörte sie in die Kathedrale, die Pepa, seine Jamona, sie hatte es geschafft. Sie war eine Señora de título, sie hatte ihren verbrieften Adelstitel, das Kind, das sie im Leibe trug, wird ein geborener Conde sein.

Nach der Tafel nahm Pepa teil an der Kartenpartie der Königin. Doña María Luisa richtete freundlich gleichgültige Worte bald an diesen, bald an jenen. Pepa wartete darauf, daß sie auch sie anspreche. Sie wartete lange. „Gewinnen Sie, Gräfin?" fragte schließlich mit ihrer klangvollen, nicht unangenehmen Stimme Doña María Luisa. Sie hatte beschlossen, die Person freundschaftlich zu behandeln, es war das klügste. „Nicht sehr, Madame", antwortete Pepa. „Wie ist doch Ihr Vorname, Gräfin?" fragte die Königin. „Josefa", antwortete Pepa, „María Josefa. Das Volk von Madrid nennt mich Condesa Pepa oder auch einfach die Pepa." – „Ja", meinte die Königin, „das Volk meiner Hauptstadt ist freundlich und zutraulich." Pepa war erstaunt über diese Unverschämtheit; María Luisa, „die Fremde, die Italienerin, die Hure, die Räuberin", war verhaßt, und die Polizei mußte, wenn sie in Madrid ausfuhr, umständliche Vorkehrungen treffen, um Kundgebungen zu verhüten. „Sie sind in Andalusien begütert, Doña Josefa?" fragte die Königin weiter. „Ja, Madame", antwortete Pepa. „Aber Sie ziehen den Aufenthalt in Madrid vor?" fragte María Luisa. „Ja, Madame", antwortete Pepa. „Es ist, wie Sie sagten, Madame, das Volk Ihrer Hauptstadt ist freundlich und zutraulich. Zu mir." – „Und der Conde, Ihr Herr Gemahl", fragte María Luisa, „teilt er Ihre Freude an dem Leben in Madrid?" – „Gewiß, Madame", antwortete Pepa. „Leider aber erfordert seine Gesundheit, daß er den größten Teil des Jahres in Andalusien verbringt." – „Ich sehe", sagte María Luisa, und: „Sie sind guter Hoffnung, Doña Josefa?" erkundigte sie sich. „Dank der Allerheiligsten Jungfrau", antwortete Pepa.

„Sagen Sie, wie alt ist doch Ihr
Herr Gemahl, der Conde?" fragte,
Freundlich überlegend, sie, die
Kön'gin. „Achtundsechzig", sagte
Pepa. „Doch ich hoffe, ja, ich
Bin der inneren Gewißheit,
Unsre Jungfrau von Atocha
Wird mit glücklicher Entbindung
Mich begnaden und mit einem
Starken und gesunden Söhnchen",
Und sie sah der Königin mit
Strahlenden, unschuld'gen Augen
Voll ins Antlitz.

II

Doña María Luisa wollte aus Gründen der Würde den Anschein vermeiden, sie lasse sich vom Konsul Bonaparte die Besetzung der Ämter vorschreiben. Sie schob die Entlassung Urquijos auf einige Zeit hinaus.

Don Manuel war das willkommen. Er hatte von Anfang an erkannt, und Miguel hatte es ihm mit zwingender Logik auseinandergesetzt, daß der von Lucien vorgeschlagene Vertrag für Spanien nur Nachteile hatte. Wenn Frankreich den Schwiegersohn Doña María Luisas mit der Krone Etruriens belehnte, so war eine solche Erhöhung zwar Futter für die Eitelkeit María Luisas, doch zu zahlen hatte Spanien. Es konnte Manuel nur angenehm sein, daß ein anderer im Amt war, wenn ein solcher Vertrag unterzeichnet wurde. Ja, er konnte sich eine bessere Verteilung gar nicht wünschen: er, Manuel, verhandelte mit Lucien Bonaparte und hatte vor der Königin die Ehre, Urquijo setzte ihr die Argumente auseinander, die gegen das Abkommen sprachen, sie, aus Eitelkeit, hörte nicht darauf, Urquijo wird zuletzt den Vertrag unterzeichnen müssen und davon den Makel haben.

Don Manuel war sicher, er werde Urquijo stürzen können, wann immer es ihm beliebe, und aus solcher Wissenschaft heraus behandelte er ihn freundschaftlich. Auch nachdem man ihm hinterbrachte, Urquijo spreche von ihm bösartig und verächtlich, hielt er's weiter so. Er lächelte und sagte sich: Gib mir gute Feinde, Virgen del Pilar, und eine lange, süße Rache.

Don Manuel war satt, glücklich und wohlgelaunt und wollte andere an seiner Freude teilhaben lassen. Seine gute, alte, vernünftige María Luisa hatte sich sehr anständig benommen, er erwies sich dankbar, sang ihr vor, bemühte sich, seine Freundschaft mit Pepa weniger sichtbar zu machen. Er setzte Pepa auseinander, er hege jetzt schon für das Kind, das sie im Leibe trage, die zärtlichsten Gefühle und wolle vermeiden, daß um dieses Kind auch nur der Schatten eines Verdachtes sei. Aus diesem Grunde habe er den Grafen Castillofiel bestimmt, bis zur Zeit ihrer Niederkunft in Madrid zu bleiben; er selber aber, Manuel, werde, so schwer ihm das falle, sie aus Gründen der Schicklichkeit in diesen letzten Monaten der Schwangerschaft seltener sehen. Pepa stimmte ohne weiteres zu; auch sie wünschte, daß der kleine Graf Castillofiel unter möglichst würdigen Umständen in die Welt trete.

Sogar seine Infantin Teresa ließ Don Manuel seine heiter dankbare Laune spüren, und er bezeigte ihr mitleidig ungeschlachte Neigung. Die Königin von Spanien hatte ihm Kinder geboren, doch trugen sie leider nicht seinen Namen, die Frau, die er liebte, wird ihm ein Kind gebären, doch wird es leider den Namen eines andern tragen. Wohl aber wird diese Infantin von Geblüt ihm einen Sohn zur Welt bringen, der seinen Namen trägt. Eigentlich hatte er's der hundsmagern Ziege nicht zugetraut, daß sie schwanger werden könne. Er wollte ihr zeigen, daß er ihre Leistung schätzte, wollte ihr eine Aufmerksamkeit erweisen. Er wußte, wie sehr sie sich aus Madrid fortsehnte. Nun mußte freilich aus bestimmten Gründen ihre Niederkunft in Madrid stattfinden. Aber vorläufig mochte Doña Teresa ruhig zwei, drei Wochen in der Stille ihres Landschlosses Arenas de San Pedro verleben, das sie so sehr liebte.

Ferner – auch das wird sie freuen – mußte ihm Francisco endlich die Infantin malen.

Francisco ging nicht ungern nach Arenas; der Name dieses Ortes weckte ihm gute Erinnerungen.

Auf Empfehlung des Jovellanos hatte seinerzeit, als Francisco noch unbekannt und gering war, Doña Teresas Vater, der alte Infant Don Luis, ihn nach Arenas kommen lassen, damit er dort ihn und seine Familie porträtiere. Es hatte Goya tiefen Eindruck gemacht, es hatte seine Anschauungen von der Welt umgestoßen, daß dieser Prinz von Geblüt, der Bruder des Königs, nicht mehr von sich hermachte als jeder Pablo oder Pedro in Madrid und Saragossa. Einen ganzen Monat war Francisco damals in Arenas geblieben, und der Infant Luis und seine Familie hatten ihn behandelt wie ihresgleichen. Während jener glücklichen Zeit in Arenas hatte er Doña Teresa kennengelernt und gemalt, sie war ein kleines Kind gewesen, ein scheues Kind, doch zu ihm hatte sie Zutrauen gehabt.

Jetzt noch viel besser als damals verstand Goya, was für ein weiser, warmherziger Mann der Infant gewesen war. Er hätte, Don Luis, nach bourbonischem Erbrecht Anspruch auf die Krone gehabt, aber er hatte darauf verzichtet, um eine nicht ebenbürtige Frau heiraten zu können, die Dame Vallabriga aus Aragón. Er zog es vor, auf seinem Gute Arenas zu leben, mit der Frau, die er liebte, und den Kindern, die sie ihm gebar, und sich der Landwirtschaft zu widmen und der Jagd, seinen Bildern und seinen Büchern. Im Grunde hatte ihn Goya für leicht verrückt gehalten. Jetzt begriff er ihn besser, wiewohl er selber an seiner Stelle, auch heute, nicht verzichtet hätte.

Er hatte dann Doña Teresa ein zweites Mal gemalt, damals war sie siebzehn gewesen und ihre Eltern längst gestorben. Sie war die rechte Tochter dieser Eltern, zufrieden mit ihrem Leben in der Stille, fern von dem schrillen, lächerlichen Pomp des Hofes. Und nun hatte die zuchtlose María Luisa dieses liebenswerte, harmlose Kind dem wüsten, pöbelhaften Manuel zugespielt als Preis dafür, daß der auch weiterhin zuweilen in ihr Bett kroch. Und Manuel nahm Doña Teresa hin als lästige Beigabe zu einem begehrten Titel, den er anders als durch sie nicht hätte bekommen können.

Seitdem Francisco selber tief hinabgetaucht war ins Unglück, verstand er sich besser auf das Unglück anderer. Er sah ihre traurige Schwangerschaft. Er sah, wie tief Doña Teresa litt unter der anstößigen Albernheit der Situation, in die sie hineingerissen worden war und die ihr ganzes Wesen beleidigte. Und er malte mit höchster Sorgfalt und Delikatesse. Malte all sein Mitgefühl mit der Tochter seines Gönners in ihr Porträt.

Es entstand ein überaus zartes Bild. Da sitzt die kleine Prinzessin. Der kindhafte, gebrechliche, schwangere Leib ist gehüllt in ein weißes, duftiges, unter der Brust gebundenes Kleid, Hals und Büste kommen zart aus dem Kleide heraus, und darüber, unter einer Fülle blonden Haares, hebt sich länglich, nicht schön, doch anziehend das Gesicht. Das ganze verstörte Gemüt des schwangeren Kindes wird sichtbar in diesem Antlitz; große, traurige, bestürzte Augen schauen in eine Welt, deren Scheußlichkeit sie nicht begreifen.

Don Manuel, als er das Porträt sah, war verblüfft; er hatte gar nicht gewußt, wie rührend zart seine Infantin ausschaute. Ein beinahe frommes Gefühl, auch das einer leisen Schuld, überkam ihn, und lärmend rief er: „Por la vida del demonio! Da hast du mir die Infantin so gemalt, Francisco, daß ich mich schließlich noch in sie verlieben werde.“

Allein Don Manuel war nicht gekommen, um das Porträt Doña Teresas zu besichtigen, sondern um sie nach Madrid zurückzuholen. Sein Kind mußte in Madrid geboren werden. Der Hof sollte teilnehmen an der Taufe des Kindes. Beide wollten sie, Doña María Luisa und Don Manuel, der Welt zeigen, daß sie wieder versöhnt waren.

Am 15. Oktober langte ein Sonderkurier Don Manuels im Escorial an und teilte der Königin mit, daß die Infantin einer gesunden Tochter genesen sei. Doña María Luisa begab sich sogleich zu Don Carlos und verlangte, daß der Hof den Aufenthalt im Escorial unterbreche, damit die Taufe der kleinen Prinzessin im Schlosse von Madrid vollzogen werden könne, in den Gemächern des Königs. Don Carlos war bedenklich. Zwar hätte eine solche Reise nach Madrid ihm einen unangenehmen Besuch in der Gruft der Ahnen im Escorial erspart; aber die Dauer des Aufenthalts in den einzelnen Schlössern war vom Zeremoniell genau festgelegt, und sein hochseliger Vater hatte sein Leben riskiert, um diese Regel nicht zu verletzen. Allein Doña María Luisa erklärte, der Infant Manuel habe König und Reich so außerordentliche Dienste geleistet, daß man ihm diesen Lieblingswunsch erfüllen müsse, sie bestand, und der König gab nach.

Er berief den Ersten Kämmerer und erteilte den Auftrag. Der bestürzte Marqués de Ariza erhob ehrfürchtige Vorstellungen, die Vorschrift im „Handbuch des Zeremoniells“ sei unzweideutig, sie sei ein Vierteljahrtausend lang nicht verletzt worden. Doña María Luisa meinte kühl: „Einmal muß es das erstemal sein.“ Der König wiegte den großen Kopf und sagte zu dem Marqués: „Du hörst, mein Lieber.“ Der Marqués de Ariza, der Marqués de la Vega Inclán und die Marquesa de Monte Alegre saßen zusammen, betreten und empört. Der Marqués de Ariza, der niemals in seinem Leben irgendwelche Erregung gezeigt hatte, erklärte geröteten Gesichtes: „Am liebsten risse ich die Seite 52 des ‚Handbuchs‘ mit eigenen Händen heraus und zöge mich dann auf meine Güter zurück.“

Der Bruch der Etikette machte ungeheures Aufsehen. Alle Botschafter meldeten das Ereignis ihren Regierungen als sicheres Zeichen dafür, daß nun Don Manuel wieder die unumschränkte Leitung der Geschicke Spaniens in die Hand genommen habe.

Nur sechsunddreißig Stunden sollte der Aufenthalt des Königspaares in der Hauptstadt dauern. Doch alle Minister, die Hofchargen, der große und kleine Dienst des Königs sowohl wie der Königin, die Mitglieder der Hofkapelle, der Haushalt des Königspaares und der Infanten mußten die Katholischen Majestäten begleiten.

Die Taufe erfolgte unter Feierlichkeiten, wie sie sonst nur die Taufe eines Thronfolgers begleiteten. Die Camarera Mayor, eskortiert von einer Abteilung Schweizer Garden, begab sich in den Palacio Alcudia, um das Kind Don Manuels in das Königsschloß zu bringen. Die Amme folgte in einem königlichen Wagen. Die Taufe wurde vorgenommen in den Gemächern des Katholischen Königs von dem Großinquisitor Don Ramón de Reynoso y Arce. Er taufte das Kind auf den Namen Carlota Luisa. Dann ließ sich Don Carlos selber den Säugling reichen. Vorsichtig, um nicht mit seinen vielen Orden das Kind zu verletzen, schaukelte er es hin und her, hielt ihm den Finger vors Gesicht und machte „Tatata". „Ein hübsches Kind", urteilte er, „eine starke, gesunde Prinzessin, die dem Hause der Bourbonen Ehre machen wird." Dann brachte die Camarera Mayor, diesmal geleitet von der Wallonischen Garde, die kleine Infantin zurück in das Palais Don Manuels.

Eine Stunde später begaben sich die Katholischen Majestäten selber zu Don Manuel. Sie fuhren, zum erstenmal, in dem Gala-Wagen, den ihnen drei Wochen zuvor die Französische Republik zum Geschenk gemacht hatte; er stammte aus dem Marstall des guillotinierten Sechzehnten Louis, doch war er etwas umgearbeitet.

Bei Don Manuel fand Gala-Tafel statt. Neben dem Königspaar nahmen beinahe alle Würdenträger teil, auch der französische Botschafter Lucien Bonaparte. Die Geschenke, welche man der kleinen Prinzessin gemacht hatte, waren ausgestellt, sie füllten zwei Säle; Lucien Bonaparte hatte im Auftrag des Ersten Konsuls eine goldene Kinderklapper überreicht. María Luisa mit ihren schwarzen, scharfen Augen musterte die Geschenke, sie schätzte ihren Wert auf zwei bis drei Millionen. Sie selber verlieh der kleinen Infantin den von ihr gestifteten Orden „Für Adel, Tugend und Verdienst – Nobilitati, Virtuti, Merito".

Der Infant Don Manuel ließ Geld unter die Menge auswerfen, fünfzigtausend Realen. Dennoch schimpfte der Pöbel, der Populacho, die Chusma.

Wenige Wochen später kam Pepa nieder. Der kleine Graf Castillofiel wurde getauft von dem Bischof von Cuenca, auf den Namen Luis María und auf eine Reihe anderer Namen, darunter Manuel und Francisco. Der Festakt fand statt in dem Palacio Bondad Real.

Auch Don Manuel nahm teil und
In Vertretung des Kathol'schen
Königs einer seiner Kammer-
Herren. Als Geschenk des Königs
Überreichte er ein seltnes,
Wundertät'ges Schmuckstück, einen
Zahn des heiligen Isidro,
Künstlerisch in Gold gefaßt, und
Wer ihn trug, dem ward die Kraft zu
Eigen, sich den Menschen ange-
Nehm zu machen und sich ihre
Freundschaft zu gewinnen.

12

Lucien Bonaparte hatte am Tage, bevor der Hof zur Taufe der kleinen Infantin nach Madrid fuhr, den Ersten Sekretär Urquijo in politischen Geschäften aufgesucht. Als sich die Herren trennten, hatte der Botschafter beiläufig geäußert, man werde sich ja wohl morgen in Madrid sehen. Urquijo hatte erwidert, er fühle sich nicht wohl und werde nicht mit nach Madrid fahren. Woraufhin Lucien Bonaparte leicht erstaunt und ironisch geantwortet hatte: „Es trifft sich recht unglücklich, Exzellenz, daß Sie gerade morgen unpaß sein werden."

Es war denn auch diese Krankheit Urquijos die Ursache seines Sturzes. Der Erste Sekretär hatte in den letzten Wochen immer häufiger verächtliche Äußerungen über Don Manuel getan: daß er der Taufe der Infantin fernblieb, war eine Herausforderung. Don Manuel nahm sie an. Man hatte lange genug gewartet; im Einvernehmen mit Doña María Luisa beschloß er, beim nächsten Anlaß von Carlos die Entlassung des Unverschämten zu verlangen.

Der Anlaß kam bald. Papst Pius beklagte sich in einem vertraulichen Handschreiben bitter über gewisse afterphilosophische Äußerungen, welche der spanische Gesandte beim Heiligen Stuhl getan habe. Auch habe der Gesandte Reformen angekündigt, welche der Erste Sekretär Urquijo plane, Reformen solcher Art, daß sie alte Rechte des Heiligen Stuhles schwer verletzten. Der Papst beschwor den Katholischen König, diese Reformen zu unterlassen und sich nicht auch seinerseits den Verfolgern der bedrängten Kirche beizugesellen, sondern sie zu trösten und sie zu verteidigen.

Der Papst hatte den Nuntius beauftragt, dieses Schreiben dem König zu eigenen Händen zu übergeben. Der Nuntius, wissend um die Feindschaft Don Manuels gegen Urquijo, setzte sich mit ihm ins Benehmen; Manuel bewirkte, daß Carlos den Nuntius in seiner und der Königin Gegenwart empfing.

Der Prälat übergab dem König das Schreiben und bat ihn im Auftrag des Heiligen Vaters, es sogleich zu lesen. Carlos las und war bestürzt. Die Reformen, über welche der Papst klagte, sollten, wie Urquijo sich ausgedrückt hatte, seinem großen Unternehmen, der Befreiung Spaniens von Rom, die Krone aufsetzen, und er, Carlos, hatte das Edikt, welches diese Reformen zum gültigen Gesetz machte, vor zwei Wochen unterzeichnet. Er hatte lange gezögert, einmal aber war Urquijo seiner allein habhaft geworden, er hatte ihm die Vorteile und die angebliche Rechtmäßigkeit des Edikts mit so tückischer Schläue auseinandergesetzt, daß Carlos schließlich zugestimmt hatte. Ja, als Urquijo davon sprach, daß die Ultramontanen diesmal bestimmt ganz furchtbares Gejammer und Geschrei erheben würden, hatte er ihm sogar ausdrücklich Schutz zugesagt gegen die Angriffe der Frailucos, der Pfaffen. Da hatte er jetzt die Bescherung.

Der König stammelte verlegene Entschuldigungen, Versicherungen der tiefsten Ehrfurcht vor dem Heiligen Vater, des wärmsten Mitgefühls. Der Nuntius erwiderte, er werde diese Botschaft dem Heiligen Vater übermitteln, fürchte aber, dieser werde wenig befriedigt sein.

Nachdem sich der Prälat entfernt hatte, redeten Manuel und

María Luisa auf Carlos ein. Der Fuchs Urquijo hatte ihn betrogen, hatte dem arglosen König mit teuflischer Beredsamkeit das gotteslästerliche Edikt abgelistet. Die Reue des Königs verwandelte sich in Zorn gegen Urquijo. Manuel und María Luisa nutzten seine Wut. Urquijo mußte sogleich zur Verantwortung gezogen werden.

Er lag krank zu Bett. Er mußte aufstehen und, flüchtig zurechtgemacht, vor dem Königspaar und vor Manuel, seinem bittersten Gegner, erscheinen. „Was hast du dir erlaubt!" schrie ihn der König an. „Du hast mich hinten und vorne betrogen! Du hast mich in Zwistigkeiten gebracht mit dem Heiligen Vater und den Zorn Gottes auf mich herabbeschworen! Du Ketzer!" – „Ich hab Eurer Majestät das Für und Wider vorgetragen, wie es meine Pflicht war", antwortete der kranke Minister. „Sie haben meine Gründe angehört, Sire, und sie gebilligt, bevor Sie zu unterzeichnen geruhten. Mehr als das, Sire: Sie haben mir Schutz zugesagt vor den erwarteten Angriffen der Ultramontanen." – „Was für eine freche Lüge!" brüllte Don Carlos. „Schutz vor den Pfaffen hab ich dir zugesagt, vor den Frailucos, aber nicht vor dem Nuntius und dem Heiligen Vater. Du bist verantwortlich, du allein, wenn ich jetzt so gut wie im Krieg bin mit Rom. Und dann willst du das Verbrechen auf mich schieben." Und damit seine gute Wut nicht verrauche, schrie er: „Nach Pamplona! Auf die Festung!" und konnte nur mit Mühe abgehalten werden, auf Urquijo einzuschlagen.

Als der Minister gegangen war, totenblaß, doch würdig, dachte Doña María Luisa, eigentlich sei es doch schade, daß sie ihn verloren habe. Carlos aber sagte kopfschüttelnd: „Merkwürdig. Heute früh war er mir noch ganz sympathisch, und jetzt ist er ein Verbrecher, und ich muß ihn einsperren."

„Denken Sie nicht länger an ihn,
Sire", besänftigte den König
Manuel. „Beruhigen Sie sich,
Sire, und überlassen Sie das
Weitere dem Eifer Ihrer
Inquisition."

13

Auf Rat des Infanten Manuel hatte König Carlos, um dem Ersten Konsul Freundschaft und Verehrung zu bezeigen, bei dem großen Pariser Maler Jacques-Louis David ein Gemälde bestellt, das den General Bonaparte verherrlichen sollte. David hatte das Thema „Die Überschreitung des Sankt Bernhard" vorgeschlagen. Der Künstler war nicht billig, er forderte eine Viertelmillion Realen, dazu das Recht, drei leicht veränderte Kopien anzufertigen. Aber es war wichtig, gute Beziehungen zu dem Ersten Konsul zu unterhalten, der Hof erteilte den Auftrag. David malte, das Bild langte an, es hing in Aranjuez, die Herren Francisco Goya, Miguel Bermúdez und Agustín Esteve besichtigten es.

Es war ein stattliches Bild, über zwei und einen halben Meter hoch, beinahe zwei und einen halben Meter breit. Napoleon, inmitten einer wilden Berglandschaft, saß sieghaft auf feurig sich bäumendem Rosse, klein und schattenhaft um ihn bewegten sich Soldaten und Kanonen; blasse Lettern auf Felsplatten erinnerten an die beiden andern großen Kriegshelden, welche die Alpen überschritten hatten, an Hannibal und Carolus Magnus.

Miguel, nach langem Schweigen, urteilte als erster. „Eine Verherrlichung des Genies", erklärte er, „wie sie erhabener kaum gedacht werden kann. Die riesige Alpenwelt wirkt zwerghaft vor der Größe Bonapartes. Und bei aller antiken Monumentalität des Gesamtwerkes gibt der Maler seinem Helden Porträtähnlichkeit." – „Für eine Viertelmillion kann man ruhig auch ein bißchen Porträtähnlichkeit beigeben", meinte sachlich Goya. „Das Pferd ist nicht porträtähnlich", bemerkte trocken Agustín, „das Pferd ist ein Naturwunder." – „Ja", stimmte Goya zu, „da sind deine Pferdeärsche besser."

Miguel belehrte Agustín. „Sie können es David nicht verzeihen", tadelte er ihn, „daß er sich für die Revolution nicht hat guillotinieren lassen. Ich für meine Person bin glücklich, daß uns dieser große Künstler erhalten blieb. Auch kann keine Rede davon sein, daß er etwa sein erhabenes Vorbild, das antike Rom, verleugnet hätte. Als Römer hätte er vermutlich – und da die Republik verweste, mit Recht – die Partei des Kaisers Augustus genommen. Er hat, als man ihm Mitteilung machte von dem Staatsstreich des Ersten Konsuls, was Wunderbares gesagt. Er hat erklärt: ‚Wir waren nicht tugendhaft genug für eine Republik.'"

Goya hatte nicht verstanden. „Was hat der Kollege David gesagt?" fragte er. Der Saal war sehr groß, Miguel wiederholte schallend: „Wir sind nicht tugendhaft genug für eine Republik."

Goya beschränkte sich darauf zu erwidern: „Ich sehe." Er sah, daß dieser David jetzt der Marktschreier des jungen Generals war, so wie früher der Marktschreier der Revolution. Das nannte er „tugendhaft", und wahrscheinlich war er aufrichtig. Er selber, Francisco, hatte, als er in Parma war und sehr jung, anläßlich eines Wettbewerbs auch einen Alpenübergang gemalt, den des Hannibal. Auf dem Bilde hatte es viel soldatischen Pomp gegeben, gerüstete Krieger, Elefanten, Standarten. David war sparsam und hatte seine meisterliche Technik: aber die Auffassung des fünfzigjährigen David war nicht tiefer als seinerzeit die des zwanzigjährigen Goya.

Agustín fuhr fort zu höhnen. „So geschmeidig David in seiner Politik ist", meinte er, „so starr bleibt er in seiner Kunst. Ein langsamer Maler, aber ein geschwinder Politiker." – „Sie lassen sich zu sehr von Ihren Gefühlen leiten, Don Agustín", dozierte wiederum Miguel. „Wer sich zu politischen Dingen äußert, tue es ohne Haß! Wer sich erfolgreich mit politischen Dingen befassen will, als Handelnder oder auch als Betrachtender, sei begabt für Gerechtigkeit! Übrigens werden wir", schloß er, beiläufig, doch die Worte artikulierend, „demnächst mehr Authentisches über Monsieur David erfahren. Doña Lucías Mission in Paris ist erfüllt. Ich erwarte Doña Lucía in zwei Wochen zurück."

Goya sah, wie es im Gesicht Agustíns arbeitete. Er hatte also recht verstanden. Er selber war aufgerührt. Da kehrte sie zu Miguel zurück, als wäre nichts geschehen, und er nahm sie auf, als wäre nichts geschehen. Und was wurde aus dem Abate? Erst verließ sie den einen, dann den andern. So waren sie, die Cayetanas und die Lucías.

In der Tat war zwei Wochen später Doña Lucía in Madrid.

Sie lud ihre nächsten Freunde zu einer Tertulia. Es war die gleiche Gesellschaft wie an jenem Abend, da Manuel zum ersten Male Pepa gesehen hatte; nur der Abate fehlte.

Lucía war so unbefangen, als käme sie von einem kurzen Landaufenthalt heim. Goya beobachtete sie aufmerksam. Sein Porträt war gut, es stimmte zu der Lucía von heute vielleicht noch besser als zu der früheren. Sie saß da, ein wenig maskenhaft, sonderbar verschmitzt, in beruhigender Gelassenheit. Sie war eine untadelige große Dame, und dabei war die Luft des Abenteuers um sie noch dichter geworden. Etwas Gemeinsames war zwischen ihm, Francisco, und dieser Lucía. Beide gehörten sie unbestreitbar zu denen oben, doch lebte in ihnen beiden das Unten weiter, aus dem sie kamen.

Lucía erzählte von Paris, aber sie sprach nicht von dem, was zu hören alle begierig waren, von dem Schicksal des Abate. Und ihre damenhaft liebenswürdige Kühle hielt vertrauliche Fragen ab.

Später dann saßen Lucía und Pepa zusammen, enge Freundinnen wie früher, voll eines Einverständnisses, welches andere ausschloß. Man sah ihnen an, wie sie sich auf leise, vertrackte Art über die Unterlegenheit der Männer amüsierten. Soviel stand fest: wenn Lucía irgendwen wissen ließ, was zwischen ihr und dem Abate vorgefallen war, dann Pepa.

Mit Francisco redete Lucía wenig. Sie pflegte nicht sehr deutlich zu sprechen, vielleicht war ihr die Unterhaltung mit dem Tauben zu mühselig. Vielleicht auch spürte sie, daß er sie besser kannte als die andern, und war vorsichtig. Er verargte ihr's nicht.

Er war angenehm erstaunt, als sie in der Folge häufig zu ihm kam, in seine Quinta. Da saß sie bei ihm und Agustín im Atelier. Sie nahm nach wie vor wenig Rücksicht auf seine Taubheit, sie sprach nicht deutlich und machte sich, wenn er was nicht verstanden hatte, nicht die Mühe, es ihm aufzuschreiben. Aber sie war sichtlich gerne bei ihm und schaute zu, wie er arbeitete.

Manchmal auch kamen beide, Lucía und Pepa. Dann schwatzten sie miteinander oder saßen auch da, stumm und lässig.

Agustín, trotz seiner Freundschaft und Verehrung für Francisco, spürte beim Anblick der beiden schönen Frauen die alte, neidische Erbitterung. Da war dieser Francisco, alt und taub, und immer noch liefen die Frauen ihm nach. Für ihn selber hatten sie keinen Blick. Dabei verstand er von Kunst mehr als irgendwer sonst in Spanien, und ohne ihn wäre Goya niemals Goya geworden. Überdies zeigte Francisco deutlich, wie wenig er sich aus den beiden Frauen machte. Im Grunde dachte er noch immer nur an jene Vornehme, die ihn ins Unglück gestürzt hatte; sie, die Alba, deren Porträt er sich als einziges von all seinen Bildern zurückbehalten hatte, schaute herunter auf die beiden Frauen, und sie ließen es sich gefallen.

Agustín, wenn er Lucía so unter dem Bild der Alba sitzen sah, begriff nicht, wie einer, der eine Lucía haben konnte, sich mit einer Alba begnügte. Die Alba wird immer und in jeder Verkleidung eine lächerliche Herzogin bleiben, selbst die Kunst eines Goya hat sie zu keiner Maja umschaffen können; sicherlich hat sie oft genug vor dem armen Francisco die Grandin herausgekehrt, ihn die sternenweite Distanz merken lassen von einem niedrigen Maler zur Herzogin von Alba und ihn in schwarze Wut getrieben. Diese Lucía aber ist eine wirklich große Dame geworden und dabei eine wirkliche Maja geblieben. Sie ist in Wahrheit unabhängig von der Meinung der Welt. Sie geht mit ihrem Abate nach Paris, wenn es ihr so beliebt, und wenn sie wieder Lust auf Madrid verspürt, kehrt sie ebenso unbekümmert zurück zu ihrem gelehrten Esel von Gemahl.

Einmal, als Lucía ohne Pepa mit den beiden im Atelier war, sagte sie unvermutet: „Ich dachte, Sie seien mit unserm Abate befreundet. Ich finde es unfreundschaftlich, daß Sie sich nicht ein einziges Mal nach ihm erkundigt haben." Sie sprach vor sich hin, es war nicht klar, wem ihr Vorwurf galt, Goya oder Agustín. Goya malte weiter; er hatte offenbar nicht auf ihre Lippen geachtet. Agustín, stumm und dumm vor Verwunderung, erbot sich schließlich: „Wenn Sie wünschen, schreib ich ihm Ihren Satz auf." – „Wovon ist denn die Rede?" fragte von seiner Staffelei her Goya. „Von dem Abate", sagte sehr deutlich Agustín. Goya hörte zu malen auf und schaute Lucía aufmerksam an.

„Er wird demnächst zurückkehren", berichtete gleichmütig Lucía.

Agustín setzte sich nieder. Goya legte Pinsel und Palette weg und ging auf und ab. „Wie haben Sie das fertiggebracht, Doña Lucía?" fragte er. Lucía schaute ihn an mit ihren schleierigen, leicht spöttischen Augen. „Ich habe ihm geschrieben, er solle zurückkehren", sagte sie. „Aber die Inquisition!" rief Agustín. „Das bedeutet doch den Scheiterhaufen für den Mann!" Und: „Das läßt sich doch das Heilige Offizium nie und nimmer gefallen!" rief auch Goya.

„Wir haben", erklärte mit ihrer etwas schleppenden Stimme Lucía, „Pepa und ich, mit Don Manuel gesprochen, und er hat mit dem Großinquisitor gesprochen. Einige Unannehmlichkeiten wird der Abate natürlich auf sich nehmen müssen. Er ist bereit, sie auf sich zu nehmen. Denn dann ist er wenigstens in Spanien."

Doña Lucía sprach beiläufig, sie ließ keinen Stolz merken. Doch Francisco und Agustín waren angefrostet. Beinahe mit Haß bedachten sie, welches Triumphgefühl die Frau spüren mußte. Da hatte sie von dem Vorgesetzten ihres Mannes die Rückkehr ihres Geliebten erwirkt. Und dieser kehrte zurück, bereit, Opfer und Gefahr auf sich zu nehmen, nur um *eines* Landes Luft mit ihr zu atmen. Und einen billigen Preis hat sich Großinquisitor Reynoso sicher nicht ausbedungen dafür, daß er's unterließ, den Erzketzer zu verbrennen. Was Don Manuel mit Reynoso „gesprochen" hat, wird vermutlich noch in manches Mannes Schicksal eingreifen. Und da saß die Frau und erzählte von alledem ruhevoll, damenhaft, beiläufig, als ginge es um eine Tertulia oder um eine neue Frisur. Plötzlich wieder mußte Francisco an die Mandelverkäuferin im Prado denken, die ihm damals, eine richtige Maja, „ajos y cebollas – Knoblauch und Zwiebeln" die Menge gegeben hatte, an jene vulgär spitzbübische Lucía mit ihrer Lust an frechen Antworten und derben Späßen. Jetzt trieb sie ihren Spaß mit dem Ersten Minister, dem Großinquisitor, dem ganzen Land.

Übrigens, so schien es, hatte
Sie zu früh sich ihres Siegs ge-
Brüstet. Wochen gingen hin, ein
Monat, noch ein Monat, und noch
Immer wurde nichts gehört von
Einer Rückkehr des Abate.

14

Goya saß in seinem Atelier an der Calle de San Bernardino, in der Ermita, und arbeitete. Er machte eine Pause, schob Platte und Stichel zurück, beschaute mit einem kleinen, abwesenden Lächeln seine beschmutzten Hände. Erhob sich, sie zu waschen.

Ein Mann stand im Zimmer, vielleicht schon seit langem, ein Nuncio, einer der grünen Boten der Inquisition. Der Mann verneigte sich höflich, sagte etwas, Goya verstand es nicht, der Mann übergab einen Schein und wies auf ein gesiegeltes Schreiben, Goya wußte, er hatte zu unterzeichnen, er tat es, mechanisch, doch sehr sorgfältig, der Mann nahm den Schein, übergab sein Schreiben, verneigte sich, sagte etwas, Goya erwiderte: „Gelobt sei die Heiligste Jungfrau", der Mann ging.

Goya saß in seiner Einsamkeit, die noch tiefer geworden schien, das Schreiben in der Hand, und starrte gedankenlos auf das Siegel, Kreuz, Schwert und Rute. Er wußte, die Inquisition hatte gutes Material gegen ihn. Cayetana, die Hexe, die Verderberin, hatte andere das Bild sehen lassen, das er gemalt hatte, das Bild ihrer Nacktheit; wenn Don Manuel darum wußte, dann wußte auch die Inquisition darum. Viele Äußerungen von ihm konnten als afterphilosophisch ausgelegt werden, wenn einer bösen Willens war; auch in seinen Bildern konnte wohl das oder jenes gefunden werden, das einer ketzerisch nennen mochte, wenn er bösen Willens war, und es waren ihm Aussprüche des Großinquisitors hinterbracht worden, die erwiesen, daß dieser unguten Auges auf ihn und seine Malerei schaute. Allein er hatte geglaubt, in der Gunst des Königs und in seinem Ruhm sei er sicher. Da saß er jetzt, in der Hand die Vorladung vor das Heilige Tribunal.

Er atmete mühsam, wahnsinnige Angst klemmte ihm die Brust. Gerade jetzt, auftauchend aus den tiefen Strudeln der Vernichtung, kennend ihre Abgründe, wollte er nicht wieder hinunter. Erst in diesem letzten Jahr hatte er gelernt, was Leben heißt, was Malen heißt, was Kunst heißt. Es durfte nicht sein, daß jetzt die Inquisition mit ihren furchtbaren Händen nach ihm griff.

Er brachte es nicht über sich, das Schreiben des Heiligen Offiziums zu öffnen. Erging sich statt dessen in müßigen Betrachtungen. So lange hatten sie gewartet, hatten sie nicht gewagt, gegen ihn vorzugehen: wie kam es, daß sie jetzt auf einmal losschlugen? Er erinnerte sich, wie die beiden zusammen gesessen waren, Lucía und Pepa, lockend, spitzbübisch und gefährlich wie die Majas auf dem Balkon. Vielleicht war er einbegriffen in den Handel, den

Lucía abgeschlossen hatte um die Rückkehr des Abate. Seit seinen Erfahrungen mit Cayetana war er voll von Argwohn; allen war alles zuzutrauen.

Er öffnete das Schreiben.

Das Inquisitionstribunal von Tarragona lud ihn ein, einem Auto particular beizuwohnen, in welchem Urteil gesprochen werden sollte über den Ketzer Diego Perico, früheren Abate, früheren Sekretär des Heiligen Tribunals von Madrid.

Für einen Augenblick war Goya erleichtert. Dann überfiel ihn tiefer Verdruß, daß ihm die Inquisition diese tückische Ladung übersandt hatte. Ihn, den Tauben, der doch von der Verlesung des Urteils nichts verstehen konnte, zwangen sie, sich den Strapazen der langen Reise ins fernste Aragón zu unterziehen. Es war eine niederträchtige Zumutung. Es war eine finstere Drohung, gerade weil es eine solche Zumutung war.

Wäre Francisco nicht durch sein Leiden behindert gewesen, dann hätte er wohl seine Sorgen Agustín mitgeteilt oder Miguel. So schämte er sich. Denn diese gefährliche Sache konnte man nur in Andeutungen bereden, in halbtonigen Worten, und er hätte die Antworten nicht verstanden, und es schien ihm lächerlich und bedrückend, zurückfragen zu müssen. Hätten ihm aber die Freunde ihre Antworten aufgeschrieben, so hätte das die Dämonen nur noch bedrohlich näher herangezogen. Mehrmals überlegte er, ob er sich nicht seinem Sohne Javier eröffnen solle. Vor dem hätte er sich nicht geschämt. Aber Javier war zu jung.

So trug denn Goya seine trübe Wissenschaft mit sich allein herum, hin und her geworfen zwischen Furcht und Hoffnung. Bald war er sicher, der Großinquisitor werde den Abate, nun er ihn einmal in seiner Gewalt hatte, auf den Scheiterhaufen schikken, ohne Rücksicht auf Don Manuel, und ihn, Goya, in Haft nehmen. Dann wieder sagte er sich, Don Manuel sei schlau, Lucía schlangenklug, bestimmt hätten sie sich Garantien geben lassen, daß der Prozeß nichts sein werde als eine finstere Farce und seine Vorladung eine leere Drohung.

Die Inquisition mittlerweile, obgleich durch den Brauch zur Geheimhaltung verpflichtet, verbreitete Gerüchte von dem bevorstehenden Autodafé, die Rückkehr des Abate als einen glorreichen Sieg darstellend. Gott, hieß es, habe das Gewissen des Ketzers geweckt, so daß er freiwillig nach Spanien zurückgekehrt sei, um sich dem Heiligen Offizium zu stellen.

Als Agustín auf diese Art von dem bevorstehenden Autodafé erfuhr, war er erschüttert. Zwar stießen des Abate preziöse Gelehrsamkeit und sein geckenhaft geistreiches Wesen ihn ab, und er war maßlos eifersüchtig, daß sich Lucía in diesen Menschen vergafft hatte: aber er bewunderte Don Diego darum, daß er sich um Lucías willen in den Rachen der Inquisition zurückbegeben hatte. Auch war er gescheit und ehrlich genug, Don Diegos fortschrittliche Gesinnung anzuerkennen, und der Triumph der Inquisition gerade über diesen Mann wurmte ihn.

Hin und her gerissen von zwiespältigen Gefühlen, fragte er Goya: „Wissen Sie, daß der Abate wirklich zurückgekehrt ist? Haben Sie gehört von dem Autodafé?"

„Ja", sagte grimmig Goya und zeigte ihm die Ladung des Heiligen Tribunals.

Inmitten seines Schreckens fühlte Agustín Stolz. So tief also fürchteten die geistlichen Richter den tauben, einsamen Mann, für so wirkungsvoll hielten sie seine Kunst, daß sie ihm eine solche Warnung schickten. Doch ließ Agustín von diesen Gedanken nichts verlauten. Vielmehr flüchtete er, genau wie Goya es getan hatte, in Zorn über die Zumutung der strapaziösen Reise. „Es ist eine Gemeinheit", schimpfte er, „Ihnen solche Strapazen aufzuerlegen." Daß Agustín die Vorladung so nahm, war Goya willkommen. Beide jetzt schimpften sie nicht auf die Inquisition und nicht auf Lucía, sondern auf die Anstrengungen der Reise.

„Ich begleite dich selbstverständlich", sagte nach einer Weile Agustín. Im stillen hatte Goya immer mit dem Gedanken gespielt, Agustín um seine Begleitung zu bitten, aber es wäre ihm schwergefallen; denn es gehörte Mut dazu, den Bedrohten an die Stätte zu begleiten, wo er seine Warnung empfangen sollte. Nun Agustín sich ihm anbot, murmelte er etwas Ablehnendes, war ihm dankbar, nahm seine Begleitung an.

Der Großinquisitor hatte, nachdem vermutlich die Regierung einem Autodafé in Madrid selber nicht zustimmte, mit gutem Bedacht die Stadt Tarragona gewählt. Der Name dieser Stadt nämlich ließ jeden Spanier an einen der größten Triumphe der Inquisition denken.

Das war im Jahre 1494 gewesen. Damals wütete in Barcelona die Pest, und der Inquisitor von Barcelona, de Contreras, floh mit seinen Beamten nach Tarragona. Die Behörden erschienen am Stadttor, stellten dem Inquisitor vor, wenn sie *ihm* den Aufenthalt in der Stadt erlaubten, würden auch Beamte des *Königs* verlangen, daß sie von der Quarantäne ausgenommen würden. Der Inquisitor erwiderte, er gebe den Herren eine Bedenkzeit von drei Misereres. Wenn sich dann die Tore nicht öffneten, werde er die Stadt mit Exkommunikation und Interdikt belegen. Er betete dreimal das Miserere und hieß den Notar des Heiligen Tribunals ans Stadttor klopfen. Als sich dieses nicht auftat, zog er sich in das nahe gelegene Dominikanerkloster zurück, schrieb dort die Urkunde der Exkommunikation, ließ sie an den Toren von Tarragona anschlagen. Eine Woche später teilte Tarragona dem Inquisitor mit, die Stadt stehe ihm offen. Nun aber verlangte der beleidigte Priester, daß alle Würdenträger und führenden Bürger feierlich Buße tun sollten. Die Stadt mußte sich fügen. In Gegenwart des Vizekönigs von Katalonien fanden sich die Behörden und alle angesehenen Bürger von Tarragona vor dem thronenden Inquisitor in der Kathedrale ein, im Schandkleid, Kerzen in den Händen, auf solche Art sich und ihren Nachkommen untilgbaren Schimpf zufügend.

Um dieses Geschehnis allen Sündern ins Gedächtnis zurückzurufen, hatte die Inquisition die Stadt Tarragona ausersehen für das Autodafé des Abate.

Nach langer, umständlicher Reise trafen Goya und Agustín in Tarragona ein, sehr rechtzeitig. Sie stiegen in einer einfachen Posada ab, und Francisco meldete sich im erzbischöflichen Palais, im Palacio del Patriarca. Er wurde aber nur von einem Vikar empfangen. Der erklärte, das Autodafé werde am übernächsten Tage stattfinden, im großen Beratungssaale des erzbischöflichen Palais, und trocken fügte er hinzu, es werde dem Herrn Ersten Maler des Königs sicherlich von Nutzen sein, dem Schauspiel beizuwohnen.

Francisco war nie in Tarragona gewesen. Er und Agustín besichtigten die Stadt, die ungeheuern Mauern, die Zyklopenwälle, lange vor der Römerzeit errichtet, die zahllosen römischen Altertümer und die Kathedrale, die herrliche, uralte, mit ihren Kreuzgängen und Toren, mit ihren römischen Säulen und heidnischen Skulpturen, die naiv ins Christliche umgemeißelt waren. Goya hatte seine Freude an den Späßen, die sich da und dort ein längst verwester Bildhauer gemacht hatte. Lange und schmunzelnd stand er vor der gemeißelten Geschichte jener Katze, die sich scheintot von den Mäusen zu Grabe tragen läßt, um dann, als sich ihrer genügend viele versammelt haben, über sie herzufallen. Wahrscheinlich hatte die Geschichte seinerzeit, als der alte Künstler sie in den Stein metzte, ihren gar nicht so harmlosen Nebensinn gehabt. Goya zog das Schreibheft hervor und zeichnete auf seine Art die Geschichte von der Katze.

Er ging mit Agustín zum Hafen, in die Lagerhäuser. Tarragona war weit berühmt für seine Weine, seine Nüsse, sein Marzipan. In einem riesigen Raum sortierten Mädchen Nüsse aus, sonderten die guten von den tauben, warfen die tauben unter den Tisch, die guten in Körbe auf ihrem Schoß. Die Arbeit ging ihnen mechanisch und überaus schnell von der Hand, sie schwatzten dazu, lachten, sangen, ja rauchten. Es waren ihrer wohl an die zweihundert, der große Raum rauschte von Leben, Goya vergaß das Autodafé, zeichnete.

Am andern Tage dann, des Morgens, stellte er sich im Beratungssaale des Palacio del Patriarca ein. Der Saal war groß, modern, nüchtern. Von den Geladenen schienen die meisten aus Tarragona oder aus der nahe gelegenen Hauptstadt Kataloniens, Barcelona. Daß man Francisco aus dem fernen Madrid herbeizitiert hatte, schien bedrohlich, man betrachtete ihn mit scheuer Neugier, niemand richtete das Wort an ihn.

Das Tribunal hielt seinen Einzug. Die Standarte, das grüne Kreuz, die düstern Roben der geistlichen Richter, der ganze finstere Pomp stach seltsam ab von der modernen Einrichtung des Saales und der nüchtern zeitgenössischen Kleidung der Gäste.

Der Abate wurde hereingeführt. Goya hatte erwartet, er werde das gelbe Sünderhemd tragen, den Sambenito, aber – auch das war wohl eine Konzession, die man der Regierung hatte machen müssen – Don Diego trug einen bürgerlichen Anzug, einen nach Pariser Mode geschnittenen, und er war sichtlich bemüht, sich das Ansehen eines eleganten, ruhigen Herrn zu geben. Als er indes auf das Podium des Angeklagten geführt und in das niedere Holzgatter eingesperrt wurde, da, angesichts des düstern Prunkes und der eigenen Schmach, begann das Antlitz des Abate zu zucken, es wurde schlaff, es zerlöste sich, und der zynische Herr in der Einschließung seines hölzernen Zaunes und vor dem großartig gefährlichen Tribunal wirkte in seinem Alltagsanzug genauso kläglich, wie wenn er im Sambenito gesteckt wäre.

Der Prior der Dominikaner begann seine Predigt. Goya verstand nicht, bemühte sich auch nicht zu folgen: er schaute. Und wiewohl dieses Tribunal soviel weniger Prunk und Macht entfaltete als damals das Gericht über den Olavide in der Kirche San Domingo El Real, war es nicht weniger finster und beklemmend. Denn was immer Lucía und Manuel mit dem Großinquisitor vereinbart hatten und ob Don Diego zu einer milden oder einer strengen Strafe verurteilt wurde, auch hier – das Gesicht des Abate offenbarte es – wurde ein Mensch vernichtet. Von einer so furchtbaren Demütigung, wie sie dieser Mann hier erlebte, erholte sich keiner mehr, und wenn er sein Herz mit noch soviel Skepsis, Vernunft, Tapferkeit umkrustet hatte. Und wenn er einmal, nach Jahren, sollte freigelassen werden, wird er den Makel des verurteilten Ketzers tragen, die Spanier werden sich mit Abscheu von ihm kehren.

Es hatte mittlerweile die Verlesung des Urteils begonnen. Auch dieses Mal dauerte sie lange. Fasziniert und mit Grauen schaute Goya zu, wie das Antlitz des Abate mehr und mehr zerweste, wie ihm die weltmännische, geistreiche Maske vollends abfiel und wie dahinter sichtbar wurde die Erniedrigung, die Verzweiflung, die Qual der Kreatur.

Dieser Abate hatte seinerzeit der Vernichtung des Olavide zugeschaut in der Kirche San Domingo, jetzt stand er eingesperrt auf der Schandbühne des Palacio del Patriarca, und er, Goya, schaute zu: wird nicht einmal er selber vor einem solchen grünen Kreuze stehen, vor solchen Kerzen, vor einem solchen feierlich drohenden Tribunal, in einem Holzgatter? Goya spürte, wie von neuem die Dämonen ihm näher kamen, nach ihm griffen. Sah geradezu leibhaft, was hinter der Stirn des gehetzten Abate vorging. Da war kein Gedanke mehr an die gliebte Frau, kein Gedanke mehr an ein mögliches Glück in der Zukunft, an die vollbrachte Leistung und an die zu vollbringende, da war nur das klägliche, abgründige, ewige Elend der Minute. Vergeblich sagte sich Goya, was da vor sich gehe, sei nichts als dummes Theater, eine gespenstische Posse mit abgekartet mildem Ausgang. Ihm war, wie ihm als Knaben zumute gewesen war, der den Coco, den Popanz, den Schwarzen Mann, anzweifelte und erdrückende Angst verspürte, wenn er kam.

Und nun schwor der Abate ab. Den Mann in seinem eleganten, modernen Anzug vor dem schwarzverhängten Kreuz knien zu sehen, die Hand auf der aufgeschlagenen Bibel, war noch grauenvoller als damals das Schauspiel des büßenden Olavide in seinem Sünderkleid. Der Priester sprach ihm vor, und der Abate wiederholte die entsetzlichen, demütigenden Formeln.

Ehe er sich's versah, war die heilige Handlung zu Ende, der Armesünder wurde weggeführt, die Gäste entfernten sich. Man ließ Goya gefährlich allein. Etwas schwankenden Schrittes, unsicher in seiner Taubheit, sonderbar benommen, ging er aus dem Dämmer des Raumes.

Agustín saß in der Posada, gegen seine Gewohnheit vor einer Flasche Wein. Er fragte, zu welcher Strafe der Abate verurteilt sei. Goya wußte es nicht, er hatte es nicht verstanden. Aber der Wirt konnte bereits berichten, Don Diego sei zu drei Jahren Einschließung in einem Kloster verurteilt. Der Wirt schien ein heimlicher Liberaler, voll Verehrung für den Herrn Ersten Maler, er war beflissen, doch auch er sonderbar scheu, beinahe mitleidig. Er erzählte von einem ungewöhnlich guten Wein, dreizehnjährigem, von dem er nur mehr sieben Flaschen habe, für sich selber und für besonders zu ehrende Gäste, er brachte eine dieser Flaschen. Goya und Agustín tranken schweigsam.

Auch auf der Rückreise sprachen Francisco und Agustín nicht viel. Nur einmal ging Goya aus sich heraus, unvermutet, und sagte mit einer Art grimmiger Genugtuung: „Da siehst du es, wohin es führt, wenn man sich auf Politik einläßt. Hätte ich es gemacht, wie ihr es wolltet, dann wäre ich längst verfault in den Kerkern des Heiligen Offiziums."

Doch in seinem Herzen plante
Er: jetzt grade wird das Heil'ge
Tribunal er malen, wird es
Zeichnen in der Stille seiner
Werkstatt, der Ermita, wird die

Inquisition so zeichnen,
Wie sie wirklich ist, die Pfaffen,
Die Frailucos, wie sie satt und
Lustvoll zuschaun, wenn ihr Sünder
Qualvoll in der Falle sich ver-
Zappelt. Auch den Garrotierten
Wird er nochmals zeichnen, wahrer
Zeichnen. Auch El Coco wird er
Zeichnen, das Gespenst, den Kinder-
Schreck, den Alptraum, jenen Schwarzen
Mann, den es nicht gibt und den es
Doch gibt.

15

Als er in Madrid anlangte, sagte ihm sein Sohn Javier, die Herzogin von Alba habe nach ihm geschickt. Sie wohne wieder in ihrem Palacete Buenavista in Moncloa; es lag aber Goyas neues Haus, die Quinta, sehr nahe diesem kleinen Landsitz. Francisco wußte nicht, ob und wieweit Javier unterrichtet war von seinen Beziehungen zu Cayetana. Er bezwang sich, er schluckte, er sagte möglichst beiläufig: „Danke, mein Junge."

Er hatte geglaubt, die unheimliche Herrschaft Cayetanas über ihn sei zu Ende; nur Bilder seien geblieben, Träume, gute und bedrohliche, doch immer an der Kette der Vernunft. Das war auch so gewesen, solange sie in Italien war, durchs Meer von ihm getrennt. Nun er sie aber mit einem kurzen Gang erreichen konnte, war die Kette, an die er die Träume gelegt hatte, zerrissen.

Er meldete sich nicht bei Cayetana. War beinahe immer in der Ermita, in seinem einsamen Atelier. Versuchte zu arbeiten. Aber die Gesichte von Tarragona waren verblaßt. Nur die furchtbaren Träume von Sanlúcar waren da. Er saß hilflos, voll elender Sehnsucht, in der Glocke seiner Stummheit.

Plötzlich stand Doña Eufemia vor ihm. Schwarz und würdig stand sie da, unverändert, erfüllt von höflichem Haß, trotz ihres alterslosen Aussehens uralt. „Die Jungfrau beschütze. Euer Exzellenz", sagte sie. „Sie machen es einem nicht leicht, Ihnen eine Botschaft zu überbringen", und mißbilligend schaute sie sich um in dem ärmlichen, schlecht aufgeräumten Atelier. Er wußte nicht, ob er sie verstanden hatte, er war zu erregt. „Sie müssen mir aufschreiben, was Sie mir zu sagen haben, Doña Eufemia", antwortete er heiser. „Ich höre nämlich noch schlechter als früher, in bin sozusagen stocktaub." Doña Eufemia schrieb ihm ihre Botschaft auf; während sie schrieb, meinte sie: „Ich habe es Ihnen immer gesagt, Herr Erster Maler, daß es nicht gut ausgehen kann, wenn Sie soviel höllisches Zeug machen." Er antwortete nicht. Las die Botschaft, aufmerksam. Erwiderte, er erwarte also Doña Cayetana morgen abend um halb acht Uhr. „Hier in dem Atelier an der Calle San Bernardino", sagte er, sehr laut.

Er zog sich besonders sorgfältig an für diesen Abend, und er verhöhnte sich selbst. Er war lächerlich mit seinem eleganten Anzug in diesem Atelier, das schlampig und kärglich möbliert war wie in den Zeiten seiner Armut, ein Raum nur zum Arbeiten und Experimentieren. Warum hatte er Cayetana gerade hierher bestellt? Es war eine läppische, jungenhafte Herausforderung, er hatte es gewußt, das Gesicht Doña Eufemias hatte es ihm bestätigt, und er hatte es doch getan. Und wird sie überhaupt kommen? Wußte sie, hatte sie sich klargemacht, wie er sich verwandelt hatte? Wird ihr's die Dueña nicht sagen, daß er ein tauber, grämlicher, alter Mann geworden ist, versponnen in kauzige Träume?

Es war halb acht, es war zehn Minuten später. Wer nicht kam, war Cayetana. Er überlegte, wie ihr Leben in der Zwischenzeit gewesen sein mochte, mit dem hoffnungslos verliebten, sie stumm bedrängenden Peral, mit italienischen Kavalieren, die noch frivoler waren als die spanischen. Er lief zur Tür, schaute vor die Tür, vielleicht stand sie da und klopfte und hatte vergessen, daß er nicht hörte, da sie ja immer nur mit sich selber befaßt war. Er ließ die Tür ein wenig offenstehen, damit Licht hinausfalle. Es war acht Uhr, und sie war nicht da, und nun kam sie bestimmt nicht mehr.

Fünf Minuten nach acht kam sie, verspätet wie immer. Sie nahm den Schleier ab, schweigend, sie stand vor ihm vollkommen unverändert, das reine, ovale Gesicht wunderbar hell über dem kleinen, schlanken, schwarzgekleideten Leib. Sie standen und schauten einander an, und es war wie damals, da er sie gesehen hatte auf ihrer Estrade, und ihr großer Streit war nicht gewesen.

Auch in den nächsten Tagen, Wochen, Monaten war alles wie

früher. Vielleicht sprachen sie weniger, aber hatten sie sich nicht von Anfang an durch Mienen und Gesten besser verständigt als durch Worte? Worte hatten es immer nur schlimm gemacht. Übrigens verstand er sie leichter als jeden sonst, er konnte ihr alles von den Lippen ablesen, ihm war, als hätte seine Erinnerung ihre harte, kindliche Stimme treuer bewahrt als die aller andern; jederzeit konnte er vor sein inneres Ohr den genauen Klang rufen jener letzten Worte, die sie zu ihm gesprochen hatte, nicht wissend, daß er sie hörte.

Sie gingen ins Theater, wiewohl er die Musik und den Dialog nur mehr sehen konnte, sie gingen in die Schenken der Manolería, und sie waren willkommen wie früher. „El Sordo – der Taube" hieß er überall. Aber er störte einen nicht durch grämliche Betrachtungen über seinen Mangel, er lachte mit den andern, wenn ihm ein komisches Mißverständnis unterlief, und er mußte wohl ein ganzer Kerl sein, sonst hielte nicht die Alba zu ihm.

Seine Erinnerungen waren nicht tot, er wußte um Cayetanas tückische Untiefen, aber die Träume lagen gut an der Kette. Gerade nachdem er hatte hinunter müssen in die atemraubende Tiefe, genoß er's, daß er wieder im Lichte war. Niemals hatte er sie mit solcher Verzückung genossen wie jetzt, und sie gab ihm seine Berauschtheit zurück.

Er spürte kein Verlangen mehr, sie zu malen, und sie bat ihn nicht mehr darum. Seine großen Porträts von ihr waren unwahr, sie gaben nur die Oberfläche, aber er wußte, was darunter lag, er hatte es gesehen, und in seinem Elend und in seiner Einsamkeit hatte er es gemalt und gezeichnet, und das war die Wahrheit gewesen, seine Medizin, seine Heilung. Sie hatte ihm das Bitterste angetan, was einer dem andern antun kann, voll unschuldiger Tücke und lasterhafter Unwissenheit, aber sie hatte ihm auch das Mittel gegeben, das nicht nur Medizin war, sondern ihn stärker machte als vorher.

Um diese Zeit malte Goya viele Porträts, mit leichter Hand, nicht eben schlampig, doch so, wie er's Jahre vorher auch hätte tun können, und er und Agustín wußten, er konnte jetzt Besseres. Er malte viele schöne Frauen, mit einer fröhlichen Sinnlichkeit, die ihre Schönheit strahlender machte. Er malte Herren des Hofes, der Armee, reiche Bürger, und sie schienen bedeutender, ohne daß er ihre Schwächen unterschlagen hätte. Seine Porträts brachten ihm neuen Ruhm und neues Geld, und Hof und Stadt waren überzeugt: es gab in Europa keinen größeren Maler als den tauben Francisco Goya.

Seinen Sohn Javier verwöhnte er weiter. Nahm leidenschaftlichen Anteil an allem, was der junge Mensch trieb. Hieß ihn in die Schule Ramón Bayeus gehen, auf daß er nicht manieriert werde in seinem eigenen Unterricht. Nahm die Kunsturteile Javiers wichtig. Häufig, wenn ihn Cayetana in seinem weiten, kahlen Haus, in der Quinta, besuchte, ließ er Javier zugegen sein. Das waren große Stunden für diesen. Sie behandelte ihn halb als Knaben, halb als jungen Kavalier. Gab ihm auf unmerkliche, liebenswürdige Art Unterweisung, was er tun und was er lassen solle. Dämpfte seine Sucht, sich übertrieben zu kleiden. Brachte ihm Geschenke mit, Berlocken, Handschuhe, einen Ring, und erzog ihn, die prunkvoll grellen Gegenstände, die er zu tragen und mit denen er sich zu umgeben liebte, durch edlere, geschmackvollere zu ersetzen. Er genoß den Vorteil ganz aus, in den Kreis der ersten Dame des Reiches aufgenommen zu sein, und die offen zur Schau getragene enge Freundschaft der Herzogin von Alba mit seinem Vater bestätigte ihm dessen überragende künstlerische Bedeutung.

Um diese Zeit fand sich der Reeder Sebastián Martínez aus Cádiz in Madrid ein und suchte Goya auf. Er verständigte sich mit Goya auf schriftlichem Wege; fasziniert schaute Francisco zu, mit welcher Schnelligkeit lange, gewundene Sätze unter den hurtigen Fingern des großen Kaufmanns entstanden, und er bedauerte beinahe, nicht mehr Sorgfalt auf die Wiedergabe dieser Hände gelegt zu haben.

Schließlich schrieb ihm Señor Martínez auf: „Man hört, Sie haben in Cádiz und in Sanlúcar nicht nur Bilder für die Santa Cueva gemalt. Man hört von einer Venus. Bin ich unbescheiden, wenn ich Sie bitte, mir eine Kopie dieser Venus herzustellen?“ Er kicherte, während er schrieb, dann hielt er Goya das Geschriebene hin. „Sie sind unbescheiden, Señor“, antwortete Goya. Hurtig schrieb Señor Martínez weiter: „Ich biete 50000. Für eine Kopie.“ Er unterstrich Kopie, er hielt das Geschriebene Goya hin, doch bevor dieser antworten konnte, zog er's zurück und fügte flink hinzu: „Bin ich noch unbescheiden?" – „Sie sind unbescheiden, Señor", wiederholte Goya. „100000", schrieb Martínez, machte die Nullen sehr groß, die Eins noch größer, und fügte wieder geschwind hinzu: „Noch unbescheiden?" – „Ja", sagte schlicht Goya. Señor Martínez zuckte betrübt die Achseln und meinte, diesmal nicht schreibend, sondern artikuliert sprechend: „Sie sind sehr schwierig, Exzellenz."

Señor Martínez machte der Herzogin von Alba seine Aufwartung. Sie lud ihn zu einem Fest. Das Fest dehnte sich lange aus. Es wurde dabei der „desmayo" getanzt, der Tanz des Schmachtens und der Ohnmacht, wobei erst der Tänzer, dann die Tänzerin dem Partner schlaff, mit Hingabe, geschlossenen Auges an die Brust fiel. Später führte man auch die „Marcha China" aus. Bei diesem „Chinesischen Marsch" krochen zuerst die Tänzer auf allen vieren durch den Saal, dann bildeten die Tänzerinnen eine „Chinesische Mauer". Nebeneinander stehend beugten sie sich vor, bis die Hände den Boden berührten, und die Tänzer krochen unter der Reihe der Frauenarme durch; dann die Tänzerinnen unter den Männerarmen.

Cayetana nahm an beiden Tänzen teil, den „desmayo" tanzte sie mit dem Marqués de San Adrián, die „Marcha China" mit Señor Martínez. Francisco sah dem ekeln Schauspiel zu, und er mußte denken an den „Aquelarre", den er gezeichnet hatte, an den Riesenlärm, das Mordsgaudium, den Hexensabbat, auf dem er den gewaltigen Bock dargestellt hatte, wie er auf seinen Hinterbeinen aufrecht hockt, das tanzende Hexengelichter segnend, und die blühende Anführerin des Gelichters ist Cayetana.

Allein der trübe Unmut, der Francisco füllte, war fern jener sinnlosen Wut, die er damals verspürt hatte, bei Cayetanas Fandango. Jetzt, da er Cayetana, San Adrián, Martínez und ihre andern Freunde auf diese läppische und gemeine Art über den Boden kriechen sah, erkannte er viel tiefer als mit dem bloßen Verstande, spürte er mit seinem ganzen Wesen, wie viele widerspruchsvolle Eigenschaften gleichzeitig in einem Menschen sein können, in jedem Menschen sind. Diese Frau, er wußte es, er hatte es erlebt, konnte voll Hingabe sein, zärtlich, leidenschaftlich, selbstlos wie keine zweite. Sie konnte sagen: „Ich liebe immer nur dich", mit einer Stimme, die einen vergehen machte und die durch die Glocke der Stummheit drang, die über einen gestülpt war, und hier kroch sie auf dem Boden herum, ordinär, zotig, spaßhaft, mit einem Lachen, dessen gekitzelte Schrillheit er sah, daß es spitz durch seine Taubheit stieß. So war sie nun einmal. So war ein jeder. So war er selber. Er stieg auf in den reinsten Himmel und tauchte hinunter in den schmutzigsten Schlund. Er entzückte sich hell und rein an der zauberischen Tönung der Farben und schmiß den Pinsel beiseite und ging hin, ohne ihn zu waschen, und warf sich mit heißer Brunst über eine Hure. So ist der Mensch gemacht. Man frißt Olla podrida und begeistert sich an Velázquez und glüht in der eigenen Kunst und wälzt sich auf einem schmutzigen Bett mit einem Fünf-Realen-Mensch und zeichnet die Dämonen und überlegt, ob man dem Dávila tausend Realen mehr für das Porträt abnehmen soll.

Von dem Feste fort, in der Nacht, ging er in seine Ermita.

Hier, in der ungeheuren Stille, setzte er sich mit Cayetana de Alba auseinander, ein überletztes Mal, wissend, daß sie die einzige war, die er je geliebt hatte und je lieben wird.

Die Kerzen rissen immer neue Teile des großen Raumes in ihr unsicheres Licht, und aus den tanzenden, wachsenden, schrumpfenden Schatten an der Wand wurden ihm Gesichter der Alba. Alle bösen Geister der Alba, die er je gesehen hatte, sah er von neuem, die höhnisch grinsenden, hexenhaften, verderberischen, doch auch die andern, die in Liebe sich hingebenden, die sich in Leidenschaft zerlösenden, und: Nicht vergessen! Die andern nicht vergessen! befahl er sich.

Er trachtete, ihr gerecht zu werden. Durfte nicht auch sie ihre Dämonen haben? Und Freude an diesen Dämonen? Möchte er selber ohne seine Dämonen leben? Das Leben wäre langweilig ohne sie; man würde werden wie Miguel. Er, Francisco, hatte seine Dämonen an der Kette, er konnte sein Böses und sein Ordinäres zeichnen. Cayetana hatte die ihren nicht an der Kette, nicht einmal beschreiben konnte sie ihre tote Zofe Brígida, geschweige denn sie aufs Papier werfen. Also mußte sie ihr Böses und Ungereimtes in Worten und Taten auslassen, mußte tun, was die tote Brígida ihr einflüsterte. Darum hatte sie den Desmayo tanzen müssen und die Marcha China. Oft war sie Cayetana, dann wieder Brígida.

Er schloß die Augen, und er sah sie, Cayetana und Brígida in einem. Und er zeichnete sie, ihre letzte Wahrheit, und seine letzte Wahrheit. Zeichnete den Traum, die Lüge, die Flatterhaftigkeit.

Da lagerte sie lieblich, und er gab ihr, der einen Frau, zwei Gesichter. Das eine ist einem Manne zugekehrt, der sie selbstverloren umfaßt hält, und der Mann trägt unverkennbar seine, Franciscos, Züge.

Doch das andere Gesicht, auch
Dieses schön, doch herrisch, schaute
Heischend harten Auges in die
Andre Richtung, äugelte mit
Andern Männern. Und die eine
Hand der zwiegesicht'gen Frau blieb
Ganz dem einen, dem verliebten
Manne willig überlassen,
Doch die andre Hand empfing die
Botschaft einer zwiegesicht'gen
Brígida, dieweilen eine
Zweite, dicke Brígida ver-
Schmitzt den Finger an die Lippen
Hielt. Und vor der Liegenden und
Um sie kroch es, wand es sich, Ge-
Zücht, sich schlängelnd, lauernd, Kröten,
Vipern, grinsend breit ein Dämon.
Aber ferne, in der Höhe,
Leicht und luftig, unerreichbar,
Leuchtete ein Schloß, gebaut wohl
Aus den Träumen des verliebten
Narren.

16

Es befand sich im Manzanares-Tale, im Bereich der Casa del Campo, wo der König zu jagen pflegte, in der Florida, eine kleine, dem heiligen Antonius von Padua geweihte Kirche. Sie lag dem König am Wege, wenn er, von der Jagd zurückkehrend, seine Abendandacht verrichten wollte. Nun war sie verfallen, und Don Carlos, der gerne baute, gab dem Architekten Ventura Rodríguez

Auftrag, sie umzubauen. Señor Rodríguez liebte die heitern, prächtigen Bauwerke, wie sie in den sechziger und siebziger Jahren üblich gewesen waren. Er schlug vor, aus der Ermita de San Antonio de la Florida ein Schmuckkästchen zu machen, und Don Carlos war sogleich damit einverstanden. Francisco Goya hatte seinerzeit die hübschen, fröhlichen Gobelins gemacht; er war der rechte Mann, die kleine Kirche auszumalen.

Francisco freute sich des Auftrags. Daß der fromme König gerade ihn, nachdem er so bedrohlich zu dem Autodafé geladen worden war, mit der Schmückung seiner Lieblingskirche betraute, war ein guter Schild gegen weitere Angriffe des Großinquisitors. Andernteils fühlte er sich, wenn er Religiöses malen sollte, immer etwas unbehaglich. „Gewiß", sagte er zu Cayetana, „wer sein Handwerk versteht, kann alles malen. Aber im Malen von Heiligen bin ich nun einmal nicht sehr gut. Den Teufel kann ich ausgezeichnet porträtieren, ich habe ihn oft gesehen, aber die Heiligen selten."

Darstellen sollte er eines der Hauptwunder des heiligen Antonius. Da war ein Unschuldiger einer Mordtat bezichtigt worden, und der Heilige erweckte den Ermordeten zum Leben, daß er Zeugnis ablege für die Unschuld des Verklagten.

Francisco hatte aus einer Zeit schweren Unmuts und Ungemachs zurückgefunden in ein heiter leichtes Leben, die Darstellung von Mordtaten und Erhabenem reizte ihn nicht. Allein er fand eine Lösung.

Brav in die Kuppelwölbung malte er das Wunder. Da steht in seiner Franziskanerkutte der heilige Antonius, hager, vor einem grauen Himmel, er neigt sich vor mit dringlicher Gebärde, und schauerlich aus seiner Starrheit hebt sich der halbverweste Leichnam, und fromm und selig breitet der Unschuldige die Arme aus. Dieses Wunder aber vollzieht sich vor zahlreichen Zuschauern, und sie, die Zuschauer – das war die Lösung –, malte Goya mit besonderer Liebe. Der Heilige, der Tote und der Unschuldige wurden ihm zu Requisiten, der zuschauenden Menge gehörte seine ganze Teilnahme. In diese Menge hinein malte er die Stimmung, in welcher er jetzt lebte, seine neue, fröhliche, wissende, erfahrene Jugend.

Es sind keine Zeitgenossen des heiligen Antonius, welche Goya da malte, es sind eher Madrilenen seiner eigenen Umgebung, richtige Madrilenen, viele wohl aus der Manolería. Auch erweckt das Wunder in ihnen nicht eben fromme Gefühle, eher betrachten sie es als eine großartige Stierhetze, als ein Auto sacramental ersten Ranges. Sie lehnen, diese Zuschauer, bequem an einer Balustrade, die prunkvoll behängt ist mit einem Mantón, einige Lausbuben reiten und klettern gar auf der Balustrade herum. Sie schwatzen miteinander, diese Madrilenen, machen sich einer den andern auf die Vorgänge aufmerksam. Einige sind angeregt und schauen sachverständig zu, ob der schon Verwesende auch wirklich lebendig wird, andere sind ziemlich unbeteiligt, flirten, erzählen sich Geschichten, die nicht notwendig mit dem Wunder zu tun haben. Um den Unschuldigen kümmert sich keiner.

In die Eingangswölbung aber, in die Kuppelbögen und Fensterlunetten malte Goya Cherubim und andere Engelsgestalten. Es sind ungewöhnlich hübsche, weibliche Engel mit vollen, wollüstigen Gesichtern, sie sind sehr bekleidet, gemäß den Vorschriften der Inquisition, aber bemüht, ihre körperlichen Vorzüge ins Licht zu stellen. Diese Engelinnen malte Goya mit hohem Vergnügen. Außer den Flügeln gab er ihnen nichts Engelhaftes, wohl aber gab er ihnen jene anonymen und dennoch sehr kenntlichen Gesichter, wie nur er sie zu malen verstand, Gesichter von Frauen, ihm und manchem andern sehr vertraut.

Goya wandelte sich, da er die Ermita de San Antonio ausmalte, zurück in den sorglosen, übermütigen Goya der ersten Jahre bei Hof, als er mit grenzenloser Lust teilgenommen hatte an dem unbeschwerten Leben ringsum. Die Taubheit war ihm nichts als ein kleines, wenig störendes Ärgernis, er war wieder der als Hofherr verkleidete Majo, laut, farbig, voll von prahlerischem Leben. Ein letzter Schimmer seiner heitern, unbekümmerten Vergangenheit leuchtete ihn an. Die Fresken dieser Ermita wurden neue Gobelins, doch gemalt von einem, der sehr viel mehr konnte und sehr viel mehr wußte um Farbe, Licht, Bewegung.

Die kleine Kirche lag der Quinta Goyas nahe, und nahe dem Palacete Buenavista. Cayetana kam häufig herüber von ihrem Landsitz, ihm bei der Arbeit zuzuschauen. Auch Javier kam oft, Agustín war beinahe immer da, es kamen noch andere der Freunde Goyas, Granden und Grandinnen sowohl wie Leute aus den Schenken der Manolería. Die Arbeit ging Goya schnell von der Hand. Alle waren fröhlich erstaunt, mit anzuschauen, wie frisch und behende Francisco auf den Gerüsten herumkletterte und wohl auch auf dem Rücken liegend malte. Es war verblüffend mitzuerleben, wie aus dem Nichts diese laute, bunte Menge entstand, diese drallen, muntern Cherubim, diese zur Lust reizenden Engelinnen.

Zwei Tage, nachdem Goya gemeldet hatte, das Werk sei fertig, besichtigte der König, mit Gefolge von der Jagd kommend, seine neue Kirche.

Da standen diese Herren und Damen in Jägerkleidung in der kleinen, nicht eben gut belichteten Kirche, die aber hell und fröhlich wurde durch das heitere Getümmel der Goyaschen geflügelten und ungeflügelten Madrilenen. Ein wenig erstaunt waren die Granden und Grandinnen über die höchst weltliche Darstellung des heiligen Geschehnisses. Aber hatten nicht auch andere Meister, ausländische freilich, erhabene Vorgänge zuweilen sehr bunt und heiter dargestellt? Sie selber, die vornehmen Beschauer, hatten in den letzten Monaten viele Sorgen; es gefiel ihnen, daß sich dieser taube, alternde Mann mit solchem Elan zur Lust des Lebens bekannte. Es war angenehm, zurückzutauchen in jene Jahre, da man sich selber so aufgeführt hatte wie diese Engel und dieses lustige Volk. Im Grunde war es ja auch eine glückselige Angelegenheit, welche auf diesen Fresken vor sich ging, es geschah selten genug, daß ein unschuldig Verurteilter durch das Dazwischentreten eines Heiligen gerettet wurde, es war erfreulich, ein so heiteres Wunder mit anzuschauen, und vielleicht tat der liebe Gott auch an uns ein Wunder und erlöste uns vom Krieg, von den Franzosen und von den ewigen finanziellen Nöten.

So dachten sie und hätten gerne gelobt. Aber sie warteten auf eine Äußerung des Monarchen und schwiegen. Sie mußten lange schweigen, und man hörte nichts als durch das geöffnete Kirchentor den gedämpften Lärm einer sich sammelnden Menge und das Wiehern der stampfenden Pferde.

Carlos ließ sich Zeit. Er wußte nicht recht, was er aus dieser Malerei machen sollte. Er war kein Griesgram, er liebte einen Spaß, er wollte auch seine Frömmigkeit und sein Gebet nicht zu düster haben, er hatte im Prinzip nichts einzuwenden gegen helle, fröhliche Gesichter und Gewänder in der Darstellung religiöser Vorgänge, und hatte er nicht selber angeordnet, daß seine Kirche heiter sei? Aber was da sein Erster Maler gemacht hatte, war das nicht doch zu unheilig und frivol? Diese Engelinnen waren so gar nicht engelhaft. „Die da mit den zusammengeklappten Flügeln, die kenn ich doch“, sagte er auf einmal. „Das ist doch die Pepa! Und die da, das ist doch die Rafaela, die erst das Verhältnis hatte mit dem Acros und die dann von dem jüngern Colomero ausgehalten worden ist und die jetzt so oft im Polizeibericht vorkommt. Mein lieber Don Francisco, solche Engel, die gefallen mir nicht. Ich weiß schon, Kunst veredelt. Aber die Rafaela, die, scheint mir, haben Sie nicht genügend veredelt.“ Die laute Stimme des Königs füllte die kleine Kirche und klang allen wie Gewitter, nur nicht Francisco, denn der hörte sie nicht. Er reichte dem König sein Heft hin, und: „Ich bitte demütig um Verzeihung, Sire“, sagte er, „aber würden Sie geruhen, mir die Worte Ihrer Allerhöchsten Anerkennung aufzuschreiben?“

Doña María Luisa griff ein. Es war natürlich richtig: dieser Engel mit den eingezogenen Flügeln glich der Person, der Pepa, und der andere, der mit den aufgespannten Flügeln, erinnerte einen an die stadtbekannte Rafaela, und Goya hätte sich andere Modelle aussuchen können. Aber es waren schließlich keine Porträts, es waren nur Ähnlichkeiten, man konnte unter dem himmlischen und irdischen Volk der Fresken so viele Ähnlichkeiten entdecken, wie man wollte, das war nun einmal so Goyas Art, und eigentlich war es schade, daß er nicht auch sie selber, Doña María Luisa, in das Fresko hineingenommen hatte. Wenigstens stand jetzt die Pepa neben der Hure Rafaela. Überdies fühlte sich María Luisa durch das Deckengemälde erinnert an eine ähnliche Malerei des Correggio in Parma, und an ihr liebes Parma dachte sie immer gerne. „Da haben Sie wieder ein Meisterwerk geschaffen, Don Francisco“, sagte sie sehr artikuliert. „Gewiß, Ihre Engel und einige Männer und Frauen unter Ihren Zuschauern führen sich ein bißchen sehr lustig auf, da kann ich dem König nur beipflichten, aber die Engel und die Menge haben sich eben berauscht am Anblick des Wunders.“

Da María Luisa das Werk billigte, war sogleich auch Don Carlos besänftigt. Er schlug Goya freundlich auf die Schulter. „Das muß anstrengend gewesen sein“, meinte er, „immer da oben herumzuklettern und zu malen. Aber ich weiß ja, Sie haben Schmalz in den Knochen.“ Und alle jetzt, die Granden und die Geistlichen, rühmten das Werk Franciscos.

Draußen mittlerweile hatte sich Volk aus dem Manzanares-Tal gesammelt, um die Abfahrt des Königs und seines Gefolges mit anzusehen. Sie grüßten den König und jubelten ihm zu. Goya war unter den letzten, welche die Kirche verließen, viele erkannten ihn und brachen bei seinem Anblick in neues, großes Geschrei aus. Goya sah, daß sie jubelten, er wußte, daß man ihn gern hatte in seinem Madrid, er merkte, daß diese letzten Rufe ihm galten. Er war in Galatracht, den dreieckigen Hut trug er unterm Arm. Er setzte ihn auf und nahm ihn wieder ab, wie das üblich war, um die Grüße zu erwidern, und er sah, daß ihm die Menge noch lauter zuschrie.

Sein Wagen fuhr vor, er fragte seinen Bedienten Andrés, was denn die Leute geschrien hätten. Andrés, der seit Goyas Ertaubung weniger mürrisch und viel beflissener geworden war, bemühte sich, die Worte sehr deutlich zu artikulieren. Sie hatten aber geschrien: „Es lebe der heilige Antonius! Es lebe die Allerheiligste Jungfrau und ihr ganzer himmlischer Hofstaat! Es lebe Francisco Goya, der Hofmaler des Heiligen!“

In den nächsten Tagen fuhr ganz Madrid in die Florida, um sich Goyas Fresken zu beschauen. Ein Regen von Ruhm ging auf ihn nieder. Man sprach und schrieb ekstatisch von Goyas neuer Schöpfung. „Es sind in der Florida zwei Wunder zu sehen“, schrieb der Kunstkritiker Iriarte, „eines des heiligen Antonius, eines des Malers Francisco Goya.“

Höchlich aber mißbilligte Goyas Malerei der Großinquisitor Reynoso. Da hatte man den Ketzer nach Tarragona geladen, und nun war er noch frecher als vorher. „Wenn er Heilige malt“, grollte der Inquisitor-Kardinal, „malt er die sieben Todsünden mit und macht sie reizvoller als die Tugenden.“ Am liebsten hätte er den Sünder verhaftet und die Kirche geschlossen. Aber dieser Goya war schlau. Nichts Nacktes war zu sehen, nichts greifbar Unsittliches, und der König wie die Menge waren leider blind vor den Subtilitäten des Lasters und der Gottlosigkeit.

Ja, die Leute von Madrid hatten ihre Freude an den Fresken.

Die Majos aus den Schenken, Goyas Freunde, die Kleinbauern und die Wäscherinnen des Manzanares-Tales hatten sie als die ersten gesehen, sie verbreiteten ihren Ruhm, und nun kam alles Volk von Madrid, um sich das Wunder des beliebten Heiligen zu betrachten. Sie fühlten sich eins mit denen an der Balustrade; genauso hätten sie selber sich benommen, wenn sie Zeugen des Wunders gewesen wären. So liebten sie ihre Religion, lebendig, erregend, schauhaft, so wie die an der Balustrade spürten sie bei den großen Prozessionen und Autodafés, durchaus *eines* waren sie mit dem lustigen, farbigen Gewimmel, mit welchem ihr Maler die Kirche erfüllt hatte. Sie selber hatte er gemalt, und sie dankten es ihm.

An einem der nächsten Tage, um die Mittagsstunde, da die Florida wegen der Hitze ohne Besucher war, ging Goya hin, um sich die vollendeten Fresken ungestört anzusehen. Er stellte sich in einen der dunklen Winkel; von hier aus hatte er die beste Sicht auf den Teil des Gemäldes, den er betrachten wollte.

Eine Alte betrat die Kirche, ohne ihn zu bemerken. Sie beschaute die Fresken, legte den Kopf weit zurück, um sich das Wunder in der Kuppel anzusehen, nickte beifällig mit dem Kopf, schlurfte herum voll fröhlicher Andacht, schaute hier, schaute dort. Schließlich trat sie wieder in die Mitte und verneigte sich nach allen Seiten, sehr tief. Es war aber der Heilige ihr zu Häupten, so daß nicht wohl er es sein konnte, vor dem sie sich bückte, sondern es mußten die lustigen Engelinnen sein und das gemeine Volk der Zuschauer, dem sie ihre Verehrung bezeigte.

Goya war erstaunt. „Was tust du,
Mutter?“ fragte er. „Und weshalb
Tust du's?“ Doch er konnte seiner
Stimme Umfang nicht abschätzen,
Und sie füllte offenbar gleich
Donnerhall die Kirche und er-
Schreckte tief die Alte. Um sich
Schaute sie und sah den fremden
Herrn. „Was tust du, Mutter?“ wieder-
Holte er. „Warum verbeugst du
Dich vor dem gemalten Volk, vor

Dem Gesindel, dem gemalten?"
Fragt' er lächelnd. Sie indes – er
Las die Worte ihr vom Mund ab –
Sagte ernsthaft: „Wenn man so was
Schönes sieht, dann muß man sich ver-
Beugen."

17

Solange in Paris das Direktorium am Ruder gewesen war, hatte die spanische Regierung die Erledigung der leidigen portugiesischen Frage immer wieder hinausschieben können. Nun aber war Napoleon Bonaparte Erster Konsul, und er war nicht der Mann, Ausflüchte und Vertröstungen hinzunehmen. Er verlangte in bündiger Form, daß der Infant Manuel sogleich mittels eines befristeten Ultimatums Portugal zwinge, die Beziehungen zu Großbritannien abzubrechen: wenn sich Portugal weigern sollte, dann habe eine Armee der Alliierten, spanische und französische Truppen, Lissabon zu nehmen. Um seine Forderung zu verstärken, ließ Napoleon ein französisches Korps unter dem Kommando des Generals Leclerc an der spanischen Grenze aufmarschieren und gab Leclerc Order, binnen zehn Tagen, was immer man in der Zwischenzeit in Aranjuez unternommen oder nicht unternommen habe, sich und seine Truppen dem König Carlos *auf spanischem Boden* zur Unterstützung des portugiesischen Unternehmens zur Verfügung zu stellen.

Vor dem schmollenden, klagenden Manuel erschien der Botschafter Lucien Bonaparte. Setzte auseinander, er begreife, wie schwer es den Katholischen Majestäten falle, gegen das verwandte portugiesische Königshaus vorzugehen. Er habe aber dem Ersten Minister ein Projekt zu unterbreiten, das vorläufig freilich nur eine Blase seines eigenen Gehirns sei, um das aber sein Bruder Napoleon wisse und das vermutlich der Königin den harten Entschluß eines kriegerischen Vorgehens gegen ihre Tochter in Lissabon leichter machen werde. Es habe nämlich der Erste Konsul von seiner Gemahlin Josephine keinen Erben zu erwarten, und er werde sich in absehbarer Zeit scheiden lassen, um eine neue Ehe einzugehen. Er, Lucien, habe mit Entzücken die Reize der Infantin Doña Isabel wahrgenommen, die zwar noch ein Kind sei, aber doch wohl schon in kurzer Zeit verlobt werden könne; er habe seinem Bruder, dem Ersten Konsul, eine Andeutung in diesem Sinne gemacht, und Napoleon habe sie mit hohem Interesse aufgenommen.

Doña María Luisas jüngste Tochter, die Infantin Isabel, war – die Ähnlichkeit bewies es – ein Kind von ihm, von Manuel, und für einen Augenblick war er bestürzt vor Glück, daß seiner Tochter eine solche Erhöhung zugedacht war. Sogleich aber sagte er sich, was Lucien daherrede, sei wohl nur Geflunker. Wie immer, er war froh, das Gesicht wahren zu können. Feierlich erwiderte er, unter diesen Umständen glaube er, vor Gott und seinem Gewissen die Verantwortung für das gewünschte Ultimatum an Portugal übernehmen zu können; er werde den Katholischen Königen das von dem Ersten Konsul angeratene Vorgehen empfehlen.

In verdeckten Worten dann vereinbarten die beiden Herren noch, wie sie die persönlichen Kommissionen aus der von Portugal zu verlangenden Kriegsentschädigung unter sich verteilen sollten.

Die Vorschläge des Generals Bonaparte machten Eindruck auf Doña María Luisa. Zwar kostete es sie Überwindung, ihre gutmütige, fügsame Tochter Carlota, die in Portugal regierte, zu kränken und mit Krieg zu überziehen. Aber Napoleon hatte in einem früheren Falle Wort gehalten: er hatte ihre Tochter María Luisa zur Königin von Etrurien gemacht. Es war durchaus möglich, daß er willens war, sich mit dem Hause Bourbon zu verschwägern, ihre Tochter Isabel nach Versailles zu holen und dort mit ihr zu regieren. Dann werden wieder wir Bourbonen auf allen Thronen Europas sitzen.

Sie redete Don Carlos zu, sich ins Unvermeidliche zu fügen. Der, schweren Herzens, ließ Lucien Bonaparte kommen und erklärte ihm, er werde das Ultimatum an Portugal richten. „Da siehst du es, mein lieber Botschafter“, sagte er, Tränen in den Augen, „welches Herzeleid es bringen kann, eine Krone zu tragen. Wie ich meinen lieben Schwiegersohn kenne, wird er nicht nachgeben, und dann muß ich meine Armee schicken gegen meine eigene Tochter, die mir nichts getan hat und gar nicht weiß, um was es sich eigentlich handelt.“

In der Tat lehnte der Prinzregent von Portugal das Ultimatum ab, und es marschierte eine spanische Armee unter Führung Don Manuels in Portugal ein. Das geschah am 16. Mai.

Schon am 30. bat das wehrlose Portugal um Frieden. Die Verhandlungen wurden in Badajoz geführt, an der portugiesischen Grenze, in Manuels Geburtsstadt. Der Vertrag kam überraschend schnell zustande. Manuel, der von Portugal reiche Ehrengaben erhalten hatte, genehmigte dem geschlagenen Feind großherzige Bedingungen. Lucien Bonaparte, auch er im Besitz einer Kommission und üppiger Geschenke, fügte dem Vertrag seine Unterschrift im Namen Frankreichs bei.

Der Príncipe de la Paz hatte wiederum seinem Namen Ehre gemacht und trotz glorreicher, kriegerischer Erfolge dem besiegten Gegner einen edelmütigen Frieden zugestanden. Der „Friede von Badajoz" wurde in beiden Ländern gefeiert. Ein Dekret des Königs Carlos bewilligte dem siegreichen Infanten Manuel triumphalen Einzug in Madrid.

Allein Napoleon, der soeben bei Marengo die Österreicher entscheidend aufs Haupt geschlagen hatte, erklärte in einer scharfen Note, der Botschafter Lucien habe seine Vollmacht überschritten; er, der Erste Konsul, denke gar nicht daran, diesen törichten „Frieden von Badajoz" anzuerkennen, er betrachte sich nach wie vor mit Portugal im Krieg. Um keine Mißdeutungen aufkommen zu lassen, ließ er ein zweites französisches „Hilfskorps" in Spanien einrücken.

Dem Infanten Manuel verdunkelte der Weihrauch, den sein Land ihm streute, den Blick. In einer Note, nicht minder entschieden als die Napoleons, verlangte er, daß die französische Regierung ihre nun überflüssigen Armeen sogleich aus Spanien zurückziehe; vorher werde er eine Revision des „Friedens von Badajoz" nicht einmal erwägen. Napoleon antwortete, er könne Manuels dreiste Worte nur dahin deuten, daß die Katholischen Majestäten des beschwerlichen Sitzens auf dem Throne müde seien und danach verlangten, das Schicksal der andern Bourbonen zu teilen.

Manuel hatte dem spanischen Volke und sogar dem Königspaar verheimlicht, daß der Erste Konsul Einspruch erhoben hatte gegen den „Frieden von Badajoz", und Hof und Stadt fuhren fort, den Infanten mit Kling und Gloria zu feiern. Dieser, immer tiefer verblendet von dem Gejubel, ging daran, die Unverschämtheit Napoleons nach Gebühr zurückzuweisen. Er entwarf eine würdige Erwiderung, welche im Namen Manuels der spanische Gesandte in Paris, Azara, dem General Bonaparte in einer persönlichen Ansprache übermitteln sollte. In dieser Antwort machte Don Manuel den Emporkömmling darauf aufmerksam, daß kein Erster Konsul, sondern der allmächtige Gott das Schicksal der Staaten entscheide, und er wies darauf hin, daß ein junger, gerade erst ans Ruder gekommener Regent leichter die Herrschaft wieder verliere als eine gesalbte Majestät, deren Ahnen Kronen getragen hätten seit einem Jahrtausend.

Miguel, als er das Konzept dieser Antwort überlas, fühlte Unbehagen. Dem an allen Fronten siegreichen Napoleon eine solche Note zu übersenden, grenzte an Wahnwitz. Der Sekretär stellte Manuel vor, der Erste Konsul werde eine derartige Botschaft mit militärischen Maßnahmen gegen Madrid erwidern. Der Minister schaute Miguel finster an, aber der Nebel zerriß, er wußte, Napoleon war kein Mann langen Federlesens. Mürrisch sagte er: „Soll ich die ganze Rede umsonst gemacht haben?" Miguel schlug vor, Don Manuels schöne und würdige Antwort nach Paris zu schicken, doch mit der Weisung, der Botschafter Azara solle sie nur im äußersten Notfall übermitteln. Manuel, verdrossen, stimmte zu.

Mittlerweile aber waren die endgültigen Bedingungen Napoleons für den Friedensschluß mit Portugal in Madrid eingetroffen. Harte Bedingungen. Portugal sollte seine Kolonie Guayana an Frankreich abtreten, einen für Frankreich sehr vorteilhaften Handelsvertrag unterzeichnen, eine Kriegsentschädigung von hundert Millionen zahlen und, selbstverständlich, alle Beziehungen zu England abbrechen. Um die Einhaltung dieser Bedingungen zu sichern, sollte eine französische Armee bis zum Abschluß eines Friedens mit England auf spanischem Boden bleiben. Das einzige, was der Erste Konsul dem spanischen Alliierten zugestand, war, daß auch dieser Friede in Badajoz geschlossen werden sollte.

Don Manuel erwiderte klagend und störrisch. Daraufhin gab Napoleon seinem Bruder Lucien Weisung, nicht länger mit Manuel zu unterhandeln, und schickte ihm ein Handschreiben, das er sogleich, ohne Manuel davon zu verständigen, Doña María

Luisa überreichen sollte. Der Befehl des Ersten Konsuls war in so eindeutig strengen Worten gehalten, daß sich Lucien wohl fügen mußte. Es hieß aber in diesem persönlichen Schreiben Napoleon Bonapartes an die Königin von Spanien: „Der Herr Erste Minister Eurer Majestät hat in den letzten Monaten meiner Regierung eine Reihe von beleidigenden Noten gesandt und darüber hinaus dreiste Reden gegen mich geführt. Ich habe dieses alberne und ungebührliche Benehmen satt. Ich bitte Eure Majestät, zur Kenntnis zu nehmen, daß ich, wenn ich noch eine einzige Note solcher Art erhalte, den Blitzstrahl werde niederfahren lassen."

Die erschreckte María Luisa befahl sogleich Manuel vor sich. „Da hast du deinen guten Freund Bonaparte!" sagte sie und warf ihm den Brief hin. Sie schaute zu, wie er las. Das fette Gesicht des sonst so sicheren Mannes wurde verstört, sein feister Körper schlaff. „Ihren Rat, bitte, Herr Erster Minister!" sagte sie höhnisch. „Ich fürchte", antwortete er trübe, „wenn Bonaparte den Frieden von Badajoz ratifizieren soll, dann muß wohl deine Carlota die Kolonie Guayana hergeben." – „Und die hundert Millionen", ergänzte böse María Luisa.

Und so kam ein zweiter Friedens-
Schluß von Badajoz zustande,
Diesmal unterzeichnet von dem
Ersten Konsul. Aber dieser
Friede hatte nur den Namen
Mit dem früheren Vertrag von
Badajoz gemein.
Nur wenig
Ward den Spaniern von den neuen
Klauseln mitgeteilt, und Manuel
Wurde weiter hoch gefeiert.
Doch es blieben die Soldaten
Frankreichs weiter auf dem Boden
Spaniens, und dies auf Spaniens
Kosten.

18

Goya, in Aranjuez, malte an einem Porträt Don Manuels.

Trotz des lauten Ruhmes hatten viele durchschaut, wie faul der „Friede von Badajoz" war, der gescheite Francisco sicher auch, und es lag Manuel daran, ihn, mit dem er sich verknüpft fühlte, für sich zu gewinnen. Er überhäufte ihn mit kleinen, erlesenen Aufmerksamkeiten, teilte die Mahlzeiten mit ihm, fuhr mit ihm spazieren.

Oft wandte er die Zeichensprache an, noch öfter sprach er einfach darauf los, häufig so schnell und undeutlich, daß Goya nur wenig verstand. Manchmal fragte sich Francisco, ob Manuel verstanden sein wollte. Sichtlich drängte es ihn, sich auszusprechen, doch hielt er es für klüger, das vor einem Partner zu tun, dessen Aufnahmefähigkeit behindert war. Denn Manuel äußerte vielerlei Verfängliches. Ließ sich in bitteren, hochfahrenden Worten aus über den Ersten Konsul und sparte nicht mit ironischen Reden über Doña María Luisa und den König Unsern Herrn.

Don Manuel hatte Goya aufgefordert, ihn repräsentativ zu malen, mit den Insignien des Generalissimus; ihm schwebe, hatte er erklärt, so etwas vor wie das Gemälde des David vom Alpenübergang des Generals Bonaparte. Goya stellte demzufolge Don Manuel in glänzender Uniform dar, auf dem Schlachtfeld, nach erfochtenem Siege auf einer Rasenbank rastend, eine Depesche in der Hand.

Als Rasenbank diente bei den Sitzungen ein bequemes Sofa. Darauf rekelte sich der Infant, schwatzend. Goya spürte keine Nachsicht mehr für den mächtigen Gönner, er nahm wahr, daß sich nicht nur sein Gesicht und sein Leib, sondern auch sein Inneres verfettet hatte. Er dachte an die rohe Gleichgültigkeit, mit welcher Manuel das Leben der Infantin Doña Teresa zerbrochen hatte, dachte an die niederträchtige Rache, welche er an seinem Gegner Urquijo nahm dafür, daß sich dieser als der bessere Mann bewährt hatte. Denn man hielt den früheren Ersten Sekretär eingesperrt in einer feuchten, dunkeln Zelle der Festung Pamplona, gab ihm ungenügende Nahrung, verweigerte ihm Papier und Tinte. An dies alles denkend, malte Goya zwar den ganzen Glanz des Generalissimus, doch auch seine Faulheit und Verfettung, seinen mürrisch blasierten Hochmut. „Je höher der Affe klettert, so deutlicher zeigt er den Steiß", dachte er das alte Sprichwort.

Manchmal war Pepa bei den Sitzungen zugegen. Sie fühlte sich zu Hause in Aranjuez, sie war Hofdame der Königin, sie hatte gute Beziehungen zu ihr, bessere zu Carlos, es gab kaum mehr einen Gipfel, den sie noch hätte ersteigen können, rings um sie war blaue Höhe. Daß Goya sie als Engel gemalt hatte in der Florida, schien ihr eine Bestätigung der Rolle, die sie noch immer in seinem Gemüte spielte. Sie forderte ihn auf, sich ihren kleinen Sohn anzuschauen. Francisco hatte Freude an Kindern, lächelte dem Kleinen zu, gab ihm seinen Finger, daß er damit spiele. Pepa sagte: „Er hat Zutrauen zu Ihnen, Don Francisco. Er lacht übers ganze Gesicht." Und: „Findest du nicht, daß er dir ähnlich sieht?" fragte sie plötzlich.

Das Bild Don Manuels war fertig; er und Pepa besichtigten es.

Da saß Don Manuel, zurückgelehnt auf seiner kleinen Erderhöhung, in vollem Schmuck seiner Kriegsausrüstung, er glitzerte von Gold, der Christus-Orden blitzte ihm vom Gehänge des Degens. Zur Linken flatterte schlaff eine eroberte portugiesische Fahne; Pferde und Soldaten bewegten sich schattenhaft im Hintergrund. Klein hinter Manuel war sein Adjutant, der Conde Tepa. So, unter einem bleifarbenen, tragischen Himmel, saß der Feldherr, offenbar müde vom Siegen, leicht gelangweilten Gesichtes seine Depesche lesend; sehr sichtbar waren die gepflegten, fleischigen Hände.

„Er sitzt so unnatürlich", äußerte Pepa, „aber sonst ist er sehr ähnlich. Du bist wirklich etwas dick geworden, Infant." Manuel ging darauf nicht ein. Das Bild war das Gemälde eines Mannes und seines Erfolges. So saß, so kleidete sich, so schaute nur ein Mann, der Macht hatte. „Ein ausgezeichnetes Bild", rühmte er. „Ein echter Goya. Schade, daß ich nicht die Zeit habe, Ihnen für ein zweites Bild zu sitzen, mein Freund und Maler. Aber", seufzte er, „das Regieren nimmt jetzt meinen ganzen Tag in Anspruch."

Er hatte in der Tat viel zu tun. Da er nämlich, behindert durch den General Bonaparte, Europa seine Macht nicht zeigen konnte, wollte er sie wenigstens die Spanier fühlen lassen. Wollte ihnen zeigen, daß jetzt ein anderer Mann am Steuer saß als Urquijo, ein Mann, der sich von dem gottlosen Frankreich nicht einreden ließ in seine Politik. Don Manuel regierte also gegen die Liberalen und näherte sich immer mehr dem reaktionären Adel und dem ultramontanen Klerus.

Miguel Bermúdez, auf seine sachte Art, suchte zu mildern, warnte mit Schmeicheleien, mit klugen, leisen Argumenten. Manuel aber wollte nicht hören, ja, er ließ ihn merken, daß er seine Ratschläge als lästig empfand. Manuels Beziehung zu Miguel hatte sich geändert. Er hatte in peinlichen Verlegenheiten Miguels Hilfe anrufen müssen, er wollte nicht daran erinnert sein. Daß sich sein Sekretär jetzt in der Sache mit Lucía so unmännlich benommen hatte, gab dem Infanten den innern Vorwand, sich den Dank zu schenken.

Trotz seines Gleichmuts traf es Miguel schwer, daß ihm Manuel entglitt. Miguels Leben war ohnedies voll von Unruhe und Sorge. Lucías Rückkehr hatte ihm statt der erwarteten Befriedigung nur neue Verwirrung gebracht. Jetzt zettelte sie sogar mit Manuel Intrigen, aus denen sie ihn ausschloß und von denen sie wissen mußte, daß er sie mißbilligte. Zweifellos war die milde Strafe des Abate zurückzuführen auf bedenkliche Abmachungen Manuels mit dem Großinquisitor, und zweifellos staken hinter dieser ganzen Angelegenheit Lucía und Pepa.

Weiter und weiter aus seiner Vertrautheit mit Don Manuel verdrängt sah sich Miguel. Manuel, gegen seinen Rat, bedrückte immer heftiger die Liberalen, und nun holte er aus zu seinem härtesten Schlage.

Der Großinquisitor Reynoso hatte nämlich für die milde Behandlung des Abate Diego Perico eine einzige Gegenleistung verlangt: die ungnädige Entlassung des Erzketzers und Rebellen Gaspar Jovellanos. Manuel hatte sich gesträubt, gegen einen Mann vorzugehen, dem er selber Begnadigung und neue Erhöhung bewirkt hatte. In seinem Herzen aber war es ihm willkommen, den sauren Moralisten loszuwerden, dessen Anblick ihm ein ewiger Vorwurf war. Er war also nach einigem Zögern und Feilschen auf die Bedingungen des Großinquisitors eingegangen. Nun schien ihm der rechte Zeitpunkt gekommen, den Vertrag zu erfüllen.

Ein bequemer Vorwand fand sich bald. Jovellanos hatte ein neues, kühnes Buch veröffentlicht, und das Heilige Offizium verlangte in einem strengen Schreiben, daß die Regierung das gottlose und rebellische Werk sogleich verbiete und den Autor zur Rechenschaft ziehe. „Er wird nie mehr klug werden, dein Don Gaspar“, sagte seufzend Don Manuel zu Miguel. „Ich fürchte, dieses Mal werde ich gegen ihn vorgehen müssen.“ – „Sie werden doch nicht zulassen wollen, daß das Buch verboten wird?“ fragte Miguel. „Lassen Sie mich eine Antwort an Reynoso entwerfen“, bat er, „etwas Beschwichtigendes, Vertröstendes.“ – „Ich fürchte, damit werden wir dieses Mal nicht durchkommen“, meinte Manuel und schaute Miguel voll an, blanken Auges, doch sichtlich Böses vorbereitend. „Sie denken wirklich daran, Jovellanos einen Verweis zu erteilen?“ fragte, nun ernstlich alarmiert, Miguel. Er konnte die Gemessenheit nicht festhalten, welche sein weißes, viereckiges, klarstirniges Gesicht zu zeigen pflegte. „Ich fürchte“, antwortete Manuel, „auch das wird dieses Mal nicht genügen.“ Er hob die fleischige Hand zu einer vornehm gelangweilten Geste der Ablehnung. „Don Gaspar bringt mich in immer neue Händel mit dem Großinquisitor und mit Rom, und er will durchaus nicht begreifen.“ Und ohne Maske jetzt, bösartig, aufbegehrend wie ein trotziges Kind, schloß er: „Ich habe die ewigen Scherereien satt. Ich werde ihn zurückschicken nach seinem Asturien. Ich werde den König bitten, ihm eine Carta orden zuzustellen.“

„Das werden Sie nicht!“ rief Miguel. Er war aufgestanden. In ihm war das bittere Gedächtnis des langen Kampfes, den es gekostet hatte, Jovellanos aus der Verbannung zurückzurufen. Das Schicksal Franciscos, Pepas, Manuels, sein eigenes war verändert worden durch diesen Kampf: und sollten die Opfer und heißen Mühen alle umsonst gewesen sein? „Ich bitte Sie sehr um Verzeihung, Don Manuel“, sagte er. „Aber wenn Sie dem Großinquisitor jetzt so bedingungslos nachgeben, dann wird er in Zukunft nur um so dreister werden.“ – „Erinnere dich gefälligst, Don Miguel“, gab ihm sanft und höhnisch Manuel zurück, „daß ich, wenn es darauf ankommt, dem Papst und dem Großinquisitor gegenüber sehr wohl meinen Mann zu stellen weiß. Hat man es je erlebt, daß einer, der einen verurteilten Ketzer über die Grenze entführt hat, zurückkehrt und am Leben bleibt? Nun, mein Lieber, ich habe es geschafft. Unser Abate *ist* in Spanien, es geht ihm nicht schlecht, und es wird ihm noch besser gehen. Gib es zu, Don Miguel: wir haben dem Heiligen Offizium einen schweren Schlag versetzt; es ist nur billig, daß wir ihm eine kleine Gefälligkeit erweisen." – „Eine kleine Gefälligkeit!" rief mit kaum beherrschter Stimme Don Miguel. „Jovellanos, der größte Mann dieses Reiches, verbannt! Von einer solchen Niederlage erholen wir uns nie wieder! Bedenken Sie es zweimal, Don Manuel", beschwor er ihn, „ehe Sie einen solchen Schritt tun!" – „Deine Ratschläge, mein Lieber", antwortete auffallend ruhig Don Manuel, „werden mir in der letzten Zeit ein wenig zu aufdringlich. Glaub mir, ich kann ganz gut allein denken. Ihr werdet mir alle zu übermütig, ihr Liberalen, ich hab euch zu sehr verwöhnt." Er stand auf. Fleischig, groß, stattlich stand er vor dem hagern Miguel. „Alles ist bedacht", sagte er. „Dein Freund Don Gaspar erhält seine Carta orden!" Sein dunkler Tenor schmetterte, es klang tückisch und triumphierend.

„Ich bitte um meine Entlassung", sagte Don Miguel.

„Du undankbarer Hund!" rief Don Manuel. „Du dummer, blinder, unwissender, undankbarer Hund! Begreifst du immer noch nicht, wie das zusammenhängt? Hast du dir's nicht selber zusammenreimen können, daß das der Preis ist für die Rückkehr eures Abate? Hat dir das deine Lucía nicht beigebracht? Ich hab es doch durchgesprochen mit ihr und mit Pepa. Und so ein Dummkopf will mich beraten!"

Don Miguel ließ Manuel nicht
Merken, daß am ganzen Leib er
Zitterte. In seinem Innern
Hatte er's gewußt, allein er
Hatte es nicht wissen wollen,
Hatte sich's versteckt. „Ich danke
Ihnen", sprach er trocknen Mundes,
„Für die Aufklärung." Das Sprechen
Fiel ihm schwer. „Das wäre dann wohl
Alles", sagte er. Verneigte
Steif sich. Ging.

19

Don Manuel, unter dem Einfluß des Zwistes mit Miguel, sah davon ab, den Jovellanos durch königliches Dekret in die Verbannung zu senden. Statt dessen erklärte er ihm in einer persönlichen Unterredung, seine Anwesenheit in Madrid bedeute eine ständige Herausforderung des romfreundlichen Klerus und des Großinquisitors und gefährde die Politik des Königs Unseres Herrn. Er empfehle also Don Gaspar, sich nach seinem heimatlichen Asturien zurückzuziehen, und zwar erwarte die Krone, daß er die Reise nach Gijón binnen zwei Wochen angetreten haben werde.

Don Miguel, den es drückte, daß Lucía die Hauptschuld trug an dem bösen Lose Don Gaspars, redete ihm zu, nach Frankreich zu gehen statt nach Asturien. Er selber hätte, da sein Hader mit Manuel einen weitern Aufenthalt in Spanien nicht ratsam erscheinen ließ, am liebsten in Paris Zuflucht gesucht. Aber er brachte es nicht über sich, vor Lucía als Feigling zu erscheinen. Er bot seine ganze Beredsamkeit auf, wenigstens den verehrten Freund zur Reise über die Grenze zu bewegen.

Aber: „Was denken Sie von mir!" grollte Jovellanos. „Schon auf dem Kamme der Pyrenäen würde ich das Gelächter der Gegner gleich einem bösen Wind in meinem Rücken spüren. Der Lump Manuel soll nicht hinter mir her triumphieren: ‚Da habt ihr euern Helden, er hat sich davongemacht, er ist über die Berge.' – Nein, Don Miguel, ich bleibe."

Am Tage, bevor Don Gaspar das zweitemal in ein Exil von unabsehbarer Dauer ging, versammelte er seine Freunde um sich. Da waren Miguel und Quintana, Goya, Agustín und seltsamerweise auch Doktor Peral.

Der alternde Mann zeigte in seinem Unglück den würdigen Gleichmut, den man von ihm erwartete. Es sei begreiflich, meinte er, daß Don Manuel danach trachte, seine außenpolitischen Mißerfolge hinter einer gewalttätigen Innenpolitik zu verschleiern. Aber lange könne der Friede mit England nicht auf sich warten lassen, und dann werde der traurige, wankelmütige Streber sicherlich versuchen, das Bürgertum und die Freigeister wieder zu versöhnen. Seine, des Jovellanos, Verbannung werde nicht von Dauer sein.

Die andern hörten Don Gaspars zuversichtliche Erklärungen mit verlegenen Gesichtern an. Niemand hielt seine Hoffnungen für begründet; die Grausamkeit, welche Manuel in der Behandlung Urquijos an den Tag gelegt hatte, ließ auch für Jovellanos Schlimmes befürchten.

Es war Doktor Peral, der, nach einem betretenen Schweigen, das Wort nahm. In seiner ruhigen, vernünftigen Art setzte er auseinander, nun Manuel einmal den ersten Schritt getan habe, werde er schwerlich vor weiteren zurückschrecken. Deshalb sähen sie wohl alle ihren verehrten Gastgeber lieber in Paris als in Gijón. Die andern beeilten sich, dem Arzte beizustimmen. Am lebhaftesten der junge Quintana. „Sie sind es nicht nur sich selber, Sie sind es Spanien schuldig, Don Gaspar", erklärte er eifrig, „sich vor diesem rachsüchtigen Schurken in Sicherheit zu bringen. Sie sind unentbehrlich in dem Kampf für Freiheit und Gesittung."

Der einmütige Rat der Freunde, vor allem das Zureden Quintanas, dessen Feuer und Tugend er hoch schätzte, schien Eindruck zu machen auf den starren Don Gaspar. Nachdenklich schaute er von dem einen zum andern. Dann indes, beinahe lächelnd, antwortete er: „Ich glaube, Sie machen sich um mich zu viele Sorgen, meine Freunde. Aber selbst wenn ich in Asturien umkäme, wäre das vorteilhafter für die Sache des Fortschritts, als wenn ich in Paris säße, ein untätig schwatzender Flüchtling. Noch keiner, der im Kampfe für den Geist umkam, ist umsonst gestorben. Juan Padilla wurde besiegt, aber er lebt und kämpft noch heute."

Francisco hatte, wenn nicht jedes einzelne Wort, so doch den Sinn dessen verstanden, was Don Gaspar verkündet hatte, und es fiel ihm schwer, ein trübes Lächeln zu verbergen. Gewiß, Padilla lebte noch heute: aber als der vergessene Hofnarr Cayetanas, als der zwerghafte, verkrüppelte Padilla der Casa de Haro in Cádiz.

Doktor Peral sprach von dem General Bonaparte. Ohne Frage sei dieser ehrlich bestrebt, die Sache der Aufklärung überall in Europa zu fördern. Leider aber nötige ihn Don Manuels Politik, in Spanien zunächst einmal militärische Sicherungen zu suchen. Das mache böses Blut, und der Erste Konsul werde die Mißstimmung des spanischen Volkes kaum vermehren wollen durch die Befürwortung zivilisatorischer Reformen auch auf der Iberischen Halbinsel. Wie die Dinge heute lägen, werde Napoleon dem Ersten

Minister in seinem Kampf gegen die Freidenker bestimmt nicht in den Arm fallen. „Und darum“, kam Peral mit der ihm eigenen Beharrlichkeit auf seine früheren Worte zurück, „würde ich an Ihrer Stelle, Don Gaspar, nicht in Spanien bleiben.“

Die andern, besonders Don Miguel, erwarteten, Jovellanos werde den hartnäckigen Ratgeber donnernd zurückweisen. Allein Don Gaspar bezähmte sich. „Ich denke ohne Bitterkeit zurück an die Zeit meiner letzten Verbannung“, sagte er. „Die erzwungene Muße kam mir zustatten. Ich konnte jagen, konnte nach Belieben lesen, ich habe studiert und einiges geschrieben, was vielleicht nicht ganz wertlos ist. Wenn mich jetzt die Vorsehung zurück in meine Berge schickt, mag sie ihre guten Gründe haben.“ Die andern schwiegen höflich, doch blieben sie skeptisch. Da dem verbannten Urquijo Tinte und Papier vorenthalten wurden, war es unwahrscheinlich, daß man Don Gaspar erlauben werde, in Asturien ein zweites Buch zu schreiben wie „Brot und Stiere“.

„Sie sollten, meine Freunde“, tröstete Jovellanos, „über der Niederlage, die wir erlitten haben, nicht vergessen, was der edle und tapfere Urquijo erreicht hat. Schließlich ist die Unabhängigkeit der spanischen Kirche erwirkt. Schließlich bleiben ungeheure Summen, die früher nach Rom gezinst wurden, jetzt im Lande. Was bedeutet vor solchen Erfolgen das bißchen Unbequemlichkeit, das ich in Kauf zu nehmen habe?“ Nun aber machte Agustín den Mund auf und sagte finster: „Da man sich erfrecht, Sie aus Madrid wegzuschicken, Don Gaspar, wird man auch nicht davor zurückscheuen, das Edikt zu widerrufen.“ – „Das wagen sie nicht!“ rief Jovellanos. „Sie können nicht zulassen, daß Rom von neuem über uns herfällt, uns das letzte Blut abzuzapfen. Ich sage euch, meine Freunde: sie wagen es nicht! Sie widerrufen das Edikt nicht!“

Die andern hörten gerne die tröstlichen Worte, aber in ihrem Innern waren sie bekümmert über die Naivität des Jovellanos. Sogar Francisco, der sich nicht viel mit politischen Dingen befaßte, war sich klar darüber, wie kindisch es war, daß Don Gaspar der Welt nach soviel übeln Erfahrungen noch immer so wenig Schlechtigkeit zutraute.

Er beschaute das Porträt an der Wand, das er gemalt hatte, als Jovellanos noch nicht alt und er selber sehr jung gewesen war. Ein schlechtes Porträt. Hätte er ihn heute zu malen, dann würde er spüren machen, daß Don Gaspar bei all seinem banal-pathetischen Wesen mehr rührend war als komisch. Da blieb er also wirklich sitzen im Bereich des mächtigen Feindes, statt schleunigst die Pyrenäen zwischen sich und ihn zu legen. Noch immer nicht hatte er gelernt, daß man, wenn man für ein Ziel kämpfen will, zunächst einmal am Leben bleiben muß. Und trotzdem war des Jovellanos Dummheit keine verächtliche Dummheit; ja, Goya bewunderte beinahe die Starre, mit welcher Don Gaspar seiner Moral nachlebte.

Plötzlich merkte er, daß Jovellanos zu ihm sprach. „Es ist jetzt an Ihnen, Don Francisco", sagte er, „hier in Madrid meinen Platz zu übernehmen. Die Machthaber von heute sind merkwürdig blind vor Ihren Bildern und merken nicht, wieviel diese ausrichten im Kampf gegen die Dunkelmänner und Ausbeuter. Sie müssen sich die blinde Gunst des Königs und seiner Granden zunutze machen. Sie dürfen sich nicht drücken, Goya. Sie müssen der verlotterten Zeit den Spiegel vorhalten. Wollen Sie es nur, und Sie werden der Juvenal dieses Hofes und dieser Stadt sein."

Nichts lag Goya ferner. Es drängte ihn, die hochtrabenden Sätze Don Gaspars, seine unverschämte Zumutung, mit kräftigen Worten zurückzuweisen. Aber er bedachte, daß der alternde Mann in ein ungewisses Schicksal ging, und daß, wer sich selber soviel auferlegte, das Recht hatte, Forderungen auch an andere zu stellen. „Ich fürchte, Don Gaspar", erwiderte er höflich, „Sie überschätzen die Wirkung meiner Kunst. Die Regierung weiß, wie geringen Einfluß meine Bilder haben, darum schreitet sie nicht ein. Und wenn der König und die Granden zulassen, daß ich sie so male, wie sie sind, dann tun sie es aus Hoffart. Sie glauben sich so groß, daß sie durch keine Wahrheit kleiner werden, ob ein Hofnarr sie ihnen sagt oder ein Hofmaler sie ihnen malt."

Aber: „Sie tun sich selber unrecht, Don Francisco", rief stürmisch Quintana. „Was wir Schriftsteller geben können, ist gepflegtes Kastilianisch, das einigen Gebildeten gut in die Ohren klingt. Ihre ‚Familie des Carlos' aber, Ihre Fresken in der Florida erreichen die Herzen aller. Idioma Universal."

Francisco sah Quintana freundlich an, doch antwortete er nichts. Auch gab er sich nicht länger Mühe zu verfolgen, was die andern sagten. Vielmehr beschaute er wieder sein Bild des Jovellanos, und es war ihm leid, daß Don Gaspar fort mußte und keine Zeit mehr war, ein neues Porträt von ihm zu malen.

Denn erst jetzt verstand er diesen
Mann. Dem ging's nicht um den Sieg, dem
Ging es um den Kampf. Er war der
Ew'ge Kämpfer. In ihm stak ein
Stück des Don Quichotte, doch in
Welchem Spanier stak das nicht? Es
Brannte diesen Don Gaspar die
Gier, für die Gerechtigkeit zu
Kämpfen. Wo er Unrecht fand, da
Mußte er einhaun. Er sah nicht,
Daß Gerechtigkeit ein blaues
Ziel, ein Ideal war, uner-
Reichbar, wie das ritterliche
Ziel des Don Quichotte. Nein, er
Mußte, Don Quichotte mußte
Reiten.

20

Die Radierungen, die Francisco in den letzten Monaten gemacht hatte, waren Überarbeitungen jener Skizzen aus der glücklichen Zeit in Sanlúcar. Doch hatten die harmlos fröhlichen Zeichnungen von damals in der neuen Form einen andern Sinn angenommen, einen reicheren, schärferen, bösartigeren. Cayetana war längst nicht mehr nur Cayetana. Hinter der Dueña Eufemia lugte die tote Zofe Brígida vor. Die Zofe Fruela, die Tänzerin Serafina erschienen als madrilenische Majas in vielen Gestalten. Und er selber, Francisco, erschien in vielen Gestalten: bald war er ein läppischer Galan, bald ein gefährlicher Majo, beinahe immer aber der Schwärmende, der Betrogene, der Pelele, der Narr.

So entstand ein krauses, wildes Bilderbuch, in dem aufgezeichnet war, was alles den Frauen dieser Stadt Madrid zustieß, viel Böses und einiges Gute. Sie heirateten reiche Männer von scheußlichem Aussehen, sie lockten harmlose Verliebte an, sie beuteten aus, wer sich ausbeuten ließ, und wurden ihresteils von Wucherern, Anwälten, Richtern ausgebeutet. Sie liebten und liebelten, prangten in lockenden Kleidern, und noch wenn sie uralt waren und Gesichter hatten wie Totenmasken, saßen sie vor dem Spiegel und ließen sich schminken und putzen. Sie gingen und fuhren prächtig einher und hockten jämmerlich im Armesünderkleid vor dem Inquisitor, lagen verzweifelt im Gefängnis, standen an der Schandsäule, wurden schimpflich halbnackt zur Richtstätte geführt. Und immer war um sie ein Schwarm eleganter Wüstlinge, brutaler Polizisten, gewalttätiger Majos, verschmitzter Dueñas und Kupplerinnen.

Auch Dämonen waren um sie, nicht nur die tote Brígida, eine ganze Armee von Gespenstern, manche gemütlich, manche Grausen erregend, die meisten grotesk, bizarr. Und nichts war eindeutig, alles floß und wandelte sich vor dem Beschauer. Die Braut, die im Hochzeitszuge schritt, hatte ein zweites, tierisches Gesicht, die Alte hinter ihr wurde zur scheußlichen Äffin, aus dem Dämmer grinsten wissende Zuschauer. Und die Männer, die Begehrlichen, die Freier, flatterten herum als Vögel mit kenntlich-unkenntlichen Gesichtern, fielen herunter, wurden im Wortsinne gerupft, und waren sie gerupft, hinausgefegt. Und dem Bräutigam wurde das makellose Register der hohen, toten Ahnen der Verlobten präsentiert, er studierte es und erkannte nicht, noch nicht, das äffische Gesicht der lebendigen Braut. Sie selber erkannte es nicht. Ein jeder trug eine Maske und erschien, auch sich selber, so, wie er sein wollte, und nicht, wie er war. Keiner erkannte keinen, keiner sich selber.

Solche Zeichnungen also hatte Francisco in diesen letzten Wochen gemacht, mit Hingabe, mit grimmigem Schwung. Seit dem Abschied des Jovellanos aber war ihm die Begeisterung verflogen. Er saß müßig in seiner Ermita, das Gespräch bei Don Gaspar wollte ihm nicht aus dem Kopf, er stritt im Geiste mit den andern. Was wollten sie eigentlich von ihm? Sollte er sich hinstellen zu den Proyectistas auf der Puerta del Sol und den Leuten aufrührerische Bilder zeigen? Begriffen sie denn gar nicht, die Jovellanos und Quintana, daß Märtyrer nutzlos sind? Seit dreihundert Jahren jetzt haben sie sich schinden und foltern und umbringen lassen für den gleichen Zweck, und was haben sie erreicht? Mag der Alte in seinen asturischen Bergen stillsitzen und warten, bis die Grünen Boten der Inquisition kommen und ihn holen: er, Francisco, läßt sich nicht die Vernunft von falschem Mute umnebeln. A tuyo tú! Kümmere du dich um deines!

Aber er kam nicht los von dem, was bei Jovellanos gesprochen worden war. Er dachte an Don Manuel, wie sich der faul, übersatt und arrogant auf dem Sofa gerekelt hatte, welches das Schlachtfeld hatte bedeuten sollen, er dachte an die Infantin, wie sie aus großen Augen in die unbegreiflich scheußliche Welt gestarrt hatte, zart und gebrechlich.

Mit einem Male, die Unterlippe weit vorgeschoben, saß er wieder am Tisch und zeichnete. Aber keine Frauen dieses Mal, keine großen Damen, keine Petimetras und Majas und Kupplerinnen, auch nichts Hintergründiges, Vieldeutiges, sondern simple Zeichnungen jetzt, die ein jeder verstehen mußte.

Da lehrte ein großer, alter Esel einen kleinern, jüngeren mit würdigem Eifer das Abc; da spielte ein Affe einer entzückten alten Eselin auf der Gitarre vor, und ihr Gefolge klatschte begeistert; da studierte ein vornehmer Esel das Register seiner Ahnen, und es waren Esel auf ein Jahrtausend zurück; da malte ein kleiner, beflissener, geschickter Affe einen stolzen, glänzenden Esel, und von der Leinwand schaute ein Kopf, nicht ohne Porträtähnlichkeit und doch mehr Löwe als Esel.

Goya prüfte, was er gemacht hatte. Es war zu brav, zu simpel, zu sehr im Sinne seiner Freunde. Und er zeichnete zwei große, schwere Esel, die zwei tiefgebückten Männern auf den brechenden Rücken saßen. Er lächelte böse. „Tú que no puedes, llévame a cuestas – Du, der du's nicht kannst, trag mich und meinen Wanst." Das war schon besser. Da sah man, wie Adel und Geistlichkeit den geduldigen Spaniern auf dem Rücken hockten.

Sich politische Wirkung zu versprechen von derlei Gekritzel, das war natürlich Unsinn. Aber es tat wohl, solche Dinge aufzuzeichnen, es machte Spaß.

In der nächsten Zeit war er viel in der Ermita, arbeitend mit stiller Hitze. Er hatte bisher für seine Zeichnungen und Radierungen keinen Namen gehabt, nun nannte er sie „sátiras", Satiren.

Auch Frauen zeichnete er wieder, doch mit mehr Bosheit jetzt und mit weniger Mitleid. Da war ein liebelndes Paar, und zu Füßen der Verliebten waren zwei winzige, modische Schoßhunde, ebenso beschäftigt wie das Liebespaar. Da war vor einer riesigen Steinmasse ein Verliebter, verzweifelt angesichts seiner toten Geliebten. Aber war sie wirklich tot? Blinzelte sie nicht, um sich seiner Verzweiflung zu erfreuen?

Immer tiefer hinein jetzt in das Leben, welches er aufzeichnete, spielten die Dämonen. Menschliches, Himmlisches, Teuflisches ging verwirrend ineinander, inmitten des bizarren Gemisches schritten, tanzten Francisco, Cayetana, Lucía, und alles wurde zum kühnen, großartigen Spiel.

Er zeichnete die Lust des Spieles. Zeichnete einen Satyr, gelagert auf einer Kugel, wohl der Erdkugel, und der bocksbeinige Gesell, ein großer, jovialer Dämon, vertreibt sich die Zeit mit ein wenig Akrobatik. Verträumten, vergnügten, kindischen Gesichtes hält er einen Mann hoch in stolzer Uniform und mit vielen Orden, und der Mann trägt eine riesige Perücke, die raucht und flammt, und auch in seinen Händen trägt er rauchende, flammende Fackeln. Auf der einen Seite der Erdkugel aber fällt einer herunter, mit dem zu spielen der Satyr offenbar müde geworden ist, die gespreizten Beine des Fallenden und sein Hintern ragen grotesk ins Nichts. Auch auf der andern Seite fliegt einer kopfunten in den leeren Weltraum, mit gespreizten Armen und Beinen, auch er ein verbrauchtes Spielzeug des Satyrs.

Francisco freute sich der Vieldeutigkeit dessen, was er gemacht hatte. Er lächelte angesichts der rauchenden Perücke und der rauchenden Fackeln; denn das Wort „humear – rauchen" bedeutet auch „großtun, protzen", und er freute sich des glücklichen, prahlenden Hanswurstes, des Pelele, mit dem der Bocksfüßige spielt und der noch nicht weiß, wie schnell er den beiden verbrauchten Spielzeugen nachstürzen wird. Und er fragte sich, ob wohl Don Manuel der kindisch spielende Satyr war oder das vergnügte Spielzeug, der Hanswurst. Soviel war gewiß: aus dieser Zeichnung mußte auch der Einfältigste merken, daß das Glück kein hübsches, launisches Weibsbild war, sondern ein großer, jovialer, gemütlicher und in seiner Blödheit recht gefährlicher Satyr. Auch an sich selber dachte Francisco, an sein eigenes „subir y bajar", an sein eigenes Rauf und Runter. Ihm aber konnte es nicht mehr gehen wie dem rauchenden Hanswurst. Weggeschleudert konnte er werden, aber überraschen ließ er sich von keinem Bocksbein mehr und von keinem andern Dämon. Narren ließ er sich nicht mehr. Er war vorbereitet auf alles.

Bald sollte sich zeigen, daß seine Zuversicht törichtes Geprahl war. Der Satyr narrte ihn wie die andern.

Aus Saragossa kam Botschaft: Martín Zapater war gestorben.

Francisco sprach niemand von seinem Unglück, er lief in die Ermita. Saß da eine lange Weile, benommen. Wieder war ein Stück Leben abgerissen, verloren, hinunter. Jetzt gab es keinen mehr, mit dem er von dem Früher hätte reden können, mit dem er hätte lachen können über Läppisches, den er's hätte sehen lassen können, wenn er maßlos wütend war über verdrießlichen Kleinkram, keinen, vor dem er hätte „rauchen und protzen" können nach der Lust seines Herzens. Martín tot! Der Großnas, sein Herzensmartín!

„Daß du mir das angetan hast, du Schuft!" Er glaubte es zu denken, aber er sagte es laut. Und plötzlich, allein in seinem Atelier, fing er an zu tanzen. Inmitten der Unordnung der Kupferplatten, Pressen, Papiere, Pinsel, Stichel, der großen und kleinen Wärmebecken schritt er, tanzte er, wild und dennoch steif. Es war die Jota, jener würdige, wütige, kriegerische Tanz, der seinem und Martíns Heimatland Aragón zugehörte, es war der Abschied, die Totenfeier für Martín.

Gegen Abend fiel ihm ein, daß er mit Cayetana verabredet war. „Die Toten ins Grab, die Lebendigen zu Tische!" sagte er vor sich hin, grimmig. Er war gegen seine Gewohnheit unordentlich angezogen, er hatte auch den Wagen nicht bestellt, und es war ein langer Weg hinauf nach Moncloa. Er ging ihn. Cayetana war erstaunt, als er so verstaubt und verwahrlost ankam, aber sie fragte nicht, und er sagte ihr nichts vom Tode Martíns. Er blieb lange bei ihr in dieser Nacht, und er nahm sie wild und gewalttätig.

Andern Tages, in der Ermita, überkam ihn mit ganzer Kraft der alte Wahn. *Er* war schuld am Tode Zapaters, seine Porträts waren schuld. Und diesmal wagte er nicht, sich den Geistern zu stellen. Sie krallten sich in ihn ein, er hörte ihr stummes Gelächter.

Lange hockte er, zerdrückt von Furcht. Dann, jäh und maßlos, packte ihn Wut. Erst gegen sich selber. Dann gegen Martín. Dieser Martín hatte sich an ihn herangemacht, sich in sein Inneres eingeschlichen, bis er ihn nicht mehr entbehren konnte, und als er unentbehrlich war, hatte er ihn verlassen und verraten. Alle waren seine Feinde; die sich als seine Nächsten gaben, die schlimmsten. Wer war er überhaupt, dieser Martín? Ein schlauer Dummkopf, ein Bankier, einer, der von Kunst soviel verstand wie das Hündchen Juanito, ein Niemand. Und wie abgründig häßlich er war! Wie durfte sich einer mit einer solchen Nase in seine Geheimnisse einschleichen und einschnüffeln! Erbost zeichnete er ihn hin, wie er vor einem Teller Suppe saß und fraß, und die große Nase wurde immer größer, und plötzlich wurde das Gesicht des gierig schmatzenden, schlürfenden, schnüffelnden Kerls etwas ungeheuer Obszönes. Es war kein Gesicht mehr, es waren eines Mannes Schamteile.

Groll und Reue schüttelten Francisco. Er versündigte sich an dem Toten! Was er da hingezeichnet hatte, war seine eigene Wüstheit, seine eigene, abgründige Gemeinheit. Weil Martín der beste Freund gewesen war und alles für ihn getan hatte, darum, aus Neid auf seine Güte, zeichnete er die eigenen, schlechten, schweinischen Gedanken in ihn hinein. Martín war von begnadeter Einfalt gewesen, darum hatten die Dämonen nicht an ihn herankönnen. An ihn, Francisco, konnten sie heran, und er war ein Narr gewesen, als er sich einbildete, er sei ihr Herr.

Da saßen sie um ihn, gräßlich greifbar, in seine Taubheit hinein drang ihr Gekrächz, Geknurr, Gekreisch, er spürte ihren furchtbaren Atem.

Mit gewaltiger Anstrengung bezwang er sich, saß aufrecht, preßte den Mund zusammen, zog sich den Rock gerade, strich sich die Haare vors Ohr. Er, Francisco Goya, Erster Maler des Königs, Ehrenpräsident der Akademie, macht die Augen nicht zu, verbirgt nicht das Gesicht vor den Gespenstern, er schaut sie an, auch jetzt, nachdem sie ihm seinen Herzensmartín umgebracht haben.

Er wird fertig mit dem Gezücht, er zwingt es aufs Papier.

Zeichnet. Zeichnet sich selber, über den Tisch geworfen, das Gesicht in den Armen verbergend, und um ihn herum hockt es, das wüste Getümmel der Nacht, Katzengetier, Vogelgetier, Ungeheuer, Eulen und Fledermäuse, riesig, ihn bedrängend. Aus nächster Nähe bedrängen sie ihn: hockt ihm nicht eines der Ungeheuer schon auf dem Rücken? Aber nur an ihn heran dürfen sie, in ihn hinein dürfen sie nicht mehr. Denn einem der wilden, scheußlichen Vogelgeister hat er einen Stichel in die Krallen gezwungen, einen Griffel. Dienen müssen sie ihm, die Gespenster, müssen ihm selber das Werkzeug reichen, die Waffe, sie zu exerzieren, sie aufs Papier zu bannen, dahin, wo sie nicht mehr schaden können.

Von nun an fürchtete er sich nicht mehr vor den Gespenstern. Es trieb ihn, sich mit ihnen herumzuraufen, sie vollends kleinzukriegen. Er rief sie, und siehe, sie waren gezähmt, sie kamen. Überall zeigten sie sich ihm. Die wechselnde Bildung der Wolken, wenn er unterwegs war, das Gezweig der Bäume, wenn er in seinem Garten spazierte, das zufällige Gerinnsel im Sand, wenn er sich am Ufer des Manzanares erging, die Flecken an den Wänden der Ermita und die Kringel der Sonne, alles wurde ihm zu Umriß und Gestalt dessen, was er im Innern trug.

Er hatte sich von Jugend an mit der Naturgeschichte der Dämonen befaßt, und er kannte ihrer mehr als die meisten andern Künstler und Dichter Spaniens, mehr auch als die Dämonologen, die berufsmäßigen Sachverständigen der Inquisition. Jetzt, seine Scheu überwindend, zwang er auch diejenigen heran, die sich bisher abseits gehalten hatten, und bald kannte er sie alle. Kannte die Alben, Alraunen und Druden, die Lemuren, Wechselbälge und Werwölfe, die Elfen, Feen und Gnomen, die Nachzehrer und Wiedergänger, die Oger und Basilisken. Kannte auch die „soplones – die Blasgeister, die Ohrenbläser", die widerwärtigsten unter allen Gespenstern, die mit Recht den gleichen Namen hatten wie die Spitzel der Polizei und des Heiligen Offiziums. Kannte aber auch die Duendes und Duendecitos, die putzigen Kobolde, die dankbar und hilfsbereit in der Nacht die häusliche Arbeit ihrer unwillentlichen Gastgeber verrichten.

Viele der Gespenster trugen menschenhafte Züge, die Merkmale von Freunden und Feinden verwirrend gemischt. Ein und dieselbe Hexe sah ihm jetzt wie Cayetana aus, jetzt wie Pepa, jetzt wie Lucía, ein und derselbe rüpelhafte Geist war ihm bald Don Manuel, bald Don Carlos.

Oft und gerne kamen Gespenster in kirchlicher Gewandung, als Mönche, als Richter des Heiligen Tribunals, als Prälaten. Gerne auch äfften sie die Riten der Kirche nach und erteilten Kommunion, Salbung, Letzte Ölung. Eine Hexe zeigte sich ihm auf den Schultern eines Satyrs hockend und das Gelübde des Gehorsams ablegend; selige Geister im Ornat von Bischöfen, schwebend in den Höhen, hielten ihr das Buch vor, aus dem sie schwor, aus der Tiefe eines Secs schauten Novizen singend zu.

Er verlor den letzten Rest des Schreckens vor den Gespenstern. Und spürte tiefes, höhnisch grimmiges Mitleid mit jenen, die ihr ganzes Leben verbrachten in Furcht vor dem Spuk, vor dem Wahn. Er stellte sie dar, die Menge, die voll Ehrfurcht den Coco anbetet, einen von einem Schneider zu einem Gespenst ausstaffierten Kerl. Er stellte dar das Volk, die Ausgebeuteten, die Armen im Geiste, wie sie blind und endlos geduldig ihre Bedrücker füttern und pflegen, die Chinchillas, die riesigen Ratten, die Granden und Pfaffen, die hirnlosen Faultiere, deren Augen verklebt, deren Ohren mit riesigen Schlössern zugesperrt und deren Glieder gekleidet sind in steife, uralte, kostbare, viel zu lange Gewänder, in denen sie sich nicht rühren können. Er stellte dar die träge, schattenhafte Masse der Untern, der Beherrschten, wie sie dahockten, dumm, dumpf, unbeweglich, während ein Ausgemergelter sich mit letzter Kraft gegen eine ungeheure Steinplatte stemmt, die im nächsten Augenblick stürzen muß, ihn und die ganze Menge zermalmend.

Immer kühner wurden, immer mehrdeutiger die Ausgeburten seiner Phantasie. Und er nannte die Blätter nicht mehr „Satiren", er nannte sie „Ideen, Einfälle, Launen – Caprichos".

Bei ihren intimsten Beschäftigungen belauschte er die Gespenster, wenn sie sich besoffen, wenn sie Toilette machten, einander das Fell und die Krallen beschneidend. Sie mußten ihm zeigen, wie sie zum Sabbat ritten, zum Aquelarre, wie sie mittels der Blähungen eines Säuglings das Feuer unter ihrer kochenden Suppe in Gang hielten, mußten ihn einweihen in das Zeremoniell, das zu beobachten war bei dem Besamanos, beim Handkuß des großen Bockes, mußten ihm offenbaren die Mittel und Beschwörungen, die sie anwandten, einen Menschen in ein Tier zu verwandeln, in einen Bock oder eine Katze.

Häufig brachte er sein Mittag-
Essen mit in die Ermita,
Brot und Käse und ein wenig
Manzanilla-Wein. Dann lud er

Wohl auch die Gespenster ein, er
Reichte ihnen Brot und Käse,
Saß zu Tisch mit ihnen. Nannte
„Mi amigo – Freund" den Bocksfuß,
Einen andern riesenhaften
Teufel nannt' er „Chico – Kleiner",
Und er schwatzte und er spaßte
Mit den Ungeheuern, er be-
Fühlte ihre Klaun und Hörner,
Zupfte sie am Schwanz. Genau be-
Schaute er die rohen, bösen,
Dummen Fratzen, ihre wilden,
Lustigen Gesichter, und in
Seiner Stille schallend lachte
Er. Er lachte die Dämonen
Aus.

21

Goya hatte sich's verbeten, daß man ihn in der Ermita aufsuche, es sei denn in einem dringlichen Fall. Nur eine konnte jederzeit kommen: Cayetana.

Sie erkundigte sich niemals nach seiner Arbeit. Eines Tages aber sagte sie: „Du bist jetzt fast nur noch hier zu finden. Was machst du eigentlich?"

„Ich zeichne ein paar Einfälle auf", antwortete er, „Grillen, Spielereien. Das neue Verfahren mit der Aguatinta eignet sich dafür besonders gut. Wie gesagt, es ist nichts von Belang, es sind Hirngespinste, Caprichos." Er ärgerte sich über sich selber, daß er sein Werk bagatellisierte. Er hoffte, sie werde ihn nicht auffordern, ihr was zu zeigen, und er wartete darauf.

Sie forderte ihn nicht auf. Da, gegen seinen Willen, sagte er: „Wenn du willst, zeig ich dir das eine oder andere."

Er zeigte ihr die Blätter, wahllos, wie sie lagen; solche, die auf sie hinwiesen oder auf sie gedeutet werden konnten, ließ er beiseite. Sie schaute die Blätter an, stumm und schnell, wie das ihre Art war. Vor der Uralten, sehr Häßlichen, die in den Spiegel schaut und sich putzt, sagte sie befriedigt: „Das darfst du sie nicht sehen lassen, deine Doña María Luisa." Zu den übrigen Zeichnungen äußerte sie nichts.

Er war enttäuscht. Reichte ihr die Blätter, auf denen sie selber erschien. Sie betrachtete sie mit dem gleichen, freundlichen, unpersönlichen Interesse. Vor dem liebelnden, galante Konversation machenden Paar, das sie und er selber waren, mit den beiden liebelnden Hündchen zu ihren Füßen, meinte sie: „Das wird sie nicht freuen, deine Pepa und Don Manuel." Für den Bruchteil eines Augenblicks war er überrascht. Aber hatte er's nicht selber gezeichnet: „Keiner kennt sich"?

Die Blätter mit den Gespenstern betrachtete sie länger, als sie sonst Bilder zu betrachten pflegte. „Die Brígida hast du gut getroffen", sagte sie. Doch vor den meisten Blättern blieb sie kühl und sichtlich befremdet. „Merkwürdig", urteilte sie schließlich. „Spielereien, du hast es selber gesagt. Offen gestanden, ich hatte mir deine Spielereien etwas lustiger vorgestellt. Nous ne sommes pas amusées", zitierte sie mit einem ganz kleinen, bösen Lächeln. Und dann griff sie nach seinem Heft und schrieb ihm auf: „Offen gestanden, ich finde manches brutal, barbarisch." „Und vieles geschmacklos", ergänzte sie, sprechend, sehr deutlich artikuliert.

Er stand verblüfft. Er hatte erwartet, sie werde sich angeschauert von den Zeichnungen abkehren; es hätte ihn nicht gewundert, wenn sie empört gewesen wäre. Aber: barbarisch?, geschmacklos? Da lag vor ihr die Erkenntnis und Frucht dieser seligen und verzweifelten fünf Jahre. Da hatte er, nach überaus gefährlicher Fahrt, sein Amerika entdeckt. Und alles, was sie dazu sagte, war: „geschmacklos". Das Urteil einer Grandin. Sie durfte den Desmayo tanzen. *Sie,* wenn ihr Mann sie ein bißchen störte, durfte ihn umbringen. Aber wenn er die Gespenster, die ihn vernichten wollten, heraufbeschwor und besiegte, dann war das geschmacklos.

Schon nach Sekunden hatte er seinen Groll hinuntergeschluckt. Er hätte ihre Fremdheit voraussehen müssen, er hätte ihr die Bilder nicht zeigen dürfen. Idioma Universal, ging es ihm durch den Kopf. Der junge Quintana war im Irrtum. Er lächelte. „Worüber lächelst du?" fragte sie. „Über das, was ich da gemacht habe", antwortete er, schichtete die Caprichos zusammen und legte sie zurück in die Truhe.

Den Tag darauf machte er eine neue Zeichnung. Er zeichnete einen Mann und eine Frau, aneinander und an einen Baumstamm gebunden, verzweifelt bemüht, sich voneinander zu lösen; zu ihren Häupten aber war ein ungeheurer Nachtkauz, bebrillt, mit ausgebreiteten Flügeln, und mit dem einen Fuß krallte er sich in den Baumstumpf, mit dem andern ins Haar der Frau. Und Jovellanos und Quintana werden wohl die riesige Nachteule mit der Brille für die Kirche und ihre Gesetze halten, die über die heilige Unlöslichkeit der Ehe wachen. Und Manuel wird die Eule für das Verhängnis halten, welches Miguel an Lucía bindet, und Miguel wird glauben, die Eule stelle die Bindung Manuels an Pepa dar; er aber wußte, daß die Zeichnung alles das darstellte und dazu Cayetanas und seine unlösliche Verknüpfung.

Ein paar Tage später sprach überraschend Doktor Peral in der Quinta del Sordo vor. Goya, mißtrauisch von Natur, mißtrauischer seit seiner Taubheit, sagte sich sogleich, Peral komme im Auftrag Cayetanas. Das also war die Wirkung seiner neuen Kunst! Für eine ganze kurze Weile spürte er die schwarze Welle von neuem heranrollen. Dann nahm er Cayetanas Verhalten spaßhaft. Sie hatte ja nicht verheimlicht, wie sie über die Blätter dachte, und wenn sie sich selber für Pepa hielt, warum sollte sie ihn nicht für einen Narren nehmen?

„Gestehen Sie's nur, Doktor", sagte er, krampfhaft munter. „Sie kommen im Auftrag Doña Cayetanas. Sie sollen sich einmal nach meinen Befinden umschauen." Peral, mit der gleichen Munterkeit, antwortete: „Ja und nein, Don Francisco. Gewiß, meine Visite ist angeregt von Doña Cayetana, aber ich komme nicht zu meinem früheren Patienten, ich komme zu dem Maler Goya. Man hat so lange kein neues Werk von Ihnen gesehen. Nun erzählt mir die Frau Herzogin, Sie hätten in der letzten Zeit eine Menge geschaffen, Zeichnungen, Radierungen. Sie wissen, wie tief ich Sie bewundere. Ich wäre froh und stolz, wenn ich etwas von Ihrem neuen Werk sehen dürfte."

„Seien Sie ehrlich, Don Joaquín", antwortete Francisco, „Cayetana hat Ihnen gesagt, ich schließe mich ein und mache verrücktes Zeug. Sie hat Ihnen gesagt", fuhr er fort, nun doch plötzlich in Zorn, „ich sei wieder verrückt geworden, tiefsinnig, verschroben, übergeschnappt", er sprach immer grimmiger, „irrsinnig, geisteskrank, toll, tobsüchtig, närrisch, wahnsinnig!" Jetzt schrie er. „Sie haben ja dafür viele wissenschaftliche Bezeichnungen, Klassifikationen, Ordnungen, Rubriken." Ich muß an mich halten, dachte er, sonst sagt er ihr mit Recht, ich bin verrückt.

Doktor Peral, sehr ruhig, erwiderte: „Doña Cayetana fand Ihre Zeichnungen merkwürdig. Aber ich habe während unserer italienischen Reise und auch schon vorher die Erfahrung gemacht, daß das Kunsturteil der Frau Herzogin willkürlich ist." – „Ja", sagte Francisco, „die Hexen haben ihre eigene Kunsttheorie." Peral, als hätte er das nicht gehört, fuhr fort: „Auch wissen Sie ja selbst, gegen wie viele Vorurteile ein Meister zu kämpfen hat, der etwas Neues hinstellt. Es widerstrebt mir, in Sie zu dringen. Aber halten Sie es, bitte, nicht für dumme Neugier und auch nicht für ärztliches Interesse, wenn ich gespannt bin auf das, was Sie gemacht haben."

Nach Cayetanas törichtem Geschwätz und Gehabe lockte es Francisco, die Meinung dieses maßvollen, kunstverständigen Herrn zu hören. Er sagte: „Kommen Sie morgen nachmittag in mein Stadtatelier, Sie wissen, in der Calle de San Bernardino. Oder nein, nicht morgen", verbesserte er sich, „morgen ist Dienstag, der Unglückstag. Kommen Sie Mittwoch nachmittag. Aber ich kann Ihnen nicht mit Bestimmtheit versprechen, daß ich auch dasein werde."

Peral kam am Mittwoch, Goya war da.

Er zeigte ihm einige von den Zeichnungen, von den „Satiren". Er sah, mit wie kennerisch gierigen Augen Don Joaquín die Blätter beschaute, er zeigte ihm mehr, auch einige der Caprichos jetzt. Er spürte, mit welcher Wollust Peral den Weihrauch und Schwefel atmete, der daraus aufstieg, und er zeigte ihm die auf den Köpfen der Männer zum Hexensabbat fliegende Cayetana. Und er freute sich des bösen Triumphes, der in den Augen Perals aufglänzte.

Und er fragte: „Bin ich närrisch,
Doktor? Ist das Wahnsinn, was ich
Da gezeichnet habe?" Doch der
Andere, voll Ehrfurcht, sagte:
„Wenn hier manches ist, was ich nicht
Recht begreife, dann ist's deshalb,

Weil ich soviel wen'ger wissend
Bin als Sie. Sie zeigen uns die
Hölle so, als sei'n Sie dort ge-
Wesen, und mir schwindelt, schaue
Ich das alles an." Francisco
Aber sprach: „Ich bin doch dort ge-
Wesen, Doktor, in der Hölle.
Sie, wenn einer, wissen's doch. Und
Mir hat auch geschwindelt. Und daß
Es die andern schwindle, sehen
Sie, genau das habe ich ge-
Wollt. So ist es richtig, Doktor."
Und er schlug ihm jungenhaft ver-
Gnügt die Schulter.

22

Er hatte die Arbeit an den Porträts vernachlässigt; die Auftraggeber wurden ungeduldig. Agustín erinnerte daran, daß das Bildnis des Conde Miranda schon vor drei Wochen hätte abgeliefert sein sollen; auch der Duque de Montillano habe gemahnt. Soweit er, Agustín, die beiden Porträts habe fördern können, habe er's getan; jetzt sei es an Francisco, sie fertigzumachen.

„Mach doch du sie fertig", antwortete Goya, beiläufig, gelangweilt. „Meinst du das im Ernst?" fragte begierig Agustín. „Aber gewiß", antwortete Goya. Seitdem Cayetana die Caprichos beschaut hatte, kümmerte er sich noch weniger um die Meinung seiner hochadeligen Modelle.

Agustín arbeitete angespannt, nach zehn Tagen waren die beiden Bilder vollendet. Der Conde Miranda war sehr befriedigt, der Duque de Montillano nicht weniger.

In der Folge überließ es Goya seinem Agustín immer häufiger, Bildnisse fertigzustellen, von denen er selber kaum mehr gemalt hatte als die ersten Anfänge. Niemand merkte es. Francisco hatte seinen Spaß an der Verständnislosigkeit der Beschauer.

Er sagte zu Agustín: „Doña Cayetana möchte ein neues Porträt. Wenn ich sie male, gerät mir das Bild zu persönlich, das spür ich. Du weißt genau, wie ich es will: mach doch du dich einmal daran.

Studien und Bilder sind mehr da, als du brauchst. Ich gebe dann noch ein paar Pinselstriche zu und die Signatur, und das Dekorum ist gewahrt." Agustín schaute ihn verblüfft an, argwöhnisch. Francisco, herausfordernd, sagte: „Traust du dir's nicht zu?" Im stillen dachte Agustín, das sei ein gefährlicher Spaß, und wenn er schlecht ende, dann werde er, Agustín, es auszubaden haben. „Du mußt wissen", sagte er unsicher, „wie weit die Herzogin vertraut ist mit Kunst." – „Sie ist genauso vertraut wie die andern", sagte Francisco.

Agustín malte das Bild. Es geriet. Die gemalte Dame war die Herzogin von Alba; das war ihr reines, klares, makellos schönes, ovales Gesicht mit den riesigen Augen, den hochmütigen Brauen, dem aufregend schwarzen Haar. Aber keine tote Brígida spukte hinter dieser Stirn; niemand hätte dieser Frau zugetraut, daß sie den Tod ihres Mannes mochte beschleunigt haben oder daß sie denen, die sie liebte, höllische Qualen auflegte aus Laune, Hochmut, Teufelei. Francisco beschaute das Bild gründlich. Dann fügte er ein paar Pinselstriche zu, signierte. Warf einen letzten Blick darauf. Es blieb ein Bild des Agustín Esteve. „Ausgezeichnet", urteilte er. „Du wirst sehen, es wird Cayetana Freude machen."

So geschah es, Cayetana
Freute sich des stillen, reinen,
Stolzen Antlitzes, das von der
Leinwand sie anschaute. „Möglich,
Daß du beßre Bilder von mir
Maltest", sagte sie, „doch mir ist
Dies das liebste", und sie fragte:
„Hab ich recht, Don Joaquín?" Der
Stand befremdet, ahnend, daß sich
Goya einen grimmen Scherz geLeistet hatte. „Dies Porträt ist
Eine würdige Bereich'rung
Ihrer Sammlung", sprach er. Goya
Sah's und hörte es und grinste
Nicht. Er war mit Cayetana
Quitt.

23

An jenem Abend, da die Freunde das letztemal mit Jovellanos zusammen waren, hatte Agustín düster und bestimmt vorausgesagt, Don Manuel werde Urquijos kühnes Edikt über die Unabhängigkeit der spanischen Kirche widerrufen. Doch hatte ihm Don Gaspars fanatischer Widerspruch: „Das wagen sie nicht!" Eindruck und, gegen seine Vernunft, Hoffnung gemacht. Nun aber stellte in der Tat Don Manuel durch Königliche Verfügung die alte, bittere und kostspielige Abhängigkeit der spanischen Kirche von Rom wieder her, und dieses Ereignis, wiewohl erwartet, traf Agustín mit der Wucht neuen Unheils.

Es drängte ihn, sich die Brust auszuschütten vor Francisco. Als ihm dieser an Bildnissen, die er selber signierte, so weiten Anteil eingeräumt hatte, war das Agustín als ein Beweis neuer, enger Freundschaft erschienen. Doch seine Freude hatte kurzen Bestand gehabt. Seit Wochen nun hatte ihm Goya keine Gelegenheit gegeben zu freundschaftlicher Aussprache, und auch jetzt, da er ihn so dringend brauchte, war er nicht da. Langsam richtete sich sein ganzer Groll gegen Francisco.

Er wußte, daß diesen nichts mehr aufbrachte, als wenn man ihn in der Ermita störte. Er lief in die Ermita.

Goya, als Agustín eintrat, schob ärgerlich die Platte, an der er arbeitete, so, daß Agustín nichts sehen konnte. „Stör ich dich?" fragte dieser, sehr laut. „Was hast du gesagt?" fragte zornig Goya und hielt ihm den Schreibblock hin. „Stör ich dich?" schrieb voll gesteigerten Ingrimms Agustín. „Ja!" antwortete donnernd Francisco, und: „Was ist denn los?" fragte er. „Manuel hat das Edikt widerrufen!" berichtete empört und sehr deutlich Agustín. „Welches Edikt?" fragte Goya. Nun aber hielt sich Agustín nicht länger. „Das weißt du ganz genau!" schrie er. „Und du trägst dein gut Teil Schuld daran!" – „Du Narr, du Trottel, du Esel im Quadrat!" sagte gefährlich leise Francisco. Dann aber fing auch er zu schreien an. „Und damit wagst du mich zu stören!" schrie er. „Hätte ich das nicht ebensogut heute abend erfahren können? Was stellst du dir denn vor? Glaubst du, ich werde jetzt schnurstracks hinlaufen und Don Manuel niederstechen? Oder was?" – „Schrei nicht so!" sagte böse Agustín. „So dummes, gefährliches Zeug schreist du auch noch aus mit voller Lunge." Und er schrieb ihm auf: „Dieses Haus hat dünne Wände. Du brauchst nicht noch mehr Anzeigen gegen dich zu provozieren." Und gedämpft, bitter und deutlich sprach er weiter: „Da hockst du und machst deinen privaten Kram. Und wenn ein Freund zu dir rennt, weil ihm das Herz überläuft, dann schreist du ihn an, er soll dich in Ruh lassen! Was hast du denn gemacht in all der Zeit, während sie Spanien hinuntergedrückt haben in die stinkende Nacht? Don Manuel hast du gemalt, den Führer der Verbrecher, als Cäsar und Alexander und Friedrich in einem. Das war alles, was du zu sagen hattest. Francisco! Mensch! Bist du denn ganz verschlammt und verwest?"

„Schrei nicht so", erwiderte gelassen Goya. „Hast du nicht gerade selber konstatiert, was für dünne Wände das Haus hat?" Er war vollständig ruhig geworden. Beinah erheiterte es ihn, wie sich Agustín abzappelte. Gab es einen zweiten, der in diesen bittern Monaten die Not des Reiches so finster klar gesehen hatte wie er, Francisco Goya? Gab es einen zweiten, der sie sichtbar gemacht hatte? Und da, im Bereich der Caprichos, stand dieser wackere Agustín und geiferte ihn an ob seiner Blindheit, Trägheit, harten Haut.

„Mir bewegt es jetzt noch das Herz", belferte und schollerte Agustín weiter, „wenn ich an Jovellanos denke, wie er dir zugeredet hat: ‚Spanien, Spanien! Arbeiten Sie für Spanien! Malen Sie für Spanien!' Schon um deiner Kunst willen hättest du die Augen nicht zumachen dürfen. Aber dir liegt nur an dir selber. Der Herr Erste Maler hat Rücksichten zu nehmen. Seine Exzellenz dürfen nichts riskieren, was das gutgekleidete Gesindel verstimmen könnte. So was von Domestikenhaftigkeit! So was von Knechtschaffenheit! Qué vergüenza!"

Francisco blieb ruhig, ja, er lächelte. Das brachte Agustín noch mehr auf. „Natürlich ist die Frau an allem schuld", sagte er. „Für sie hast du was riskiert, und damit hast du deine Courage bewiesen, und jetzt verliegst du dich bei ihr. Und zuckst lächelnd die Achseln über das, was ein Jovellanos dir sagt, und treibst Firlefanz, während Spanien vor die Hunde geht."

Goya hörte aus Agustíns Anklagen dessen hilflose Wut heraus über Doña Lucía. „Du trauriger Narr", sagte er, beinahe mitleidig. „Du ewiger Student! Von Kunst hast du einen Schimmer, aber von Welt und Menschen und von mir verstehst du einen Dreck. Da bildest du dir ein, ich bin hier faul herumgehockt in diesen ganzen Monaten, stolz, brütend über mein romantisches Gemüt. Nein, du Siebengescheiter, du Seelenkenner! Was ich hier getrieben habe, war anderes." Und er sperrte die Truhe auf und holte heraus einen Haufen Zeichnungen und einen Haufen Radierungen und stapelte sie vor Agustín hin.

Dem wühlte Goyas Hohn das Innere auf. Aber die Gier, vor Augen zu bekommen, was Francisco alle die Zeit her gemacht hatte, war heißer als die Kränkung.

Da saß er nun und schaute. Und wild und plötzlich stürzte die neue, ungeheure Welt der Caprichos auf ihn ein, diese Fülle unerhörter, wirklich überwirklicher Erlebnisse. Oft und abermals beschaute er jede einzelne Zeichnung, konnte sich nicht von ihr trennen, legte sie fort, zu gierig auf die neue. Er vergaß sich selber, vergaß Don Manuels Edikt. Fraß sich ein, lebte sich ein in die neue Welt. Wohl hatte er in dem oder jenem Blatt, das ihn Francisco früher hatte sehen lassen, etwas gespürt von der Lustigkeit, Wildheit, Unheimlichkeit dieser Zeichnungen: aber was sich nun vor ihm auftat, das, in seiner grimmigen Üppigkeit, war ein Neues. Es riß auf einen neuen, unbekannten Goya, der eine neue, tiefere Welt entdeckt hatte als alle früheren.

Agustín schaute, schmatzte, sein Gesicht zuckte. Goya ließ ihm Zeit. Er schaute ihm zu, wie er schaute, und das war eine starke Bestätigung.

Endlich, überwältigt, erschüttert, so daß er nur mühsam sprechen und Goya ihm die Worte kaum von den Lippen ablesen konnte, sagte Agustín: „Und da hast du uns reden lassen! Und da hast du uns klugschwatzen lassen! Wir müssen dir ja alle vorgekommen sein wie Narren und Blinde!" Da er sah, daß ihn Goya nicht richtig verstand, fing er an, die Zeichensprache zu nutzen, er gestikulierte heftig, es ging ihm zu langsam, er fiel zurück in sein enthusiastisches Schwatzen und Schmatzen: „Das da war in dir und vielleicht schon außer dir, und uns hast du reden lassen." Und immer wieder die Blätter vornehmend, unfähig, sich von ihnen loszureißen, jubelnd, bewundernd, schimpfte er: „Ein ganz gemeiner Hund bist du. Da sitzt du hier, heimlich, und machst das! Du Duckmäuser, du hinterhältiger! Ja, jetzt hast du sie an die

Wand gedrückt, alle, die Heutigen und die Früheren!" Er lachte albern, glücklich, er legte Goya den Arm um die Schultern, er war kindisch, und Francisco war glücklich. „Endlich siehst du's ein", brüstete er sich, „was für ein Kerl dein Freund Goya ist! Immer kannst du nur schimpfen. Nicht das geringste Vertrauen hast du. Mir die Ermita einrennen mußtest du und hast nicht warten können. Nun, *bin* ich verkommen? *Bin* ich verschlammt und verwest?" Und einmal über das andere Mal wollte er wissen: „Sag selbst, sind sie nicht lustig, meine Zeichnungen? Hab ich was gemacht aus deiner Technik?"

Agustín, das Aug auf einer besonders bizarren Zeichnung, sagte, beinahe demütig: „Dieses Blatt versteh ich nicht recht, noch nicht. Aber das Ganze begreife ich. Das müssen ja alle begreifen, dieses Furchtbare und Beglückende. Sie *müssen* es begreifen." Er lächelte. „Idioma Universal."

Goya, dieses hörend, war seltsam betreten. Wohl hatte er sich zuweilen gefragt, wie die Blätter wohl auf andere wirken mochten, und ob überhaupt er andere das Werk sehen lassen solle; aber er hatte solche Erwägungen sogleich, beinahe ängstlich, zurückgeschoben. Seitdem gar Cayetana so ärgerlich fremd vor den Zeichnungen gestanden war, hatte er grimmig beschlossen, daß keine anderen Augen mehr diese Blätter erblicken sollten. Der furchtbare und lächerliche Kampf mit den Gespenstern blieb seine eigene, höchst persönliche Angelegenheit. Die Caprichos herumzuzeigen, das wäre, wie wenn er nackend durch die Straßen von Madrid liefe.

Agustín las dem Freunde die Bedrängnis vom Gesicht ab und übersetzte sie sich ins Realistische. Es kam ihm zu Bewußtsein, was natürlich auch Goya wissen mußte: daß nämlich diese Blätter gefährlich waren, auf den Tod gefährlich. Ein Mann, der den Leuten solche Zeichnungen vor Augen brachte, konnte gleich hingehen und sich selber der Inquisition als Erzketzer ausliefern. Dies bedachte Agustín und spürte in ihrer ganzen Kälte die Einsamkeit seines Freundes Francisco. Da hatte der Mann dieses Entsetzliche und Groteske aus sich herausgezwungen, ganz allein, er hatte den Mut gehabt, es aufzuzeichnen, ganz allein und ohne die Hoffnung, daß irgendwann andere an seinen großen schrecklichen Gesichten sollten teilhaben können.

Francisco, als hätte Agustín laut gedacht, sagte: „Ich hätte gescheiter sein sollen. Vielleicht wäre es besser gewesen, nicht einmal deine Augen hätten diese Zeichnungen gesehen." Er raffte die Blätter zusammen. Agustín ließ es geschehen, wagte nicht, ihm zu helfen.

Als aber Goya, mürrisch, die Zeichnungen wieder in die Truhe warf, riß sich Agustín aus seiner Benommenheit. Es war nicht ausdenkbar, daß diese Blätter hier in der Truhe sollten liegenbleiben, ungesehen, auf lange Zeit, vielleicht für immer. „Wenigstens den Freunden mußt du sie zeigen", bat er, „Quintana, Miguel. Sei nicht so hochmütig zugesperrt, Francho! Du zwingst einen ja geradezu, dich für stumpf zu halten."

Goya machte ein unwirsches Gesicht, schimpfte, hatte Bedenken. Doch in seinem Herzen verlangte es ihn, die Freunde sein Werk sehen zu lassen.

Er lud Miguel und Quintana in die Ermita. Und forderte auch seinen Sohn Javier auf zu kommen.

Es war das erstemal, daß mehr als zwei Menschen zusammen in der Ermita waren, es schien Goya beinahe eine Entweihung. Die Freunde saßen verlegen herum, alle, mit Ausnahme Javiers, gaben sich ungeschickt, sonderbar gespannt. Goya hatte Wein bringen lassen, belegte Brote, Käse; er forderte auf zuzulangen. Er selber war barsch, wortkarg.

Endlich, umständlich, betont schwerfällig, holte er die Blätter aus der Truhe.

Einer reichte sie dem andern. Und plötzlich war die Ermita voll von dem Getümmel dieser überwahren Menschen und Ungeheuer, dieser Halbtiere und Halbteufel. Die Freunde schauten, und sie sahen, daß diese Gestalten trotz ihrer Masken, durch ihre Masken, nacktere Gesichter hatten als Menschen von Fleisch und Blut. Es waren Menschen, die sie kannten, doch grausam ihres Scheines entkleidet und versehen mit einem andern, viel bösartigeren Schein. Und die lächerlichen und entsetzlichen Dämonen dieser Blätter waren die fratzenhaften Ungeheuer, die, schwer greifbar, sie selber bedrohten, die in ihnen selber staken, kläglich, unwissend und voll von bedenklichem Wissen, gemein, tückisch, fromm und geil, lustig, unschuldig und verrucht.

Keiner sprach. Schließlich sagte Goya: „Trinkt doch! Trinkt und eßt! Schenk ein, Javier!“ Und da sie noch immer schwiegen, sagte er: „Ich heiße diese Blätter Caprichos, Einfälle, Ideen, Phantasiestücke.“ Sie schwiegen weiter. Nur der junge Javier sagte: „Ich verstehe.“

Endlich raffte Quintana sich auf. „Caprichos!“ rief er. „Sie machen die Welt und heißen sie ‚Caprichos‘!“ Goya schob die Unterlippe vor, verzog die Mundwinkel zu einem winzigen Lächeln. Doch Quintanas Begeisterung war nicht mehr zu halten. „Sie haben mich umgeworfen, Goya!“ rief er. „Wie läppisch und stümperhaft komme ich mir vor mit meinen armseligen Versen. Vor diesen Blättern bin ich der kleine Junge, der zum erstenmal in die Schule geht und dem der Kopf wirbelt vor den vielen Buchstaben auf der Tafel.“

Miguel sagte: „Es ist nicht angenehm für den Kunstforscher, wenn etwas Neues kommt und seine ganze Theorie umstürzt. Ich muß umlernen, Francisco. Trotzdem: ich gratuliere dir.“ Er räusperte sich. „Ich hoffe“, fuhr er fort, „du wirst es mir nicht übelnehmen, wenn ich auf einigen Blättern Einflüsse älterer Meister entdecke, Einflüsse zum Beispiel gewisser Bilder des Bosch im Escorial, Einflüsse gewisser Schnitzereien des Gestühles in den Kathedralen von Avila und Toledo und natürlich Einflüsse der Schnitzereien der Pilar in Saragossa.“ Javier meinte: „Auch der größte Künstler steht auf den Schultern eines andern.“ Seine Naseweisheit machte die Freunde verlegen; Goya indes schaute den siebenklugen Sohn nachsichtig an, mit zustimmendem Lächeln.

Miguel grübelte: „Der Sinn der meisten Blätter scheint klar. Aber einiges, verzeih, Francisco, verstehe ich durchaus nicht.“ – „Das tut mir leid“, antwortete Goya. „Einiges verstehe ich nämlich selber nicht, und ich hatte gehofft, du könntest mir's erklären.“ – „So hab ich mir's auch gedacht“, stimmte erfreut und vorwitzig Javier zu. „Man versteht nichts und versteht alles.“

Hier schüttete Agustín sein Weinglas um. Der Wein floß über den Tisch und befleckte zwei der Zeichnungen. Die andern schauten drein, als hätte Agustín ein Sakrileg begangen.

Quintana wandte sich an Miguel, etwas gereizt. „Wenn Ihnen das eine oder andere Blatt unverständlich blieb“, sagte er, „so werden Sie doch zugeben: der Sinn des Ganzen ist jedermann verständlich. Idioma Universal! Sie werden es erleben, Don Miguel:

das Volk wird diese Zeichnungen verstehen." – „Sie täuschen sich", antwortete Miguel. „Das Volk wird diese Blätter bestimmt nicht verstehen. Nicht einmal die Masse der Gebildeten wird sie verstehen. Es ist nur schade, daß Ihre These nicht zu Beweis gestellt werden kann." – „Wieso nicht?" fragte streitbar Quintana. „Befürworten Sie etwa, daß dieses Wunderwerk hier eingesperrt bleibt, in der Ermita an der Calle de San Bernardino?" – „Was denn sonst?" antwortete Miguel. „Wollen Sie Francisco auf den Scheiterhaufen bringen?" Und: „Wenn diese Blätter unter die Leute kommen", mischte dumpf Agustín sich ein, „dann zündet die Inquisition ein Feuer an, vor welchem jedes frühere Autodafé zu einer traurigen Talgfunzel wird. Das wissen Sie doch selber." – „Mit eurer verdammten Vorsicht!" rief bitter Quintana. „Ihr wollt aus jedem einen Feigling machen!" Agustín wies auf einzelne der Radierungen. „Soll das hier veröffentlicht werden?" fragte er. „Und das?" – „Einiges müßte natürlich wegbleiben", gab Quintana zu. „Aber das meiste kann veröffentlicht werden. Muß veröffentlicht werden." – „Das meiste kann nicht veröffentlicht werden", erwiderte scharf Miguel. „So viel weglassen kann man gar nicht, daß nicht die Inquisition einschreitet, und die Gerichte des Königs dazu." Und da die andern finster und ratlos schwiegen, tröstete er höflich: „Man muß die rechte Zeit abwarten." – „Wenn Ihre ‚rechte Zeit' da ist", sagte Quintana, „dann sind diese Zeichnungen nicht mehr nötig. Dann sind sie Kunst – und überflüssig." – „Das ist nun so das Los des Künstlers", bemerkte nachdenklich der junge Javier. Quintana aber beharrte: „Kunst ist sinnlos, wenn sie nicht wirkt. Don Francisco hat die Angst sichtbar gemacht, die tiefe, heimliche, die auf dem ganzen Lande liegt. Man braucht sie nur zu zeigen, und sie verfliegt. Man braucht dem Coco, dem Schwarzen Mann, nur die Kleider abzureißen, und er ist nicht mehr gefährlich. Soll Goya sein Meisterwerk für uns fünfe gemacht haben und für niemand sonst?"

Sie tauschten Rede und Gegenrede, als wäre Goya gar nicht da. Der hörte zu, schweigend, vom Munde des einen zum Munde des andern sehend, und wiewohl er nicht alles verstand, so kannte er doch die einzelnen gut genug, um sich ihre Argumente zusammenreimen zu können.

Nun hatten sie ihre Gründe erschöpft und schauten auf ihn

und warteten. Er, schlau und nachdenklich, erklärte: „Was du gesagt hast, Miguel, läßt sich hören, aber was Sie gesagt haben, Don José, hat auch vieles für sich. Da nun leider eines dem andern stracks widerspricht, muß ich mir alles gut überlegen. Ich muß auch bedenken“, fuhr er schmunzelnd fort, „daß ich mir's eigentlich nicht leisten kann, soviel Arbeit umsonst gemacht zu haben. Ich brauche Geld.“

Damit packte er die Zeichnungen und Radierungen zusammen und sperrte sie in die Truhe.

Alle schauten zu, benommen,
Wie die neue, zauberische,
Wilde Welt versank. In diesem
Haus hier, dem alltäglich lauten,
In der unscheinbaren Truhe,
Ungesehn, lag nun das Größte,
Was seit dem Velázquez eine
Span'sche Hand geschaffen. In der
Truhe hier, gezähmt, gefangen,
Lagen Spaniens Dämonen.

Aber *waren* sie gezähmt, wenn
Man's nicht wagte, sie zu zeigen?
War nicht grade dadurch ihre
Macht erwiesen? Was da in der
Truhe lag, war nicht geheuer.

Und den Freunden, als sie fort aus
Der Ermita gingen, staunend,
Voll Begeisterung, und trotzdem
Scheu, gedrückt – den Freunden folgten
Die unheimlichen, die wilden,
Wüsten Schatten der Gespenster
Und die unheimlicheren der
Menschen.

Goya lernte gerne von dem Eindruck, den sein Werk auf andere machte. Da die Freunde, die doch guten Willens und aufgeschlossen waren, viele der Caprichos nicht begriffen hatten, machte er sich daran, die allzu dunkeln, allzu persönlichen herauszunehmen und die andern in eine übersichtliche Folge zu bringen.

Er stellte diejenigen Blätter voran, die leicht verständliche Situationen und Anekdoten wiedergaben. Diesen Blättern aus der „Wirklichkeit" ließ er jene Radierungen folgen, die Gespenstisches und gespenstische Einflüsse darstellten. Solche Ordnung war ein leichter Weg zum rechten Verständnis, die Welt der Wirklichkeit wies hin auf die Welt der Dämonen, und diese zweite Gruppe, die der Gespenster, deutete die erste, die der Menschen. Seine eigene Geschichte, wie sie in den Caprichos aufgezeichnet war, dieser wirre Traum von seiner Liebe, seinem Aufstieg, seinem Glück, seinen Enttäuschungen, gewann in solcher Anordnung den rechten Sinn. Wurde zur Geschichte aller, zur Geschichte Spaniens.

Nachdem er sie geschieden, geschichtet und geordnet hatte, ging er daran, den einzelnen Blättern Namen zu geben; denn schließlich mußte eine gute Zeichnung ihren Namen haben, genau wie ein guter Christ. Er war kein Schriftsteller, oft mußte er lange nach dem rechten Wort suchen, aber gerade das machte Spaß. Schien ihm der Name einer Radierung zu platt, dann schrieb er dazu eine kurze Erklärung. Schließlich hatte jedes Blatt nicht nur seinen Titel, sondern auch seinen Kommentar. Manchmal war die Unterschrift brav und tugendhaft und dafür der Kommentar um so beizender, manchmal der Titel verfänglich und dafür die Interpretation naiv erbaulich. Sprichwörtliche Redensarten, grimmige Witze, harmlose Bauernregeln, ironisch fromme Lehren, verschmitzt pfiffige Aussprüche und hintergründig weise, das alles klang ineinander.

„Tantalus", schrieb er unter die Zeichnung, welche den verzweifelten Liebhaber vor der toten, leise blinzelnden Geliebten zeigt, und verhöhnte sich selbst und kommentierte: „Wäre er ritterlicher und weniger langweilig, dann erwachte sie wieder zum Leben." Und „Keiner kennt sich" schrieb er unter seinen Maskenball, und unter die Alte, die sich vor dem Spiegel umständlich und kostbar für ihren fünfundsiebzigsten Geburtstag schmücken läßt, schrieb er: „Bis zum Tode". Die Zeichnung der Maja, die aufgeputzt wird, während die Brígida, die Kupplerin, den Rosenkranz betet, kommentierte er: „Sie betet für sie – und hat sie nicht recht? –, daß Gott ihr Glück verleihe und sie befreie vom Übel und von den Badern, Ärzten und Gerichtsvollziehern, auf daß sie anstellig werde, geweckt und allen dienstlich wie ihre selige Mutter." Zu dem Blatte aber, auf welchem die arme Hure vor dem Sekretär des Heiligen Tribunals sitzt und ihr Urteil hört, schrieb er: „Eine wackere Frau, die für ein Butterbrot alle Welt so fleißig und ersprießlich bedient hat, so zu behandeln, schlimm, schlimm!" Jene Radierung aber, auf welcher die Hexe, hockend auf den Schultern des Satyrs, den seligen Geistern das blasphemische Gelübde ablegt, kommentierte er: „Schwörst du, deinen Lehrern und Vorgesetzten zu gehorchen und sie zu ehren? Speicher zu fegen? Schellen zu klingeln? Zu heulen, zu kreischen? Zu fliegen, zu salben, zu saugen, zu blasen, zu braten? Zu tun, was immer es sei und wann immer man dir's aufträgt? – Ich schwöre. – Schön, meine Tochter, somit bist du Hexe. Herzlichen Glückwunsch."

Lange erwog er, welches Blatt er an den Anfang setzen sollte. Er entschied sich dafür, voranzustellen jene Zeichnung, auf der er selber zu sehen war, über den Tisch geworfen, die Augen schützend vor den Gespenstern. Und er nannte das Blatt: „Idioma Universal". Dann aber schien ihm dieser Titel zu anmaßend, und er nannte die Zeichnung „Der Schlaf der Vernunft". Und erläuterte: „Solange die Vernunft schläft, erzeugt die träumende Phantasie Ungeheuer. Vereinigt mit der Vernunft aber, wird die Phantasie zur Mutter der Künste und all ihrer Wunderwerke."

Die Caprichos zu beschließen aber machte er eine neue Zeichnung.

Da kommt in Panik gerannt ein ungeheurer, maßlos häßlicher, gespenstischer Mönch, und hinter ihm ein zweiter, und vorne steht aufgerissenen Maules einer jener hirnlosen, gespenstischen Granden, eines der Faultiere, der Chinchillas, und noch ein vierter Gespensterling ist da, ein mönchischer, schreiender. Und unter das Blatt setzte Goya den Schrei, der aus den vier gräßlichen, riesig aufgerissenen Rachen tönt:

„Ya es hora – Sie ist da, die
Stunde, abgelaufen ist die
Zeit." Und jeder mußte sehen:
Sie *war* da, die Stunde. Aus war
Es mit den Gespenstern. Fort, sie
Mußten fort, der automaten-
Hafte Grande, er und seine
Spießgesellen, die Prälaten
Und die Mönche. Ya es hora.
So war's recht: das war die Zeichnung,
Die Caprichos zu beschließen.
Ya es hora!

25

Seitdem Goya den Freunden die Caprichos gezeigt hatte, achtete er weniger darauf, die stille Strenge der Ermita zu wahren. Die Freunde kamen öfter und ohne Formalitäten.

Eines Tages, als sie zu dreien kamen, Agustín, Miguel und Quintana, wies Miguel lächelnd auf den jungen Dichter und schrieb Goya auf: „Er hat dir was mitgebracht." Und da Goya fragend auf den errötenden Quintana schaute, fuhr Miguel fort: „Er hat eine Ode geschrieben, die dich angeht." Quintana nahm zögernd das Manuskript aus der Mappe und wollte es Goya überreichen. Agustín aber drängte: „Lesen Sie doch die Verse vor, bitte." Und Goya stimmte ihm bei: „Ja, bitte, lesen Sie, Don José! Ich schaue gerne zu, wenn Sie lesen. Ich verstehe das meiste."

Quintana las, es waren klingende Verse. „Verfallen", las er,

„Verfallen ist das Reich, die Weltherrschaft
Vertan. Allein die Glut, die in Velázquez,
Die in Murillo brannte, sie glüht weiter.
Sie glüht in unserm Goya!
Vor seiner zauberischen Phantasie
Verdunkelt sich, verarmt die Wirklichkeit.
Ein Tag wird kommen – er kommt bald! –, da sich
Vor deinem Namen, Goya!, neigen wird
Der Erdkreis, so wie heut vor Raphaels.

Aus allen Ländern werden sie nach Spanien
Wallfahrten, werden in Verzückung stehn
Vor deiner Kunst,
Francisco Goya! Spaniens Ruhm!"

Lächelnd und gerührt schauten die andern auf Goya, der selber lächelte, ein bißchen verlegen, doch bewegt auch er.

„Sí, vendrá un día,
Vendrá también, oh, Goya!, en que a tu nombre
El extranjero extático se incline",

wiederholte er Quintanas Verse, und alle waren erstaunt, wie gut er sie verstanden hatte. Quintana errötete tiefer. „Ein wenig überschwenglich, finden Sie nicht selber?" fragte lächelnd Goya. „Wenn Sie gedichtet hätten, ich sei besser als der Kollege Jacques-Louis David, das wäre auch schon was gewesen. Aber gleich besser als Raphael, ist das nicht etwas übertrieben?"

Allein: „Auch das höchste Wort des Preises", antwortete stürmisch Quintana, „ist zu schwach für den Mann, der diese Zeichnungen geschaffen hat!"

Goya wußte, wie kindlich naiv Quintana war und wie kindlich naiv seine Verse, und er brauchte keine Bestätigung dafür, daß seit dem Velázquez er der größte Maler Spaniens war, und was war das schon? Trotzdem war eine Welle Glück in ihm hochgestiegen. So stolze, hymnische Verse also hatte dieser junge Mensch geschrieben vor seinen „brutalen, barbarischen, geschmacklosen" Blättern. Und das, noch als sie ungeordnet waren und schwer verständlich.

Es drängte Goya, den Freunden die Caprichos zu zeigen, wie sie jetzt ausschauten, und er sagte, möglichst beiläufig: „Wollt ihr die Zeichnungen nochmals sehen? Ich habe sie nämlich in die rechte Folge gebracht, und ich hab ihnen Unterschriften gegeben. Übrigens habe ich auch einen Kommentar geschrieben", setzte er pfiffig hinzu, „für die Dummen, die eine Erklärung nötig haben."

Die andern hatten all die Zeit her darauf gebrannt, die Blätter nochmals zu sehen, sie hatten nur nicht gewagt, den sonderbaren Mann darum zu bitten. Ein zweites Mal, als nun die Welt der Caprichos vor ihnen aufstieg, überwältigte sie der Anblick. Ja, die Folge, in welche Goya jetzt die Blätter gebracht hatte, gab ihnen erst den rechten Sinn. Sogar der nüchterne Miguel sagte, beinahe ehrfürchtig: „Was du da gemacht hast, Francisco, das ist dein bestes, größtes Porträt. Nun hast du das Gesicht ganz Spaniens gemacht."

Der junge Quintana sagte: „Ich bin gewiß ein Freigeist, aber von jetzt an werde ich Hexen und Dämonen in jedem Winkel erblicken." Und Agustín meinte finster und anzüglich: „Und da gibt es Leute, die den Jacques-Louis David für einen Künstler halten!"

Sie waren beim letzten Blatt angelangt, bei der Radierung mit den flüchtenden, schreienden, mönchischen Unholden. „Ya es hora!" rief Quintana. „Cierra, España! – Jetzt los, Spanien!" rief er strahlend und begeistert den alten Schlachtruf.

Miguel aber meinte nachdenklich: „Die Unterschriften sind merkwürdig, manche sind ausgezeichnet. Sie sollen, wenn ich sie recht verstehe, den Inhalt harmlos erscheinen lassen. Aber oft machen sie ihn nur schärfer." – „Tun sie das?" fragte mit verschmitztem Erstaunen Goya. Und: „Ich weiß natürlich", fuhr er fort, „daß mein ungelenkes Spanisch nicht ausreicht, das wiederzugeben, was mir vorschwebt. Ich wäre dir für Ratschläge sehr dankbar, Miguel, auch Ihnen, Don José, und dir, Agustín."

Es ehrte und ergötzte die Freunde, Goya bei dem großen Werke zu dienen. Miguel hatte eine passende Unterschrift gleich zur Hand für die Zeichnung des uralten Geizhalses, der seine Schätze versteckt, das Cervanteszitat: „Ein jeder ist so, wie Gott ihn gemacht hat, und gewöhnlich weit schlechter." Auch die andern hatten Einfälle. Sie begriffen, worauf es Francisco ankam; die Unterschriften sollten volkstümlich sein, scharf und saftig. „Das Ungeschliffene muß bleiben", erklärte Miguel. „Gewiß", sagte Francisco, „denn so bin ich nun einmal." Alle arbeiteten sie zusammen, mit gutem Eifer, es kam eine ganze Reihe neuer Unterschriften und Kommentare zustande, die Ermita war voll von Spaß und Gelächter.

Miguel indes, inmitten all der Fröhlichkeit, war beunruhigt. Warum wohl hatte sich Francisco, der schwer von Wort war, die Mühe gemacht, all diese Unterschriften und Kommentare auszudenken? Spielte er nun doch mit der Idee, die Caprichos zu veröffentlichen?

Je länger Miguel darüber nachdachte, so tiefer drückte ihn die Sorge. Fraglos hatte der geniale Dummkopf Goya sich anstecken lassen von dem törichten Fanatismus Quintanas. Miguel grübelte und grübelte, wie er es anstellen sollte, den Freund von einer verderblichen Unüberlegtheit zurückzuhalten.

Es gab eine einzige, die da helfen konnte: Lucía.

Miguels Beziehungen zu Lucía waren nach wie vor zwielichtig. Als er ihr mitgeteilt hatte, er habe seine Entlassung gefordert, da er Don Manuels verderbliche Politik nicht länger mitmachen könne, hatte Lucía ihm Trost zugesprochen, verständig, höflich, ohne Wärme. Wahrscheinlich war sie von Pepa, vielleicht von Manuel selber schon unterrichtet gewesen.

Lucía bedauerte ehrlich den Zwist Miguels mit Manuel, an dem sie die Schuld trug. Sie plante, die beiden auszusöhnen. Aber erst in späterer Zeit. Denn für die nächsten Monate hatte Manuel einen erfahrenen, patriotischen und verlässigen Ratgeber: den Abate.

Ja, der Pakt des Großinquisitors mit dem Ersten Minister war eingehalten, der Abate aus dem Kloster entlassen worden. Nicht als ob das Heilige Offizium das Urteil außer Kraft gesetzt hätte, aber die Familiares der Inquisition sahen ihn nicht, die Grünen Boten der Santa gingen an ihm vorbei, und wenn er's auch nicht wagen durfte, sich im Bereich der Königlichen Residenzen zu zeigen, so hatte ihm doch Manuel versichert, er könne, solange der Hof nicht in Madrid sei, heimlich in die Hauptstadt kommen. Gerade jetzt, da Manuel seines Miguel beraubt war, brauchte er einen Mann von den Fähigkeiten des Abate.

Miguel wußte natürlich um alle diese Dinge Bescheid. Er litt tief darunter, daß Lucía und Manuel ihn ausgeschaltet und durch den Abate ersetzt hatten.

Jetzt, in der Sorge um Goya, hatte er den willkommenen Vorwand, mit Lucía ein vertrauliches Gespräch zu führen. Nachdem er ihr die Neuheit und erschütternde Herrlichkeit der Caprichos sachkundig gerühmt hatte, berichtete er ihr von dem wahnsinnigen Vorhaben Goyas, die Blätter zu veröffentlichen, und er klagte in beredten Worten über die Dummheit der Menschen, besonders der gescheiten. Lucía stimmte eifrig zu. Schließlich, auf seine Bitte, versprach sie, sie werde versuchen, Goya von seiner Narrheit abzubringen.

Sie ging zu ihm. „Ich höre", sagte sie, „Sie haben eine Reihe sehr besonderer Radierungen gemacht. Es ist unfreundlich von Ihnen, sie einer alten Freundin vorzuenthalten." Goya war empört über Miguels Schwäche und Schwatzhaftigkeit. Aber hatte nicht er selber gegen seine bessere Überzeugung Cayetana die Radierungen gezeigt?

Lucía fragte ihn geradezu, wann sie die Caprichos sehen könne. Sie werde übrigens nicht allein kommen, sie werde einen gemeinsamen Freund mitbringen. Goya fragte argwöhnisch: „Wen?" Er dachte, es werde Pepa sein, und ihr wollte er die Caprichos nicht zeigen. Lucía aber sagte: „Ich möchte Ihre neuen Radierungen zusammen mit dem Abate anschauen." Goya, töricht vor Erstaunen, fragte: „Ist Don Diego hier? Ist denn das ...?" – „Nein", antwortete Lucía, „es ist nicht erlaubt. Aber er ist hier."

Goya war bestürzt. Wenn er einen verurteilten Ketzer, dessen Autodafé er selber beigewohnt hatte, seine Schwelle überschreiten ließ, war das nicht frechste Herausforderung des Heiligen Offiziums? Lucía sah seine Verwirrung. Ihre schmalen, schrägen Augen schauten ihm gerade ins Gesicht, ein kleines, tiefes, sehr spöttisches Lächeln war um ihre langen Lippen. „Halten Sie mich für eine Spionin der Inquisition?" fragte sie.

In der Tat hatte Goya einen Augenblick lang geargwöhnt, sie wolle ihn der Inquisition in die Hände spielen. Hatte sie nicht aus einer unseligen Laune heraus den Jovellanos ins Elend getrieben? Aber das war natürlich Unsinn. Auch sein Zögern, den Abate zu sehen, war Unsinn. Wenn sich dieser in Madrid zeigen konnte, ohne verhaftet zu werden, dann wird man schwerlich ihm, Francisco, was anhaben, wenn er ihn nicht von der Tür wies. So ging es ihm immer mit Lucía: gerade in ihrer Gegenwart hatte er seine kleinen, lächerlichen Augenblicke; das war so gewesen seit ihrem ersten Zusammentreffen im Prado. Und jetzt wieder mußte er, der seine eigene und die große spanische Angst überwunden und die Caprichos gemacht hatte, sich von ihr überraschen lassen bei einer Anwandlung von Feigheit, einer winzigen, sinnlosen. Carajo! fluchte er im stillen.

Dabei lockte es ihn, Lucia die Caprichos zu zeigen. Immer, trotz seiner feindseligen Vorsicht, hatte sie ihn auf unklare Art angezogen. Es war Gemeinschaft zwischen ihnen, sie hatte, und das war ihre Kraft, das Unten mit in die Höhe gebracht wie er. Er war sicher, daß sie die Caprichos verstehen würde, viel tiefer als jede andere Frau, die er kannte. Ja, ihm war, als rächte er sich an Cayetana, wenn er Lucía die Caprichos zeigte.

„Bitte, Doña Lucía", sagte er trocken, „bestellen Sie Don Diego meine Grüße, und geben Sie mir die Ehre, mich mit ihm am Donnerstag nachmittag um drei Uhr in meinem Atelier an der Calle de San Bernardino zu besuchen."

Der Abate, als er mit Lucía kam, schien wenig verändert. Er trug einen schlichten, sehr eleganten Anzug der letzten französischen Mode und bemühte sich, leicht zu scheinen, überlegen, geistreich, etwas zynisch, wie man's von ihm gewohnt war. Doch Goya merkte, welche Anstrengung ihn das kostete, und war unsicher. Er beeilte sich, das einleitende Gespräch abzukürzen und die Radierungen aus der Truhe zu holen.

Doña Lucía und der Abate beschauten die Caprichos. Es kam, wie es Goya vorhergesehen hatte. Lucías Gesicht verlor seine Maskenhaftigkeit, eine Art fanatischer Zustimmung malte sich darauf. Mit ihrer ganzen Wildheit sog sie das heftige Leben ein, das von den Blättern ausging, und strahlte es zurück.

Der Abate zeigte sich vor der ersten Gruppe der Radierungen, vor den „wirklichen", als der verständige Kunstkenner, der er war, und tat kluge Äußerungen übers Technische. Dann aber, als die Blätter immer kühner und phantastischer wurden, verstummte er, und langsam nahm auch sein Gesicht jene brünstige Versunkenheit an, die Lucías Miene zeigte.

Nun waren sie beide gebeugt über die Radierung mit dem aneinandergebundenen Paar, in dessen Häupter sich die Eule Verhängnis einkrallt – „Bindet uns denn keiner los?" hatte Goya die Zeichnung genannt –, und voll tiefer Befriedigung nahm Francisco wahr, mit welcher Gier Lucía und der Abate auf dieses Blatt und auf ihr Schicksal starrten. Und es war von da an, während sie die übrigen Caprichos betrachteten, zwischen den dreien eine Verbundenheit über alle Worte hinaus.

Endlich, seine Freude hinter Barschheit verbergend, sagte

Goya: „So, nun ist es genug" und machte sich daran, die Zeichnungen zusammenzupacken. Aber: „Nein, nein!" rief kindlich unbeherrscht der Abate, und auch Lucía dachte gar nicht daran, das Blatt wegzulegen, das sie in der Hand hielt. „Ich glaubte", sagte sie, „ich hätte das Gesindel durchschaut. Aber erst Sie machen einen richtig sehen, wie schauerlich Dummheit und Gemeinheit ineinandergehen." Sie schüttelte sich. „Mierda!" sagte sie, und es war seltsam, das wüste Fluchwort aus den langen, edelgeschwungenen Lippen der Dame herauskommen zu sehen.

Der Abate, auf die Paginierung weisend, sagte: „Das sollen sechsundsiebzig Zeichnungen sein? Es sind tausend! Es ist die ganze Welt! Es ist die ganze spanische Größe und das ganze spanische Elend!"

Nun aber packte Francisco die Radierungen endgültig fort, und sie versanken in der Truhe.

Der Abate starrte auf die Truhe, wilden, verlorenen Blickes. Goya erkannte, was in ihm vorging. Hatte er ihn doch knien sehen damals vor dem Tribunal in Tarragona. Diese Caprichos waren die Rache aller Getretenen, die Rache auch des Abate; auch er schrie in den Caprichos den frechen Mächtigen seinen Haß und seine Verachtung ins Gesicht.

Und nun wirklich sagte, leise, langsam und heftig, der Abate: „Es ist unfaßbar, daß das in der Welt ist und doch nicht in der Welt."

Auf Goya aber sprang über des Abate heißes Verlangen, daß aller Welt sichtbar werde das nackte Gesicht der Verruchten, derer, die heute Spanien beherrschten, so wie er's gespiegelt hatte in den Blättern hier in dieser Truhe. Stärker als je spürte er die Versuchung, die Caprichos in die Welt zu schicken. „Ich werde sie in die Welt schicken", beschloß er, heiser.

Da aber riß sich der Abate aus seiner Verlorenheit zurück in die Wirklichkeit dieses Ateliers und dieser Stadt Madrid. Und ganz leicht, im Konversationston, sagte er: „Sie scherzen natürlich, Don Francisco."

Goya sah ihm aufmerksam ins Gesicht, und hinter der eleganten Maske erkannte er das Antlitz, ein Totengesicht. Ja, er war ein Toter, dieser Mann. Da ging er herum, heimlich, unerlaubt, ein Geächteter, in dem gleichen Madrid, wo er in allen Salons zu glänzen und in jeder Aktion seine Hand zu haben gewohnt gewesen war, lebend nun von dem Mitleid und der Gnade der Frau, um derentwillen er die Vernichtung auf sich genommen hatte. Ein Toter saß vor ihm, danach trachtend, leichte, geistvolle Konversation zu machen. Goya sah ein Capricho: einen Halbverwesten, der elegant an einem Klavier lehnt, eine Zigarre rauchend.

Er fühlte etwas wie Scheu vor diesem Menschen, der herumging gleich einem Lebendigen und der doch tot war. „Ich habe nicht verstanden", sagte er etwas dümmlich.

Lucía schaute ihm ins Gesicht, unwillig, doch ohne Spott. „Der Abate meint", sagte sie sehr deutlich, „Sie sollten gescheiter sein."

Mit einem Male erkannte er die Zusammenhänge. Erkannte, daß ihm Lucía den Abate vorführte, auf daß er mit Augen sehe, wie es Märtyrern erging. Lucías Mahnung war angebracht. Er war wie ein Kind gewesen. „Spaniens Ruhm"; Quintanas Verse hatten ihm den Kopf rauchen machen, Eitelkeit ihm die Vernunft überrannt. Er hatte seinen „Ruhm" mit Händen greifen wollen. Er verdiente den strengen Blick, die Zurechtweisung Lucías. Sie hatte gut daran getan, Don Diego zu ihm zu bringen, daß dessen Anblick ihm den alten, immer noch so unweisen Kopf zurechtrücke.

Und er sagte schlicht: „Sie haben
Recht, Doña Lucía", und zu
Don Diego sagte er: „Sie
Haben recht."
Lucía aber,
Vor dem Aufbruch, auf die Truhe
Weisend, wo sein wahrer Ruhm lag,
Sagte, jede Silbe formend,
Laut und klar: „Ich danke Ihnen,
Goya. Nun, da diese Blätter
In der Welt sind, schäme ich mich
Nicht mehr, Spanierin zu sein." Und
Vor den Augen Don Diegos
Küßte sie Francisco auf den
Mund, heiß, schamlos.

26

Doktor Peral suchte Goya in der Ermita auf. Francisco erkannte sogleich, daß er in einer wichtigen Angelegenheit kam.

„Ich habe Ihnen eine Mitteilung zu machen", sagte denn auch nach ein paar einleitenden Worten Peral. „Ich habe gezögert zu sprechen, und vielleicht ist es ganz falsch, daß ich spreche. Aber Sie haben mir erlaubt, Doña Cayetana mit Ihren Augen zu sehen, in den Caprichos, und Sie haben mich Zeuge sein lassen, als Sie Doña Cayetanas Urteil auf die Probe stellten mit jenem Porträt. Ich darf wohl annehmen, daß Sie und ich nahe Freunde der Duquesita sind."

Goya schwieg, sein massiges Gesicht war zugesperrt, er wartete ab. Zögernd, mit Anlauf, sprach Peral weiter. Ob Goya in der allerletzten Zeit an Cayetana eine kleine Veränderung wahrgenommen habe, fragte er. Aha, sagte sich Francisco, sie hat den Streich mit Agustín entdeckt, und er kommt, mich zu warnen. „Ja", sagte er, „Doña Cayetana schien mir etwas verändert in den letzten Tagen." Peral, mit gekünstelter Beiläufigkeit, antwortete: „Sie *ist* verändert. Sie ist schwanger."

Goya fragte sich, ob er recht verstanden habe, aber er wußte, er hatte recht verstanden. „Está preñada", hatte Peral gesagt. Palabra preñada, ein bedeutungsschwangeres Wort, dachte Goya närrischerweise. In ihm war Aufruhr, er suchte ihn niederzuzwingen. Peral hätte nicht sprechen sollen, Francisco wollte von diesen Dingen nichts wissen, er wollte nicht eingeweiht sein in die übeln Intimitäten Cayetanas. Aber Peral fuhr fort mit seinen unerwünschten Vertraulichkeiten; jetzt schrieb er sie ihm sogar auf. „Früher in solchen Fällen", schrieb er, „hat Doña Cayetana rechtzeitig dafür gesorgt, ihren Zustand zu beseitigen. Aber diesmal war sie in den ersten Wochen offenbar willens, das Kind zur Welt zu bringen, und hat sich erst später eines andern besonnen. Bedenklich spät. Denn wenn sie bei ihrem Entschluß bleibt, wäre das nicht ungefährlich."

Goya las. „Warum teilen Sie das mir mit?" fragte er böse. Peral antwortete nicht, er schaute ihn nur an, und Goya wußte, was er sogleich begriffen hatte: daß es nämlich um sein, Franciscos, Kind ging. Sein Kind hatte Cayetana zur Welt bringen wollen – und wollte es jetzt nicht mehr.

Peral schrieb: „Es wäre gut, Don Francisco, wenn Sie Doña Cayetana überreden könnten, den Eingriff nicht vornehmen zu lassen."

Goya, heiser und sehr laut, sagte: „Es ist nicht meine Sache, in die Entschlüsse der Frau Herzogin einzugreifen. Ich habe es nie getan, und ich werde es nicht tun." Er dachte sinnlos: Preñada. Palabra preñada. Sie hat ihren Mann umgebracht, sie hat meine Elena umgebracht, sie wird auch dieses mein Kind umbringen. Er sagte, sehr laut: „Ich rede nicht mit ihr, ich rede kein Wort mit ihr darüber." Peral war ein wenig blasser geworden. Er schrieb ihm auf: „Bitte, verstehen Sie, Don Francisco, es ist nicht ungefährlich, den Eingriff vorzunehmen." Goya las. Zuckte die Achseln. „Ich kann nicht mit ihr reden, Doktor", sagte er gequält, es klang wie eine Entschuldigung, „ich kann es nicht." Doktor Peral sagte nichts mehr und schrieb nichts mehr. Er riß die Zettel aus dem Heft und zerriß sie in winzige Stücke.

Goya sagte: „Verzeihen Sie meine Heftigkeit, Don Joaquín." Er holte die Caprichos aus der Truhe, suchte zwei Blätter heraus, jenes, das Cayetana darstellte, wie sie auf der Wolke der drei Männerköpfe verrucht zum Himmel oder zur Hölle fährt, und jenes andere mit der zweigesichtigen Cayetana, dem besessenen Liebhaber, dem Gezücht ringsum und dem Zauberschloß in den Lüften. „Wollen Sie die Blätter haben, Doktor?" fragte er. Peral rötete sich tief. „Danke, Don Francisco", sagte er.

Wenige Tage später kam Botschaft von Peral, Goya möge sogleich nach Moncloa kommen. Er fuhr hin, sah Perals Gesicht, wußte, es war keine Hoffnung mehr.

In dem verdunkelten Zimmer, in dem Cayetana lag, war Parfüm verspritzt, doch vermochte es einen leisen, süßlich übeln Geruch, der vom Alkoven kam, nicht zu übertäuben. Die Vorhänge des Alkovens waren herabgelassen. Peral machte Francisco ein Zeichen, sie zurückzuschlagen, dann entfernte er sich. Francisco öffnete den Vorhang. Zur Seite des Bettes saß dürr, starr, versteint die Dueña. Francisco trat an die andere Seite des Bettes.

Cayetana lag gelblich wächsernen Gesichtes, die tief eingesunkenen Augen geschlossen. Oft waren Francisco die hohen Brauen der Frau vorgekommen wie riesige Torbögen, aber was hinter den Toren vorging, hatte er nie zu erkennen vermocht. Nun wünschte er brennend, die geschlossenen, wächsernen Lider möchten sich öffnen. Er kannte ihre Augen, die überreiches Getümmel ahnen ließen und nicht die kleinste Sicherheit erlaubten. Dieses eine, letzte Mal aber, wenn sie nun die Augen öffnete, würde er die Wahrheit sehen.

Sehr deutlich in ihm, so deutlich, als stünden sie leibhaft im Raum, waren die letzten Worte, die er aus der redenden Welt in seine Taubheit mitgenommen hatte, ihre Worte: „Ich habe immer nur dich geliebt, Francho, immer nur dich, du dummer, alter, du häßlicher, einziger Mann. Immer nur dich, du frecher Maler. Immer nur dich.“ Dabei hatte sie gewußt, daß die Liebe zu ihm ihr den Untergang bringen werde; die tote Brígida hatte es ihr gesagt und die lebendige Eufemia. Sie war wissend hineingegangen in ihre Liebe und in die tödliche Gefahr. Und er, so oft sie ihn darum gebeten, hatte sie nicht einmal gemalt. Er hatte sie nicht malen können. Vielleicht aber auch hatte er sie nur deshalb nicht gemalt, weil er sie nicht hatte gefährden wollen. Und da lag sie nun und starb trotzdem.

Voll verworrener Gedanken starrte er auf sie. Es war nicht denkbar, daß sie starb, man konnte sich nicht vorstellen, daß dieses heiße, launische, hochfahrende Herz aufhören sollte zu schlagen. Er befahl ihr, sich zu regen, endlich die Augen aufzumachen, ihn zu erkennen, zu ihm zu sprechen. Er wartete darauf mit gewalttätiger Ungeduld. Er beschimpfte sie in seinem Innern, daß sie schon wieder launenhaft sei. Aber sie öffnete die Augen nicht, sie sprach nicht, sie war nur beschäftigt mit ihrer Schwäche, ihrem Verrinnen, ihrem Sterben.

Ein Gefühl ungeheuern Alleinseins, ungeheurer Fremdheit war in ihm. Sie waren verbunden gewesen, sie und er, wie Menschen enger nicht verbunden sein konnten, und wie fremd waren sie einander. Wie wenig kannte sie seine Wirklichkeit, seine Kunst. Und wie wenig kannte er sie. Sein „Tantalus“ war gelogen: sie blinzelte nicht, sie starb.

Doña Eufemia, hart, feindselig, kam zu ihm herüber. Schrieb ihm auf: „Sie müssen jetzt gehen. Die Marquesa de Villabranca kommt.“ Er begriff die Dueña: er hatte die Herzogin von Alba verunehrt all diese Jahre hindurch, nun sollte er sie wenigstens in Würde sterben lassen. Fast lächelte er. Angestanden hätte es dieser letzten Alba dahinzugehen, auf den Lippen ein freches, kühnes, höhnisches Wort. Aber da lag sie, schwach und in übelm Geruch, und ihr Hingang wurde nicht würdiger, auch wenn er sich in Gegenwart der Familie Villabranca vollzog statt in der seinen.

Die Dueña begleitete ihn zur Tür. „Sie haben sie umgebracht, Herr Erster Maler", sagte sie, grenzenlosen Haß in den Augen.

Peral war im Vorzimmer. Die beiden Männer verneigten sich, tief, ohne Worte.

Durch die Halle schritt in eiliger Würde der Priester mit dem Allerheiligsten. Goya kniete nieder mit den andern. Cayetana wird von diesem Besuch so wenig merken wie von dem der Villabrancas und von seinem eigenen.

Das Volk von Madrid, mit Gerüchten schnell bei der Hand, erzählte auch dieses Mal sogleich, es liege Vergiftung vor, und zwar sei es die Fremde, die Italienerin, die Königin, die ihre Rivalin habe vergiften lassen. Die Scheelsucht, mit der man die Alba seit dem Tode des Herzogs angesehen hatte, verwandelte sich in Mitleid, in Liebe, Verehrung. Rührende Anekdoten gingen um, wie einfach sie mit jedermann gesprochen habe, ohne Stolz, als sei er ihresgleichen, wie sie Stierkampf gespielt habe mit den Kindern auf der Straße, wie gern und wie reich sie jedem Bedürftigen gegeben habe, der sie darum anging.

Ganz Madrid nahm teil an ihrer Bestattung. Alles Gepränge, das geboten war bei den Trauerfeierlichkeiten für eine Dame so hohen Adels, wurde zur Schau gestellt, die Villabrancas sparten nicht, aber sie bemühten sich auch nicht, Ergriffenheit zu zeigen. Nur die gutmütige Doña María Tomasa bedauerte Cayetana, die so schön gewesen war und so früh und so schrecklich hatte dahingehen müssen. Mit Verachtung sah die alte Marquesa herab auf die ehrliche Betrübnis des Volkes. Cayetana hatte den Pöbel geliebt, der Pöbel liebte sie. Doña María Antonias Gesicht war hart und hochmütig. Nun hatte die gleiche Hand, durch welche diese Entgleiste, Verkommene ihren lieben Sohn hatte umbringen lassen, sie selber beiseite geschafft. Sie rührte, die alte Marquesa, kaum die Lippen bei den Gebeten für die Seele der Toten, und was sie sprach, waren keine frommen Wünsche.

In ihrem Letzten Willen hatte die Herzogin von Alba hohe Legate ausgesetzt für die Dueña Eufemia, die Zofe Fruela, die zahlreiche Dienerschaft ihrer vielen Güter, auch den Hofnarren Padilla hatte sie nicht vergessen. Es war ein launisches Testament. Mit Geldbeträgen, manchmal sehr hohen, waren Menschen bedacht, die sie nur flüchtig gekannt hatte. Studenten, die ihr einmal über den Weg gelaufen waren, ein halbidiotischer Bettelmönch, dem sie auf einem ihrer Güter Unterkunft gewährt hatte, ein Findelkind, das auf einem ihrer Schlösser gefunden worden war, mehrere Schauspieler und Toreros. Dem Ersten Maler des Königs, Francisco de Goya y Lucientes, hinterließ Doña Cayetana einen einfachen Ring, nichts sonst, seinem Sohn Javier eine kleine Rente. Dagegen erhielt ihr Arzt Doktor Joaquín Peral eine halbe Million Realen, dazu einen der andalusischen Landsitze und eine Reihe erlesener Gemälde.

Es verdroß Doña María Luisa, daß Schmuckstücke, um deren Besitz sie die Alba beneidet hatte, jetzt an Domestiken fallen sollten und an allerlei Gesindel statt an sie selber; denn entgegen dem Brauch hatte Cayetana keines ihrer Besitztümer den Katholischen Königen vermacht. Auch Don Manuel war enttäuscht. Er hatte gehofft, von dem Haupterben, dem Marqués de Villabranca, Gemälde aus den Galerien der Alba billig eintauschen zu können. Nun sollten diese Bilder in den Besitz des widerwärtigen Doktor Peral übergehen, der berüchtigt war für seine Hartnäckigkeit.

Es war sowohl der Königin wie dem Ersten Minister willkommen, als Don Luis María Marqués de Villabranca, jetzt Vierzehnter Herzog von Alba, das Testament anstritt. Doña Cayetana war vertrauensselig gewesen und ohne Geschäftskunde. Verdacht lag nahe, daß gewisse Legate, besonders die unsinnig hohen an den Arzt, an die Dueña, an die Zofe Fruela, der Erblasserin auf bedenkliche Art abgelistet worden waren. Auch der jähe Tod der Herzogin war verdächtig. Die Vermutung lag nahe, der habgierige, kunstnärrische Arzt habe sich, nachdem er sich seinen Platz in dem Testament erschlichen, durch Beseitigung der Herzogin beschleunigt zum Eigentümer der Legate machen wollen.

Die Königin nahm an, ein Prozeß gegen den Arzt werde schnell die albernen Gerüchte verstummen machen, die ihre geheiligte Person mit dem Tod Cayetanas in Verbindung brachten. Sie beauftragte Don Manuel, persönlich dafür Sorge zu tragen, daß volle

Aufklärung geschaffen werde über den Tod ihrer ersten Hofdame und deren Testament.

Anklage wurde erhoben gegen Doktor Peral, die Dueña, die Zofe Fruela, zunächst wegen Captación de herencia, wegen Erbschleicherei. Die Beschuldigten wurden gefänglich eingezogen, die Hinterlassenschaft mit Beschlag belegt. Schnell war erwiesen, daß die Erblasserin unter unzulässiger Beeinflussung gehandelt habe. Das Testament wurde für ungültig erklärt. Das Verfahren gegen die drei Verhafteten ging weiter.

Die für ungültig erklärten Legate wurden dem Hauptteil der Erbmasse zugeschlagen, der an den neuen Herzog von Alba fiel. Dieser bat Don Manuel, sich aus den Galerien der Verstorbenen einige Gemälde auszusuchen und sie als Entgelt für seine Mühewaltung anläßlich der Regelung der Erbschaft freundlichst anzunehmen; mehrere der Gemälde freilich, an denen dem Infanten lag, waren auf rätselhafte Art verschwunden. Doña María Luisa, die so huldvoll bestrebt gewesen war, den geheimnisvollen Tod Doña Cayetanas aufzuklären, wurde von dem neuen Herzog von Alba ehrerbietigst gebeten, sie möge geruhen, einige Schmuckstücke aus der Hinterlassenschaft der teuren Verblichenen als Andenken entgegenzunehmen.

Bald denn hingen von den Bildern
Cayetanas manche in den
Galerien des Infanten.
Und am Hals der Königin, an
Ihren Armen, ihren Händen
Glänzten Spangen, Ringe aus dem
Hochberühmten Schmuck der toten
Herzogin von Alba.

27

Die Freunde konnten Goya nicht dazu bewegen, sich mit ihnen über den Tod Cayetanas auszusprechen. Schon fürchteten sie, er werde in seinen schwarzen Wahn zurückfallen. Allein er blieb verschont.

Finster, wortkarg ging und saß er herum in den kahlen Räumen der Quinta. Er versuchte, sich Cayetana zurückzurufen. Es gelang nicht. In ihm war nur das Bild der Wächsernen, Sterbenden, die sich eingeschlossen hatte in sich selber und in ihren übeln Geruch. Mit letzter Tücke hatte sie sich gesträubt, die Augen aufzumachen. Sein Groll über die Untiefen ihres Wesens war schwächer geworden in den Monaten vor ihrem jähen Tode; nun sie nicht mehr da war, überkam es ihn mit neuer Heftigkeit.

In seinem weiten Garten ging er spazieren, würdig, den Bolívar fest auf den Kopf gedrückt, mit seinem schönen Rohrstock, aragonisch aufrecht, grimmig grübelnd. Cayetana war nicht mehr da, schlechthin nicht mehr da, er wußte es. Er glaubte nicht an den Himmel und die Hölle der Pfaffen, sein Himmel und seine Hölle waren von dieser Welt. Da Cayetana nicht mehr auf dieser Erde war, war sie nicht mehr da.

Nichts mehr von ihr war da, und das war seine Schuld. Seine Porträts waren traurige, armselige Schatten, die nichts aussagten von ihrer Herrlichkeit; selbst des Agustín stümperhaftes Bildnis gab mehr von ihr. Seine, Franciscos, Kunst hatte versagt. Am deutlichsten blieb noch, was er von ihr in den Caprichos festgehalten hatte. Aber da hatte er nur das Hexenhafte festgehalten, und von ihrem Leuchtenden, Zauberischen war nichts in seinen Zeichnungen und nichts in seinen Bildern.

„Die Toten machen den Lebendigen die Augen auf", sagten die Leute. Die tote Cayetana machte sie ihm nicht auf. Er begriff sie nicht, begriff sie jetzt nicht, hatte sie niemals begriffen. Und sie niemals ihn. So fremd war keine andere Frau vor seiner Kunst gestanden. „Geschmacklos und barbarisch." Vielleicht waren es die Caprichos, die sie dazu verleitet hatten, ihren Entschluß zu ändern und das Kind von ihm umzubringen, eh sie es in die Welt setzte.

Er versuchte, ihr gerecht zu werden. Gewiß, vom ersten Augenblick an hatte sie ihn gehaßt, aber vom ersten Augenblick an, von dem Moment an, da er sie auf ihrer Estrade sichtete, hatte auch er sie gehaßt. Niemals war er mit ihr fertig geworden und wird es niemals werden. Immer, auch in den glühendsten Minuten, war seine Leidenschaft mit Haß vermengt gewesen. Cayetana hatte dem vermeintlich Schlafenden Worte der Liebe gesagt: er konnte nicht einmal der Toten sagen, er habe sie geliebt.

Er weinte, rollende, schamlose, unwürdige Tränen, über sich und über sie. Sie schwemmten nichts hinweg, nichts von seinem Haß und nichts von seiner Liebe.

Es war niederträchtig von ihm, die Tote zu beschimpfen, die Wehrlose. Er bekreuzte sich vor dem Holzbild der Virgen de Atocha, eben dem, welches von Cayetana in jener ersten Nacht mit der Mantilla verschleiert worden war, damit die Hochheilige ihr Treiben nicht sehe. Er betete: „Und vergib ihr ihre Schuld, wie wir vergeben unsern Schuldigern." Sogar seine Gebete waren niederträchtig; denn er vergab ihr nicht.

Es war kahl in ihm wie in der Quinta. Bisher war sein Leben übervoll gewesen von immer neu andrängenden Süchten und Geschäften. Nun zum erstenmal spürte er Langeweile. Nichts reizte ihn, kein Vergnügen, Frauen nicht, Essen und Trinken nicht, kein Ehrgeiz, kein Erfolg. Auch die Arbeit nicht; der bloße Geruch der Farben, der Leinwand ödete ihn an.

Er war mit allem fertig, mit seiner Kunst ebenso wie mit Cayetana. Was er zu sagen hatte, war gesagt. Die Caprichos lagen in ihrer Truhe, fertig, abgetan.

Er war nicht fertig mit Cayetana. Ihn kratzte das Unrecht, welches die Königin und Don Manuel an der Toten verübten. Wenn er daran dachte, daß der Doktor und die Dueña im Gefängnis saßen, daß Cayetanas Andenken verschimpfiert war mit wüsten Gerüchten, dann packte ihn Wut. *Er* durfte der Toten unrecht tun, niemand sonst.

Auch mit den Caprichos war er nicht fertig. „Kunst ist sinnlos, wenn sie nicht wirkt", hatte Quintana gesagt. Daran war etwas. Wenn einer sein Werk vor dem Beschauer versteckte, das war, wie wenn eine Frau das Kind abwürgte vor der Geburt.

Er spielte mit der Vorstellung, was wohl geschähe, wenn er die Caprichos veröffentlichte. Manchmal, wenn einer eine ganz ungeheure Kühnheit beging, dann machte das die oben starr und lahm. Den frühen Goya, den jungen Goya, hätte gerade das ganz große Wagnis gereizt. Und wenn er jetzt aller Welt zeigte, was er von den Beleidigern Cayetanas hielt, war das nicht Sühne auch für das, was er selber ihr angetan hatte? Ein Totenopfer? Vielleicht wird dann sogar sie merken, was es für eine Bewandtnis hatte mit den „geschmacklosen" Caprichos, und wird sich zusammen mit ihrer toten Brígida den toten Schädel darüber zerbrechen.

Gewiß, die Caprichos zu veröffentlichen war gegen die Vernunft; das hatten ihm die andern, das hatte er selber sich bündig bewiesen. Aber war er so alt und blutlos geworden, daß er nur mehr nach der Vernunft handelte? War er ein lederner Miguel geworden? Es war seiner nicht würdig, daß er, feig wie ein altes Weib, die Caprichos in der Ermita versteckte.

Er unterbrach Agustíns Arbeit. „Ich habe anspannen lassen", sagte er. „Du kommst mit. Wir holen die Caprichos herüber in die Quinta." Der bestürzte Agustín sah sein finsteres, entschlossenes Gesicht und wagte nicht zu fragen.

Sie fuhren schweigend in die Calle de San Bernardino, stiegen die Treppen hinauf zur Ermita und trugen mühevoll, unter den erstaunten Blicken der Hausinsassen, die Platten, die Zeichnungen, die Radierungen, die Truhe, zuletzt die schwere Presse auf die Straße und in den Wagen. Mehrmals mußten sie die engen, steilen Treppen hinauf und hinunter, ehe alles in der Carroza verstaut war. Der Diener Andrés wollte Hand anlegen, Goya wies ihn grimmig zurück. Auch auf der Rückfahrt saß er stumm und finster, die Truhe nicht aus den Augen lassend. Dann, mit Hilfe Agustíns, brachte er alles hinauf in das Atelier der Quinta. Dort stellte er die Truhe an die Wand, so daß sie einem jeden auffallen mußte.

Besucher kamen, die Herzogin von Osuna, der Marqués de San Adrián, andere, die annehmen durften, sie stünden Goya nahe. Er reizte ihrer aller Neugier. „Sie möchten wohl wissen, was da in der Truhe ist", höhnte er. „Vielleicht zeige ich es Ihnen einmal. Es ist der Mühe wert."

Auch aus Cádiz stellte sich Besuch ein, der Reeder Sebastián Martínez. Hurtig schrieb er Francisco auf: „Wir beide haben viel verloren, Exzellenz. Ihre Hoheit die Frau Herzogin – eine große Dame, eine wunderbare Dame, die letzte Blüte des alten Spaniens", und er schaute Goya teilnahmsvoll an. „Ein Jammer", schrieb er weiter, „wie der Nachlaß dieser großen Dame verstreut wird und verschwindet. Eine ganze Reihe von Bildern sind einfach nicht mehr da. Auch jene geheimnisvolle Nackte Venus von

Ihrer Hand, Exzellenz: spurlos und betrüblich verschwunden. Ein Vorschlag: wäre es nicht möglich, daß jetzt ein verlässiger, andächtiger, hochzahlender Kunstkenner wenigstens eine Kopie bekäme?" Goya las, sein Gesicht wölkte sich. Señor Martínez sagte schnell: „Nichts, nichts, ich will nichts gesagt haben", und er nahm das Blatt und zerriß es.

Teilnahmsvoll und neugierig spähte er in dem kahlen Atelier herum, immer wieder gingen seine Augen nach der Truhe. Schließlich erkundigte er sich, ob man erfahren dürfe, was der Herr Erste Maler in diesen letzten Monaten geschaffen habe. Goya, nach kurzem Nachdenken, lächelte und sagte gnädig: „Das Interesse eines so verständigen und hochzahlenden Sammlers ehrt mich." Er holte einige Blätter aus der Truhe: die Esels-Folge zuerst, dann mehrere von den Blättern mit den Geschichten der Majas. Und als er sah, wie kennerisch, amüsiert und ergriffen Señor Martínez die Radierungen betrachtete, entschloß er sich und zeigte ihm auch „Cayetanas Himmelfahrt".

Señor Martínez schnaufte, kicherte, rötete sich. Sagte: „Das muß ich haben! Alles, was in der Truhe ist, muß ich haben! Die Truhe mit dem ganzen Inhalt muß ich haben!" Er überstürzte sich, stammelte, schrieb in fliegender Hast, es ging ihm zu langsam, er fiel ins Sprechen zurück. „Sie haben meine Sammlung gesehen, Don Francisco", sprach und schrieb er. „Sie müssen zugeben, dieses Ihr Wunderwerk gehört in die Casa Martínez. Plus ultra! war immer der Wahlspruch der Martínez. Plus ultra! ist auch das Motto Ihrer Kunst, Don Francisco. Sie sind höher hinaufgelangt sogar als Murillo! Verkaufen Sie mir die Truhe, Exzellenz! Sie finden keinen würdigeren, andächtigeren Käufer und Kenner." – „Ich nenne diese Radierungen ‚Caprichos'", sagte Francisco. „Ein ausgezeichneter Titel", sagte schnell und enthusiastisch Señor Martínez. „‚Die phantastischen Einfälle des Herrn Ersten Malers' – wunderbar! Bosch und Breughel und Callot in einem, und das alles spanisch und somit wilder und größer." – „Aber was wollen Sie denn eigentlich kaufen, Señor?" fragte freundlich Goya. „Sie kennen doch erst ein paar Blätter aus der Sammlung. In der Truhe ist fünf- oder sechsmal soviel. Zehnmal soviel." – „Ich kaufe alles", erklärte Señor Martínez. „Alle Platten und Drucke und die Truhe dazu. Das ist ein bindendes Angebot. Machen Sie Ihren Preis, Exzellenz!

Machen Sie ihn hoch, ich knausre
Nicht, wenn's um ein Werk von Ihrer
Hand geht. Niemand außer diesen
Meinen armen Augen darf Ihr
Wunderwerk jemals erblicken!"
„Falls ich die Caprichos drucken
Sollte und veröffentlichen",
Sagte Goya, „schick ich einen
Von den ersten Drucken Ihnen."
Doch: „Den ersten!" flehte und be-
Schwor Señor Martínez ihn. „Den
Ersten! Die drei ersten Drucke!
Und die Platten!" flehte er. „Die
Platten!" Goya hatte Mühe,
Den Erregten aus der Quinta
Fortzuschaffen.

28

In jenem Frühjahr trafen schlimme Nachrichten ein über das Schicksal des Don Gaspar Jovellanos. Der Infant Manuel hatte der Inquisition nicht länger die Erlaubnis versagt, gegen Jovellanos vorzugehen, und eines Nachts war der alte Mann auf seiner Besitzung bei Gijón aus dem Schlaf heraus verhaftet worden. Man hatte den Ketzer den langen Weg nach Barcelona geführt, ihn gefesselt den Augen aller preisgebend, man hatte ihn nach der Insel Mallorca gebracht und in ein Kloster gesperrt, in eine fensterlose Zelle. Der Gebrauch von Büchern, von Papier, jede Berührung mit der Außenwelt war ihm verwehrt.

„Ya es hora – Jetzt ist es Zeit", sagte Goya zu Agustín. „Ich mache die Caprichos endgültig fertig. Du besorgst mir das Papier, und wir drucken sie zusammen. Ich denke, dreihundert Drucke genügen fürs erste."

Agustín hatte alle die Wochen her mit Sorge beobachtet, wie sich's Francisco angelegen sein ließ, seine Besucher hinzuweisen auf den geheimnisvollen Inhalt der Truhe. „Du willst wirklich ...?" stammelte er bestürzt. „Wundert dich das?" höhnte Francisco. „War da nicht einmal einer, der zu mir in die Ermita gerannt kam und herumschrie: ‚Verschlammt und verwest und verkommen'? Damals war dein Don Gaspar nur verbannt: jetzt hockt er gefesselt und ohne Luft und Licht in einem Keller." – „Du bist verrückt, Francho!" brach Agustín los. „Du darfst uns das nicht antun. Du darfst der Inquisition diese Freude nicht machen." – „Wir drucken die dreihundert Exemplare!" befahl Goya. „Andere unter meinen Freunden werden genau das für das Richtige halten, für das einzig Mögliche. Ein gewisser Quintana zum Beispiel." – „Ich hab es gewußt", klagte bitter Agustín. „Der Weihrauch des Quintana ist dir zu Kopf gestiegen, diese alberne Ode von deiner Unsterblichkeit." – „Ich scheiße auf die Unsterblichkeit", sagte ruhig Gooya. „So eine gemeine Lüge!" antwortete zornig Agustín. „Schimpf nicht", sagte, immer auffallend gehalten, Goya. „Erst hast du bei jedem kleinsten Anlaß auf mich eingeredet, ich müsse Politik machen mit meiner Kunst. Und jetzt, wo sie Don Gaspar zu Tode quälen, da soll ich schweigen. So ist es mit euch Politikern und Proyectistas. ‚Gelehrte Leute schwatzen, tapfere tun.'" – „Es wäre schierer Wahnsinn", ereiferte sich Agustín, „die Caprichos jetzt aus der Truhe zu lassen. Wir sind im Krieg, die Santa kann tun, was sie will. Nimm Vernunft an, Francisco! Ein Mann kann seinen Vater umbringen und vielleicht freikommen: aber einer, der solche Radierungen verbreitet, heute, der begeht Selbstmord." – „Ich verbitte mir das!" rief Goya. „Ich bin Spanier. Ein Spanier begeht keinen Selbstmord." – „Es *ist* Selbstmord", beharrte Agustín. „Und du weißt es. Und du tust es auch nicht aus Gründen des Anstands und der Politik. Seitdem die Frau fort ist, scheint dir alles kahl, und du willst dir's farbiger machen durch eine Tollkühnheit. Das ist es. Die Frau allein ist daran schuld. Noch nach ihrem Tode stürzt sie dich ins Unglück!"

Doch nun war Francisco wütend.
„Halt das Maul!" schrie er. „Und wenn du
Dich noch länger weigerst, mir zu
Helfen, such ich einen andern."
„Such du nur! Du findest keinen!"
Schrie Don Agustín. „Nur ich bin
So verrückt und halt es aus bei
Dir!" Und er verließ den Raum, ver-

Ließ die Quinta, und wiewohl es
Goya doch nicht hören konnte,
Schlug die Türen er gewaltig
Zu.

29

Er lief, seine Scheu überwindend, zu Lucía; sie war die einzige gewesen, die seinerzeit Francisco die tolle Idee hatte ausreden können, die Caprichos zu veröffentlichen.

Er klagte ihr vor, daß Señor de Goya, wohl infolge seines letzten Mißgeschicks, sich nun doch entschlossen habe, die Radierungen zu drucken und zu verbreiten. „Bitte, helfen Sie, Doña Lucía!" beschwor er sie. „Bitte, Señora, lassen Sie ihn nicht ins Elend rennen! Den größten Mann Spaniens!"

Lucía, während er so, hilflos und verstört, daherredete, schaute ihm aufmerksam ins Gesicht. Sah, was in ihm vorging. Er liebte sie, doch in seinem Herzen klagte er sie an, sie habe seine Freunde zugrunde gerichtet, den Abate, Miguel und vor allem Jovellanos. Bestimmt wurmte es ihn, daß er gezwungen war, gerade sie anzuflehen. „Sie sind ein treuer Freund, Don Agustín", sagte sie. „Ich will tun, was ich kann."

Lucía glaubte zu begreifen, was Francisco antrieb, die Caprichos nun doch zu veröffentlichen. Er brauchte, um sich aus der Leere und Lähmung seiner Trauer zu reißen, Gefahr und hohes Spiel. Andernteils war er ein Bauer aus Aragón, gewohnt, Kühnheit mit Vorsicht zu verbinden; er wird, auch wenn er sich in ein selbstgewähltes Abenteuer stürzt, eine gute Rüstung nicht verschmähen.

Sie sah eine Möglichkeit, ihn vor der Inquisition zu schützen. Aber ihr Plan erforderte Vorbereitung. Es kam darauf an, Francisco von Übereilungen zurückzuhalten.

Sie ging zu ihm. „Sie wissen natürlich", sagte sie ihm, „wie gefährlich Ihr Vorhaben ist." – „Ich weiß es", antwortete Goya. „Es gibt Mittel", erklärte sie, „die Gefahr zu verringern." – „Ich bin kein Knabe mehr", sagte er. „Ich fasse Glut lieber mit der Zange an als mit nackten Händen. Nur müßte eine Zange da sein." – „Die Friedensverhandlungen in Amiens", erläuterte Lucía, „gehen nicht ganz so, wie es den persönlichen Wünschen Don Manuels entspricht. Er brauchte dort einen verlässigen Agenten. Wenn sich Don Miguel jetzt bereit erklärte, wieder mit Don Manuel zu arbeiten, dann könnte er wohl einiges durchsetzen für die Sache des Fortschritts und für einen Mann, der ihm am Herzen liegt." Goya schaute ihr aufmerksam auf die Lippen. Doña Lucía fuhr fort. „Ich werde in allernächster Zeit eine Tertulia geben, nur für meine intimsten Freunde. Der Infant Manuel wird da sein, Pepa und, ich hoffe, Don Miguel. Darf ich auch auf Sie rechnen und auf Don Agustín?" – „Gewiß werde ich kommen", sagte Goya, und mit Wärme fuhr er fort: „Sie strengen sich sehr an, Doña Lucía, mich vor den Folgen meiner Dummheit zu bewahren. Sogar ein paar Klauseln in den Friedensvertrag wollen Sie dafür einschmuggeln." Er lächelte übers ganze Gesicht. „Jetzt haben Sie mehr vom Fuchs als vom Löwen", sagte Lucía, auch sie lächelnd.

Politische Geschäfte waren Lucía geläufig, und die Konstellation war günstig. Auf der Konferenz in Amiens, wo England, Frankreich und Spanien über den europäischen Frieden verhandelten, sollten eine Reihe von Fragen entschieden werden, welche, das war Lucía klar, den Infanten Manuel persönlich nahe angingen. Er wollte Vorteile erreichen für den Papst, von dem er sich eine sehr hohe Ehrung erhoffte. Er hatte Grund, der Königin seine Unentbehrlichkeit zu beweisen, und wollte günstige Bedingungen erzielen für jene italienischen Länder, deren Fürsten mit ihr verwandt waren. Vor allem wohl mußte er wünschen, den Besitzstand des Königreichs Neapel zu mehren und aus diesem Land die Truppen des Generals Bonaparte, die Gabachos, hinauszudrängen. Denn wenn ihm das glückte, dann war auch das Hindernis gefallen, welches der geplanten Ehe zwischen dem Thronerben von Neapel und der jüngsten Tochter Doña María Luisas im Wege stand; diese aber, die Infantin Isabel – daraus hatte Don Manuel weder vor Pepa noch vor ihr, Lucía, jemals ein Hehl gemacht –, war ein Kind von ihm, und sicher hing ihm das Herz daran, seiner Tochter eine Königskrone aufzusetzen. Die Interessen Don Manuels deckten sich also nicht immer mit den Interessen Spaniens, und da der Gesandte Azara, der das Reich in Amiens vertrat, nicht eben sein Freund war, brauchte der Infant auf der Konferenz einen Agenten, der auch für seine eigenen,

Don Manuels, Belange Verständnis aufbrachte. Lucía war überzeugt: Miguel konnte für die Bereitwilligkeit, als Vertreter des Infanten nach Amiens zu gehen, einen hohen Preis fordern.

Doña Lucía lud Manuel zu ihrer Tertulia und sah befriedigt, wie er aufleuchtete, als sie ihm erzählte, sie rechne auch mit Miguels Teilnahme. Miguel selber zierte sich ein wenig, doch war auch er sichtlich froh um die Gelegenheit, dem Infanten zu begegnen.

Es versammelte sich um Doña Lucía der gleiche kleine Kreis wie an jenem Abend, da sie ihre Freundin Pepa zum erstenmal mit Don Manuel zusammengebracht hatte; nur der Abate mußte wohl fehlen.

Noch dichter als damals hingen, die Wände hinauf und hinunter, Miguels Gemälde. Unter ihnen Goyas Porträt der Doña Lucía. Erst in der letzten Zeit hatte Miguel schmerzhaft tief die ganze, zauberische Treue dieses Bildes erkannt. Mit unheimlicher Voraussicht hatte Francisco das wahre Wesen Lucías und ihr weiteres Schicksal gewittert; nun war die leibhafte Lucía vollends hineingewachsen in die Frau auf der Leinwand.

Miguels Gesicht blieb auch an diesem Abend, da er Don Manuel unter so günstigen Umständen wiedersehen sollte, klar und freundlich gelassen; doch in seinem Innern war Verwirrung. Er sagte sich vor, er sei ein Glücklicher. Sein großes Lebenswerk, das Künstler-Lexikon, war infolge der erzwungenen Muße der letzten Monate nach Wunsch gediehen, es war beinahe vollendet. Und hier, inmitten der Kunstschätze, die er liebte, saß die Frau, die er liebte; die Trübungen zwischen ihnen waren vorbei. Und wenn er sein liebes Amt, aus dem Schatten die Geschicke Spaniens zu lenken, verloren hatte, so war es jetzt an dem, daß ihn der Beleidiger inständig wird bitten müssen, es wieder zu übernehmen. Trotzdem war seiner Erwartung und Freude Beklommenheit beigemischt. Der Boden unter ihm war erschüttert, seine schöne Sicherheit war fort. Wohl konnte er sich und andern mit der alten Bestimmtheit sagen: „Dies ist gut, und jenes ist schlecht"; aber nur mehr seine Stimme war autoritativ.

Sicherheit indes, eine Befriedigung, wie er sie seit langem nicht mehr gespürt hatte, erfüllte an diesem Abend das Herz Agustín Esteves. Er wußte nichts über die Einzelheiten von Lucías Plan, doch war ihm klar, daß sie diese Tertulia veranstaltet hatte, um Francisco zu helfen. Schon daß sich Miguel und Manuel wieder freundschaftlich begegneten, und das in Franciscos Gegenwart, bedeutete vieles. Agustín lobte sich, daß er seine Scheu vor Doña Lucía überwunden und nützliche Schritte getan hatte, Francisco vor den Folgen seiner Dummheit zu schützen. Die eigene Zukunft schien ihm heller, nun ihm dies geglückt war. Vielleicht wird er doch noch ein Maler der Ersten Reihe werden. Er war langsam und schwerfällig, aber gerade diejenigen, die sich langsam entwikkelten, erreichten manchmal das Höchste. Und auch wenn er dieses Ziel niemals sollte erreichen können, er wird nicht klagen. Schon daß es ihm vergönnt war, Francisco ein erfolgreicher Beiständer zu sein, war Erfüllung.

Lucía selber hatte Freude an ihrer Tertulia. Ihre Gäste hatten, seitdem sie zum erstenmal bei ihr versammelt gewesen waren, viele Umschwünge erlebt, sie hatte an diesen Umschwüngen mitgewirkt und war im Begriff, noch mehr Schicksal zu machen, Schicksal des Landes und Schicksal derer um sie. Schade, daß Don Diego nicht hier sein konnte. Der würde den Spaß ganz auskosten, wie Manuel nun selber mithelfen wird, der Welt in den Caprichos das Abbild der eigenen Niedrigkeit für immer aufzubewahren.

Manuel war gekommen mit dem festen Vorsatz, Miguel zurückzugewinnen. Der Príncipe de la Paz war im Begriff, seinem Grundsatz „Eine Unze Friede ist besser als eine Tonne Sieg“ neue Ehre zu machen. Die Gold- und Silberflotten aus Amerika werden wieder unbehindert einlaufen, Geld und Jubel wird überall in Spanien sein, und er wird das Verdienst davon haben. Unter solchen Umständen wird es ihm nicht schwerfallen, Miguel Großmut zu bezeigen; auch dürften ja, wenn Miguel den Baum von Amiens schüttelt, noch viel herrlichere Früchte herunterfallen.

Kaum also hatte er Doña Lucía die Hand geküßt, so ging er stürmisch auf den sehr aufrecht dastehenden Miguel zu, klopfte ihm die Schulter, versuchte, ihn zu umarmen. „Wie freut es mich“, rief er, „wieder einmal dein Gesicht zu sehen! Mir ist, als hättest du mir bei unserm letzten Zusammensein einige Offenheiten gesagt, Grobheiten geradezu, und auch ich habe mich wohl nicht sehr diplomatisch ausgedrückt. Ich habe den Unsinn vergessen. Vergiß auch du ihn, Miguelito!" Miguel hatte sich vorgenommen, seine Gefühle im Zaum zu halten, er hatte zu diesem Zweck lange in seinem Machiavell gelesen. Trotzdem versperrte er sich und sagte steif: „Es stak einiger Sinn inmitten des Unsinns, der damals geäußert wurde." – „Du weißt doch selber", redete der Infant weiter auf ihn ein, „in welcher Zwangslage ich war. Aber die Dinge haben sich geändert. Laß erst Friede dasein, und du wirst es erleben, wie schnell wir die Pfaffen, die Frailucos, zurückgedrängt haben. Mach kein so saures Gesicht, Miguel! Ich brauche dich in Amiens! Du darfst mir und Spanien diesen Dienst nicht verweigern." – „Ich zweifle nicht, Don Manuel", erwiderte Miguel, „daß Sie heute entschlossen sind, liberale Politik zu machen. Aber wie immer der Friede aussehen wird, ich fürchte, zuletzt wird er doch nur dem Papst, dem Großinquisitor und ein paar wölfischen Granden zugute kommen."

Don Manuel schluckte den Verdruß hinunter über Miguels Widerstand und Mißtrauen. Sprach von den großartigen fortschrittlichen Unternehmungen, die er beabsichtige. Er werde die lange geplanten Flußregulierungen durchführen, werde landwirtschaftliche Musteranstalten errichten und große Laboratorien. Auch an die Gründung von drei weiteren Universitäten denke er. Selbstverständlich werde er die Zensur erleichtern, sie vielleicht ganz abschaffen. „Bring du mir einen guten Frieden nach Hause", rief er, „und du wirst sehen, wie Spanien blühen wird in der Sonne der Aufklärung." Er ließ seinen dunkeln Tenor tönen. Alle hörten zu.

„Wunderbare Pläne", sagte Miguel, er sprach trocken, sachlich, der Spott war kaum herauszuhören. „Ich fürchte, Don Manuel", fuhr er fort, „Sie unterschätzen die Widerstände, gegen die Sie zu kämpfen haben. Sie haben doch wohl keine ganz klare Vorstellung, wie dreist in diesen letzten Monaten das Heilige Offizium geworden ist. Heute überlegt es sich sogar ein Francisco Goya, ob er gewisse wunderbare Zeichnungen veröffentlichen kann."

Manuel, überrascht, wandte sich an Goya. „Stimmt das, Francisco?" fragte er. Und: „Was sind das für Zeichnungen?" fiel Pepa ein. Manuel, gutmütig grollend, fuhr fort: „Warum bist du nicht zu mir gekommen, du hinterhältiger Bursche?", und er nahm Goya um die Schulter und zog ihn an einen Tisch. „Von diesen

Zeichnungen mußt du mir mehr erzählen", sagte er. Pepa ließ es sich nicht nehmen, sich zu ihnen zu setzen.

Goya hatte gemerkt, wie geschickt Miguel die Falle für Manuel gestellt hatte, und er freute sich des Riesenspaßes, in welchen nun das gefährliche Abenteuer einmünden sollte.

Seine Freude dauerte nicht lange. Manuel nämlich, ihm vertraulich in die Rippen stoßend, Pepa anblinzelnd, sagte: „So, mein Lieber, und jetzt bekenne: hast du wieder einmal eine nackte Venus gemalt?", und er grinste übers ganze Gesicht.

Goya erinnerte sich der Andeutungen des Señor Martínez über das Schicksal der beiden Bilder, die er damals in Sanlúcar gemalt hatte. Jetzt hatte er die Lösung. Dem faunischen Gesicht Manuels, dem gelassenen, leise spöttischen der Pepa konnte er ablesen, was mit den Bildern geschehen war. Offenbar waren sie bei der Inventaraufnahme des Nachlasses gefunden worden, man hatte hinter der Bekleideten Cayetana die Nackte entdeckt, wahrscheinlich jetzt war dieses Bild im Besitze Manuels, und dieser deutete Miguels Worte so, daß er, Francisco, neuerdings Ähnliches gezeichnet habe und darum in Furcht sei vor der Inquisition.

Er stellte sich vor, wie die beiden, Manuel und Pepa, vor dem Bilde standen, mit gemeinen Augen den Leib Cayetanas abtastend, durch den Anblick die eigene Lust schürend. Zorn füllte ihn vom Haar bis zu den Sohlen. Es kostete ihn Mühe, nicht loszuschreien.

Pepa sah, mit Angst und Freude, wie sich ihm der Blick schwärzte. Manuel aber mißdeutete seinen Unmut. „Ja, Don Francisco", hänselte er ihn mit plumper Schalkhaftigkeit, „wir sind Ihnen auf die Schliche gekommen. Sie haben's ja faustdick hinter den Ohren. Kein Franzose hätte das besser machen können. Aber Sie brauchen keine Angst zu haben. Die Bilder sind an einen Kenner gekommen, an einen Mann, der die Macht hat, Sie vor der Inquisition zu schützen. Beide Damen, die vorher und die nachher, hängen jetzt in meiner Galerie, und genauso, wie sie in der Casa de Haro gehangen sind."

Francisco, mit Anstrengung, bezähmte seinen Groll; ja, er schmunzelte beinahe. Er dachte daran, daß es diesem unflätigen Dummkopf bestimmt war, sich nun sogleich zum Protektor der Caprichos aufzuwerfen und selber das Gerüst zu schlagen, auf dem seine Gemeinheit zur Schau gestellt werden sollte. Er, Francisco, wird seine Ruhe wahren, er wird sich die süße, dunkle Rache nicht verderben.

Pepa saß da, schön, weiß und gelassen, ganz Gräfin Castillofiel. Sie hatte bisher geschwiegen. Nun aber brach die Freude durch, daß Francisco auf eine Gunst von ihr angewiesen war. „Was sind das für Zeichnungen, Don Francisco", erkundigte sie sich freundlich, „die Sie da gemacht haben? Ich bin sicher, der Infant wird Sie schützen, wenn Sie sie veröffentlichen." Und: „*Sind* es Zeichnungen in der Art der Venus?" fragte begierig Don Manuel. „Nein, Hoheit", erwiderte trocken Francisco. „Es sind nur ganz wenige Blätter erotischer Natur in der Sammlung." Manuel, ehrlich erstaunt, leicht enttäuscht, fragte: „Aber warum dann haben Sie Angst?" – „Meine Freunde", erläuterte Francisco, „raten mir von der Veröffentlichung ab, weil einige der Radierungen Gespenster darstellen, die Kutten und Soutanen tragen. Ich glaube, die Sammlung als Ganzes ist sehr lustig. Ich nenne sie ‚Caprichos'." – „Sie haben schon immer so merkwürdige Einfälle gehabt, Don Francisco", meinte Pepa. Goya, als hätte sie nicht gesprochen, fuhr fort: „Großinquisitor Reynoso ist kein Freund meiner Kunst." – „Mich mag der Reynoso auch nicht", sagte lärmend Manuel. „Auch ich habe seinethalb einige meiner Projekte zurückstellen müssen. Aber mit diesen Rücksichten wird es bald vorbei sein." Er stand auf, stützte beide Hände auf den Tisch, er hatte sich erhitzt, er verkündete: „Unser Freund Goya wird nicht mehr lange warten müssen, der Welt seine kuttentragenden Gespenster zu zeigen. Du brauchst mir nur den Vertrag von Amiens zu bringen, Miguel. Dann ist die Zeit da. Hast du verstanden, Francisco?" fragte er, schallend, den tauben Mann. Francisco hatte ihm aufmerksam auf den Mund geschaut. „Ich habe verstanden: die Zeit ist da – ya es hora", sagte er. „Sí, Señor", antwortete lachend, klingend, Manuel. „Ya es hora." Und Agustín, vergnügt, schollerig lärmend, wiederholte: „Ya es hora."

„Nun aber möchten wir uns diese gefährlichen Gespenster auch anschauen, Don Francisco", verlangte Pepa. Und: „Ja, jetzt bin ich wirklich neugierig", stimmte Manuel bei. Er schlug Francisco die Schulter, erklärte lärmend: „Und daß du's nur weißt: deine Gespenster und Caprichos *werden* veröffentlicht, auch wenn sie den

Großinquisitor an seinem roten Mantel zupfen. Ich stell mich vor dich hin, und dann wollen wir sehen, wer sich herantraut. Nur ganz kurze Zeit warten mußt du noch, ein paar Monate, vielleicht nur Wochen, bis der Friede da ist. Der da kann ihn beschleunigen, wenn er nur will", sagte er und wies auf Miguel.

Er stand auf, er schleifte Goya
Zu Miguel hinüber, er um-
Faßte beider Schultern. „Heute
Ist ein guter Abend", rief er,
„Und wir müssen auf den Frieden
Trinken! Du, Miguel, du gehst nach
Amiens. Und du, Francisco,
Zeigst der Welt deine Caprichos,
Allen Pfaffen und Gespenstern
Groß zum Trotz und unsrer span'schen
Kunst zum Ruhm. Ich aber halte
Schützend meine Hände über
Dich."

30

Als Pepa vom Tode der Alba gehört hatte und von den merkwürdigen Umständen, die ihn begleiteten, hatte sie zuerst schmerzlichen Triumph verspürt und Goya einen Trostbesuch abstatten wollen. Aber Lucía war mehrmals in der Ermita gewesen, und sie, Pepa, hatte er kein einziges Mal aufgefordert hinzukommen; die Gräfin Castillofiel drängte sich nicht auf.

Später dann hatte Manuel sie vor die schamlosen Bilder geführt und ihr die Herzogin in dem frechen Torerokostüm gezeigt und dann dahinter die nackte Herzogin. Die Obszönitäten der Alba und des gottlosen Francho hatten sie abgestoßen, aber es trieb sie immer wieder vor das Bild, und sie hatte den Leib ihrer Nebenbuhlerin oft, lange und kennerisch beschaut. Nein, sie brauchte den Vergleich nicht zu scheuen; keiner wird es verstehen, daß Francho diese lüsterne, schamlose, affektierte Frau ihr hatte vorziehen können.

Bei Lucías Tertulia dann hatte sie leider keine Gelegenheit gehabt, ein offenes Wort mit Francho zu sprechen. Nun aber hatte er ihre und Manuels Hilfe angerufen für die Veröffentlichung seiner Radierungen, und da die Sorge um die Verhandlungen in Amiens Manuel keine freie Minute ließ, übernahm sie das Geschäft, sich diese gefährlichen Caprichos anzuschauen.

Sie fuhr hinaus zu der Quinta, unangemeldet, gespannt, nicht ganz ohne Befangenheit. Sie erklärte Francisco die Ursache ihres Besuches, er hörte höflich zu.

Es traf sich gut, daß Don Agustín nicht da war. So waren sie und Francho wieder einmal zusammen wie in alten Tagen, und da es ihm nicht unlieb schien, daß sie ohne Manuel gekommen war, hielt sie es für angezeigt, ihm einige freundschaftliche Offenheiten zu sagen. „Du siehst nicht so gut aus, Francho, wie ich es wünschte", begann sie. „Diese Sache hat dir übel mitgespielt. Es hat mir sehr leid getan, als ich von deinem Unglück erfuhr. Aber ich hatte es immer gewußt, daß sie dir nicht gut bekommen werde, deine Herzogin." Er schwieg. Das Porträt der Alba, das einzige Gemälde in dem kahlen Raum, brachte sie auf. „Malen können hast du sie auch nicht", fuhr sie fort. „Ganz unnatürlich steht sie da. Und wie sie den Zeigefinger ausstreckt, das wirkt fast komisch. Das war immer so: wenn zwischen dir und deinem Modell was nicht stimmte, dann hast du auch kein richtiges Porträt zustande gebracht."

Goya schob die Unterlippe vor. Wieder sah er in seinem Innern diese dumme, unverschämte Pute vor der Nackten Cayetana stehen, zusammen mit dem Dummkopf, ihrem Zuhälter. Er hatte heftiges Verlangen, sie zu packen und die Treppe hinunterzuwerfen. Aber gute Gründe hießen ihn an sich halten. „Wenn ich recht verstanden habe, Gräfin", sagte er, „sind Sie gekommen, um sich im Auftrag des Infanten meine Radierungen anzuschauen." Er sprach sehr höflich. Die Gräfin Castillofiel fühlte sich zurechtgewiesen.

Er brachte die Caprichos. Sie schaute sie an, und er sah sogleich: sie verstand. Jetzt war sie bei der Folge der aristokratischen Esel. Ihr Gesicht wurde hochmütig. Goya witterte die Gefahr. Sie hatte große Gewalt über Manuel; es stand bei ihr, ihn mit Manuel zu entzweien, ihn zu verderben, die Caprichos für immer in der Truhe zu begraben. Aber: „Du bist eigentlich übermenschlich frech, Francisco", war alles, was sie sagte; der Hochmut war von ihrem Gesicht geschwunden, sie bewegte den schönen Kopf ganz leise von einer Seite zur andern, beinahe lächelnd.

Er hatte doch das rechte Gefühl gehabt seinerzeit, als er sich mit ihr zusammentat.

Große Freude machte ihr das Blatt „Hasta la muerte – Bis zum Tode", auf dem die Uralte zu sehen war, die sich vor dem Spiegel schmückt; offenbar erkannte sie die Königin. Wenn sie in der einen oder andern der kläglichen und üppig stolzierenden Majas und Petimetras sich selber erkannte, so ließ sie es nicht merken. Wohl aber zeigte sie, daß sie die Alba erkannte. „Grausam bist du auch, Francisco", sagte sie. „Ich wußte es. Diese Radierungen sind sehr grausam. Die Frauen haben es nicht gut bei dir. Wahrscheinlich hat auch sie es nicht gut bei dir gehabt." Sie schaute ihm mit ihren grünen, trägen, schamlosen Augen voll ins Gesicht, und er sah: wiewohl es die Frauen nicht gut bei ihm hatten, wäre sie willens gewesen, es noch einmal mit ihm zu versuchen.

Eigentlich gefiel sie ihm, wie sie hier vor ihm saß, prangend im Fleische. Auch war es anständig von ihr, daß sie zu ihm hielt gegen Manuel.

Er spürte etwas von der lässigen, lau behaglichen Lust ihrer früheren, unverbindlichen Zusammengehörigkeit. Es wäre nicht unangenehm, einmal wieder diese weiße, glatte, füllige, vernünftige, romantische Pepa im Bett zu haben. Aber er hatte Scheu vor aufgewärmten Gerichten. „Was vorbei ist, ist vorbei", sagte er vage; sie mochte es auf das beziehen, was sie über seine Grausamkeit zu Cayetana gesagt hatte.

Sie, scheinbar zusammenhanglos, sagte bösartig freundlich: „Was wirst du tun, Francho? Wirst du ins Kloster gehen?" – „Wenn du erlaubst", antwortete er, „dann komm ich bald zu dir und schaue mir wieder einmal deinen kleinen Jungen an."

Sie wandte sich von neuem den Caprichos zu. Betrachtete träumerisch die zahlreichen Mädchen und Frauen. Das war die Alba, das war sie selber, das war Lucía, und da waren viele andere, die Francho auch offenbar sehr genau kannte oder doch zu kennen glaubte. Und er liebte und haßte sie alle. Und in ihnen allen und um sie herum ließ er die Teufel spuken. Er war ein großer Künstler, Francho, aber von der Welt und den Menschen und insbesondere von den Frauen verstand er gar nichts. Es war verwunderlich, was er alles nicht sah, und es war verwunderlich, wie vieles er sah, was gar nicht da war. Er war ein armer, besessener Francho, und man mußte freundlich zu ihm sein und ihm Mut machen.

„Ils sont très interessants, vos Caprices", lobte sie. „Sie werden einen guten Platz in deinem œuvre einnehmen. Ich möchte sagen, sie sind hervorragend, remarquables. Nur *einen* Einwand habe ich: sie sind übertrieben, sie sind gar zu traurig und pessimistisch. Ich habe auch viel Böses erlebt, aber *so* schwarz ist die Welt wirklich nicht, das darfst du mir schon glauben, Francho. Und du selber hast sie früher auch nicht so trüb gesehen. Dabei warst du damals noch gar nicht Erster Maler." Übertrieben, dachte er, pessimistisch, barbarisch, geschmacklos. Meine Zeichnungen haben es nicht leicht, nicht mit den Lebendigen und nicht mit den Toten. Sie dachte: Glücklich war er eben doch nur, solang er bei mir war. Aus den Radierungen sieht man, wie elend er's gehabt hat bei der andern.

Laut sagte sie: „Romantisch war sie, das muß man ihr lassen. Freilich kann man romantisch sein, ohne ringsum Unheil zu stiften." Und da er schwieg, erläuterte sie: „Sie hat allen Unglück gebracht. Sogar das Geld, das sie dem Arzt hinterließ, hat ihm Unglück gebracht. Und sie hat auch nie gewußt, wer ihr Freund war und wer ihr Feind. Sonst hätte sie's ihm nicht hinterlassen."

Goya hörte zu, verstand nicht alles und blieb versöhnlich. Von ihrem Standpunkt aus hatte sie recht. Sie hatte ihn oft geärgert durch ihr dummes Geschwätz, aber Unglück hatte sie ihm nicht gebracht, und wenn sie ihm helfen konnte, dann tat sie es.

„Was die Leute über den Doktor Peral zusammenreden", sagte er, „das stimmt nicht. Die Wirklichkeit ist häufig anders, als dein hübscher, romantischer Kopf sich's vorstellt." Ein bißchen verdroß es sie, daß er sie noch immer behandelte, als wäre sie ein kleines, dummes Ding. Doch schmeichelte es ihr, daß er ihr von den Angelegenheiten sprach, die ihm nahegingen. Es war noch etwas da von ihrer früheren Intimität.

„Wie also war es mit diesem Arzt?" fragte sie. „Hat er sie umgebracht oder nicht?" Er, mit Wärme und Überzeugung, antwortete: „Peral ist genauso schuldig und unschuldig wie ich. Und es wird ein gutes Werk sein, wenn du das gewissen Leuten klarmachst." Sie war stolz und froh, daß Francisco – es war das erstemal – sie unumwunden um einen Dienst bat. „Täte ich dir einen Gefallen, Francho?“ wollte sie wissen und schaute ihn voll an. Er, etwas trocken, erwiderte: „Einen Unschuldigen zu retten sollte dir das Herz genauso warm machen wie mir.“ Sie seufzte. „Nie willst du zugeben“, beklagte sie sich, „daß dir was an mir liegt.“ – „Mir liegt an dir“, gab Francisco zu, ein wenig spöttisch, doch nicht ohne Zärtlichkeit.

Pepa, als sie aufbrach, sagte:
„Und zu Pferde hast du mich noch
Immer nicht gemalt.“ – „Ich tu es“,
Sagt’ er, „wenn du’s willst. Allein ich
Rate ab.“ – „Sogar die Kön’gin“,
Sagte Pepa, „sieht gut aus zu
Pferde.“ – „Ja“, entgegnete er
Trocken, „*sie* sieht gut aus.“ Pepa
Aber klagte: „Du bist immer
So verdammt aufrichtig, Francho.“
„Ist das nicht das Beste unsrer
Freundschaft“, sprach er, „daß wir uns die
Wahrheit sagen?“

31

Señor Miguel Bermúdez kam zu Francisco, um sich zu verabschieden.

„Was Don Manuel und die Königin für sich selber anstreben“, erklärte er dem Freunde, „das läßt sich in Amiens vermutlich durchsetzen. Aber einen guten Frieden kann ich nicht nach Hause bringen. Wenn ich für Spanien viel erreiche, dann ist es eine freundliche Formulierung, so daß wenigstens das Prestige gewahrt bleibt. Ich beteilige mich ungern an diesen wenig erfreulichen Verhandlungen; ich tu es nur deshalb, weil ich meine Position bei dem Infanten Manuel stärken möchte. Die Finsterlinge sollen wieder ins Dämmer zurück, und“ – er hellte sich auf – „einer wenigstens soll aus dem Frieden von Amiens Nutzen haben: Francisco Goya.“ – „Ich bin mit deinen Kunstanschauungen nicht immer einverstanden, Miguel“, sagte Francisco, „aber du bist ein guter Freund." Er setzte seinen großen Hut auf, nahm ihn ab vor ihm.

„Wie lange, denkst du, wird die Konferenz dauern?" fragte er später. „Bestimmt nicht länger als zwei Monate", antwortete Miguel. „Bis dahin", überlegte Goya, „bin ich bequem fertig. Drei Tage nach Friedensschluß zeige ich die Caprichos an, eine Woche später kann sie jeder in Madrid sehen. Und kaufen, wenn er das Geld hat", schloß er vergnügt.

Miguel, etwas zögernd, sagte: „Ich hätte gern die Caprichos in ihrer endgültigen Form gesehen, bevor du sie in die Welt schickst. Willst du nicht warten, bis ich von Amiens zurück bin?" – „Nein", sagte schlicht Goya. Miguel bat: „Die Blätter mit Manuel zumindest und die mit der Königin solltest du dir zweimal anschauen." – „Ich hab sie mir zweitausendmal angeschaut", erwiderte Goya. „Auch als ich ‚Die Familie des Carlos' malte, hat einer rabenschwarze Prophezeiungen gemacht. Übrigens", fuhr er schlau fort, „werde ich in einem ausführlichen Prospekt klarlegen, daß die Caprichos nicht auf Einzelfälle hinzielen und nicht auf bestimmte Persönlichkeiten." – „Wenigstens die Esels-Folge würde ich ausscheiden", drängte Miguel. Francisco lehnte ab. „Wer die Caprichos ohne Harm anschaut", antwortete er vergnügt, „der nimmt sie, wie sie sind. Der Böswillige wird auch in die unschuldigsten Radierungen Böses hineininterpretieren." – „Sei nicht zu kühn, Francisco!" bat nochmals Miguel. „Überspann es nicht!" – „Hab Dank, Miguel", antwortete leichtherzig Goya, „und hab keine Bange um mich! Halte dir den Kopf frei für Frankreich! Mach du deine Sache dort gut! Ich werde meine Sache hier schon nicht schlecht machen."

In den nächsten Tagen überlegte Goya ein letztes Mal, welche der Caprichos er beibehalten, welche er weglassen sollte. Aber er bedachte nicht, was Manuel beleidigen könnte oder Doña María Luisa, er kümmerte sich nicht um den Hof und nicht um die Politik, vielmehr fragte er sich nur: Bin ich gerecht gegen Cayetana? Und er ließ die heilig lasterhafte „Himmelfahrt" stehen, schied aber aus den „Traum der Lüge und der Unbeständigkeit".

Immer mehr wurden ihm die Caprichos zur persönlichen Angelegenheit. Sie wurden ihm ein Tagebuch, die Chronik des eigenen Lebens.

Jetzt störte es ihn, daß vornean das Blatt war mit jenem Goya, der sich über den Tisch wirft, umringt von den Gespenstern. Mochte dieses Blatt irgendwo später seinen Platz finden, vielleicht vor dem zweiten Teil, der Gespenster-Folge; aber das Gesamtwerk einzuleiten, dazu taugte es nicht. Der Goya dieser Radierung war idealisiert, er war viel zu schlank und viel zu jung. Vor allem aber war es unwürdig, war es ganz und gar ungehörig, wenn der Goya des ersten Blattes sein Gesicht versteckte. Der Urheber eines so streitbaren Werkes wie der Caprichos mußte sein Gesicht *zeigen.* Mußte sich hinstellen vor sein Werk, jedem erkennbar. Auf Blatt eins der Caprichos mußte Francisco Goya zu sehen sein, deutlich. Und der Goya von heute mußte es sein. Der Goya, dem Josefa, Martín, Cayetana weggestorben waren, der hinuntergetaucht war in den tiefen, furchtbaren Strudel und wieder herauf. Der Goya, der seine Phantasie gezwungen hatte, sich der Vernunft zu fügen und keine Ungeheuer zu erzeugen, sondern Kunst.

Er hatte viele Selbstporträts gemalt und gezeichnet, einen jungen Goya, der bescheiden und doch zuversichtlich aus dem Schatten auf einen mächtigen Gönner schaut, einen etwas älteren Goya, einen frechen, kecken, im Torero-Kostüm, der weiß, daß ihm die Welt gehört, dann einen höfischen, geckenhaften Goya, der galant um eine Cayetana scharwenzelt, dann einen Goya, der, wieder aus dem Schatten, aber dieses Mal überlegen, den Kopf der königlichen Familie zuwendet, und zuletzt hatte er gezeichnet einen bärtigen, verzweifelten, von allen bösen Dämonen besessenen Goya.

Nun also galt es, den Goya von heute zu machen, den Goya, der den argen Weg der Erkenntnis gegangen war und gelernt hatte, sich in die Welt zu fügen, ohne sie anzuerkennen.

Er kämmte sorgfältig das Haar vors Ohr und überlegte lange, was er anziehen sollte. Gerade vor den Caprichos mußte ein repräsentativer Goya stehen, ein würdiger Goya, kein Gaukler und Spaßmacher, sondern der Erste Maler des Königs. Er legte die Halsbinde an, die hoch bis zum Kinn geschlossene, er schlüpfte in den mächtigen, grauen Gehrock und setzte den stolzen Zylinderhut, den breitkrempigen Bolívar, auf den schweren, runden Kopf.

So, im Profil, zeichnete er sich, neugierig, was da herauskommen werde.

Staunend sah er, als sie fertig
War, auf seine Zeichnung. Dieser
Alte, grimm'ge Herr, war er das?
War das er? Aus seinem Winkel
Spähte bös und scharf das Aug nach
Dem Beschauer. Vorgeschoben,
Mürrisch hing die Unterlippe.
Harte Falten liefen von der
Nase abwärts zu den Ecken
Der gekrümmten, dünnen Ober-
Lippe. Mächtig, streng, abweisend
Sah der runde, löwenhafte
Kopf darein, noch mächt'ger unterm
Mächtigen Bolívar.
Wirren
Fühlens schaute Goya auf die
Zeichnung. Sah er wirklich *so* alt
Aus, *so* mürrisch? Oder hatte
Er die Einsamkeit der Zukunft
Sich, die menschenhasserische,
Selber vorgezeichnet?
Grimmig
Sah er hoch. Nun grade schrieb er
Seinen Namen hin: „Francisco
Goya y Lucientes, Maler."
Und er kommentierte: „Sehen
Sie mal an, wie gravitätisch!
Aber nehmen Sie ihm nur den
Hut ab, öffnen Sie ihm nur die
Hirnschal, und Sie werden stehn und
Sehn und staunen, was darunter
Ist."

Alle Glocken läuteten in Madrid. Die Bevollmächtigten des Katholischen Königs und die Seiner Großbritannischen Majestät hatten in Amiens die Verträge unterzeichnet: der Friede war da. Jubel war. Vorbei war es mit dem Elend. Die Schiffe aus den überseeischen Ländern werden wieder einlaufen. Die Schätze beider Indien werden, befruchtender Regen, niederströmen auf Spaniens Dürre. Das Leben wird eine einzige Herrlichkeit sein.

Goya hatte sich ein so schnelles Ergebnis der Verhandlungen nicht erhofft. Aber er war bereit: die dreihundert Exemplare der Caprichos waren gedruckt, der Prospekt, der sie begleiten sollte, geschrieben.

Eine Woche nach der Verkündung des Friedens wurden die Caprichos im „Diario de Madrid" angezeigt. Señor Francisco de Goya, hieß es in dieser Anzeige, habe eine Anzahl von Radierungen hergestellt, welche „asuntos caprichosos – phantastische Gegenstände" zum Thema hätten. Der Autor habe unter den vielen Extravaganzen und Ungereimtheiten der Gesellschaft, unter den zahlreichen, durch Gewohnheit, Unwissenheit und Profitinteresse geheiligten Vorurteilen und Schwindeleien diejenigen herausgegriffen, die ihm das beste Material zu liefern schienen für eine gleichzeitig lehrhafte und phantastische Darstellung. Señor de Goya habe nicht etwa die Absicht, bestimmte Personen und Begebenheiten anzugreifen oder zu verhöhnen, vielmehr sei sein Zweck, typische Charaktere zu geißeln, Laster und Verkehrtheiten allgemeiner Art. Besichtigt und gekauft werden könnten diese „Caprichos" im Laden des Señor Frágola, Calle de Desengaño 37. Die Mappe enthalte 76 Radierungen. Der Preis sei eine Unze Goldes gleich 288 Realen.

Die Calle de Desengaño war still und vornehm, der kleine, intime Laden des Señor Frágola hübsch und kostbar eingerichtet. Zu kaufen gab es dort erlesene Parfüms, edle französische Liköre noch aus der Zeit des Fünfzehnten, ja des Vierzehnten Louis, Spitzen von Valenciennes, Tabakdosen, alte Bücher, Nippes und Chinoiserien, Raritäten und Antiquitäten jeder Art, auch zierliche Reliquien, Knöchelchen von Heiligen und dergleichen. Agustín und Quintana hatten abgeraten, die Radierungen an dieser Stätte des Luxus und der Exklusivität zur Schau zu stellen. Aber Goya bestand darauf, daß die Caprichos gerade hier ausliegen sollten, eine Kostbarkeit unter Kostbarkeiten; sie sollten von vornherein nicht als Mittel politischer Propaganda betrachtet werden, sondern als Kunstwerk. Auch erinnerte er sich, wie oft er mit Cayetana in dem Laden in der Calle de Desengaño gewesen war, wenn sie sich dort die seltenen und seltsamen Dinge hatte zeigen lassen, die der findige Señor Frágola aufgestöbert hatte. Vor allem aber hatte der bedeutsame Name der Straße Francisco gelockt. Denn das Wort „desengaño" bedeutet zweierlei: es bedeutet Enttäuschung, Entzauberung, Desillusion, und es bedeutet auch Witzigung, Belehrung, Erkenntnis. Die Calle de Desengaño, das war die rechte Straße für die Caprichos. Er selber war diese Straße gegangen, mochten nun die andern sie gehen.

Die andern aber, die Leute, die kamen, sich die Caprichos zu beschauen, zogen daraus keine Erkenntnis, und wenn sie enttäuscht waren, dann von den Radierungen selber. Sie durchblätterten die Mappe und waren befremdet. Auch in den Rezensionen war wenig Wärme und Verständnis. Nur der Kritiker Antonio Ponz rühmte die Neuheit und Tiefe des Werkes und schrieb: „Vier Augen auf einmal, heißt es im Sprichwort, hätten noch niemals ein Gespenst gesehen. Goya macht das Sprichwort zur Lüge."

Quintana, der erwartet hatte, die Caprichos würden die Stadt in Aufruhr versetzen, war erbittert. Nicht so Goya. Er wußte, ein Werk wie dieses brauchte Zeit, die rechten Empfänger zu finden.

Schon nach einer kurzen Weile indes hob sich das Interesse, und immer mehr Leute liefen in die Calle de Desengaño.

Viele nämlich fanden in den
Blättern, Goyas Kommentar zum
Trotze, kühne Karikierung,
Hinweis auf Personen höchsten
Ranges, witzige Verspottung
Kirchlicher Gebräuche, Flüstern
War, gekitzelt lüsternes Ge-

Raune. Und die Herren auch des
Heiligen Offiziums kamen
Immer öfter in den Laden
Señor Frágolas.

33

Jäh, geheimnisvoll stand vor Goya einer der Grünen Boten. Huschend war er gekommen, huschend ging er. Goya, mit unsichern Fingern, öffnete den Brief. Er war für den nächsten Tag vor das Heilige Offizium geladen.

In seinem tiefsten Innern hatte er von jeher gewußt, daß es so kommen werde, von der Zeit an, da er in der Kirche San Domingo dem Autodafé des Olavide hatte beiwohnen müssen. Er war gewarnt, mehrere Male und sehr eindringlich. Trotzdem war ihm die Ladung ein schmetternder Schlag.

Er rief seine Vernunft zu Hilfe. Aber der Großinquisitor war kein Coco, kein Schwarzer Mann, den man mit Stift und Stichel hätte besiegen können. Immerhin, hatte Francisco nicht noch andere Waffen? Er hatte die Zusicherung seiner Freunde, und nun der Krieg zu Ende war, konnte Don Manuel Angriffe des Heiligen Offiziums ohne Mühe abschlagen.

Diesen Erwägungen zum Trotz rollte Angst in immer neuen, dunkeln Wellen über Francisco her. Er hockte in seinem Stuhl, schlaffen Gesichtes und schlaffen Leibes, und niemand hätte in dieser angstgerüttelten Kreatur den Goya erkannt, der würdig im grauen Gehrock und Bolívar einherzugehen pflegte.

Von den Freunden war keiner in Madrid. Miguel und Lucía waren noch in Frankreich, Manuel und Pepa im Escorial, bei Hofe, Quintana beim Rat von Indien in Sevilla. Wenigstens mit Agustín sollte er sprechen, oder mit Javier. Aber zu tief in den Knochen stak ihm die Scheu vor den finstern Strafen, die demjenigen angedroht waren, der sich verging gegen das Gebot der Geheimhaltung; die Schauer waren in ihm, die den Knaben überlaufen hatten, wenn, alljährlich, das Glaubensedikt verkündigt worden war.

Allen brachte er Unheil. Sein armer Sohn Javier! Auch der wird nun geächtet sein und verloren.

Andern Tages, unauffällig gekleidet, wie es sich ziemte, stellte er sich in der Santa Casa ein. Man führte ihn in einen kleinen, alltäglichen Raum. Ein Richter kam, ein stiller Herr in Priestertracht, bebrillt, gefolgt von einem Sekretär. Akten waren mit einemmal auf dem Tisch, auch eine Mappe mit den Caprichos. Es war eine jener ersten Mappen, die er für die Probedrucke hatte anfertigen lassen. Drei dieser Mappen hatte Señor Martínez, eine die Osuna, eine Miguel. Es hatte keinen Sinn, zu rechnen und zu grübeln, wie sich die Inquisition diese Mappe verschafft, wer ihn verraten hatte. Da lag die Mappe, nur das zählte.

In dem kleinen Raum war eine Stummheit, tiefer und bedrükkender, als der taube Mann sie jemals gespürt hatte. Niemand rührte die Lippen. Der Richter schrieb auf, was er zu fragen hatte, reichte das Geschriebene dem Sekretär, daß der es protokolliere, dann reichte er's ihm, Goya.

In seinen Akten hatte der Richter Goyas Kommentar zu den Caprichos. Er hielt ihn Goya vor. Es war die erste Abschrift, Agustín hatte sie hergestellt, er selber sie korrigiert. Der Richter fragte: „Sollen Ihre Zeichnungen nur das ausdrücken, was in diesem Kommentar steht oder darüber hinaus anderes?“ Francisco schaute dümmlich. Er konnte seine Gedanken nicht zusammenhalten; gegen seinen Willen fragte er sich immer nur: Von wem haben sie die Mappe? Von wem den Kommentar? Um sich zu sammeln, betrachtete er genau das Gesicht des Richters und seine Hände. Es war ein stilles, längliches, bräunlichblasses Gesicht, unter der Brille schauten mandelförmige, ausdruckslose Augen, die Hände waren mager, wohlgeformt. Endlich gelang es Goya, sich zusammenzureißen. Er sagte vorsichtig: „Ich bin ein einfacher Mann und nicht geschickt, viele Worte zu finden.“

Der Richter wartete, bis der Sekretär diese Antwort protokolliert hatte. Dann nahm er aus der Mappe eines der Caprichos und hielt es Goya vor. Es war Capricho 23; darauf zu sehen war die Hure im Sünderkleid, welcher ein Sekretär des Heiligen Tribunals das Urteil liest, während eine fromme und neugierig gekitzelte Menge, Kopf an Kopf, starrt und zuhört. Goya schaute auf das Blatt, welches die magere Hand ihm hinhielt. Es war eine gute Zeichnung. Wie die ungeheure Armesündermütze in den leeren Raum stach, wie das Gesicht der Frau und ihre Haltung nichts war als Staub und Dreck und Vernichtung, das war vortrefflich, und der professionell stumpfe, eifrig lesende Sekretär, der genauso aussah wie der hier protokollierende, und dieses Meer von Köpfen, neugierig lüsternen und doch andächtig stumpfen, das alles war sehr gut, er brauchte sich dieser Zeichnung nicht zu schämen. Der Richter legte sie zurück auf den Tisch und hielt ihm, alles mit gemessenen Bewegungen, den Kommentar vor. Da hatte, zu diesem Capricho 23, Goya geschrieben: „Eine wackere Frau, die für ein Butterbrot alle Welt so fleißig und ersprießlich bedient hat, so zu behandeln, schlimm, schlimm!“ Der Richter fragte: „Was haben Sie damit sagen wollen? Wer handelt schlimm an dieser Frau? Das Heilige Gericht? Oder wer sonst?“ Die Frage stand vor Goya, körperhaft, in zierlichen, deutlichen Buchstaben, ungeheuer gefährlich. Er mußte achtgeben mit seiner Antwort, sonst war er verloren. Und nicht nur er, sondern auch sein Sohn und dessen Söhne bis in die fernste Zukunft.

„Wer handelt schlimm an dieser Frau?“ stand es noch immer vor ihm, griff es nach ihm. „Das Schicksal“, sagte er. Das glatte, längliche Gesicht blieb unbewegt. Die magere Hand schrieb: „Was verstehen Sie unter Schicksal? Die göttliche Vorsehung?“

Seine Antwort war keine Antwort gewesen. Die Frage, nur in einem andern Gewand, stand noch immer vor ihm, höflich, grinsend, drohend. Er mußte eine Antwort finden, eine gute, glaubwürdige. Er suchte krampfhaft, es gab keine Antwort. Sie hatten ihn in der Falle. Die Brille vor den ruhigen Augen des Richters glitzerte und flirrte. Francisco dachte und suchte und suchte und dachte. Weder der Richter noch der Sekretär rührten sich, und die flirrende Brille ließ nicht ab von ihm. Heiligste Jungfrau von Atocha, betete Goya in seiner Seele, laß mich eine Antwort finden! Laß mir eine gute Antwort einfallen! Wenn du dich meiner nicht erbarmst, erbarme dich meines Sohnes!

Mit einer ganz kleinen Bewegung des Stiftes wies der Richter auf das Geschriebene. „Was verstehen Sie unter Schicksal? Die göttliche Vorsehung?“ fragten Hand und Stift und Papier. „Die Dämonen“, sagte Goya und war sich bewußt, daß seine Stimme heiser klang. Der Sekretär protokollierte.

Noch eine Frage, und noch eine, und noch zehn, und eine jede war Folter, und jede Spanne zwischen Frage und Antwort eine Ewigkeit.

Nach Ewigkeiten und abermals Ewigkeiten war das Verhör zu Ende. Und nun ging der Sekretär daran, das Protokoll zur Unterschrift fertigzumachen. Goya saß da und schaute zu, wie die Hand schrieb, es war eine geschickte, doch plumpe und vulgäre Hand. Das Zimmer war ein alltäglicher Raum, darin stand ein alltäglicher Tisch mit Akten, davor saß ein wohlerzogener Herr in Priestertracht mit einem stillen, bebrillten, höflichen Gesicht, und eine alltägliche Hand schrieb ruhig und gleichmäßig. Aber Goya war es, als würde der Raum immer finsterer, grabähnlicher, als rückten die Mauern immer enger auf ihn ein, als drückten sie ihn hinaus, als fiele er durch die Zeit und aus der Welt.

Der Sekretär schrieb unerträglich langsam. Goya wartete darauf, daß das Protokoll fertig werde, und wünschte doch, der Sekretär möge noch langsamer schreiben, er möge nicht fertig werden, niemals. Denn wenn er fertig ist, dann wird man ihm das Protokoll zur Unterschrift vorlegen, er wird unterzeichnen müssen, und sowie er unterzeichnet hat, werden die Grünen kommen und ihn fortschleppen, und er wird für immer in den Kellern verschwinden. Die andern werden fragen, wo er ist, sie werden zusammensitzen und große Worte machen. Aber tun werden sie nichts, und er wird verfaulen in seinem Keller.

Er hockte da, er wartete, er spürte die Schwere jedes einzelnen Gliedes. Es war sehr mühsam, sich auf dem Stuhl zu halten; im nächsten Augenblick wird er ohnmächtig werden und zur Seite heruntergleiten. Nun wußte er, was die Hölle war.

Der Schreiber war fertig. Der Richter las das Protokoll durch, langsam, genau. Unterschrieb. Reichte Goya das Schriftstück. Mußte er jetzt unterzeichnen? Er schaute voll Angst auf den Richter. „Lesen Sie", forderte dieser ihn auf, und Goya, da er noch nicht zu unterzeichnen brauchte, atmete befreit.

Er las, es war eine qualvolle Lesung. Da waren die Fragen des Richters, die grausam schlauen, jede einzelne eine Falle, da waren seine dummen, hilflosen Antworten. Trotzdem las er langsam, denn jede Sekunde war Gewinn. Er las die zweite Seite, die dritte, die vierte. Die fünfte war nur halb beschrieben. Jetzt hatte er zu Ende gelesen. Der Sekretär reichte ihm die Feder und wies auf die Stelle, die zur Unterschrift bestimmt war. Die stillen Augen schauten auf ihn, die Brille flirrte. Er unterschrieb mit steifen, schweren Fingern. Hatte einen glücklichen Einfall. Dümmlich, schelmisch lächelnd, sah er zu der flirrenden Brille hin. „Auch die Rúbrica?“ fragte er. Der Richter nickte. Wieder war Zeit gewonnen. Goya zeichnete die Rúbrica hin, langsam, sorgfältig. Und nun hatte er unterschrieben.

Nichts geschah. Er konnte gehen.
Schritt um Schritt die Stufen stieg er
Abwärts. Trat ins Freie. Wohl tat
Ihm die frische Luft und schmerzte
Ihn zugleich. Ein jeder Schritt des
Wegs nach Hause war ihm Pein und
Müh, als wäre er nach schwerer
Krankheit, noch zu früh, vom Bette
Aufgestanden.
Tief erschöpft kam
Er nach Hause. Hieß Andrés
Essen bringen. Aber als der
Bursch zurückkam, fand er Goya
Schlafend.

34

Der junge Señor Javier de Goya nahm mit Verwunderung wahr, daß seine Freunde aus der Goldenen Jugend ihn nicht mehr einluden und seine Einladungen unter Vorwänden ablehnten; wahrscheinlich hatte der eine oder andere unter den Granden und Prälaten an den Caprichos Anstoß genommen.

Javier hätte gerne mit dem Vater darüber gesprochen. Der war aber in den letzten Tagen wieder so schweigsam und verdrossen geworden, daß sich Javier trotz seiner jungenhaften Unbedenklichkeit scheute, ihm auch noch mit seinen Geschichten zu kommen. Allein er brauchte um sich Fröhlichkeit, Freundschaft, Anerkennung. Er fühlte sich nicht mehr wohl in Madrid, und da ja der Vater ihm versprochen hatte, ihn auf eine Studienreise ins Ausland zu schicken, mahnte er ihn daran, in seinem liebenswürdigsten Ton. „Du erinnerst mich zur rechten Zeit“, antwortete unerwartet freundlich Goya. „Wir wollen gleich alles vorbereiten.“

Auch Agustín Esteve hatte mit steigender Beklemmung die Leere um Goya wahrgenommen. Aristokraten, die sich früher beflissen um ein Porträt beworben hatten, zogen jetzt unter fadenscheinigen Vorwänden ihre Aufträge zurück. Señor Frágola konnte auf einmal kein Exemplar der Caprichos mehr absetzen. Nannte man auch nur Goyas Namen, dann wurden die Leute betreten. Gerüchte gingen um, das Heilige Offizium bereite ein Verfahren gegen ihn vor; die Gerüchte schienen ihren Ursprung in der Santa Casa selber zu haben.

Agustín atmete auf, als er erfuhr, das Ehepaar Bermúdez werde in den allernächsten Tagen zurückkehren.

Ja, Don Miguel hatte seine Sendung in Amiens glücklich durchgeführt und war mit Doña Lucía auf dem Weg zurück nach Madrid.

Zwar war er sich bewußt, daß der Friede, den er zustande gebracht hatte, dem Reich keine Vorteile brachte. Aber wenigstens für Don Manuel und für die Königin hatte er Erfolge errungen, welche die Erwartungen übertrafen. Der Besitzstand der italienischen Länder war gemehrt, das Herzogtum Parma wiederhergestellt, Frankreich hatte sich verpflichtet, seine Okkupationsheere binnen kurzem aus den Ländern des Papstes sowie aus den Königreichen Neapel und Etrurien zurückzuziehen. Überdies hatte, zur höchsten Genugtuung des Infanten, Don Miguel erreicht, daß die Vertreter Spaniens den Friedensvertrag mehrere Tage vor den Bevollmächtigten der Französischen Republik unterzeichnen konnten. Soviel war gewiß, Miguel hatte sich Anspruch auf des Infanten Dankbarkeit erworben, und er war entschlossen, die Schuld einzutreiben zum Nutzen des Fortschritts, der Zivilisation, der Freiheit.

Sehr zufrieden also fuhr er nach Madrid. Kaum indes war er dort angekommen, als sich ein verstörter Agustín Esteve bei ihm einstellte und ihm berichtete von den beängstigenden Vorgängen um Francisco.

Don Miguel begab sich sogleich zu Señor de Linares, dem Polizeipräsidenten, um sich zu vergewissern, wieweit Agustíns Panik begründet sei. Señor de Linares, der seine Spione in der Santa Casa hatte, erwies sich als gut unterrichtet.

Was Miguel erfuhr, erregte ihm höchste Besorgnis.

Don Ramón de Reynoso y Arce, Erzbischof von Burgos und Saragossa, Patriarch beider Indien, Vierundvierzigster Großinquisitor, hatte erklärt, die Versuchung, die von der höllischen Kunst Francisco Goyas ausgehe, sei gefährlicher als alle Bücher und Reden des Jovellanos. Ein andermal hatte er erklärt, aus den Caprichos stinke der Schwefel der Hölle. Äußerungen solcher Art hatte der Großinquisitor mehrere getan, auch vor Laien, vermutlich zu dem Zweck, daß seine Worte weitergetragen würden. Ganz ohne Zweifel war Reynoso entschlossen, gegen die Caprichos und ihren Autor vorzugehen. Es hieß, der Herr Erste Maler sei bereits einvernommen worden.

Don Miguel dankte dem Polizeipräsidenten und beriet mit Lucía. Der Großinquisitor, ein guter Politiker, der sicherlich seit langem erkannt hatte, wie sehr der Friedensschluß seine Macht gefährdete, wollte es offenbar sogleich auf eine Kraftprobe ankommen lassen, und die Caprichos boten ihm eine günstige Gelegenheit. Die Gefahr war groß, Eile geboten.

Erst lange mit Francisco zu diskutieren, war zwecklos. Miguel und Lucía ersannen einen Plan, die Angriffe der Inquisition im Keim zu ersticken. Noch am gleichen Tage fuhr Miguel zum Escorial.

Er fand dort einen lärmend glücklichen Manuel. Der hatte nun abermals erprobt, daß er des Glückes liebster Sohn war. Erstlich hatte er seinen Würden eine neue, wunderbare zufügen dürfen. Der Papst, in dankbarer Anerkennung des in Amiens Erreichten, hatte ihn zum Príncipe di Bassano ernannt; das Dokument hatte ihm überdies sein Schwager überreichen müssen, der Infant Don Luis María, der Primas von Spanien, der gleiche, der seinerzeit durch ihn hindurchgesehen hatte, als wäre er Luft. Sodann hatte er Doña María Luisa wieder einmal erweisen können, daß der Staatsmann Don Manuel die Geschicke ihres Hauses durch alle Fährnisse hindurch zu immer neuen Siegen steuerte. Zum dritten hatte er erwirkt, daß die Infantin Isabel, ihre und seine Lieblingstochter, Königin wird, Königin eines unabhängigen, von den Gabachos befreiten Neapel. Obendrein aber – und vielleicht war dies Don Manuels höchster Stolz – hatten seine Vertreter den Friedensvertrag als erste unterzeichnet. Ja, er hatte seinem Namen neue Ehre gemacht; er, nicht der hochmütige General Bonaparte, hatte Europa den Frieden zurückgegeben. Nun wird sein, des Príncipe de la Paz, Name in allen spanischen Reichen voll Ehrfurcht gerühmt werden gleich nach dem Namen der Heiligsten Jungfrau.

Er freute sich aufrichtig des Wiedersehens mit Miguel, er hatte es ihm nicht vergessen, daß auch er Anteil an den Erfolgen von Amiens hatte, und er hielt für ihn Überraschungen bereit: ein eigenhändiges Dankschreiben des Katholischen Königs, dazu neue Titel und Würden sowie ein ansehnliches Geldgeschenk.

Leider aber störte Don Miguel die Freude des ersten Zusammenseins. Er brachte die Rede auf Goyas Bedrängnis.

Ein kleiner Schatten wölkte Don Manuels Gesicht. Seine Zeit war ausgefüllt gewesen mit der Schaustellung seines neuen Glanzes, er hatte wenig Muße gefunden, sich um Goya zu kümmern. Gewiß, er hatte davon gehört, daß Reynoso die Stirn gerunzelt hatte über die Caprichos. Aber hatte man das nicht vorhergesehen? Und von einem Stirnrunzeln bis zu einem Autodafé war ein langer Weg. Nein, Miguel sah da zu schwarz, der Großinquisitor wird es bei ein paar verdrießlichen Äußerungen bewenden lassen. Und mit einer weltmännischen Handbewegung wollte der Infant die Besorgnis Don Miguels wegwischen.

Miguel aber gab sich nicht zufrieden. Er erklärte, der Großinquisitor beabsichtige aus dem Falle Goya einen zweiten Fall Jovellanos zu machen, das stehe fest. Wenn man ihm nicht sogleich in den Arm falle, dann werde vielleicht schon in den nächsten Tagen Francisco in einem Kerker des Heiligen Tribunals sitzen. Ihn von dort herauszuholen, sei erheblich schwieriger als heute eindeutige, wirksame Maßnahmen zu treffen.

Es war dem Infanten peinlich, inmitten des allgemeinen Jubels in einen Konflikt mit der Santa Casa zu geraten, aber er sah ein, daß er etwas unternehmen müsse. „Du hast recht“, erklärte er. „Wir müssen uns sogleich für unsern lieben Francisco einsetzen. Und wir werden es. Die Doppelhochzeit im Königshaus soll mit noch nie gesehenem Glanze gefeiert werden. Die Stadt Barcelona soll ein einziger Festplatz sein. Und weißt du, wen ich für die Oberleitung der Festlichkeiten vorschlagen werde? Francisco Goya. Hat nicht bei einem ähnlichen Anlaß Philipp der Große den Velázquez durch einen ähnlichen Auftrag ausgezeichnet?“ Er belebte sich immer mehr. „Gib zu, ich habe das Richtige getroffen. Wir zeigen auf diese Art dem ganzen Reich, wie hoch Francisco bei den Katholischen Majestäten in Gunst steht. Schon morgen spreche ich mit Doña María Luisa. Und dann wollen wir sehen, ob es Reynoso wagen wird, unsern Goya noch weiter zu behelligen."

Miguel rühmte in vielen Worten den glücklichen Einfall des Infanten. Er fürchte nur, fuhr er fort, auch die höchste Ehrung genüge nicht, den fanatischen Haß des Großinquisitors abzuschrekken. Es müßten Maßnahmen getroffen werden, welche mit den Caprichos unmittelbar zusammenhingen. Es müsse gewissermaßen um die Caprichos eine unübersteigliche Mauer errichtet werden. Und wiewohl Manuel verdrossen das Gesicht verzog, ließ Miguel nicht ab. „Wie wäre es", führte er aus, „wenn unser Freund Francisco den Majestäten anläßlich der glücklichen Doppelhochzeit ein Präsent überreichte? Und wenn er für dieses Präsent die Platten der Caprichos wählte? So also, daß in Zukunft die Kunstdruckerei des Königs die Caprichos herstellte und herausgäbe?"

Der überraschte Manuel fand nicht sogleich eine Antwort. Er hatte das Widmungsexemplar der Caprichos, das ihm Francisco übersandt hatte, nur flüchtig durchgesehen. Es war ihm ein schattenhafter Argwohn aufgestiegen, da und dort ziele Goyas Frechheit auf ihn selber; doch bevor sich diese Ahnung verdichtete, hatte das Gefühl seines Glückes und seiner Bedeutung sie weggeschwemmt. Über die Karikaturen Doña María Luisas hatte der Infant geschmunzelt, ohne sich darüber Gedanken zu machen. Das Werk als Ganzes war ihm als ein Künstlerscherz erschienen, reichlich arrogant, doch im Grunde harmlos.

Nun ihm Miguel seinen kühnen Vorschlag machte, spürte er von neuem jenen kleinen Argwohn; auch besorgte er, María Luisa könnte, so geradezu auf die Caprichos hingewiesen, unangenehm werden. Aus Gründen jedoch, über die er sich nicht klar wurde, hielt er diesen Einwand zurück. Statt dessen fragte er nach kurzem Schweigen: „Wie stellst du dir das vor? Die Caprichos sind doch schon erschienen, sie sind gewissermaßen entjungfert. Kann man dem König dergleichen als Geschenk anbieten? Sind denn die Platten überhaupt noch was wert, nachdem die Zeichnungen schon auf dem Markt sind? Doña María Luisa ist eine gute Rechnerin. Wird sie ein solches Präsent nicht für beleidigend schäbig halten?"

Don Miguel war auf diesen Einwand vorbereitet. „Señor Frágola", antwortete er, „hat aus Furcht vor der Inquisition schon nach wenigen Tagen den Verkauf eingestellt. Es sind, soweit ich unterrichtet bin, noch keine 200 Exemplare im Publikum. Herstellen lassen sich von den Platten 5000 bis 6000 Drucke, das Interesse ist ungeheuer, verlangen kann man für das Exemplar eine Unze Goldes. Sie sehen, Don Manuel, das Geschenk, welches Señor de Goya den Katholischen Königen anbietet, ist des großen Anlasses würdig."

Don Manuel, im stillen, rechnete. Fand aus: 1500000 Realen. Pfiff durch die Zähne.

„Eher", fuhr Miguel lächelnd fort, „wird sich die Königin fragen, warum Goya ihr ein so außerordentlich kostbares Geschenk macht, und erraten, daß er sich vor dem Heiligen Offizium schützen will. Aber das wird ihr das Geschenk nur wertvoller machen; sicherlich ist sie nicht abgeneigt, dem Großinquisitor einen Streich zu spielen."

„Deine Argumente lassen sich hören", meinte der Infant. „Aber" – und nun mußte er doch wohl mit seinem wahren Bedenken herausrücken – „wenn ich mich recht erinnere, sind da gewisse Blätter, die Doña María Luisa kaum gefallen werden. Die Königin ist zuweilen sehr empfindlich."

Don Miguel, auch auf diesen Einwand vorbereitet, antwortete ohne Zögern: „Die Königin bedenkt sicherlich selber, daß man sich nicht erdreisten würde, ihr das Werk anzubieten, wenn sich gewisse Blätter auf sie bezögen. Und wenn gar die Königin selber das Werk veröffentlicht, dann wird bestimmt niemand auf die Idee kommen, die gewissen Blätter auf sie zu deuten."

Das leuchtete Manuel ein. Ein großer Staatsmann machte ein Pasquill am besten dadurch unschädlich, daß er es selber verbreitete. Hatte nicht der General Bonaparte ein Schmähplakat niedriger hängen lassen? Oder war es der Preußenkönig Friedrich gewesen? Wer immer, Don Manuel und Doña María Luisa konnten es mit ihm aufnehmen. Die Idee, die Caprichos von der Kunstdrukkerei des Königs herausgeben zu lassen, gefiel ihm mehr und mehr. „Ich werde mit Doña María Luisa über Goyas Plan und Geschenk reden", versprach er. „Ich danke Ihnen, Infant", antwortete Don Miguel.

Er berichtete Lucía vom Erfolg seiner Unterredung. Sie suchte Goya auf.

Der war voll bittern Zornes, daß Miguel, nach so langer Abwesenheit, zum Escorial weitergefahren war, ohne ihn zu sehen. So waren seine Freunde, das Gesindel: nun er im Unglück war, stellten sie sich tot.

Er hellte sich auf, als jetzt Lucía zu ihm kam.

„Man sagt mir", begann sie, „die Inquisition ist nicht sehr zufrieden mit den Caprichos. Haben Sie auch davon gehört?" Er kämpfte mit der Versuchung zu reden, seine ganze Verzweiflung aus der Brust zu lassen, aber er sagte nur trocken: „Ja." – „Sie sind ein sonderbarer Mensch, Don Francisco", sagte Lucía. „Warum haben Sie sich nicht an uns gewandt? Sie hatten doch Versprechungen." – „Versprechungen!" sagte Goya und hob und senkte ausdrucksvoll die Schultern.

Lucía sagte: „Man hat beschlossen, die Doppelhochzeit der Infanten in Barcelona zu feiern. Man wird Sie, Don Francisco, in den Escorial berufen, und Sie werden in feierlicher Audienz den Auftrag erhalten, das Arrangement der Festlichkeiten zu entwerfen und zu überwachen. Wie seinerzeit Velázquez." Goya dachte nach. „Genügt das?" fragte er sachlich. „Übrigens arrangiere ich dergleichen Festlichkeiten so ungern, wie ich Heilige male." Lucía sagte: „Es wird erwartet, daß Sie der Familie des Königs zu der Doppelhochzeit ein Geschenk überreichen. Ihre Freunde finden, die Platten der Caprichos wären dafür nicht ungeeignet."

Goya glaubte, er habe nicht recht verstanden. „Das müssen Sie mir aufschreiben, Doña Lucía", sagte er. Sie tat es, und wie sie nun dasaß, die Zunge im Mundwinkel und eifrig schreibend, war sie plötzlich wieder die Mandelverkäuferin aus dem Prado. Goya las. „Wird man mich nicht", fragte er, „die Treppen des Escorials hinunterwerfen? Sie sind sehr steil." – „Ihre Freunde", erwiderte Doña Lucía, „haben ausgerechnet, daß die Caprichos, wenn die Königliche Kunstdruckerei sie herausgibt, ein und eine halbe Million bringen können. Ihre Freunde bemühen sich, das dem Hofe klarzumachen."

Goya dachte nach und wurde immer vergnügter. „Stammt der

Plan von Ihnen, Lucía?" fragte er. Sie antwortete nicht. Statt dessen sagte sie: „Ein Blatt würde ich an Ihrer Stelle fortlassen, wenn Sie den Majestäten die Caprichos präsentieren: das Blatt ‚Hasta la muerte – Bis zum Tode'." – „Die sich schmückende Alte?" fragte Goya zurück. „Ja", antwortete Lucía, „alternde Damen sind manchmal empfindlich." Aber: „Nichts lasse ich fort", erklärte laut und lustig Goya. „Die Alte bleibt in der Mappe. Bis zum Tode." Und: „‚Dem Manne, dem's an Mut gebricht, dem nützt auch Schrot und Pulver nicht'", zitierte er das alte Sprichwort. Lucía schien amüsiert. „Sie riskieren viel", meinte sie. „Aber Sie müssen selber wissen, wieviel Ihnen der Spaß wert ist."

Goya, sie absichtlich mißverstehend, antwortete: „Sie haben recht. Ein so teures Geschenk darf ein einfacher Maler dem Katholischen König nicht machen." Er dachte nach, leuchtete auf. „Sie sind doch so geschickt, Doña Lucía", überlegte er laut, „und Don Miguel ist Diplomat. Ich beabsichtige seit langem, meinen Javier auf eine Studienreise zu schicken, nach Italien und nach Frankreich. Ließe es sich nicht drehen, daß der König wenigstens das zahlt?"

Goya sah Lucía lachen;
Das geschah nicht oft. „Ihr Vorschlag
Ist nicht übel", meinte sie. „Wenn
Man bei Hofe zaudert, Ihre
Gabe anzunehmen, weil sie
Allzu kostbar ist, dann könnte
Man dem König nahelegen,
Ihrem sehr begabten Sohn ein
Angemessenes Stipendium
Für die Reise auszusetzen.
Warum sollte nicht Don Carlos
Seinen Kunstsinn wie am Vater
So am Sohn betät'gen?" Und die
Fruchtverkäuf'rin aus dem Prado
Und der Bauernbursch aus Ara-
Gón schauten einander an und
Lachten.

35

Don Carlos und Doña María Luisa saßen auf erhöhten, thronartigen Sesseln. Hinter ihnen standen der Infant Manuel, die Gräfin Castillofiel, andere Herren und Damen. Der Erste Maler des Königs, Francisco de Goya, das eine Knie auf die Stufe des Thrones gebeugt, überreichte sein Präsent, die Mappe mit den Caprichos.

Dieweilen er kniete, kostete er ganz aus den grimmigen Spaß, der hier vor sich ging. Es war wohl der wildeste in seinem an wilden Späßen nicht armen Leben, ein Capricho, das an finsterer Possenhaftigkeit alle Caprichos in der Mappe übertraf. Da war dieser Escorial, der erhabene, prunkvoll ernste, da war dieser joviale Dummkopf von einem Monarchen und seine geile und stolze Königin, und da war er selber mit seinen arroganten Radierungen, seinen würdevollen Eseln, seinen äffischen Huren, seiner ausgemergelten Alten und seinen Gespenstern. Und für diese Kreaturen seiner frechsten Laune werden ihm die Katholischen Majestäten huldvoll danken, sie werden ihm Schutz zusichern vor dem Zugriff des Heiligen Offiziums, sie werden ihm versprechen, seine Spottgebilde der Welt zu zeigen. Und das über der Gruft der alten Weltherrscher, der Gründer und Mehrer der Inquisition! Goya vorschwebte ein Capricho, auf dem diese toten Könige mit ihren Knochenhänden die schweren Deckel ihrer Silbersärge zu heben versuchen, um dem blasphemischen Spuk ein Ende zu machen.

Die Majestäten beschauten die Caprichos.

Sie blätterten, sie reichten einander die Radierungen, sie schauten lange, und allmählich wich aus Goyas Herzen die grimmig vergnügte Überheblichkeit. Unbehagen schlich ihn an. Vielleicht wird allen Erwägungen zum Trotz die Königin beim Anblick des Blattes „Hasta la muerte“ ihre Würde verlieren, ihm die Gabe vor die Füße werfen, ihn der Inquisition überlassen.

Auch Manuel und Pepa schauten gekitzelt und gespannt auf Doña María Luisa. Sie war bestimmt intelligent genug, die gewissen Blätter richtig zu sehen: wird sie auch intelligent genug sein, sie zu übersehen?

Vorläufig äußerte sich nur Don Carlos. Er hatte seinen Spaß an den Caprichos. Besonders gefiel ihm die Esels-Folge. „Da sehe ich viele von meinen Granden", sagte er vergnügt. „So manchem unter diesen Eseln möchte ich gleich sagen: ‚Cubríos.' Und mit wie einfachen Mitteln haben Sie das zustande gebracht, mein lieber Don Francisco. Eigentlich ist es leicht, Karikaturen zu zeichnen. Man macht eine lange Nase länger und magere Waden magerer, und schon ist es Kunst. Nächstens versuche ich es selber."

Doña María Luisa war in diesen Wochen erfüllt von einer heiteren Erregung. Wieder einmal hatten sich ihre Wünsche glorreich erfüllt. Sie hatte das Ihre festgehalten gegen den raubgierigen, pöbelhaften französischen General; sie hatte die Throne ihrer Kinder wieder aufgerichtet; die Königreiche Portugal, Neapel, Etrurien, das Herzogtum Parma waren fest im Besitz der Dynastie; und unbehindert wiederum fuhren ihre Schiffe über die Sieben Meere, ihr die Schätze aller Weltteile zu Füßen zu legen.

In solcher Stimmung beschaute sie die Caprichos. Ja, ihr Maler Goya hatte ein heiteres, ruchloses Auge. Wie unbestechlich klar zeigte er einem die Männer, er hatte hinuntergeschaut in ihre stürmischen und doch so leeren Tiefen. Und wie genau kannte er die Frauen. Wie liebte, haßte, verachtete und bewunderte er sie, ein richtiger, männlicher Mann. So wie dieser Francisco es zeigte, so zu kämpfen hatte man, wenn man Frau war. Man mußte sich schmücken und darauf achten, daß der Kamm richtig im Haar saß und der Strumpf stramm am Bein, man mußte rechnen, wie man die Männer rupfen könnte, und sich wehren, daß man selber nicht zu sehr gerupft werde, man mußte sich vorsehen, daß kein heuchlerischer Großinquisitor gegen einen predigte und einen vom Throne stieß.

Die da zum Himmel fuhr oder vielleicht zur Hölle, war das nicht die Alba? Natürlich war sie es. Auch auf verschiedenen andern dieser Blätter spukte sie, stolz und schön, aber eine Hexe. Sichtlich auch hatte sie ihrem Liebhaber Francisco böse zugesetzt; sympathisch war sie nicht auf diesen Blättern, bei all ihrer Schönheit. Jetzt jedenfalls lag sie in ihrem Mausoleum in San Isidro, verwesend, schon vergessen, und wird an diesen Caprichos weder Freude haben noch Ärger. Schmählich und unter Skandal hatte sie abtreten müssen, die Rivalin, die schöne, freche, hochmütige. Sie aber, María Luisa, war noch immer in Blüte, sie hatte noch einen recht guten Appetit auf Leben und wird noch viele sehr irdische Fahrten machen vor ihrer letzten Himmel- oder Höllenfahrt.

Goya starrte auf die Hände Doña María Luisas, wie sie seine Radierungen durchblätterten, die fleischigen, begehrlichen Hände, die er so oft gemalt hatte. Und er sah an den Fingern dieser Hände viele Ringe und unter ihnen den Lieblingsring Cayetanas. Er hatte den alten, sonderbaren, geschmäcklerischen Ring oft gesehen, gespürt, gemalt, er hatte sich oft über ihn geärgert und ihn oft sehr gerne gehabt. Daß er ihn jetzt an diesem Finger sah, machte ihm das Herz überbitter. Er hatte recht getan, die wüste, geile Häßlichkeit dieser Königin festzuhalten in den Caprichos; schon um ihrer Gemeinheit willen gegen Cayetana hatte sie es verdient.

Das Gesicht der schauenden, schweigenden Königin war hart, aufmerksam, beherrscht. Und mit einem Male, und viel heftiger als vorher, überkam Goya Furcht. Schneidend klar fuhr es ihm durch den Sinn, wie ungeheuerlich dreist sein „Geschenk" war. Er war ein Narr gewesen, dem Rate Lucías zuwider das Blatt „Hasta la muerte" in der Mappe zu lassen. Bestimmt wird die Königin sich selber erkennen. Bestimmt wird sie Cayetana erkennen. Bestimmt wird sie erkennen, daß er in diesen Blättern den Kampf der toten, verhaßten Feindin fortführte.

Und nun war es an dem. Nun beschaute die alternde, geschmückte María Luisa die sich schmückende, ausgemergelte Uralte.

Sie selber war keineswegs dürr, eher üppig, auch höchstens halb so alt wie diese Uralte. Sie wollte es nicht glauben und wußte es doch sogleich: die äffische, läppische Greisin dieses Blattes, das war sie. Der Atem setzte ihr aus vor dem Insult, dem niederträchtigsten, den sie in ihrem an Kränkungen reichen Leben erlitten hatte. Gedankenlos schaute sie auf die Nummer des Blattes: 55. Cincuenta y cinco, dachte sie mechanisch, cinquante-cinq, mehrere Male. Da stand dieser Mensch aus dem Pöbel, dieser Haufe Mist, dieses Nichts, das sie erhöht und zum Ersten Maler gemacht hatte, da stand er in Gegenwart ihres Gemahls, des Katholischen Königs, und ihrer Freunde und Feinde und hielt ihr dieses tückische Blatt unter die Nase. Und alle, Manuel und seine Pepa und alle, hatten ihre Freude daran. War die stolzeste Königin der Erde machtlos, weil sie älter als vierzig war und nicht schön?

Mechanisch, um ihre Fassung nicht zu verlieren, las sie und wiederholte sie sich: Hasta la muerte, cincuenta y cinco, cinquante-cinq. Sie erinnerte sich der vielen Bilder, welche dieser Goya von ihr gemacht hatte. Auch da hatte er ihre Häßlichkeit gemalt, aber auch ihre Kraft, ihre Würde. Sie war ein Raubvogel und nicht schön, aber einer mit scharfen Augen und guten Krallen, einer, der hoch fliegen konnte und seine Beute rasch erspähen und sicher greifen. Auf diesem Blatt 55 hatte der Mann alles, was an ihr gut war, weggeschwindelt, er hatte nur die Häßlichkeit gemacht und nicht den Stolz, nicht die Kraft.

Für den Bruchteil einer Sekunde wellte eine rasende Gier in ihr hoch, den Burschen zu vernichten. Sie brauchte gar nicht die Hand zu heben. Sie brauchte nur unter irgendeinem Vorwand dieses „Geschenk" abzulehnen; die Inquisition würde dann das Weitere besorgen. Aber sie war sich bewußt, daß die um sie darauf lauerten, was sie jetzt tun werde. Wollte sie nicht auf eine lange Zukunft Hohn um sich spüren, dann mußte sie dieser pöbelhaften Frechheit mit Ruhe begegnen, mit spöttischer Überlegenheit.

Sie schwieg und schaute. Manuel und Pepa warteten mit wachsender Besorgnis. Hatte man sich doch zu weit vorgewagt? Den Goya selber überflutete gewaltig, atemberaubend, eine neue Welle der Angst.

Endlich tat María Luisa den Mund auf. Gleichmütig freundlich lächelnd, so daß die diamantenen Zähne glitzerten, drohte sie schalkhaft: „Diese wüste Greisin vor ihrem Spiegel – mein lieber Francisco, haben Sie da der Mutter unserer guten Osuna nicht doch gar zu übel mitgespielt?" Alle drei, Goya, Manuel, Pepa, waren sich klar: diese Frau wußte, „Hasta la muerte" zielte auf sie selber. Aber sie hielt stand, sie zuckte nicht. Ihr konnte man nichts anhaben.

María Luisa durchblätterte nochmals, flüchtig, die Caprichos. Legte sie zurück in die Mappe. „Es sind gute Zeichnungen", erklärte sie, „frech, toll, gut. Es ist möglich, daß einige unserer Granden schmollen werden. Aber wir hatten in meinem Parma ein Sprichwort: ‚Nur ein Narr ist zornig auf den Spiegel, der sein Bild wiedergibt.'" Sie ging zurück, erstieg die Stufen, setzte sich auf den erhöhten Sessel. „Unser Spanien", sagte sie, ohne Pathos, nicht ohne Würde, „ist ein altes Land, aber trotz gewisser Nachbarn noch sehr lebendig. Es kann einige Wahrheiten vertragen, besonders wenn sie mit Kunst und Würze vorgebracht sind. Immerhin sollten Sie vielleicht in Zukunft vorsichtig sein, Don Francisco. Nicht immer regiert die Vernunft, und ein Tag könnte kommen, Señor, wo Sie abhängig sind von Narren."

Sie wies mit dem Finger, der den Ring Cayetanas trug, auf die Caprichos, besitzergreifend. „Wir nehmen Ihr Geschenk an, Don Francisco", sagte sie. „Wir werden Sorge tragen, daß Ihre Zeichnungen weit verbreitet werden, innerhalb Unserer Reiche und außerhalb."

Don Carlos seinesteils stieg vom Thron herunter, klopfte Francisco mächtig den Rücken und sagte zu dem Tauben, sehr laut und wie zu einem Kinde: „Ausgezeichnet, Ihre Karikaturen. Wir haben Uns amüsiert. Muchas gracias."

María Luisa aber fuhr fort: „Wir haben Uns übrigens entschlossen, Ihrem Sohn auf drei Jahre ein Stipendium anzuweisen für eine ausgedehnte Studienreise. Ich wollte Ihnen das selber mitteilen. Ist er hübsch, Ihr junger Sohn, Goya, oder sieht er Ihnen ähnlich? Schicken Sie ihn mir doch, bevor er ins Ausland geht. Und machen Sie Ihre Sache gut in Barcelona. Wir freuen Uns auf diese großen, festlichen Tage Unserer Kinder und Unseres Reiches."

Die Majestäten zogen sich zurück. Goya, Manuel und Pepa waren voll Freude, daß alles nach Wunsch abgelaufen war. Doch war ihnen, als hätten nicht sie ihren Spaß mit der Königin gehabt, sondern diese mit ihnen.

María Luisa begab sich in ihr Toilettenzimmer; die Mappe mit den Caprichos ließ sie sich nachtragen. Man machte sich daran, die Königin umzukleiden. Doch kaum hatte man ihr das Gala-Kleid ausgezogen, so gab sie Weisung, man solle sie allein lassen.

Ihr Toilettentisch stammte aus dem Nachlaß Marie-Antoinettes, er war kunstvoll, kostbar, geschmäcklerisch. Viele erlesene Sachen und Sächelchen standen darauf, Dosen und Kästchen, Töpfe und Flaschen, Kämme, Pomaden, Puder und Schminken jeder Art, Franchipana-Parfüm, Sans-Pareille, Sultana-, Ambra- und Rosengeist, auch andere seltene Wasser, destilliert von Ärzten und Künstlern der Kosmetik. Mit ungeduldiger Hand schob Doña María Luisa den ganzen Kram zurück und nahm sich die Caprichos vor.

Da lagen die scharfen, frechen, umstürzlerischen Zeichnungen inmitten des lockeren, preziösen Plunders auf dem kostbaren Tisch der auf dem Schafott gerichteten Marie-Antoinette. Und nun machte sich Doña María Luisa daran, die Blätter in Ruhe zu beschauen, allein.

Natürlich hatte ihr dieser Francisco die Mappe nicht überreicht, um sie zu kränken, sondern um sich vor dem Großinquisitor zu retten. Da hatte ihr der Reynoso zu einem guten Geschäft verholfen. Die Caprichos waren arrogant und amüsant, sie kitzelten einen, viele werden die Mappe kaufen. Eine runde Million, hatte Manuel ihr auseinandergesetzt, konnte man herausholen. Es war diesem Maler eine gerechte Strafe, daß sie, María Luisa, die Million erntete, nicht er.

Sie schaute auf das letzte Blatt, auf die in Panik fliehenden gespenstischen Mönche und Granden. „Ya es hora – Schon schlägt die Stunde" stand darunter. Plötzlich, heiß, ging ihr die ganze freche, meuterische Meinung des Blattes auf. „Ya es hora": glaubte er's wirklich? Da täuschte er sich, der Bursche von unten, der Herr Erste Maler. Die Stunde schlug noch nicht. Sie wird auch so bald nicht schlagen. Und sie, María Luisa, dachte gar nicht daran, sich davonzumachen. Bis zum Tode nicht.

Da war sie wieder bei dem Blatte „Hasta la muerte". Es ist ein gemeines, niederträchtiges Blatt. Und was für ein banaler Spaß das ist, was für ein millionenmal dagewesener, sich lustig zu machen über eine alternde Kokette. So billig sollte es ein Maler von Rang nicht geben.

Das Blatt mag billig sein in der Idee: gut bleibt es. Wie diese Alte vor dem Spiegel sitzt, gierig, das ist nicht moralisierend, es ist auch kein wohlfeiler Spaß, es ist die ruhige, traurige, nackte, kahle Wahrheit.

Einer, der so tiefen Blickes
Sieht, der ist gefährlich. Aber
Sie hat keine Angst vor ihm. Die
Hunde bellen, doch die Kara-

Wane zieht des Weges. Froh fast
Ist María Luisa, daß der
Maler in der Welt ist. Denn sie
Kann sich's leisten, daß in ihre
Tiefen einer Einblick tut. Auch
Sie kennt die Dämonen. Sie und
Er gehörn zusammen. Sie, der
Maler und die Königin, sind
Spießgesellen; gleichen Stammes,
Aus dem Stamme der Verwegnen,
Sind sie.
                Fort schiebt sie die Mappe.
Schaut sich in dem Spiegel. Sie ist
Noch nicht alt, nein, nein!, in keiner
Weise gleicht sie der Uralten
Goyas! Sie ist glücklich! Alles,
Was ein Mensch erreichen kann, sie
Hat's erreicht!
                Und plötzlich fängt sie
An zu weinen, bittre, hilflos
Zorn'ge Tränen, immer wildre,
Bis das Weinen krampfhaft ihr den
Körper stößt.
                Mit einem Rucke
Reißt sie sich zusammen, schneuzt sich,
Wischt die Augen, pudert sich die
Rotgeweinte Nase. Aufrecht
Sitzt sie. Läutet. Und den Damen
Des Gefolges, da sie nun ein-
Treten, ist die Königin die
Königin.

36

Als Goya aus Barcelona zurückkam, müde und mit neuen Ehren beladen, fand er seine Geschäfte auch in Madrid wohlgediehen. Die Kunstdruckerei des Königs hatte unter Anleitung Agustíns die Caprichos in einer hohen Auflage erscheinen lassen, schon war eine zweite in Vorbereitung. In allen größeren Städten des Reiches konnte man die Mappe kaufen. In der Hauptstadt lag sie jetzt in sieben Buch- und Kunsthandlungen aus.

Manchmal ging Francisco in die Buchhandlung Durán, um sich zu erkundigen, was die Leute zu den Caprichos sagten. Die schöne Besitzerin, Señora Felipa Durán, freute sich bei seinem Anblick und erzählte ihm eifrig und vergnügt. Es kamen eine Menge Leute, vor allem auch Fremde, Ausländer, um die Caprichos zu sehen, und die Mappe, trotz des hohen Preises, verkaufte sich leicht. Goya merkte, daß sich Doña Felipa im stillen darüber wunderte; denn sie hatte nicht viel Verständnis für die Caprichos. „Was Sie für wüste Träume haben, Don Francisco!" sagte sie wohl, kopfschüttelnd, kokett. Er lächelte gutmütig und gab ihr ihren Blick zurück; sie gefiel ihm.

Befremdet von den Caprichos waren wohl die meisten. Der Geschmack, fand Goya, war verdorben durch den Klassizismus des Kollegen David. Wenn gleichwohl viele kamen und ihre 288 Realen für seine Caprichos hinlegten, dann taten sie es, weil um ihn und um sein Werk Klatsch und Sensation war. Man suchte hinter jeder Gestalt der Caprichos ein bestimmtes Modell, und man hatte wohl auch gehört von seinem unterirdischen Kampf mit der Inquisition.

Manche freilich, vor allem unter den Jüngeren, sahen in den Caprichos mehr als eine Sammlung pikanter und sensationeller Karikaturen, sie begriffen und bewunderten ihre neue, kühne und eigenwillige Kunst. Auch aus Frankreich und Italien kamen Briefe des Verständnisses und der Verehrung. Triumphierend erklärte Quintana, schon seien seine Verse Wahrheit geworden, schon sei Europa voll von Goyas Ruhm.

Viele Besucher kamen in die Quinta, Bewunderer und Neugierige. Goya ließ nur wenige vor.

Eines Tages kam, überraschend, Doktor Joaquín Peral.

Ja, man hatte ihn freigelassen. Aber man hatte ihm bedeutet, sich binnen zwei Wochen fortzumachen und sich in Zukunft in den Ländern Seiner Katholischen Majestät nicht mehr sehen zu lassen. Er kam zu Goya, um Abschied zu nehmen und um ihm Dank zu sagen; denn sicherlich habe, meinte er, Don Francisco das Seine dazu beigetragen, ihm die Freiheit zu erwirken.

Es freute Goya, daß Pepa „ihm den Gefallen getan" hatte. „Es war nicht schwer", sagte er, „etwas für Sie zu erreichen. Da die Beute verteilt war, bestand kein Interesse mehr, Sie festzuhalten."

Peral sagte: „Ich hätte Ihnen gerne zum Andenken das eine oder andere Bild aus meiner Sammlung zurückgelassen. Aber leider ist mein gesamter Besitz konfisziert." Dann, zum Erstaunen Goyas, zählte er 288 Realen auf den Tisch. „Ich habe eine Bitte an Sie, Don Francisco", erläuterte er. „Die Drucke der Caprichos, die man in den Läden bekommt, sind blaß. Sie würden mich verpflichten, wenn Sie mir einen der frühen, frischen Abzüge überlassen könnten." Goya, mit einem ganz kleinen Schmunzeln, antwortete: „Mein Agustín Esteve wird Ihnen den besten Druck geben, den wir besitzen."

Auch Peral lächelte, und plötzlich sah sein Gesicht viel jünger aus. „Vielleicht", meinte er, „kann ich Ihnen von jenseits der Grenze ein Zeichen meiner Dankbarkeit schicken. Da ich, schon vor dieser letzten, manche üble Erfahrung hatte machen müssen, hatte ich mich auf Umschwünge vorbereitet. Ich fahre jetzt nach Sankt Petersburg, und wenn nicht alles schiefgegangen ist, werde ich dort einige Lieblingsstücke aus meiner Sammlung wiederfinden. Alle meine Goyas, Don Francisco, darunter ein Blatt aus den Caprichos, das in die endgültige Ausgabe nicht aufgenommen ist." Er trat, obwohl sie allein waren, ganz nah an ihn heran, und, sehr artikuliert, flüsterte er: „Auch ein Gemälde des Velázquez hoffe ich dort zu finden, ein glorreiches, doch sehr wenig bekanntes, eine Venus mit dem Spiegel." – „Sie sind ein umsichtiger Mann, Don Joaquín", sagte anerkennend Francisco. „Von dem Ertrag dieses Velázquez können Sie bestimmt ohne Sorgen leben." – „Ich denke", antwortete Peral, „ich werde den Velázquez nicht verkaufen müssen. Ich werde es am Hofe des Zaren nicht schwer haben; meine Freunde sind verlässig und haben mir lockende Versprechungen gemacht. Aber ich werde Spanien sehr vermissen. Und Sie, Don Francisco."

Das Erscheinen Perals hatte Goya aufgerührt. Mit ihm waren aus der Tiefe Erinnerungen sehr glücklicher und sehr elender Jahre hervorgebrochen. Mit einem Gefühl dumpfer Leere sah Francisco nun auch diesen Mann gehen, den Freundfeind, der von seinen schmerz- und glückhaften Verknüpfungen mit Cayetana mehr gewußt und begriffen hatte als irgendwer sonst.

Bald darauf waren auch die letzten Vorbereitungen für die Reise Javiers getroffen. Es war ein langer Aufenthalt in Italien vorgesehen und ein langer Aufenthalt in Frankreich; es sollte eine Reise gründlichen Studiums werden. Goyas Sohn – so wünschte es der Vater – reiste wie ein großer Herr mit einem Diener und mit vielem Gepäck.

Francisco stand mit Javier am Wagen, während die letzten Koffer eingeladen wurden. „Ich bin sehr zuversichtlich", sagte Javier. „Dein Sohn wird zurückkommen als ein Künstler, auf den du stolz sein kannst. Ja, ich habe die leise Hoffnung, einmal werde ich malen können wie du, Vater. Die Caprichos freilich", sagte er anerkennend, „die macht dir keiner nach."

Und er raffte seinen weiten,
Modisch ungefügen Mantel,
Eine Silberspange hielt ihn,
Ein Geschenk der Herzogin von
Alba, um den Hals zusammen,
Und mit leichten Füßen sprang er
In den Wagen. Aus dem Fenster,
Lachenden Gesichtes, mit dem
Hute winkte er. Der Kutscher
Hob die Peitsche, und die Pferde
Zogen an, die Räder rollten.
Dann war auch Javier gegangen.
Seinem Vater blieb von ihm als
Letztes Bild ein junges, hübsches,
Von Gedanken ungetrübtes,
Lachendes Gesicht, ein Hut, der
Winkte, und ein Mantel, flatternd,
Um den Hals gehalten von der
Spange Cayetanas.

37

Goya lebte weiter in der Quinta del Sordo, allein mit Agustín und mit seinen Bildern, den gemalten und den nicht gemalten.

Er war noch nicht alt den Jahren nach, doch schwer von Wissen und Gesichten. Er hatte die Gespenster gezwungen, ihm zu dienen, aber sie blieben aufrührerisch. Erst vor kurzem noch hatte er's erfahren, damals vor dem Inquisitionsrichter, als ihn die grauenhafte Angst packte und würgte. Aber wie immer die Dämonen ihm mitspielten, verleiden konnten sie ihm das Leben nicht mehr; gerade daß er vor jenem Richter die Angst gespürt hatte, bewies, wie sehr er am Leben hing.

Er dachte an Doña Felipa, die schöne Buchhändlerin. Sie sah ihn gerne, das war keine Frage, obgleich er taub war und nicht jung. Wenn sie sich anstrengte, die Caprichos den Käufern schmackhaft zu machen, dann tat sie es nicht um der Radierungen willen, sondern ihm zu Gefallen. „Was Sie für wüste Träume haben, Don Francisco!" Sie spukte ein bißchen oft durch seine Träume. Nächstens wird er sie malen; dann wird sich herausstellen, was weiter geschieht.

Er nahm den großen Hut und den Spazierstock. Ging ins Freie. Langsam stieg er die kleine Höhe hinan hinter dem Haus. Oben hatte er eine Holzbank anbringen lassen, ohne Lehne. Er setzte sich, sehr aufrecht saß er, wie es sich für einen Mann aus Aragón ziemte.

Vor ihm lag weit und flach das Land, silbrig im späten Morgen, hinter der dünnglänzenden Heide stiegen die Guadarrama-Berge auf mit ihren schneebedeckten Gipfeln. Häufig sonst hatte ihm die Sicht das Herz erfreut; heute nahm er sie nicht wahr.

Mechanisch, mit dem Stock, zeichnete er in den Sand, Kringel, aus denen wirres Zeug wurde, Figuren und Gesichter. Leise verwundert sah er: da hatte er wieder einmal was gemacht wie das Gesicht seines Freundes Martín Großnas.

Es kamen jetzt viele Tote zu ihm. Er hatte der toten Freunde mehr als der lebendigen. „Die Toten machen den Lebendigen die Augen auf." Da sollten ihm die Augen weit aufgegangen sein.

Er hatte einige Erkenntnis. Zum Beispiel wußte er, daß das Leben, sooft er's noch verwünschen wird, der Mühe wert war. Trotz allem. Und der Mühe wert sein wird.

„Ya es hora" wird er freilich so bald nicht rufen können. Aber auch wenn die Stunde niemals schlagen wird, er wird auf sie warten und an sie glauben, bis zu seinem letzten Seufzer.

Blicklos starrte er vor sich hin auf die Heide und auf die Berge dahinter. Er hatte einen hohen Kamm erreicht. Aber auf dieser Höhe sah er beklommen, wie hoch die nächste Höhe war und wie ungeheuer hoch die letzte. Plus ultra, das war leicht gesagt. Der arge Weg wurde immer steiler, steiniger, und die dünne, kalte Luft benahm einem den Atem.

Von neuem zeichnete er in den Sand, spielerisch. Ein Gebilde dieses Mal, das ihm oft kam, die Umrisse eines Riesen, der dahockte, ausruhend, dümmlich träumend, zu Häupten einen magern, lächerlichen Mond.

Mit jäher Bewegung hörte er auf zu zeichnen, seine Miene spannte sich, härtete sich. Er hatte ein Neues gesichtet. Dieses Neue auf die Leinwand zu zwingen oder aufs Papier, wird verdammte Mühe kosten. Es wird eine sehr wilde, bitterkalte Höhe sein, die er da wird hinaufmüssen. Und niegesehene Farbtöne wird er finden müssen, um das Niegesehene sichtbar zu machen. Etwas wie ein schwärzliches Weiß und Braun, wie ein schmutziges Graugrün, etwas Fahles, dumpf Erregendes. Und: „Ist das noch Malerei?" werden sie fragen. Es wird Malerei sein, *seine* Malerei; wenn einer die Caprichos *malte*, dann war das die einzig mögliche Malerei. Und vor den gemalten Caprichos werden die radierten ein harmloser Kinderspaß sein.

„Was Sie für wüste Träume haben, Don Francisco!" Der würdige Herr lächelte breit und böse unter dem würdigen Bolívar. Stand auf. Ging zurück ins Haus.

Ging in sein Schlafzimmer. Legte den grauen Gehrock ab, machte sich's bequem. Zog den Arbeitskittel an, den er lange Zeit nicht mehr getragen hatte; wieder lächelte er: Josefa hätte ihre Freude an ihm gehabt.

Im Arbeitskittel ging er hinunter ins Speisezimmer. Setzte sich zwischen die kahlen Mauern.

Für das Neue, das er da gesichtet hatte, taugte keine Leinwand. Es war nichts zum In-den-Rahmen-Spannen und zum Herumtragen. Es war ein Teil seiner Welt und sollte es bleiben. Es gehörte auf keine Leinwand, es gehörte festgebannt an seine Mauer.

Er starrte auf die kahle Wandfläche, schloß die Augen, öffnete sie, starrte von neuem, scharf und doch blicklos. Neue Kraft lief ihm durchs Blut, unheimlich und beglückend.

Sein neuer Riese, der war das Rechte für seine Wand. Der war was anderes als der Riese, den er bisher so oft gesehen und belächelt und in den Sand gekritzelt hatte. Auch dieser neue wird ein sturer Riese sein, aber ein gieriger und gefährlicher, derjenige vielleicht, welcher die Gefährten des Odysseus frißt, oder auch jener, der Saturn oder wie er heißt, der Dämon der Zeit, der seine eigenen Kinder verschlingt.

Ja, solch ein menschenfresserischer Riese gehörte hierher, an die Wand seines Speisezimmers. Früher war ihm zuweilen das Mittagsgespenst begegnet, „El Yantar", und er hatte sich davor gefürchtet und war ihm ausgewichen, wiewohl es ein sanftgrinsender, gemütlicher Dämon war; jetzt war er so weit, daß er nicht einmal mehr „El Jayán" fürchtete, den dummen und gefährlichen Mordskerl. Im Gegenteil, der wollte sich an ihn gewöhnen, wollte ihn immer vor Augen haben, den „ogro", den „coloso", den „gigante", den fressenden, schlingenden, kauenden, malmenden Riesen, der zuletzt ihn selber fressen wird. Was da lebt, frißt und wird gefressen. Das ist recht so, und das wollte er vor Augen haben, solang es ihm selber noch vergönnt war zu fressen.

Und auch die paar Freunde sollten es vor Augen haben, die er an seinem Tisch zuließ. Wer seinen Riesen anschaute, der sollte doppelt bissig und fröhlich spüren, daß er noch am Leben war. Alle wird er sie fressen, der Ogro, alle, den Miguel und die Lucía und den Agustín und die Doña Felipa, die schöne Buchhändlerin. Aber vorläufig frißt man selber und lebt. Kraft läuft einem durch den Leib. Man spürt, man ist dem sturen Riesen an der Wand tausendmal überlegen. Man durchschaut ihn in seiner Allmacht und in seiner Ohnmacht, in seiner gefährlichen Bosheit und in seiner erbärmlichen Lächerlichkeit. Und man kann seine Sturheit und Gefräßigkeit und Tücke hänseln und sudeln und verhöhnen, dieweilen man noch selber bei Tische sitzt und frißt. Und über den eigenen Tod hinaus kann man den dummen Ogro auslachen durch das Bild an der Wand.

Er ist noch ein schattenhaftes
Bild vorläufig, sein Coloso,
Sein Gigante, grünlichbraun und
Schwärzlichfahl und dennoch schillernd,
Mit dem winz'gen Menschlein in dem
Grauenhaften Maul. Allein der
Schatten wird Leib sein, wird leben.
Aus dem Dunkel wird Francisco
Goya seinen Riesen an den
Tag ziehn, der kein Tag sein durfte,
In das fahle Licht. Er *mußte*
An die Wand, sein Riese!
Auf stand
Goya. Sagte sich: Ins Grab die
Toten, die Lebendigen zu
Tische! Und er saß zu Tisch. Er
Hatte alle Zähne noch im
Munde, und sein Appetit war
Ausgezeichnet.
Agustín kam.
Sah den Freund im Arbeitskittel,
War verwundert. Goya, schmunzelnd,
Wild vergnügt, erklärte: „Ja, jetzt
Mal ich wieder. Etwas Neues
Male ich. Ich kann die kahlen
Wände nicht mehr sehn. Ich mal mir
Etwas an die Wand. Was Würz'ges,
Das den Appetit schärft. Morgen
Fang ich an zu malen."

Hier endet der erste der beiden Romane über den Maler Francisco Goya.

NACHWORT

> Von Mal zu Mal geschieht es in Spanien, daß ein Austausch von Aufrichtigkeiten, einer Doktrin wegen oder weil ein Krieg hereinbricht oder irgendeine andere Katastrophe, unmöglich wird.
>
> Ramón Gómez de la Serna, „Goya“

> ... dieser fürchterliche ungeheuerliche Goya, den ich über alle Maler stelle, die jemals gemalt haben ...
>
> Thomas Bernhard, „Alte Meister“

Handwerk gehört zur Kunst. Die sogenannten bürgerlichen Realisten aus der ersten Hälfte unseres Jahrhunderts haben uns in ihren umfangreichen Romanen „ihre handwerkliche Anständigkeit“ hinterlassen, wie es Kurt Tucholsky einmal nannte. „Ich gehe nicht soweit“, räumt Tucholsky ein, „wie der vortreffliche Lion Feuchtwanger, zu sagen, daß dergleichen die Zukunft der deutschen Literatur sei –“ Es ist hier nicht der Ort, diese Prognose Tucholskys weiterzuverfolgen. Aber ein Roman wie Feuchtwangers „Goya“ stellt uns das Thema nach dem Verhältnis von „Detailfleiß und Aussage“. Der arge Weg der Erkenntnis, den der spanische Maler nimmt, soll ja zugleich ein Weg des Lesers sein, in der pädagogisch-aufklärerischen Absicht des Autors. Das Problem hierbei bleibt die Geschichte, die persönliche des Malers wie die seiner Zeit. Denn es begleiten den Autor bei seiner Aufgabe, eine reale Zeit wiederherzustellen, all die Lexika, Enzyklopädien und Sachbiographien wie gestrenge Richter, die jede phantastische Willkür zu strafen wissen.

Zu seinem 65. Geburtstag, am 7. Juni 1949, wurde Lion Feuchtwangers Werk von seinen Kollegen als ein Exempel des Romans schlechthin gefeiert. Brecht nennt ihn „einen meiner wenigen Lehrmeister“ und einen profunden Kenner alter Kulturen. Feuchtwangers gerühmter Fleiß wird als eine gründliche Methode der Annäherung an einen historischen Stoff bewundert. Vergebens würde ein Autor unserer Tage die verschiedenfarbigen Papiere auftreiben wollen, auf denen Feuchtwanger, der „kleine Meister“, wie ihn Thomas Mann ironisch-bewundernd nennt, die unterschiedlichen Fassungen seiner Romane diktiert. Das Stichwort von einem „work-in-progress“, wie es für Feuchtwangers Nachbarn Schönberg oder Strawinsky an der Santa-Monica-Bucht im kalifornischen Exil galt, hier meint es nicht die Stufen einer kontrollierten Phantasie, sondern den praktischen Sinn der Organisation und die Methode, den faltenreichen Stoff zu bändigen, aus dem ein historischer Roman zugeschnitten wird.

Der Goya-Roman (1951) ist neben der „Jüdin von Toledo“ (1955) Feuchtwangers einzige Paraphrase auf ein spanisches Thema, ein scheinbar fremdes neben den großen Leistungen der Wartesaal-Trilogie („Erfolg“, „Die Geschwister Oppermann“, „Exil“) von 1930 bis 1940, und den französischen Themen der Romane „Die Füchse im Weinberg“ (1947/48) sowie dem vorletzten Roman „Narrenweisheit oder Tod und Verklärung des Jean-Jacques Rousseau“ (1952). Die Hinwendung zu einem spanischen Thema – und die These soll hier gewagt werden – ist eine besondere Antwort auf die Nacht des Faschismus, auf das Amerika der McCarthy-Ära, auf die Gängelung der Kunst durch eine inquisitorische Zensur, auf die (vorübergehende?) Aufhebung von Vernunft und Aufklärung. Der Roman „Typ Feuchtwanger“ hatte sich, auch vom Handwerklichen her, in seiner nüchternen Sprache, seiner überschaubaren Gliederung zunächst als der Kommentar eines ironischen Aufklärers gegeben. Der aufkommende Faschismus kann erklärt werden, er kann durchschaubar gemacht und also der Lächerlichkeit ausgeliefert werden. Die von Hitler besetzte politische Weltkarte aber sprach dem Glauben an die Vernunft blutigen Hohn. Feuchtwanger rettet sein Leben im französischen, dann im amerikanischen Exil. Es bleibt ihm die andere Trumpfkarte des Aufklärers: die Zeugenschaft. Im Roman „Erfolg“ (1930), dem Panorama einer Provinz im aufkommenden Faschismus, begegnen wir dem anderen Ich des Autors. Der grundgescheite, mit den Sprachen der Völker und ihrer Geschichte vertraute bitter-optimistische Jacques Tüverlin verweist auf den exemplarischen Fall des Münchner Kunsthistorikers Martin Krüger, der, eines Bildes wegen, in Konflikt mit der Justiz gerät. Das letzte Kapitel des Romans steht unter dem Motto einer Radierung von Goya: „Ich hab's gesehn".

Spanien war für die französischen Aufklärer ein Land der Lächerlichkeit gewesen. Feuchtwanger, dessen Glaube an die Vernunft mehr von Voltaire als von Leibniz oder Lessing hat, besucht Spanien das erste Mal 1928, in Begleitung seiner Frau Marta. Gut zwanzig Jahre später, bei der Arbeit am Goya-Roman sind die Konturen dieser Reise noch so scharf wie gerade erst erlebt. Der Ritt des ertaubten Goya auf dem Maulesel über Landstraßen und Gebirgspässe, vorbei an der Pracht der Vergangenheit und der Misere der Gegenwart: Feuchtwanger hat es gesehen und mit den Empfindungen Goyas notiert. Wichtiger aber sind dem Autor die dialektischen Möglichkeiten, die das spanische Thema barg: der Widerstand gegen die Dunkelmänner und zum andern das Rätsel oder Phänomen der Kunst, die in diesem Kampf ohne das vernunftgeschärfte Wort auskommt. Das aus der Phantasie geborene Bild, aus der zu sondierenden Tiefe des Unterbewußtseins an die Oberfläche geschleudert, ein der Vernunft unheimliches Rätsel, es vermag am Ende mehr als die umständliche Argumentation eines Romans. Das Agitieren des Schreibers braucht *Zeit* – doppelte Zeit, die des Autors und die des Lesers in einer unvorhergesehenen Zukunft. Das Bild schafft sich immer absolute Gegenwart. Nur: was da alles geschieht, bis ein Bild entsteht, das zu klären, bleibt dem Erzähler vorbehalten. Und so beginnt Feuchtwangers Goya-Roman in der Tradition seiner anderen „aufklärerischen" Romane, aber er ist zugleich auch ein „Künstlerroman", wie es ihn bis dahin kaum gab. Denn er illustriert nicht unbedenklich eine Zeit oder ein Leben. „Goya – ein Leben unter Stierkämpfern und Königen", wie M. Schneider 1935 seinen Goya-Roman nannte, eine solche das impressionistische Spanienklischee bedienende Darstellung, war von Feuchtwanger nicht zu erwarten.

Was aber ist Geschichte anderes als das Zeugnis derer, die vor uns gelebt haben? Feuchtwanger hat diese Frage im Verlauf seines Lebens verschieden ausgelegt. Dabei war immer der Leser gemeint, denn er war zu einem Vergleich herausgefordert: er sollte den Bilderbogen aus der Vergangenheit nicht nur zu seiner Unterhaltung betrachten. Die Parallelen zur Gegenwart sollten ihn nachdenklich stimmen. Im Nachwort zum Roman „Die Füchse im Weinberg" gelangt Feuchtwanger zu einem Ergebnis seiner langjährigen, oft angefeindeten Arbeit am historischen Roman. Denn wer ist schließlich der Held in den „Füchsen im Weinberg"? Ist es der listige Geschäftemacher Beaumarchais oder der betuliche Franklin? Und wie kommt der Fortschritt in die menschliche Geschichte, die sich auf den ersten Blick als eine willkürliche Sinngebung des Sinnlosen zeigt, als ein Chaos von Zufälligkeiten und Widersprüchen? „... die Kräfte, welche die Völker bewegen", schreibt Feuchtwanger, „sind die gleichen, seitdem es aufgezeichnete Geschichte gibt. Sie bestimmen die Geschichte der Gegenwart ebenso, wie sie die der Vergangenheit bestimmt haben. Diese unveränderten und unveränderlichen Gesetze in ihren Auswirkungen zu gestalten, ist wohl das höchste Ziel, das ein historischer Roman erreichen kann. Ihm strebt der Autor zu, der heute an einem ernsthaften historischen Roman schreibt. Er will die Gegenwart darstellen. Er sucht in der Geschichte nicht die Asche, er sucht das Feuer."

Noch zu Beginn der faschistischen Nacht hatte Feuchtwanger die Leistung des historischen Romans weniger umfassend, auch weniger pathetisch gesehen. 1935, in seiner Rede auf dem antifaschistischen Schriftstellerkongreß in Paris, sagt er: „Ich bin in jedem einzelnen Fall zu dem Schluß gekommen, daß der Künstler nichts anderes beabsichtigt, als sein eigenes (zeitgenössisches) Lebensgefühl, sein subjektives (keineswegs historisierendes) Weltbild so auszudrücken, daß es sich ohne weiteres auf den Leser übertrage ... Ich kann mir nicht denken, daß ein ernsthafter Romandichter, der mit geschichtlichen Stoffen arbeitet, in den historischen Fakten etwas anderes sehen könnte als ein Distanzierungsmittel, als ein Gleichnis."

Gleichnis oder Feuer? Der Streit scheint heute, ein halbes Jahrhundert später, nur noch ein Thema für Literaturhistoriker. Romane, solange sie gelesen werden, entwickeln, im Verhältnis zum

Leser, neue Dimensionen. Ein bei Erscheinen vielgeschmähter Roman wie Feuchtwangers „Der falsche Nero" (1936), darin die Römer Terenz und Knops das unverfremdete Abbild von Hitler und Goebbels sind, kann heute, wie Kurt Batt einmal schrieb, verstanden werden als „ein Gleichnis schon, aber keineswegs von aufdringlicher, billiger, mechanistischer Art".

Die Asche nicht, aber das Feuer: die Frage führt zur Konzeption des Goya-Romans. Sie ist eine alte Frage, zu deren Beantwortung Feuchtwanger den Heros des historischen Romans, Walter Scott, anführt: „... er [Walter Scott] gestaltet Geschichte, so daß ihr ständiges Fließen spürbar wird bis hinunter zur Gegenwart und in die Zukunft hinein." Die Frage führt, wenn man will, noch tiefer in die Geschichte der Literatur hinein. An den Vorarbeiten zum „Goya" mag Feuchtwanger sie einmal mehr reflektiert haben. Denn im Streit um den historischen Roman bleibt das Mißtrauen nicht verborgen, das dieser Gattung entgegengebracht wird. Don Quichotte, jener vom Wahn gewitzte Ritter des Cervantes, vergleicht die Chroniken mit den Phantasiegebilden der Dichter. Und wie Karl V. oder Philipp II. kommt auch er zu dem Schluß: die Wahrheit liegt in den, auch von Kirche und Staat geförderten, Chroniken. Zum Handwerk der Dichter aber gehört die Lüge als ein anderes Wort für Phantasie. Und so ist das Fabulieren, auch der Stoffe, die „weitab" liegen, von Anfang an mit einem Makel behaftet. Autoren wie Cervantes wehren sich ironisch dagegen, indem sie ihre Dichtungen für Übersetzungen ausgeben, für Nacherzählungen der in den Chroniken verbürgten Berichte. Ein Autor wie Feuchtwanger setzt auf seine Weise diese belastete Tradition fort. Den Kapiteln zum Leben Goyas werden Berichte zur Zeit vorangesetzt, faktenüberladene Chroniken, und wie immer, wenn die Fabulierkunst eines Autors sich rechtfertigen muß, und sei es durch eine Aufzählung „historischer Tatsachen", scheitert diese Hochzeit von Imagination und Faktum. Es ließen sich diese Abschnitte (die man anders so gut für eine Examensvorbereitung in der Schule gebrauchen kann) getrost wegschneiden, und man würde dennoch nach jeder Lektüre des Romans wie von einer Reise ins Spanien des 18. Jahrhunderts zurückkommen.

Die langjährige Arbeit am Goya-Roman muß für Lion Feuchtwanger besonders glücklich gewesen sein. Zu einem, oft pittoresken, historischen Panorama in einer Landschaft, die man kannte und deren Reflex sich wohl auch in Klima und Architektur des kalifornischen Exils fand, kam die Verführung, eigene persönliche Erfahrungen und Nöte anhand Goyas langem und argem Weg der Erkenntnis darzustellen und zu klären. Feuchtwanger, ein doch eher scheuer, von sich wenig hermachender Autor, empfand Subjektivität als Betroffenheit durch die Zeit. Der Maler Goya, der Schriftsteller Feuchtwanger, beide sind zu Beginn ihrer Arbeit mit der Wiedergabe einer schönen oder analytisch durchleuchteten Oberfläche zufrieden. Und so mag man den Schlüsselsatz des Romans auf beide, auf den Autor wie den Maler, beziehen: „Solange die Vernunft schläft, erzeugt die träumende Vernunft Ungeheuer. Vereinigt mit der Vernunft aber wird die Phantasie zur Mutter der Künste und all ihrer Wunderwerke." Und so gerät der Roman auch zu einer Untersuchung der Phantasie in der Kunst – einer Phantasie, die im dialektischen Umschlag wiederum kritische Vernunft erzeugt.

Aus seiner Korrespondenz mit Arnold Zweig wissen wir, wie sich die Arbeit am Roman hinzog und wie Feuchtwanger seinen Goya sah und mochte.

Zu Beginn des Jahres 1943 schreibt Lion Feuchtwanger an Arnold Zweig, auf seinen Roman „Die Brüder Lautensack" (zuerst englisch 1943) verweisend: „Das Honorar hilft mir aus einer ziemlich argen Klemme heraus, und ich kann jetzt in Ruhe an den Goya-Roman gehen, der mindestens anderthalb Jahre in Anspruch nimmt." In dieser Kalkulation täuschte sich Feuchtwanger; die Arbeit am Roman nahm an die sieben Jahre in Anspruch. Nachrichten über das Fortarbeiten am Manuskript finden sich von nun an in beinah jedem Brief an den Kollegen in Palästina und später in Berlin. Der Grundton ist optimistisch: „Immerhin geht die Arbeit am ‚Goya' gut voran und entschädigt mich für die vielen Widerwärtigkeiten des Alltags ..." Gemeint waren wohl die Jahre der sogenannten McCarthy-Ära in den USA, die Schnüffelei nach „unamerikanischen" Tendenzen im Film und in der Literatur. Einen Nachhall davon findet man in den Verhören Goyas durch Beamte der Inquisition. Thomas Mann verdroß dieses neue Klima so sehr, daß er das amerikanische Gastland verließ und 1952 in die Schweiz zog. Auch Feuchtwanger scheint sich mit ähnlichen Plänen getragen zu haben, wenn er an Zweig schreibt: „Ich denke, daß der erste in sich geschlossene Teil des ‚Goya', der das Problem Kunst und Politik zum Gegenstand hat, in etwa einem Jahr wird erscheinen können, und ich denke sehr ernsthaft daran, dann nach Europa zu gehen."

Im Roman „Erfolg" schreibt Jacques Tüverlin eine Postkarte an sich selbst: „Vergessen Sie nie, daß Sie nur dazu da sind, sich selbst und nur sich selbst auszudrücken." Auch Goya malt sich selbst, seine Lust am Dasein, seine Gier nach Besitz und Anerkennung, aber der Subjektivismus des Künstlers ist am Ende nur die Verdichtung dessen, was in der Zeit liegt. Goyas Dämonen tun das übrige, ihm die Augen zu öffnen.

Mit ein wenig Zahlenspielerei lassen sich Goya und Feuchtwanger auf der gleichen Höhe des Lebens und Arbeitens vorstellen. Feuchtwanger ist zu Beginn der Arbeit am Goya-Roman ein Endfünfziger; der Goya der „Caprichos" ist um die fünfzig Jahre alt. Nach Erscheinen des Romans, 1951, schreibt Feuchtwanger an Zweig: „Was mich reizte, war das seltsame Phänomen, daß Goya an die fünfzig Jahre brauchte, ehe er aus einem guten Durchschnittsmaler ein Künstler wurde." –

Die bleibende Faszination des Romans liegt in seinen Spiegelungen: Ein Zeitalter wird besichtigt, das zugleich das Zeitalter Goyas und die Zeit Feuchtwangers ist. Und das Fließen der Zeit ginge spurlos vorbei ohne Möglichkeit für die Nachgeborenen, es zu deuten, wenn es sich nicht auch im Abbild der Kunst zeigte. Erst die Kunst vermag der Zeit einen Sinn zu geben, sie aus den Widersprüchen hinauszuführen zu einer neuen Einheit.

Weit mehr als Feuchtwangers Welterfolg „Jud Süß" (1925) ist der Goya-Roman ein „psychologisierender Roman". Kunst als Selbstäußerung, Kritik, Satire, Verteidigung, Not: es gibt kaum einen „Künstlerroman", der die Entstehungsgeschichten von Bildern so behutsam, so genau, so verblüffend richtig für den Leser zu schildern vermag. Die Figur Goya erscheint wie auf einem Wandteppich, von tausend Fäden historischer Ereignisse gehalten. Denkt man sich den Maler weg, bleibt das verwirrende Panorama des spanischen 18. Jahrhunderts: Hier die im Mittelalter verharrende spanische Inquisition, welche kaum noch Einfluß auf das Königshaus hat. Dort der Aufbruch in die Neuzeit im Wind, der von jenseits der Grenze aus Frankreich weht, der bürgerliche Aufbruch der Geschäftsleute und Plänemacher. Der uhrenbesessene König Carlos in der Mitte, der einfältige Monarch, der nicht nur durch sein Gemüt davor bewahrt wird, Schaden anzurichten, sondern dank der Politik seiner lebenshungrigen und klugen Frau, die einem Emporkömmling hörig ist, der sich im Volk abwechselnd beliebt und unbeliebt macht. Aber das Fließen der Zeit, das die Kunst festhält, richtet sich nicht nach den Entscheidungen einzelner. Der populistische Zug, der die gesamte spanische Kunst und Literatur auszeichnet, hat im 18. Jahrhundert im „majismo" ein Erkennungszeichen gefunden, das Regierende und Regierte zum Verwechseln ähnlich macht. Goya, der „aus dem Volke kommt", spricht die Sprache dieser diktatorischen Bewegung der Habenichtse und Kleinmeister aus den Schenken und Märkten Madrids. Das Volkselement diktiert den Geschmack, aber wie auf den Gobelins, die Goya für den Hof anfertigt, hat dieses Volkselement auch eine operettenhafte Starre, wenn es einen jeden in seine Rolle gebannt sieht, die von keiner Instanz, von keinem neuen Gedanken angetastet werden darf. Die Intrige des Romans schildert diesen Konflikt an Goyas Liebe zur Herzogin von Alba, die er als Maja malt, um ihrer Leidenschaft zum Populären zu genügen. Aber er durchschaut sie, als diese Liebe bricht, er malt sie als Hexe, als Besessene, er demaskiert die Kostümierungssucht des Adels als eine subtile Variante der Ausbeutung. Die scheinbar romantische Liebe zwischen dem Hofmaler und der Aristokratin zeigt ihren illusionären Charakter und damit den sozialen Widerspruch im Spiegel der Kunst. Der Wahrheitsdrang der Kunst ist stärker als die Illusionen der Liebe. Goya zahlt diesen Preis der Erkenntnis mit Taubheit und Einsamkeit. Die mit der Vernunft vermählte Phantasie bleibt ein Ungeheuer, auch wenn man ihre Fratze aufmalen kann. Der unerklärbare Rest von Kunst wird von Feuchtwanger nicht auf eine platte rationale Art geleugnet. Der Maler, der den König wie den Bettler malend „registriert", malt auch die Gespenster ihrer Einbildung – und erlöst so die Zeit aus ihrer Starre. Die Gefährlichkeit von Kunst wird von dem Augenblick gemessen, da die Hüter der Ideologie sie ernst nehmen. Allein, Goya kommt mit einer Verwarnung davon, indes andere, Literaten, Politiker wie Jovellanos, vors Tribunal müssen oder ins Exil vertrieben werden.

Feuchtwanger zeigt uns seinen Goya auf der Höhe des Lebens. Wenig erfahren wir dagegen von der Jugend des Malers, nichts von seinen letzten Jahren, die das Thema des geplanten und nicht ausgeführten zweiten Teils des Romans gewesen wären. Der spanische Maler, Radierer und Lithograph Francisco José de Goya y Lucientes wurde am 30. März 1746 in Fuendetodos, im spanischen Aragonien geboren. Er starb im französischen Exil, in Bordeaux, am 16. April 1828. Anders als bei Feuchtwanger, kommt Goya nicht aus den plebejischen Schichten des Volkes. Goyas Mutter entstammte einer verarmten Familie aus der „Hidalguía", dem traditionsbewußten Kleinadel. Sein Vater war ein Handwerker ohne Glück, aber mit künstlerischen Ambitionen, der als Vergolder arbeitete. In der großen Stadt Zaragoza führt Goya das Leben eines Straßenjungen, der seine früh erkannte Begabung nur ungern von einem Lehrer disziplinieren läßt. Seine Liebschaften und Händel machen ihn der Inquisition verdächtig, die auch über die Moral wacht. Er entkommt nach Madrid, studiert ein wenig an der Kunstakademie und hält sich am liebsten in den Labyrinthen der Altstadt auf, unter Gaunern und Zuhältern. Bei einer Rauferei, vermutlich um ein leichtes Mädchen, wird er lebensgefährlich verwundet und nach seiner Genesung ausgewiesen. Er verläßt Madrid und lebt um 1764 in Rom. Auch hier findet das Bohemeleben am Rande der Existenz seine gefährliche Fortsetzung. Eines unbekannten Vergehens wegen droht ihm die Todesstrafe. Der spanische und der russische Botschafter, die in Rom zu den Bewunderern seines Talents zählen, retten den Zwanzigjährigen. Der russische Botschafter möchte ihm eine Laufbahn in Petersburg eröffnen. Goya aber kehrt ins heimatliche Zaragoza zurück, wo ihm alle Sünden vergeben werden. In der Kathedrale del Pilar darf er die Engel und Heiligen malen. Noch nicht dreißigjährig, heiratet er Josefa Bayeu, die Schwester des berühmten Hofmalers. Zwanzig Kinder werden aus dieser Ehe geboren, aber nur eins, ein Sohn, bleibt am Leben. Feuchtwangers Roman beginnt mit den Madrider Jahren nach 1775. In der Porträtmalerei versucht Goya eine neue Technik durchzusetzen, die den Gesichtern zugleich schmeichelndes wie unbegreifliches Licht aufsetzt und den Figuren, die oft bei Goya Mühe haben, mit den Füßen glaubhaft auf dem Boden zu stehen, etwas Schwebendes verleiht: Anfänge einer impressionistischen Leichtigkeit, lange bevor dieser Begriff die französische Malerei des späten 19. Jahrhunderts berühmt macht. Die Teppichmanufaktur Santa Barbara erteilt Goya einen Auftrag. Der Hof wird aufmerksam auf die gefällige und doch so „spanische“ Art des jungen Malers, der die teuren Importmaler aus Frankreich oder Italien in den Schatten stellt. Der arge Weg der Erkenntnis beginnt als ein Traumpfad zu den Palästen der Macht.

1808 wird Spanien von den Truppen Napoleons besetzt. Der unbesiegbare Korse ernennt seinen Bruder Joseph zum König von Spanien und löst so die Erhebung des Volkes aus. Der Goya der „Caprichos“ wird nun der Zeuge der Schrecken und Leiden des Krieges. Zu den großen Gemälden der Spätzeit gehört die Erschießung des Guerillakämpfers (das Wort wird erstmals in den Kriegen gegen Napoleon geprägt) durch französische Soldaten. Das Bild diente später Picasso als Vorlage für sein Massaker in Korea. Ein anderes Bild, dessen Entstehung man gern im zweiten Teil des Romans verfolgt hätte, Saturn frißt seine Kinder, ist wie das Sinnbild des Menschen, der sich selbst vernichtet.

Der in seinem Haus wie ein Gefangener zurückgezogen lebende Maler wird unter der Regentschaft Ferdinands VII. zum Opfer spontaner oder gezielter Bedrohung. Der Goya der „Caprichos“, den niemand vergessen hat, wird noch immer als *afrancesado* beschimpft, als den Franzosen hörig. Und was unter der alten Monarchie noch an Vernunft und Aufklärung in dem Schimpfwort mitklang, meint jetzt Kumpanei mit dem „Erbfeind“ Frankreich. Goya läßt sich vertreiben. Er geht nach Bordeaux, wo er 1828 an einem Schlaganfall stirbt.

Nach Erscheinen des Romans schreibt Feuchtwanger in einem Brief vom 2. August 1951 an Arnold Zweig: „Der ‚Goya‘ geht hier sehr gut, wiewohl er von katholischer Seite scharf angegriffen wird und die Snobisten zu wenig Proust und Kafka darin entdekken.“

Mit den „Snobisten“ waren wohl nicht nur die Kritiker gemeint, die mit der Mode gingen. Auch Leser und jüngere Autoren teilten das Unbehagen am historischen Roman. Für Feuchtwanger rührt das einmal mehr die alte Frage auf, die ihn mehr als ein halbes Jahrhundert bewegt hat: Was vermag der historische Roman, und was vermag er nach zwei Weltkriegen, nach Faschismus und in einer Kultur, die immer mehr Gefahr läuft, verordnet zu werden und verwaltet von den Massenmedien. Das Mißtrauen des Lesers an der überlieferten historischen Wahrheit begünstigte, auch in den Augen jener „snobistischen Kritiker", die Feuchtwanger attakkierten, einen anderen Typ Roman, der nicht mehr Welt anbieten will, als die Subjektivität des Erzählers zuläßt. Ein Stilmittel dieser Romane ist ja nicht von ungefähr, daß sie in der ersten Person Singular auftreten. Gegen dieses sich beschränkende Ich konnte Feuchtwanger das Kollektiv einer gesammelten Erfahrung ins Feld führen und den Fall eines exemplarischen Lebens, das sich im Gegensatz zu diesem Kollektiv entwickelt, aber auch getragen wird vom *Fließen* einer Zeit, von der Erfahrung eines Volkes. Der Goya-Roman zeigt das auf einmalige Weise. Aber zugleich macht der Leser des Buches die Erfahrung, daß die großen, wild bewegten Zeiten, um verstanden zu werden, auf der Seite des Lesers eine Art Leidenschaft für ein Fortschreiten in der menschlichen Gesellschaft brauchen. Und so ist die Utopie (als ein anderes Wort für Leidenschaft verstanden) eine Dimension, die zum historischen Roman „Typ Feuchtwanger" dazugehört.

Bis in die letzten Lebensjahre beschäftigt Lion Feuchtwanger die Rezeption des Goya-Romans. 1954 schreibt er einmal mehr darüber an Arnold Zweig: „Mir liegt natürlich daran, daß die Idee des ‚Goya' herauskommt, ‚der arge Weg der Erkenntnis', das heißt, wieviel einer durchmachen muß, bis er ein wahres Kunstwerk machen kann, und wie einer gegen seinen Willen gezwungen wird, im Wortsinn politisch zu sein."

Feuchtwangers sprichwörtlicher Fleiß – ein harmloses Wort für eine Besessenheit, dem Fließen der Zeit einen Sinn zu geben – erfüllt sich auch, nachdem der Schlußpunkt im Goya-Manuskript gesetzt ist. Einen Tag später beginnt die Niederschrift des Romans „Narrenweisheit oder Tod und Verklärung des Jean-Jacques Rousseau".

Oktober 1985 *Fritz Rudolf Fries*